GRöLS
Verlage

„BÜCHER SIND WIE FALLSCHIRME. SIE NÜTZEN UNS NICHTS, WENN WIR SIE NICHT ÖFFNEN."

Gröls Verlag

Redaktionelle Hinweise und Impressum

Das vorliegende Werk wurde zugunsten der Authentizität sehr zurückhaltend bearbeitet. So wurden etwa ursprüngliche Rechtschreibfehler *nicht* systematisch behoben, denn kleine Unvollkommenheiten machen das Buch – wie im Übrigen den Menschen – erst authentisch. Mitunter wurden jedoch zum Beispiel Absätze behutsam neu getrennt, um den Lesefluss zu erleichtern.

Um die Texte zu rekonstruieren, werden antiquarische Bücher von Lesegeräten gescannt und dann durch eine Software lesbar gemacht. Der so entstandene Text wird von Menschen gegengelesen und korrigiert – hierbei treten auch Fehler auf. Wenn Sie ebenfalls antiquarische Texte einreichen möchten, finden Sie weitere Informationen auf www.groels.de

Viel Freude bei der Lektüre wünscht Ihnen das Team des Gröls-Verlags.

Adressen

Verleger: Sophia Gröls, Im Borngrund 26, 61440 Oberursel

Externer Dienstleister für Distribution & Herstellung: BoD, In de Tarpen 42, 22848 Norderstedt

Unsere „Edition | Werke der Weltliteratur“ hat den Anspruch, eine der größten und vollständigsten Sammlungen klassischer Literatur in deutscher Sprache zu sein. Nach und nach versammeln wir hier nicht nur die „üblichen Verdächtigen“ von Goethe bis Schiller, sondern auch Kleinode der vergangenen Jahrhunderte, die – zu Unrecht – drohen, in Vergessenheit zu geraten. Wir kultivieren und kuratieren damit einen der wertvollsten Bereiche der abendländischen Kultur. Kleine Auswahl:

Francis Bacon • Neues Organon • **Balzac** • Glanz und Elend der Kurtisanen • **Joachim H. Campe** • Robinson der Jüngere • **Dante Alighieri** • Die Göttliche Komödie • **Daniel Defoe** • Robinson Crusoe • **Charles Dickens** • Oliver Twist • **Denis Diderot** • Jacques der Fatalist • **Fjodor Dostojewski** • Schuld und Sühne • **Arthur Conan Doyle** • Der Hund von Baskerville • **Marie von Ebner-Eschenbach** • Das Gemeindekind • **Elisabeth von Österreich** • Das Poetische Tagebuch • **Friedrich Engels** • Die Lage der arbeitenden Klasse • **Ludwig Feuerbach** • Das Wesen des Christentums • **Johann G. Fichte** • Reden an die deutsche Nation • **Fitzgerald** • Zärtlich ist die Nacht • **Flaubert** • Madame Bovary • **Gorch Fock** • Seefahrt ist not! • **Theodor Fontane** • Effi Briest • **Robert Musil** • Über die Dummheit • **Edgar Wallace** • Der Frosch mit der Maske • **Jakob Wassermann** • Der Fall Maurizius • **Oscar Wilde** • Das Bildnis des Dorian Grey • **Émile Zola** • Germinal • **Stefan Zweig** • Schachnovelle • **Hugo von Hofmannsthal** • Der Tor und der Tod • **Anton Tschechow** • Ein Heiratsantrag • **Arthur Schnitzler** • Reigen • **Friedrich Schiller** • Kabale und Liebe • **Nicolo Machiavelli** • Der Fürst • **Gotthold E. Lessing** • Nathan der Weise • **Augustinus** • Die Bekenntnisse des heiligen Augustinus • **Marcus Aurelius** • Selbstbetrachtungen • **Charles Baudelaire** • Die Blumen des Bösen • **Harriett Stowe** • Onkel Toms Hütte • **Walter Benjamin** • Deutsche Menschen • **Hugo Bettauer** • Die Stadt ohne Juden • **Lewis Caroll** • *und viele mehr….*

Johann Gottfried Seume

Spaziergang nach Syrakus

im Jahre 1802

Inhalt

Erster Teil

von Leipzig nach Syrakus

Dresden, den 9ten Dez. 1801

Ich schnallte in Grimme meinen Tornister, und wir gingen. Eine Karawane guter gemütlicher Leutchen gab uns das Geleite bis über die Berge des Muldentals, und Freund Großmann sprach mit Freund Schnorr sehr viel aus dem Heiligtume ihrer Göttin, wovon ich Profaner sehr wenig verstand. Unbemerkt suchte ich einige Minuten für mich, setzte mich oben Sankt Georgens großem Lindwurm gegenüber und betete mein Reisegebet, daß der Himmel mir geben möchte billige, freundliche Wirte und höfliche Torschreiber von Leipzig bis nach Syrakus, und zurück auf dem andern Wege wieder in mein Land; daß er mich behüten möchte vor den Händen der monarchischen und demagogischen Völkerbeglücker, die mit gleicher Despotie uns schlichten Menschen ihr System in die Nase heften, wie der Samojete seinen Tieren den Ring.

Nun sah ich zurück auf die schöne Gegend, die schon Melanchthon so lieblich fand, daß er dort zu leben wünschte; und überlief in Gedanken schnell alle glücklichen Tage, die ich in derselben genossen hatte: Mühe und Verdruß sind leicht vergessen. Dort stand Hohenstädt mit seinen schönen Gruppen, und am Abhange zeigte sich Göschens herrliche Siedelei, wo wir so oft gruben und pflanzten und jäteten und plauderten und ernteten, und Kartoffeln aßen und Pfirschen: an den Bergen lagen die freundlichen Dörfer umher, und der Fluß wand sich gekrümmt durch die Bergschluchten hinab, in denen kein Pfad und kein Eichbaum mir unbekannt waren.

Die Sonne blickte warm wie im Frühling, und wir nahmen dankbar und mit der heitersten Hoffnung der Rückkehr von unsern Begleitern Abschied. Noch einmal sah ich links nach der neuen Mühle auf die größte Höhe hin, die uns im Gartenhause zu Hohenstädt so oft zur Grenze unserer Aussicht über die Täler gedient hatte, und wir wandelten ruhig die Straße nach Hubertsburg hinab. In Altmügeln empfing man uns mit patriarchalischer Herzlichkeit, bewirtete uns mit der Freundschaft der Jugend und schickte uns den folgenden Morgen mit einer schönen Melodie von Goethens Liede – Kennst du das Land? – unter den wärmsten Wünschen weiter nach Meißen, wo wir eben so traulich willkommen waren. Wenn wir uns doch die freundlichen Bekannten an der südlichen Küste von Sizilien bestellen könnten! Die Elbe rollte majestätisch zwischen den Bergen von Dresden hinab. Die Höhen glänzten, als ob eben die Knospen wieder hervorbrechen wollten, und der Rauch stieg von dem Flusse an den alten Scharfenberg romantisch hinauf. Das Wetter war den achten Dezember so schwül, daß es unserm Gefühl sehr wohltätig war, als wir aus der Sonne in den Schatten des Waldes kamen.

Seit zwölf Jahren hatte ich Dresden nicht gesehen, wo ich damals von Leipzig herauf wandelte, um einige Stellen in *Guischards mémoires militaires* nachzusuchen, die ich dort nicht finden konnte. Auch in Dresden fand ich sie nicht, weil man sie einem General in die Lausitz geschickt hatte. Nach meiner Rückkehr traf ich den Freibeuter Quintus Icilius bei dem Theologen Morus, und fand in demselben nichts, was in meinen Kram getaugt hätte. So macht man manchen Marsch in der Welt wie im Kriege umsonst. Es wehte mich oft eine kalte, dicke, sehr unfreundliche Luft an, wenn ich einer Residenz nahekam; und ich kann nicht sagen, daß Dresden diesmal eine Ausnahme gemacht hätte, so freundlich auch das Wetter bei Meißen gewesen war. Man trifft so viele trübselige, unglückliche, entmenschte Gesichter, daß man alle fünf Minuten auf eines stößt, das öffentliche Züchtigung verdient zu haben, oder sie eben zu geben bereit scheint: Du kannst denken, daß weder dieser noch jener Anblick wohltut. Viele scheinen auf irgend eine Weise zum Hofe zu gehören oder die kleinen Offizianten der Kollegien zu sein, die an dem Stricke der Armseligkeit fortziehen, und mit Grobheit grollend das Endchen Tau nach dem hauen, der ihrer Jämmerlichkeit zu nahe tritt. Ungezogenheit und Impertinenz ist bekanntlich am meisten unter dem Hofgesinde der Großen zu Hause, das sich oft dadurch für die Mißhandlungen schadlos zu halten sucht, die es von der eben nicht feinen Willkür der Herren erfahren muß. Höflichkeit sollte vom Hofe kommen; aber das Wort scheint, wie viele andere im Leben, die Antiphrase des Sinnes zu sein, und Hof heißt oft nur ein Ort, wo man keine Höflichkeit mehr findet; so wie Gesetz oft der Gegensatz von Gerechtigkeit ist. Wehe dem Menschen, der zur Antichamber verdammt ist; es ist ein großes Glück, wenn sein Geist nicht knechtisch oder despotisch wird; und es gehört mehr als gewöhnliche Männerkraft dazu, sich auf dem gehörigen Standpunkte der Menschenwürde zu erhalten.

Eben komme ich aus dem Theater, wo man Großmanns alte sechs Schüsseln gab. Du kennst die Gesellschaft. Sie arbeitete im Ganzen gar nicht übel. Das Stück selbst war beschnitten worden, und ich erwartete nach der Gewohnheit eine förmliche Kombabusierung, fand aber bei genauer Vergleichung, daß man dem Verfasser eine Menge Leerheiten und Plattheiten ausgemerzt hatte, deren Wegschaffung Gewinn war. Verschiedene zu grelle Züge, die bei der ersten Erscheinung vor etwa fünfundzwanzig Jahren es vielleicht noch nicht waren, waren gestrichen. Aber es war auch mit der gewöhnlichen Dresdener Engbrüstigkeit manches weggelassen worden, was zur Ehre der liberalen Duldung besser geblieben wäre. Ich sehe nicht ein, warum man den Fürsten in einen König verwandelt hatte. Das Ganze bekam durch die eigenmächtige Krönung eine so steife Gezwungenheit, daß es bei verschiedenen Szenen sehr auffallend war. Wenn man in Königstädten die Könige zu bloßen Fürsten machen wollte, würde dadurch etwas gebessert? Sind nicht beide Fehlern unterworfen? Fürchtete man hier zu treffen? Die Furcht war sehr unnötig, und der Charakter des wirklich vortrefflichen Kurfürsten muß eher durch solche Winkelzüge beleidiget werden. Man hat ihm in seinem ganzen Leben vielleicht nur eine oder zwei Übereilungen zur Last gelegt, und davon ist keine in diesem Stücke berührt. Daß man die Grobheiten der verflossenen zwanzig Jahre wegwischt, hat moralischen und ästhetischen Grund: aber ich sehe nicht ein, warum die noch immer auffallenden Torheiten und Gebrechen der Adelskaste nicht mit Freimütigkeit gesagt, gerügt und mit der Geißel des Spottes zur Besserung gezüchtiget werden sollen. Wenn es nicht mehr trifft, ist es nicht mehr nötig; daß es aber noch nötig ist, zeigt die ängstliche Behutsamkeit, mit der man die Lächerlichkeit des jüngsten Kammerjunkers zu berühren vermeidet.

Christ, als Hofrat, sprach durchaus bestimmt und richtig, und seine Aktion war genau, gemessen, ohne es zu scheinen. Du kennst seinen feinen Takt. Madam Hartwig spielte seine Tochter mit ihrer gewöhnlichen Theatergrazie und an einigen Stellen mit ungewöhnlicher, sehr glücklicher Kunst. Madam Ochsenheimer fängt an eine ziemlich gute Soubrette zu werden, und verspricht in der Schule ihres Mannes viel gutes in ihrem Fache. Ochsenheimer war nicht zu seinem Vorteile in der Rolle des Herrn von Wilsdorf. Thering und Bösenberg kennst Du: beide hatten, der erste als Philipp, der zweite als Wunderlich, ein ziemlich dankbares Feld. Thering spielte mit seiner gewöhnlichen barocken Laune und mußte gefallen; aber Bösenberg tat einen beleidigenden Mißgriff, der ihm vielleicht nur halb zur Last gelegt werden kann. Wunderlich wollte für den gelieferten Wagen *stande bene* bezahlt sein: und nun denke Dir Bösenbergs obersächsische Aussprache hinzu, die so gern das Weiche hart und das Harte weich macht, und die noch dazu hier sehr markiert zu sein schien. Der halblateinische Teil des Publikums lachte heillos, und mir kam es als eine Ungezogenheit der ersten Größe vor. Die übrigen Rollen waren leidlich besetzt. Auch Drewitz machte den Fritz nicht übel, weil er ihn schlecht machte. Aber Henke war ein Major wie ein Stallknecht, und arbeitete oder vielmehr pfuschte zur großen Belustigung aller Militäre, die um mich her im Parket saßen. Der Fehler war nicht sowohl sein eigen, als des Direktoriums, das ihn zum Major gemacht hatte. *Non omnia possumus omnes*; er macht den Bäcker Ehlers in einem Ifflandischen Stücke recht gut.

Man hatte uns bange gemacht wir würden Schwierigkeiten wegen Östreichischer Pässe haben; aber ich muß die Humanität der Gesandtschaft rühmen. Herr von Büel, als Sekretär, nahm uns sehr gütig auf, und fertigte, da er unsere Wünsche bald abzureisen vernahm, mit großer Freundlichkeit sogleich selbst aus; und in einigen Stunden erhielten wir die Papiere, von dem Grafen Metternich unterschrieben, durch alle Kaiserliche Länder.

Du kennst meine Saumseligkeit und Sorglosigkeit in gelehrten Dingen und Sachen der Kunst. Was soll ich Laie im Heiligtum? Die Galerie sah ich nicht, weil ich dazu noch einmal hätte Schuhe anziehen müssen; den Antikensaal sah ich nicht, weil ich den Inspektor das erste Mal nicht traf, und das übrige nicht, weil ich zu indolent war. Du verlierst nichts; ein anderer wird Dir alles besser erzählen und beschreiben.

Herrn Grassi besuchte ich, mehr in Schnorrs Gesellschaft und weil ich ihn ehedem schon in Warschau gesehen hatte, als weil ich mich sehr gedrängt gefühlt hätte seine Arbeiten zu sehen; und doch halte ich ihn für den besten Maler, den ich bis jetzt kenne. Er hat ein glühendes und doch sehr zartes Kolorit, mit einer richtigen, interessanten Zeichnung. Mich deucht, er hat von dem strengen Ernst der alten echten Schule etwas nachgelassen, und seine eigene blühende, unaussprechlich reizende Grazie dafür ausgegossen. Er hat mit besserm Glücke getan, was Oeser in seiner letzten Manier tun wollte, durch welche er, wie die Kritiker der Kunst sehr gut wissen, unter die Nebulisten geriet. Beide schmeicheln; aber Grassi schmeichelt noch dem Kenner, und Oeser schmeichelte nur dem Liebhaber. Grassi erzählte mir noch manches von Warschau, wo wir beide in der großen Krise der letzten Revolution Berührungspunkte fanden. Er hatte durch Teppers Fall einen Verlust von fünftausend Dukaten erlitten, und mußte während der Belagerung bei dem Bürgerkorps als Korporal zehn Mann kommandieren. Stelle Dir den sanften Künstler auf einer Batterie mit einer Korporalschaft wilder Polen vor, wo die kommenden Kugeln durchaus keine Weisung annehmen. Kosciuskos Freundschaft und Kunstsinn brachten den guten Mann endlich in Sicherheit, indem der General ihm Pässe zur Entfernung von dem schrecklichen Schauplatz auswirkte und ihm selbst hinlängliche Begleitung gab, bis er nichts mehr zu befürchten hatte. Du kannst denken, daß unser Freund Schnorr sich mit Enthusiasmus an den Mann anschloß; und die Herzlichkeit, mit der sich beide einander öffneten, machte beiden Ehre.

Heute früh wurde ich durch den Donner der Kanonen geweckt und erfuhr beim Aufstehen, daß dem Hause ein Prinz geboren war. Vielleicht macht der Herr in seinem Leben nicht wieder so viel Lärm, als bei seiner Ankunft auf unserm Planeten. Die Fürsten dieses Hauses sind zum Glück ihrer Länder seit mehr als einem Jahrhundert meistens Kinder des Friedens. Dadurch werden die Verdienste gewiß erhöht, und ihr Mut wird doch nicht mehr problematisch, als ob sie Schlachten gewännen.

Budin

Du weißt, daß Schreibseligkeit eben nicht meine Erbsünde ist, und wirst mir auch Deiner selbst wegen sehr gern verzeihen, wenn ich Dir eher zu wenig als zu viel erzähle. Wenn ich recht viel hätte schreiben wollen, hätte ich eben so gut zu Hause in meinem Polstersessel bleiben können. Nimm also mit Fragmenten vorlieb, aus denen am Ende doch unser ganzes Leben besteht. In Dresden mißfiel mir noch zuletzt gar sehr, daß man zur Bequemlichkeit der Ankömmlinge und Fremden noch nicht die Straßen und Gassen an den Ecken bezeichnet hat; ein Polizeiartikel, an den man schon vor zehn Jahren in kleinen Provinzialstädten sogar in Polen gedacht hat, und der die Topographie außerordentlich erleichtert: und Topographie erleichtert wieder die Geschäfte.

Den letzten Nachmittag sah ich dort noch die Mengsische Sammlung der Gipsabgüsse. Schnorr wird Dir besser erzählen, von welchem Wert sie ist, und Küttner hat es meines Wissens, schon sehr gut getan. Du weißt, daß ich hier ziemlich Idiot bin und mich nicht in das Heiligtum der Göttin wage; ob ich gleich über manche Kunstwerke, zum Beispiel über die Mediceerin, meine ganz eigenen Gedanken habe, die mir wohl schwerlich ein Antiquar mit seiner Ästhetik austreiben wird. Schon freue ich mich auf den Augenblick, wo ich das Original in Palermo sehen werde, wo es, wie ich denke, jetzt steht. Hier interessierten mich eine Menge Köpfe am meisten, die ich größten Teils für römische hielt. Küttners Wunsch fiel mir dabei ein, daß der Kurfürst diese

Sammlung zur Wohltat für die Kunst mehr komplettieren möchte. Auch ist die Periode des Beschauens zu beschränkt, da sie den Sommer wöchentlich nur zwei Tage und den Winter öffentlich gar nicht zu sehen ist. Einige Verordnungen, die Kunst betreffend, sind mir barock genug vorgekommen. Kein Künstler, zum Beispiel, darf auf der Galerie ein Stück ganz fertig kopieren, wie man mich versichert hat. Dies zeigt eine sehr kleinliche Eifersucht. Es wäre für die Schule in Dresden keine kleine Ehre, wenn Kopien großer Meister von dort kämen, die man mit den Originalen verwechseln könnte. Auch darf kein Maler länger als die bestimmten zwei Stunden oben arbeiten, welches für die Kopisten in Öl eine Zeit ist, in welcher fast nichts gemacht werden kann. Aber das Künstlervolk mag seinen Mutwillen auch zuweilen bis zur Ungezogenheit treiben; und es soll vor kurzem ein namhafter Maler unsers deutschen Vaterlandes seine Pinsel auf einem der schönsten Originale abgewischt haben, um die Farben zu versuchen. Da würde mir Laien unwillkürlich der Knotenstock sich in der Faust geregt haben.

Den letzten Abend sah ich noch eine Oper, die mit ziemlich vieler Pracht gegeben wurde. Mein Gedächtnis ist wie ein Sieb; aber mich deucht, es war die Gräfin von Amalfi. Die Musik ist, wenn ich nicht irre, sehr eklektisch. Es war bei der Vorstellung kein einziger schlechter Sänger und Akteur; aber nach meiner Meinung auch kein einziger vortrefflicher, so sehr man auch in Dresden dieses behauptete. Die Schuld mag wohl mein gewesen sein, da ich mich fast in jedem Fache eines bessern Subjekts unwillkürlich erinnerte.

In Pirna sahen wir ein Stündchen Herrn Siegfried, den Du als den Verfasser von Siama und Galmori kennest und der uns mit einigen Bekannten an die Grenze brachte. Nun ging es in die Höhe; und so mild es unten am Flusse gewesen war, so rauh war es oben, und in einigen Stunden hatten wir schon Schnee. Dieser vermehrte sich bis einige Stunden hinter Peterswalde, nahm sodann allmählich wieder ab und hörte bei Außig wieder ganz auf.

Man hatte mir gar sonderbare Begriffe von den auffallenden Erscheinungen der Böhmischen Katholizität gemacht. Ich habe nichts bemerkt. Im Gegenteil muß ich sagen, es gefiel mir alles außerordentlich wohl. Unser Wirtshaus in Peterswalde war so gut, als man mit gehöriger Genüglichkeit es sich nur immer wünschen kann. Der Zollbeamte, der den Paß bescheinigte, war freundlich. Die Mahlzeit war nicht übel und die Aufwärterin gar allerliebst niedlich und artig. Lache nur über diese Bemerkung von mir Griesgram. Man müßte eine sehr verstimmte unästhetische Seele haben, wenn man nicht lieber ein junges, hübsches, freundliches Gesicht sähe, als ein altes, häßliches, murrsinniges. Das Mädchen setzte in unserm Zimmer ihr Silbermützchen vor einem Spiegel, der zwischen zwei Marienbildern hing, so reizend unbefangen in Ordnung, als ob sie sich in Ehren eine kleine Unordnung recht gern wollte vergeben lassen. Der Ketzer Schnorr sah dem rechtgläubigen Geschöpf so enthusiastisch in die Augen, als ob er sich eben zu ihr bekehren oder sie wenigstens zum Modell nehmen wollte. Überdies ist der böhmisch-deutsche Dialekt bis Lowositz ziemlich angenehm und gurgelt die Worte nicht halb so dick und widrig hervor, wie der gebirgische in Sachsen.

Der Weg von Peterswalde nach Aussig ist rauh, aber schön; von Aussig, wo man wieder an die Elbe kommt, romantisch wild, links und rechts an dem Flusse hohe Berge mit Schluchten, Felsenwänden und Spitzen. Hier tönte mir die Klage über die Undisziplin unserer sächsischen Landesleute ins Ohr, die in dem Bayerischen Erbfolgekriege zur Feuerung hier alle Weinpfähle verbrannten. Sie durften nur einige hundert Schritte höher steigen, so hatten sie ganze Wälder. Das schmerzt mich in die Seele anderer. Wenn die Östreicher es eben so schlimm machen, so werden wir dadurch nicht besser. Wenn wird unsere Humanität wenigstens diese Schandflecken wegwischen? Bei Lowositz endigen allmählich die Berge, und von da bis Eger hinauf und Leutmeritz hinab ist schönes, herrliches, fruchtbares Land, das zwei Stunden hinter Budin nun ganz Ebene wird. In Budin, einem Orte wo allgemeine Verlassenheit zu sein scheint, traf ich bei dem Juden Lasar Tausig eine kleine Sammlung guter Bücher an, und ließ mir von ihm, da er Lessings Nathan einem Freunde geliehen hatte, auf den Abend Kants Beweisgrund zur einzig möglichen Demonstration über das Dasein Gottes geben.

Prag

Von Budin bis hierher stehen im Kalender sieben Meilen, und diese tornisterten wir von halb acht Uhr früh bis halb sechs Uhr abends sehr bequem ab, und saßen doch noch über eine Stunde zu Mittage in einem Wirtshause, wo wir bei einem Eierkuchen durchaus mit fasten und dafür fünfzig Kreuzer bezahlen mußten; welches ich für einen Eierkuchen in Böhmen eine stattliche Handvoll Geld finde. Da war es in Peterswalde verhältnismäßig billiger und besser. Der Wirt zur goldenen Rose in Budin hatte ein gutes Haus von außen und ein schlechtes von innen. Eine Suppe von Kaldaunen, altes dürres Rindfleisch und ein sehr zäher, lederner Braten von einer Gans, die noch eine Retterin des Kapitols gewesen sein mochte; noch schlechter waren die Betten:

aber am schlechtesten war der Preis. Die schlechten Sachen waren ungeheuer teuer, wovon ich schon vorher unterrichtet war. Aber Muß ist ein Brettnagel, heißt das Sprichwort: er ist der Einzige in Budin, und mich deucht, schon Küttner hat gehörig sein Lob gesungen. Übrigens lasse ich die Qualität der Wirtshäuser mich wenig anfechten. Das beste ist mir nicht zu gut, und mit dem schlechtesten weiß ich noch fertig zu werden. Ich denke, es ist noch lange nicht so schlimm als auf einem englischen Transportschiffe, wo man uns wie die schwedischen Heringe einpökelte, oder im Zelte, oder auf der Brandwache, wo ich einen Stein zum Kopfkissen nahm, sanft schlief und das Donnerwetter ruhig über mir wegziehen ließ.

In der Budiner Wirtsstube war ein Quodlibet von Menschen, die einander ihre Schicksale erzählten und hier und da zur Verschönerung wahrscheinlich etwas dazu logen. Einige Östreichische Soldaten, Stalleute und ehemalige Stückknechte, die alle in der französischen Gefangenschaft gewesen waren, und einige Sachsen von dem Kontingent machten eine erbauliche Gruppe, und unterhielten die Nachbarn lang und breit von ihren ausgestandenen Leiden. Besonders machte einer der Soldaten eine so greuliche Beschreibung von den Läusen im Felde und in der Gefangenschaft, daß wir andern fast die Phthiriase davon hätten bekommen mögen. Mir war es nunmehr nur eine drollige Reminiszenz meiner ersten Seefahrt nach Amerika, wo die Engländer uns gar erbärmlich säuberlich hielten, und wo wir, vom Kapitän bis zum Trommelschläger, der Tierchen auch eine solche Menge bekamen, daß sie das Tauwerk zu zerfressen drohten. Ein Fuhrknecht erzählte dann unter andern toll genug, wie er und seine Kameraden in Iglau neulich einige Soldaten, in einem Streit wegen der Mädchen, gar furchtbar zusammengeprügelt hätten. *Where there is a quarrel, there is always a lady in the case*, dachte ich, gilt auch bei der Östreichischen Bagage. Ein Soldat meinte, daß die Fuhrknechte denn doch etwas sehr mißliches und ungebührliches unternommen hätten, sich an den Verteidigern des Vaterlandes zu vergreifen; die Geschichte würde ihnen am Ende bitter bekommen sein. Ei was, versetzte der Fuhrknecht, es waren ja nur Legioner. Das ist etwas anderes, erwiderte der Soldat beruhigt; das waren also nur Studenten und Kaufmannsjungen, die den dritten Marsch um das Butterbrot weinten wie die Hellerhuren; die kann man schon mit einer tüchtigen Tracht Schläge einweihen, um ihnen den Kitzel zu vertreiben.

In Prag registrierte uns eine Art von Torschreiber gehörig ein, gab uns Quartierzettel und schickte unsere Pässe zur Vidierung auf das

Polizeidirektorium. Die Herren der Polizei waren gegen alle Gewohnheit der Klasse in andern Ländern die Höflichkeit selbst; den andern Morgen war in zehn Minuten alles abgetan, und wir hatten unsern Bescheid bis Wien. Unsere Bekannten wunderten sich sehr über unser Glück, da man noch kurz vorher Fremden mit Gesandtschaftspässen viele Schwierigkeiten gemacht hatte.

Das Theater hier ist polizeimäßig richtig und nicht ohne Geschmack gebaut. Das Stück, das man gab, war schlecht, die Gesellschaft arbeitete nicht gut, und das Ballet ging nicht viel besser als das Stück. Der Gegenstand des letztern, das wilde Mädchen, war von dem Komponisten sehr gut ausgeführt; und es war Schade, daß in der Vorstellung weder Charakter noch Takt richtig gehalten wurde. Guardasoni ist Unternehmer der beiden Abteilungen des Theaters, sowohl der deutschen als der italienischen. Die deutsche habe ich höchst mittelmäßig gefunden, und die italienische soll noch einige Grade schlechter sein, die wir doch sonst in Leipzig bei ihm sehr gut besetzt und wohl geordnet fanden. Heute wurde Hamlet gegeben, und Du kannst Dir vorstellen, daß ich nicht Lust hatte, einen meiner Lieblinge gemißhandelt zu sehen.

Die Bibliothek war geschlossen, weil sie in Feuersgefahr gewesen war und man den Schaden ausbauet; und das wird länger dauern, als ich zu warten gesonnen bin. Der Bibliothekar, Rat Unger, der um Literatur und Aufklärung viel Verdienste und gegen Fremde große Gefälligkeit hat, würde indessen unstreitig die Güte gehabt haben uns die gelehrten Schätze zu zeigen, wenn wir ihn zu Hause getroffen hätten. Es ist bekannt, wie sehr sie im dreißigjährigen Kriege von den Schweden geplündert wurde, die durch Einverständnis mit ihrer Partei sogar die unterirdischen Gewölbe ausfindig zu machen wußten, um die versteckten Reichtümer hervorzuziehen. Durch die Aufhebung der Klöster unter Joseph dem Zweiten hat die Bibliothek zwar wieder außerordentlich gewonnen; aber die aufgehäuften Bücher und Schriften sind eben dadurch für die Literatur größerer Gefahr ausgesetzt, weil sie an einem einzigen Orte beisammen liegen. Der letzte Vorfall hat die Besorgnis bestätigt und erhöht. Ein Glück war es, daß eben damals mehr als vierzig Menschen oben lasen, als durch die Nachlässigkeit eines Künstlers, der über derselben in Feuer arbeitete, die Glut durchbrach. So ward selbst die liberale Benutzung des Instituts, dessen Einrichtung zu den musterhaftesten gehört, ihre Rettung.

Auf Grodschin war das Wetter unfreundlich und finster, und ich blickte nur durch Schneegestöber nach der Gegend hinaus, wo Friedrich schlug und Schwerin fiel. Die Kathedrale hat für die Liebhaber der Geschichte manches

Merkwürdige. Die Begräbnisse der alten Herzoge von Böhmen gewähren, wenn man Muße hat, eine eigene Art von Genuß; und das silberne Monument eines Erzbischofs ist vielleicht auch für den Künstler nicht ohne Interesse. Während Schnorr es betrachtete, stand ich vor den Gräbern der Kaiser Wenzel und Karls des Vierten, und fand, daß die Zeiten der goldenen Bulle doch wohl nur für wenige Fürsten golden und für die ganze übrige Menschheit sehr bleiern waren. Schlicks des Ministers Grabmal, gleich hinter dem Steine des Kaisers, ist ein verdorbener gotischer Bombast ohne Geschmack und Würde. Eine Pyramide in der Kirche kommt mir vor, als ob man den Blocksberg in eine Nachtmütze stecken wollte.

Der gute Nepomuck auf der Brücke mit seiner ehrwürdigen Gesellschaft gewährt den frommen Seelen noch viel Trost. Es scheint überhaupt in Prag, sowohl unter Katholiken als unter Protestanten, noch eine große Anzahl Zeloten zu geben: nur nicht unter den höheren Ständen, die in dieser Rücksicht die Toleranz selbst sind.

Ich freute mich, als ich hinter Lowositz in Böhmen auf die Ebenen kam, und hoffte nun einen beträchtlichen Grad von Wohlstand und Kultur zu finden, da der Boden rund umher außerordentlich fruchtbar zu sein schien. Aber meine Erwartung wurde traurig getäuscht. Die Dörfer lagen dünn, und waren arm; noch mehr als in dem Gebirge. Man drosch in den Herrenhöfen auf vielen Tennen und die Bauernhäuser waren leer und verfallen; die Einwohner schlichen so niedergedrückt herum, als ob sie noch an dem härtesten Joche der Sklaverei zögen. Mich deucht, sie sind durch Josephs wohltätige Absichten wenig gebessert worden, und höchst wahrscheinlich sind sie hier noch schwerer durch die Fronen gedrückt als irgendwo. Wo die Sklaverei systematisch ist, machen die Städte oft den Anhang des großen und kleinen Adels und teilen den Raub. Das schien hier der Fall. Alles war in Furcht als sich die Franzosen nahten: nur die Bauern jubelten laut und sagten, sie würden sie mit Freuden erwarten und sodann schon ihre Unterdrücker bezahlen. Ob der Landmann in Rücksicht der Franzosen Recht hatte, ist eine andere Frage: aber in seiner Freude bei der furchtbaren Krise des Vaterlandes lag ein großer Sinn, der wohl beherzigt zu werden verdiente, und der auch vielleicht den Frieden mehr beschleunigt hat, als die verlornen Schlachten.

Unsere guten Freunde jagen uns hier Angst ein, daß rund umher in der Gegend Räuber und Mörder streifen. Das könnten unsere guten Freunde nun wohl bleiben lassen; denn fort müssen wir. In Leutmeritz sollen über hundert sitzen, und in Prag nicht viel weniger. Die Auflösung der militärischen Korps ist immer von solchen Übeln begleitet, so wie bei uns die Einrichtungen gewöhnlich sind. Ich gehe getrost vorwärts und verlasse mich etwas auf einen guten, schwerbezwingten Knotenstock, mit dem ich tüchtig schlagen und noch einige Zoll in die Rippen nachstoßen kann. Freund Schnorr wird auch das seinige tun, und so müssen es schon drei gut bewaffnete, entschlossene Kerle sein, die uns anfallen wollen. Wir sehen nicht aus, als ob wir viel bei uns trügen, und auch wohl nicht, als ob wir das wenige das wir tragen so leicht hergeben würden.

Znaim

Wir nahmen den Segen unsrer Freunde mit uns und pilgerten von Prag aus weiter. Wo ich nichts gesehen habe, kann ich Dir natürlicher Weise nichts erzählen. Nachtlager, sind Nachtlager; und ob wir Schinken oder Wurst oder beides zugleich aßen, kann Dir ziemlich gleichgültig sein.

Es war ein schöner, herrlicher, frischer Morgen, als wir durch Kolin und durch die Gegend des Schlachtfeldes gingen. Daun wußte alle seine Schlachten mit vieler Kunst zu Postengefechten zu machen, und Friedrich erfuhr mehr als einmal das gewaltige Genie dieses neuen Kunktators. Wäre er bei Torgau nicht verwundet worden, es wäre wahrscheinlich eine zweite Auflage von Kolin gewesen. Die Gegend von Kolin bis Czaßlau kam mir sehr angenehm vor; vorzüglich geben die Dörfer rechts im Tale einen schönen Anblick. Die vorletzte Anhöhe vor Czaßlau gewährt eine herrliche Aussicht, rechts und links, vorwärts und rückwärts, über eine fruchtbare mit Dörfern und Städten besäete Fläche. Mich deucht, es wäre hier einer der besten militärischen Posten, so leicht und richtig kann man nach allen Gegenden hinabstreichen: und mich sollte es sehr wundern, wenn der Fleck nicht irgendwo in der Kriegesgeschichte steht. Nicht weit von Kolin aß ich zu Mittag in einem Wirtshause an der Straße, ohne mich eben viel um die Mahlzeit zu bekümmern. Meine Seele war in einer eigenen sehr gemischten Stimmung, nicht ohne einige Wehmut, unter den furchtbaren Szenen der Vorzeit; da tönte mir aus einer Ecke des großen finstern Zimmers eine schwache, zitternde, einfach magische Musik zu. Ich gestehe Dir meine Schwachheit, ein Ton kann zuweilen meine Seele schmelzen und mich wie einen Knaben gängeln. Eine alte Böhmin saß an einem helleren Fenster uns gegenüber und trocknete sich die Augen, und ein junges, schönes Mädchen, wahrscheinlich ihre Tochter, schien ihr mit Mienen und Worten sanft zuzureden. Ich verstand hier und da in der Entfernung nur einiges aus der Ähnlichkeit mit dem Russischen, das ich, wie Du weißt, ehemals etwas zu lernen genötigt war. Die

Empfindung bricht bei mir selten hervor, wenn mich nicht die Humanität allmächtig hinreißt. Ich helfe wo ich kann; wenn ich es nur öfter könnte. Der Ton des alten Instruments, welches ein goldhaariger junger Kerl in dem andern dunkeln Winkel spielte, mochte auf die Weiberseelen stärker wirken, und ihre eigentümliche Stimmung lebendiger machen. Es war nicht Harfe, nicht Laute, nicht Zither; man konnte mir den eigentlichen Namen nicht nennen; am ähnlichsten war es der Russischen *Balalaika*.

Mich deucht, schon andere haben angemerkt, daß die Straße von Prag nach Wien vielleicht die befahrenste in ganz Europa ist. Uns begegneten eine unendliche Menge Wagen mit ungarischen Weinen, Wolle und Baumwolle: aber die meisten brachten Mehl in die Magazine bei Czaßlau und weiter hin nach der Grenze.

Die böhmischen Wirtshäuser sind eben nicht als die vorzüglichsten in Kredit, und wir hatten schon zwischen Dresden und Prag einmal etwas cynisch essen, trinken und liegen müssen. Man tröstete uns, daß wir in Deutschbrot ein sehr gutes Haus finden würden; aber nie wurde eine so gute Hoffnung so schlecht erfüllt. Wir gingen in zwei, die eben keine sonderliche Miene machten, und konnten keine Stube erhalten: die Offiziere, hieß es, haben auf dem Durchmarsche alles besetzt. Das mochte vielleicht auch der Fall sein; denn alles ging von der Armee nach Hause: deswegen die unsichern Wege. Im dritten legte ich mißmutig sogleich meinen Tornister auf den Tisch, und quartierte mich ein ohne ein Wort zu sagen. Der Wirt war ein Kleckser und nennte sich einen Maler, und seine Mutter ein Muster von einem alten, häßlichen, keifischen Weibe, das schon seit vierzig Jahren aus der sechsten Bitte in die siebente getreten war. Es erschienen nach uns eine Menge Juden, Glashändler, Tabuletkramer und Kastenträger aller Art, von denen einer bis nach Sibirien an den Jenisey zu handeln vorgab. Die Gesellschaft trank, sang und zankte sehr hoch, ohne sich um meine Ästhetik einen Pfifferling zu bekümmern: und zur Nacht schichtete man uns mit den Hebräern so enge auf das Stroh, daß ich auf dem britischen Transport nach Kolumbia kaum gedrückter eingelegt war. Solche Abende und Nächte mußten schon mit eingerechnet werden, als wir zu Hause den Reisesack schnallten.

In Iglau habe ich bei meinem Durchmarsch nichts gesehen, als den großen, schönen, hellen Markt, dessen Häuser aber in der Ferne sich weit besser machen, als in der Nähe, wie fast alles in der Welt, das ins Prächtige fallen soll, ohne Kraft zu haben. Ziemlich in der Mitte des Marktes steht ein herrliches

Dreifaltigkeitsstück, von Leopold dem Ersten und Joseph dem Ersten, so christgläubig als möglich, aber traurig wie die Barbarei. Einige feine Artikel waren zerspalten und bekleckst, aber die *conceptio immaculata* und die *sponsa spiritus sancti* standen unter dem Ave Maria zum Trost der Gläubigen noch fest und wohl erhalten. Es soll bei Iglau schon ein recht guter Wein wachsen; er muß aber nicht in Menge kommen: denn ich habe in der Gegend nicht viel Weingärten gesehen. Eine halbe Stunde diesseits Iglau stehen an der Grenze zwei Pyramiden nicht weit voneinander, welche im Jahr 1750 unter Maria Theresia von den böhmischen und mährischen Ständen errichtet worden sind. Die Inschriften sind echtes neudiplomatisches Latein und schon ziemlich verloschen; so daß man in hundert Jahren wohl schwerlich etwas mehr davon wird lesen können: und doch sind sie, wie gewöhnlich, zum ewigen Gedächtnis gesetzt. In Mähren scheint mir durchaus noch mehr Liberalität und Bonhommie zu herrschen als in Böhmen.

Im Städtchen Stannern müssen beträchtliche Wollenmanufakturen sein; denn alle Fenster sind mit diesen Artikeln behangen, und man trägt sehr viel Mützen, Strümpfe, Handschuhe und dergleichen zu außerordentlich niedrigen Preisen zum Verkauf herum. Ein gutes, bequemes Wirtshaus, das erste das wir, seitdem wir aus Prag sind, trafen, hatte den Ort gleich etwas in Kredit bei uns gesetzt. Wenn man nicht mit Extrapost fährt, sondern zu Fuße trotzig vor sich hinstapelt, muß man sich sehr oft sehr huronisch behelfen. Meine größte Furcht ist indessen vor der etwas ekeln Einquartierung gewisser weißer schwarz besattelter Tierchen, die in Polen vorzüglich gedeihen und auch in Italien nicht selten sein sollen: Übrigens ist es mir ziemlich einerlei, ob ich mich auf Eiderdunen oder Bohnenstroh wälze. *Sed quam misere ista animalcula excruciare possint, apud nautas expertus sum;* darum haben ihnen auch vermutlich die Griechen den verderblichen Namen gegeben.

Hier in Znaim mußte ich zum ersten Mal Wein trinken, weil der Göttertrank der Germanen in Walhalla nicht mehr zu finden war. Der Wein war, das Maß für vierundzwanzig Kreuzer, sehr gut, wie mich Schnorr versicherte; denn ich verstehe nichts davon, und trinke den besten Burgunder mit Wasser wie den schlechtesten Potsdamer. Hier möchte ich wohl wohnen, so lieblich und freundlich ist die ganze Gegend, selbst unter dem Schnee. An der einen Seite stößt die Stadt an ziemliche Anhöhen, und auf der andern, vorzüglich nach Östreich, wird die Nachbarschaft sehr malerisch durch die Menge Weingärten, die alle an sanften Abhängen hin gepflanzt sind. Die beiden Klöster an den beiden Enden der Stadt sind, wie die meisten Mönchssitze, treffliche Plätze. Das eine nach der Östreichischen Seite, hat Joseph der Zweite unter andern mit eingezogen. Die Gebäude derselben sind so stattlich, daß man sie für die Wohnung keines kleinen Fürsten halten sollte. Im Kriege dienten sie zu verschiedenen Behufen; bald zum Magazin, bald zum Aufenthalt für Gefangene: jetzt steht alles leer.

Die römische Ruine, die hier zu sehen ist, steht zwei Stunden vor der Stadt, rechts hinab in einer schönen Gegend. Da ich aber in Mähren keine römischen Ruinen studieren will, wandelte ich meines Weges weiter. Ein hiesiger Domherr hat sie, wie ich höre, erklärt, auf den ich Dich mit Deiner Neugier verweise. Wenn ich nach den vielen schönen Weinfeldern rund in der Gegend urteile, und nun höre, daß die Ruine von einem Domherrn erklärt worden ist, so sollte ich fast blindlings glauben, sie müsse sich auf die Dionysien bezogen haben. Der Boden mit den großen weitläufigen Weinfeldern könnte, da er überall sehr gut zu sein scheint, doch wohl besser angewendet werden, als zu Weinbau. Die Armen müssen billig eher Brot haben, als die Reichen Wein; und Äbte und Domherren können in diesem Punkte weder Sinn noch Stimme haben.

Auf der Grenze von Mähren nach Östreich habe ich kein Zeichen gefunden; nur sind sogleich die Wege merklich schlechter als in Böhmen und Mähren, und mit den Weingärten scheint mir entsetzlich viel guter Boden verdorben zu sein. Ich nehme die Sache als Philanthrop und nicht als Trinker und Prozentist. Schlechtes Pflaster, das seit langer Zeit nicht ausgebauet sein muß, gilt für Chaussee.

Wie häufig gute Münze und vorzüglich Gold hier ist, davon will ich Dir zwei Beispielchen erzählen. Ich bezahlte gestern meine Mittagsmahlzeit in guten Zehnern, die in Sachsen eben noch nicht sonderlich gut sind; das sah ein Tabuletkrämer, machte mich aufmerksam wieviel ich verlöre, und nahm hastig, da ich ihn versicherte ich könne es nicht ändern und achte den kleinen Verlust nicht, die guten Zehner weg, und legte dem Wirt, der eben nicht zugegen war, neue schlechte Zwölfer dafür hin. Ein andermal fragte ich in einem Wirtshause, wo Reinlichkeit, Wohlhabenheit und sogar Überfluß herrschte, und wo man uns gut beköstigt hatte, wie hoch die Dukaten ständen? Mir fehlte kleines Geld. Der Wirt antwortete sehr ehrlich: Das kann ich Ihnen wirklich durchaus nicht sagen; denn ich habe seit vier Jahren kein Gold gesehen: nichts als schlechtes Geld und Papier; und ich will Sie nicht betrügen mit der alten Taxe. Der Mann befand sich übrigens mit schlechtem Gelde und Papier sehr wohl und war zufrieden, ohne sich um Dukaten zu bekümmern.

Wien

Den zweiten Weihnachtsfeiertag kamen wir hier in Wien an, nachdem wir die Nacht vorher in Stockerau schon echt wienerisch gegessen und geschlafen hatten. An der Barriere wurden wir durch eine Instanz angehalten und an die andere zur Visitation gewiesen. Ich armer Teufel wurde hier in bester Form für einen Hebräer angesehen, der wohl Juwelen oder Brabanter Spitzen einpaschen könnte. Über die Physiognomen! Aber man mußte doch den *casum in terminis* gehabt haben. Mein ganzer Tornister wurde ausgepackt, meine weiße und schwarze Wäsche durchwühlt, mein Homer beguckt, mein Theokrit herumgeworfen und mein Virgil beschaut, ob nicht vielleicht etwas französischer Konterband darin stecke; meine Taschen wurden betastet und selbst meine Beinkleider fast bis an das heilige Bein durchsucht: alles sehr höflich; so viel nämlich Höflichkeit bei einem solchen Prozesse Statt finden kann. *I must needs have the face of a smuggler.* Meine Briefe wurden mir aus dem Taschenbuche genommen, und dazu mußte ich einen goldnen Dukaten eventuelle Strafe niederlegen, weil ich gegen ein Gesetz gesündigt hatte, dessen Existenz ich gar nicht wußte und zu wissen gar nicht gehalten bin. „Du sollst kein versiegeltes Blättchen in deinem Taschenbuche tragen." Der Henker kann so ein Gebot im Dekalogus oder in den Pandekten suchen. Aus besonderer Güte, und da man doch am Ende wohl einsah, daß ich weder mit Brüssler Kanten handelte noch die Post betrügen wollte, erhielt ich die Briefe nach drei Tagen wieder zurück, ohne weitere Strafe, als daß man mir für den schönen vollwichtigen Dukaten, nach der Kaisertaxe, von welcher kein Kaufmann in der Residenz mehr etwas weiß, neue blecherne Zwölfkreuzerstücke gab. Übrigens ging alles freundlich und höflich her, an der Barriere, auf der Post, und auf der Polizei. Wider alles Vermuten bekümmerte man sich um uns nun mit keiner Silbe weiter, als daß man unsere Pässe dort behielt und sagte, bei der Abreise möchten wir sie wieder abholen. Sobald ich meine Empfehlungsbriefe von der Post wieder erhalten hatte, wandelte ich herum sie zu überliefern und meine Personalität vorzustellen. Die Herren waren alle sehr freundschaftlich und honorierten die Zettelchen mit wahrer Teilnahme. Ich könnte Dir hier mehrere brave Männer unserer Nation nennen, denen ich nicht unwillkommen war, und die ich hier zum ersten Mal sah; aber Du bist mit ihrem Wert und ihrer Humanität schon mehr bekannt als ich.

Gestern war ich bei Füger und hatte eine schöne Stunde wahren Genusses. Der Mann hat mich mit seinen Gesinnungen und seiner Handelsweise sehr interessiert. Er hatte eben Geschäfte, und ich konnte daher seine offene Ungezwungenheit desto besser bemerken: denn er besorgte sie so leicht, als ob er allein gewesen wäre, ohne uns dabei zu vernachlässigen. Wer in den Zimmern eines solchen Mannes lange Weile hat, für den ist keine Rettung. Er hatte soeben seinen Achilles bei dem Leichnam des Patroklus vollendet, der auch nun gezeichnet und in Kupfer gestochen werden soll. Ich hatte die Stelle nur noch einige Tage vorher in meinem Homer gelesen; Du kannst also denken, mit welcher Begierde ich an dem Stücke hing. Es ist ein bezauberndes Bild. Der junge Held in Lebensgröße bei dem Toten, der bis an die Brust neben ihm sichtbar ist, scheint sich soeben von seinem tiefsten Schmerz zu erholen und Rache zu beschließen. Die Figur ist ganz nackt, und scheint mir ein Meisterstück der Zeichnung und Färbung; aber der Kopf ist göttlich. Du weißt, ich hin nicht Enthusiast; aber ich konnte mich kaum im Anschauen sättigen. Wenn meine Stimme etwas gelten könnte, würde ich mit der himmlisch jugendlichen Schönheit des Gesichts nicht ganz zufrieden sein. Der Held, der hier vorgestellt werden sollte, ist nicht mehr der Jüngling, den Ulysses unter den Töchtern Lykomeds hervorsuchte; es ist der Pelide, der schon gefochten und gezürnt hat, der schon das Schrecken der Trojaner war. Um dieses zu sein, scheint mir der Kopf noch zu viel aus dem Gynäceum zu haben. Mich deucht, der **Mann** sollte schon etwas vollendeter sein: die Periode ist selbst nur sehr kurze Zeit vor seinem eigenen Tode. Ich bescheide mich gern, und überlasse dieses den Eingeweihten der Kunst. Ein Sklave steht hinter ihm, auf dessen Gesichte man Erstaunen und Furcht liest.

Mehr als alles war mir wichtig sein Zimmer der Messiade. Hier hängt fast zu jedem Gesange eine Meisterzeichnung, an der sein Geist mit Liebe und Eifer gearbeitet hat. Er sagte mir, daß er vor Angst einige Wochen nicht zum Entschlusse habe kommen können, was er mit dem Gedicht anfangen solle, bis auf einmal die ganze Reihe der Szenen sich ihm dargestellt habe. Es sind zwanzig, und nur von vieren hat Göschen die Kupfer zu seiner schönen Ausgabe erhalten. Es wäre wert, daß Göschen mit seinem gewöhnlichen Enthusiasmus für Wahrheit und Schönheit in der Kunst mit wackern Künstlern sich entschlösse, sie dem Publikum alle mitzuteilen: aber die Unternehmung würde keinen kleinen Aufwand erfordern, wenn Füger auf keine Weise leiden sollte. Figuren und Gruppen sind vortrefflich, die apostolischen Gesichter bezaubernd, und

Judas mit dem Satan gräßlich charakteristisch, ohne Karikatur. Vorzüglich hat mich das Blatt gerührt, wo der Apostel nach dem Tode des geliebten Lehrers den Weibern die Dornenkrone bringt. Die Stelle ist ein Meisterwerk des Pathos im Gedicht; das hat der Künstler gefühlt und sein Gefühl mit voller Seele der Gruppe eingehaucht. Der Eifer des Kaifas ist ein Feuerstrom, und der Hauptmann der Römer gleicht Einem, der in seinem Schrecken es noch zeigt, daß er zu dem alten Kapitol gehört. Porcia ist ein göttliches Weib. Am wenigsten hat mich das erste und letzte Blatt befriedigen wollen, weil ich mich mit der Personifizierung der Gottheit nicht vertragen kann. Man nehme das Ideal noch so hoch, es kommt immer nur ein Jupiter Olympius: und diesen will ich nicht haben; er ist mir nicht genug. Christus ist das erhabenste Ideal der christlichen Kunst. Er ist selbst nach der orthodoxesten Lehre noch unser Bruder. Bis zu ihm kann sich unsere Sinnlichkeit erheben, aber weiter nicht. Unsere Apostel und Heiligen sind die Götter und Heroen des alten Mythus. Bis zu Platos einzig wirklichem Wesen hat sich auch kein griechischer Künstler emporgewagt. Der olympische Jupiter ist der homerische. Ich wünschte Klopstock und Wieland nur eine Stunde hier in diesem Zimmer: sie würden Lohn für ihre Arbeit finden, und Füger für die seinige.

Ich muß Dir noch über zwei Stücke von Füger etwas sagen, die ich in den Zimmern des Grafen Fries antraf und die Du vielleicht noch nicht kennst. Der Graf erinnerte sich meiner mit Güte von der Akademie her, und seine Freundlichkeit und Gefälligkeit gegen Fremde, so wie sein Enthusiasmus für Kunst und Wissenschaft, in denen er seinen besten Genuß hat, sind allgemein bekannt. Die beiden Gemälde sind ziemlich neu; denn das erste ist nur zwei Jahre alt und das zweite noch jünger. Das erste ist Brutus der Alte, wie er seine Söhne verdammt; und der Moment ist das furchtbare: *Expedi secures!* Man muß das Ganze mit Einem Blicke umfassen können, um die Größe der Wirkung zu haben, die der Künstler hervorgebracht hat. Jede Beschreibung, die aus einander setzt, schwächt. Das Stück ist reich an Figuren; aber es ist keine müßig: sie gehören alle zur Katastrophe, oder nehmen Anteil daran. Alles ist richtiger, eigentümlicher Charakter, vom Konsul bis zum Liktor. Alles ist echt römisch, und schön und groß. Ich darf nicht wagen zu beschreiben; es muß gesehen werden. Vorzüglich rührend für mich war eine sehr glückliche Episode, die, soviel ich mich erinnere, der alte Geschichtschreiber nicht hat: oder wenn er sie hat, wirkt sie hier im Bilde mächtiger als bei ihm in der Erzählung. Ein ziemlich alter Mann steht mit seinen zwei Knaben in der Entfernung und deutet mit dem ganzen Ausdruck eines flammenden Patriotismus auf den Richter und das Gericht hin, als ob er sagen wollte: Bei den Göttern, so müßte ich gegen euch sein, wenn ihr würdet wie diese! Vater und Söhne sind für mich unbeschreiblich schön.

Das zweite Stück ist Virginius, der soeben seine Tochter geopfert hat, das Messer dem Volke und dem Decemvir zeigt, und als ein furchtbarer Prophet der künftigen Momente nur einen Augenblick dasteht. Dieser Augenblick war einzig für den Geist des Künstlers. Die beiden Hauptfiguren, Virginius und Appius Klaudius sind in ihrer Art vortrefflich: aber unbeschreiblich schön, rührend und von den Grazien selbst hingehaucht ist die Gruppe der Weiber, die das sterbende Mädchen halten. Diese bekümmern sich nicht um den Vater, nicht um den tyrannischen Richter, nicht um das Volk, um nichts, was um sie her geschieht; sie sind ganz allein mit dem geliebten Leichnam beschäftiget. Eine so reizende Verschlingung schwebte selten der Seele eines Dichters vor: nimm nun noch die Vollendung und Zartheit der Figuren und das Pathos des Augenblicks dazu. Es ist eine der schönsten Kompositionen aus der Seele eines Künstlers, den der Genius der hohen und schönen Humanität belebte. Ich würde niederknien und anbeten, wenn ich die Römer nicht besser kennte. Du weißt aber schon hierüber meine etwas ketzerische Denkungsart. Als Philanthrop betrachtet möchte ich lieber in Rußland leben, an der Kette der dortigen Knechtschaft, als unter dem Palladium der römischen Freiheit. Beschuldige mich nicht zu schnell eines Paradoxons. Wehe den neuen Galliern, wenn sie die altrömische Freiheit ihrer Nation oder gar ihren Nachbarn aufdringen, oder, wie Klopstock spricht, aufjochen wollen! Aber wo gerate ich hin?

Fügers neuestes Werk, an dem er jetzt, wie ich höre, für den Herzog Albert von Sachsen-Teschen arbeitet, ist ein Jupiter, der dem Phidias erscheint, um ihn zu seinem Bilde vom Olympus zu begeistern. Da es in die Höhe kommen soll, ist die Anlage etwas kolossalisch. Der Gedanke ist kühn, sehr kühn: aber Füger ist vielleicht gemacht solche Gedanken auszuführen. Mit einer liebenswürdigen Offenheit gesteht der große Künstler, daß er einige seiner herrlichsten Kompositionen aus Vater Wielands Aristipp genommen hat. Nun wünschte ich auch David einige Stunden so nahe zu sein, wie ich es Füger war; und ich hoffe es soll mir gelingen.

Während der vierzehn Tage, die ich hier hausete, war nur einige Mal ein Stündchen reines, helles Wetter, aber nie einen ganzen Tag; und die Wiener klagen, daß dieses fast beständig so ist. Da ging ich denn so finster zuweilen allein für mich auf dem Walle und etymologisierte. *Vindobona, quia dat vinum bonum; Danubius, quia dat nubes;* und dergleichen mehr: wer weiß, ob die Römer bei ihrer Nomenklatur nicht an so etwas gedacht haben. Wenn Harrach, Füger, Retzer, Ratschky, Miller und einige andere nicht gewesen wären, die mir zuweilen ein Viertelstündchen schenkten, ich hätte den dritten Tag vor Angst meinen Tornister wieder packen müssen.

Von dem Wiener Theaterwesen kann ich Dir nicht viel Erbauliches sagen. Die Gesellschaft des Nationaltheaters ist abwechselnd in der Burg und am Kärntner Tore, und spielt so gut sie kann. Das männliche Personale ist nicht so arm als das weibliche; aber Brockmann steht doch so isoliert dort und ragt über die andern so sehr empor, daß er durch seine Überlegenheit die Harmonie merklich stört. Die andern, unter denen zwar einige gute sind, können ihm nicht nacharbeiten, und so geht er oft zu ihnen zurück; zumal da auch seine schöne Periode nun vorbei ist. Man gab eben das Trauerspiel Regulus. Ich gestehe Dir, daß es mir ungewöhnlich viel Vergnügen gemacht hat; vielleicht schon deswegen, weil es einen meiner Lieblingsgegenstände aus der Geschichte behandelte. Ich halte das Stück für recht gut gearbeitet, so viel ich aus einer einzigen Vorstellung urteilen kann, wo ich mich aber unwillkürlich mehr zum Genuß hingab, als vielleicht zur Kritik nötig war. Es sind allerdings mehrere kleine Verzeichnungen in den Charaktern; aber das Ganze hat doch durchaus einen sehr festen, ernsthaften nicht unrömischen Gang: die Sprache ist meistens rein und edel, und ich war zufrieden. Zum Meisterwerke fehlt ihm freilich noch manches; aber Apollo gebe uns nur mehrere solche Stücke, so haben wir Hoffnung auch jene zu erhalten. Es wird mir noch lange einen großen Genuß gewähren, Brockmann in der Rolle des Regulus gesehen zu haben. Der weibliche Teil der Gesellschaft, der auf den meisten Theatern etwas arm zu sein pflegt, ist es hier vorzüglich; und man ist genötigt die Rolle der ersten Liebhaberin einer Person zu geben, die mit aller Ehre Äbtissin in Quedlinburg oder Gandersheim werden könnte. Die Dame ist gut, auch gute Schauspielerin; aber nicht mehr für dieses Fach.

Die Italiener sind verhältnismäßig nicht besser. Man trillert sehr viel, und singt sehr wenig. Der Kastrat Marchesi kombabusiert einen Helden so unbarmherzig in seine eigene verstümmelte Natur hinein, daß es für die Ohren des Mannes ein Jammer ist; und ich begreife nicht, wie man mit solcher Unmenschlichkeit so traurige Mißgriffe in die Ästhetik hat tun können. Das mögen die Italiener, wie vielen andern Unsinn, bei der gesunden Vernunft verantworten, wenn sie können.

Ich, meines Teils, will keine Helden,
Die uns, entmannt und kaum noch mädchenhaft,
Sogleich den Mangel ihrer Kraft
Im ersten Tone quiekend melden,
Und ihre lächerliche Wut
Im Schwindel durch die Fistelhöhen
Von ihrem Brett herunterkrähen,
Wie Meister Hahns gekappte Brut.
Wenn ich des Hämmlings Singsang nicht
Wie die Taranteltänze hasse,
So setze mich des Himmels Strafgericht
Mit ihm in Eine Klasse.

Schikaneder treibt sein Wesen in der Vorstadt an der Wien, wo er sich ein gar stattliches Haus gebaut hat, dessen Einrichtung mancher Schauspieldirektor mit Nutzen besuchen könnte und sollte. Der Mann kennt sein Publikum, und weiß ihm zu geben was ihm schmeckt. Sein großer Vorzug ist Lokalität, deren er sich oft mit einer Freimütigkeit bedient, die ihm selbst und der Wiener Duldsamkeit noch Ehre macht. Ich habe auf seinem Theater über die Nationalnarrheiten der Wiener Reichen und Höflinge Dinge gehört, die man in Dresden nicht dürfte laut werden lassen, ohne sich von höherem Orte eine strenge Weisung über Vermessenheit zuzuziehen. Mehrere seiner Stücke scheint er im eigentlichsten Sinne nur für sich selbst gemacht zu haben; und ich muß bekennen, daß mir seine barocke Personalität als Tyroler Wastel ungemeines Vergnügen gemacht hat. Es ist den Wienern von feinem Ton und Geschmack gar nicht übelzunehmen, daß sie zuweilen zu ihm und Kasperle herausfahren und das Nationaltheater und die Italiener leer lassen. Seine Leute singen für die Vorstadt verhältnismäßig weit besser, als jene für die Burg. Die Kleidung ist an der Wien meistens ordentlicher und geschmackvoller, als die verunglückte Pracht dort am Hofe, wo die Stiefletten des Heldengefolges noch manchmal einen sehr ärmlichen Aufzug machen. So lange Schikaneder Possen, Schnurren und seine eigenen tollen Operetten gibt, wo der Wiener Dialekt und der Ton des Orts nicht unangenehm mitwirkt, kann er auch Leute von gebildetem Geschmack einige Mal vergnügen: aber wenn er sich an ernsthafte Stücke wagt, die höheres Studium und durchaus einen höhern Grad von Bildung erfordern, muß der Versuch allerdings immer sehr schlecht ausfallen. Aber hier wird er vielleicht sagen, ich arbeite für mein Haus: dawider ist denn nichts einzuwenden. Nur möchte ich dann nicht zu seinem Hause gehören. Er will aber höchst wahrscheinlich für nichts weiter gelten, als für das Mittel zwischen Kasperle und der Vollendung der mimischen Kunst im Nationaltheater. Die Herren Kasperle und Schikaneder mögen ihre subordinierten Zwecke so ziemlich erreicht haben; aber das Nationaltheater ist, so wie ich es sah, noch weit entfernt, dem ersten Ort unsers Vaterlandes und der Residenz eines großen Monarchen durch seinen Gehalt Ehre zu machen.

Den Herrn Kasperle aus der Leopoldstadt, hat, wie ich höre, der Kaiser zum Baron gemacht; und mich deucht, der Herr hat seine Würde so gut verdient, als die meisten, die dazu erhoben werden. Er soll überdies das wesentliche Verdienst besitzen, ein sehr guter Haushalter zu sein.

Über die öffentlichen Angelegenheiten wird in Wien fast nichts geäußert, und Du kannst vielleicht Monate lang auf öffentliche Häuser gehen, ehe Du ein einziges Wort hörst, das auf Politik Bezug hätte; so sehr hält man mit alter Strenge ebensowohl auf Orthodoxie im Staate wie in der Kirche. Es ist überall eine so andächtige Stille in den Kaffeehäusern, als ob das Hochamt gehalten würde, wo jeder kaum zu atmen wagt. Da ich gewohnt bin, zwar nicht laut zu enragieren, aber doch gemächlich unbefangen für mich hinzusprechen, erhielt ich einige Mal eine freundliche Weisung von Bekannten, die mich vor den Unsichtbaren warnten. Inwiefern sie Recht hatten, weiß ich nicht; aber so viel behaupte ich, daß die Herren sehr Unrecht haben, welche die Unsichtbaren brauchen. Einmal spielte meine unbefangene Sorglosigkeit fast einen Streich. Du weißt, daß ich durchaus kein Revolutionär bin; weil man dadurch meistens das Schlechte nur schlimmer macht: ich habe aber die Gewohnheit, die Wirkung dessen was ich für gut halte zuweilen etwas lauter werden zu lassen, als vielleicht gut ist. So hat mir der Marseiller Marsch als ein gutes musikalisches Stück gefallen, und es begegnet mir wohl, daß ich, ohne irgend etwas Bestimmtes zu denken, ebenso wie aus irgendeinem andern Musikstücke, einige Takte unwillkürlich durch die Zähne brumme. Dies geschah auch einmal, freilich sehr am unrechten Orte, in Wien, und wirkte natürlich wie ein Dämpfer auf die Anwesenden. Mir war mehr bange für die guten Leute als für mich: denn ich hatte weiter keinen Gedanken, als daß mir die Musik der Takte gefiel, und selbst diesen jetzt nur sehr dunkel.

Ich erinnerte mich eines drolligen, halb ernsthaften, halb komischen Auftritts in einem Wirtshause, der auf die übergroße Ängstlichkeit in der Residenz Bezug hatte. Ein alter, ehrlicher, eben nicht sehr politischer Oberstlieutenant hatte während des Krieges bei der Armee in Italien gestanden und sich dort gewöhnt, recht jovialisch lustig zu sein. Seine Geschäfte hatten ihn in die Residenz gerufen, und er fand da an öffentlichen Orten überall eine Klosterstille. Das war ihm sehr mißbehaglich. Einige Tage hielt er es aus, dann brach er bei einem Glase Wein echt soldatisch laut hervor und sagte mit recht drolliger Unbefangenheit: „Was, zum Teufel, ist denn das hier für ein verdammt frommes Wesen in Wien? Kann man denn hier nicht sprechen? Oder ist die ganze Residenz eine große Kartause? Man kommt ja hier in Gefahr das Reden zu verlernen. Oder darf man hier nicht reden? Ich habe so etwas gehört, daß man überall lauern läßt: ist das wahr? Hole der Henker die Mummerei! Ich kann das nicht aushalten; und ich will laut reden und lustig sein." Du hättest die Gesichter der Gesellschaft bei dieser Ouverture sehen sollen! Einige waren ernst, die andern erschrocken; andere lächelten, andere nickten gefällig und bedeutend über den Spaß: aber niemand schloß sich an den alten Haudegen an. Ich werde machen, sagte dieser, daß ich wieder zur Armee komme; das tote Wesen gefällt mir nicht.

Als die Franzosen bis in die Nähe von Wien vorgedrungen waren, soll sich, die Magnaten und ihre Kreaturen etwa ausgenommen, niemand vor dem Feinde gefürchtet haben: aber desto größer war die allgemeine Besorgnis vor den Unordnungen der zurückgeworfenen Armee. Damals fing Bonaparte eben an, etwas bestimmter auf seine individuellen Aussichten loszuarbeiten, und hat dadurch zufälliger Weise den Östreichern große Angst und große Verwirrungen erspart.

Doktor Gall hat eben einen Kabinetsbefehl erhalten, sich es nicht mehr beigehen zu lassen, den Leuten gleich am Schädel anzusehen, was sie darin haben. Die Ursache soll sein, weil diese Wissenschaft auf Materialismus führe.

Man sieht auch hier in der Residenz nichts als Papier und schlechtes Geld. Das Lenkseil mit schlechtem Gelde ist bekannt; man fährt daran, so lange es geht. Das Kassenpapier ist noch das unschuldigste Mittel die Armut zu decken, so lange der Kredit hält. Aber nach meiner Meinung ist für den Staat nichts verderblicher, und in dem Staat nichts ungerechter als eigentliche Staatspapiere, so wie unsere Staaten jetzt eingerichtet sind. Eingerechnet unsere Privilegien und Immunitäten, die freilich ein Widerspruch des öffentlichen Rechts sind, zahlen die Ärmeren fast durchaus fünf Sechsteile der Staatsbedürfnisse. Die Inhaber der Staatspapiere, sie mögen Namen haben wie sie wollen, gehören aber meistens zu den Reichen, oder wohl gar zu den Privilegiaten. Die Interessen werden wieder aus den Staatseinkünften bezahlt, die meistens von den Ärmern bestritten werden. Ein beliebter Schriftsteller wollte vor kurzem die Wohltätigkeit der Staatsschulden in Sachsen dadurch beweisen, weil man durch dieses Mittel sehr gut seine Gelder unterbringen könne. Nach diesem Schlusse sind die Krankheiten ein großes Gut für die Menschheit, weil sich Ärzte, Chirurgen und Apotheker davon nähren. Ein eigener Ideengang, den freilich Leute nehmen können, die ohne Gemeinsinn gern viel Geld sicher unterbringen wollen. Das Resultat ist aber ohne vieles Nachdenken, daß durch die Staatsschulden die Ärmern gezwungen sind, außer der alten Last auch noch den Reichen Interessen zu bezahlen, sie mögen wollen oder nicht. Bei einem Steuerkataster, auf allgemeine Gerechtigkeit gegründet, wäre es freilich anders. Aber jetzt haben die Reichen die Steuerscheine, und die Armen zahlen die Steuern. Man kann diese Logik nur bei einem Kasten voll Steuerobligationen bündig finden. Wo hätte der Staat die Verbindlichkeit, den Reichen auf Kosten der Armen ihre Kapitale zu verzinsen? Und das ist doch am Ende das Fazit jeder Staatsschuld. Jede Staatsschuld ist eine Krücke, und Krücken sind nur für Lahme. Die Sache ist zu wichtig, sie hier weiter zu erörtern. Ich weise Dich hierüber vorzüglich auf Hume's Buch, als das beste, was mir über diesen Gegenstand bekannt ist.

Sonderbar war es, daß man in dem letzten Jahre des Krieges bei der höchsten Krise Wien zum Waffenplatz machen wollte; das Schlimmste, was die Regierung für ihre Sache tun konnte. Wenn damals die Franzosen den Frieden nicht eben so nötig hatten wie die Deutschen, oder wenn Bonaparte andere Absichten hatte als er nachher zeigte, so war das Unglück für die östreichischen Staaten entsetzlich. Was konnte man von den Vorspiegelungen erwarten? Es war bekannt, Wien hätte sich nicht acht Tage halten können; und welche Folgen hätte es gehabt, wenn es auf dem Wege der Gewalt in die Hände der Feinde gekommen wäre? Die Wiener waren zwar sicher, daß es nicht dahin kommen würde; aber eben deswegen waren die Vorkehrungen ziemlich verkehrt. Man hätte gleich mit Entschlossenheit der Maxime des Ministers folgen können, dessen übrige Verfahrungsart ich aber nicht verteidigen möchte. Hier hatte er ganz Recht, wenn nur sonst die Kräfte gewogen gewesen wären: Die Residenz ist nicht die Monarchie; und es ist manchem Staate nichts weniger als wohltätig, daß die Hauptstadt so viel Einfluß auf das Ganze hat.

Für Kunstsachen und gelehrtes Wesen habe ich, wie Dir bekannt ist, nur selten eine glückliche Stimmung; ich will Dir also, zumal da das Feld hier zu groß ist, darüber nichts weiter sagen: Du magst Dir von Schnorr erzählen lassen, der vermutlich eher zurückkommt als ich.

Ich darf rühmen, daß ich in Wien überall mit einer Bonhommie und Gefälligkeit behandelt worden bin, die man vielleicht in Residenzen nicht so gewöhnlich findet. Selbst die schnakische Visitation an der Barriere wurde, was die Art betrifft, mit Höflichkeit gemacht. Den einzigen böotischen, aber auch echt böotischen, Auftritt hatte ich den letzten Tag auf der italienischen Kanzlei. Hierher wurde ich mit meinem alten Passe von der Polizei um einen neuen gewiesen. Im Vorzimmer war man artig genug und meldete mich, da ich Eile zeigte, sogleich dem Präsidenten, der eine Art von Minister ist, den ich weiter nicht kenne. Er hatte meinen Paß von Dresden schon vor sich in der Hand, als ich eintrat.

„Währ üß Ähr?“ fragte er mich mit einem stier glotzenden Molochsgesicht in dem dicksten Wiener Bratwurstdialekt. Ich ehre das Idiom jeder Provinz, so lange es das Organ der Humanität ist; und die braven Wiener mit ihrer Gutmütigkeit haben in mir nur selten das Gefühl rege gemacht, daß ihre Aussprache etwas besser sein sollte. Ich tat ein kurzes Stoßgebetchen an die heilige Humanität, daß sie mir etwas Geduld gäbe, und sagte meinen Namen, indem ich auf den Paß zeigte.

„Wu will Ähr hünn?“

Steht im Passe: nach Italien.

„Italien üß gruhß.“

Vor der Hand nach Venedig, und sodann weiter.

„Slähftr holtr sähr füehl sulch lüederlüchches Gesüendel härümmer.“

Nun, Freund, was war hier zu tun? Dem Menschen zu antworten, wie er es verdiente? Er hätte leicht Mittel und Wege gefunden, mich wenigstens acht Tage aufzuhalten, wenn er mich nicht gar zurückgeschickt hätte; denn er war ja ein Stück von Minister. Ich suchte also eine alte militärische Aufwallung mit Gewalt zu unterdrücken. Der Graf Metternich in Dresden muß wohl wissen, was er tut, und wem er seine Pässe gibt: er ist verantwortlich dafür! sagte ich so bestimmt als mir der Ton folgte. Der Mensch belugte mich von dem verschnittenen Haarschädel den polnischen Rock herab bis auf die Schariwari, die um ein Paar derbe rindslederne Stiefeln geknöpft waren.

„Wu wüll Ähr weiter hünn?“

Vorzüglich nach Sizilien.

Er glotzte von neuem, und fragte:

„Waß wüll Ähr da machchen?“

Hätte ich ihm nun die reine platte Wahrheit gesagt, daß ich bloß spazierengehen wollte, um mir das Zwerchfell auseinanderzuwandeln, das ich mir über dem Druck von Klopstocks Oden etwas zusammengesessen hatte, so hätte der Mann höchst wahrscheinlich gar keinen Begriff davon gehabt, und geglaubt, ich sei irgendeinem Bedlam entlaufen.

Ich will den Theokrit dort studieren, sagte ich.

Weiß der Himmel was er denken mochte; er sah mich an, und sah auf den Paß und sah mich wieder an, und schrieb sodann etwas auf den Paß, welches, wie ich nachher sah, der Befehl zur Ausfertigung eines andern war.

„Abber Ähr dörf süchch nücht ünn Venedig uffhalten.“

Ich bin es nicht Willens, antwortete ich mit dem ganzen Murrsinn der düstern Laune, und bekomme hier auch nicht Lust dazu. Er beglotzte mich noch einmal, gab mir den Paß, und ich ging.

Man hat mir den Namen des Mannes genannt und gesagt, daß dieses durchaus sein Charakter sei, und daß er bei dem Kaiser in gar großem Vertrauen und hoch in Gnaden stehe. Desto schlimmer für den Kaiser und für ihn und die Wiener und alle, die mit ihm zu tun haben. Sein Gesicht hatte das Gepräge seiner Seele, das konnte ich beim ersten Anblick sehen, ohne jemals eine Stunde bei Gall gehört zu haben. Seinen Namen habe ich geflissentlich vergessen, erinnere mich aber noch so viel, daß er, eben nicht zur Ehre unserer Nation, ein Deutscher, obgleich Präsident der italienischen Kanzlei war. Ist das der Vorschmack von Italien? dachte ich; das fängt erbaulich an.

Von hier ging ich mit dem Passe hinüber in die Kanzleistube, wo ausgefertigt wurde; und hier war der Revers des Stücks, ein ganz anderer Ton. Ich wurde so viel **Euer Gnohden** gescholten, daß meine Bescheidenheit weder ein noch aus wußte, und erhielt sogleich einen großen Realbogen voll Latein in ziemlich gutem Stil, worin ich allen Ober- und Unteroffizianten des Kaisers im Namen des Kaisers gar nachdrücklich empfohlen wurde. Wenn es nur der Präsident etwas höflicher gemacht hätte; es hätte mit der nämlichen oder weit weniger Mühe für ihn und mich angenehmer werden können. Auf dem neuen Passe stand *gratis*, und man forderte mir zwei Gulden ab, die ich auch, trotz der sonderbaren Hermeneutik des Wörtchens, sehr gern sogleich zahlte und froh war, daß ich dem Übermaß der Grobheit und Höflichkeit zugleich entging.

Schottwien

Nun nahm ich von meinen alten und neuen Bekannten in der Kaiserstadt Abschied, packte meine Siebensachen zusammen und wandelte mit meinem neuen kaiserlichen Dokument Tages darauf fröhlichen Mutes die Straße nach Steiermark. Schnorr hatte als Hausvater billig Bedenken getragen, den Gang nach Hesperien weiter mit mir zu machen. Man hatte die Gefahr, die auch wohl ziemlich groß war, von allen Seiten noch mehr vergrößert; und was ich als einzelnes isoliertes Menschenkind ganz ruhig wagen konnte, wäre für einen Familienvater Tollkühnheit gewesen. Komme ich um, so ist die Rechnung geschlossen und es ist Feierabend: aber bei ihm wäre die Sache nicht so leicht abgetan. Er begleitete mich den zehnten Januar, an einem schönen, hellen, kalten Morgen eine Stunde weit heraus, bis an ein altes gotisches Monument, und übergab mich meinem guten Genius. Unsere Trennung war nicht ohne Schmerz, aber rasch und hoffnungsvoll uns in Paris wieder zu finden.

Ich zog nun an den Bergen hin, die rechts immer größer wurden, dachte so wenig als möglich, denn viel Denken ist, zumal in einer solchen Stimmung und bei einer solchen Unternehmung, sehr unbequem, und setzte gemächlich einen Fuß vor den andern immer weiter fort. Als die Nacht einbrach, blieb ich in einem Dorfe zwischen Günselsdorf und Neustadt. So wie ich in die große Wirtsstube trat, fand ich sie voll Soldaten, die ihre Bacchanalien hielten. Die Reminiszenzen der Wachstuben, wo ich ehemals Amts wegen eine Zeitlang jede dritte Nacht unter Tabaksdampf und Kleinbierwitz leben mußte, hielten mich, daß ich nicht sogleich zurückfuhr. Ich pflanzte mich in einen Winkel am Ofen, und ließ ungefähr dreißig Wildlinge ihr Unwesen so toll um mich her treiben, daß mir die Ohren gellten. Einige spielten Karten, andere sangen, andere disputierten in allen Sprachen der Pfingstepistel mit Mund und Hand und Fuß. Bald entstand Streit im Ernst, und die Handfestesten schienen schon im Begriff, sich einander die *Argumenta ad hominem* mit den Fäusten zu applizieren; da fing ein alter Kerl an in der Ecke der großen gewölbten Stube auf einer Art von Sackpfeife zu blasen, und alles ward auf einmal friedlich und lachte. Bei dem dritten und vierten Takte ward es still; bei dem sechsten faßten ein Paar Grenadiere einander unter die Arme und fingen an zu walzen. Der Ball vermehrte sich, als ob Hüons Horn geblasen würde; man ergriff die Mädchen und sogar die alte dicke Wirtin, und aller Zank war vergessen. Dann traten Solotänzer auf und tanzten steierisch, dann kosakisch, und dann den ausgelassensten, ungezogensten Kordax, daß die Mädchen davonliefen und selbst der Sackpfeifer aufhörte. Dann ging die Szene von vorn an. Man spielte und trank, und fluchte und zankte und drohte mit Schlägen, bis der Sackpfeifer wieder anfing. Der Mann war hier mehr als Friedensrichter, er war ein wahrer Orpheus. Der Wein, den man aus großen Glaskrügen trank, tat endlich seine Wirkung; alles ward ein volles, großes, furchtbar bacchantisches Chor. Hier nahm ich den Riemen meines Tornisters auf die linke Schulter, meinen Knotenstock in die rechte Hand und zog mich auf mein Schlafzimmer, wo ich ein herrliches Thronbette fand und gewiß wie ein Fuhrknecht geschlafen hätte, wäre ich nicht von den Grenadieren durch eine förmliche Bataille geweckt worden. Der ehrliche Wirt machte den Leidenden, überall das sicherste bei militärischer Regierung, und hätte seinen kriegerischen Gästen wohl gern ihre Kreuzer geschenkt, wenn sie ihn nur in Ruhe gelassen hätten. Ein Offizier, wie ich aus dem Ton vermutete, mit dem er sprach, machte endlich um zwei Uhr Schicht, und es ward ruhig.

Den andern Morgen fand ich einen ehrsamen, alten Mann bei seinem Weine sitzen, der den Kopf über die nächtliche Geschichte der Kriegsmänner schüttelte. Dieser erzählte mir denn einiges über die Einquartierung und klagte ganz leise, daß sie der Gegend sehr zur Last wäre. Die Soldaten waren auf Arbeit an dem Kanale, über den ich gestern gegangen war, und der, wie mir der Alte bedeutend zweifelhaft sagte, bis nach Triest geführt werden solle. Vor der Hand wird er nur die Steinkohlen von Neustadt nach Wien bringen. Das Wasser aus den Bergen bei Neustadt und Neukirchen war so schön und hell, daß ich mich im Januar hätte hineinwerfen mögen. Schönes Wasser ist eine meiner besten Liebschaften, und überall wo nur Gelegenheit war, ging ich hin und schöpfte und trank. Du mußt wissen, daß ich noch nicht so ganz diogenisch einfach bin aus der hohlen Hand zu trinken, sondern dazu auf meiner Wanderschaft eine Flasche von Resine gebrauche, die reinlich ist, fest hält und sich gefällig in alle Formen fügt. Eine Stunde von Schottwien fängt die Gegend an herrlich zu werden; vorzüglich macht ein Kloster rechts auf einer Anhöhe eine sehr romantische Partie. Das Ganze hat Ähnlichkeit mit den Schluchten zwischen Außig und Lowositz; nur ist das Tal enger und der Fluß kleiner; doch sind die Berghöhen nicht unbeträchtlich und sehr malerisch gruppiert. Das Städtchen Schottwien liegt an dem kleinen Flüßchen Wien zwischen furchtbar hohen Bergen, und macht fast nur eine einzige Gasse. Vorzüglich schön sind die Felsenmassen am Eingange und Ausgange.

Es hatte zwei Tage ziemlich stark gefroren und fing heute zu Mittage merklich an zu tauen; und jetzt schlagen Regengüsse an meine Fenster und das Wasser schießt von den Bergen und der kleine Fluß rauscht mächtig durch die Gasse hinab. Mir schmeckt Horaz und die gute Mahlzeit hinter dem warmen Ofen meines kleinen Zimmers vortrefflich. Horaz schmeckt mir, das heißt, viele seiner Verse; denn der Mensch selbst mit seiner Kriecherei ist mir ziemlich zuwider. Da ist Juvenal ein ganz anderer Mann, neben dem der Oktavianer wie ein Knabe steht. Es ist vielleicht schwer zu entscheiden, wer von beiden den Anstand und die guten Sitten mehr ins Auge schlägt, ob Horazens Kanidia oder Juvenals Fulvia; es ist aber wesentlicher Unterschied zwischen beiden zum Vorteil des letztern. Wo Horaz zweideutig witzelt oder gar ekelhaft schmutzig wird, sieht man überall, daß es ihm gemütlich ist, so etwas zu sagen; er gefällt sich darin: bei Juvenal aber ist es reiner, tiefer, moralischer Ingrimm. Er beleidigt mehr die Sitten als jener; aber bei ihm ist mehr Sittlichkeit. Horaz nennt die Sache noch feiner und kitzelt sich; Juvenal nennt sie wie sie ist; aber Zorn und Unwille hat den Vers gemacht.

Ein Felsenstück hängt drohend über das Haus her, in welchem ich übernachte. Hier fängt die Gegend an, die, wie ich mich erinnere, schon andere mit den schönsten in der Schweiz verglichen haben. Wie wird es aber auf den steiermärkischen Wegen werden, vor denen mir schon in Wien selbst Eingeborne bange machen wollten? Es kann nun nichts helfen; nur Mut, damit kommt man auch in der Hölle durch. Zwischen Neustadt und Neukirchen, einer langen, langen Ebene zwischen den Bergen, die sich hinter dem letzten Orte mehr und mehr zusammenschließen, begegnete mir ein starkes Kommando mit Gefangenen. Der letztern waren wohl einige Dutzend; eben keine sehr gute Aussicht. Einige waren schwer geschlossen und klirrten trotzig mit den Ketten. Die Meisten waren Leute, welche die Straßen unsicher gemacht hatten. Aber desto besser, dachte ich; sind der Schurken weniger da; und diese werden gewiß nicht so bald wieder losgelassen. In Wien und hier auf dem Wege überall wurde erzählt, daß man die Preßburger Post angefallen, ausgeplündert und den Postillon und den Schaffner erschlagen habe. Auch bei Pegau, nicht weit von Gräz, war das nämliche geschehen. Das waren aber gewiß Leute, die vorher gehörig rekognosziert hatten, daß die Post beträchtliche Summen führte, die sich auch wirklich zusammen über hundertunddreißigtausend Gulden belaufen haben sollen. Bei mir ist nicht viel zu recognoszieren; mein Homer und meine Gummiflasche werden wenig Räuber in Versuchung bringen.

Mürzhofen

Von Schottwien bis hierher war heute in der Mitte des Januars eine tüchtige Wandlung. Der Sömmering ist kein Maulwurfshügel; es hatte die zweite Hälfte der Nacht entsetzlich geschneit; der Schnee ging mir bis hoch an die Waden; ich wußte keinen Schritt Weg, und es war durchaus keine Bahn. Einige Mal lief ich den Morgen noch im Finstern unten im Tal zu weit links, und mußte durch Verschläge in dem tiefen Schnee die große Straße wieder suchen. Nun ging es bergan zwei Stunden, und nach und nach kamen einige Fuhrleute den Sömmering herab, und zeigten mir wenigstens, daß ich dorthin mußte, wo sie herkamen. Links und rechts waren hohe Berge, mit Schwarzwald bewachsen, der mit Schnee behangen war; und man konnte vor dem Gestöber kaum zwanzig Schritte sehen. Oben auf den Bergabsätzen begegneten mir einige Reisewagen, die in dem schlechten Wege nicht fort konnten. Der Frost hielt noch nicht, und überdies waren die Gleise entsetzlich ausgeleiert. Herren und Bedienten waren abgestiegen und halfen fluchend dem Postillon das leere Fuhrwerk Schritt vor Schritt weiter hinaufwinden. Ich wechselte die Schluchten bergauf bergab, und trabte zum großen Neide der dick bepelzten Herren an dem englischen Wagen fürbaß. Ein andermal rollten sie vor mir vorbei, wenn ich langsam fortzog. So gehts in der Welt: sie gingen schneller, ich ging sicherer. Auf dieser Seite des Sömmerings kommt aus verschiedenen Schluchten die Wien herab; und auf der zweiten Hälfte der Station, nach Mürzzuschlag, nachdem man den Gipfel des Berges erstiegen hat, kommt eben so die Mürz hervor, und ist in einer Stunde schon ein recht schöner Bach. Bei Mürzzuschlag treibt sie fast alle hundert Schritte Mühlen und Hammerwerke bis herab nach Krieglach, wo sie größer wird, nun schon einen ansehnlichen Fluß bildet, und nur mit Kosten gebraucht werden kann. Es ist angenehm, die Industrie zu sehen, mit welcher man das kleine Wässerchen zu seinen Behufen zu leiten und zu gebrauchen weiß; und die kleinen Täler an dem Flusse herunter sind außerordentlich lieblich, und machen auch unter dem Schnee mit ihren fleißigen Gruppen ein schönes Winterbild.

Die Wörter Mürzzuschlag und Krieglach klangen mir nach den Wiener Mordgeschichten gar sehr wie *nomina male ominata*, deren Etymologie ich mir gern hätte erklären lassen, wenn ich nicht zu faul gewesen wäre irgendeinen Pastor aufzusuchen: und ich war herzlich froh, als ich gegen Abend so ziemlich aus der abenteuerlichen Gegend heraus war. Es ist etwas sehr gewöhnliches, daß man einem Gaste, wenn er die Zeche bezahlt hat und abzieht, glückliche Reise wünscht, und man denkt weiter nicht viel dabei: aber Du kannst nicht glauben, wie angenehm es ist, wenn es in einer solchen Lage, im Januar, wenn der Sturm den Schnee gegen die Felsen jagt, mit Teilnahme von einem artigen, hübschen Mädchen geschieht, zumal wenn man den Kopf voll Räuber und Strauchdiebe hat.

Gräz

Hier will ich einige Tage bleiben und ruhen: die Stadt und die Leute gefallen mir. Du weißt, daß der Ort auf den beiden Seiten der Murr sehr angenehm liegt; und das Ganze hat hier überall einen Anblick von Bonhommie und Wohlhabenheit, der sehr behaglich ist. Von Schottwien aus machte ich den ersten Tag mit vieler Anstrengung nur fünf Meilen; und den zweiten mit vieler Leichtigkeit sieben: aber den ersten stieg ich in dem entsetzlichsten Schneegestöber an der Wien bergauf; und den zweiten ging ich bei ziemlich gutem Wetter an der Mürz bergab. Es ist ein eigenes Vergnügen, die Bäche an ihren Quellen zu sehen und ihnen zu folgen bis sie Flüsse werden. Die Mürz ist ein herrliches Wasser, und muß die erste Meile schöne Forellen haben. Man hat mich zwar gewarnt, nicht in der Nacht zu gehen, und mich deucht, ich habe es versprochen: aber ich habe bis jetzt doch schon zwei Mal dagegen gesündiget, und bin über eine Stunde die Nacht gelaufen. Indessen wer wird gern in einer schlechten Kneipe übernachten, wenn man ihm sagt, daß er eine Meile davon ein gutes Wirtshaus findet.

An einem dieser Tage wurde ich zu Mittage in einem kleinem Städtchen gar köstlich bewirtet, und bezahlte nicht mehr als achtzehn Kreuzer. Das tat meiner Philanthropie sehr wohl; denn Du weißt, daß ich mir aus den Kreuzern so wenig mache, wie aus den Kreuzen. Mein Ideengang kam dadurch natürlich auf die schöne Tugend der Billigkeit und auf die unwillige Forderung, daß alle Richter als Richter sie haben sollen. Billigkeit ist die Nachlassung von seinem eigenen Rechte: und nun frage ich Dich, ob ein Richter dabei etwas zu tun hat? Nur die Parteien können und sollen billig sein. Bei billigen Richtern wäre es um die Gerechtigkeit geschehen. Mit diesen Gedanken setzte ich mich in dem nächsten Wirtshause nieder, und legte das Resultat derselben in mein Taschenbuch über die Billigkeit.

Verdammt den Richter nicht; er darf nicht billig sein:
Für ihn ist das Gesetz von Eisen,

Und seine Pflichten sind von Stein,
Ihn taub und kalt nur auf das Recht zu weisen.

Nur das, was mir gehört, geb' ich mit Bruderhand
Dem Bruder für die kleine Spende,
Und schlinge freundlicher das Band,
Das beide knüpft, und schüttle froh die Hände.

Hier ist der Übergang zu der Erhabenheit
Der göttergleichen Heldentugend,
Die sich der Welt zum Opfer weiht;
Der erste Blick von unsrer Geistesjugend.

Die strenge Pflicht, die der Vertrag erzwingt,
Bleibt ewig Grund zu dem Gebäude;
Doch Milde nur und Güte bringt
Ins leere Haus den Harrenden die Freude.

Mit seinem Eisenstab befriedige das Recht
Den großen Troß gemeiner Seelen;
Mit dem olympischen Geschlecht
Soll uns schon hier die Göttliche vermählen.

Jeder **soll** billig sein für sich; das ist menschlich, das ist schön: aber alle **müssen** gerecht sein gegen alle; das ist notwendig, sonst kann das Ganze nicht bestehen. Der billige Richter ist ein schlechter Richter, oder seine Gesetze sind mehr als gewöhnlich mangelhaft. Die Billigkeit des Richters wäre ein Eingriff in die Gerechtigkeit. Zur Gerechtigkeit kann, muß der Mensch gezwungen werden; zur Billigkeit nicht: das ist in der Natur der Sache gegründet. Wo die Parteien billig sein wollen, handelt der Richter nicht als Richter, sondern als Schiedsmann. Die Gerechtigkeit ist die erste große göttliche Kardinaltugend, welche die Menschheit weiterbringen kann. Nicht die Gerechtigkeit, die in den zwölf Tafeln steht und die nachher Justinian lehren ließ. Jeder unbefangene Geschichtsforscher weiß, was die Zehnmänner waren, was sie für Zwecke hatten und verfolgten und wie sie zu Werke gingen, und wieviel Unsinn Papinian von dem Putztisch der heiligen Theodora annehmen mußte. Nicht die Gerechtigkeit unserer Fürsten, die oft einige tausend Bauern mit Peitschen vom Pfluge hauen, damit sie ihnen ein Schwein jagen, das ein Jägerbursche zum Probeschuß töten könnte. An der Seine erschien vor einigen Jahren eine Morgenröte, die sie hervorzuführen versprach. Aber die Morgenröte verschwand, es folgten Ungewitter, dann dicke Wolken und endlich Nebeltage. Es war ein Phantom. Wenn Du Gerechtigkeit in Gesetzen suchst, irrest Du sehr; die Gesetze sollen erst aus der Gerechtigkeit hervorgehen, sind aber oft der Gegensatz derselben. Du kannst hier, wie in manchem unserer Institute, schließen: je mehr Gesetze, desto weniger Gerechtigkeit; je mehr Theologie, desto weniger Religion: je längere Predigten, desto weniger vernünftige Moral. Mit unserer bürgerlichen Gerechtigkeit geht es noch so ziemlich; denn die Gewalthaber begreifen wohl, daß ohne diese durchaus nichts bestehen kann, daß sie sich ohne dieselbe selbst auflösen: aber desto schlimmer sieht es mit der öffentlichen aus; und mich deucht, wir werden wohl noch einige platonische Jahre warten müssen, ehe es sich damit in der Tat bessert, so oft es sich auch ändern mag. Dazu ist die Erziehung des Menschengeschlechts noch zu wenig gemacht, und diejenigen, die sie machen sollen, haben zu viel Interesse sie nicht zu machen, oder sie verkehrt zu machen. Sobald Gerechtigkeit sein wird, wird Friede sein und Glück: sie ist die einzige Tugend, die uns fehlt. Wir haben Billigkeit, Großmut, Menschenliebe, Gnade und Erbarmung genug im Einzelnen, bloß weil wir im Allgemeinen keine Gerechtigkeit haben. Die Gnade verderbt alles, im Staate und in der Kirche. Wir wollen keine Gnade, wir wollen Gerechtigkeit; Gnade gehört bloß für Verbrecher; und meistens sind die Könige ungerecht, wo sie gnädig sind. Wer den Begriff der Gnade zuerst ins bürgerliche Leben und an die Stühle der Fürsten getragen hat, soll verdammt sein von bloßer Gnade zu leben: vermutlich war er ein Mensch, der mit Gerechtigkeit nichts fordern konnte. Aus Gnaden wird selbst kein guter, rechtlicher, vernünftiger Mann selig werden wollen, und wenn es auch ein Dutzend Evangelisten sagten. Es ist ein Widerspruch; man lästert die Gottheit, wenn man ihr solche Dinge aufbürden will. Aber, lieber Freund, wo gerate ich hin mit meinem Eifer in Gräz?

Mit diesen und ähnlichen Gedanken, die ich Dir hier nicht alle herschreiben kann, lief ich immer an der Mürz hinunter, kam in Brüg an die Murr und pilgerte an dem Flusse hinab. Schon zu Neukirchen waren mir eine Menge Wagen begegnet, die leer zu sein schienen und doch außerordentlich schwer gingen. Auf dem Sömmering traf ich noch mehr, und entdeckte nun, daß sie Kanonen führten, die sie höchst wahrscheinlich von Gräz und noch weiter von der italienischen Armee brachten und deren Lafetten vermutlich verbraucht waren. Vor Einem Wagen zogen oft sechszehn Pferde, und der Wagen waren mehr als hundert. Für mich hatten sie den Vorteil, daß sie Bahn machten. Hier und da war auch Bedeckung; und Soldaten mit Gewehr sehe ich als Reisender jetzt immer gern: denn im Allgemeinen darf man annehmen, diese sind ehrliche Leute; die Schlechten behält man in den Garnisonen und läßt sie nicht mit Gewehr im Lande herumziehen.

Den zehnten um neun Uhr aus Wien, und den vierzehnten zu Mittage in Gräz, heißt im Januar immer ehrlich zu Fuße gegangen. Die Täler am Flusse herunter sind fast alle romantisch schön, die Berge von beträchtlicher Höhe. Noch eine Meile von Brüg, gleich an dem Ufer der Mürz, steht ein schönes Landhaus; auf der einen Seite desselben siehst Du auf der Gartenmauer Pomona mit ihrem ganzen Gefolge in sehr grotesken Statuen abgebildet, und auf der andern die Musik mit den meisten Instrumenten nach der Reihe noch grotesker und fast an Karikatur grenzend. Das Ganze ist schnakisch genug: und tut eine possierlich angenehme Wirkung. Der Trägerin des Füllhorns fehlte der Kopf, und da die ganze Gesellschaft ziemlich beschneit war, konnte man nicht entdecken, ob er abgeschlagen war, oder, ob man sie absichtlich ohne Kopf hingestellt hatte. Die Örter in der Gegend haben alle das Ansehen der Wohlhabenheit.

Bei Rötelstein beschwerte sich ein Landmann, mit dem ich eine Meile ging, über den Schaden, den die Wölfe und Luchse anrichteten, die aus den Bergen herabkämen. Der Schnee ward hoch und die Kälte schneidend, und ich eilte nach Pegau, bloß weil der Ort für mich einen vaterländischen Namen hatte. Aber das Quartier war so traurig, als ich es kaum auf der ganzen Reise angetroffen hatte. Man sperrte mich mit einem Kandidaten der Rechte zusammen, der aus der Provinz nach Gräz zum Examen ging, und der mich durch seine drolligen Schilderungen der öffentlichen Verhältnisse in Steiermark, für das schlechte Wirtshaus entschädigte. Er hatte viel Vorliebe für die Tiroler, ob er gleich ein Steiermärker war, und lobte Klagenfurt nach allen Prädikamenten. Mit ihm ging ich vollends hierher.

Gräz ist eine der schönsten großen Gegenden, die ich bis jetzt gesehen habe; die Berge rund umher geben die herrlichsten Aussichten, und müssen in der schönen Jahrszeit eine vortreffliche Wirkung tun. Das Schloß, auf einem ziemlich hohen Berge, sieht man sehr weit: und von demselben hat man rund umher den Anblick der schön bebaueten Landschaft, die durch Flüsse und Berge und eine Menge Dörfer herrlich gruppiert ist. Als ich oben in das Schloßtor trat, stand ein Korporal dort und pfiff mit großer Andacht eines der besten Stücke aus der Oper: die Krakauer, welche die letzte Veranlassung zum Ausbruch der Revolution in Warschau war. Da ich die Oper dort genossen und das darauf folgende Trauerspiel selbst mitgemacht hatte, so kannst Du denken, daß diese Musik hier in Gräz ganz eigen auf mich wirkte. Eben diese Melodie hatte mich oft so sehr beschäftigt, daß ich manchmal in Versuchung gewesen war, für mich selbst einen eigenen Text darauf zu machen, da ich das Polnische nicht sonderlich verstehe. Die Gefängnisse des Schlosses sind jetzt voll Verbrecher, die mir mit ihren Ketten entgegenklirrten. Das Spital, gleich unten am Schloßberge, ist von Joseph dem Zweiten, ein stattliches Gebäude; und das neue, sehr geschmackvolle Schauspielhaus, mit einer kurzen, echt lateinischen Inschrift, von den Ständen. Herr Küttner spricht schon ziemlich gut von dem hiesigen Theater, und ich habe sein Urteil völlig richtig gefunden. Man gab eine neue Bearbeitung des alten Stücks der Teufel ist los. Der Text hält freilich, wie in den meisten Opern, keine Kritik. Schade, daß man nicht in dem Tone fortgefahren ist, den Weiße angeschlagen hatte. Es hätten eine Menge zu niedriger Redensarten ausgemerzt werden sollen. Die Musik war eklektisch und gab Reminiszenzen; war aber sehr gefällig, und schon mehr italienisch als deutsch. Der Gesang war besser, als ich ihn seit Guardasonis schöner Periode irgendwo gehört habe. Das Personale ist ziemlich gut besetzt, und vorzüglich das weibliche nicht so ärmlich als in Dresden und Wien. Das einzige was mir mißfiel, waren die Furien und Teufel, welche durchaus aussahen wie die Kohlenbrenner vom Blocksberge.

In einer Prolepse muß ich Dir, nicht ganz zur Ehre unserer Mitbürger, sagen, daß ich auf meiner ganzen Wanderschaft kein so schlechtes Schauspielhaus gesehen habe, als bei uns in Leipzig. Hier in Östreich und durch ganz Italien und auch in Frankreich sind überall gehörige bequeme Vorzimmer am Eingange, und die meisten haben Kaffeehäuser von mehrern Piecen, wo man Erfrischungen aller Art und gut haben kann. Bei uns wird das Publikum in einem schlechten Winkel ziemlich schlecht bedient, und für Bequemlichkeit und Vergnügen derjenigen, die nun gerade diese Szene oder diesen Akt nicht sehen wollen, ist gar nicht gesorgt. An Feuersgefahr scheint man ebensowenig gedacht zu haben, und sperrt das Publikum auf Gnade und Ungnade ohne Rettung und Ausflucht zusammen.

Die Gräzer sind ein gutes, geselliges, jovialisches Völkchen; sie sprechen im Durchschnitt etwas besser deutsch, als die Wiener. Der Adel soll viel alten Stolz haben. Das ist nun so überall sein Geist, etwas gröber oder feiner; ausgenommen vielleicht in großen Städten und größern Residenzen, wo sich die Menschen etwas mehr aneinander schleifen und abglätten. Längs der Mürz und der Murr herunter gibt es links und rechts noch manche alte Schlösser, die aber, dem Himmel sei Dank, immer mehr und mehr in Ruinen sinken. Ihr Anblick erhöht nur noch das Romantische. Von Iffland, der voriges Jahr auch hier war, spricht man sowohl hier als in Wien noch mit Enthusiasmus. An der Wirtstafel erzählten einige Gäste vom Lande viel von der Bärenjagd und den Abenteuern, die es dabei gäbe. Ich glaubte immer, diese Art von Pelzwerk wäre jetzt nur noch in Polen und jenseits zu Hause; aber voriges Jahr wurden hier in der Gegend zwölfe geschossen, und auch diesen Jahrgang wieder mehrere. Vor einigen Jahren wurde eine Bärin erlegt, die Junge hatte, und auf einen Hof geschafft. Kurze Zeit nachher folgten die Jungen der Fährte der toten Mutter und setzten sich vor dem Hofe auf einen alten Lindenbaum, wo sie sich endlich ruhig fangen ließen. Die Gärten und der Lindenberg waren verschneit, so daß ich diese Vergnügungsörter nur von weitem sah.

Laibach

Hier mache ich, wenn Du erlaubst, wieder eine Pause und lasse meine Hemden waschen und meine Stiefeln besohlen.

Von Gräz aus war es sehr kalt und ward immer kälter. Die erste Nacht blieb ich in Ehrenhausen, einem ganz hübschen Städtchen, das seinem Namen Ehre macht, wo ich von meiner lieben Murr Abschied nahm. Der Ofen glühte, aber das Zimmer ward nicht warm. Der Weg von Ehrenhausen nach Marburg ist ein wahrer Garten, links und rechts mit Obstpflanzungen und Weinbergen. Auch Marburg ist ein ganz hübscher Ort an der Drawa, und die Berge an dem Flusse hinauf und hinab sind voll der schönsten Weingärten. Eine herrliche, ökonomische Musik war es für mich, daß die Leute hier überall links und rechts auf Bohlentennen draschen. Man kann sich keinen traulichern Lärm denken. Das Deutsche hörte nunmehr unter den gemeinen Leuten auf, und das Italienische fing nicht an: dafür hörte ich das krainische Rotwelsch, von dem ich nur hier und da etwas aus der Analogie mit dem Russischen verstand. Die Russen tun sich etwas darauf zugute, daß man sie soweit herab in ihrer Muttersprache versteht, und nennen sich deswegen die Slawen, die Berühmten, ungefähr so wie die heutigen Gallier sich die große Nation nennen. Bis nach Triest und Görz wurden sie hier überall verstanden. Die Polen sprechen sogleich leicht und verständlich mit ihnen, und die Böhmen finden keine große Schwierigkeit. Ich selbst erinnere mich, als ich vor mehreren Jahren aus Rußland zurückkam und einen alten russischen Grenadier als Bedienten mit mir hatte, daß er mir in der Lausitz in der Gegend von Lübben sagte: „Aber, mein Gott, wir sind ja hier noch ganz in Rußland; hier spricht man ja noch gut russisch." So viel Ähnlichkeit haben die slawischen Dialekte unter sich, von dem russischen bis zum wendischen und krainischen.

Von Gannewitz aus ist ein hoher, furchtbar steiler Berg, weit steiler als der Sömmering; so daß vierunddreißig Ochsen und sechs Pferde an einem Frachtwagen zogen, den die sechs Pferde auf gewöhnlichen Wegen allein fortbrachten. Die Berge sind hier meistens mit schönen Buchen bewachsen, da sie an der Murr fast durchaus mit Schwarzwald bedeckt sind.

In Cilli kam ich ziemlich spät an, und tat mir gütlich in sehr gutem Bier, das nun ziemlich selten zu werden anfängt. Aus Verzweiflung muß ich Wein trinken, und zwar viel; denn sonst würde man mich ohne Barmherzigkeit auf ein Strohlager weisen, und wenn ich auch noch so sehr mit dem Gelde klingelte. Es wurde hier bei meiner späten Ankunft so stark geschossen und geschrien, daß ich glaubte, es wäre Revolution im Lande. Wie ich näher kam, hörte ich, daß es Schlittenfahrten waren. In Cilli hätte ich auch bald meine irdische Laufbahn geschlossen: das ging so zu: Ich aß gut und viel, wie gewöhnlich, in der Wirtsstube, und hatte bestellt, mir ein gutes Zimmer recht warm zu machen, weil es fürchterlich kalt war: denn die steiermärkischen und krainischen Winter halten sich in gutem Kredit, und der jetzige ist vorzüglich strenge. Nach der Mahlzeit ging ich auf das Zimmer, zog mich aus, stellte mich einige Minuten an den Ofen, und legte mich zu Bette. Du weißt, daß ich ein gar gesunder Kerl bin, und jeden Tag gut esse, und jede Nacht gut schlafe. So auch hier. Aber es mochte vielleicht gegen vier Uhr des Morgens sein, als ich durch eine furchtbare Angst geweckt wurde und den Kopf kaum heben konnte. So viel hatte ich noch Besinnung, daß ich erriet, ich schlief in einem neu geweißten Zimmer, das man auf mein Verlangen gewaltig geheizt hatte. Als ich mich aufzurichten versuchte, um das Fenster zu öffnen, fiel ich kraftlos und dumpf auf den Pfühl zurück und verlor das Bewußtsein. Als es helle ward, erwachte ich wieder, sammelte nun so viel Kraft das Fenster zu öffnen, mich anzuziehen, in der Eile das Zimmer zu verlassen, hinunter zu taumeln und unten etwas Wein und Brot zu bestellen. Hier kam der zweite Paroxysmus; ich sank am Tische hin in einen namenlosen Zustand, wie in einen lichtleeren Abgrund, wo Finsternis hinter mir zuschloß. So viel erinnere ich mich noch; ich dachte, das ist der Tod, und war ruhig: sie werden mich schon gehörig begraben. Kurze Zeit darauf erwachte ich wieder unter dem entsetzlichsten Schweiße, der mich aber mit jedem Augenblicke leichter ins Leben zurückbrachte. Der ganze Körper war naß, die Haare waren wie getaucht, und auf den Händen standen große Tropfen bis vorn an die Nägel. Niemand war in dem Zimmer; der Schweiß brachte mir nach der Schwere des Todes ein Gefühl unaussprechlicher Behaglichkeit. Etwas Schwindel kam zurück; nun suchte ich mich zu ermannen und nahm etwas Wein und Brot. Die Luft, dachte ich, ist die beste Arznei, und auf alle Fälle stirbt man besser in dem freien Elemente, als in der engen Kajüte. So nahm ich meinen Tornister mit großer Anstrengung auf die Schulter und ging oder wankte vielmehr fort; aber mit jedem Schritte ward ich leichter und stärker, und in einer halben Stunde fühlte ich nichts mehr, ob mir gleich Kleid, Hut, Haar und Bart und das ganze Gesicht schwer bereift war, und der ganze Kerl wie schlechte verschossene Silberarbeit aussah; denn es fiel ein entsetzlich kalter Nebel. Nach zwei Stunden frühstückte ich wieder mit so gutem Appetit, als ich je getan hatte. Siehst Du, lieber Freund, so hätte mich der verdammte Kalk beinahe etwas früher als nötig ist aus der Welt gefördert. Doch vielleicht kam mir dieses auch nur so gefährlich vor, weil ich keiner solchen Phänomene von Krankheit, Ohnmacht und so weiter, gewohnt bin. Etwas gewitziget wurde ich indes dadurch für die Zukunft, und ich visitierte nun allemal erst die Wände eines geheizten Zimmers, ehe ich mich ruhig einquartierte.

Zwischen Franz und Sankt Oswald steht rechts am Berge eine Pyramide mit einem Postament von schwarzem Marmor, auf dem die Unterwerfungsakte der Krainer an Karl den Sechsten eingegraben ist: *Se substraverunt,* heißt es mit klassisch diplomatischer Demut. Eine Viertelstunde weiter hin ist links ein anderes neueres Monument, wie es mir schien, zur Ehre eines Ministers, der den Weg hatte machen lassen. Es war sehr kalt; die Schrift war schon ganz unleserlich und der Weg war auch wieder in übeln Umständen, obgleich beides höchstens nur von Karl dem Sechsten.

Abends kam ich mit vieler Anstrengung in Sankt Oswald an, ob ich gleich recht gut zu Mittage gegessen hatte; denn der Zufall mochte mich doch etwas geschwächt haben. Der Wirt, zu dem man mich hier wies, war ein Muster von Grobheit und hat die Ehre der Einzige seiner Art auf meiner ganzen Reise zu sein: denn alle übrigen waren leidlich artig. Ich trat ein und legte meinen Tornister ab. Es war Zweidunkel, zwischen Hund und Wolf. „Was will der Herr?" fragte mich ein ziemlich dicker, handfester Kerl, der bei dem Präsidenten der italienischen Kanzlei in Wien Kammerdiener gewesen zu sein schien, so ganz sprach er seine Sprache und seinen Dialekt. Du weißt, daß sehr oft ein Minister das Talent hat, durch sein wirksames Beispiel die Grobheit durch die ganze

Provinz zu verbreiten. „Was will der Herr?“ Ich trat ihm etwas näher und sagte: Essen, trinken und schlafen. „Das erste kann er, das zweite nicht.“ Warum nicht? Ist hier nicht ein Wirtshaus? „Nicht für Ihn.“ Für wen denn sonst? „Für andere ehrliche Leute.“ Ich bin hoffentlich doch auch ein ehrlicher Mann. „Geht mich nichts an.“ Aber es ist Abend, ich kann nicht weiter und werde also wohl hier bleiben müssen, sagte ich etwas bestimmt. Hier geriet der dicke Mann in Zorn, ballte seine beiden Fäuste mit einer solchen Heftigkeit, als ob er mit jeder auf Einmal ein halbes Dutzend solcher Knotenstöcke zerbrechen wollte, wie ich trug. „Mach der Herr nur kein Federlesens, und pack Er sich; oder ich rufe meine Knechte; da soll die Geschichte bald zu Ende sein.“ Er deutete grimmig auf die Tür, und ging selbst hinaus. Ich wandte mich, als er hinaus war, an einen jungen Menschen, der der Sohn vom Hause zu sein schien, und fragte ihn ganz sanft um die Ursache einer solchen Behandlung. Er antwortete mir nicht. Ich sagte, wenn man mir nicht trauete, so möchte man meine Sachen in Verwahrung nehmen, und Börse und Uhr und Paß und Taschenbuch dazu. Nun sagte er mir ängstlich, der Herr wäre aufgebracht, und es würde wohl bei dem bleiben, was er gesagt hätte. Hier kam der dicke Herr selbst wieder. „Ist der Herr noch nicht fort?“ Aber, Lieber, es ist ja ganz Nacht; ich bin sehr müde und es ist sehr kalt. „Geht mich nichts an.“ Es ist kein anderes Wirtshaus in der Nähe. „Wird schon eins finden.“ Auch wieder ein solches? „Nur nicht räsoniert und Marsch fort!“ Hier ist mein Paß aus der Wiener Staatskanzlei. „Ei, was!“ rief er grimmig wütend, und ohne mit Respekt zu sagen, „ich sch..... auf den Quark!“ Was war zu tun? Zur Bataille durfte ich es nicht wohl kommen lassen; denn da hätte ich, trotz meinem schwerbezwingten Knotenstock, Schläge bekommen für die Humanität, *quantum satis*, und noch etwas mehr. Der Mensch schien Kaiser und Papst in Sankt Oswald in Einer Person zu sein. Ich nahm ganz leise meinen Reisesack und ging zur Tür hinaus. War das nicht ein erbaulicher, ästhetischer Dialog?

Nun ist in ganz Sankt Oswald, so viel ich sah, weiter nichts als dieses ziemlich ansehnliche Wirtshaus, die Post, ich glaube die Pfarre, und einige kleine Tagelöhnerhütten. Zu der Postnation habe ich durch ganz Deutschland nicht das beste Zutrauen in Rücksicht der Humanität und Höflichkeit: das ist ein Resultat meiner Erfahrung, als ich mit Extrapost reiste; nun denke Dir, wenn ein Kerl mit dem Habersack käme! Er möchte noch so viel Dukaten in der Tasche haben, und zehren wie ein reicher Erbe; das wäre wider Polizei und die Ehre des Hauses. Zu dem Pfarrer hätte ich wohl gehen sollen, wie ich nachher überlegte, um meine

Schuldigkeit ganz getan zu haben. Aber das Unwesen wurmte mich zu sehr; ich gab dem Heiligen im Geiste drei tüchtige Nasenstüber, daß er seine Leute so schlecht in der Zucht hielt, und schritt ganz trotzig an dem Berge durch die Schlucht hinunter in die Nacht hinein. Die tiefe Dämmerung, wo man aber doch im Zimmer noch nicht Licht hatte, und mein halb polnischer Anzug mochten mir auch wohl einen Streich gespielt haben: denn ich glaube fast, wenn wir einander hätten hell ins Gesicht sehen können, es wäre etwas glimpflicher gegangen. Die Gegend war nun voll Räuber und Wölfe, wie man mir erzählt hatte, ich marschierte also auf gutes Glück geradezu. Ungefähr eine halbe Stunde von dem Heiligen der schlechten Gastfreundschaft traf ich wieder ein Wirtshaus, das klein und erbärmlich genug im Mondschein dort stand. Sehr ermüdet und etwas durchfroren trat ich wieder ein, und legte wieder ab. Da saßen drei Mädchen, von denen aber keine eine Silbe deutsch sprach, und sangen bei einem kleinem Lichtchen, ihrer kleinen Schwester ein gar liebliches krainisches Wiegentrio vor, um sie einzuschläfern. Endlich kam der Wirt, der etwas deutsch radbrechte: dieser gab mir freundlich, Brot, Wurst und Wein, und ein Kopfkissen auf das Stroh. Ich war sehr froh, daß man mir kein Bett anbot; denn mein Lager war unstreitig das beste im ganzen Hause. Es war mir lieb, bei dieser Gelegenheit eine gewöhnliche krainische Wirtschaft zu sehen, die dem Ansehen nach noch nicht die schlechteste war, und die doch nicht viel besser schien, als man sie bei den Letten und Esten in Kurland und Livland findet. Gleiche Ursachen bringen gleiche Wirkungen.

Bei Popetsch steht rechts von der Post oben auf der Anhöhe ein stattliches Haus, und hinter demselben zieht sich am Berge eine herrliche Partie von Eichbäumen hin. Es waren die ersten schönen Bäume dieser Art, die ich seit meinem letzten Spaziergange in dem Leipziger Rosentale sah. Im Prater in Wien sind sie nicht zahlreich; dort in der Donaugegend sind die Pappeln und Weiden vorzüglich.

Nicht weit von Laibach fallen die Save und Laibach zusammen; und über die Save ist eine große hölzerne Brücke. Die Lage des Laibacher Schlosses hat von fern viel Ähnlichkeit mit dem Gräzer; und auch die Stadt liegt hier ziemlich angenehm an beiden Seiten des Flusses, ebenso so wie Gräz an der Murr. Die Brücken machen hier wie in Gräz die besten Marktplätze, da sie sehr bequem auf beiden Seiten mit Kaufmannsläden besetzt sind, eine große Annehmlichkeit für Fremde. Das Komödienhaus ist zwar nicht so gut als in Gräz, aber doch immer sehr anständig; und auch hier sind am Eingange links und rechts Kaffee- und Billardzimmer.

Schantroch, der hiesige Entrepreneur, der abwechselnd hier, in Görz, in Klagenfurt, und auch zuweilen in Triest ist, gab Kotzebues Bayard. Er selbst spielte in einem ziemlich schlechten Dialekt, und seine ganze Gesellschaft hält keine Vergleichung mit der Domaratiussischen in Gräz aus. Man sprach hier von einem Stück in Knittelversen, das alles, was Schiller und Lessing geschrieben haben, hinter sich lassen soll. Herr Schantroch, der mit mir an der nämlichen Wirtstafel speiste, schien ein eben so seichter Kritiker zu sein, als er ein mittelmäßiger Schauspieler ist. Doch ist seine Gesellschaft nicht ganz ohne Verdienst und hat einige Subjekte, die auch ihren Dialekt ziemlich überwunden haben: und Herr Schantroch soll als Prinzipal alles tun, was in seinen Kräften ist, sie gut zu halten. Die Tagsordnung des Stadtgesprächs waren Balltrakasserien, wo sich vorzüglich ein Offizier durch sein unanständiges, brüskes Betragen ausgezeichnet haben sollte: und dieser war, nach seinem Familiennamen zu urteilen, leider unser Landsmann. Die Kaffeehäuser sind in Gräz und hier weit besser als in Wien; und das hiesige Schweizerkaffeehaus ist ganz artig und verhältnismäßig anständiger, als das berühmte Milanosche in der Residenz, wo man sitzt, als ob man zur Finsternis verdammt wäre. Du siehst, daß man für das letzte Zipfelchen unsers deutschen Vaterlandes hier ganz komfortabel lebt und uns noch Ehre genug macht.

Einige Barone aus der Provinz, die in meinem Gasthofe speisten, sprachen von den hiesigen öffentlichen Rechtsverhältnissen zwischen Obrigkeiten und Untertanen, oder vielmehr zwischen Erbherren und Leibeigenen; denn das erste ist nur ein Euphemismus: und da ergab sich denn für mich, den stillen Zuhörer, daß alles noch ein großes, grobes, verworrenes Chaos ist, eine Mischung von rechtlicher Unterdrückung und alter Sklaverei.

Was Küttner von dem bösen Betragen der Franzosen in einigen anderen Grenzgegenden gesagt hat, muß wohl hier nicht der Fall gewesen sein. Alle Eingeborne, mit denen ich gesprochen habe, reden mit Achtung von ihnen, und sagen, sie haben weit mehr von ihren eigenen Leuten gelitten. Aber auch diese verdienen mehr Entschuldigung, als man ihnen vielleicht gönnen will. Die Armee war gesprengt. Stelle Dir die fürchterliche Lage solcher Leute vor, wenn sie zumal in kleine Parteien geworfen werden. Der Feind sitzt im Rücken oder auch schon in den Seiten; sie wissen nicht wo ihre Oberanführer sind, haben keine Kasse, keinen Mundvorrat mehr: nun kämpfen sie ums Leben überall wo sie Vorrat treffen. Gutwillig gibt man ihnen nichts oder wenig; und die Bedürfnisse Vieler sind groß. Natürlich sind die Halbgebildeten nicht immer im Stande, sich in den Grenzen der Besonnenheit zu halten. Die Einen wollen nichts geben, die Andern nehmen mehr als sie brauchen. Daß dieses so ziemlich der Fall war, beweist der Erfolg. Es wurden hier einige Hundert eingefangen und auf das Schloß zu Laibach gesetzt. Nun waren sie ordentlich und ruhig und sagten: Wir wollen weiter nichts als Essen; wir konnten doch nicht verhungern.

Das Erdbeben, von dem man in Gräz fürchterliche Dinge erzählte und sagte, es habe Laibach ganz zu Grunde gerichtet, ist nicht sehr merklich gewesen und hat nur einige alte Mauern eingestürzt. In Fiume, Triest und Görz soll man es stärker gespürt haben; doch hat es auch dort sehr wenig Schaden getan. Der Verkehr ist hier ziemlich lebhaft; die Transporte kommen auf der Save von Ungarn herauf in die Gegend der Stadt und werden zu Lande weitergeschafft. Vorzüglich gehen die Bedürfnisse jetzt ins Venezianische, für die dort stehenden Truppen, und auch nach Tirol, das sich von dem Kriege noch nicht wieder erholt hat.

Zwischen der Save und der Laibach, wo beide Flüsse sich vereinigen, soll in den Berggegenden ein großer Strich Marschland liegen, an den die Regierung schon große Summen ohne Erfolg gewendet hat. Eine Anzahl Holländer, denen man in Unternehmungen dieser Art wohl am meisten trauen darf, hat sich erboten, das Wasser zu bändigen und die Gegend brauchbar zu machen, mit der Bedingung, eine gewisse Zeit frei von Abgaben zu bleiben. Aber die Regierung ist bis jetzt nicht zu bewegen; aus welchen Gründen, kann man nicht wohl begreifen: und so bleibt der Landstrich öde und leer, und das Wasser tut immer mehr Schaden.

Prewald

Von Laibach aus geht es nun allmählich immer aufwärts, und man hat die hohe Bergspitze des Loibels rechts hinter sich. Bei Oberlaibach, einem ziemlich kleinen Städtchen, kommt die Laibach aus den Bergen, und trägt gleich einige hundert Schritte von dem Orte des Ausgangs Fahrzeuge von sechszig Zentnern. Von hier geht es immer höher bis nach Loitsch und so fort bis nach Planina, das, wie der Name zeigt, in einer kleinen Ebene ziemlich tief zwischen den rund umher emporsteigenden Bergen liegt. Der Weg von Laibach bis Oberlaibach hat noch ziemlich viel Kultur; aber von da wird er wild und rauh, und man trifft außer den Stationen bis nach Adlersberg wenig Häuser an. Hier in Planina hatte das Wasser wieder Unfug angerichtet. Es dringt überall aus den Bergen hervor, und hat das ganze, schöne Tal zu einer außerordentlichen Höhe überschwemmt, so daß die Eichen desselben bis an die Äste im Wasser stehen. Dieses war noch nicht ganz fest gefroren, und man setzte auf mehrern Fahrzeugen beständig über nach Planina. Der Fall ist nicht selten in dieser Jahrszeit; aber dieses Mal war die Flut außerordentlich hoch. Die Hälfte von Planina auf der andern Seite des Tals stand unter Wasser. Vorzüglich soll die Flut auch mit vermehrt werden durch den Bach von Adlersberg, der dort bei der Schloßhöhle sich in die Felsen stürzt, so einige Meilen unter der Erde fortschießt und hier in einer Schlucht wieder zum Vorschein kommt.

Von Planina aus windet sich der Weg in einer langen Schneckenlinie den großen Berg hinan, und gibt in mehrern Punkten rückwärts sehr schöne Partien, wie auch schon, wenn ich nicht irre, Herr Küttner bemerkt hat. Mich deucht, daß man ohne großen Aufwand die Straße in ziemlich gerader Linie hinauf hätte ziehen können, die auch, mit gehörigen Absätzen, eben nicht beschwerlich sein würde. Ehrliche Krainer hatten es hier und da schon mit ihren kleinen Wagen getan, und zu Fuße konnte man schon überall mit Bequemlichkeit durchschneiden. Die Herrschaft Adlersberg liegt oben auf der größten Höhe, und ist nur von noch höhern Bergspitzen umgeben. Der Schloßberg ist bei weitem nicht der höchste, sondern nur der höchste in der Ebene, welche die Herrschaft ausmacht. Von allen Seiten sammelt sich das Wasser und bildet einen ziemlichen Fluß, der bei der Grotte am Schloßberge, nahe bei der Mühle, wie oben erwähnt worden ist, in die Felsen stürzt. Ich wollte, wie Du denken kannst, die Höhle sehen, und es ward mir schwer einen Menschen zu finden, der mich begleiten wollte. Endlich ging ein Mensch von der Maut mit mir, kaufte Fackel und Licht, und führte mich weit, weit vor den Ort hinaus, durch den tiefsten Schnee, immer waldeinwärts. Das ging eine starke halbe Stunde ohne Bahn so fort, und der Mensch wußte sodann nicht mehr wo er war, und suchte sich an den Felsenspitzen und Schluchten zu orientieren. Wir arbeiteten noch eine halbe Stunde durch den hohen Schnee, in dem dicksten Fichtenwalde, und keine Grotte. Du begreifst, daß es mir etwas bedenklich ward, mit einem wildfremden, baumstarken Kerl so allein in den Schluchten herumzukriechen und in Krain eine Höhle zu suchen: mich beruhigte aber, daß ich von dem öffentlichen Kaffeehause in der Stadt vor aller Augen mit ihm abgegangen war. Ich sagte ihm, die Höhle müsse, wie ich gehört habe, doch nahe an der Stadt am Schloßberge sein, und er antwortete, jene in der Nähe der Stadt solle ich auf dem Rückwege sehen; aber diese entfernte sei die merkwürdigere. Endlich kamen wir, nach vielem Irren und Suchen, nach einer halben Stunde, am Eingange der Höhle an. Dieser ist wirklich romantisch, wild und schauerlich, in einem tiefen Kessel, rund umher mit großen Felsenstücken umgeben und mit dem dichtesten Schwarzwalde bewachsen. Hier zündeten wir in dem Gewölbe, halb am Tage, die Fackel an und gingen in die Höhle hinein, ungefähr eine Viertelstunde über verschiedene Felsenfälle, sehr abschüssig immer bergab. Beim Hinabsteigen hörte ich links in einer ungeheuern Tiefe einen Strom rauschen, welches vermutlich das Wasser ist, das bei der Stadt in den Felsen fällt und bei Planina wieder herausdringt. Wir stiegen nicht ohne Gefahr noch einige hundert Schritte weiter über ungeheuere eingestürzte Felsenstücke immer bergab, und mein Führer sagte mir, weiter würde er nicht gehen, er wisse nun keinen Weg mehr und die Fackel würde sonst nicht den Rückweg dauern. Er mochte wohl nicht der beste Wegweiser sein. Aber die Fackel brannte wirklich in der großen Tiefe und vermutlich in der Nähe von Dünsten nur mit Mühe; wir stiegen also wieder heraus und förderten uns bald zu Tage. Nun fand mein Begleiter den Weg rückwärts nach der Stadt sehr leicht. Unterwegs erzählte er mir von allen den vornehmen und großen Personagen, die die Höhlen gesehen hätten. Diese entferntere sähen nur wenige; und unter diesen Wenigen nannte er vorzüglich den Prinzen Konstantin von Rußland. Mein Führer hatte den kürzesten Weg nehmen wollen und hatte mich unbemerkt auf die hohen Felsen über der Höhle am Schlosse gebracht, wo wir nun wie die Gemsen hingen und mit Gefahr hinunterklettern mußten, wenn wir nicht einen Umweg von einer halben Stunde machen wollten. Einige Untenstehende riefen uns und zeigten uns die Pfade, auf denen es möglich war hinunter zu kommen. Nun standen wir am Eingange der andern Grotte, wo sich der Fluß in den Felsen hineinstürzt. Der Fluß nimmt sodann die Richtung ein wenig links; der Weg in der Grotte geht ziemlich gerade fort rechts. In einiger Entfernung vom Eingange erweitert sich das Gewölbe, es wird sehr hoch und breit, man hört links den Fluß wieder herrauschen, und bald kommt man auf eine natürliche Felsenbrücke über denselben mitten unter dem Gewölbe. Hier tut die Flamme der Fackeln eine furchtbar schöne Wirkung. Man hört das Wasser unter sich, und sieht über sich und rund um sich die Nacht des hohen, breiten Gewölbes. Hier haben die Führer die Gewohnheit einige Bund Stroh auf den Felsenwänden der Brücke anzuzünden, und hatten diesmal sehr reichlich zugetragen. Die magische Beleuchtung der ganzen unterirdischen Brückenregion mit ihrem schauerlichen Felsengewölbe, den grotesken Felsenwänden und dem unten im Abgrunde rauschenden Strom, macht einen der schönsten Anblicke, deren ich mir bewußt bin. Wenn der Strohhaufen fast verzehrt ist, stürzt man ihn von der Brücke hinab in den Strom, und so sieht man ihn unten in der Tiefe auf dem Wasserbette noch einige Augenblicke fortglühen. Die plötzlich aufsteigende weite Flammenhelle und die schnell zurückkehrende Finsternis, wo man bei dem schwachen Fackellichte nur einige Schritte sieht, macht einen überraschenden Kontrast. Es hatten sich einige gemeine Krainer zu uns gesellet, die gern die Gelegenheit mitnehmen das schöne Schauspiel in der Grotte wieder zu sehen, dabei ihre Geschichten auszukramen und noch einige Groschen zu verdienen. Bis hierher sind die Franzosen gekommen, sagten sie, als wir auf der Brücke standen; aber weiter wagten sie sich nicht. Warum nicht? fragte ich. Die Kerle zogen ein wichtiges Gesicht beim Fackelschein, und suchten den Mut der Franzmänner verdächtig zu machen. Die Franzmänner mochten wohl andere Ursachen haben. Sie waren höchstwahrscheinlich nicht zahlreich genug, hatten draußen nicht gehörige Maßregeln genommen und besorgten in der großen Tiefe der Höhle irgendein unterirdisches Abenteuer kriegerischer Natur. Außerdem ist nichts zu fürchten. Ich ging nun links am Flusse jenseit der Brücke ungefähr noch einige hundert Schritte weiter fort; dann aber mußten wir anfangen, mit Lebensgefahr über die Felsen am Wasser hinzuklettern. Mein Führer sagte, es sei unmöglich weiterzukommen. Das glaubte ich nun eben nicht: aber es war Schwierigkeit und Gefahr; ich wollte noch heute den Weg im Sonnenlichte weiter, und wir krochen und wandelten zurück. Die Bielshöhle bei Elbingerode hat mehr Verschiedenheit und die benachbarte Baumannshöhle einige vielleicht ebenso große Partien aufzuweisen; aber sie haben nichts ähnliches, wie die furchtbare Höllenfahrt in der ersten und der Fluß und die Brücke in der letztern sind. Die Tropfsteine sind in den Harzhöhlen häufiger, grotesker und schöner als hier. Zum Beweis, daß dieser Fluß das bei Planina wieder herausströmende Wasser sei, erzählte man mir, man habe vor einiger Zeit hier bei dem Einsturz ungefähr eine Metze Korke hineingeworfen, und diese seien dort in der Bergschlucht wieder zum Vorschein gekommen.

Hier sitze ich nun in Prewald, einer sehr hohen Bergspitze gegenüber und zittere vor Frost bis man mein Zimmer heizt. Die Höhle zu Lueg, einem Gute des Grafen Kobenzl, habe ich nicht gesehen. Es tut mir leid; sie ist, wie bekannt, vorzüglich. Mein Wirt in Adlersberg erzählte mir abenteuerliche Dinge davon. Sie soll ehemals von dort vier Stunden bis nach Wippach gegangen, aber jetzt durch ein Erdbeben sehr verschüttet sein. Küttner hat sie gesehen und den Eingang abgebildet. Das Land ist rund umher voll von dergleichen Höhlen, und wäre wohl der Bereisung eines Geologen wert. Vor einigen Jahren bauete ein Landmann Weizen auf einem schönen Feldstriche am Abhange eines Berges und erntete sehr reichlich; als er für das künftige Jahr bestellen wollte, schoß der ganze Acker gegen zehn Klafter tief herab, und es fand sich, daß ein unterirdischer Fluß unter demselben hingegangen war, und den Grund so ausgewaschen hatte, daß er einstürzen mußte. Auch soll in einem See unweit Adlersberg eine noch ganz unbekannte Art von Eidechsen hausen, von der man erst seit kurzem den Naturkundigen einige Exemplare eingeschickt habe. Vor einigen Jahren soll sogar ein Bauer ein Krokodil geschossen haben. Das alles lasse ich indessen auf der Erzählung des Herrn Merk in Laibach beruhen, der mir jedoch ein sehr wahrhafter, unterrichteter Mann zu sein scheint.

Triest

Da ich nicht Kaufmann bin und nach den Bemerkungen meiner Freunde durchaus keine merkantilische Seele habe, wirst Du von mir über Triest wohl nicht viel hören können, wo alles merkantilisch ist. In Prewald wohnte ich bei den drei Schwestern, die, wenn ich mich nicht irre, Herr Küttner schon nennt. Die Mädchen treiben eine gar drollige Wirtschaft, und ich befand mich bei ihnen leidlich genug. Zuerst waren sie etwas barsch und behandelten mich, wie man einen gewöhnlichen Tornistermann zu behandeln pflegt. Da sie aber eine goldene Uhr sahen und mit hartem Gelde klimpern hörten, wurden sie ziemlich höflich und sogar sehr freundlich. Zum Abendgesellschafter traf ich einen katholischen Feldprediger, der von Triest war, bei den Östreichern einige Zeit in Udine gestanden hatte und nun hier ganz allein bei den Mädchen gar gemächlich in Kantonnierung zu liegen schien. Eine von den Schwestern war noch ein ganz hübsches Stückchen Erbsünde, und hätte wohl einen ehrlichen Kerl etwas an die sechste Bitte erinnern können. Die erste Bekanntschaft mit den drei Personagen, ich nennte sie gerne Grazien, wenn ich nicht historisch zu gewissenhaft wäre, machte ich drollig genug in der Küche, wo sie sich alle drei auf Stühlen oben auf dem großen Herde um ein ziemlich starkes Feuer hergepflanzt und im Fond des hintern Winkels an der Wand den Mann Gottes hatten, der ihnen Hanswurstiaden so possierlich vormachte, daß alle drei aus vollem Halse lachten. Das war nun ein Jargon, Deutsch, Italienisch und Krainisch, von jeder dieser Sprachen die ästhetische Quintessenz, wie du denken kannst, und ich verstand blutwenig davon. Indessen stellte ich mich so nahe als möglich, um von dem Feuer, wenn auch nicht der Unterhaltung doch des Herds meinen Anteil zu haben. Man nahm zuerst keine Notiz von mir, belugte mich sodann etwas neugierig und fuhr fort. Der geistliche Herr gewann mir bald Rede ab und sprach erst rein italienisch, radbrechte dann deutsch und plauderte endlich das beste Mönchslatein. Da es hier darauf ankam, kannst Du glauben, daß ich mit meiner Gelehrsamkeit eben nicht den Filz machte, und der Mann faßte bald eine gar gewaltige Affektion zu mir, als ich glücklich genug einige Dinge aus dem Griechischen anführte, die er nur halb verstand. Nun empfahl er mich auch den schönen Wirtinnen sehr nachdrücklich, und ich hatte die Ehre ihn zum Tischgesellschafter zu erhalten. Die Mädchen staunten über unsere Gelehrsamkeit und hätten leicht zu viel Respekt bekommen können, wenn nicht der Mann zuweilen mit vieler Wendung eine tüchtige Schnurre mit eingeworfen hätte. Natürlich erhielt er durch das Lob, das er mir zukommen ließ, selbst im Hause ein neues Relief: wer den andern so laut und gründlich beurteilt, muß ihn durchaus übersehen können.

Wenn ich nicht aus der trophonischen Höhle gekommen, nicht sehr müde gewesen wäre und nicht den folgenden Morgen ziemlich früh fort gewollt hätte, wäre mir die lustige Unterhaltung des geistlichen Harlekins noch länger vielleicht nicht unlieb gewesen. Aber ich eilte zur Ruhe und ließ die Leutchen lärmen. Als ich den andern Morgen aufstand und fort wollte, fand ich in dem ganzen, großen, nicht übel eingerichteten Hause noch keine Seele lebendig. Die Türen waren nur von innen verriegelt und also für mich offen: aber wenn ich auch Schuft genug wäre, so schlechte Sottisen zu begehen, so könnte ich doch das Vertrauen so gutherziger Leutchen nicht mißbrauchen. Ich trabte mit meinen schweren Stiefeln einige Male über den Saal weg; niemand kam, nirgends eine Bewegung. Ich klopfte an einige Zimmer; keine Antwort. Endlich kam ich an ein Zimmer, das nicht verschlossen war. Ich trat hinein, und siehe, das hübsche Stückchen Erbsünde hob sich so eben aus dem Bette und entschuldigte sich freundlich, daß noch Niemand im Hause wach sei. Weiß der Himmel, ob ich armes Menschenkind nicht in große Verlegenheit würde geraten sein, wenn sie nicht eben um ihre Schultern den Mantel geworfen hätte, den gestern Abend der geistliche Herr um die seinigen hatte. Der Mantel gab mir sogleich eine gehörige Dose Stoizismus; ich bezahlte meine Rechnung und trollte zum Tempel hinaus.

Du mußt wissen, daß ich entweder gar nicht frühstücke, oder erst wenn ich zuvor einige Stunden gegangen bin, versteht sich, wenn ich etwas finde. Seit diesem Tage machte ich mirs nun durchaus zum Gesetz, meine Rechnung alle Mal den Abend vorher zu bezahlen, damit ich den Morgen auf keine Weise aufgehalten werde. In Prewald gab man mir zuerst Görzer Wein, der hier in der Gegend in besonders gutem Kredit steht und es verdient. Er gehört unter die wenigen Weine, die ich ohne Wasser trank, welche Ehre, zum Beispiel, nicht einmal dem Burgunder widerfährt. Doch kann ein Idiot, wie ich, hierin eben keine kompetente Stimme haben. Von Prewald bis nach Triest sind fünf Meilen. Ich hatte den Morgen nichts gegessen, fand unterwegs kein einladendes Haus; und, mein Freund, ich machte nüchtern im Januar die fünf Meilen recht stattlich ab. In Sessana hatte mir das erste Wirtshaus gar keine gute Miene, und es hielten eine gewaltige Menge Fuhrleute davor. Der Ort ist nicht ganz klein, dachte ich, es wird sich schon noch ein anderes besseres finden. Es fand sich keins, ich war zu faul zu dem ersten zurückzugehen, ging also vorwärts; und nun war von Sessana bis an die Douane von Triest nichts zu haben. Es ist lauter steiniger Bergrücken und es war kein Tropfen gutes Wasser zu finden: das war für einen durstigen Fußgänger das verdrießlichste. Wenn ich nicht noch zuweilen ein Stückchen Eis gefunden hätte, das mir den Durst löschte, so wäre ich übel daran gewesen. Die Bergspitze von Prewald sah ich bis nach Triest, und sie schien mir immer so nahe, als ob man eine Falkonetkugel hätte hinüberschießen können. Von Schottwien bis Prewald hatte ich abwechselnd sehr viel Schnee; bei Sessana hörte er allmählich auf, und hier liegt er nur noch in einigen finstern Gängen und Schluchten. In Prewald zitterte ich noch vor Frost am Ofen, und hier diesseits des Berges am Meere schwitzt man schon. Es ist heute, am dreiundzwanzigsten Januar, so warm, daß überall Türen und Fenster offenstehen.

Der erste Anblick der Stadt Triest von oben herab ist überraschend, der Weg herunter ist angenehm genug, der Aufenthalt auf einige Zeit muß viel Vergnügen gewähren, aber in die Länge möchte ich nicht hier wohnen. Die Lage des Orts ist bekannt, und fängt nun an ein Amphitheater am Meerbusen zu bilden. Die Berge sind zu hoch und zu kahl, um angenehm zu sein; und zu Lande ist Triest von aller angenehmen Verbindung abgeschnitten. Desto leichter geht alles zu Wasser. Der Hafen ist ziemlich flach, und nur für kleine Fahrzeuge: die größern und alle Kriegsschiffe müssen in ziemlicher Entfernung auf der Reede bleiben, die nicht ganz sicher zu sein scheint. Die See ist hier geduldig, und man kann ihr noch sehr viel abtrotzen, wenn man von den Bergen herab in sie hinein arbeitet, und so nach und nach den Hafen vielleicht auch für große Schiffe anfahrbar macht.

An den Bergen rund herum hat man hinauf und herab terrassiert und dadurch ziemlich schöne Weingärten angelegt. Die Triester halten viel auf ihren Wein; ich kann darüber nicht urteilen, und in meinem Gasthause gibt man gewöhnlich nur fremden. Die etwas höhere Altstadt am Kastell ist enge und finster. Die neue Stadt ist schon fast ganz der See abgewonnen. Ob hier das alte Tergeste wirklich gestanden hat, mögen die Antiquare ausmachen. Ich wohne in dem so genannten großen Gasthofe, einem Hause von gewaltigem Umfange und dem nämlichen, worin Winckelmann von seinem meuchlerischen Bedienten ermordet wurde. Meine Aussicht ist sehr schön nach dem Hafen, und vielleicht ist es das nämliche Zimmer, in welchem das Unglück geschah. Die Geschichte ist hier schon ziemlich vergessen.

Ich fand hier den Philologen Abraham Penzel, der in Triest den Sprachmeister für die Italiener deutsch und für die Deutschen italienisch macht. Die Schicksale dieses sonderbaren Mannes würden eine lehrreiche, angenehme Unterhaltung gewähren, wenn sie gut erzählt würden. Von Leipzig und Halle nach Polen, von Polen nach Wien, von Wien nach Laibach, von Laibach nach Triest, und überall in genialischen Verbindungen. Der unglückliche Hang zum Wein hat ihm manchen Streich gespielt und ihn noch zuletzt genötigt, seine Stelle in Laibach aufzugeben, wo er Professor der Dichtkunst am Gymnasium war. Er hat durch seine mannigfaltigen, verflochtenen Schicksale ein gewisses barockes Unterhaltungstalent gewonnen, das den Mann nicht ohne Teilnahme läßt. *Per varios casus, per tot discrimina rerum tendimus Tergestum*, sagte er mit vieler Drolerie, damit uns hier, wie Winckelmann, der Teufel hole. Wir gingen zusammen aus, konnten aber Winckelmanns Grab nicht finden. Niemand wußte etwas davon.

Das Haus eines Griechen, wenn ich mich nicht irre ist sein Name Garciatti, ist das beste in der Stadt und wirklich prächtig, ganz neu und in einem guten Stil gebaut. Eine ganz eigene recht traurige Klage der Triester ist über den Frieden. Mit christlicher Humanität bekümmern sie sich um die übrige Welt und ihre Drangsale kein Jota und wünschen nur, daß ihnen der Himmel noch zehn Jahre einen so gedeihlichen Krieg bescheren möchte; dann sollte ihr Triest eine Stadt werden, die mit den besten in Reihe und Glied treten könnte. Dabei haben die guten kaufmännischen Seelen gar nichts Arges; schlagt euch tot, nur bezahlt vorher unsere Sardellen und türkischen Tücher. Das neue Schauspielhaus ist das beste, das ich bis jetzt auf meinem Wege gesehen habe. Gestern gab man auf demselben *Theodoro Re di Corsica*, welches ein Lieblingsstück der Triester zu sein scheint. Die Dekoration, vorzüglich die Partie Rialto in Venedig, war sehr brav. Es wäre aber auch unverzeihlich, wenn die reichen Nachbarn, die es noch dazu auf Unkosten der Herren von Sankt Markus sind, so etwas nicht ausgezeichnet haben wollten. Man sang recht gut, und durchaus besser als in Wien. Vorzüglich zeichneten sich durch Gesang und Spiel aus, die Tochter des Wirts und der Kammerherr des Theodor. Die Logen sind alle schon durch Aktien von den Kaufleuten genommen und ein Fremder muß sich auf ihre Höflichkeit verlassen, welches nicht immer angenehm sein mag. Die Herren haben die Logen gekauft, bezahlen aber noch jederzeit den Eingang; eine eigene Art des Geldstolzes. Der Patriotismus könnte wohl eine etwas humanere Art finden die Kunst zu unterstützen. Der Fremde, der doch wohl zuweilen Ursache haben kann im Publikum isoliert zu sein, ist sehr wenig dabei berücksichtigt worden. Hier hörte ich zuerst den betäubenden Lärm in den italienischen Theatern. Man bedient sich des Schauspiels zu Rendezvous, zu Konversationen, zur Börse, und wer weiß wozu sonst noch? Nur die Lieblingsarien werden still angehört; übrigens kann ein Andächtiger Thaliens nicht viel Genuß haben; und die Schauspieler rächen oft durch ihre Nachlässigkeit die Vernachlässigung. Etwas eigenes war mir im Hause, daß das Parterre überall entsetzlich nach Stockfisch roch, ich mochte mich hinwenden, wo ich wollte.

Venedig

Die Leute meinten hier wieder, ich sei nicht gescheit, als sie hörten, ich wolle zu Fuße von Triest über die Berge nach Venedig gehen und sagten, da würde ich nun wohl ein Bißchen totgeschlagen werden: aber ich ließ mich nicht irre machen und wandelte wieder den Berg herauf; zwar nicht den nämlichen großen Fahrweg, kam aber doch, nach ungefähr zwei Stunden Herumkreuzen am Ufer und durch die Weinberge, wieder auf die Heerstraße. Ich besuchte die Höhlen von Korneale nicht, weil die ganze Gegend verdammt verdächtig aussah, und ich mich in der Wildnis doch nicht so ganz allein und wildfremd den Leuten in die Hände geben wollte. Die Berge, welche von Natur sehr rauh und etwas öde sind, waren sonst deswegen so unsicher, weil sie, wie die Genuesischen, der Zufluchtsort alles Gesindels der benachbarten Staaten waren. Da ganz Venedig aber jetzt in Östreichischen Händen ist, wird es nun der wachsamen Polizei leichter, Ordnung und Sicherheit zu erhalten. Man spürt in dieser Rücksicht schon den Vorteil der Veränderungen. An dem Zwickel der Berge kommt hier ein schöner Fluß aus der Erde hervor, der vermutlich auch Höhlen bildet. Hier sind nach aller Lokalität, gewiß Virgils Felsen des Timavus; und ich sah stolz umher, daß ich nun ausgemacht den klassischen Boden betrat. Der Einschnitt zwischen den Bergen, oder das Tal zwischen Santa Croce und Montefalkone macht noch jetzt der Beschreibung der Alten Ehre. Unten rechts am Meere stand vermutlich der Heroentempel im Haine, und links etwas weiter herauf am Ausflusse des Timavus war der Hafen. Ich schlug mich hier rechts von der geraden Straße nach Venedig ab über die Berge hinüber nach Görz, welches sechs ziemlich starke Meilen von Triest liegt. Wenn man einmal über die Berge hinüber ist, welche freilich etwas kahl sind, hat man die schönsten Weintäler. Der Wein wird hier schon nach italienischer Weise behandelt, hängt an Ulmen oder Weiden, und macht, wo die Gegend etwas nachhilft, schöne Gruppierungen.

Von Görz nach Gradiska sind die Berge links ziemlich sanft und man hat die großen Höhen in beträchtlicher Entfernung rechts: und wenn man über Gradiska nach Palma Nuova herauskommt, ist man ganz in der schönen Fläche des ehemaligen venezianischen Friaul, hat links fast lauter Ebene bis zur See und nur rechts die ziemlich hohen Friauler Alpen. Von Görz nach Udine stehen im Kalender fünf Meilen; aber Östreichische Offiziere versicherten mich, es seien gute sieben Meilen; und ich fand Ursache der Versicherung zu glauben. Palma Nuova war eine venezianische Grenzfestung, und nun hausen die Kaiserlichen hier. Sie exerzierten eben auf dem großen Platze vor dem Tore. Der Ort ist militärisch nicht ganz zu verachten, wenn er gut verteidigt wird. Man kann nach allen Seiten vortrefflich rasieren, und er kann von keiner nahen Anhöhe bestrichen werden.

In Udine feierte ich den neunundzwanzigsten Januar meinen Geburtstag, und höre wie. Ich hatte mir natürlich den Tag vorher schon vorgenommen, ihn recht stattlich zu begehen, und also vor allen Dingen hier Ruhetag zu halten. Der Name Udine klang mir so schön, war mir aus der Künstlergeschichte bekannt, und war überdies der Geburtsort unserer braven Grassi in Dresden und Wien. Die große feierlich tönende Abendglocke verkündigte mir in der dunkeln Ferne, denn es war schon Nacht als ich ankam, eine ansehnliche Stadt. Vor Campo Formio war ich im Dunkeln vorbeigegangen. Am Tore zu Udine stand eine Östreichische Wache, die mich examinierte. Ich bat um einen Grenadier, der mich in ein gutes Wirtshaus bringen sollte. Gewährt. Aber ein gutes Wirtshaus war nicht zu finden. Überall wo ich hineintrat, saßen, standen und lagen eine Menge gemeiner Kerle bacchantisch vor ungeheuer großen Weinfässern, als ob sie mit Bürger bei Ja und Nein vor dem Zapfen sterben wollten. Es kam mir vor, als ob Bürger hier seine Übersetzung gemacht haben müsse; denn der lateinische Text des alten englischen Bischofs hat dieses Bild nicht. In dem ersten und zweiten dieser Häuser hatte ich nicht Lust zu bleiben; im dritten wollte man mich nicht behalten. Ruhig, dachte ich; du gehst auf die Wache: morgen wird sichs schon finden. Der Sergeant gestand mir gern Quartier zu, da ich der Wache für ihre Höflichkeit ein gutes Trinkgeld geben wollte. Nun holte man Brot und Wein für mich. Kaum war dieses da, so kam eine fremde Patrouille, einige Meilen weit her, welche ihr Quartier auch in der Wachstube nahm. Nun sagte der Sergeant ganz höflich, es sei kein Platz mehr da. Das sah ich auch selbst ein. Er machte auch Dienstschwierigkeiten, die ich als ein alter Kriegsknecht sehr bald begriff. Ich überließ Brot und Wein dem Überbringer und verlangte, man solle mich auf die Hauptwache bringen lassen. Das geschah. Dort fand ich mehrere Offiziere. Ich erzählte dem Wachhabenden meinen Fall und schloß mit der Meinung, daß ich doch Quartier haben müsse, und sollte es auch auf der Hauptwache sein. Die Herren lärmten, fluchten und lachten und sagten, es gehe ihnen ebenso; die Welschen schlügen die Deutschen tot nach Noten, wo sie könnten. Man schickte mich zum Platzmajor. Gut. Dieser forderte meinen Paß, fand ihn richtig, revidierte ihn, befahl, ich sollte mich den folgenden Morgen bei der Polizei melden, die ihn auch unterschreiben müsse, und machte einige Knasterbemerkungen über die Notwendigkeit der guten Ordnung, an der ich gar nicht zweifelte. Das ist alles recht gut, sagte ich; aber ich kann kein Quartier finden. Ach das wird nicht fehlen, meinte er: aber es fehlt, meinte ich. Der alte Herr setzte sein Glas bedächtlich nieder, sah seine Donna an, rieb sich die Augenbraunen und schickte den Gefreiten mit mir und meinem Tornister *alla nave*. Der Gefreite wies mich ins Schiff und ging. Als ich eintrat, sagte man mir, es sei durchaus kein Zimmer mehr leer; es sei alles besetzt. Ich tat groß und bot viel Geld; aber es half nichts. Sie sollten es für den vierten Teil haben, antwortete mir eine alte ziemlich gedeihliche Frau; aber es ist kein Platz. Ich kann nicht fort, es ist spät; ich bin müde und es ist draußen kalt. Die Italienerin machte es wie der Mann von Sankt Oswald, nur ganz höflich. Ich gehe nicht, sagte ich, wenn man mir nicht einen Menschen mitgibt, der mich wieder auf die Hauptwache bringt. Den gab man. Nun war ich wieder auf der Hauptwache und erzählte und forderte Quartier. Man lärmte und fluchte und lachte von neuem. Ich versicherte nun bestimmt, ich würde hier bleiben. Wort gab Wort. Einer der Herren sagte lachend: Warten Sie, vielleicht bin ich noch so glücklich Ihnen Quartier zu verschaffen. Es ist eine verfluchte Geschichte; es geht uns oft auch so, wenn wir nicht mit Heereszug kommen: aber ich habe hier einige Bekanntschaft. Der

Offizier ging einige hundert Schritte weit davon mit mir in ein Haus, hielt Vortrag, und ich erhielt sehr höflich Quartier. Zimmer und Bett waren herrlich. Nun wollte ich essen; da war nichts zu haben. *Ma Signore*, sagte die Wirtin, *questa casa non è locanda; non si mangia qui*. Ich hatte sieben Meilen im Januar gemacht, und war auf dem Pflaster noch eine Stunde herum trottiert; ich konnte mich also nicht entschließen spät in der Finsternis noch einmal auszugehen. Der Offizier war fort. Ich sah grämlich aus, und man wünschte mir ohne Abendessen freundlich *Felicissima notte:* ich ging ärgerlich zu Bett und schlief herrlich. Den andern Morgen, an meinem Geburtstage, sollte ich auf die Polizei gehen. Der Sitz derselben war in vierzehn Tagen wohl vier Mal verändert worden: man wies mich hier hin und dort hin, und ich fand sie nirgends.

Der Henker hol' Euch mit der Polizei!
Es ist doch alles lauter Hudelei.

So dachte ich in meinem Ärger, kaufte mir eine Semmel und einige Äpfel in die Tasche, ging nach Hause, bezahlte den sehr billigen Preis für mein Quartier, steckte meinen Paß ohne die Polizei wieder in die Brieftasche und reis'te zum Tore hinaus. Das war mein Geburtstag zum Morgen. Den Abend aber, denn zu Mittage konnte ich kein schickliches Haus finden und fastete, erholte ich mich ziemlich wieder zu Codroipo. Eine niedliche Piemonteserin, deren Mann ein Deutscher und Feldwebel bei einem kaiserlichen Regimente war, kam zu Fuße mit ihrem kleinen Jungen von ungefähr zwei Jahren von Livorno und ging nach Gräz. Du weißt, ich liebe schöne, reinliche Kinder in diesem Alter ungewöhnlich, und der Knabe fing soeben an etwas von der Sprache seines Vaters und etwas von der Sprache seiner Mutter zu stammeln und hatte sein großes Wesen mit und auf meinem Tornister. Der Wirt brachte uns Polenta, Eierkuchen und zweierlei Fische aus dem Tagliamento gesotten und gebraten. Du siehst, dabei war kein Fleisch: das war also an meinem Geburtstage gefastet und nach den besten Regeln der Kirche.

Der Weg zwischen Triest und Venedig ist außerordentlich wasserreich; sehr viele große und kleine Flüsse kommen rechts von den Bergen herab, unter denen der Tagliamento und die Piave die vorzüglichsten sind. Zwischen Codroipo und Valvasone ging ich über den Tagliamento in vier Stationen, auf dem Rücken eines großen, ehrenfesten Charons, der seine langen Fischerstiefeln bis an die Taille hinaufzog. Der Fluß war jetzt ziemlich klein; und dieses ist zu solcher Zeit die Methode Fußgänger überzusetzen. Sein Bett ist über eine Viertelstunde breit und zeigt, wie wild er sein muß, wenn er das Bergwasser herabwälzt. Wenn die

Bäche groß sind, mag die Reise hier immer bedenklich sein; denn man kann durchaus an den Betten sehen, welche ungeheuere Wassermenge dann überall herabströmt. Jetzt sind alle Wasser so schön und hell, daß ich überall trinke: denn für mich geht nichts über schönes Wasser. Die Wohltat und den Wert davon zu empfinden, mußt Du Dich von den Engländern einmal nach Amerika transportieren lassen, wo man in dem stinkenden Wasser fingerlange Fasern von Unrat findet, die Nase zuhalten muß, wenn man es durch ein Tuch geschlagen trinken will, und doch noch froh ist, wenn man die kocytische Tunke zur Stillung des brennenden Durstes nur noch erhält. So ging es uns, als wir in den amerikanischen Krieg zogen, wo ich die Ehre hatte dem König die dreizehn Provinzen mit verlieren zu helfen.

In Pordenone traf ich das erste Mal eine öffentliche Mummerei von Gassenmaskerade, mußte bei gar jämmerlichen Fischen wieder fasten, und wäre übel gefahren, wenn mich ein kleines, niedliches Mädchen vom Hause nicht noch mitleidig mit Kastanien gefüttert hätte. Hier sind in der Markuskirche einige hübsche Votivgemälde, mit denen man sich wohl eine halbe Stunde angenehm beschäftigen kann. Von Udine bis Pordenone ist viel dürres Land; doch findet man mitunter auch sehr schöne Weinpflanzungen. Die Deutschen stehen, wie Du aus der Geschichte von Udine gesehen hast, eben nicht in dem besten Kredit hier in der Gegend, und es ist kein Unglück für mich, daß man mich meistens für einen Franzosen hält, weil in meine Sprache sich oft ein französischer Ausdruck einschleicht. Wenn ich gleich sage und wiederhole, ich sei ein Deutscher; so will man es doch nicht glauben. In der Vermutung, ich müsse ein französischer Offizier sein, der das Land umher durchzieht, werde ich oft recht gut bewirtet. Dergleichen Promenaden der Franzosen müssen also doch so ungewöhnlich nicht sein. *Signore è Francese, ma non volete dirlo; Fate bene, fate bene:* sagte man mir mit sehr freundlichem Gesichte. Alles kommt freilich auf den Parteigeist an, der hier ebenso mächtig ist, als irgendwo. Viele klagen über die Franzosen; aber die Meisten scheinen es doch nicht gern zu sehen, daß sie nicht mehr hier sind.

In Conegliano fand ich einige junge Kaufleute, die von Venedig kamen und den Weg nach Triest zu Fuße machen wollten, den ich eben gekommen war. Das Herz ward ihnen sehr leicht, als ich sagte, es gehe recht gut und es sei mir keine Gefahr aufgestoßen: denn man hatte auch diesen Herren von der andern Seite das Gehirn mit Schreckbildern angefüllt. Sodann war auch dort, wie er sich selbst in der Gesellschaft einführte, ein großer Philosoph, ungarischer

Husarenunteroffizier, der hier den politischen Spion zu machen schien. Er donnerte gewaltig über die Revolution und brachte Anspielungen und indirekte Drohungen gegen meine Person, als dieses Verbrechens verdächtig. Der Wirt hat das Recht nach meinem Paß zu fragen, mein Herr, versetzte ich, als mir die Worte zu stark und zu deutsch wurden: wenn Sie aber glauben, daß es nötig ist, so führen Sie mich vor die Behörde zur Untersuchung. Übrigens erbitte ich mir von Ihrer Philosophie etwas Humanität. Das wirkte: der Mann fing nun an ein halbes Dutzend Sprachen zu sprechen, und vorzüglich das Italienische und Ungarische mit einer horrenden Volubilität. Sobald wir nur lateinisch zusammenkamen, waren wir Freunde, und er war sogleich von meiner politischen Orthodoxie überzeugt: und als ich ihn vollends zu meinem Wein mit Pastetchen ehrenvoll einlud, gehörten wir durchaus zu Einer Sekte. Er hielt sich an den Wein, ich mich an die Pastetchen, und alle Coneglianer, Trevisaner und Venezianer staunten den Strom von Gelehrsamkeit an, den der Mann aus seinem Schatze hervorgoß.

Von Conegliano bis Treviso hatte ich mir auf einem eingefallenen Steinchen die Ferse blutig getreten, und gab daher zum ersten Mal den Zudringlichkeiten eines Vetturino nach, der mich für sechs Liren nach Mestre bringen wollte. Mit der Bedingung, daß ich gleich abginge, ließ ich mir die Sache gefallen: denn ich wollte noch gern diesen Abend in Mestre sein, um den folgenden Morgen zeitig nach Venedig überzusetzen. Sechs Liren war mir ein unbegreiflich niedriger Preis für einen vollen Wagen mit zwei guten Pferden, den er mir vor dem Wirtshause als mein Fuhrwerk zeigte; so daß ich nicht wußte was ich denken sollte. Aber vor der Stadt hielt er an und packte noch einen venezianischen Kaufmann und eine Tirolerin ein, die als Kammerjungfer ihrer Gräfin nachreis'te; und nun begriff ich freilich. Von Conegliano aus ist der Weg schon sehr frequent, und die Landhäuser werden häufiger und schöner; und von Treviso ist es fast lauter schöner, mit Villen besetzter Garten. Die Tirolerin sentimentalisierte darüber ununterbrochen deutsch und italienisch; der Italiener war ein gar artiger Kerl, und da kamen denn die beiden Leutchen bald in einen Ton allerliebster Zweideutigkeiten, zu dem die deutsche Sprache, wenigstens die meinige, gar nicht geeignet ist: und doch kann ich nicht sagen, daß sie geradezu in Unanständigkeit ausgeartet wären. Bloß der unreine Nasenton der Tirolerin mißfiel mir; und da ich bei einer zufälligen Lüftung des Halstuches in der untern Gegend des Kinnbackens einige beträchtliche Narben erblickte, war ich sehr froh, daß ich mit exzessiver Artigkeit dem Venezianer die Ehrenstelle neben ihr im Fond überlassen hatte. Ich erhielt meinen Teil Witz von ihnen für meine überstoische Laune und Taziturnität, und rettete mich von dem Prädikat eines Gimpels vermutlich nur durch meine Unkunde in der italienischen Sprache und einige Sarkasmen, die ich ganz trocken hinwarf. In Mestre wollte mich die Dame aus Artigkeit mit in ihr Hotel nehmen und meinte, ich könnte morgen mit der Gräfin und ihr zusammen die Überfahrt nach dem schönen Venedig machen: aber ich fand eine Gesellschaft von Venezianern, die noch diesen Abend übersetzen wollte und schloß mich an. Wir ruderten den Kanal hinunter. Die Andern waren alle Einheimische, und hatten weiter nichts nötig als dieses zu sagen; aber ich Fremdling mußte einige Zeit auf der Wache warten, bis der Offiziant meinen Paß gehörig registriert hatte. Er behielt ihn, und gab mir einen Passierzettel, nach Östreichischer Sitte, mit der Weisung, mich damit in Venedig auf der Polizei zu melden. Das forderte etwas Zeit, da der Herr etwas Myops und kein Tachygraph war; und meine Gesellschafter waren über den Aufenthalt etwas übellaunig. Doch das gab sich bald. Man fragte mich, als ich zurückkam, mit vieler Artigkeit und Teilnahme wer ich sei? wohin ich wolle? und dergleichen; und wunderte sich höchlich als man hörte, daß ich zu Fuße allein einen Spaziergang von Leipzig nach Syrakus machen wollte. Der Abend war schön, und ehe wir es uns versahen, kamen wir am Rialto an, wovon ich aber jetzt natürlich weiter nichts als die magische Erscheinung sah. Ein junger Mann von Conegliano, mit dem ich während der ganzen Überfahrt viel geplaudert, hatte, begleitete mich durch eine große Menge enge Gäßchen in den Gasthof *The Queen of England;* und da hier alles besetzt war, zum goldnen Stern, nicht weit vom Markusplatze, wo ich für billige Bezahlung ziemlich gutes Quartier und artige Bewirtung fand.

Den dritten Februar, wenn ich mich nicht irre, kam ich in Venedig an, und lief sogleich den Morgen darauf mit einem alten, abgedankten Bootsmann, der von Lissabon bis Konstantinopel und auf der afrikanischen Seite zurück die ganze Küste kannte, und jetzt den Lohnbedienten machen mußte, in der Stadt herum; sah mehr als zwanzig Kirchen in einigen Stunden, von der Kathedrale des heiligen Markus herab bis auf das kleinste Kapellchen der ehemaligen Beherrscherin des Adria. Wenn ich Künstler oder nur Kenner wäre, könnte ich Dir viel erzählen von dem was da ist und was da war. Aber das alles ist Dir wahrscheinlich schon aus Büchern bekannt; und ich würde mir vielleicht weder mit der Aufzählung noch mit dem Urteil große Ehre erwerben. Der Palast der Republik sieht jetzt sehr öde aus, und der Rialto ist mit Kanonen besetzt. Auch am Ende des Markusplatzes, nach dem Hafen zu, haben die Östreicher sechs Kanonen stehen, und gegenüber auf Sankt George hatten schon die Franzosen eine Batterie angelegt, welche die Kaiserlichen natürlich unterhalten und erweitern. Die Partie des Rialto hat meine Erwartung nicht befriedigt; aber der Markusplatz hat sie, auch so wie er noch jetzt ist, übertroffen.

Es mögen jetzt ungefähr drei Regimenter hier liegen, eine sehr kleine Anzahl für ernsthafte Vorfälle. So wie die Stimmung jetzt ist, nähme und behauptete man mit zehntausend Mann Venedig; wenn man nämlich im Anfange energisch und sodann klug und human zu Werke ginge. Das Militär und überhaupt die Bevölkerung zeigt sich meistens nur auf dem Markusplatze, am Hafen, am Rialto und am Zeughause; die übrigen Gegenden der Stadt sind ziemlich leer. Wenn man diese Partien gesehen hat und einige Mal den großen Kanal auf und ab gefahren ist, hat Venedig vielleicht auch nicht viel Merkwürdiges mehr; man müßte denn gern Kirchen besuchen, die hier wirklich sehr schön sind.

Das Traurigste ist in Venedig die Armut und Bettelei. Man kann nicht zehn Schritte gehen, ohne in den schneidendsten Ausdrücken um Mitleid angefleht zu werden; und der Anblick des Elends unterstützt das Notgeschrei des Jammers. Um alles in der Welt möchte ich jetzt nicht Beherrscher von Venedig sein; ich würde unter der Last meiner Gefühle erliegen. Schon Küttner hat viele Beispiele erzählt, und ich habe die Bestätigung davon stündlich gesehen. Die niederschlagenste Empfindung ist mir gewesen, Frauen von guter Familie in tiefen, schwarzen, undurchdringlichen Schleiern kniend vor den Kirchentüren zu finden, wie sie, die Hände gefaltet auf die Brust gelegt, ein kleines hölzernes Gefäß vor sich stehen haben; in welches die Vorübergehenden einige Soldi werfen. Wenn ich länger in Venedig bliebe, müßte ich notwendig mit meiner Börse oder mit meiner Empfindung Bankerott machen.

Drollig genug sind die gewöhnlichen Improvisatoren und Deklamatoren auf dem Markusplatze und am Hafen, die einen Kreis um sich her schließen lassen und für eine Kleinigkeit über irgend eine berühmte Stelle sprechen, oder auch aus dem Stegreife über ein gegebenes Thema teils in Prose teils in Versen sogleich mit solchem Feuer reden, daß man sie wirklich einige Mal mit großem Vergnügen hört. Du kannst Dir vorstellen, wie geringe die Summe und wie erniedrigend das Handwerk sein muß. Eine Menge Leute von allen Kalibern, Lumpige und Wohlgekleidete, saßen auf Stühlen und auf der Erde rundherum und warteten auf den Anfang, und eine Art von buntscheckigem Bedienten, der seinem Prinzipal das Geld sammelte, rief und wiederholte mit lauter

Stimme: *Manca ancora cinque soldi; ancora cinque soldi!* Jeder warf seinen Soldo hin, und man machte gewaltige Augen, als ich einige Mal mit einem schlechten Zwölfkreuzerstück der Forderung ein Ende machte und die Arbeit beschleunigte. Welch ein Abstand von diesen Improvisatoren bis zu den römischen, von denen wir zuweilen in unsern deutschen Blättern lesen!

Auf der Giudekka ist es, wo möglich, noch ärmlicher als in der Stadt; aber eben deswegen sind dort nicht so viele Bettler, weil vielleicht niemand hoffen darf, dort nur eine leidliche Ernte zu halten. Die Erlöserskirche ist daselbst die beste, und ihre Kapuziner sind die Einzigen, die in Venedig noch etwas schöne Natur genießen. Die Kirche ist mit Orangerie besetzt, und sie haben bei ihrem Kloster, nach der See hinaus, einen sehr schönen Weingarten. Diese, nebst einigen Oleastern in der Gegend des Zeughauses, sind die einzigen Bäume, die ich in Venedig gesehen habe. Die Insel Sankt George hält bekanntlich die Kirche und das Kapitel, wo der jetzige Papst gewählt wurde, und wo auch noch sein Bildnis ist, das bei den Venezianern von gemeinem Schlage in außerordentlicher Verehrung steht. Der Maler hat sein Mögliches getan, die Draperie recht schön zu machen. Die Kirche selbst ist ein gar stattliches Gebäude, und wie ich schon oben gesagt habe, mit Batterien umgeben.

Die Venezianer sind übrigens im Allgemeinen höfliche, billige, freundschaftliche Leute, und ich habe von Vielen Artigkeiten genossen, die ich in meinem Vaterlande nicht herzlicher hätte erwarten können. Einen etwas schnurrigen Auftritt hatte ich vor einigen Tagen auf dem Markusplatze. Man hatte mich beständig in dem nämlichen Reiserocke, (die Ursache war, weil ich keinen andern hatte, da ich keinen andern im Tornister tragen wollte,) an den öffentlichen Orten der Stadt herumlaufen sehen, und doch gesehen, daß ich mit einem Lohnbedienten lief und Liren verzehrte. Ich zahlte dem Bedienten jeden Abend sein Geld, wenn ich ihn nicht mehr brauchte; dieses geschah diesen Abend, da es noch ganz hell war, auf dem Markusplatze. Einige Mädchen der Aphrodite Pandemos mochten bemerkt haben, daß ich bei der Abzahlung des Menschen eine ziemliche Handvoll silberner Liren aus der Tasche gezogen hatte, und legten sich, als der Bediente fort war und ich allein gemächlich nach Hause schlenderte, ganz freundlich und gefällig an meinen Arm. Ich blieb stehen und sie taten das nämliche. Man gruppierte sich um uns herum, und ich bat sie höflich, sich nicht die Mühe zu geben mich zu inkommodieren. Sie fuhren mit ihrer artigen Vertraulichkeit fort, und ich ward ernst. Sie waren beide ganz hübsche Sünderinnen, und trugen sich ganz niedlich und anständig mit der feineren Klasse. Ich demonstrierte in meinem gebrochenen Italienisch so gut ich konnte, sie möchten mich in Ruhe lassen. Es half nichts; die Gesellschaft in einiger Entfernung lächelte, und Einige lachten sogar. Die Gruppe mochte allerdings possierlich genug sein. Eine von den beiden Nymphchen schmiegte sich endlich so schmeichelnd als möglich an mich an. Da ward ich heiß und fing an in meinem stärksten Baßtone auf gut Russisch zu fluchen, mischte so etwas von *Impudenza* und *senza vergogna* dazu, und stampfte mit meinem Knotenstocke so emphatisch auf das Pflaster, daß die Gesellschaft sich schüchtern zerstreute und die erschrockenen Geschöpfchen ihren Weg gingen.

Ein anderer, etwas ernsthafterer Vorfall beschäftigte mich fast eine halbe Stunde. Ich verschließe den Abend mein Zimmer und lege mich zu Bett. Als ich den Morgen aufstehe, finde ich meine Kleider, die neben mir auf einem andern Bette lagen, ziemlich in Unordnung und meinen Hut herabgeworfen. Ich wußte ganz gewiß, in welche Ordnung ich sie gelegt hatte. Das Schloß war unberührt und mir fehlte übrigens nichts. Ich dachte hin und her und konnte nichts herausgrübeln, und mir schwebten schon mancherlei sonderbare Gedanken von der alten venezianischen Polizei vor dem Gehirne; so daß ich sogleich, als ich mich angezogen hatte, zu dem Kellner ging und ihm den Vorfall erzählte. Das Haus war groß und voll. Da erhielt ich denn zu meiner Beruhigung den Aufschluß, es seien die Nacht noch Fremde angekommen, und man habe noch eine Matratze gebraucht, und sie aus dem Bett neben mir mit dem Hauptschlüssel abgeholt. Hätte ich nun die Sache nicht gründlich erfahren, wer weiß, was ich mir noch für Einbildungen gemacht hätte.

Jetzt ist meine Seele voll von einem einzigen Gegenstande, von Canovas Hebe. Ich weiß nicht, ob Du die liebenswürdige Göttin dieses Künstlers schon kennst; mich wird sie lange, vielleicht immer beherrschen. Fast glaube ich nun, daß die Neuen die Alten erreicht haben. Sie soll eins der jüngsten Werke des Mannes sein, die ewige Jugend. Sie steht in dem Hause Alberici, und der Besitzer scheint den ganzen Wert des Schatzes zu fühlen. Er hat der Göttin einen der besten Plätze, ein schönes, helles Zimmer nach dem großen Kanal, angewiesen. Ich will, ich darf keine Beschreibung wagen; aber ich möchte weissagen, daß sie die Angebetete der Künstler und ihre Wallfahrt werden wird. Noch habe ich die Mediceerin nicht gesehen; aber nach allen guten Abgüssen von ihr zu urteilen, ist hier für mich mehr als alle *veneres cupidinesque.*

Ich stand von süßem Rausche trunken,
Wie in ein Meer von Seligkeit versunken,

Mit Ehrfurcht vor der Göttin da,
Die hold auf mich herunter sah,
Und meine Seele war in Funken:
Hier thronte mehr als Amathusia.
Ich war der Sterblichkeit entflogen,
Und meine Feuerblicke sogen
Aus ihrem Blick Ambrosia
Und Nektar in dem Göttersaale;
Ich wußte nicht, wie mir geschah:
Und stände Zeus mit seinem Blitze nah,
Vermessen griff ich nach der Schale,
Mit welcher sie die Gottheit reicht,
Und wagte taumelnd jetzt vielleicht
Selbst dem Alciden Hohn zu sagen,
Und mit dem Gott um seinen Lohn zu schlagen. –

Du denkst wohl, daß ich bei dem marmornen Mädchen etwas außer mir bin; und so mag es allerdings sein. Der Italiener betrachtete meine Andacht ebenso aufmerksam, wie ich seine Göttin. Diese einzige Viertelstunde hat mir meine Reise bezahlt; so ein sonderbar enthusiastischer Mensch bin ich nun zuweilen. Es ist die reinste Schönheit, die ich bis jetzt in der Natur und in der Kunst gesehen habe; und ich verzweifle selbst mit meinem Ideale höhersteigen zu können. Ich muß Canovas Hände küssen, wenn ich nach Rom komme, wo er, wie ich höre, jetzt lebt. Das goldene Gefäß, die goldene Schale und das goldene Stirnband haben mich gewiß nicht bestochen; ich habe bloß die Göttin angebetet, auf deren Antlitz alles, was der weibliche Himmel Liebenswürdiges hat, ausgegossen ist. In das Lob der Gestalt und Glieder und des Gewandes will ich nicht eingehen; das mögen die Geweiheten tun. Alles scheint mir des Ganzen würdig.

In dem nämlichen Hause steht auch noch ein schöner Gipsabguß von des Künstlers Psyche. Sie ist auch ein schönes Werk; aber meine Seele ist zu voll von Hebe, um sich zu diesem Seelchen zu wenden. In dem Zimmer, wo der Abguß der Psyche steht, sind rund an den Wänden Reliefs in Gips von Canova's übrigen Arbeiten. Eine Grablegung des Sokrates durch seine Freunde. Die Szene, wo der Verurteilte den Becher nimmt. Der Abschied von seiner Familie. Der Tod des Priamus nach Virgil. Der Tanz der Phäacier in Gegenwart des Ulysses, wo die beiden tanzenden Figuren vortrefflich sind: und die opfernden Trojanerinnen vor der Minerva, unter Anführung der Hekuba. Alles ist eines großen und weisen Künstlers würdig; aber Hebe hat sich nun einmal meines Geistes bemächtiget und für das Übrige nichts mehr übrig gelassen. Wenn der Künstler, wie man glaubt, nach einem Modell gearbeitet hat, so möchte ich für meine Ruhe das Original nicht sehen. Doch, wenn dieses auch ist, so wird seine Seele gewiß es erst zu diesem Ideal erhoben haben, das jetzt alle Anschauer begeistert.

Da meine Wohnung hier nahe am Markusplatze ist, habe ich fast stündlich Gelegenheit die Stellen zu sehen, auf welchen die berühmten Pferde standen, die nun, wie ich höre, den konsularischen Palast der Gallier bewachen sollen. Sonderbar; wenn ich nicht irre, erbeuteten die Venezianer, in Gesellschaft mit den Franzosen, diese Pferde nebst vielen andern gewöhnlichen Schätzen. Die Venezianer ließen ihren Verbündeten die Schätze und behielten die Pferde; und jetzt kommen die Herren und holen die Pferde nach. Wo ist der Bräutigam der Braut, der jährlich sein Fest auf dem adriatischen Meere feierte? Die Briten gingen seit ziemlich langer Zeit schon etwas willkürlich und ungebührlich mit seiner geliebten Schönen um; und nun ist er selbst an der Apoplexie gestorben, und ein Fremder nimmt sich kaum mehr Mühe seinen Bucentaur zu besehen. Venedig wird nun nach und nach von der Kapitale eines eigenen Staats zur Gouvernementsstadt eines fremden Reichs sich modifizieren müssen; und desto besser für den Ort, wenn dieses sanft, von der einen Seite mit Schonung und von der andern mit gehöriger Resignation geschieht.

Gestern ging ich nach meinem Passe, der auf der Polizei gelegen hatte und dort unterschrieben werden mußte. Ich bin überhaupt kein großer Welscher, und der zischende Dialekt der Venezianer ist mir gar nicht geläufig. Ich konnte also in der Kanzlei mit dem Ausfertiger nicht gut fertig werden, und man wies mich in ein anderes Zimmer an einen andern Herrn, der fremde Zungen reden sollte. In der Meinung, er würde unter einem deutschen Monarchen auch wohl deutsch sprechen, sprach ich Deutscher deutsch. *Non son asino ferino*, antwortete der feine Mann, *per ruggire tedesco*. Das waren, glaube ich, seine Worte, die freilich eine grelle Ausnahme von der venezianischen Höflichkeit machten. Die Anwesenden lachten über den Witz, und ich, um zu zeigen, daß ich wider sein Vermuten wenigstens seine Galanterie verstanden hatte sagte ziemlich mürrisch: *Mais pourtant, Monsieur, il est à croire qu'il y a quelqu'un ici, qui sache la langue de votre Souverain.* Das machte den Herrn etwas verblüfft; er fuhr ganz höflich französisch fort sich zu erkundigen, sagte mir, daß mein Paß ausgefertiget sei, und in drei Minuten war ich fort. Ich erzähle Dir dieses nur als noch einen neuen Beweis, wie man hier gegen unsere Nation gestimmt ist. Diese Stimmung ist ziemlich allgemein, und die Östreicher scheinen sich keine sonderliche Mühe zu geben, sie durch ihr Betragen zu verbessern.

Morgen will ich über Padua am Adria hinab wandeln, und mich, so viel als möglich, dem Meere nahe halten, bis ich hinunter an den Absatz des Stiefels komme und mich an den Ätna hinüber bugsieren lassen kann. Die Sache ist nicht ganz leicht. Denn unter Ankona bei Loretto endigt die Poststraße; und durch Abbruzzo und Kalabrien mag es nicht gar wegsam und wirtlich sein: *sed non sine dis animosus infans.* Ich weiß, daß mich Deine freundschaftlichen Wünsche begleiten, so wie Du überzeugt sein wirst, daß meine Seele oft bei meinen Freunden und also auch bei Dir ist.

Bologna

Neun Tage war ich in Venedig herumgelaufen. Die Nacht war ich angekommen, die Nacht fuhr ich mit der Korriere wieder ab. Die Gesellschaft war ziemlich zahlreich, und wir waren wie im trojanischen Pferde zusammengeschichtet. Das Wetter war nicht sehr günstig; wir fuhren also von Venedig nach Padua von acht Uhr des Abends bis den andern Mittag. Der Weg an der Brenta herauf soll sehr angenehm sein; aber das Wasser hatte bekanntlich die Straßen durch ganz Oberitalien so fürchterlich zugerichtet, daß es ein trauriger Anblick war; und ich grämte mich nicht sehr, daß ich auf meiner Fahrt und wegen stürmischen Wetters wenig davon sehen konnte. So wie wir in Padua ankamen, ward das Wetter leidlich. Die Unterredung im Schiffe war bunt und kraus wie die Gesellschaft; aber es wurde durchaus nichts gesprochen, was Bezug auf Politik gehabt hätte. Die einzige Bemerkung nehme ich aus, welche ein alter, ziemlich ernsthafter Mann machte: es wäre nun zu hoffen, daß wir in dreißig oder vierzig Jahren zu Fuße nach Venedig würden gehen können. Er deutete bloß kurz an, die alte Regierung habe ein Interesse gehabt die Stadt als Insel zu erhalten und habe sich die Räumung der Lagunen viel Geld kosten lassen; die neue Regierung werde ein entgegengesetztes Interesse haben, und brauchte dann nicht viel Kosten darauf zu wenden, die Straße von Mestre nach Venedig fest zu machen. Ich lasse die Hypothese dahingestellt sein.

Als ich in Padua meine Mahlzeit genommen hatte, nahm ich meinen Tornister und machte vor meinem Abzug dem heiligen Antonius noch meinen Besuch. Sogleich war ein Cicerone da, der mich führte, und meinte, ich könne ganz füglich, so betornistert wie ich wäre, überall herumlaufen. Das nahm ich sehr gerne an, und wandelte in diesem etwas grotesken Aufzuge, mit aller Devotion, die man dem alten Volksglauben schuldig ist, in der gotischen Kathedrale herum. In der Kirche drängten sich mit Gewalt noch zwei andre Ciceronen zu mir und ließen sich mit Gewalt nicht abweisen; sie waren weit besser als ich gekleidet und zeigten mir alle ihre Wunder mit vieler Salbung; und ich hatte die Ehre drei zu bezahlen. Sodann ging ich das Monument des Livius aufzusuchen, von welchem alle meine drei Führer nichts wußten. Er muß in seiner Vaterstadt jetzt so außerordentlich berühmt nicht sein: denn drei stattlich gekleidete Männer, die ich nach der Reihe anredete, konnten mir weder vom Livius noch von seinem Monumente erzählen; und doch sprachen zwei davon geläufig genug französisch. Endlich wies mich ein alter Graukopf nach dem Stadthause, wo es sich befinde. Ich wandelte in dem ungeheuren Saale des Stadthauses neugierig herum, und redete einen Mann mit einem ziemlich literarischen Antlitz lateinisch an. Er antwortete mir italienisch, er habe zwar ehemals etwas Latein gelernt, aber es nun wieder ziemlich vergessen; und das meinige sei ihm zu alt, das könne er gar nicht verstehen. Er wies mich hierauf an einen Andern, der mit einem Buch in einer Ecke saß. Dieser stand auf und zeigte mir mit vieler Humanität den alten Stein über dem Eingange einer Expedition. Du kennst ihn unstreitig mit seiner Inschrift, welche weiter nichts sagt, als daß die Paduaner ihrem Mitbürger Livius hier dieses Andenken errichtet haben. Das neue, prächtige Monument, das der ehemalige venezianische Senat und das paduanische Volk ihm gesetzt haben, sah ich nicht, weil es zu entfernt war und ich diesen Abend noch nach Battaglia patroullieren wollte. Als ich ging sagte mir der Paduaner sehr artig: *Gratias tibi habemus pro tua in nostrum popularem observantia. Eris nobis cum multis aliis testimonio, quantopere noster Livius apud exteros merito colatur. Valeas, nostrumque civem ames ac nobis faveas.* Der Mann sagte dieses mit einer Herzlichkeit und einer gewissen klassischen Wichtigkeit, die ihm sehr wohl anstand.

Von Livius weg ging ich mit dem Livius im Kopfe gerades Weges durch seine alte trojanische Vaterstadt in das klassische Land hinein, das ehemals so große Männer gab. Du weißt, daß ich sehr wenig Literator bin; weißt aber auch, daß ich von der Schule aus noch viel Vergnügen habe, dann und wann einen alten Knaster in seiner eigenen Sprache zu lesen. Livius war immer einer meiner Lieblinge, ob ich gleich Thucydides noch lieber habe. Ich wiederhole also wahrscheinlich zum zehntausendsten Male die Klage, daß wir ihn nicht mehr ganz besitzen, und finde den übereilten, etwas rodomontadischen Lärm, den man vor einiger Zeit hier und da über seine Wiederfindung gemacht hat, sehr verzeihlich. Ein Gedanke knüpfte sich an den andern; und da fand ich denn in meinem Sinn, daß wir wohl schwerlich den ganzen Livius wieder haben werden. Freilich ist das zu bedauern; denn gerade die wichtigsten Epochen der römischen Geschichte für öffentliches Recht und Menschenkunde, und wo sich unstreitig das Genie und die Freimütigkeit des Livius in ihrem ganzen Gange gezeigt haben, der Sklavenkrieg und die Triumvirate sind verloren: aber was kann Klage helfen? Den Verlust erkläre ich mir so. Ich glaube durchaus nicht, daß er aus Zufall oder Vernachlässigung gekommen sei. Livius war ein freimütiger, kühner, entschlossener Mann, ein warmer Patriot und Verehrer der Freiheit, wie alle seine Mitbürger, die es bei den letzten Unruhen in Rom unter dem Triumvirat tätig genug gezeigt hatten; er war ein erklärter Feind der Despotie. August selbst, dem die römische Schmeichelei schändlicher Weise einen so schönen Namen gab, nannte ihn mit einer sehr feinen Tyrannenmäßigung nur einen Pompejaner. Die Familie der Cäsarn war nun Meister; man kennt die Folge der erbaulichen Subjekte derselben, die schon schlimm genug waren, wenn sie auch nur halb so schlecht waren, als sie in der Geschichte stehen. Du findest doch wohl begreiflich, daß die Cäsarn nicht absichtlich ein Werk, wie die Geschichte des Livius war, zu Lichte werden gefördert haben. Es wird mir sogar aus einigen Stellen des Tacitus sehr wahrscheinlich, daß man alles getan hat sie zu unterdrücken; wenigstens die Stellen, wo der aristokratisch römische Geist überhaupt und die Tyrannei der Cäsarischen Familie insbesondere mit sehr grellen Farben gezeichnet sein mußte. Dieses waren vorzüglich der Sklavenkrieg und das Ende der Bürgerkriege. Es war überhaupt ein weitläufiges Werk, und nicht jeder war im Stande sich dasselbe abschreiben zu lassen. Alle fanden es also wahrscheinlich genug ihrer Sicherheit und ihrem Interesse gemäß, die Stellen nicht bei sich zu haben, die ihnen von dem Argwohn und der Grausamkeit ihrer Herrscher leicht die blutigste Ahndung zuziehen konnten. Auf diese Weise ist das Schätzbarste von Livius im eigentlichen Sinne nicht sowohl verloren gegangen als vernichtet worden: und als man anfing ihn ins Arabische zu übersetzen, war er vermutlich schon so verstümmelt, wie wir ihn jetzt haben. So stelle ich mir die Sache vor. Und gesetzt die wichtigen Bruchstücke fänden sich noch irgendwo in einem seltenen Exemplar unter einem Aschenhaufen des Vulkans, so kannst Du, aus der Analogie der neuen Herrscher mit den alten, ziemlich sicher darauf rechnen, daß wir die Schätze doch nicht erhalten werden; zumal bei dem erneuerten und vergrößerten Argwohn, der seit einigen Jahrzehenden zwischen den Machthabern und den

Beherrschten Statt hat. Wenn ich mich irre, soll es mir lieb sein: denn ich wollte drei Fußreisen von der Elbe an den Liris machen, um dort von dem Livius den Spartakus zu lesen, den ich für einen der größten und besten römischen Feldherren zu halten in Gefahr bin.

Unter diesen Überlegungen, deren Konsequenz ich Dir überlasse, wandelte ich die Straße nach Rovigo fort. Diese Seite von Venedig ist nicht halb so schön als die andere von Treviso nach Mestre: die Überschwemmungen mit dem neuen Regenwasser hatten die Wege traurig zerrüttet, und ich zog sehr schwer durch den fetten Boden Italiens weiter. Oberall war der Segen des Himmels mit Verschwendung über die Gegend ausgeschüttet, und überall war in den Hütten die jämmerlichste Armut. Vermutlich war dies noch mit Folge des Kriegs. Nicht weit von Monteselice kehrte ich zu Mittage an der Straße in einem Wirtshause ein, das nicht die schlimmste Miene hatte, und fand nichts, durchaus nichts, als etwas Wein. Ich wartete eine halbe Stunde und wollte viel zahlen, wenn man mir aus den benachbarten Häusern nur etwas Brot schaffen könnte. Aber das war unmöglich; man gab mir aus Gutmütigkeit noch einige Bissen schlechte Polenta, und ich mußte damit und mit meinem Schluck Wein weitergehen.

Vor Rovigo setzte ich über die Etsch und trat in das Cisalpinische. Der Kaiserliche Offizier jenseit des Flusses, der meinen Paß mit aller Schwerfälligkeit der alten Bocksbeutelei sehr lange revidierte, machte mir bange, daß ich diesseits bei dem französischen Kommandanten wohl Schwierigkeiten finden würde. Als ich zu diesem kam, war alles gerade das Gegenteil. Er war ein freundlicher, jovialischer Mann, der mir den Paß nach einem flüchtigen Blick auf mich und auf den Paß, ohne ihn zu unterschreiben, zurückgab. Ich machte ihm darüber meine Bemerkung daß er nicht unterschriebe. *Vous n'en avez pas besoin;* sagte er: *Vous venez de l'autre coté? – Je viens de Vienne, et je m'en vais par Ferrare à Ancone. – N'importe;* versetzte er; *allez toujours. Bon voyage!* Die Höflichkeit des Franzosen, die ich gegen die Nichthöflichkeit des Präsidenten in Wien und des Polizeiherrn in Venedig hielt, tat mir sehr wohl. Rovigo war die erste eigentlich italienische Stadt für mich; denn Triest und Venedig und die übrigen Örter hatten alle noch so etwas Nordisches in ihrer Erscheinung, daß es mir kaum einfiel, ich sei schon in Italien. Weder hier, noch in Lagoscuro, noch in Ferrara fragte man mich weiter nach Pässen, ob ich gleich überall starke französische Besatzungen fand. Vor meinem Fenster in Rovigo stand auf dem Platze der große Freiheitsbaum mit der Mütze auf der Spitze, und gegenüber in dem großen Kaffeehause war ein starkes Gewimmel von Italienern und

Franzosen, die sich der jovialischen Laune der Ungebundenheit überließen. Aber alles war sehr anständig und ohne Lärm.

Ich muß Dir bekennen, daß mir dieses heitere kühne Wesen gegen die stille, bange Furchtsamkeit in Wien und Venedig sehr wohl gefiel, und daß ich selber etwas freier zu atmen anfing; so wenig ich auch eben diese Freiheit für mich behalten und sie überhaupt den Menschenkindern wünschen möchte. Das Wasser hatte hier überall außerordentlichen Schaden getan, wie Du gewiß schon aus den öffentlichen Blättern wirst gehört haben; vorzüglich hatte der sogenannte *canale bianco* seine Dämme durchbrochen und links und rechts große Verwüstungen angerichtet. Es arbeiteten oft mehrere hundert Mann an den Dämmen und werden Jahre arbeiten müssen, ehe sie alles wieder in den alten Stand setzen. Hier sah man empörende Erscheinungen der Armut in einem ziemlich gesegneten Landstriche; und ich schreibe dieses auch mit dem Unheil zu, das die Flüsse und großen Kanäle hier sehr oft anrichten müssen. Da die Straße ganz abscheulich war, ließ ich mich bis Ponte di Lagoscuro auf dem Po hinauf rudern, und zahlte fünf Ruderknechten für eine Strecke von drei Stunden die kleine Summe von zehn Liren. Der Po ist hier ein großes, schönes, majestätisches Wasser, und die heitere, helle Abendsonne vergoldete seine Wellen, und links und rechts die Ufer in weiter, weiter Ferne. Es war, als ob ein Ozean herabrollte, und die Griechen haben ihn mit vollem Recht Eridanus, den Gabenbringer oder den Wogenwälzer genennt, nachdem Du nun die Erklärung machen willst. Eridanus und Rhodanus scheinen mir ganz die nämlichen Namen zu sein; und die beiden Flüsse haben unstreitig große Ähnlichkeit miteinander.

Wenn man an einem hellen, kalten Abend zu Anfange des Februars einige Stunden auf dem Wasser gefahren ist, so ist ein gutes, warmes Zimmer, eine Suppe und ein frisch gebratener Kapaun ein sehr angenehmer Willkommen. Diesen fand ich in Ponte di Lagoscuro und wandelte den Morgen darauf in dem fürchterlichsten Regen auf einem ziemlich guten Wege die kleine Strecke nach Ferrara. Hier blieb ich und schlenderte den Nachmittag in der Stadt herum. Die architektonische Anlage des Orts ist sehr gut, die Straßen sind lang und breit und hell. Es fehlt der ganzen Stadt nur eine Kleinigkeit, nämlich Menschen. Französische Soldaten sah man überall genug, aber Einwohner desto weniger. Die öffentlichen Gebäude und Gärten und Plätze sind nicht ohne Schönheit. Mehrere Stunden war ich in der Kathedrale und dem Universitätsgebäude. Am Eingange sind hier wie in Wien an der Bibliothek, sehr viele alte lateinische Inschriften eingemauert, die meistens Leichensteine sind und für mich wenig

Interesse haben. Die Bibliothek aber ist ziemlich ansehnlich; und man wiederholte mir mit Nachdruck einige Mal, daß durchaus kein Fürst etwas dazugegeben habe, sondern daß alles durch die Beiträge des Publikums und von Privatleuten nur seit ungefähr fünfzig Jahren angeschafft worden sei. Auf der Bibliothek findet sich jetzt auch das Grab und das Monument Ariosts, das sonst bei den Benediktinern stand: das sagt die neue lateinische Inschrift. Man zeigte mir mehrere Originalbriefe von Tasso, eine Originalhandschrift von Ariost und sein metallenes, sehr schön gearbeitetes Dintenfaß, an dem noch eine Feder war. Ohne eben die Authentizität sehr kritisch zu untersuchen, würde ich zu Oden und Dithyramben begeistert worden zu sein, wenn ich etwas inspirationsfähiger wäre. So viel muß ich sagen, die Bibliothek beschämt an Ordnung die meisten die ich gesehen habe.

Im Gasthofe fütterte man mich den Abend sehr gut mit Suppe, Rindfleisch, Wurst, Fritters, Kapaun, Obst, Weintrauben und Käse von Parma. Du siehst daraus, daß ich gewöhnlich nicht faste, wie an meinem Geburtstage zu Udine, und daß die Leipziger Aubergisten vielleicht sich noch hier ein kleines Exempel von den oberitalienischen nehmen könnten. Das Wetter war fürchterlich. Ich hatte gelesen von den großen gefährlichen Morästen zwischen Ferrara und Bologna, und die Erzählungen bestätigten es, und sagten weislich noch mehr; so daß ich nicht ungern mit einem Vetturino handelte, der sich mir nach Handwerksweise sehr höflich aufdrang. Der Wagen war gut, die Pferde waren schlecht und der Weg war noch schlechter. Schon in Padua konnte ich eine kleine Ahnung davon haben; denn eine Menge Kabrioletiers wollten mich nach Verona und Mantua bringen; da ich aber sagte, daß ich nach Bologna wollte, verlor kein Einziger ein Wort weiter, als daß sie alle etwas von Teufelsweg durch die Zähne murmelten. Meine Kutschengefährten waren ein cisalpinischer Kriegskommissär, und eine Dame von Cento, die ihren Mann in der Revolution verloren hatte. Wir zahlten gut und fuhren schlecht, und wären noch schlechter gefahren, wenn wir nicht zuweilen eine der schlimmsten Strecken zu Fuße gegangen wären. Einige Stunden von Ferrara aus ging es leidlich, dann sank aber der Wagen ein bis an die Achse. Der Vetturino wollte Ochsenvorspannung nehmen; die billigen Bauern forderten aber für zwei Stunden nicht mehr als achtundzwanzig Liren für zwei Ochsen, ungefähr sechs Gulden Reichsgeld. Der arme Teufel von Fuhrmann jammerte mich, und ich riet ihm selbst, gar kein Gebot auf die unverschämte Forderung zu tun. Die Gaule arbeiteten mit der furchtbarsten Anstrengung absatzweise eine halbe Stunde weiter; dann ging es nicht mehr. Wir stiegen aus und arbeiteten uns zu Fuße durch, und es ward mit dem leeren Wagen immer schlimmer. Erst fiel ein Pferd, und als sich dieses wieder erhoben hatte, das andere, und einige hundert Schritte weiter fielen alle beide und wälzten sich ermattet in dem schlammigen, tonigen Boden. Da hatten wir denn in Italien das ganze deutsche salzmannische menschliche Elend *in concreto. Die* Pferde halfen sich endlich wieder auf, aber der Wagen saß fest. Nun stelle Dir die ganz bekotete Personalität Deines Freundes vor, wie ich mit der ganzen Kraft meines physischen Wesens meine Schulter unter die Hinterachse des Wagens setzte und heben und schieben half, daß die Dame und der Kriegskommissär und der Vetturino erstaunten. Es ging, und nach drei Versuchen machte ich den Fuhrmann wieder flott. Aber ans Einsetzen war nicht zu denken. Nun hatte ich das Amt, die Dame und den Kommissar durch die engen, schweren Passagen zu bugsieren, und tat es mit solchem Nachdruck und so geschicktem Gleichgewicht auf den schmalen Stegen und Verschlägen und an den Gräben, daß ich ihnen von meiner Kraft und Gewandtheit eine gar große Meinung gab. Schon hatten wir uns, als wir zu Fuße voraus über den italienischen Rhein, einen ziemlich ansehnlichen Fluß, gesetzt hatten, in einem ganz artigen Wirtshause zu Malalbergho einquartiert und uns in die Pantoffeln des Wirts geworfen, als unser Fuhrmann ankam und uns durchaus noch acht italienische Meilen weiter bringen wollte. Ich hatte nichts dagegen, und die andern wurden überstimmt. Von hier aus sollte nun der Weg besser sein. Wir schroteten uns also wieder in den Wagen und ließen uns weiterziehen. Jetzt trat eine andere Furcht ein; der Dame und dem Kriegskommissär, drollig genug an Italienern, ward bange vor Gespenstern. Der Kriegskommissär schien überhaupt mit seinem Mut nicht viel zur Befreiung seines Vaterlandes beigetragen zu haben. Mir ward zwar auch etwas unheimisch, nicht aber vor Geistern, sondern vor Straßenräubern, für welche diese Straße zwischen tiefen, breiten Kanälen ordentlich geeignet schien; indessen sammle ich in dergleichen Fällen als ein guter Prädestinatianer meinen Mut und gehe getrost vorwärts. Gegen Mitternacht kamen wir endlich glücklich auf unserer Station, einem isolierten, ziemlich großen und guten Gasthof an, der, wenn ich nicht irre, Althee hieß und von dem ich Dir weiter nichts zu sagen weiß, als daß man mir einen Wein gab, der dem Champagner ähnlich war und also meinen Beifall hatte. Bei diesem Weine und der guten Mahlzeit vergaß der Kriegskommissär alle Mühseligkeiten des Tages und des Abends, und schien ganz eigentlich in seinem rechten Elemente zu sein: das ist ihm nun freilich nicht übelzunehmen; denn ich befand mich nach einer solchen Fahrt dabei auch ganz behaglich.

Den andern Mittag langten wir hier in der alten päpstlichen Stadt Bologna an, wo man zuerst wieder nach meinem Passe fragte. Mit mir Fremden nahm man es nicht so strenge, als mit meinem Kameraden dem Kommissär, der aus der Gegend von Parma war, und der ein förmliches Kandidatenexamen aushalten mußte. Auf der Polizei, wo ich den Paß signieren lassen mußte, war man ebenso artig und höflich als an dem Grenzflusse. Hier in Bologna fand ich überall eine exemplarische Unreinlichkeit, die an Schweinerei grenzt: und wenn man der häuslichen Nettigkeit der Italiener überhaupt kein großes Lob geben kann, so haben die Leute in Bologna den größten Schmutz aufzuweisen. Außer dem Stolz auf ihr altes Felsine, behaupten die Bologneser noch, daß ihre Stadt so groß sei, wie Rom. Daran tun sie nun freilich etwas zu viel; wenn man aber auf den Turm steigt und sich rings umher umschaut, so wird man den Raum doch groß genug finden, um in eine solche Versuchung zu geraten, zumal wenn man etwas patriotisch ist. Der Hauptplatz mit der daran stoßenden Kathedrale, und dem Gemeinehause rechts und den großen schönen, Kaufmannshallen links, macht keine üble Wirkung. Der Neptun mitten auf demselben, von Jean de Bologna, hat als Statue wohl seine Verdienste; nur Schade, daß der arme Gott hier so wenig von seinem Elemente hat, daß er wohl kaum den Nachbarn auf hundert Schritte in die Runde zu trinken geben kann. Der Eingang des Gemeinehauses ist von Franzosen besetzt, und die Bürgerwache steht gar demütig in einem sehr spießbürgerlichen Aufzuge daneben. Ober dem Portal hängt ein nicht unfeines Bild der Freiheit mit der Umschrift in großen Buchstaben: *Republica Italiana;* welches erst vor einigen Wochen hingesetzt war, da man die Cisalpiner in diese Nomenklatur metamorphosiert hatte.

Vor dem Nationaltheater wurde ich gewarnt, weil man daselbst durchaus immer die niedrigsten Hanswurstiaden gebe und zum Intermezzo Hunde nach Katzenmusik tanzen lasse. Hätte ich mehr Zeit gehabt, so hätte ich doch wohl die Schnurrpfeifereien mit angesehen. Dafür ging ich aber auf das kleine Theater *Da Ruffi*, und fand es für eine so kleine Unternehmung allerliebst. Ich kann nicht begreifen, wie die Leute bei einem so geringen Eintrittsgelde und dem kleinen Raum des Schauspielhauses den Aufwand bestreiten können. Man gab ein Stück aus der alten französischen Geschichte, den Sklaven aus Syrien, wo natürlich viel über Freiheit und Patriotismus deklamiert wurde; aber schon wieder mit vieler Beziehung auf Fürstenwürde und Fürstenrechte, welches man vielleicht voriges Jahr noch nicht hätte tun dürfen. Die Donna und der Held waren gut. Der Dialekt war für mich deutlich und angenehm; die meisten

Schauspieler waren, wie man mir sagte, Römer, und nur ein Einziger zischte venezianisch. Nach denn Stück gab man das beliebte Spiel Tombola, wovon ich vorher gar keinen Begriff hatte und auch jetzt noch keinen sehr deutlichen bekommen habe, da es mir an jeder Art Spielgeist fehlt. Es ist eine Art Lotterie aus dem Stegreif, die für das Publikum auf dem Theater nach dem Stücke mit allgemeiner Teilnahme enthusiastisch gespielt wird. Die Anstalten waren sehr feierlich; es waren Munizipalbeamten mit Wache auf dem Theater, die Lose wurden vorher ausgerufen, alle gezeigt, und einem Knaben in den Sack geworfen. Ob man gleich nur um einige Scudi spielte, hätte man doch glauben sollen, es ginge um die Schätze Golkondas, so ein Feuereifer belebte alle Teilnehmer. Mir hätte das Spiel herzlich lange Weile gemacht, wie alle dergleichen Hazardspiele, wenn nicht die Physionomien der Spielenden einiges Vergnügen gewährt hätten. Mein Cicerone war ein gewaltig gelehrter Kerl, und sprach und räsonierte von Schulen und Meistern und Gemälden so strömend, als ob er die Dialektik studiert hätte und Professor der Ästhetik wäre; und er konnte es gar nicht zusammenreimen, daß ich nicht wenigstens vierzehn Tage hier bleiben wollte, die Reichtümer der Kunst zu bewundern. Er hielt mich halb für einen Barbaren und halb für einen armen Teufel; und ich überlasse Dirs, inwieweit er in beiden Recht hat. Ich ging trotz seinen Demonstrationen und Remonstrationen den andern Morgen zum Tore hinaus.

Ankona

Von Bologna geht es auf dem alten Emilischen Wege in der Niedrigung durch eine sehr wasserreiche Gegend immer nach Rimini herunter. Bloß von Bologna bis nach Imola geht man über fünf oder sechs Flüsse. Rechts hatte ich die Apenninen, die noch beschneit waren; der Boden ist überall sehr fett und reich. In Imola machte ich einen etwas barocken Einzug. Ich kam gerade zu den Harlekinaden der Faschingsmasken, wovon ich in Pordenone schon einen Prodrom gesehen hatte. Die ganze Stadt war in Mummerei und zog in bunten Gruppen in den Straßen herum. Nur hier und da standen unmaskiert einige ernsthafte Männer und Matronen und sahen dem tollen Wesen zu. Meine Erscheinung mochte für die Leute freilich etwas hyperboreisch sein; eine solide polnische Kleidung, ein Seehundstornister mit einem Dachsgesicht auf dem Rücken, ein großer, schwerer Knotenstock in der Hand. Die Maskerade hielt alle Charaktere des Lebens, ins Groteske übersetzt. Auf einmal war ich von einer Gruppe umgeben, die allerhand lächerliche Bocksprünge um mich herum machte. Die ernsthaften Leute ohne Maske lachten, und ich lachte mit; einen genialischen Aufzug dieser Art kann man freilich nicht auf der Leipziger Messe haben. Plötzlich trat mit den possierlichsten Stellungen eine tolle Maskenfratze vor mich hin und hielt mir ein Barbierbecken unter die Nase, das Don Quixotte sehr gut als Helm hätte brauchen können; und ein anderes Bocksgesicht setzte sich hinter mich, um von seinem Attribut der Klistierspritze Gebrauch zu machen. Stelle Dir das donnernde Gelächter von halb Imola vor, als ich den Klistierspritzenkerl mit einer Schwenkung vollends umrannte, meinen Knotenstock komisch nach ihm hinschwang und meine Personalität etwas aus dem Gedränge zu Tage förderte. Zum Unglück muß ich Dir sagen, daß mein Bart wirklich über drei Tage lang war und daß ich von den dortigen roten Weinen, an die ich nicht gewöhnt war, mich in einer Art von Hartleibigkeit befand. Die Menge zerstreute sich lachend, und ein ziemlich wohlgekleideter Mann ohne Maske, den ich nach einem Gasthof fragte, brachte mich durch einige Straßen in die Hölle, Nummer Fünfe. Das war nun freilich kein erbaulicher Name; indessen ich war ziemlich müde und wollte in meinen Pontifikalibus nicht noch einmal durch das Getümmel laufen, um ein besseres Wirtshaus zu suchen; also blieb ich Nummer Fünfe in der Hölle. Nachdem ich meinen Sack abgelegt hatte, wandelte ich wieder vor zu dem Haufen; und nun muß ich den Farcenspielern die Gerechtigkeit widerfahren lassen, daß sie sich, soweit es ihr Charakter erlaubte, ganz ordentlich und anständig betrugen. Ein entsetzlich zudringlicher Cicerone, der mich in drei verschiedenen Sprachen, in der deutschen, französischen und italienischen, anredete, verließ mich mit seiner Dienstfertigkeit nicht eher, als bis einige französische Offiziere mich von ihm retteten und mit mir in ein nahes Kaffeehaus gingen. Vor diesem Hause war der beste Tummelplatz der Maskierten, die in hundert lächerlichen Aufzügen und Gruppierungen mit und ohne Musik auf und nieder liefen. Ein siedend heißer politischer Imolait schloß sich an mich an und führte das Gespräch durch verschiedene Gegenstände sehr bald auf die Politik und erkundigte sich, wie es in Wien aussähe. Ich antwortete ganz natürlich der Wahrheit gemäß, ganz ruhig. *On les a bien forcé à coups de bayonnettes à être en repos;* sagte er. *Apparemment;* sagte ich. – *C'est toujours la meilleure manière de disposer les gens à se conformer à la raison.* – *Mais oui,* entgegnete ich, *après en avoir essayé les autres. pourvù toute fois, qu'il y ait de la raison et de la justice au fond de l'affaire.* – *Est-ce que vous en doutes pour la notre?* – *On e peut pas repondre à cela en deux mots.* Nun wollte er eine Diskussion anfangen und ward ziemlich heftig. Ich entschuldigte mich mit meiner alten Formel: *Quand on commence, il faut toujours commencer par le commencement;* da würde sich denn ergeben das alte *Iliacos intra muros peccatur et extra.* Der Abend rief mich zum Essen und zur Ruhe, und wir schieden recht freundschaftlich, indem er meinte: Wenn es auf uns beide angekommen wäre, würde wohl kein Krieg entstanden sein. Das glaubte ich wenigstens für mich auf meiner Seite, und ging ganz andächtig in die Hölle Nummer Fünfe, wo ich bis zum Sonnenaufgang recht sanft schlief. Ist Imola nicht ein Ort, wo ein Bischof sich zum Papst bilden kann?

In Faenza sah ich die erste französische Wachparade, und in Forli nichts. Nicht eben, als ob da nichts zu sehen wäre: Antiquare und Künstler finden daselbst reichliche Unterhaltung für ihre Lieblingsfächer. Aber ich dachte weder an alte noch neue Kriege und zog gerades Weges ins Wirtshaus, das *Hotel de Naples.* Auf mein Italienisch war man nicht außerordentlich höflich, vermutlich, weil es nicht sonderlich gut war. *Ne pourrai je pas parler au maître de la maison?* fragte ich etwas trotzig, indem ich meinen Tornister abwarf. Auf einmal war alles freundlich, und alles war zu haben. Sonderbar, wie zuweilen einige Worte so oder so wirken können, nachdem man sie hier oder da sagt. In Ferrara mochte ich wohl mit meinem Reisesacke einigen Herren etwas drollig vorkommen, und sie schienen sich hinter mir über mich mit lautem Gelächter etwas zu erlustigen. *Qu'est ce qu'il y a là, Messieurs?* fragte ich mit einer enrhumierten rauhen Stimme. *Niente, Signore,* war die Antwort; und alles trat still in eine bescheidene Entfernung. In Spoleto hätte mir die Frage ein Stilet gelten können. Ich fand in dem *Hotel de Naples* zwei Kaufleute und drei Schiffer; der Kellner war ein jovialischer Mensch; man begrüßte mich in einer Minute zehn Mal mit dem Prädikate *cittadino,* gab mir den Ehrenplatz und fütterte mich *à qui mieux* mit den besten Gerichten. Es machte keinen Unterschied als man nun erfuhr, ich sei ein Deutscher; so sehr bestimmt der erste Augenblick die künftige Behandlung. Wir pflanzten uns, da der Abend sehr rauh und stürmisch war, um den Kamin her, machten einen traulichen, freundlichen Familienzirkel und tändelten mit einem kleinen allerliebsten Jungen, der wie ein Toast der Gesellschaft von den Knieen des Einen zu den Knien des Andern ging.

Zwischen Forli und Cesena sind die Reste des alten *Forum Pompilii,* und die Trümmer einer Brücke, welche auch alt zu sein scheint. Ich sah von allem sehr wenig wegen des entsetzlichen Wetters. Die Brücke gleich vor Cesena über den Savio ist ein Werk, das bei den Italienern für etwas sehr schönes gilt; das kann aber nur in dieser Gegend sein. Das fürchterlich schlechte Wetter hielt mich in Cesena, da ich doch nur von Forli gekommen war, und also nicht mehr als vier Stunden gemacht hatte. Hier wurde ich von dem Wirt mit einer gewissen kalten

Förmlichkeit aufgenommen, die sehr merklich war, und in ein ziemlich ärmliches Zimmer hinten hinausgeführt. Ich hatte weiter nichts dawider. Nachdem wir aber eine Stunde zusammen geplaudert hatten, ich in einem Intermezzo des Regens etwas ausgegangen war, um die Stadt zu sehen und ein Kaffeehaus zu besuchen, und wieder zurückkam, fand ich meine Sachen umquartiert und mich in ein recht schönes Zimmer vorn heraus versetzt. Die Wirtin machte die Erklärung: Man habe mich für einen Franzosen gehalten, der von der Munizipalität logiert würde: nun pflegte die Munizipalität seit langer Zeit für die zugeschickten Gäste gar nichts mehr zu bezahlen: man könnte es also nicht übel deuten, daß sie auf diese Weise so wohlfeil als möglich durchzukommen suche. Aber ein Galantuomo, wie ich, müsse mit Anstand bedient werden. Das fand ich auch wirklich. Die Mädchen vom Hause waren recht hübsch und so höflich und freundlich, als man in Ehren nur verlangen kann. Es kam noch ein Schiffskapitän, der mir Gesellschaft leistete und mir von seinen Fahrten im mittelländischen Meere eine Menge Geschichten erzählte. Er bedauerte, daß es Friede sei und der Schleichhandel nun nicht mehr so viel eintrage: das sagte er nämlich, ohne sich sehr verblümt auszudrücken. Die Rechnung war für die sehr gute Bewirtung außerordentlich billig. Cesena ist übrigens eine alte, sehr verfallene Stadt, und der aufgepflanzte Freiheitsbaum machte unter den halbverschütteten Häusern des fast leeren Marktes eine traurige Figur. Pius der Sechste muß für seine Vaterstadt nicht viel getan haben: es würde ihm weit rühmlicher sein, als der verunglückte Palast für seinen verdienstlosen Nepoten.

Vor Savignano ging ich, nicht wie Cäsar, über den Rubikon. Wahrscheinlich hat der kahlköpfige Weltbeherrscher hier oder etwas weiter unten am Meere den ersten entscheidenden Schritt getan, die sonderbare Freiheit seines Vaterlandes zu zertrümmern, als er als Despot des neu eroberten Galliens zurückkehrte. Ein eigener Charakter, der Julius Cäsar. Es ist von gewissen Leuten schwer zu bestimmen, ob sie mehr Liebe oder Haß verdienen. Ich erinnere mich, daß es mir in einem solchen moralischen Kampfe einmal entfuhr, Cäsar sei der liebenswürdigste Schurke, den die Geschichte aufstelle. Die Äußerung hätte mir fast die Beschuldigung der verletzten Majestät aller Monarchen zugezogen. Dagegen wollte man mir neulich beweisen, Brutus sei eigentlich der Schurke gewesen, und Cäsar ganz Liebenswürdigkeit. So, so; *bien vous fasse!* Ihr seid es wert, Cäsarn mit seiner ganzen Sippschaft und liebenswürdigen Nachkommenschaft zu Herrschern zu haben; ob ich es gleich nicht über mich nehmen wollte, den Junius Brutus durchaus zu verteidigen. Also hier gingen wir beide über den Rubikon, Cäsar und ich: haben aber übrigens beide nichts miteinander gemein, als daß wir – nach Rimini gingen.

In Savignano war Markt; der Platz wimmelte von Leuten, die zur Ehre der neuen Kokarde weidlich zu zechen schienen. Ich fragte einen wohlgekleideten Mann nach einem Speisehause. Er besah mich ganz mißtrauisch, schaute nach meinem Hute und da er rund herum keine Kokarde entdeckte, ward sein Ansehen etwas grimmig und er schickte mich mit der höflichen Formel weiter: *Andate al diavolo!* Das war die Kehrseite von Cesena. So gehts zu Revolutionszeiten: für das nämliche wirst Du hier gepflegt, dort beschimpft; glücklich wenns nicht weiter geht.

In Rimini schlief ich gewiß ruhiger, als der mächtige Julius nach seinem Übergange und dem geworfenen Würfel geschlafen haben mag. Vor der Stadt sind einige herrliche Aussichten. Auf dem Platze *della Fontana* steht der heilige *Gaudentius* von Bronze, der eine gar stattliche Figur macht. Auch ein Papst Paul, ich weiß nicht welcher, hat hier ein Monument für eine Wasserleitung, die er den Bürgern von Rimini bauen ließ. Eine Wasserleitung halte ich überall für eins der wichtigsten Werke und für eine der größten Wohltaten; und hier in Italien ist es doppelt so. Wenn ein Papst eine recht schöne wohltätige Wasserleitung bauet, kann man ihm fast vergeben, daß er Papst ist. Auf dem andern Platze stand der Baum mit der Mütze und der Inschrift: *L'Union des François et des Cisalpins.* Aber welche Union! Das mag der heilige Bartholomäus in Mailand sagen.

Wenn ich nun ein ordentlicher, systematischer Reisender wäre, so hätte ich von Rimini rechts hinauf auf die Berge gehen sollen, um die selige Republik Sankt Marino zu besuchen; zumal, da ich eine kleine Liebschaft gegen die Republiken habe, wenn sie auch nur leidlich vernünftig sind. Aber ich ging nun gerade fort nach Katholika und Pesaro. Die Arianer hatten, wie man sagt, auf dem Koncilium zu Rimini den Meister gespielt: deswegen gingen die rechtgläubigen Bischöfe mit Protest herüber nach Katholika und verewigten ihre mutige Flucht durch den Namen des Orts. Auch steht, wie ich selbst gelesen habe, die ganze Geschichte auf einer großen Marmorplatte über dem Portal der Kirche zu Katholika: ich nehme mir aber selten die Mühe etwas abzuschreiben, am wenigsten dergleichen Orthodoxistereien. In Pesaro, wo ich beiläufig die erste Handvoll päpstlicher Soldaten antraf, fragte ich, weil ich müde war, den ersten besten, der mir begegnete, wo ich logieren könnte? Bei mir, antwortete er. Sehr wohl! sagte ich, und folgte. Der Mann hatte ein Schurzfell und schien, mit Shakespear zu reden, ein Wundarzt für alte Schuhe zu sein. Nun fragte er mich, was ich essen wollte? Das stellte ich denn ganz seiner Weisheit anheim, und er tat sein Möglichstes mich zufrieden zu stellen, ging aus und brachte Viktualien, machte selbst den Koch und holte zweierlei Wein. Das war von nun an oft der Fall, daß der Herr Wirt sich hinstellte und mir die patriarchalische Mahlzeit bereitete und ich ihm hülfreiche Hand leistete. Er klagte mir ganz leise, daß die gottlosen Franzosen vier der schönsten Gemälde von hier mit weggenommen haben. Als ich den andern Morgen im Kaffeehause saß und mein Frühstück verzehrte, ließen mir eine Menge Vetturini nicht eher Ruhe, bis ich einen von ihnen nach Fano genommen hatte. Dieser mein Vetturino war nun ein echter Orthodox, der vor jedem Kreuz sein Kreuz machte, sein Stoßgebetchen sagte, seine Messe brummte und übrigens fluchte wie ein Lanzenknecht. Vor allen Dingen war sein Gesang charakteristisch. Ich habe nie einen so entsetzlichen Ausdruck von dummer Hinbrütung in vernunftlosem Glauben gehört. Wenn ich länger verdammt wäre solche Melodien zu hören, würde ich bald Materialismus und Vernichtung für das Konsequenteste halten: denn solche Seelen können nicht fortleben.

Vor Pesaro und noch mehr bei Fano wird die Gegend ziemlich gebirgig, ist voll Schluchten und Defileen in den Höhen, und es wird leicht begreiflich, wie die fremden Karthager sich hier verirrten und den Römern leichtes Spiel machten. Der Metaurus ist, wie fast alle Flüsse, welche aus den Apenninen kommen, ein gar schmutziger Fluß, und hat ebensowenig wie der Rubikon ein klassisches Ansehen. Man wollte mir zwischen Fano und Sinigaglia den Berg zeigen, wo Hasdrubal geschlagen worden sein soll. Ich kann darüber nichts bestimmen, da mir die Geschichte der Schlacht aus den alten Schriftstellern nicht gegenwärtig war. So viel ist gewiß, daß sie hier in der Gegend und am Flusse vorfiel; und mit dem Polybius und Livius in der Hand dürfte es vielleicht nicht schwer sein, den Platz genau aufzusuchen. Da ich aber wahrscheinlich nicht in Italien kommandieren werde, war ich um den Posten nicht sehr bekümmert. Der Himmel habe den Hasdrubal und die römischen Konsuln selig!

Sinigaglia ist ein angenehmer Ort durch seine Lage: vorzüglich geben die üppig vegetierenden Gärten der Landseite der Stadt ein heiteres Ansehen. Ich hatte zum ersten Mal das Vergnügen ein italienisches Stiergefecht zu sehen, wo die Hunde ziemlich hochgeworfen wurden und ziemlich blutig wegkamen, und woran halb Sinigaglien sich sehr zu ergötzen schien. Das Prototyp der

Dummheit, mein Vetturino, führte mich weiter bis Ankona, da ich einmal in die Bequemlichkeit des Sitzens gekommen war. Die See ging hoch und die Brandung war schön; rechts hatte ich herrliche Anhöhen, mit jungem Weizen und Ölbäumen geschmückt. Vor Ankona blühten den neunzehnten Februar Bohnen und Erbsen. Die Täler und Berge rechts geben abwechselnd mit Wein und Obst und Öl und Getreide eine herrliche Aussicht. Der Hafen von Ankona mag für die Alten außerordentlich gut gewesen sein; für die Neuern ist er es nicht mehr in demselben Grade: und wenn nicht der Molo viel weiter hinaus geführt worden wäre; würde er wenig mehr brauchbar sein. Es können nur wenig große Schiffe sicher darin liegen. Am Anfange des alten Molo steht der sogenannte Triumphbogen Trajans von weißem Marmor, der aus den Antiquitätenbüchern hinlänglich bekannt ist. Die Schrift fängt nun an ziemlich zu verwittern, und man muß schon sehr ziffern, wenn man den Sinn heraus haben will. Es müßte denn nur mir so gegangen sein, der ich im Lesen der Steinschriften nicht geübt bin. Der neue Bogen des Van Vittellii, weiter hinaus, steht gegen den alten sehr demütig da. Ganz am Ende des Molo steht ein Wachturm, und vor demselben standen einige Piecen Artillerie auf dem Molo hereinwärts, die den Hafen bestreichen. Die übrigen Stücke decken oder wehren bloß den Eingang von der Seite von Loretto. Am Turme stand eine französische Wache, deren man in der ganzen Stadt sonst nicht viele fand, obgleich die Besatzung ziemlich stark ist. *Est-ce qu'il est permis de monter la tour pour voir la contrée?* fragte ich. *Non;* war die Antwort: ich mußte also zurückgehen und die Berge rundumher besteigen, wenn ich die Aussicht teilweise haben wollte, die ich hier ganz hätte haben können. Es mag freilich wohl der beste militärische Augenpunkt sein, so daß man billig Bedenken trägt, jedermann sich auf demselben umsehen zu lassen. Das Seelazarett an dem andern Ende des Hafens, gleich am Wege von Loretto und Sinigaglia, der sich dort trennt, ist ein sehr schönes Gebäude ganz im Meere, so daß eine Brücke hinüberführt. Es hat rundherum eine Menge schöner bequemer Gemächer, eine Kapelle mitten im Hofe, frisches Wasser durch Röhren vom Berge, und ein ziemlich großes Warenhaus. Auch das Militärspital auf dem Lande ist ein schönes, weitläufiges Gebäude. Die Schiffe sind meistens fremde, und die Handlung hebt sich nur sehr langsam durch die Maßregel des römischen Hofes, daß man Ankona zu einem Freihafen erklärt hat. Auf der südlichen Höhe der Stadt steht die alte Kathedralkirche, wo außer dem unverweslichen heiligen Cyriakus noch einige andere Kapitalheilige begraben liegen, deren Namen mir entfallen sind. Man findet dort eine schöne, prächtige, funkelnagelneue Inskription, daß Pius der

Sechste auf seiner Rückkehr aus Deutschland, wo er die Wiener gesegnet hatte, daselbst die Unverweslichkeit des Heiligen in Augenschein genommen, bewundert und von neuem dokumentiert habe. Dieses Monument des Wunderglaubens ist dem Papst auf Kosten des Volks und der Stände der Mark Ankona in der glänzenden marmornen Krypte der Heiligen errichtet worden. *O sancta!*

Die Börse ist ein großer, schöner, gewölbter Saal mitten in der Stadt, mit interessanten, gut gearbeiteten Gemälden und Statuen, welche moralische und bürgerliche Tugenden vorstellen. Die erstern sollen von Perugino sein, wie man mir sagte; ich hätte sie nicht für so alt gehalten.

Im Theater gab man die alte Posse, der lustige Schuster, gar nicht übel; und das italienische Talent zur Burleske mit dem feinen Takt für Schicklichkeit und Anstand zeigte sich hier sehr vorteilhaft. Ich konnte nicht umhin, Dir hier einige Worte über unsere deutschen Landsleute auf der Bühne zu sagen. Es wäre wohl zu wünschen, daß sie etwas von der Delikatesse der Welschen hierin hätten oder lernten. Das ist bei uns ein ewiges Küssen und sogar Schmatzen auf den Brettern bei jeder Gelegenheit. Wenn man glaubt, daß dieses eine schöne ästhetische Wirkung tun müsse, so irrt man sich vermutlich; wenigstens für mich muß ich bekennen, daß mir nichts langweiliger und peinlicher wird, als eine solche Zärtlichkeitsszene. Ein Kuß ist alles, und ein Kuß ist nichts; und hier ist er weniger als nichts, wenn er so seine Bedeutung verliert. Er gehört durchaus zu den Heimlichkeiten der Zärtlichkeit in der Freundschaft wie in der Liebe, und wird hier entweiht, wenn er vor die Augen der Profanen getragen wird. Ich weiß die Einwürfe; aber ich kann hier keine Abhandlung schreiben, sie alle zu beantworten. Der Italiener weiß durch die feinen Nüanzen der Umarmung mehr zu wirken, als wir durch unsere Küsse. Es versteht sich, daß seltene Ausnahmen Statt finden. Ein anderer Artikel, den wir etwas zu materiell behandeln, ist das Essen und Trinken und Tabaksrauchen auf dem Theater. Das alles ist von sehr geringer ästhetischer Bedeutung, und sollte füglich wegfallen. Es ist als ob wir unsere Stärke zeigen wollten, um die Präeminenz unsers Magens zu beweisen: und der Gebrauch der Teemaschine und der Serviette gehört bei mir durchaus nicht zu den guten Theaterkünsten; zumal wenn man eine Teekanne auf das Theater bringt, die man in der letzten Dorfschenke kaum unförmlicher und unreinlicher finden würde. Auch sieht man zuweilen einen Korb, der doch Eleganz bezeichnen sollte, als ob eben ein Bauer Hühnermist darin auf das Pflanzenbeet getragen hätte. Nimm mir es nicht übel, daß ich da in dramaturgischen Eifer gerate: es wirkt unangenehm, wenn man Schicklichkeit und Anstand vernachlässigt.

Von Leipzig bis hierher habe ich keinen Ort gefunden, wo es so teuer wäre wie in Ankona; selbst nicht das teure Triest. Ich habe hier täglich im Wirtshause einen Kaiserdukaten bezahlen müssen, und war für dieses Geld schlecht genug bewirtet. Man schiebt noch alles auf den Krieg und auf die Belagerung; das mag den Aubergisten sehr gut zu Statten kommen. Alles war voll Impertinenz. Dem Lohnbedienten zahlte ich täglich sechs Paoli; dafür wollte er früh um neun Uhr kommen und den Abend mit Sonnenuntergange fortgehen; und machte gewaltige Extraforderungen, als er bis nach der Komödie bleiben sollte, da ich in der winkligen Stadt meine Auberge in der Nacht nicht leicht wiederzufinden glaubte. Er pflanzte sich im Parterre neben mich und unterhielt mich mit seinen Impertinenzen; und dafür mußte ich ihm die Entrée bezahlen und zwei Paoli Nachschuß für die Nachtstunden. Die Barbiere bringen jederzeit einen Bedienten mit, eine Art von Lehrling, der das Becken trägt und die Kunst des Bartscherens von dem großen Meister lernen soll. Nun ist das Becken zwar in der Tat so geräumig, daß man bequem einige Ferkel darin abbrühen könnte, und man wundert sich nicht mehr so sehr, daß die erhitzte Phantasie Don Quixotte's so etwas für einen Helm ansah. Hast Du den Herrn recht gut bezahlt, so kommt der Junge, der die Serviette und den Seifenlappen in Ordnung gelegt hat und fordert etwas *della bona mano, della bona grazia*, und macht zu einer Kleinigkeit eben kein sehr freundliches Gesicht. Mein Bart hat mich bei den Leuten schon verzweifelt viel gekostet, und wenn ich länger hier bliebe, würde ich mich an die Bequemlichkeit der Kapuziner halten.

Die Leute klagten über Not und hielten bei hellem Tage durch die ganze Stadt Faschingsmummereien, daß die Franzosen die Polizeiwache verdoppeln mußten, damit das Volk einander nur nicht tottrat; so voll waren die Gassen gepfropft. Da gab es denn eben so possierliche Auftritte, wie in Imola. Vorzüglich schnakisch sah es aus, wenn eine sehr feine Gesellschaft in dem höchsten Maskeradenputz vorbeizog, ein wirklicher Ochsenbauer mit seinen weitgehörnten Tieren, die Weinfässer fuhren, sich eingeschoben hatte und eine Gruppe zierlicher Abbaten hinter den Fässern hertrollte, nicht vorbei konnte, mit Ungeduld ihre Blicke nach den Damen schickten, endlich durchwischten und mit den handfesten Fuhrleuten in ernsthafte Ellbogenkollision kamen. Das gab dann Leben und Lärm unter den dichtgedrängten Zuschauern links und rechts. Die armen Leute, welche über Hunger klagten, warfen doch einander mit

Bonbons aller Art; aber vorzüglich gingen freundschaftliche, zärtliche Kanonaden mit einer ungeheuern Menge Mais, den man in Körben als Ammunition zu dieser Neckerei dort zum Verkauf trug. Mich deucht, man hätte nachher wohl zehn Scheffel sammeln können. Freilich lesen den andern Tag die Armen auf, was nicht im Kot zertreten und zerfahren ist; und damit entschuldigt man das Unwesen. Es ist eine sonderbare, sehr närrisch lustige Art Almosen auszuteilen.

Die Kaffeehäuser sind hier sehr gut eingerichtet und man trifft daselbst immer sehr angenehme unterhaltende Gesellschaft von Fremden und Einheimischen. Eine sonderbare Erscheinung muß die Belagerung der Stadt im vorigen Kriege gemacht haben, wo fast alle Nationen von Europa, Östreicher, Engländer, Russen, Italiener und Türken gegen die neuen Gallier schlugen, die sich trotz allen Anstrengungen der Herren endlich doch darin behaupteten, und die nun bloß durch die gewaltige Frömmigkeit ihres Machthabers daraus vertrieben werden. Ankona ist gewiß in jeder Rücksicht einer der interessantesten militärischen Posten an dieser Seite, und nächst Tarent der wichtigste am ganzen adriatischen Meere. Bis nach Ankona lautete mein Paß von Wien aus, weil der höfliche Präsident der italienischen Kanzlei ihn durchaus nicht weiter schreiben wollte. Aber hier machte man mir gar keine Schwierigkeit mir einen Paß zu geben, wohin ich nur verlangte. Man war nur meinetwegen besorgt, ich möchte dem Tode entgegengehen. Dawider ließ sich nun freilich kein mathematischer Beweis führen: ich machte den guten, freundschaftlichen Leuten aber deutlich, daß meine Art zu reisen am Ende doch wohl noch die sicherste sei. Wer würde Reichtümer in meinem Reisesacke suchen? Mein Aufzug war nicht versprechend; und um nichts schlägt man doch nirgends die Leute tot.

Rom, den 2ten März

Wider meine Absicht bin ich nun hier. Die Leutchen in Ankona legten es mir so nahe ans Gewissen, daß es Tollkühnheit gewesen wäre, von dort aus an dem Adria hinunter durch Abruzzo und Kalabrien zu gehen, wie mein Vorsatz war. Ihre Beschreibungen waren fürchterlich, und im Wirtshause betete man schon im voraus bei meiner anscheinenden Hartnäckigkeit für meine arme erschlagene Seele. *Vous avez bien l'air d'être un peu François; et tout François est perdû sans ressource en Abruzzo. Ce sont des sauvages sans entrailles;* sagte man mir. Das klang nun freilich nicht erbaulich, denn ich denke noch manches ehrliche

Kartoffelgericht in meinem Vaterlande zu essen. *On Vous prendra pour François, et on Vous coupera la gorge sans pitié;* hieß es. *Fort bien*, sagte ich; *ou plûtot bien fort.* Was war zu tun? Ich machte der traurigen Dame zu Loretto meinen Besuch, ließ auch meinen Knotenstock von dem Sakristan mit zur Weihe durch das Allerheiligste tragen, beguckte etwas die Votiven und die gewaltig vielen Beichtstühle, ließ mir für einige Paoli ein halbes Dutzend hochgeweihte Rosenkränze anhängen, um einige gläubige Sünderinnen in meinem Vaterlande damit zu beglückseligen, und wandelte durch die Apenninen getrost der Tiber zu. Freilich gab es auch hier keinen Mangel an Mordgeschichten, und in einigen Schluchten der Berge waren die Arme und Beine der Hingerichteten häufig genug hier und da zum Denkmal und zur schrecklichsten Warnung an den Ulmen aufgehängt: aber ich habe die Gabe zuweilen etwas dümmer und ärmer zu scheinen, als ich doch wirklich bin; und so bin ich dann glücklich auf dem Kapitol angelangt.

Die Gegend von Ankona nach Loretto ist herrlich, abwechselnd durch Täler und auf Höhen, die alle mit schönem Getreide und Obst und Ölbäumen besetzt sind; desto schlechter ist der Weg. Es hatte noch etwas stark Eis gefroren, eine Erscheinung, die mir in der Mitte des Februars bei Ankona ziemlich auffiel; und als die Sonne kam, vermehrte die Wärme die Beschwerlichkeit des Weges unerträglich.

Ich war seit Venedig überall so sehr von Bettlern geplagt gewesen, daß ich auf der Straße den dritten Menschen immer für einen Bettler ansah. Desto überraschender war mir ein kleiner Irrtum vor Loretto, wo es vorzüglich von Armen wimmelt. Ein ältlicher, ärmlich gekleideter Mann stand an einem Brückensteine des Weges vor der Stadt, nahm mit vieler Deferenz seinen alten Hut ab, sprach etwas ganz leise, das ich, daran gewöhnt, für eine gewöhnliche Bitte hielt. Ich sah ihn flüchtig an, fand an seinem Kleide und an seiner Miene, daß er wohl bessere Tage gesehen haben müsse, und reichte ihm ein kleines Silberstück. Das setzte ihn in die größte Verlegenheit; sein Gesicht fing an zu glühen, seine Zunge zu stammeln: er hatte mir nur einen guten Morgen und glückliche Reise gewünscht. Nun sah ich dem Mann erst etwas näher ins Auge, und fand so viel feine Bonhommie in seinem ganzen Wesen, daß ich mich über meine Übereilung ärgerte. Wahrscheinlich hielten wir beide einander für etwas ärmer, als wir waren. Du wirst mir zugeben, daß solche Erscheinungen, die kleine Unannehmlichkeit des augenblicklichen Gefühls abgerechnet, unserer Humanität sehr wohltun müssen. Die Gegend um Loretto ist ein Paradies von

Fruchtbarkeit, und die Engel müssen ganz gescheite Leute gewesen sein, da sie nun einmal das Häuschen im gelobten Lande nicht behaupten konnten, daß sie es durch die Luft aus Dalmatien hierher bugsiert haben. Es steht hier doch wohl etwas besser, als es dort gestanden haben würde, wo es auch den Ungläubigen, sozusagen, noch in den Klauen war. Zwar hatte es den Anschein, als ob der Unglaube auch hier etwas überhand nehmen wollte und einen dritten Transport nötig machen würde; denn die entsetzlichen Franzosen, die doch sonst die allerchristlichste Nation waren, hatten sich nicht entblödet der heiligen Jungfrau offenbare Gewalt anzutun, worüber die hiesigen Frommen große Klagelieder und Verwünschungen anstimmen: aber die neue Salbung des großen Demagogen gibt auf einmal der Sache für die Gottseligkeit eine andere Wendung. Die Mummerei nimmt wieder ihren Anfang, man macht Spektakel aller Art, wie ich denn selbst das Idol des Bacchus auf einer ungeheuern Tonne zum Fasching vor dem heiligen Hause in Pomp auf- und abführen sah; und man verkauft wieder Indulgenzen nach Noten für alle Arten von Schurkereien. Es ist überhaupt nicht viel Vernunft in der Vergebung der Sünden; aber wer diese Art derselben erfunden hat, bleibt ein Fluch der Menschheit, bis die Spur seiner Lehre getilget ist.

Mit diesen und ähnlichen Gedanken wandelte ich die lange Gasse von Loretto den Berg hinauf und hinab, durch die schönen Täler weiter und immer nach Macerata zu. Links haben die Leute eine herrliche Wasserleitung angelegt, die das Wasser von Recanati nach Loretto bringt. Wenn ich überall eine solche Kultur fände, wie von Ankona bis Macerata und Tolentino, so wollte ich fast den Mönchen ihre Möncherei verzeihen. In Macerata bewillkommte mich im Tor ein päpstlicher Korporal und nahm sich polizeimäßig die Freiheit meinen Paß zu beschauen. Der Mann war übrigens recht höflich und artig, und schickte mich in ein Wirtshaus nicht weit vom Tore, wo ich so freundlich und billig behandelt wurde, daß mir die Leutchen mit ihrem gewaltig starken Glauben durch ihre Gutmütigkeit außerordentlich wert wurden. Ich machte mir ein gutes Feuer von Ulmenreisig und Weinreben, las eine Rhapsodie aus dem Homer und schlief so ruhig wie in der Nachbarschaft des Leipziger Paulinums. Es war meine Gewohnheit des Morgens aus dem Quartier auf gut Glück ohne Frühstück auszugehen, und mich an das erste beste Wirtshaus an der Straße zu halten. Die Gegend war paradiesisch links und rechts; aber zu essen fand sich nichts. Hinter Macerata geht der Weg links nach Abruzzo ab, und ich geriet in große Versuchung mich dort hinunter nach Fermo und Bari zu schlagen. Bloß mein

Versprechen in Ankona hielt mich zurück. Ich bat die guten Bruttier um Verzeihung für mein Mißtrauen und meinen Unglauben, und wanderte fürbaß. Der Hunger fing an mir ziemlich unbequem zu werden, als ich rechts am Wege ein ziemlich schmutziges Schild erblickte und nach einem Frühstück fragte. Da war nichts als Klage über Brotmangel. Endlich fand sich, da ich viel bat und viel bot, doch noch Wein und Brot. Das Brot war schlecht, aber der Wein desto besser. Ich war nüchtern, hatte schon viel Weg gemacht, war warm und trank in großen Zügen das Rebengeschenk, das wie die Gabe aus Galliens Kampanien perlte und wie Nektar hinunterglitt. Ich trank reichlich, denn ich war durstig; und als ich die Kaupone verließ, war es als schwebte ich davon, und als wäre mir der Geist des Gottes sogar in die Fersen gefahren. So viel erinnere ich mich, ich machte Verse, die mir in meiner Seligkeit ganz gut vorkamen. Schade, daß ich nicht Zeit und Stimmung hatte, sie aufzuschreiben; so würdest Du doch wenigstens sehen, wie mir Lyäus dichten hilft; denn meine übrige Arbeit ist sehr nüchtern. Die Feldarbeiter betrachteten mich aufmerksam, wie ich den Weg dahinschaukelte; und ich glaube, ich tanzte die Verse ab. Da fragte mich ganz traulich-pathetisch ein Eseltreiber: *Volete andare a Cavallo, Signore?* Ich sah seine Kavallerie an, rieb mir zweifelnd die Augen und dachte: Sonst macht wohl der Wein die Esel zu Pferden: hat er denn hier die Pferde zu Eseln gemacht? Aber ich mochte reiben und gucken, so viel ich wollte, und meine Nase komisch mit dem Hofmannischen Glase bebrillen; die Erscheinungen blieben Esel; und ich gab auf den wiederholten Ehrenantrag des Mannes den diktatorischen Bescheid: *Io sono pedone e non voglio andare a cavallo sul asino.* Die Leute sahen mich an und der Eseltreiber mit, und lächelten über meinen Gang und meine Sprache; aber waren so gutartig und lachten nicht. Das waren urbane Menschenkinder; ich glaube fast, daß im gleichen Falle die Deutschen gelacht hätten.

In Tolentino gings gut, und ich ließ mich überreden von hier aus durch die Apenninen, denen man nichts gutes zutraut, ein Fuhrwerk zu nehmen, um nur nicht ganz allein zu sein. Hier kommt der Chiente den Berg herunter und ist für Italien ein ganz hübscher Fluß, hat auch etwas besseres Wasser als die übrigen. Man geht nun einige Tagereisen zwischen den Bergen immer an dem Flusse hinauf, bis zu seinem Ursprunge bei Colfiorito, wo er aus einem See kommt, in welchem sich das Wasser rund umher aus den höchsten Spitzen der Apenninen sammelt. Ich hatte einen Wagen gemietet, aber der Wirt als Vermieter kam mit der Entschuldigung: es sei jetzt eben keiner zu finden; ich müsse zwei Stunden warten. Das war nun nicht erbaulich. Ärgernis hätte mich aber nur mehr aufgehalten; ich faßte also Geduld und ließ mich mit meinem Tornister auf einen Maulesel schroten; mein Führer setzte sich, als wir zur Stadt hinaus waren, auf die Kruppe, und so trabten wir italienisch immer in den Schluchten hinauf. Diese wurden bald ziemlich enge und wild, und hier und da aufgehangene Menschenknochen machten eben nicht die beste Idylle. Ich blieb auf einer Station, deren Namen ich vergessen habe, nicht weit von dem alten Kamerinum, dessen Livius im punischen Kriege sehr ehrenvoll erwähnt. Hier pflegte man mich sehr gastfreundlich und ich erhielt den bedungenen Wagen nach Foligno. Serrevalle ist ein großes, langes Dorf in einer engen, furchtbaren Bergschlucht am Fluß, nicht weit von der größten Höhe des Apennins; und ich wunderte mich, daß man hier so gut und so wohlfeil zu essen fand. Von dem See bei Colfiorito, einem Kessel in den höchsten Bergwänden, geht es bald auf der andern Seite abwärts, und der Weg windet sich sehr wildromantisch in einer Felsenschnecke hinunter. Case Nuove ist ein armes Örtchen am Abhange des Berges, fast ebenso zwischen Felsen wie Serrevalle auf der andern Seite. Die Leute hier verstehen sich sehr gut zu nähren, indem sie die Sympathie der Reisenden in Anspruch nehmen. Sie überteuern den Fremden nicht, sondern wenden sich bei der Bezahlung mit rührender Ergebung an seine Großmut. Wenn man nun einen Blick auf die hohen, furchtbaren, nackten Felsen rund um sich her wirft; man müßte keine Seele haben, wenn man nicht etwas tiefer in die Tasche griffe und den gutmütigen Menschen leben hülfe.

Von Case Nuove nach Foligno ist eine Partie, wie es vielleicht in ganz Italien nur wenige gibt, so schön und romantisch ist sie. Man erhebt sich wieder auf eine ansehnliche Höhe des Apennins, und hat über eine sehr reiche Gegend eine der größten Aussichten. Unten rechts, tief in der Schlucht, sind in einem sich nach und nach erweiternden Tale die Papiermühlen des Papstes angelegt, die zu den besten in Italien gehören sollen. Oben sind die Berge kahl, zeigen dann nach und nach Gesträuche, geben dann Ölbäume und haben am Fuße üppige Weingärten. Hier sah ich, glaube ich, zuerst die perennierende Eiche, die in Rom eine der ersten Zierden des Borghesischen Gartens ist. Auf der Höhe des Weges soll man hier, wenn das Wetter rein und hell ist, bis nach Assisi und Perugia an dem alten Thrasymen sehen können. Ich war nicht so glücklich; es war ziemlich umwölkt: aber es war auch so schon ein herrlicher Anblick. Wer nur ein Kerl wäre, der etwas ordentliches gelernt hätte! Hier komme ich nun schon in das Land, wo kein Stein ohne Namen ist. Mit magischen Wolken überzogen liegt das alte, finstere Foligno unten im Tale, wo der Segen Hesperiens ruht. Rechts und links liegen Anhöhen mit Gebäuden, die gewiß in der Vorzeit alle merkwürdig waren. Links hinunter weideten ehemals die vom Klitumnus weißgefärbten Stiere, welche die Weltbeherrscher zu ihren Opfern in die Hauptstadt holten; und tief, tief weiter hinab liegt in einer Bergschlucht das alte Spoleto, vor dessen Toren das vom Thrasymen siegreich herabstürzende Heer Hannibals zum ersten Mal von einer Munizipalstadt fürchterlich zurückgeschlagen wurde. In und bei Foligno ist artistisch nicht viel zu sehen, nachdem die neuen Gallier das schöne Madonnenbild mitgenommen haben. Die Kathedralkirche wird jetzt ausgebessert, und mich deucht mit Geschmack. Man hatte mich in die Post einquartiert, wo man mich zwar ziemlich gut bewirtete, aber ungeheuer bezahlen ließ. Eine Bewirtung, für die ich den vorigen Abend auch auf der Post oben in dem Apennin sieben Paoli gezahlt hatte, mußte ich hier in dem Lande des Segens mit sechszehn bezahlen. Man wollte mich überdies mit Gewalt zu Wagen weiterspedieren, und da ich dies durchaus nicht einging, sollte ich wenigstens ein Empfehlungsschreiben meines freundlichen Bewirters nach Spoleto an einen seiner guten Freunde haben. Natürlich, daß ich auch dafür dankte; denn er hatte mir vorher durch sich selbst seine guten Freunde nicht sonderlich empfohlen. Sobald als der Morgen graute, nahm ich also mein Bündel und wandelte immer wieder im Tale hinauf nach Hannibals Kopfstoß. Hier kam ich bei den berühmten Quellen des Klitumnus vorbei, die jetzt von den Eselstreibern und Waschweibern gewissenlos entweiht werden; ob sie gleich noch eben so schön sind wie vormals, als Plinius so enthusiastisch davon sprach. Große Haine und viele Tempel gibt es freilich nicht mehr hier; aber die Gegend ist allerliebst und ich stieg emsig hinab und trank durstig mit großen Zügen aus der stärksten Quelle, als ob es Hippokrene gewesen wäre. Hier und da standen noch ziemlich hohe Zypressen, die ehmals in der Gegend berühmt gewesen sein sollen. Vorzüglich sah es aus, als ob Athene und Lyäus ihre Geschenke hier in ihrem Heiligtume niedergelegt hätten. Es sollen in den Weinbergen noch einige Trümmer alter Tempel sein; ich suchte sie aber nicht auf. Als ich so dort mich auf dem jungen Rasen sonnte, setzte sich ein stattlich gekleideter Jäger zu mir, lenkte das Gespräch sehr bald auf Politik, zog einige Zeitungsblätter aus der Tasche, und wollte nun von mir wissen, wie man nach dem Frieden die endliche Ausgleichung machen würde, und wie besonders der heilige Sitz und die geistlichen Kurfürsten dabei bedacht werden sollten. Daran hatte ich nun mit keiner Silbe gedacht, und sagte ihm ganz offenherzig, das überließe ich denen, *quorum interesset.*

Ich bin nicht gern bei solchen Ausgleichungsprojekten; denn es ist fast immer etwas Empörendes dabei. Ein Beispielchen will ich Dir davon erzählen. Du kannst Dir nichts Anmaßlicheres, Verwegeneres, Hohnsprechenderes, Impertinenteres denken, als den Russischen Nationalgeist; nicht den des Volks, sondern der hoffnungsvollen Sprößlinge der großen Familien, die die nächste Anwartschaft auf Ämter im Zivil und bei der Armee haben. Einer dieser Herren, der nur wenig seinen Kameraden vorging, äußerte in Warschau öffentlich im Vorzimmer, er hoffe wohl noch Russischer Gouverneur in Dresden zu werden und zu bleiben. Die Frage war eben, wie man Östreich über die zweite Teilung in Polen zufriedenstellen wolle? Der Neffe des Gesandten, der doch Major bei der Armee und also kein Troßbube war, meinte ganz naiv und unbefangen, da gäbe es ja noch Kurfürsten und Fürsten genug zu spolieren. Dein Freund stand bei den Exzellenzen, deren einige durchaus die moralische Antiphrase ihres Titels waren, und kehrte sich trocken weg und sagte: Das ist wenigstens der richtige Ausdruck: So geht es hier und da.

Der Jäger verließ mich nach einem halben Stündchen Kosen, und ich verließ den Klitumnus. In Spoleto ging ich ohne Schwierigkeit gerade durch das Tor hinein, durch welches Hannibal laut der Nachrichten nicht gehen konnte. Fast hätte ich nun Ursache gehabt zu bedauern, daß ich das Empfehlungsschreiben des billigen Mannes in Foligno nicht angenommen hatte; denn ich lief in dem Neste wohl eine halbe Stunde herum, ehe ich ein leidliches Gasthaus finden konnte. Endlich führte man mich doch in eins, wo man für den dritten Teil der gestrigen Zeche eben so gut bewirtete. Es ist ein großes, altes, dunkles, häßliches, jämmerliches Loch, das Spoleto; ich möchte lieber Küster Klimm zu Bergen in Norwegen sein, als Erzbischof zu Spoleto. Die Leute hier, denen ich ins Auge guckte, sahen alle aus wie das böse Gewissen; und nur mein Wirt mit seiner Familie schien eine Ausnahme zu machen. Deswegen habe ich mich auch keinen Deut um ihre Altertümer bekümmert, deren hier noch eine ziemliche Menge sein sollen. Aber alles ist Trümmer; und Trümmern überhaupt, und zumal in Spoleto, und überdies in so entsetzlichem Nebelwetter, geben eben keine schöne Unterhaltung. Über dem Tore, das man Hannibals Tor nennt, stehen die Worte in Marmor:

HANNIBAL
CAESIS AD THRASYMENUM ROMANIS
INFESTO AGMINE URBEM ROMAN PETENS

AD SPOLETUM MAGNA STRAGE SUORUM REPULSUS, INSIGNE PORTAE NOMEN FECIT.

So ist die Überschrift. Ich weiß nicht, ob es die Worte des Livius sind: mich deucht, bei diesem lautet es etwas anders. Die Sache hat indes nach den alten Schriftstellern ihre Richtigkeit; nur weiß ich nicht, ob es eben dieses Tor sein möchte: denn wie vielen Veränderungen ist die Stadt nicht seit den punischen Kriegen unterworfen gewesen! Doch ist es eben das Tor, durch das der Weg von Perugia geht. Der Marmor scheint ziemlich neu zu sein. Jetzt dürfte sich wohl schwerlich ein französisches Bataillon zurückwerfen lassen.

Ich Idiot glaubte, als ich in Foligno angekommen war, ich sei nun den Apennin durchwandelt: aber das ganze Tal des Klitumnus mit den Städten Foligno und Spoleto liegt in den Bergen; von Spoleto bis Terni ist der furchtbarste Teil desselben; und hier war ich wieder zu Fuße ganz allein. Den Morgen als ich Spoleto verließ, sah ich links an dem Felsen noch das alte gotische Schloß, wo sich wackere Kerle vielleicht noch einige Stunden um die Stadt schlagen können, ging vor den sonderbaren Anachoreten vorbei und immer die wilde Bergschlucht hinauf. Wo ich einkehrte unterhielt man mich überall mit Räubergeschichten und Mordtaten, um mir einen Maulesel mit seinem Führer aufzuschwatzen; aber ich war nun einmal hartnäckig und lief trotzig allein meinen Weg immer vorwärts. Oben auf dem Berge soll der *Jupiter Summanus* einen Tempel gehabt haben. Es ist wohl nur von Rom aus nach Umbrien der höchste Berg; denn sonst gibt es in der Kette viel höhere Partien. Der Weg aufwärts von Spoleto ist noch nicht so wild und furchtbar als der Weg abwärts und weiter nach Terni. Das Tal abwärts ist zuweilen kaum hundert Schritte breit, rechts und links sind hohe Felsenberge, zwischen welche den ganzen Tag nur wenig Sonne kommt, mit Schluchten und Waldströmen durchbrochen. Dörfer trifft man auf dem ganzen Wege nicht, als auf der Spitze des Berges nur einige Häuser und ein halbes Dutzend in Strettura, dessen Name schon einen engen Paß anzeigt. Hier und da sind noch einige isolierte Wohnungen, die eben nicht freundlich aussehen, und viele alte, verlassene Gebäude, die ziemlich den Anblick von Räuberhöhlen tragen. Fast nichts ist bebaut. Die meisten Berge sind bis zu einer großen Höhe mit finstern, wilden Lorbeerbüschen bewachsen, die vielleicht eine Bravobande zu ihren Siegeszeichen brauchen könnte. Ich gestehe Dir, es war mir sehr wohl, als sich einige italienische Meilen vor Terni das Tal wieder weiterte und ich mich wieder etwas zu Tage gefördert sah und unter mir schöne, friedliche Ölwälder erblickte, unter denen der junge Weizen grünte. Das Tal der Nera öffnete sich, und es lag wieder ein Paradies vor mir. Hohe Zypressen ragten hier und da in den Gärten an den Felsenklüften empor, und der Frühling schien in den ersten Gewächsen des Jahres mit wohltätiger Gewalt zu arbeiten.

Vorgestern kam ich auf meiner Reise hierher in Terni an. Mein Wirt, ein Tiroler und stolz auf die Ehre ein Deutscher zu sein, fütterte mich auf gut östreichisch recht stattlich, und setzte mir zuletzt ein Gericht Sepien vor, die mir zum Anfange vielleicht besser geschmeckt hätten. Er mochte mich für einen Maler halten und glauben, daß dieses zur Weihe gehöre. Zum Desert und zur Delikatesse kann ich den Dintenfisch nach dem Urteil meines Gaumens nicht empfehlen; schon seine schwarzbraune Farbe ist in der Schüssel eben nicht ästhetisch. Nachdem ich gespeis't, Interamner Wein getrunken und meinen Reisesack gehörig in Ordnung gelegt hatte, trollte ich fort nach dem Sonnentempel, nämlich der jetzigen Diminutivkirche des heiligen Erlösers. Sie war verschlossen, ich ließ mich aber nicht abweisen und ging zum Sakristan, der weiter keine Notiz von mir nahm; bei seiner Schüssel und seinem Buche unbeweglich sitzenblieb und mich durch eine alte Sara in die Kirche weisen ließ. Der Mann hatte in seinem Sinne Recht; denn er dachte ohne Zweifel: Der da, kommt weder mir noch meiner Kirche zu Ehren, sondern bloß der heidnischen Sonne sein Kompliment zu machen. Richtig. Die Leute haben bekanntlich das Tempelchen wie wahre Obskuranten behandelt und dafür gesorgt, daß in den Sonnentempel keine Sonne mehr scheinen kann. Alle Eingänge sind vermauert und zu Nischen gemacht, in deren jeder ein Heiliger für Italien schlecht genug gepinselt ist; und über dem Altar steht ein Sankt Salvator, der seinen Verfertiger auch nicht aus dem Fegefeuer erlösen wird.

Nun stieg ich, ob ich gleich diesen Tag schon durch vier Meilen Apenninen von Spoleto herüber gekommen war, noch eine deutsche Meile lang den hohen Steinweg zu dem Fall des Velino hinauf. Das war Belohnung. Der Tag war herrlich; kein Wölkchen, und es wehte ein lauer Wind, der nur in der Gegend des Sturzes etwas kühl ward. Die Sonne stand schon etwas tief und bildete aus der furchtbaren Schlucht der Nera hoch in der Atmosphäre einen ganzen hellen, herrlich glühenden und einen größern dunkeln Bogen im Staube des Falles. Ich saß gegenüber auf dem Felsen, und vergaß einige Minuten alles, was die Welt sonst großes und schönes haben mag. Etwas größeres und schöneres von Menschenhänden hat sie schwerlich aufzuweisen. Folgendes war halb Gedanke, halb Gefühl, als ich wieder bei mir selbst war.

Hier hat vielleicht der große Mann gesessen
Und dem Entwurfe nachgedacht,
Der seinen Namen ewig macht;
Hat hier das Riesenwerk gemessen,
Das größte, welches je des Menschen Geist vollbracht.
Es war ein göttlicher Gedanke,
Und staunend steht die kleine Nachwelt da
An ihres Wirkens enger Schranke
Und glaubet kaum, daß es geschah.
Wie schwebte mit dem Regenbogen,
Als durch die tiefe Marmorkluft
Hinab die ersten Donnerwogen
Wild schäumend in den Abgrund flogen,
Des Mannes Seele durch die Luft!
So eine selige Minute
Wiegt einen ganzen Lebenslauf
Alltäglichen Genusses auf;
Sie knüpft das Große an das Gute.
Es schlachte nun der zürnende Pelide
Die Opfer um des Freundes Grab;
Es zehre sich der Philippide,
Sein Afterbild, vor Schelsucht ab!
Es weine Cäsar, stolz und eitel,
Um einen Lorbeerkranz um seine kahle Scheitel;
Es mache sich Oktavian,
Das Muster schleichender Tyrannen,
Die je für Sklaverei auf schöne Namen sannen,
Mit Schlangenlist den Erdball untertan:
Die Motten zehren an dem Rufe,
Den ihre Ohnmacht sich erwarb,
Und jedes Sekulum verdarb
An ihrem Tempel eine Stufe.
Hier steigt die Glorie im Streit der Elemente,
Und segnend färbt der Sonnenstrahl
Des Mannes Monument im Tal,
Wo sanft der Ölbaum nickt, und hoch am Firmamente.
Das Feuer glüht mir durch das Rückenmark,

Und hoch schlägts links mir in der Seite stark:
Wer so ein Schöpfer werden könnte!

Oben am Sturz rund um das Felsenbette ist zwischen den hohen Bergen ungefähr eine kleine Stunde im Umkreise eine schöne Ebene, die voll ungehauener Ölbäume und Weinstöcke steht. Ich wollte schon den Päpstlern über das Sakrilegium an der Natur fluchen, als ich hörte, dieses sei im letzten Kriege eine Lagerstätte der Neapolitaner gewesen. Sie schlugen hier Anfangs die Franzosen durch den alten Felsenweg hinunter, und ich begreife nicht, wie sie mit gewöhnlicher Besinnung es wagen konnten, sie weiter zu verfolgen. Sie gingen in das Manöver und bezahlten für ihre Kurzsichtigkeit unten sehr teuer. Es ist traurig für die Humanität, daß man sich mit Tigerwut sogar unter den Zweigen des friedlichen Ölbaums schlägt. So sehr ich zuweilen der Härte beschuldiget werde, ein Ölbaum und ein Weizenfeld würde mir immer ein Heiligtum sein; und ich könnte mich gleich zur Kartätsche gegen denjenigen stellen, der beides zerstört. Die Sonne ging unter, als ich den schönen Olivenwald herabkam, und kaum konnte ich unter den Weinstöcken noch einige Veilchen und Hyazinthen pflücken, die dort ohne Pflege blühen.

Es war zu spät noch die Reste des Theaters in den Gärten des Bischofs zu sehen, und den andern Morgen wanderte ich nach Narni. Die Gegend von Narni aus an der Nera hinunter ist furchtbar schön. Die Brücke bei Borghetto über die Tiber ist zwar ein sehr braves Stück Arbeit, aber als Monument für drei Päpste immer sehr kleinlich, wenn man sie nur gegen die Reste des alten *ponte rotto* bei Narni über die Nera hält. Das sind doch noch Triumphbogen, die Sinn haben, diese Brücke und der Trajanische bei Ankona. Der schönste ist wohl der Wasserfall des Velino, der oben für die ganze Gegend von Rieti schon über zweitausend Jahre eine Wohltat ist, weil er sie vor Überschwemmungen schützt. Ich bekenne, daß ich für zwecklose Pracht, wenn es auch Riesenwerke wären, keine sonderliche Stimmung habe.

Eine halbe Stunde von Narni läßt man die Nera rechts und der Weg geht links auf der Anhöhe fort, immer noch wild genug, aber doch nicht mehr so graunvoll wie zwischen Spoleto und Terni. Das Interamner Tal, das man hier bei Narni zuletzt in seiner ganzen Ausdehnung an der Nera hinauf übersieht, stand bei den Alten billig in großem Ansehen, und ist noch jetzt bei aller Vernachlässigung der Kultur ein sehr schöner Strich zwischen dem Ciminus und dem Apennin. In Otrikoli, einem alten schmutzigen Orte nicht sehr weit von der Tiber, wo ich gegen Abend ankam, lud man mich gleich vor dem Tore höflich in ein Wirtshaus, und ich trug kein Bedenken meinen Sack abzuwerfen und mich zu den Leutchen an das Feuer zu pflanzen. Es hatte freilich keine sonderlich gute Miene; aber ich hätte vielleicht Gefahr gelaufen, im Städtchen selbst ein schlechteres oder gar keins zu finden und den Weg zurück zu machen, wo ich dann nicht so willkommen gewesen wäre. Kaum hatte ich einige Minuten ziemlich stumm dort gesessen, als ein ganz gut gekleideter Mann sich neben mich setzte und mir mit einigen allgemeinen teilnehmenden Erkundigungen Rede abzugewinnen suchte. Er war ein starker, heißer Politiker, und, wie sehr natürlich, mit der Lage der Dinge und vorzüglich mit den allerneuesten Veränderungen nicht sonderlich zufrieden, und meinte weislich, die Sachen könnten so keinen Bestand haben. Sein Ansehen versprach eben keinen ausgezeichneten Stand, und doch war er einer der gescheitesten, bewandertsten Männer, die ich noch auf meiner Wanderung in Italien von seiner Nation gesehen habe. Orthodoxie in Kirche und Staat schien seine Sache nicht zu sein; und er mußte etwas Zutrauen zu meinem Gesichtswurf gewonnen haben, daß er mich ohne Zurückhaltung so tief in seine Seele sehen ließ. Er kannte die heutigen Staatsverhältnisse ungewöhnlich gut und war in der alten Geschichte ziemlich zu Hause. Der alte Römerstolz schien noch tief in seinem Innern zu sitzen. Er sprach skeptisch vom Papste und schlecht von den Franzosen; besonders hatte sein Haß den General Murat recht herzlich gefaßt, von dessen schamlosen Erpressungen er zähneknirschend sprach, und der schon durch seinen Mameluckennamen allen Kredit bei ihm verloren hatte. Dieser Otrikolaner war seit langer Zeit der erste Mann, der meinen Spaziergang richtig begriff, und meinte, daß sein Vaterland auch jetzt noch ihn verdiene, so tief es auch gesunken sei. Wir schüttelten einander freundschaftlich die Hände, und ich ging mit der folgenden Morgendämmerung den Berg hinunter, neben den Ruinen der alten Stadt vorbei, auf die Tiber zu.

Bis jetzt war es Vergnügen gewesen auch im Kirchenstaate zu reisen. Jenseits der Berge vor und hinter Ankona, bei Foligno und Spoleto und Terni und Narni war die Kultur doch noch reich und schön, und in den Bergen waren die Szenen romantisch groß und zuweilen erhaben und furchtbar. Man vergaß leicht die Gefahr, die sich finden konnte. Von der Tiber und Borghetto an wird alles wüst und öde. Die Bevölkerung wird immer dünner und die Kultur mit jedem Schritte nachlässiger. Civita Castellana gilt für das alte Falerii der Falisker, wo der Schurke von Schulmeister seine Zöglinge ins feindliche Lager spazieren führte und vom Kamill so brav unter den Rutenstreichen der Jungen zurückgeschickt wurde. Es ist angenehm genug, nach einer eingebildeten, militärischen

Topographie sich hier den wirklich schönen Zug als gegenwärtig vorzustellen. Die Lage entspricht ganz der Idee, welche die Geschichte davon gibt. Der Ort ist fast rund umher mit Felsen umgeben, die von Natur unzugänglich sind. Der Anblick flößte mir gleich Respekt ein, und ohne an Cluver zu denken, der, wie ich glaube, es ziemlich sicher erwiesen hat, setzte ich sogleich eigenmächtig die alte Festung hierher. Von Borghetto her führt eine alte Brücke über eine wilde, romantische Felsenschlucht, und nach Nepi und Rom zu hat Pius der Sechste eine neue Brücke gebaut, welche das beste ist, was ich noch von ihm gesehen habe. Es ist übrigens gar erbaulich, in welchem pompösen Stil diese Dinge in Aufschriften erzählt werden: solche *ampullae et sesquipedalia verba* scheinen recht in der Seele der heutigen Römlinge zu liegen. Die alten Römer taten und ließen reden, und diese reden und lassen tun. Ich habe auf meinem Wege von Ankona hierher viele erhabene Ehrenbogen gefunden, welche in einer angeschwollenen Sprache weiter nichts sagten, als daß Pius der Sechste hier gewesen war und vielleicht ein Frühstück eingenommen hatte. Diese Bogenspanner verdienten einen solchen Herrscher. Von Civita Castellana aus trennt sich die Straße; die alte flaminische geht über Rignano, Malborghetto und Primaporta nach der Stadt, und die neue von Pius dem Sechsten über Nepi und Monterosi, wo sie in die Straße von Florenz fällt. Ich dachte mit dem alten Sprichwort: Nun gehen alle Straßen nach Rom; und hielt mich halb unwillkürlich rechts zu dem neuen Papst. Der alte Weg kann wohl nicht viel schlimmer sein, als ich den neuen fand. Doch von Wegen darf ich mit meinen Landsleuten nicht sprechen; die sind wohl selten in einem andern Lande schlimmer und gewissenloser vernachlässigt, als bei uns in Sachsen.

Erlaube mir über die Straßen im Allgemeinen eine kleine vielleicht nicht überflüssige Expektoration. Es ist empörend, wenn dem Reisenden Geleite und Wegegeld abgefordert wird und er sich kaum aus dem Kot herauswinden kann, um dieses Geld zu bezahlen. Die Straßen sind einer der ersten Polizeiartikel, an den man fast überall zuletzt denkt. Geleite und Wegegeld und Postregal haben durchaus keinen Sinn, wenn daraus nicht für den Fürsten die Verbindlichkeit entspringt, für die Straßen zu sorgen; und die Untertanen sind nur dann zum Zuschuß verpflichtet, wenn jene Einkünfte nicht hinreichen. Denn der Staat hat unbezweifelt die Befugnis, die Natur und Zweckmäßigkeit und den gesetzlichen Gebrauch aller Regalien zu untersuchen, wenn es notwendig ist, und auf rechtliche Verwendung desselben zu dringen. Das gibt sich aus dem Begriff der bürgerlichen Gesellschaft, wenn gleich nichts davon im Justinianischen Rechte steht, welches überhaupt als *jus publicum* das traurigste ist, das die Vernunft ersinnen konnte; so sehr es auch ein Meisterwerk des bürgerlichen sein mag. Bei den Straßen tritt noch eine Hauptvernachlässigung ein, ohne deren Abstellung man durchaus auch mit großen Summen und anhaltender Arbeit nicht glücklich sein wird. Ich meine, man sucht nicht mit Strenge das schädliche Spurfahren zu verhüten. Es ist so gut, als ob keine Verfügungen deswegen vorhanden wären, so wenig wird darauf gesehen. Es ist mathematisch zu beweisen, daß die Gewohnheit des Spurfahrens, zumal der schweren Wagen, die beste, festeste Chaussee in kurzer Zeit durchaus verderben muß. Ist einmal der Einschnitt gemacht, so mag man schlagen und ausfüllen und klopfen und rammeln, so viel man will, man gewinnt nie wieder die vorige Festigkeit; die ersten Wagen fahren das Gleis wieder aus, und machen das Übel ärger. Fängt man an ein zweites Gleis zu machen, so ist dieses bald eben so ausgeleiert; und so geht es nach und nach mit mehrern, bis die ganze Straße ohne Hülfe zu Grunde gerichtet ist. Wenn aber der Weg nur einiger Maßen in Ordnung ist und durchaus kein Wagen die Spur des vorhergehenden hält, so kann kein Gleis und kein Einschnitt entstehen; sondern jedes Rad versieht, sozusagen, die Stelle eines Rammels und hilft durch die beständige Veränderung des Drucks die Straße bessern. Man würde ebensosehr endlich den Weg verderben, wenn man ohne Unterlaß mit dem Rammel beständig auf die nämliche Stelle schlagen wollte. Durch das Nichtspurfahren verändern auch die Pferde beständig ihre Tritte, und das Nämliche gilt sodann von den Hufen der Tiere, was von den Rädern des Fuhrwerks gilt. Fast durchaus habe ich den Schaden dieser bösen Gewohnheit gesehen, und nur im Hannöverischen hat man, so viel ich mich erinnere, strengere Maßregeln genommen, ihn zu verhüten. Aber ich muß machen, daß ich nach Rom komme.

Die Italiener müssen denn doch auch zuweilen ein sehr richtiges Auge haben. Zwei etwas stattlichere Spaziergänger als ich begegneten mir mit ihren großen Knotenstöcken bei Nepi, vermutlich um ihre Felder zu besehen, auf denen nicht viel gearbeitet wurde. *Signore è tedesco e va a Roma;* sagte mir einer der Herren sehr freundlich. Die Deutschen müssen häufig diese Straße machen; denn ich hatte noch keine Silbe gesprochen, um mich durch den Akzent zu verraten. Sie rieten mir, ja nicht in Nepi zu bleiben sondern noch nach Monterosi zu gehen, wo ich es gut haben würde. Ich dankte und versprach es. Es ist sehr angenehm, wenn man sich bei dem ersten Anblick so ziemlich gewiß in einer fremden Gegend orientieren kann. Nach meiner Rechnung mußte der mir links liegende

Berg durchaus der *Soracte* sein, obgleich kein Schnee darauf lag; und es fand sich so. Jetzt gehört er dem heiligen Sylvester, dessen Namen er auch trägt; doch hat sich die alte Benennung noch nicht verloren, denn man nennt ihn noch hier und da Soratte. Nun ärgerte es mich, daß ich nicht links die alte flaminische Straße gehalten hatte; dann hätte ich den Herrn Soratte, der sich schon von weitem ganz artig macht, etwas näher gesehen, und wäre immer längs der Tiber hinunter gewandelt. Der Berg steht von dieser Seite ganz isoliert; das wußte ich aus einigen Anmerkungen über den Horaz, und deswegen erkannte ich ihn sogleich, da mir seine Entfernung von Rom bekannt war. Hinten schließt er sich durch eine Kette von Hügeln an den Apennin. Der Berg ist zwar ziemlich hoch, aber gegen die Apenninen selbst hinter ihm doch nur ein Zwerg. Ich will mir doch auch einmal ein recht schulmeisterlich, hermeneutisches Ansehn geben, und Dir hierbei eine pragmatische Bemerkung machen. Vielleicht weißt Du sie schon: tut nichts; eine gute Sache kann man zweimal hören. Du darfst von dem hohen Schnee des Horaz nicht eben auf die Höhe des Berges schließen. Der Sorakte hat, weil er mit der großen Bergkette der Apenninen verglichen, doch nicht außerordentlich hoch ist und tiefer herab in der Ebene liegt, nur selten Schnee; und Herr Horaz wollte durch seinen Schnee den ziemlich starken Winter anzeigen, wo man wohltäte, Kastanien zu braten und sich zum Kamin und zum Becher zu halten. Das finde ich denn ganz vernünftig. Vielleicht war er eben damals in Tibur, wo er von Mäcens Landgute bloß die Spitze des beschneiten Sorakte sehr malerisch gruppiert vor sich hatte. Übrigens tue ich dem Horaz keine kleine Ehre, daß ich mich mit einem seiner Verse so lange beschäftige; denn er ist durch seine Sinnesart mein Mann gar nicht, und es ist Schade, daß die Musen gerade an ihn so viel verschwendet haben.

Nepi könnte ein gar herrlicher Ort sein, wenn die Leute hier etwas fleißiger sein wollten: aber je näher man Rom kommt, desto deutlicher spürt man die Folgen des päpstlichen Segens, die durchaus wie Fluch aussehen. Hinter Monterosi packte mich ein Vetturino, der von Viterbo kam und nach Rom ging, mit solchem Ungestüm an, daß ich mich notwendig in seinen Wagen setzen mußte, wo ich einen stattlich gekleideten Herrn fand, der eine tote Ziege und einen Korb voll anderer Viktualien neben sich hatte. Die Ziege wurde eingepackt und der Korb beiseite gesetzt; ich legte meinen Tornister zu meinen Füßen gehörig in Ordnung, und pflanzte mich Barbaren neben den zierlichen Römer. Er belugte mich stark und ich ihn nur obenhin; nach einigen Minuten fing das Gespräch an; und ich schwatzte so gut ich in der neuen römischen Zunge konnte.

Das ewige Thema waren leider wieder Mordgeschichten, und der Herr guckte jede Minute zum Schlage hinaus, ob er keine Pistolenholfter sähe. Ganz spaßhaft ist es freilich nicht, wie ich nachher erfahren habe: aber eine solche Furcht ist doch sehr possierlich und lächerlich. Diese Angst hielt bei dem Mann an, bis wir an die Geierbrücke von Rom kamen, wo er sich nach und nach wieder erholte. Am Volkstore, denn durch dieses fuhren wir ein, fragten die päpstlichen Patrontaschen nach meinem Passe und brachten ihn sogleich zurück mit der Bitte: *Qualche cosa della bona grazia pella guardia.* So so; das fängt gut an: ich mußte wohl einige Paoli herausrücken. Da hielten wir nun vor dem großem Obelisken, und ich überlegte, nach welcher von den drei großen Straßen ich auf gut Glück hinuntergehen sollte. Eben hatte ich meinen Gesichtspunkt in die Mitte hinab durch den Corso genommen und wollte aussteigen, als mein Kamerad mich fragte, wo ich wohnen würde? Das weiß ich nicht, sagte ich; ich muß ein Wirtshaus suchen. Er bot mir an, mich mit in sein Haus zu nehmen. Er habe zwar kein Wirtshaus, ich solle es aber bei ihm so gut finden, als es Gefälligkeit machen könne. Ich sah dem Manne näher ins Auge und las wenigstens keine Schurkerei darin, dachte, hier oder da ist einerlei, setzte mich wieder nieder und ließ mich mit fortziehen. Man brachte mich, dem heiligen Franziskus mit den Stigmen gegenüber, in den Palast Strozzi, wo mein Wirt eine Art von Haushofmeister zu sein scheint.

Rom

So bin ich denn also unwidersprechlich hier an der gelben Tiber, und zwar in keinem der letzten Häuser. Man hat hier im Hause viel Höflichkeit für mich, und mehr Aufmerksamkeit als mir lieb ist: denn ich merke; daß ich hier viel teurer leben werde, als in irgendeinem Wirtshause; wie mir meine Landsleute, die den römischen Rommel etwas verstehen, auch schon erklärt haben. Ich habe meine Adressen aufgesucht. Uhden und Fernow empfingen mich mit Humanität und freundschaftlicher Wärme. Du kennst die Männer aus ihren Arbeiten, welche gut sind; aber sie selbst sind noch besser, welches nicht immer der Fall bei literarischen Männern ist. Ich bin also schon kein Fremdling mehr am Kapitole. Auch den selbstständigen, originellen und etwas barocken Reinhart sah ich gleich den zweiten Tag, und mehrere andere deutsche Künstler. Gmelin ist ein lebhafter, jovialischer Mann, der nicht umsonst die Welt gesehn hat, und der eine eigene Gabe besitzt, im Deutschen und Französischen mit der lebendigsten Mimik zu erzählen.

Der Kardinal Borgia, an den ich einen Brief hatte, nahm mich mit vieler Freundlichkeit auf. Ein Anderer würde in seinem Stil Herablassung sagen; nach meinem Begriff läßt sich kein Mensch herab, wenn er mit Menschen spricht: und wenn irgendein sogenannter Großer in seinem Charakter noch Herablassung nötig hat, so steht er noch lange nicht auf dem rechten Punkte. Ich war genötigt meine Anrede französisch zu machen, da ich mir im Italienischen nicht Wendung genug zutraute, mit einem solchen Manne eine zusammenhängende Unterredung zu halten. Er antwortete mir in der nämlichen Sprache; aber kaum hörte er, daß ich Latein wußte, so fuhr er, für einen Kardinal drollig genug, lateinisch fort, das Lob dieser Sprache zu machen, durch welche die Nationen so fest zusammenhängen. *Haec est illa lingua*, setzte er hinzu, *quae nobis peperit Livios atque Virgilios. Et Tiberios et Nerones,* hätte ich fast unwillkürlich durch die Zähne gemurmelt. Ein Wort gab das andere, ich mußte ihm einiges von meiner Kriegswanderung nach Amerika erzählen und von meinem Wesen in Polen, und der alte Herr fiel mir mit vieler Gutmütigkeit um den Hals, und faßte mich im Ausbruch der Jovialität nicht allein beim Kopf, sondern sogar bei den Ohren. Ein alter militärischer General seiner Heiligkeit stand dabei, und es wurde ein herzliches Trio gelacht, in das ich so bescheiden als möglich miteinstimmte. Du wirst schon wissen, daß man in Rom mehr Mönchsgenerale als Kriegsgenerale antrifft. Beide spielen mit Kanonen, und es wäre nicht schwer zu entscheiden, welche die ihrigen am besten zu gebrauchen wissen. Ich erhielt die Erlaubnis ohne Einschränkung immer zu dem Kardinal zu kommen, welches für einen Pilger, wie ich bin, keine Kleinigkeit ist. Er stutzte gewaltig, als er hörte, ich wolle übermorgen mein Bündel nehmen und des Weges weiterwandeln, billigte aber meine Gründe lachend, als ich ihm sagte, ich wollte vor dem Eintritt der heißen Jahrszeit meinen Spaziergang nach Syrakus endigen und auf meiner Rückkehr mich länger hier aufhalten. Er bot mir keine Empfehlung nach Veletri an, um dort freieren Eintritt in das Familienkabinett zu haben, worüber ich mich einiger Maßen wunderte. Aber man hat Schwierigkeiten mit den Franzosen gehabt und Einige fürchteten sogar, die Franzosen würden die ganze Sammlung wegschaffen lassen. Das geschieht nun zwar, wie ich höre, nicht; aber es ist doch begreiflich, daß dadurch etwas Furchtsamkeit und Unordnung entstanden sein mag. Übrigens bin ich nicht nach Italien gegangen, um vorzüglich Kabinette und Galerien zu sehen, und tröste mich leicht mit meiner Laienphilosophie.

Eben habe ich Canova gesehen und unsere Freunde, Reinhart und Fernow. Es ist überall wohltätig, wenn sich verwandte Menschen treffen; aber wenn sie sich auf so klassischem Boden finden, gewinnt das Gefühl eine eigene Magie schöner Humanität. Canova hat eine zweite Hebe für die Pariser gearbeitet, die mir aber mit den Veränderungen die er gemacht hat und die er doch wohl für Verbesserungen halten muß, bei weitem nicht so wohl gefällt, wie die venezianische. Du kennst meinen Enthusiasmus für diese. Er hat, deucht mir, dem Urteil und dem Geschmack der Franzosen geschmeichelt, denen ich aber in der Anlage einer Batterie eher folgen wollte, als in der Kritik über reine Weiblichkeit. Es bleibt an allen ihren schönen Weibern immer noch etwas von dem Charakter aus dem alten Palais Royal zurück. Er hat auch zwei Fechter nach dem Pausanias gemacht, die nach langer Ermüdung zur Entscheidung einander freien Stoß geben. Der Eine hat soeben den furchtbarsten Schlag vor die Stirne erhalten – dieses ist der Moment – und reißt sodann mit entsetzlichem Grimm seinem Gegner mit der Faust auf einem Griff das Eingeweide aus. Sie gelten für Muster der Anatomie und des Ausdrucks. Da sie keine nahe Beziehung auf reine, schöne Humanität haben, konnten sie mich nicht so sehr beschäftigen: denn Furcht und Grimm sind Leidenschaften, von denen ich gerne mich wegwende. Die Stelle aus dem Pausanias ist mir nicht gegenwärtig; ich weise Dich auf ihn. Demoxenus heißt, glaube ich, der eine Fechter.

In einigen Tagen werde ich durch die Pontinen nach Terracina und sodann weiter nach Süden gehen; damit ich vor der ganz heißen Jahrszeit, wenn's glückt, wieder zurückkomme. Mißglückt es, denn man spricht gar wunderlich, so mögen die Barbaren mich auf ihrer Seele haben. Ich will mich nicht durch Furcht ängstigen, die auf alle Fälle kein guter Hausgenosse in der Seele ist! Zu Ende des Jahres hoffe ich *post varios casus* Dich wieder zu sehen.

Terracina

Du siehst, daß ich aus den Sümpfen heraus bin. Die Prophezeiung meiner Freunde in Rom ist eingetroffen. Der Herr Haushofmeister in dem Palast Strozzi, dem heiligen Franz mit den Stigmen gegenüber, überließ es meiner Großmut, die seinige zu belohnen. Das heißt nun die Leute meistens am unrechten Flecke angefaßt. Ich griff mich indessen an, so viel ich konnte, und gab für drei Tage Wohnung und drei Mahlzeiten, die übrigen hatte ich auswärts gehalten, zwei Kaiserdukaten, welches ich für ziemlich honett hielt. Der Mann machte in Rom ein flämisches Gesicht, aber doch weiter keine Bemerkung, sondern begleitete mich noch gefällig bis Sankt Johann von Lateran, wo er mir am Tore seine Adresse gab, damit ich ihn bei meiner Rückkunft finden möchte. Er mochte doch die Rechnung gezogen und überlegt haben, daß einen ganzen Monat verhältnismäßig das Geldchen noch mitzunehmen wäre. Das war nun aber mir nicht gelegen; meine Börse wollte sich in die Länge nicht so großmütig behandeln lassen. Man hat der Ausgaben mehrere. Ich ging nun durch die weitläufigen, halb verfallenen Gärten der Stadt und durch die ganz wüste Gegend vor derselben nach Albano hinüber.

Einige Millien vor der Stadt wandelte links unter den Ruinen der alten Wasserleitungen, die vom Berge herabkamen, ein Mann mit einem Buch einsam hin, suchte sich rundumher zu orientieren, und schloß sich, als ich näher kam, an mich an. Er war ein Franzose, der sich in Veletri schon lange häuslich niedergelassen hatte, in der Stadt gewesen war und jetzt heim ging. Seine Gesellschaft war mir hier höchst angenehm, da er mit der Geschichte der Zeit und den Vorfällen des Kriegs bekannt war und rundumher mir alle Auftritte erklärte. Links hinauf nach den Hügeln des Albanerbergs hatten sich die Franzosen und Insurgenten hartnäckig geschlagen. Die Insurgenten hatten zuerst einigen Vorteil und hatten deswegen nach der Weise der Revolutionäre angefangen höchst grausam zu verfahren: aber die Franzosen trieben sie mit ihrer gewöhnlichen Energie bald in die Enge; und nun fehlte es wieder nicht an Gewalttätigkeiten aller Art. Einige Millien von Albano ist rechts am Wege eine Gegend, welche Schwefelquellen halten muß; denn der Geruch ist entsetzlich und muß in der heißen Sommerperiode kaum erträglich sein. In einer Peripherie von mehrern hundert Schritten keimt deswegen kein Gräschen, obgleich übrigens der Strich nicht unfruchtbar ist.

Die Albaner bilden sich ein, daß ihre Stadt das alte Alba Longa sei, und sagen es noch bis jetzt auf Treu und Glauben jedem Fremden, der es hören will. Die Antiquare haben zwar gezeigt, daß das nicht sein könne, und daß die alte Stadt laut der Geschichte an der andern Seite des Sees am Fuße des Berges müsse gelegen haben: aber drei oder vier Millien, denken die Albaner, machen keinen großen Unterschied; und es ist wenigstens Niemand in der Gegend, der ein näheres Recht auf Alba Longa hätte als sie. Wir wollen sie also in dem ruhigen Besitz lassen. Die jetzige Stadt scheint zur Zeit der ersten Cäsarn aus einigen Villen entstanden zu sein, von denen die des Pompeius die vorzüglichste war. Dadurch sieht es nun freilich um das Monument der Kuriatier mißlich aus, das auf dem Wege nach Aricia steht, und welches mir überhaupt ein ziemlich gotisches Ansehen hat. Nach der Geschichte sind alle, die drei Kuriatier wie die beiden Horatier, unten vor der Stadt Rom begraben, wo der Kampf geschah und wo auch ihre Monumente standen: indessen läßt sich wohl denken, daß die neuen Albaner aus altem Patriotismus ihren braven Landesleuten hier ein neues Denkmal errichteten, als unten die alten verfallen waren. Wenigstens ist nicht einzusehen, wozu das Ding mit den drei Spitzen sonst sollte aufgeführt worden sein. Ein Kastell zur Verteidigung des Weges wäre das Einzige, wozu man es machen könnte; aber dazu hat es nicht die Gestalt.

In Albano fand mein Franzose Bekannte, bei denen er einkehrte, und ich ließ mich auf die Post bringen, welche das beste Wirtshaus ist. Sobald ich abgelegt hatte, trat ein artiger, junger Mann zu mir ins Zimmer, der aus der Gegend war und mit vieler Gutmütigkeit mir die Unterhaltung machte. Mit ihm wandelte ich noch etwas in der schönen Gegend hin und her, und namentlich an das Monument, von dessen Altertum er indessen auch nicht sonderlich überzeugt war. Antiquitäten schienen zwar seine Sache nicht zu sein; aber dafür war er desto bekannter mit der neuen Welt. Er sprach französisch und englisch mit vieler Geläufigkeit, weil er in beiden Ländern einige Zeit gewesen war; eine nicht gewöhnliche Erscheinung unter den Italienern. *Je m'appellé Prince*, sagte er, *mais je ne le suis pas:* indessen hatten ihn die Franzosen nach seiner Angabe prinzlich genug behandelt, alle seine Ölbäume umgehauen, und ihm auf lange Zeit einen jährlichen Verlust von zweitausend Piastern verursacht. Die Wahrheit davon lasse ich auf seiner Erzählung beruhen. Der junge Mann zeigte viel Offenheit, Gewandtheit und Humanität in seinem Charakter. Sodann führte er mich einige hundert Schritte weiter zu einer alten Eiche an dem Wege nach Aricia, nicht weit von dem Eingange in den Park und die Gärten des Fürsten Chigi. Die Eiche sollte von seltener Schönheit sein, und sie ist auch wirklich sehr ansehnlich und malerisch: aber wir haben bei uns in Deutschland an vielen Orten größere und schönere.

Den Herrn Fürsten Chigi kannte ich aus Charakteristiken von Rom, und hätte wohl Lust gehabt seine Besitzungen näher zu besehen. Er selbst ist als Dichter und Deklamator in der Stadt bekannt, und soll wirklich unter diesen beiden Rubriken viel Verdienst haben. Er muß indessen ein sonderbarer Bukoliker und Idyllendichter sein; denn in seinem Park hat er den schönsten und herrlichsten Eichenhain niederhauen lassen, und in dem Überreste läßt er die Schweine so wild herumlaufen, als ob er sich ganz allein von ihrer Mastung nähren wolle. Darüber sind nun besonders die Maler und Zeichner so entrüstet, daß sie den Mann förmlich in Verdammnis gesetzt haben, und ich weiß nicht, wie er sich daraus erlösen will. Die Gegend ist dessenungeachtet noch eine der schönsten in Italien, und das romantische Gemisch von Wildheit und Kultur, die hier zu kämpfen scheinen, macht, wenn man aus der Öde Roms kommt, einen sonderbaren wohltätigen Eindruck. Die Leute in dieser Gegend haben den Ruhm vorzüglich gute Banditen zu sein.

Von Albano ging ich den andern Morgen über eben dieses Aricia, dessen Horaz in seiner Reiseepistel von Rom nach Brindisi gedenkt, nach Gensano und Veletri und immer in die Pontinen hinein. Die Leute von Gensano sind mir als die fleißigsten und sittigsten im ganzen Kirchenstaate vorgekommen, und sie haben wirklich ihr Fleckchen Land so gut bearbeitet, daß sie den Wohltaten der Natur Ehre machen. Die Lage ist sehr schön; Berge und Täler liegen in dem lieblichsten Gemische rundumher, und der kleine See von Nemi, unter dem Namen der Dianenspiegel, gibt der Gegend noch das Interesse der mythologischen Geschichte.

Vor Veletri holte mich ein Franzose ein, nicht mein gestriger, sondern ein anderer, der bei der Condeischen Armee den Krieg mitgemacht hatte, jetzt von Rom kam und mit Empfehlungen von dem alten General Suworow nach Neapel zu Akton ging, von dem er Anstellung hoffte. In zwei Minuten waren wir bekannt und musterten die Armeen durch ganz Europa. Nach seinen Briefen mußte er ein sehr braver Offizier gewesen sein, der selbst bei Perugia ein Detachement kommandierte; und ich habe ihn als einen ehrlichen Mann kennen lernen. Wir aßen zusammen in Veletri und schlenderten sodann ganz vergnügt die Berge hinab in die Sümpfe hinein, die einige Stunden hinter der Stadt ihren Anfang nehmen. In Cisterne wollten wir übernachten; aber das Wirtshaus hatte die schlechteste Miene von der Welt, und die päpstlichen Dragoner trieben ein gewaltig lärmendes Wesen. Übrigens fiel mir ein, daß dieses vermutlich der Ort war, wo Horaz so sehr von den Flöhen gebissen wurde und noch andere traurige Abenteuer hatte; daß auch der Apostel Paulus hier geschlafen haben soll, ehe man ihn nach Rom in die Kerker des Kapitols einsperrte. Das war nun lauter böses Omen. Wir beschlossen also, zumal da es noch hoch am Tage war, noch eine Station weiterzuwandeln, bis *Torre di tre ponti*. Hier kamen wir aus dem Regen in die Traufe. Es war ein großes, leeres Haus; der Wirt war nach Paris gereist, um, wenn es möglich wäre, seine Habe wieder zu erhalten, die man ihm in die Wette geraubt hatte. Erst plünderten die Neapolitaner, dann die Franzosen, dann wieder die Neapolitaner, und die Streiter des heiligen Vaters zur Gesellschaft: das ist nun so römische Wirtschaft. Es war im ganzen Hause kein Bett, und die Leute sahen nicht außerordentlich freundlich aus. Der Wirt war abwesend; es waren viele Fremde da, die in den pontinischen Sümpfen, wohin sogar der Auswurf aus Rom flüchtet, kein großes Zutrauen einflößen können. Die alte gutmütige Haushälterin gab uns indessen eine große Decke; wir verrammelten unsere Türe mit Tisch und Stühlen, damit man wenigstens nicht ohne Lärm hereinkommen könnte, legten uns beide, der französische Oberstlieutenant und ich, in die breite mit Heu gefüllte Bettstelle, stellten unsere Stöcke daneben, deckten uns zu und schliefen, so gut uns die Kälte, die Flöhe und die quakenden Frösche schlafen ließen. Den Morgen darauf war das Wetter fürchterlich und machte den nicht angenehmen Weg noch verdrießlicher: vorzüglich fluchte der Franzose nach altem Stil *tous les diables* mit allem Nachdrucke durch alle Instanzen, die Yorick gegeben hat. Es konnte indessen nichts helfen; ich Hyperboreer zog bärenmäßig immer weiter; der Franzmann aber versteckte sich in ein altes leeres Brückenhaus über dem Kanal und wollte den Sturm vorbeigehen lassen. Wenn man naß ist, muß man laufen; ich ließ ihn ruhen, und versprach, hier in Terracina im Gasthofe auf ihn zu warten.

Die letzte Station vor Terracina war für mich die abenteuerlichste. Die alte appische Straße geht links etwas oben an den Bergen hin und macht dadurch einen ziemlichen Umweg: aber die Neuen wollten dem Elemente zum Trotz klüger sein, und zogen sie unüberlegt genug gerade fort. Sie sieht recht schön aus, wenn sie nur gut wäre. Das Wasser war groß, ich hatte den Abweg links über eine alte Brücke nicht gemerkt, und ging die große gerade Linie immer weiter. In einer halben Stunde stand ich vor Wasser, das rechts aus der See hineingetreten war und links durch die Gebüsche weit hinauf ging. Durch den ersten Absatz schritt ich rasch; aber es kam ein zweiter und ein dritter noch größerer. Es war dabei ein furchtbarer Regensturm und ich konnte nicht zwanzig Schritte sehen. Ich ging fast eine Viertelstunde auf der Straße bis über den Gürtel im Wasser, und wußte nicht was vor mir sein würde. Einige Mal waren leere Plätze links und rechts; und da stand ich in den Einschnitten wie im Meere. Nur die Bäume, die ich dunkel durch den Regensturm sah, machten mir Mut vorwärts. Endlich war ich glücklich durch die päpstliche Stelle, und zog eine Parallele zwischen den Alten und Neuen, die eben nicht zum Vorteil meiner Zeitgenossen ausfiel. Wie ich heraus war, ward der Himmel hell, und ich sah den Berg der göttlichen Circe in der Abendsonne zu meiner Rechten und zu meiner Linken die Felsen von Terracina glänzen. Es war wirklich, als wenn die alte Generalhexe eben einen Hauptprozeß machte, und ich konnte froh sein, daß ich noch so gut mit einem Bißchen Schmutz davongekommen war. Nachdem ich in der *Locanda Reale,* einem großen stattlichen Hause an dem Heerwege vor der Stadt, Quartier gemacht hatte, rekognoszierte ich oben den Ort auf dem weißen Felsen, wie ihn Horaz nennt, wo man rechts und links von dem Circeischen Vorgebirge bis an das Kajetanische und über die Inseln eine herrliche Aussicht hat. Ich bekümmerte mich wenig um die Ruinen des alten Jupiterstempels und um den neuen Palast des Papstes, sondern weidete mich an der unter mir liegenden schönen Gegend, den herrlichen Orangengärten, die ich hier zuerst ganz im Freien ausgezeichnet schön fand, und der üppigen Vegetation aller Art. Auch mehrere Palmbäume traf ich hier schon, da in Rom nur ein einziger als eine Seltenheit nicht weit vom Kolosseum gezeigt wird. Von der letzten Station führt eine herrliche Allee der schönsten und größten Aprikosenbäume in die Stadt.

Mein Franzose kam, und es fand sich, daß der arme Teufel mit seiner Börse auf den Hefen war. Ich mußte ihn also doch nach Neapel hinüber transportieren helfen. Zu Abend traf ich im Wirtshause ein Paar ziemlich reiche Mailänder, die mit schöner Equipage von Neapel kamen, und wir aßen zusammen. Die Herren waren ganz verblüfft zu hören, daß ich von Leipzig nach Agrigent tornistern wollte, bloß um an dem südlichen Ufer Siziliens etwas herumzuschlendern und etwa junge Mandeln und ganz frische Apfelsinen dort zu essen. Die Unterhaltung war sehr lebhaft und angenehm, und die Norditaliener schienen die schöne Neapel *quovis modo,* literärisch, ästhetisch und physisch genossen zu haben. Morgen gehts ins Reich hinüber; denn so nennt man hier das Neapolitanische.

Neapel

Der Morgen war frisch und schön, als wir Anxur verließen, der Wind stark und die Brandung hochstürmend, so daß ich am Strande eingenetzt war, ehe ich daran dachte. Die Wogen schlugen majestätisch an den steilen Felsen herauf. Am Eingange des Reichs hatte mein französischer Reisekamerad Zwist mit der Wache, die ihn nicht recht gern wollte passieren lassen. Meinen Paß vom Kardinal Ruffo besah man bloß, schrieb meinen Namen aus, und ich war abgefertigt. Der Franzose packte seine ganze Brieftasche aus, sprach hoch, erwähnte Suworow, appellierte an den Minister und zwang die Wache durch etwas Impertinenz in Respekt, die von ihrer Seite auch wohl etwas über die Instruktion gegangen sein mochte. In Fondi, wo wir zu Mittag aßen, trafen wir ziemlich viel Militär, unter dem mehrere Deutsche waren. Die Stadt selbst liegt, wie es der Name zeigt, in einem der angenehmsten Täler, nicht sehr weit vom

Meere. Der Weg von Terracina dahin ist abwechselnd fruchtbar und lachend, durch hohe Felsen und fruchtbare Felder. Nicht weit von Fondi sollen, glaube ich, links an den Bergen noch die Überreste von der Ville des Nerva zu sehen sein; ich hielt mich aber an die Orangengärten, und vergaß darüber den Kaiser, die alten Stadtmauern, den See, den heiligen Thomas und alle andere Merkwürdigkeiten. Noch einige Millien nach Itri hinaus ist die Gegend zwischen den Bergen ein wahres Paradies. Auf der Hälfte des Weges stand in einem engen Felsenpasse eine Batterie aus dem vorigen Kriege, wo die Franzosen tüchtig zurückgeworfen wurden. Sie suchten sich aber einen andern Weg über die hohen Berge, ein Einfall von dem die Neapolitaner sich gar nichts hatten träumen lassen. Das war eine etwas zu gutmütige Zuversicht; man tut besser zu glauben, daß die Feinde alle Gemsenjäger sind, und in einer Entfernung von sechs deutschen Meilen ist es nie unmöglich, daß sie die Nacht noch kommen werden. Die Neapolitaner sahen den Feind im Rücken, und liefen über Hals und Kopf nach Kajeta.

Itri war von den Franzosen häßlich mitgenommen worden. Man hatte die Kirchen verwüstet und Pferdeställe daraus gemacht. Das ist nun freilich nicht sehr human; von Religiösität nichts zu sagen. Der Ort liegt in einer Bergschlucht tief begraben. Es standen hier nur wenige Soldaten zur Polizei, deren Kommandant ein ehemaliger östreichischer Sergeant, jetzt neapolitanischer Fähnrich war, der uns die Ehre tat mit uns einige Stunden Wein zu trinken. Mein Franzose hatte keine Schuhe mehr; ich mußte ihm also doch Schuhe machen lassen. Den Morgen darauf konnte er nicht fort, weil seine Füße nicht mehr in baulichem Wesen waren, und ich wollte nicht bleiben. Er suchte mich überdies zu überreden, ich möchte mit ihm von Kajeta aus zur See gehen, weil er den Landweg nicht aushalten würde. Das ging für mich nun nicht; denn ich wollte über den Liris hinunter nach Kapua und Kaserta. Ich gab ihm also zu dem Ausgelegten noch einen Kaiserdukaten, quittierte in Gedanken schon, übergab ihn und mich dem Himmel und wandelte allein ab. Fast hätte ich vergessen Dir eine etwas ernsthafte Geschichte von Itri zu erzählen, nämlich ernsthaft für mich. Itri ist ein Nest; das Wirtshaus war schlecht. Unsere Wirtin war eine ziemlich alte Maritorne, die ihren Mann in der Revolution verloren und sich zur Haushaltung und den übrigen Behufen einen jungen Kerl genommen hatte. Ich legte mich oben auf einem Saale zu Bette, und mein Kamerad zechte unten noch eins mit dem Herrn Fähnrich Kommandanten, der wiedergekommen war, und kam mir sodann nach. Er war etwas über See und schlief sogleich ein; ich philosophierte noch eins topsytorvy. Da hörte ich unten einen wilden Kerl nach dem andern ankommen und sehr laut werden. Die Anzahl mochte wohl bis zehen oder zwölfe gestiegen sein. Nun vernahm ich, daß es über unsere armen Personalitäten geradezu herging und daß man über uns eine ziemlich furchtbare Nachtinquisition hielt. *Sono cattive gente*, hieß es in einem hohen Ton einmal über das andere; und man tat mehr als einmal den Vorschlag mit uns zu verfahren nach der Neapolitaner Revolutionsweise. Mein Franzose schnarchte. Du kannst denken; daß mir nicht sonderlich lieblich dabei zu Mute ward. Man schlägt hier zum Anfang sogleich die Leute tot, und macht sodann nachher – eben weiter keinen Prozeß. Die alte Dame, unsere Wirtin, nahm sich unser mit einem exemplarischen Mut an, sprach und schrie was sie konnte, und behauptete daß wir ehrliche Leute wären; der Kommandant hätte unsere Pässe gesehen. Nun schien man zum Unglück dem Kommandanten selbst in der Politik gerade nicht viel gutes zuzutrauen. Der Himmel weiß, wie es noch möchte geworden sein. Ich zog ganz stille Rock und Stiefeln an, nahm meine ganze Kontenanz und mein ganzes Bißchen Italienisch zusammen, und machte Miene die Treppe hinab unter sie zu gehen. „Meine Herren, sagte ich so stark und bestimmt als ich konnte, ich bin ein fremder Reisender; ich dachte, im Wirtshause wo ich bezahle, dürfte ich zur Mitternacht Ruhe erwarten. Ich höre ich bin Ihnen verdächtig; führen Sie mich vor die Behörde, wohin Sie wollen: aber machen Sie die Sache mit Ernst und Ruhe und als ordentliche brave Leute ab.“ Es ward stiller; die Wirtin und Einige von ihnen baten mich oben zu bleiben, welches ich natürlich sehr gern tat; und nach und nach schlichen sie alle fort. Spaßhaft ist es nicht ganz; denn dort geht man selten ohne Flinte und Messer, und jeder ist zur Exekution fertig.

Den andern Morgen wandelte ich also allein zwischen den Ölbergen nach Mola di Gaeta hinüber. Die Amme ist durch dieses Etablissement ihres Namens fast berühmter geworden, als ihr frommer Milchsohn. Warum war ich nun nicht gestern noch bis hierher gegangen? Hier fand ich ein großes, schönes, ziemlich billiges Gasthaus, wo ich bei frischen Eiern und frischen Fischen, die nicht weit von mir aus dem Meere gezogen wurden, und frischen herrlichen Früchten ein vortreffliches Frühstück hielt. Unter mir stand ein Zitronengarten in der schönsten Glut der Früchte; und links und rechts übersah ich die Bucht von der Spitze des Vorgebirges rund herum bis hinüber nach Ischia und Procida. Es ist, in der Entfernung von einigen hundert Meilen, das köstlichste Dessert, wenn wir uns durch die Erinnerung irgendeines kleinen Vorfalles mit unsern Freunden wieder in nähere Berührung setzen können. Hier auf der nämlichen Stelle hatte vor mehrern Jahren Friedrich Schulz gesessen und Fische und Früchte gegessen, und mich aufgefordert, seiner zu gedenken, wenn ich von Mola auf das klassische Land umherschauen würde. Jetzt ist er nicht mehr der Liebling seiner Freunde und der Grazien, der die Freude bei den Fittigen zu halten verstand und sie rundumher gab. Wo auch seine Asche ruht, ein Biederer müsse hingehen und sie segnen. Keiner seiner Schwachheiten werde gedacht; er machte durch sein Herz gut, was sein Kopf versah.

Nun ging ich vergnügt und froh die schöne magische Gegend hinauf und hinab, bis hinunter wo der Nachricht zufolge ehemals Ciceros Formiä stand, bis an den Liris hinab. Langsam wallte ich dahin; mir deuchte ich sähe die Schatten des Redners und des Feldherrn, des Tullius und des Marius, daherziehen. Hier legte der Patriot den Kopf zur Sänfte heraus, und ließ sich von dem Hauptmann, dem er das Leben gerettet hatte, entschlossen den Lohn für seine Philippiken zahlen. Es ist mir der ehrwürdigste Moment in Ciceros Leben; der einzige vielleicht, wo er wirklich ganz rein als selbstständiger Mann gehandelt hat. Als er gegen Verres sprach, war es vielleicht Ruhmsucht von der Rednerbühne zu glänzen; Gefahr war nicht dabei: als er gegen Katilina donnerte, stand seine Existenz auf dem Spiel und er hatte keine andere Wahl als zu handeln oder mit zu Grunde zu gehen; als er gegen Antonius wütete, trieben ihn wahrscheinlich Haß und Parteisucht. Im Glück prahlte er, im Unglück jammerte er: er zeigte in seinem ganzen Leben oft viel Ehrlichkeit und Wohlwollen; aber nur im Tode den Mut, der dem Manne ziemt. Sein Tod hat mich in gewisser Rücksicht mit seinem Leben ausgesöhnt; so wie es Männer in der Geschichte gibt, deren Tod fast das Verdienst ihres Lebens auslöscht. Dort unten lag Minturnä; dort, stelle ich mir vor, stand das Haus, wo der Cimbrer mit dem Schwerte kam, als öffentlicher Henker den Überwinder seiner Nation zu töten, und wo dieser gefangene Überwinder ihm mit einigen Worten Todesschrecken in die Glieder jagte. „Mensch, wagst du es, den Kajus Marius zu morden?“ Weiter hinab rechts ist die Sumpfgegend, wo nach der Flucht der erste Mann der ersten Stadt der Welt sich im Schilfe verbarg, bis er sich hinüber nach Afrika retten konnte. Ich setzte unter diesen Gedanken über den Garigliano, und merkte kaum, daß ich diesseits von einer Menge Mauleseltreiber umgeben war, die mir alle sich und ihre Tiere zum Dienst anboten. Da half kein Demonstrieren, sie machten die Kleinigkeit der Forderung noch kleiner und setzten mich halb mit Gewalt auf ein lastbares Stück, schnallten meinen Reisesack in Ordnung, und so zog ich mit der lieblichen Karawane weiter. Ein Kalabrese hatte mich in Mola gebeten ihm meine Gesellschaft zu erlauben, und ich konnte nichts dawider haben. Ein Junge von ungefähr dreizehn Jahren hatte sich einige Millien weiter herab angeschlossen, der in der Residenz sein Glück versuchen wollte, weil seine Stiefmutter zu Hause den Kredit ihres Namens etwas zu strenge behauptete. Beide liefen nebenher. Es wurde bald alles durchfragt, und der Junge mußte etwas weitläufig seine Geschichte erzählen. Nun fing mein alter Eseltreiber an mit wahrhaft väterlicher Wärme dem jungen Menschen die Gefahr vorzustellen, der er entgegenliefe. Er tat dieses mit einer Zärtlichkeit, einer Heftigkeit und zugleich mit einer Behutsamkeit im Vortrage, die mir den alten Mann sehr wert machten. Wäre ich Sultan gewesen, ich hätte den Eseltreiber zum Mufti gemacht, und es würde gewiß gut gegangen sein. Diese schöne bedachtsam Philantropie wäre manchem unserer Moralisten zu wünschen. Auch schien er über die ehrenvolle Gesellschaft durch seinen Verstand und seinen heitern Ernst ein ziemliches Ansehen zu haben. Kurz vor Sessa schieden wir: ich setzte mich von dem Esel wieder auf meine Füße. Er gab dem jungen Menschen zu seinem Rate noch etwas Geld; und ich griff natürlich über dem Alten und dem Jungen auch etwas tiefer in die Tasche als wohl gewöhnlich. Mein Kalabrese begleitete mich, ich mochte wollen oder nicht, auf die Post, als das beste Wirtshaus. Der Junge ging weiter.

Da es noch hoher Tag war, spazierte ich hinauf nach Sessa, das, wie ich höre, viel alte Merkwürdigkeiten hat, und ehemals eine Hauptstadt der Volsker war. Der Weg von der Post hinunter und in die Stadt hinauf ist angenehm genug; und die Lage des Orts ist herrlich mit den schönsten Aussichten, rechts nach Kajeta und links über die Niedrigung weg nach dem Gaurus hinüber. Als ich in der Kathedralkirche stand und einen heiligen Johannes, der enthauptet wird, betrachtete, und eben so sehr die Andacht einiger jungen ganz hübschen Weiber beherzigte, die den schönen Mann auf dem Bilde mit ihren Blicken festhielten; trat mein alter Eseltreiber, der auf der andern Seite heraufgekommen war, zu mir, mich zu begrüßen. Er hatte mich vielleicht wegen einiger Äußerungen etwas lieb gewonnen und vermutlich die Silberstücke gesehen, die ich dem Buben gegeben hatte; und als wir aus der Kirche traten, führte er mich in den Zirkel seiner Zunftleute, und stellte mich wohl fünfzig Eseltreibern aus Sessa und der Gegend mit der freundschaftlichsten Teilnahme vor. Mir deucht, wenn die Leute hier Wahltag gehabt hätten, sie hätten mich dem Minister zum Trotz einstimmig zu ihrem Deputierten im Parlament gemacht; so sehr bezeugten sie mir alle ihr Wohlwollen: und ich kann Dir nicht leugnen, es deuchte mir mit völligem Rechte wenigstens ebensowohl, als da mich in Warschau die alte kommandierende Exzellenz unter den Arm faßte, in dem Zimmer herumführte und mir in vollem Kreise die Ausfertigung einer Depesche ins Ohr flüsterte. Aus diesem Zirkel zogen mich einige sehr artige junge Leute, die mich weiter herum begleiteten, und vorzüglich zu den Augustinern führten, die hier für ihre Bäuche den behaglichsten Ruheplatz mit der schönsten Aussicht nach allen Seiten ausgesucht hatten. Der einzige Beweis, daß die Leute doch noch etwas klassischen Geschmack haben müssen, ist, daß sie die Falerner Berge übersehen. Ihr Gebäude ist für das Gelübde der Armut eine Blasphemie. Doch daran bin ich schon gewohnt; man braucht eben nicht erst über den Liris zu gehen, um so ausschweifende Pracht, so unsinnige Verschwendung zu sehen. An der Überfahrt über den Garigliano oder Liris sieht man noch die Substruktionen einer alten Brücke, und nicht weit davon jenseits die Reste einer Wasserleitung. Der Fluß selbst, der nicht sehr breit ist, muß, trotz dem Prädikat der Stille das ihm Horaz gibt, doch zuweilen gefährlich zu passieren sein: denn er ist ziemlich tief und jetzt im Frühling sehr schnell; und man erzählte mir, daß, als die Franzosen ungefähr zwei Stunden aufwärts mit der Reiterei durch denselben setzen wollten, ihrer viele dabei umgekommen wären. An den Ufern desselben weiden große Herden Büffel.

Als ich wieder hinunter kam, setzte man mir auch Falerner Wein vor; für die Echtheit will ich indessen nicht stehen. Es ist bloß die klassische Neugierde ihn getrunken zu haben; denn er hat schon längst seinen alten Kredit verloren. Höchstwahrscheinlich ist die Ursache der Ausartung Vernachlässigung, wie bei den meisten italienischen Weinen, die sich besser halten würden, wenn man sie besser hielte. Als wir den Morgen auswanderten, ward meinem Kalabresen entsetzlich bange; er behauptete, das folgende große Dorf bestände aus lauter Räubern und Mördern, welche die Passage von Montagne Spaccate zu ihrem Tummelplatz machten. Jeder Windstoß durch das Gesträuch erschreckte ihn; und als wir vollends einige bis auf die Zähne abgedorrte Köpfe in eisernen Käfichen an dem Felsen befestigst sahen, war er der Auflösung seines Wesens nahe, ob er gleich den Krieg als königlicher Kanonier mitgemacht hatte, und ein Kerl wie ein Bär war. Er faselte von lauter Mariohlen, wie er sie nannte, die gar fürchterliche Leute sein sollten und von denen er erschreckliche Dinge erzählte. Als ich mir eine Beschreibung der Kerle ausbat, sagte er, man wüßte nicht, woher sie kämen und wohin sie gingen, sondern nur was sie täten; sie plünderten und raubten und schlügen tot wo sie könnten; gingen zu Dutzenden bewaffnet, und erschienen und verschwänden, ohne sich um etwas zu bekümmern. Nach seiner Angabe kommen sie meistens aus den Bergen von Abruzzo. Ich habe nun freilich zur Schande der Regierung gefunden, daß der Mensch ziemlich recht hat. Er pinselte mir aber die Ohren so voll, daß ich ihm sagte, er möchte mich ungehudelt lassen mit seinen erbärmlichen Litaneien; wenn ich totgeschlagen werden sollte, so wollte ich mich doch wenigstens vorher nicht weiter beunruhigen. Das kam dem Kerl sehr gottlos vor, und mir seine Klagelieder sehr albern. Er trieb mich immer vorwärts, mich nur durch die berüchtigte Felsenpassage zu bringen; und dankte allen Heiligen inbrünstiglich, als wir aus der Gegend heraus waren. Er segnete meinen Entschluß; als ich mich auf der Straße von einem Vetturino bereden ließ, mich einzusetzen und mich mit ihm bis nach Kapua bringen zu lassen. Als wir in Kapua ankamen, war der Gouverneur nach Kaserta gefahren, und man wollte durchaus, ich sollte seine Rückkehr erwarten, damit er meinen Paß ratifizieren möchte. Endlich bestürmte ich den *Capitaine du jour* so viel, daß er mir den Paß ohne Vidierung zurück gab, und dem Offizier an dem Tore Befehl schickte, er solle mich gehen lassen; er selbst wolle die Ausnahme verantworten.

Nun wollte ich über Altkapua nach Kaserta gehen; dazu war aber mein Kalabrese durchaus nicht zu bringen: er meinte, das wäre der sichere Tod; da wimmelte es von Mariohlen. Ich gab dem Schuft einige Karlin, verstehe neapolitanische; ließ ihn rechts nach Aversa forttrollen, um dort am rechten Orte seine attellanischen Fabeln zu erzählen, und schlug mich links nach Altkapua. Einige ehrsame Bürger aus der Festung Neukapua, die ich einholte und denen ich die lächerliche Furcht des Menschen erzählte, meinten, es sei zwar etwas Gefahr, werde aber immer übertrieben, und man habe nun doch schon seit einigen Wochen nichts gehört. Die Herren schienen sich patriotisch ihrer vaterländischen Gegend anzunehmen. Wo ehmals Kapua war, steht jetzt, glaube ich, der Flecken Sankt Martin, ungefähr eine Stunde von der neuen Stadt, die unten am Vulturnus in einer bessern militärischen Position angelegt ist. Sankt Martin ist noch jetzt eine Lustpartie für die Bürger der neuen Stadt, so sehr behauptet der alte Platz seinen Kredit. Es steht bekanntlich noch der Rest eines alten Amphitheaters, das aus den Zeiten der Römer und also verhältnismäßig neu ist, welches die Antiquare hinlänglich kennen, auf die ich Dich verweise. Ich ging durch die Trümmern eines Tors, welches vermutlich das nämliche ist, durch das Hannibal seinen Ruhm hinein und nicht wieder heraus trug, ließ nach kurzer

Beschauung das Theater links liegen und pilgerte den Weg nach Kaserta fort. Es stehen dort an der Straße links und rechts nicht weit voneinander ein Paar Monumente, die vermutlich römische Begräbnisse sind, und von denen eines wenigstens in sehr gutem Stil gearbeitet zu sein scheint.

Es wäre überflüssig, Dir eine Beschreibung des Schlosses in Kaserta anzufangen, die Du hier und da gewiß weit genauer und besser finden kannst. Der erste Anblick ist groß und wirklich imponierend. Der Garten links, die schönen Pflanzungen rechts, der prächtige Schloßplatz und die Gebäude rundumher, alles beschäftigt. Vorzüglich wird das Auge gefesselt von der Ansicht durch das große Tor, welche durch das ganze Schloß und die Gärten bis weit hinaus auf die Berge geht, über welche man die berühmte Wasserleitung herüber gebracht hat. Diese schöne reiche Kunstkaskade schließt den Grund der Partie. Man wird selten irgendwo so etwas magisches finden. Du weißt, daß auch hier die Franken etwas willkürlich gehaus't haben: jetzt ist der Kronprinz und seine Sardinische Majestät hier.

Auf der Post empfing man mich, ob ich gleich ein Fußgänger war, mit vieler Artigkeit, und ich hatte bald einen Trupp Neugieriger um mich her, die mich von Adam bis Pontius Pilatus ausfragten; und alle wunderten sich, daß ich den Räubern noch nicht in die Hände gefallen wäre. Humane Teilnahme und Billigkeit zeichnete das Haus vor vielen andern aus. Ich hatte nur noch einige Stunden Zeit die Stadt zu besehen; dies war aber zur Auffassung eines richtigen Totaleindrucks genug. Den andern Morgen, als ich abgehen wollte, arretierte mich wieder ein Vetturino an der Ecke des Marktes: *Volete andare in carozza, Signore? – Ma si, si,* sagte ich, *se partite presto presto. – Questo momento; favorisca montare.* Ich stieg ein und setzte mich neben einen stattlichen dicken Herrn; sogleich kamen noch zwei andere und wir rollten zum Tore hinaus.

Dieses ist also das schöne, reiche, selige Kampanien, das man, seitdem es so bekannt ist, zum Paradiese erhoben hat, für das die römischen Soldaten ihr Kapitol vergessen wollten. Es ist wahr, der Strich zwischen Aversa, Kapua, Kaserta, Nola und Neapel, zwischen dem Vesuv, dem Gaurus und den hohen Apenninen, oder das sogenannte Kampanertal, ist von allem was ich in der alten und neuen Welt bis jetzt noch gesehen habe der schönste Platz, wo die Natur alle ihre Gaben bis zur höchsten Verschwendung ausgegossen hat. Jeder Fußtritt trieft von Segen. Du pflanzest einen Baum, und er wächst in kurzer Zeit schwelgerisch breit und hoch empor; Du hängst einen Weinstock daran und er wird stark wie ein Stamm, und seine Reben laufen weitausgreifend durch die

Krone der Ulme; der Ölbaum steht mit bescheidener Schönheit an dem Abhange der schützenden Berge; die Feige schwillt üppig unter dem großen Blatte am gesegneten Aste; gegenüber glüht im sonnigen Tale die Orange, und unter dem Obstwalde wallt der Weizen, nickt die Bohne, in reicher lieblicher Mischung. Der Arbeiter erntet dreifach auf dem nämlichen Boden in Fülle, Obst und Wein und Weizen; und alles ist üppige, ewig jugendliche Kraft. Unter diesen magischen Abwechselungen kamen wir in einigen Stunden in Parthenope an. Der stattliche dicke Herr, mein Nachbar, schien die Deutschen etwas in Affektion genommen zu haben, war ehemals einige Monate in Wien und Prag gewesen, wußte einige Dutzend Wörter von unserer Sprache, und war die Gefälligkeit selbst. Er war aus dem königlichen Hause, und mich wunderte deswegen seine Artigkeit etwas mehr, da Höflichkeit in der Regel bei uns nicht mit zu den ausgezeichneten Tugenden der Hausoffizianten der Großen gehört. In Neapel brachte er mich in einem eignen Wagen in das Haus eines seiner Bekannten an dem Ende des Toledo, bis ich den Herrn Heigelin aufgesucht hatte, an den meine Empfehlung von Wien lautete. Es ist wirklich sehr wohltätig, wenn man, bei dem ersten Eintritt in so einen Ort wie Neapel ist, als Wildfremder eine so freundliche Hand zur Leitung findet, bis man sich selbst etwas orientieren kann.

Neapel

Du mußt und wirst von mir nicht erwarten, daß ich Dir eine topische, statistische, literarische oder vollständig kosmische Beschreibung von den Städten gebe, wo ich mich einige Zeit aufhalte. Dazu ist mein Aufenthalt zu kurz; die kannst Du von Reisenden von Profession oder aus den Fächern besonderer Wissenschaften gewiß besser bekommen. Ich erzähle Dir nur freundschaftlich, was ich sehe, was mich vielleicht beschäftigt und wie es mir geht. Meine Wohnung ist hier auf Mont Oliveto. Wie der Ort zu dem Namen des Ölberges kommt, weiß ich nicht; er ist aber einer der besten Straßen der Stadt, nicht weit vom Toledo, mit welchem er sich oben vereiniget. Die Besitzerin des Hauses ist eine Französin, die sich seit einigen Jahren der hiesigen Revolution wegen zu ihrer Sicherheit in Marseille aufhält. Ich habe Ursache zufrieden zu sein; es ist gut und billig. Die Gesellschaft besteht meistens aus Fremden, Engländern, Deutschen und Franzosen; die letzten machen jetzt hier die größte Anzahl aus.

Seit einigen Tagen bin ich mit einem alten Genuesen, der halb Europa kennt und hier den Lohnbedienten und ein Stück von Cicerone macht, in der Stadt herumgelaufen. Der alte Kerl hat ziemlich viel Sinn und richtigen Takt für das

Gute und sogar für das Schöne. Er hielt mir einen langen Sermon über die Landhäuser der Kaufleute rund in der Gegend umher, und bemerkte mit zensorischer Strenge, daß sie das Verderben vieler Familien würden. Man wetteifere gewöhnlich, wer das schönste Landhaus und die schönste Equipage habe, wer auf seinem Casino die ausgesuchtesten Vergnügen genieße und genießen lasse, und wetteifere sich oft zur Vergessenheit, und endlich ins Unglück. Sitten und Ehre und Vermögen werden vergeudet. Kaum habe der Kaufmann ein kleines Etablissement in der Stadt, so denke er schon auf eines auf dem Lande; und das zweite koste oft mehr als das erste. Spiel und Weibergalanterie und das verfluchte oft abwechselnde Cicisbeat seien die stärksten Gegenstände des Aufwands; und doch sei das Cicisbeat hier noch nicht so herrschend als in Rom. Wenn Du mir einwendest, daß das ein Lohnbedienter spricht; so antworte ich: jeder hat sein Wort in seinem Fache; und hier ist der alte Kerl in dem seinigen. Seine Amtsbrüder in Leipzig und Berlin können gewiß auch weit bessere Nachrichten über gewisse Artikel geben, als man auf dem Rathause finden würde. Jeder hat seine Sphäre, der Finanzminister und der Torschreiber. Ich sah die Kirche des heiligen Januar in der Stadt; Neapel sollte, deucht mir, eine bessere Kathedrale haben. Das vorzüglichste darin sind einige merkwürdige Grabsteine und die Kapelle des Heiligen. Dieses ist aber nicht der Ort, wo er gewöhnlich schwitzen muß; das geschieht vor der Stadt in dem Hospital bei den Katakomben. In den Katakomben kroch ich über eine Stunde herum, und beschaute das unterirdische Wesen, und hörte die Gelehrsamkeit des Cicerone, der, wie ich vermute, Glöckner des Hospitals war. Über den Grüften ist ein Teil des Gartens von Capo di monte. Der Führer erzählte mir eine Menge Wunder, welche die Heiligen Januarius und Severus hier ganz gewiß getan haben, und ich war unterdessen mit meinen Konjekturen bei der Entstehung dieser Grüfte. Hier und da lagen in den Einschnitten der Zellen noch Skelette, und zuweilen ganze große Haufen von Knochen, wie man sagte, von der Zeit der großen Pest. Die römischen Katakomben habe ich nicht gesehen, weder nahe an der Stadt noch in Rignano, weil mich verständige Männer und Kenner versicherten, daß man dort sehr wenig zu sehen habe und es nun ganz ausgemacht sei, daß das Ganze weiter nichts als Puzzolangruben gewesen, die nach und nach zu dieser Tiefe und zu diesem Umfang gewachsen. Das ist begreiflich und das wahrscheinlichste.

Die heilige Klara hat das reichste Nonnenkloster in der Stadt und eine wirklich sehr prächtige Kirche, wo auch die Kinder des königlichen Hauses begraben werden. Die Nonnen sind alle aus den vornehmsten Familien; und man hat ihre Torheit und ihr Elend so glänzend als möglich zu machen gesucht. Mein alter Genuese, der ein großer Hermeneute in der Kirchengeschichte ist, erzählte mir bei dieser Gelegenheit ein Stückchen, das seinen Exegetentalenten keine Schande macht, und dessen Würdigung ich den Kennern überlasse. Die heilige Klara war eine Zeitgenossin des heiligen Franziskus und des heiligen Dominikus; und man gibt ihr Schuld, sie habe beide insbesondere glauben lassen, sie sei jedem ausschließlich mit sehr feuriger christlicher Liebe zugetan. Dieses tut ihr in ihrer Heiligkeit weiter keinen Schaden. Jeder der beiden Heiligen glaubte es für sich und war selig, wie das zuweilen auch ohne Heiligkeit zu gehen pflegt. Dominikus war ein großer, starker, energischer Kerl; ungefähr wie der Moses des Michel Angelo in Rom, und sein Nebenbuhler Franziskus mehr ein ätherischer, sentimentaler Stutzer, der auch seine Talente zu gebrauchen wußte. Nun sollen auch die heiligen Damen zu verschiedenen Zeiten verschiedene Qualitäten lieben. Der handfeste Dominikus traf einmal den brünstigen Franziskus mit der heiligen Klara in einer geistlichen Ekstase, die seiner Eifersucht etwas zu körperlich vorkam; er ergriff in der Wut die nächste Waffe, welches ein Bratspieß war, und stieß damit so grimmig auf den unbefugten Himmelsführer los, daß er den armen, schwachen Franz fast vor der Zeit dahin geschickt hätte. Indes der Patient kam davon, und aus dieser schönen Züchtigung entstanden die Stigmen, die noch jetzt in der christlichen Katholizität mit allgemeiner Andacht verehrt werden. Ich habe, wie ich Dir erzählte, ihm in Rom gegenüber gewohnt, und sie dort hinlänglich in Marmor dokumentiert gesehen. Mein Genuese sagte mir die heilige Anekdote nur vertraulich ins Ohr, und wollte übrigens als ein guter Orthodox weiter keine Glosse darüber machen, als daß ihm halb unwillkürlich entfuhr: *Quelles betises on nous donne à digerer! Chacun les prend à sa façon.*

Heute besuchte ich auch Virgils Grab. Die umständliche Beschreibung mag Dir ein Anderer machen. Es ist ein romantisches, idyllisches Plätzchen; und ich bin geneigt zu glauben, der Dichter sei hier begraben gewesen, die Urne mag nun hingekommen sein, wohin sie wolle. Das Gebäudchen ist wohl nichts anderes als ein Grab, nicht weit von dem Eingange der Grotte Posilippo, und eine der schönsten Stellen in der schönen Gegend. Ich weiß nicht, warum man sich nun mit allem Fleiß bemüht, den Mann auf die andere Seite der Stadt zu begraben, wo er nicht halb so schön liegt, wenn auch der Vesuv nicht sein Nachbar wäre. Ich bin nicht Antiquar; aber die ganze Behauptung, daß er dort auf jener Seite liege, beruht doch wohl nur auf der Nachricht, er sei am Berge Vesuv begraben worden. Das ist er aber auch, wenn er hier liegt; denn der Berg ist gerade gegenüber: in einigen Stunden war er dort, wenn er zu Lande ging, und setzte er sich in ein Boot, so ging es noch schneller. Die Entfernung eines solchen Nachbars, wie Vesuv ist, wird nicht eben so genaugenommen. Lag er dort, so hat ihn auf alle Fälle der Berg tiefer halb in den Tartarus gebracht. Aber alle übrige Umstände sind mehr für diese Seite der Stadt. Hier ist die reichste, schönste Gegend; hier waren die vorzüglichsten Niederlassungen der römischen Großen, vornehmlich auf der Spitze des Posilippo die Gärten des Pollio, der ein Freund war des römischen Autokrators und ein Freund des Dichters; nach dieser Gegend lagen Puteoli und Bajä und Cumä, der Avernus und Misene, die Lieblingsgegenstände seiner Dichtungen; diese Gegend war überhaupt der Spielraum seiner liebsten Phantasie. Wahrscheinlich hat er hier gewohnt, und wahrscheinlich ist er hier begraben. Donat, der es, wenn ich nicht irre, zuerst erzählt, konnte wohl noch sichere Nachrichten haben, konnte davon Augenzeuge gewesen sein, daß das Monument noch ganz und wohl erhalten war; hatte durchaus keine Ursache, diesem Fleckchen irgendeinen Vorzug vor den übrigen zu geben, und dieses ist der Ort seiner Angabe; zwei Steine von der Stadt, an dem Wege nach Puteoli, nicht weit von dem Eingange in die Grotte. Ich will nun auch einmal glauben; man hat für manchen Glauben weit schlechtere Gründe: und also glaube ich, daß dieses Maros Grab sei. Den Lorbeer suchst Du nun umsonst; die verkehrten Afterverehrer haben ihn so lange bezupft, daß kein Blättchen mehr davon zu sehen ist. Ich nahm mir die Mühe hinaufzusteigen, und fand nichts als einige wildverschlungene Kräuter. Der Gärtner beklagte sich, daß die gottlosen vandalischen Franzosen ihm den allerletzten Zweig des heiligen Lorbeers geraubt haben. Dichter müssen es nicht gewesen sein: denn davon wäre doch wohl etwas in die Welt erschollen, daß der Lorbeer von dem Lateiner neuerdings auf einen Gallier übergegangen sei. Vielleicht schlägt er für die Gläubigen am Grabe des Mantuaners wieder aus. Man sollte wenigstens zur Fortsetzung der schönen Fabel das seinige beitragen; ich gab dem Gärtner geradezu den Rat.

Als ich hier und bei Sanazars Grabe nicht weit davon in der Servitenkirche war, verfolgte mich ein trauriger Cicerone so fürchterlich mit seiner Dienstfertigkeit mir die Antiquitäten erklären zu wollen, daß er durchaus nicht eher von meiner Seite ging, bis ich ihm einige kleine Silberstücke gab, die er sehr höflich und dankbar annahm. Ich habe mich nicht enthalten können bei dieser Gelegenheit wahres Mitleid mit dem großen Cicero zu haben, daß sein Name hier so erbärmlich herumgetragen wird. Die Ciceronen sind die Plagen der Reisenden, und immer ist einer unwissender und abenteuerlicher als der andere. Den vernünftigsten habe ich noch in Tivoli getroffen, der mir auf der Eselspromenade zum wenigsten ein Dutzend von Horazens Oden rezitierte und nach seiner Weise kommentierte.

Ich versuchte es an dem Fuße des Posilippo am Strande hinaus bis an die Spitze zu wandeln: es war aber nicht möglich weiter als ungefähr eine Stunde zu kommen: dann hörte jede Bahn auf, und das Ufer bestand hier und da aus schroffen Felsen. Hier stehen in einer Entfernung von ungefähr einer Viertelstunde zwei alte Gebäude, die man für Schlösser der Königin Johanna hält, wo sie zuweilen auch ihr berüchtigtes Unwesen getrieben haben soll. Sie sind ziemlich zu so etwas geeignet, gehen weit ins Meer hinein, und es ließe sich sehr gut zeigen, wozu dieses und jenes gedient haben könnte. Zwischen diesen beiden alten leeren Gebäuden liegt das niedliche Casino des Ritters Hamilton, wo er beständig den Vesuv vor Augen hatte; und man tut ihm vielleicht nicht ganz Unrecht; wenn man aus dem Ort seiner Vergnügungen auf etwas Ähnlichkeit mit dem Geschmack der schönen Königin schließt, die von der bösen Geschichte doch wohl etwas schlimmer gemacht worden ist als sie war. Ich war genötigt wieder zurückzugehen, und nicht weit von der Villa Reale nahmen mich eine Menge Bootsleute in Beschlag, die mich an die Spitze hinausrudern wollten. Es schien mir für den Vormittag zu spät zu sein, deswegen wollte ich nichts hören. Aber man griff mich auf der schwachen Seite an; man blickte auf die See, welche sehr hoch ging, an den Himmel, wo Sturm hing, und auf mich mit einer Miene, als ob man sagen wollte, das wird dich abhalten. Dieser Methode war nicht zu widerstehen, ich bezahlte die Gefahr sogleich mit einem Piaster mehr, und setzte mich mit meinem alten Genuesen in ein Boot, das ich erst selbst herunterziehen half. Der Genuese hatte auch mehrere Seereisen gemacht, und hatte Mut wie ein Delphin. Aber die Fahrt ward ihm doch etwas bedenklich; der Sturm heulte von Surrent und Kapri gewaltig herüber, und die Wogen machten rechts eine furchtbare Brandung; das Wasser füllte reichlich das Boot, und der Genuese hatte in einem Stündchen die Seekrankheit bis zu der letzten Wirkung. Ich wollte um das Inselchen Nisida herum gerudert sein; das war aber nicht möglich: wir mußten, als wir einige hundert Schritte vor dem Einsiedler vorbei waren, umkehren und unsere Zuflucht in ein einsames Haus nehmen, wohin man in der schönen Zeit von der Stadt aus zuweilen Wasserpartien macht, wo es aber jetzt traurig genug aussah.

Indessen fütterte uns doch der Wirt mit Makkaroni und gutem Käse. Nicht weit von hier, nahe an dem Inselchen Nisida, auf welchem auch Brutus vor dem Tode der Republik sich einige Zeit aufgehalten hat, sind die Trümmern eines alten Gebäudes, die aus dem Wasser hervorragen, und die man gewöhnlich nur Virgils Schule nennt. Wenn man nun gleich den Ort wohl sehr uneigentlich Virgils Schule nennt, so ist es doch sehr wahrscheinlich, daß er hier oft gearbeitet haben mag. Es ist eine der angenehmsten klassischen, mythologischen Stellen, welche die Einbildungskraft sich nur schaffen kann. Vermutlich gehörte der Platz zu den Gärten des Pollio. Er hatte hier um sich her einen großen Teil von dem Theater seiner Aeneide, alle Örter die an den Meerbusen von Neapel und Bajä liegen, von den phlegräischen Feldern bis nach Surrent.

Nicht weit von der Landspitze und von dem Wirtshause, wo ich einkehrte, stand ehemals ein alter Tempel der Fortuna, von dem noch einige Säulen und etwas Gemäuer zu sehen sind. Jetzt hat man an dem Orte ein christliches Kirchlein gebauet und es der *Madonna della fortuna* geweiht. Man hat bekanntlich manches aus dem Heidentum in den christlichen Ritus übergetragen, die Saturnalien, das Weihwasser und vieles andere; aber besser hätte man nicht umändern können: denn es ist wohl auf der ganzen Erde, in der wahren Geschichte und in der Fabellehre kein anderes Weib, das ein solches Glück gemacht hätte, als diese Madonna. Ein wenig weiter landeinwärts sind in den Gärten noch die gemauerten Tiefen, die man mit Wahrscheinlichkeit für die Fischhälter des Pollio annimmt, und in dieser Meinung eine große marmorne Tafel an der Tür angebracht hat, auf welcher lateinisch alle Greuel abscheulich genug beschrieben sind, die der Heide hier getrieben hat; wo denn natürlich die Milde unserer Religion und unserer Regierungen echt kardinalisch gepriesen wird. Ich weiß nicht, ob man nicht vielleicht mit dem britischen Klagemann sagen sollte: *A bitter change, severer for severe!* Es ist jetzt kaum ein Sklave übrig, den Pollio in den Teich werfen könnte.

Mein Genuese bat mich um alles in der Welt, ihn nicht wieder ins Boot zu bringen. Auch ich war sehr zufrieden, auf einem andern Wege nach der Stadt zurückzukehren. Ich zahlte also die Bootsleute ab, und wir gingen auf dem Rücken des Posilippo nach Neapel. Diese Promenade mußt Du durchaus machen, wenn Du einmal hierher kommst; sie ist eine der schönsten, die man in der herrlichen Gegend suchen kann. Lange Zeit hat man die beiden Meerbusen von Neapel und Bajä rechts und links im Gesicht, genießt sodann die schöne Übersicht auf die Partie jenseit des Berges nach Puzzuoli, welche die

Neapolitaner mit ihrer verkehrten Zunge nur Kianura oder die Ebene nennen. Man kommt nach ungefähr vier Millien des herrlichsten Weges in der Gegend von Virgils Grabe wieder herunter auf die Straße. Der Spaziergang ist freilich etwas wild, aber desto schöner.

Man sagte mir, die Regierung habe wollen eine Straße rund um den Posilippo herum auf der andern Seite nach Puzzuoli führen, so daß man nicht nötig hätte, durch die Grotte und die etwas ungesunde Gegend jenseits derselben zu fahren, sondern immer am Meere bliebe. Das wird in der Tat einer der herrlichsten Wege werden; ungefähr eine halbe Stunde ist gemacht: aber wenn doch die neapolitanische Regierung vorher das Nötige, Gerechtigkeit, Ordnung und Polizei besorgte; das andere würde sich sodann nach und nach schon machen.

Bekanntlich wird das Fort Sankt Elmo mit der darunter liegenden Kartause für die schönste Partie gehalten; und sie ist es auch für alle, die sich nicht weiter auf den Vesuv oder zu den Kamaldulensern bemühen wollen. Es ist ein ziemlicher Spaziergang auf die Kartause, den unser schlesische Landsmann, Herr Benkowitz, schon für eine große Unternehmung hält, auf welche er sich den Tag vorher vorbereitet. Ich Tornisterträger steckte die Tasche voll Orangen und Kastanien und wandelte damit zum Morgenbrote sehr leicht hinauf. In das Fort zu kommen hat jetzt bei den Zeitumständen einige Schwierigkeit, und man muß vorher dazu die Erlaubnis haben. Man sieht in der Kartause fast ebensoviel, nur hat man nicht das Vergnügen zehen oder zwanzig Klafter höher zu stehen. Die Kartause hat der König ausgeräumt und sich die meisten Schätze zugeeignet. Es ist jetzt nur noch ein einziger Mönch da, der den Ort in Aufsicht hat. In der Kirche sind noch mehrere schöne Gemälde, besonders von Lanfranc und ein noch nicht ganz vollendetes Altarblatt von Guido Reni; auch der Konventsaal hat noch Stücke von guten Meistern.

Um die schönste Aussicht zu haben, mußt Du zu den Kamaldulensern steigen. Die Herren sind in der Revolution etwas dezimiert worden, haben aber den Verlust nicht schwer empfunden. Man geht durch die Vorstadt Fraskati und einige Dörfer immer bergauf und verliert sich in etwas wilde Gegenden. Weil man nicht hinauffahren kann, wird die Partie nicht von sehr vielen gemacht. Wir verirrten uns, mein Genuese und ich, in den Feigengärten und Kastanienwäldern, und ich mußte dem alten Kerl noch mit meiner Topographie im Orientieren helfen. Das ärgerte mich gar nicht; denn wir trafen in der wilden Gegend einige recht hübsche Partien nach allen Seiten. Es gab Stellen, wo man bis nach Kajeta hinüber sehen konnte. Da wir uns verspätet hatten, mußten wir in einem Dorfe am Abhange des Berges zum Frühstück einkehren und einen zweiten Boten mitnehmen. Dieser brachte uns auf einem der schönsten Wege an dem Berge über dem Agnano hin in das Kloster. Es ist dort nichts zu genießen als die Aussicht; die Kirche hat nichts merkwürdiges. Ein Laienbruder führte mich mit vieler Höflichkeit durch alle ihre Herrlichkeiten, und endlich an eine ausspringende Felsenspitze des Gartens unter einige perennierende Eichen, die vielleicht der schönste Punkt in ganz Italien ist. Von Neapel sieht man zwar nicht viel, weil es fast ganz hinter dem Posilippo liegt; nur der hohe Teil von Elmo, Belvedere und einige andere Stückchen sind sichtbar. Aber rundumher liegt das ganze schöne magische klassische Land unter Einem Blick. Portici, das auf der Lava der Stadt des Herkules steht, der sich emportürmende Vesuv mit dem Somma, Torre del Greco, Pompeji, Stabiä, Surrent, Massa, Kapri, der ganze Posilippo, Nisida, Ischia, Procida, der ganze Meerbusen von Bajä mit den Trümmern der Gegend, Misene, die Thermen des Nero, der Lukriner See und hinter ihm versteckt der Avernus, die Solfatara, bei heiterm Wetter die Berge von Kumä, der Gaurus und weiterhin die beschneiten Apenninen; unten der Agnano mit der Hundsgrotte, deren Eingang nur ein hervorspringender Hügel bedeckt; der neue Berg hinter der Solfatara; alte und neue Berge, ausgebrannte und brennende Vulkane, alte und neue Städte, Elysium und die Hölle: – alles dieses fassest Du mit Deinem Auge, ehe Du hier eine Zeile liesest. Tief, tief in der Ferne sieht man noch Ponza und einige kleinere Inseln. Da haben die Mönche wieder das beste gewählt. Freund, wenn Du einmal hörst, daß ich unbegreiflich verschwunden bin, so bringe mit unter Deine Mutmaßungen, daß ich vielleicht der schönsten Natur zu Ehren die größte Sottise gemacht habe, und hier unter den Anachoreten hause. Hier den Homer und Virgil, den Thucydides und etwas von der attischen Biene, abwechselnd mit Aristophanes, Lucian und Juvenal; so könnte man wohl in den Kastanienwäldern leben und das Bißchen Vernunft bei sich behalten: denn diese wird jetzt doch überall wieder konterband. Also gehe zu den Kamaldulensern, wenn Du auch nicht in Versuchung bist, bei ihnen oben zu bleiben.

Jetzt schließe ich und schreibe Dir vermutlich noch einiges über Neapel, wenn ich aus Trinakrien zurückkomme; denn eben muß ich zu Schiffe nach Palermo.

Palermo

Wir hatten einige Tage auf leidlichen Wind zum Auslaufen gewartet: endlich kam eine starke Tramontane und führte uns aus dem Zauberplatze heraus. Es war gegen Abend, die sinkende Sonne vergoldete rundumher die Gipfel der schönen Berge, der Somma glänzte, der Vesuv wirbelte Rauchwölkchen, und die herrliche Königsstadt lag in einem großen, großen Amphitheater hinter uns in den magischen Strahlen. Rechts war Ischia und links Kapri; die Nacht senkte sich nach und nach und verschleierte die ferneren Gegenstände in tiefere Schatten. Ich konnte in dem Abendschimmer nur noch deutlich genug die kleine Stadt auf Kapri unterscheiden. Die gemeinen Neapolitaner und Sizilianer nennen mit einer ihnen sehr gewöhnlichen Metathesis die Insel nur Krap. Sie ist jetzt ziemlich kahl. Ich hätte von Neapel aus gern eine Wasserfahrt dahin gemacht, um einige Stunden auf dem Theater herumzuwandeln, von welchem zur Schande des Menschenverstandes ein sybaritischer Wüstling einige Jahre das Menschengeschlecht mißhandelte; aber ich konnte keine gute Gesellschaft finden, und für mich allein wären nach meinen übrigen Ausgaben die Kosten zu ansehnlich gewesen. Überdies war es fast immer schlechtes Wetter. Zur Überfahrt hierher hatte ich mich auf ein Kauffahrteischiff verdungen, weil ich auf das Paketboot nicht warten wollte. Der Wind ging stark und die See hoch, aber ich schlief gut: man erkannte gleich daraus und aus meinem festen Schritt auf dem Verdeck, daß ich schon ein alter Seemann sein müsse. Da es Fasten war und die Leute lauter Öl aßen, wollte sich der Kapitän mit dem Essen für mich nicht befassen: ich hatte also auf acht Tage Wein, Orangen, Brot, Wurst und Schinken für mich auf das Schiff bringen lassen. Den ganzen Tag ging der Wind ziemlich stark und gut; aber gegen Abend legte er sich und die See ward hohl. Doch hatten wir uns gegen Morgen, also in allem sechsunddreißig Stunden in den Hafen von Palermo hineingeleiert. Das war eine ziemlich gute Fahrt. Auf der Höhe hatten wir immer die Kanonen scharf geladen und ungefähr vierzig große Musketons fertig, um gegen die Korsaren zu schlagen, wenn einer kommen sollte. Denn Du mußt wissen, der Unfug ist jetzt so groß, und die neapolitanische Marine ist jetzt so schlecht, daß sie zuweilen bis vor Kapri und sogar bis vor die Stadt kommen, um zu sehen, ob sie etwa Geschäfte machen können, wie sich auch die Spielkaper in den deutschen Bädern ausdrücken. Das ist nun freilich eine Schande für die Regierung, aber die Regierung hat dergleichen Schandflecke mehr.

Wir kamen hier ich weiß nicht zu welchem Feste an, wo in der Stadt so viel geschossen wurde, daß ich die Garnison wenigstens für zehntausend Mann stark hielt. Aber ich habe nachher die Methode des Feuerns gesehen. Sie gehört zur einheimischen Frömmigkeit und ist drollig genug. Man hat eine ungeheure Menge kleiner Mörser, die man in der Reihe nacheinander geladen hinstellt;

absatzweise stehen etwas größere, die wie Artillerie donnern. Sie sind alle so gestellt, daß, wenn am Flügel angezündet wird, das Feuer regelmäßig schnell die ganze Fronte hinunter greift und am Ende mit einigen großen Stücken schließt. Von weitem klingt es wie etwas großes; und am Ende besorgt es ein einziger alter, lahmer Konstabel. Unser Hauptmann von der Aurora ließ sich mit seiner Artillerie stark hören.

Ich wurde auf der Sanität, wohin ohne Unterschied alle Ankommende müssen, mit vieler Artigkeit behandelt, und man ließ mich sogleich gehen, wohin ich wollte, da die andern, meistens Neapolitaner, noch warten mußten. Mein erster Gang, nachdem ich mich in einem ziemlich guten Wirtshause untergebracht hatte, war zu dem königlichen Bibliothekar, dem Pater Sterzinger, an den ich von dem Sekretär der Königin aus Wien Briefe hatte. Der Güte dieses wirklich sehr ehrwürdigen Mannes danke ich meine schönsten Tage durch ganz Sizilien. Er gab mir durch die ganze Insel Empfehlungen an Männer von Wissenschaft und Humanität, in Agrigent, Syrakus, Katanien und Messina. Der Saal der Bibliothek ist unter seiner Leitung in herrliche Ordnung gebracht, und mit allen sizilianischen Altertümern sehr geschmackvoll ausgemalt worden, so daß man hier mit einem Blick alles Vorzügliche übersehen kann. Es finden sich in der hiesigen Bibliothek viele Ausgaben von Wert, und mir ist sie im Fache der Klassiker reicher vorgekommen als Sankt Markus in Venedig. Eine Seltenheit ist der chinesische Konfuzius mit der lateinischen Interlinearversion, von den Jesuiten, deren Missionsgeschäft in China damals glückliche Aussichten hatte. Hier habe ich weiter noch nichts getan als Orangen gegessen, das Theater der heiligen Cecilia besehen, bin in der Flora und am Hafen herumgewandelt und auf dem alten Erkte oder dem Monte Pellegrino gewesen.

Von hier aus, sagt man mir, ist es durchaus nicht möglich, ohne Führer und Maulesel durch die Insel zu reisen. Selbst die Herren Bouge und Caillot, an die ich von Wien aus wegen meiner fünf Dreier hier gewiesen bin, sagen, es werde sich nicht tun lassen. Ich habe nicht Lust mich jetzt hier länger aufzuhalten, lasse eben meine Stiefeln besohlen und will morgen früh in die Insel hineinstechen. Da ich barfuß nicht wohl ausgehen kann und doch etwas anderes zu schreiben eben nicht aufgelegt bin, habe ich mich hingesetzt und in Sizilien einen Sizilier, nämlich den Theokritus, gelesen. Der Cyklops kam mir eben hier so drollig vor, daß ich die Feder ergriff und ihn unvermerkt deutsch niederschrieb. Ich will Dir die Übersetzung ohne Entschuldigung und Präambeln geben und werde es sehr zufrieden sein, wenn Du sie besser machst; denn ich habe hier weder Apparat noch Geduld, und wäre mit ganzen Stiefelsohlen wohl schwerlich daran gekommen. Also wie folget:

Nicias, gegen die Liebe, so deucht mich, gibt es kein andres
Pflaster und keine andere Salbe als Musengesänge.
Lindernd und mild ist das Mittel, doch nicht so leicht es zu finden.
Dieses weißt Du, glaub' ich, sehr wohl, als Arzt und als Liebling,
Als vorzüglicher Liebling der helikonischen Schwestern.
Also lebte bei uns einst leidlich der alte Cyklope
Polyphemus, als heiß er in Galateen entbrannt war.
Nicht mit Versen liebt' er und Äpfeln und zierlichen Locken,
Sondern mit völliger Wut, und hielt alles andere für Tand nur.
Oft, oft kamen die Schafe von selbst zurück von der Weide
Zu der Hürd', und der Hirt saß einsam und sang Galateen
Bis zum Abend vom Morgen schmelzend im Riedgras am Ufer,
Mit der schmerzlichen schmerzlichen Wunde tief in dem Herzen,
Von der cyprischen Göttin, die ihm in die Leber den Pfeil warf.
Aber er fand das Mittel; er setzte sich hoch auf den Felsen,
Schaute hinaus in das Meer und hob zum Gesang die Stimme:
Ach Galatea, Du Schöne, warum verwirfst Du mein Flehen?
Weißer bist Du als frischer Käse und zarter als Lämmer,
Stolzer als Kälber, und herber als vor der Reife die Traube.
Also erscheinest Du mir, wenn der süße Schlaf mich beschleichet;
Also gehst Du von mir, wenn der süße Schlaf mich verlässet;
Fliehest vor mir, wie ein Schaf, das den Wolf den grauen erblickte.
Mädchen, die Liebe zu Dir schlich damals zuerst in das Herz mir,
Als mit meiner Mutter Du kamst Hyazinthen zu sammeln
Auf dem Hügel, und ich die blumigen Pfade Dich führte.
Seitdem schau ich immer Dich an, und kann es durchaus nun,
Kann es nicht lassen; doch kümmert es Dich beim Himmel, auch gar nichts.
Ach ich weiß wohl, liebliches Mädchen, warum Du mich fliehest:
Weil sich über die ganze Stirne mir zottig die Braue,
Von dem Ohre zum Ohre gespannt, die einzige lang zieht,
Nur ein Auge mir leuchtet und breit mir die Nase zum Mund hängt.
Aber doch so wie ich bin hab' ich tausend weidende Schafe,
Und ich trinke von ihnen die süßeste Milch, die ich melke:
Auch geht mir der Käse nicht aus im Sommer, im Herbst nicht,

Nicht im spätesten Winter; die Körbe über den Rand voll.
Auch kann ich pfeifen, so schön wie keiner der andern Cyklopen,
Wenn, Goldäpfelchen, Dich und mich, den Getreuen, ich singe
Oft in der Tiefe der Nacht. Ich füttre elf Hirsche mit Jungen,
Alle für Dich, und für Dich vier junge zierliche Bären.
Komm, ach komm nur zu mir; Du findest der Schätze viel mehr noch.
Laß Du die bläulichen Wogen nur rauschen am Felsengestade;
Süßer schläfst Du bei mir gewiß die Nacht in der Grotte.
Lorbeer hab' ich daselbst und schlanke, leichte Zypressen,
Dunkeln Epheu zur Laube und süß befruchteten Weinstock,
Frisches Wasser, das mir der dicht bewaldete Aetna
Von dem weißesten Schnee zum Göttertranke herabschickt.
Sprich, wer wollte dagegen die Wogen des Meeres erwählen?
Und bin ich ja für Dich, mein liebliches Mädchen, zu zottig,
Ei so haben wir eichenes Holz und glühende Kohlen;
Und von Dir vertrag ich, daß Du die Seele mir ausbrennst,
Und, was am liebsten und wertsten mir ist, das einzige Auge,
Ach warum ward ich nicht ein Triton mit Flössen zum Schwimmen?
Und ich tauchte hinab, Dir das schöne Händchen zu küssen,
Wenn Du den Mund mir versagst, und brächte Dir Lilienkränze,
Oder den weichesten Mohn mit glühenden, klatschenden Blättern.
Aber jenes blühet im Sommer und dieses im Spätjahr,
Daß ich Dir nicht alles zugleich zu bringen vermöchte.
Aber ich lerne gewiß, ich lerne, o Mädchen noch schwimmen,
Kommt nur ein fremder Schiffer zu uns hierher mit dem Fahrzeug,
Daß ich doch sehe, wie lieblich es sich bei euch unten dort wohnet.
Komm, Galatea, herauf, und bist Du bei mir so vergiß dann,
Wie ich hier sitzend am Felsen, zurück nach Hause zu kehren:
Komm und wohne bei mir und hilf mir weiden und melken,
Hilf mir mit bitterem Lab die neuen Käse bereiten.
Ach die Mutter nur ist mein Unglück, und sie nur verklag' ich;
Denn sie redet bei Dir für mich kein freundliches Wörtchen,
Und sieht doch von Tage zu Tage mich magerer werden.
Sagen will ich ihr nun, wie Kopf und Füße mir beben,
Daß auch sie sich betrübe, da ich vor Schmerzen vergehe.
O Cyklope, Cyklope, wo ist Dein Verstand hingeflogen?
Gingst du doch hin und flechtest Dir Körbe und mähetest Gras Dir,

Deine Lämmer zu füttern, das wäre fürwahr doch gescheiter.
Melke das Schäfchen, das da ist; warum verfolgst Du den Flüchtling?
Und Du findst Galateen; auch wohl eine schönere Andre.
Mädchen die Menge rufen mir zu zum Scherze die Nacht durch;
Alle kichern mir nach; so will ich denn ihnen nur folgen:
Denn ich bin auf der Welt doch wohl auch wahrlich ein Kerl noch.
Also weidete Polyphemus und sang von der Liebe,
Und es ward ihm leichter als hätt' er Schätze vergeudet.

Ist es nicht Schade, daß wir das zärtliche Liebesbriefchen des Polyphemus an seine geliebte Galatee von dem Tyrannen Dionysius nicht mehr haben? Es wurde, glaube ich, durch einen Triton bestellt. Die sizilischen Felsen machen alle eine ganz eigene idyllische Erscheinung; und wenn ich mir so einen verliebten Cyklopen Homers oder Virgils in schmelzenden Klagen darauf sitzend vorstelle, so ist die Idee gewaltig possierlich. Das gibt übrigens auch, ohne eben meine persönlichen Verdienste mit den Realitäten des Polyphemus zu vergleichen, eigene nunmehr nicht unangenehme Reminiszenzen meiner übergroßen Seligkeit, wenn ich ehmals meine teuer gekaufte Spätrose der kleinen Schwester meiner Galatee geben konnte, und wenn ich drei hyperboreische Meilen auf furchtbarem Wege in furchtbarem Wetter meinen letzten Gulden in das Schauspiel trug, um aus dem dunkelsten Winkel der Loge nicht das Schauspiel sondern die Göttin zu sehen. Ich hatte mit meinem Cyklopen gleiches Schicksal und brauchte mit ziemlichem Erfolg das nämliche Mittel.

Eben hatte ich die letzten Verse geschrieben, als man mir meine Stiefeln brachte; und diesem Umstande verdankst Du, daß ich Dir nicht auch noch seine Hexe oder sein Erntefest bringe.

Agrigent

Siehst Du, so weit bin ich nun, und bald am Ende meines Spaziergangs, der bei dem allen nicht jedermanns Sache sein mag. Von hier nach Syrakus habe ich nichts zu tun, als an der südlichsten Küste hinzustreichen; das kann in einigen Tagen geschehen. Wenn ich nun ein echter Gelehrter oder gar Antiquar wäre, so würde ich mich ärgern: denn ich habe viel versehen. Ich wollte nämlich von Palermo über Trapani, Alcamo und Sciakka gehen, um in Segeste und Selinunt die Altertümer zu sehen, die noch dort sind. Auch Barthels hat sie nicht gesehen, wenn ich mich recht erinnere; und der Tempel von Segeste wäre doch wohl eine so kleine Abschweifung wert. Ich wohnte in Palermo mit einem neapolitanischen

Offizier, einem Herrn Canella aus Girgenti, zusammen, mit dem ich ein langes und breites darüber sprach; und dieser hatte die Güte mir einen Mauleseltreiber aus seiner Vaterstadt als Wegweiser zu besorgen. Nun denke ich in meiner Sorglosigkeit weiter mit keiner Silbe daran, und glaube der Kerl wird mich gerade an den Eryx bringen. Ich setze mich auf und reite in der größten Andacht, in welcher ich meine Orangen nach und nach aufzehre, wohl zwei Stunden fort, als mir einfällt, daß ich doch zu weit links von der See abkomme. Der Eseltreiber versicherte mich aber sehr ehrlich, das sei der rechte gewöhnliche Weg nach Agrigent. Ich bin wieder einige Millien zufrieden. Endlich kommen wir bei Bei Frati an, und ich finde mich zu sehr mitten in der Insel. Nun orientierte und erklärte ich mich, und da kam denn zum Vorschein, daß sich der Eseltreiber den Henker um meine Promenade bekümmert hatte, und mit mir gerade den alten römischen Weg durch die Insel geritten war. Was war zu tun? Rechts einlenken? Da war eine ganze Welt voll Berge zu durchstechen, und Niemand wollte den Weg wissen: und das Menschenkind verlangte nicht mehr als sechs goldene Unzen, um nach Palermo zurück und den andern Weg zu machen. Das war meiner Börse zuviel: ich entschloß mich also mit etwas Griesgrämlichkeit nun so fort zu reiten, und die erycinische Göttin andern zu überlassen, die vielleicht auch ihren Wert besser zu würdigen verstehen. Wir ritten von Palermo bis fast an die Bagarie den Weg nach Termini, und stachen dann erst rechts ab. Die Partien sind angenehm und könnten noch angenehmer sein, wenn die Leute etwas fleißiger wären. Sowie man sich von der Hauptstadt entfernt, wird es ziemlich wild. Wir kamen durch einige ziemlich unbeträchtliche Örter, und der Abfall der Kultur und des äußerlichen Wohlstandes war ziemlich grell. Alles war weit teurer, als in der Hauptstadt, nur nicht die Apfelsinen, an denen ich mich erholte und von denen ich mein Magazin nicht leer werden ließ. Nicht weit von Bei Frati blieb uns rechts auf der Anhöhe ein altes Schloß liegen, das man Torre di Diana nannte, und wo die Sarazenen ehemals mit den Christen viel Grausamkeit getrieben haben sollen. Es war mir noch zu zeitig bei den schönen Brüdern zu bleiben, zumal da das Wirtshaus geradezu der Revers des Namens war; wir ritten also ungefähr fünf Millien weiter an ein anderes. Hier war auch nicht ein Stückchen Brot, auch nicht einmal Makkaronen zu haben. Wir ritten also wieder weiter; mein Eseltreiber und noch ein armer Teufel, der sich angeschlossen hatte, fingen an sich vor Räubern zu fürchten, und ich war es auch wohl zufrieden, als wir endlich ziemlich spät in Sankt Joseph nicht weit von einem Flusse ankamen, dessen Namen ich vergessen habe.

Hier fanden wir eine ganze Menge Mauleseltreiber aus allen Teilen der Insel, und doch wenigstens Makkaronen. Aus Vorsicht hatte ich für mich in Palermo Brot gekauft, das beste und schönste, das ich je gesehen und gegessen habe. Hier war es mir eine Wohltat, und ich selbst konnte damit den Wohltäter machen. Die Leutchen im Hause, unter denen ein Kranker war, segneten die fremde Hülfe: denn das wenige Brot, das sie selbst hatten, war sehr schlecht. Ist das nicht eine Blasphemie in Sizilien, das ehemals eine Brotkammer für die Stadt Rom war? Ich konnte meinen Unwillen kaum bergen.

Einen lustigen Streit gab es zum Desert der Makkaronen. Die Eseltreiber hatten mir abgelauert, daß ich wohl ihre Altertümer mit besuchen wollte, wie sich denn dieses in Sizilien einem Fremden sehr leicht abmerken läßt. Da erhob sich ein Zwist unter den edelmütigen Hippophorben über die Vorzüge ihrer Vaterstädte in Rücksicht der Altertümer. Der Eseltreiber von Agrigent rechnete seine Tempel und die Wunder und das Alter seiner Stadt; der Eseltreiber von Syrakus sein Theater, seine Steinbrüche und sein Ohr; der Eseltreiber von Alcamo sein Segeste und der Eseltreiber von Palermo hörte königlich zu und sagte – nichts. Ihr könnt euch auch groß machen, sagte der Treiber von Katanien zu dem Treiber von Alcamo, mit eurem Margarethentempelchen, der nicht einmal euer ist, und fing nun an auch die Altertümer seiner Vaterstadt, als der ältesten Universität der Erde, herauszustreichen, wobei er den Alcibiades nicht vergaß der in ihrem Theater geredet habe. Du mußt wissen, Margarethe heißt bei den Siziliern durchaus ein gefälliges, feiles Mädchen: das war für die Mutter des ehrsamen Mannes der Aeneide kein sonderlicher Weihrauch. Ohne mein Erinnern siehst Du hieraus, daß die sizilischen Mauleseltreiber sehr starke Antiquare sind, ob sie die Sache gleich nicht immer außerordentlich genaunehmen: denn der Agrigentiner rechnete den benachbarten Makaluba zu den Altertümern seiner Vaterstadt, ohne daß seine Gegner protestierten; und hätte der Streit länger gedauert, so hätte der Katanier vielleicht den Aetna auch mit aufgezählt.

Den Morgen darauf gingen wir durch die Jumarren, einen heillosen Weg, unter sehr schlechtem Wetter. Nie habe ich eine solche Armut gesehen, und nie habe ich mir sie nur so entsetzlich denken können. Die Insel sieht im Innern furchtbar aus. Hier und da sind einige Stellen bebaut; aber das Ganze ist eine Wüste, die ich in Amerika kaum so schrecklich gesehen habe. Zu Mittage war im Wirtshause durchaus kein Stückchen Brot zu haben. Die Bettler kamen in den jämmerlichsten Erscheinungen, gegen welche die römischen auf der Treppe des **spanischen** Platzes noch Wohlhabenheit sind: sie bettelten nicht, sondern standen mit der ganzen Schau ihres Elends nur mit Blicken flehend in stummer Erwartung an der Türe. Erst küßte man das Brot, das ich gab, und dann meine Hand. Ich blickte fluchend rund um mich her über den reichen Boden, und hätte in diesem Augenblicke alle sizilische Barone und Äbte mit den Ministern an ihrer Spitze ohne Barmherzigkeit vor die Kartätsche stellen können. Es ist heillos. Den Abend blieb ich in Fontana Fredda, wo ich, nach dem Namen zu urteilen, recht schönes Wasser zu trinken hoffte. Aber die Quelle ist so vernachlässiget, daß mir der Wein sehr willkommen war. Ich mußte hier für ein Paar junge Tauben, das einzige was man finden konnte, acht Karlin, ungefähr einen Taler nach unserm Gelde, bezahlen; da ich doch mit den ewigen Makkaronen mir den Magen nicht ganz verkleistern wollte. Das beste war hier ein großer, schöner, herrlicher Orangengarten, wo ich aussuchen und pflücken konnte, soviel ich Lust hatte, ohne daß es die Rechnung vermehrt hätte, und wo ich die köstlichsten, hochglühenden Früchte, von der Größe einer kleinen Melone fand. Gegenüber hängt das alte Sutera traurig an einem Felsen, und Kampo Franco von der andern Seite. Das Tal ist ein wahrer Hesperidengarten, und die Segensgegend wimmelt von elenden Bettlern, vor denen ich keinen Fuß vor die Tür setzen konnte: denn ich kann doch nicht helfen, wenn ich auch alle Taschen leerte und mich ihnen gleich machte.

Der Fluß ohne Brücke, über den ich in einem Strich von ungefähr drei deutschen Meilen wohl fünfzehn Mal hatte reiten müssen, weil der Weg bald diesseits bald jenseits gehet, ward diesen Morgen ziemlich groß; und das letzte Mal kamen zwei starke cyklopische Kerle, die mich mit Gewalt auf den Schultern hinüber trugen. Sie zogen sich aus bis aufs Hemde, schürzten sich auf bis unter die Arme, trugen Stöcke wie des Polyphemus ausgerissene Tannen, und suchten die gefährlichsten Stellen, um ihr Verdienst recht groß zu machen: ich hätte gerade zu Fuße durchgehen wollen, und wäre nicht schlimmer daran gewesen, als am Ende der pontinischen Sümpfe vor Terracina. Ihre Forderung war unverschämt, und der Eseltreiber meinte ganz leise, ich möchte sie lieber willig geben, damit sie nicht bösartig würden. Sie sollen sich sonst kein Gewissen daraus machen, jemand mit dem Messer oder dem Gewehrlauf, oder geradezu mit dem Knittel, in eine andere Welt zu liefern. Die Gerechtigkeit erkundigt sich nach solchen Kleinigkeiten nicht weiter. Der Fluß geht nun rechts durch die Gebirge in die See. Ich habe seinen eigentlichen Namen nicht gefaßt; man nannte ihn bald so, bald anders, nach der Gegend; am häufigsten nannten ihn die Einwohner *Fiume di San Pietro*. Von nun an war die Gegend bis hierher nach Agrigent abwechselnd sehr schön und fruchtbar, und auch noch leidlich bearbeitet. Nur um den Makaluba, den ich rechts von dem Wege ab aufsuchte, ist sie etwas mager.

Ich will Dir sagen, wie ich den Berg, oder vielmehr das Hügelchen fand. Seine Höhe ist sehr unbeträchtlich, und sein ganzer Umfang ungefähr eine kleine Viertelstunde. Rundumher sind in einer Entfernung von einigen Stunden ziemlich hohe Berge, so daß ich die vulkanische Erscheinung Anfangs für Quellwasser von den Höhen hielt. Diese mögen dazu beitragen; aber sie sind wohl nicht die einzige Ursache. Die Höhe des Orts ist verhältnismäßig doch zu groß, und es gibt rundumher viel tiefere Gegenden, die auch wirklich Wasser halten. Am wenigsten ließe sich seine periodische Wut erklären. Wo ich hinaufstieg, fand ich einen einzelnen, drei Ellen hohen Kegel aus einer Masse von Ton und Sand, dessen Spitze oben eine Öffnung hatte, aus welcher die Masse immer herausquoll und herabfloß, und so den Kegel vergrößerte. Auf der Höhe des Hügels waren sechs größere Öffnungen, aus denen beständig eben dieselbe Masse hervordrang; ihre Kegel waren nicht so hoch, weil die Masse flüssiger war. Ich stieß in einige meinen Knotenstock gerade hinein, und fand keinen Grund; sowie ich aber nur die Seiten berührte, war der Boden hart. In der Mitte, und ziemlich auf der größten Höhe desselben, war die größte Öffnung, zu der ich aber nicht kommen konnte, weil der Boden nicht trug, und ich befürchten mußte, zu versinken. Zuweilen, wenn es anhaltend sehr warm und trocken ist, soll man auch zu diesem Trichter sehr leicht kommen können. Ich sah der Öffnungen rundumher, größere und kleinere, ungefähr dreißig. Einige waren so klein, daß sie nur ganz kleine Bläschen in Ringelchen ausstießen, und ich konnte meinen Stock nur mit Widerstand etwas hineinzwingen. Die Ausbrüche und die Regenstürme ändern das Ansehen des Makaluba beständig; er ist daher noch etwas wandelbarer, als seine größern Herren Vettern. Ihm gegenüber liegt, in einer Entfernung von ungefähr zwei Stunden, auf einer beträchtlichen Anhöhe eine Stadt, die von weitem ziemlich hübsch aussieht, und, wenn ich nicht irre, Ravonna heißt. Die Einwohner dieses Orts und einiger naheliegenden kleinen Dörfer wurden, wie man erzählte, vor drei Wochen sehr in Schrecken gesetzt, weil der Zwergberg anfing, inwendig gewaltig zu brummen und zu lärmen. Es ist aber diesmal bei dem Brummen geblieben. Von dem Diminutiv-Vulkan bis hierher sind ungefähr noch acht Millien durch eine ziemlich rauhe Gegend über mehrere Berge.

Mein Eintritt in die Lokanda hier war eine gewaltig starke Ohrfeigenpartie. Das ging so zu. Als ich das Haus betrachtete, ob es mir anstehen und ob ich hier bleiben würde, kam ein sehr dienstfertiger Cicerone, der mich wahrscheinlich zu einem seiner Bekannten bringen wollte. Ehe ich mir's versah, schoß ein junger, starker Kerl aus einer Art von Küche heraus, fuhr vor mir vorbei, und packte den höflichen Menschen mit einer furchtbaren Gewalt bei der Gurgel, warf ihn nieder, und fing an, ihn mit den Fäusten aus allen Kräften zu bearbeiten. Ich sprach zum Frieden, so gut ich konnte, und er ließ den armen Teufel endlich los, der auch sogleich abmarschierte. Ich sagte dem Fausthelden so glimpflich als möglich, daß ich diese Art von Willkommen etwas zu handgreiflich fände; da trat er ganz friedlich und sanft vor mich und demonstrierte mir, der Kerl habe seine Mutter geschimpft; das könne und werde er aber nicht leiden. Nun machte man mir ein Zimmer bereit; und so schlecht es auch war, so zeigten die Leute doch allen guten Willen: und damit ist ein ehrlicher Kerl schon zufrieden. Nun suchte ich den Ritter Canella, den Onkel meines militärischen Freundes in Palermo, und den Kanonikus Raimondi auf. Beide waren sehr artig und freundschaftlich, und der Ritter besuchte mich sogar in meinem Gasthause. Raimondi, welcher Direktor der dortigen Schule ist, führte mich in die alte gotische Kathedrale, wo ich den antiken Taufstein sah und das akustische Kunststück nicht hören konnte, da er den Schlüssel zu der verschlossenen Stelle vergessen hatte, und es unbescheiden gewesen wäre, ihn wegen der Kleinigkeit noch einmal zu bemühen. Man findet es in vielen Kirchen. Wenn man an dem einen Ende ganz leise spricht, geht der Schall oben an dem Bogen hin, und man hört ihn an der andern Seite ganz deutlich. Jetzt hat man den Ort deswegen verschlossen, weil man auf diese Weise die Beichtenden belauschte. Der alte Taufstein, der die Geschichte des Hypolitus hält, ist aus den Reisenden und Antiquaren bekannt genug, und ich fand bei Vergleichung auf der Stelle, daß Dorville, welcher bei Raimondi lag, fast durchaus außerordentlich richtig gezeichnet hat.

Canella gab mir einen Brief an den Marchese Frangipani in Alikata. Mein Mauleseltreiber kam beständig, und machte den Bedienten und Cicerone. *Io saggio tutto, Signore, Jo conosco tutte le maraviglie*, sagte er mit einer apodiktischen Wichtigkeit, wider welche sich ebensowenig einwenden ließ, als wider die Infallibilität des Papstes. Da ich das meiste, was ich sehen wollte, schon ziemlich kannte, hatte ich weiter nichts gegen die Gutherzigkeit des Kerls, der ein Bursche von ungefähr neunzehn Jahren war. Ich hatte das ganze Wesen der alten Stadt schon aus den Fenstern des Herrn Raimondi übersehen, steckte also den folgenden Morgen mein Morgenbrot in die Tasche, und ging hinunter in die ehemaligen Herrlichkeiten der alten Akragantiner. Was kann eine Rhapsodie über die Vergänglichkeit aller weltlichen Größe helfen? Ich sah da die Schutthaufen und Steinmassen des Jupiterstempels, und die ungeheuern Blöcke von dem Tempel des Herkules, wie nämlich die Antiquare glauben; denn ich wage nicht, etwas zu bestimmen. Die Trümmern waren mit Ölbäumen und ungeheuern Karuben durchwachsen, die ich selten anderswo so schön und groß gesehen habe. Sodann gingen wir weiter hinauf zu dem fast ganzen Tempel der Konkordia. Das Wetter war frisch und sehr windig. Ich stieg durch die Celle hinauf, wo mir mein weiser Führer folgte, und lief dann oben auf dem steinernen Gebälke durch den Wind mit einer nordischen Festigkeit hin und her, daß der Agrigentiner, der doch ein Mauleseltreiber war, vor Angst blaß ward, an der Zelle blieb und sich niedersetzte. Ich tat das nämliche mitten auf dem Gesims, bot den Winden Trotz, nahm Brot und Braten und Orangen aus der Tasche, und hielt ein Frühstück, das gewiß Scipio auf den Trümmern von Karthago nicht besser gehabt hat. Ich konnte mich doch einer schauerlichen Empfindung nicht erwehren, als ich über die Stelle des alten, großen, reichen Emporiums hinsah, wo einst nur ein einziger Bürger unvorbereitet vierhundert Gäste bewirtete, und jedem die üppigste Bequemlichkeit gab. Dort schlängelt sich der kleine Akragas, welcher der Stadt den Namen gab, hinunter in die See; und dort oben am Berge, wo jetzt kaum noch eine Trümmer steht, schlugen die Karthager, und das Schicksal der Stadt wurde nur durch den Mut der Bürger und die Deisidämonie des feindlichen Feldherrn aufgehalten. Wo jetzt die Stadt steht, war vermutlich ehemals ein Teil der Akropolis. Nun ging ich noch etwas weiter hinauf zu dem Tempel der Juno Lucina und den übrigen Resten, unter denen man mehrere Tage sehr epanorthotisch hin und her wandeln könnte. Die systematischen Reisenden mögen Dir das Übrige sagen; ich habe keine Entdeckungen gemacht. Der jetzige König hat einige Stücke wieder hinauf auf den Konkordientempel schaffen lassen, und dafür die schöne alte Front mit der pompösen Inschrift entstellt: *Ferdinandus IV. Rex Restauravit.* Ich hätte den Giebel herunterwerfen mögen, wo die kleinliche Eitelkeit stand.

Die beiden ziemlich gut erhaltenen Tempel stehen nicht weit von den alten Mauern, in deren solidem Felsen eine Menge Aushöhlungen sind, aus denen man nicht recht weiß, was man machen soll. Einige halten sie für Gräber. Mir kommt es wahrscheinlicher vor, daß es Schlafstellen für die Wachen waren, eine

Art von Kasernen; und sie sind vermutlich nur aus der neuern Zeit der Sarazenen oder Goten. Diese Mauern, so niedrig sie auch gegen die hohen Berge umherliegen, sind doch als Felsen beträchtlich genug, daß man von der See aus die Stadt das hohe Akragas nennen konnte; und noch jetzt würden unsere Vierundzwanzig-Pfünder genug zu arbeiten haben, eine Bresche hineinzuschlagen. Es ist wohl nicht ohne Grund geschehen, daß man die schönsten Tempel der Mauer so nahe baute. Sie waren das Heiligtum der Stadt; ihre Nähe beim Angriff mußte anfeuern, wo die Bürger wirklich augenscheinlich *pro aris et focis* schlugen. Auch der Tempel des Herkules muß unten nicht weit von der Mauer gestanden haben. Dort sind aber die Mauern nicht so hoch und stark gewesen, weil die Natur dort nicht so unterstützte; eben deswegen setzte man vermutlich dorthin den Tempel des Herkules, um die Bürger an der schwachen Seite mehr an Kampf und Gefahr zu erinnern: eben deswegen liegen wahrscheinlich dort Tempel und Mauer in Trümmern, weil vermutlich daselbst die Stadt mehrere Mal eingenommen wurde. Was ich aus dem sogenannten Grabmal Hierons machen soll, weiß ich nicht; ich überlasse es mit dem Übrigen ruhig den Gelehrten. Ich habe nicht Zeit, gelehrt zu werden. Am kürzesten dürfte ich nur meinem Mauleseltreiber folgen; der sagt mir gläubig fest bestimmt: *Kischt' è il tempio di San Gregoli; Kischta Madonna è antica:* und wer es nicht glauben will, *anathema sit.* Der gute Mensch hat mich recht herzlich in Affektion genommen, und meint es recht gut; vorzüglich zeigt er mir gewissenhaft alle Klöster, und sagt mir, wie reich sie sind. Nun interessieren mich die Klöster und ihre Bewohner nur κατ' αντιφρασιν της καλοκαγαθιας; ich sagte also diesen Morgen zu einem solchen Rapport halb unwillig murmelnd in meinem Mutteridiom: Ich wollte, es wären Schweinsställe! Weiß der Himmel, was der fromme Kerl verstanden haben mochte; *Si si, Signore, dice bene*, sagte er treuherzig; *kischt' è la cosa*. Er rechnete es mir hoch an, daß er italienisch sprach, und nicht den Jargon seiner Landsleute; mit denen ich gar nicht fortkommen würde; doch kam ich mit seinen Landsleuten in ihrem Jargon noch so ziemlich ohne ihn fort. Auf der heutigen Promenade erzählte er mir von einer kleinen Stadt, nicht weit von hier nach Alcamo hinab in dem Gebirge, wo die Leute griechisch sprächen, oder gar türkisch, so daß man sie gar nicht verstehen könnte, wie das oft der Fall zu Girgenti auf dem Markte wäre. Hier führte er eine Menge ihrer Wörter an, die ich, leider! wieder vergessen habe. *Non sono cosi boni latini, come noi autri*, sagte er. Du siehst, der Mensch hat Ehre im Leibe.

Den musikalischen Talenten und der musikalischen Neigung der Italiener kann ich bis jetzt eben keine große Lobsprüche machen. Ich habe von Triest bis hierher, auf dem Land und in den Städten, auch noch keine einzige Melodie gehört, die mich beschäftigt hätte, welches doch in andern Ländern manchmal der Fall gewesen ist. Das beste war noch von eben diesem meinen ästhetischen Cicerone aus Agrigent, der eine Art Liebesliedchen sang, und sehr emphatisch drollig genug immer wiederholte: *Kischta nutte, kischta nutte iu verru, iu verru. (Questa notte io verro.)*

Eben bin ich unten am Hafen gewesen, der vier italienische Meilen von der Stadt liegt. Der Weg dahin ist sehr angenehm durch lauter Ölpflanzungen und Mandelgärten. Hier und da sind sie mit Zäunen von Aloen besetzt, die in Sizilien zu einer außerordentlichen Größe wachsen; noch häufiger aber mit indischen Feigen, die erst im September reif werden, und von denen ich das Stück, so selten sind sie jetzt, in der Stadt mit fast einem Gulden bezahlen mußte, da ich die Seltenheit doch kosten wolle. Die Karuben oder Johannisbrotbäume gewinnen hier einen Umfang, von dem wir bei uns gar keine Begriffe haben. Sie sind so häufig, daß in einigen Gegenden des südlichen Ufers das Vieh mit Karuben gemästet wird. Der Hafen, so wie er jetzt ist, ist vorzüglich von Karl dem Fünften gebaut. Bonaparte lag einige Tage hier und auf der Reede, als er nach Ägypten ging: und damals kamen auch einige Franzosen hinauf in die Stadt, wo gar keine Garnison liegt. Sie müssen sich aber nicht gut empfohlen haben; denn der gemeine Mann und Bürger spricht mit Abscheu von ihnen. Der Hafen ist ungefähr wie in Ankona, und keiner der besten. Nicht weit davon sind eine Menge unterirdische Getreidebehälter, weil von Agrigent sehr viel ausgeführt wird. Die politische Stimmung durch ganz Sizilien ist gar sonderbar, und ich behalte mir vor, Dir an einem andern Orte noch einige Worte darüber zu sagen.

Syrakus

Dies ist also das Ziel meines Spazierganges, und nun gehe ich mit einigen kleinen Umschweifen wieder nach Hause.

Ich will Dir von meiner Wanderung hierher so kurz als möglich das Umständliche berichten. Das Reisen zu Maulesel ward mir doch ziemlich kostbar. Von Agrigent aus verlangte man für einen Maulesel nicht weniger als eine Unze täglich, etwas mehr als einen Kaiserdukaten; oder ein Pezzo, wenn ich ihn selbst füttern und den Führer beköstigen wollte. Dies war nun sehr teuer; und mein eigener Unterhalt kostete, zumal auf dem Lande, nicht wenig. Ich handelte also mit meinem Mauleseltreiber, er sollte mich zu Fuße auf einer Ronde um die Insel begleiten; dafür sollte er mit mir ordentlich leben, so gut man in Sizilien leben kann, und ich wollte ihm täglich noch fünf Karlin, ungefähr einen deutschen Gulden, geben: dabei könnte er doch zusammen während der kurzen Zeit drei goldene Unzen Gewinn haben. Der Handel wurde gemacht; ich gab ihm zwei Unzen voraus, um sich für die eine einige Bedürfnisse auf die Reise anzuschaffen, und die zweite unterdessen seiner alten Mutter zu lassen. Er kaufte mir einen Habersack, ungefähr wie man ihn den Mauleseln mit dem Futter umhängt, tat meine zwei Bücher, mein Hemde mit den übrigen Quinquaillerien und etwas Proviant hinein, und trug ihn mir nach oder vor. Meinen stattlichen Tornister hatte ich, um ganz leicht zu sein, und auch aus Klugheit, versiegelt in Palermo gelassen: denn er fand überall so viel Beifall und Liebhaber, daß man mir einige Mal sagte, man würde mich bloß meines Tornisters wegen totschlagen.

Noch muß ich hier eine Bekanntschaft nachholen, die ich in Agrigent machte. Als ich in meinem Zimmer aß, trat ein stattlich gekleideter Mann zu mir herein, und erkundigte sich teilnehmend nach allen gewöhnlichen Dingen, nach meinem Befinden, und wie es mir in seinem Vaterlande gefiele, und so weiter. Die Bekanntschaft war bald gemacht; er wohnte in einem Zimmer mir gegenüber in dem nämlichen Wirtshause, bat um die Erlaubnis, sein Essen zu mir bringen zu dürfen, und wir aßen zusammen. Es fand sich, daß er eine Art Steuerrevisor von Palermo war, der in königlichen Geschäften reis'te. Die Sizilianer sind ein sehr gutmütiges, neugieriges Völkchen, die in der ersten Viertelstunde ganz treuherzig dem Fremden alles abzufragen verstehen. Ich fand nicht Ursache, den Versteckten zu spielen; und so erfuhr denn der Herr Steuerrevisor über Tische auf seine Frage, daß ich ein Ketzer war. Der dicke Herr legte vor Schrecken Messer und Gabel nieder, und sah mich an, als ob ich schon in der Hölle brennte; er fragte mich nun über unser Religionssystem, von dem ich ihm so wenig als möglich, so schonend als möglich sagte. Der Mensch war in der Residenz verheiratet, hatte zu Hause drei Kinder, und mußte, nach seiner offenen Beichte, auf der Landreise jede Nacht zur Bequemlichkeit, wo möglich, sein Mädchen haben; fluchte übrigens und zotierte auf lateinisch, und italienisch trotz einem Bootsknecht: aber er konnte durchaus nicht begreifen, wie man nicht an den Papst glauben und ohne Mönche leben könne. Dabei hatte er ziemliche Studien aus der römischen Legende. Doch entschloß er sich, mit mir fortzuessen, fragte aber immer weiter. Es fehlte ihm nicht an etwas Gutmütigkeit und einem Schein von Vernunft; aber er donnerte doch halb spaßhaft das Verdammungsurteil über uns Alle her: *Siete tutti minchioni, siete come le bestie.* Das nenne ich mir Logik! indessen, lieber Freund, es gibt dergleichen Logik noch viel in der Welt, *in jure canonico, civili et publico*, die uns für Sterling verkauft wird. Übrigens trug der Mann viel Sorge für mich, schloß sich brüderlich an mich an, und meinte, ich ginge großen Gefahren entgegen. Das war nun nicht zu ändern. Als ich abging, band er mich dem Eseltreiber auf die Seele, gab ihm für mich seine Adresse in Palermo und ließ mich Ketzer doch unter dem Schutze aller Heiligen ziehen.

So zog ich denn mit meinem neuen Achates den Berg hinunter, über den kleinen Fluß hinweg nach dem Monte Chiaro hin, auf Palma zu, welches die hiesigen Einwohner Parma nennen. Ein junger Mensch, der in Syrakus einen Handel machen wollte, gesellte sich mit seinem Esel zu uns. Mir war das nicht sehr lieb, weil ich immer die Ehre hatte für alle Eseltreiber der ganzen Insel zu bezahlen. In Palma traf ich einige meiner Bekannten, die Antiquare von Sankt Joseph, die sich über das Margarethentempelchen von Segeste zankten. Diese Herren staunten über meine Verwegenheit, daß ich zu Fuße weiterreisen wollte. Hier hatte ich ein Unglück, das mich auch den Weg allein fortzusetzen zwang. Mein Begleiter von Agrigent war sehr fromm, es war Fasten; er aß so viel Paste, daß ich über seine Kapazität erstaunte. Indes ein Sizilianer dieser Art hat seine Talente, die unser einer nicht immer beurteilen kann. Ich mochte nichts sagen; er hätte glauben können, es wäre wegen der Bezahlung. Wir gingen fort; aber kaum waren wir eine halbe Stunde gegangen, so fing die Paste an zu schwellen, und verursachte dem frommen Menschen fürchterliche Passionen. Ich fing nun an ihm den Sermon zu halten, warum er so viel von dem Kleister und nicht lieber etwas mit mir gegessen habe. Hier rührte ihn von neuem das Gewissen, und er bekannte mir, er habe schon furchtbare Angst gehabt, daß er mit mir in der Fasten zu Fontana Fredda eine halbe Taube gegessen. Sein Beichtvater habe ihn hart darüber angelassen. Die Sache ward nun schlimmer. Er fiel nieder, wälzte sich und schrie vor Schmerz und konnte durchaus nicht weiter fort. Was sollte ich tun? Ich konnte hier nicht bleiben. Nachdem ich ihm so derb und sanft als möglich den Text über seinen unvernünftigen Fraß gelesen hatte, nahm ich ihm meinen Sack ab, übergab ihn seinem Freunde und Landsmanne, überließ ihn seinen Heiligen und ging allein weiter. Es war mir lieb, daß ich ihn so gut versorgt sah; ich hätte ihm nicht helfen können: doch tat es mir um den armen dummen Teufel leid. Ich habe nachher erfahren, daß er sich erholt hat. Wenn er gestorben wäre, wäre es gewiß zum Wunder bloß darum gewesen, weil er in der

Fasten mit einem Ketzer junge Tauben gegessen hatte, und nicht wegen seines bestialischen Makkaronenfraßes. Ich habe vernünftige Ärzte in Italien darüber sprechen hören, daß jährlich in der Fasten eine Menge Menschen an der verdammten Paste sich zu Tode kleistern; denn der gemeine Mann hat die ganze lange Zeit über fast nichts anders als Makkaronen mit Öl.

Ich ging also nun allein auf gut Glück immer an der Küste hin, bald das Meer im Auge, bald etwas weiter links in das Land hinein, nachdem mich der Weg trug. Bei Palma ist wieder schöne, herrliche Gegend, mit abwechselnden Hügeln und Tälern, die alle mit Ölbäumen und Orangengärten besetzt sind. Die hier wachsenden Orangen sind etwas kleiner als die übrigen in der Insel, aber sie sind die feinsten und wohlschmeckendsten, die ich gegessen habe; selbst die von Malta nicht ausgenommen, deren man eine Menge in Neapel findet. Gegen Abend kam ich in Alikata an, wo ich vor der Stadt zwei sehr wohlgekleidete Spaziergänger antraf, die mich zu sich auf eine Rasenbank einluden und in zehn Minuten mir meine ganze Geschichte abgefragt hatten. Wir gingen zusammen in die Stadt; ich halte sie für die beste, die ich nach Palermo bis jetzt noch auf der Insel gesehen habe. Das Wirtshaus, das ich fand, war ziemlich gut; ich hatte also nicht Ursache, dem Marchese Frangipani, an den ich empfohlen war, beschwerlich zu fallen. Indessen gab ich doch meinen Brief ab, und er nahm mich mit vieler Artigkeit in seinem ziemlich großen Hause auf, wo ich eine ansehnliche Gesellschaft fand. Man nötigte mich, mit den Damen etwas französisch und mit den geistlichen Herren, deren einige zugegen waren, lateinisch zu sprechen. Als man sich zum Spiel setzte – *c'est partout comme chez nous* – und ich daran nicht Teil nehmen wollte noch konnte, da ich nie ein Kartenblatt anrühre, empfahl ich mich und befand mich in meinem Wirtshause einsam recht wohl. In der schönen Abenddämmerung machte ich noch einen Spaziergang an dem Strande und sah der Fischerei zu. Die hiesige Reede muß für die Schiffe nicht viel wert sein, soviel ich von der Lage mit einem Überblick urteilen kann. Gleich vor Alikata, von Palma her, liegt ein sich am Meere herziehender Berg, der von den Gelehrten mit Grund für den Eknomos der Alten gehalten wird. Jenseits des Salzflusses, oder des südlichen Himera, denn der nördliche fließt bei Termini, ist ein anderer Berg, dessen Name, glaube ich, Phalarius heißt: und diese beiden Berge paradieren in den karthagischen Kriegen. Der Eknomos soll nach der Erklärung Einiger seinen Namen davon haben; weil der agrigentinische Tyrann Phalaris den Perillischen Stier hier aufgestellt haben soll. Dieses scheint aber mehr auf den Phalarius zu passen.

Wenn Du mir erlaubst eine Konjektur zu machen, so will ich annehmen, daß der Eknomos deswegen so genannt worden sei, weil er ganz allein, isoliert, von der ganzen übrigen Bergkette rundherum abgesondert liegt: die andern Berge hängen in einem großen Amphitheater alle zusammen. Der griechische Name, deucht mir, könne dies bedeuten: εκ του νομου των αλλων ορων κειται γεωλοφος. Der Berg ist jetzt ziemlich gut bebaut, mit schönen Ölgärten und mehreren Landhäusern besetzt, und gibt der Gegend ein sehr freundliches Ansehen. Links ist an dem Himera hinauf eine schöne große Ebene mit Weizenfeldern; eine der besten, die ich je gesehen habe. Alikata ist der erste Ort, wo ich in Sizilien billig behandelt wurde.

Überall warnte man mich vor bösen Wegen und vorzüglich hier in Alikata, wo man sagte, daß die achtzehn Millien von hier nach Terra Nuova die schlimmsten in der ganzen Insel wären. *Sono cattive gente*, hieß es; und *cattive* war der ewige Euphemismus, wenn sie zur Ehre ihres Landes nicht Räuber und Banditen sagen wollten. Hier hat mich wahrscheinlich nur meine armselige Figur gerettet. Ich wandelte gutes Mutes am Strande hin, las Muscheln und murmelte ein Liedchen von Anakreon, machte mit meinen Gedanken tausend Circumherumschweife und blieb bei der schönen Idee stehen, daß ich hier nun vermutlich in die geloischen Felder käme: da sah ich von weitem drei Reiter und zwar zu Pferde auf mich zu trottieren. Die Erscheinung eines Maulesels oder Esels ist mir in Sizilien immer lieber als eines Pferdes. Mir ward etwas unreimisch, und ich nahm mir vor, so ernsthaft als möglich vor ihnen vorbeizugehen. Das litten sie aber nicht, ob sie es gleich auch mit ziemlichem Ernst taten. Sie waren alle drei mit Flinten bewaffnet; der Dolch versteht sich von selbst. Ich grüßte nicht ganz ohne Argwohn. Man rief mir Halt! und da ich tat, als ob ich es nicht gleich verstanden hätte, ritt einer mit Vehemenz auf mich zu, faßte mich beim Kragen und riß mich so heftig herum, daß das Schisma noch an meinem Rocke zu sehen ist. Wer seid Ihr? – Ein Reisender, – Wo wollt Ihr hin? – Nach Syrakus. Warum reitet Ihr nicht? – Es ist mir zu teuer; ich habe nicht Geld genug dazu. – Einer meiner Freunde in Rom hat mich in dem barocken Aufzuge gezeichnet, den ich damals machte, damit ich, wie er mir sagte, doch sagen könnte, ich habe mich in Rom malen lassen. Ich schicke Dir die Zeichnung zur Erbauung, und Du wirst hier wenigstens meine Eitelkeit nicht beschuldigen, daß sie sich ins beste Licht gesetzt hat. Man riß meinen Sack auf und fand darin freilich keine Herrlichkeiten, ein Hemde, zwei Bücher, ein Stück hartes Brot, ein Stückchen noch härteren Käse und einige Orangen. Man besah mich aufmerksam von der

Ferse bis zum Scheitel. – Ihr habt also kein Geld zum Reiten? – Ich kann so viel nicht bezahlen. – Meine Figur und der Inhalt meines Sackes schienen ihnen hierüber ein gleichlautendes Dokument zu sein. Man nahm das weiße Buch, in welches ich einige Bemerkungen geschrieben hatte, um die Reminiszenzen zu erhalten; man fragte, was es wäre, und durchblätterte es neugierig, und Einer, der etwas Ansehen über die beiden Andern zu haben schien, machte Miene es einzustecken. Ich sagte etwas betroffen: Aber das ist mein Tagebuch mit einigen Reisebemerkungen für meine Freunde. Der Mensch betrachtete mich in meiner Verlegenheit, besann sich einige Augenblicke, gab mir das Buch zurück und sagte zu dem Andern: Gib ihm Wein! Dieses hielt ich, und wohl mit Recht, für das Zeichen der Hospitalität und der Sicherheit. Ob ich gleich nicht lange vorher reichlich aus einem kleinen Felsenbache getrunken hatte, so machte ich doch keine Umstände der ehrenvollen Gesellschaft Bescheid zu tun, so gut ich konnte, und trank aus der dargereichten engen Flasche. Diese Flaschen mit sehr engen Mündungen sind, wie Du vielleicht schon weißt, hier für das warme Klima sehr diätetisch eingerichtet. Man ist durchaus genötigt sehr langsam zu trinken, weil man doch nicht mehr schlucken kann, als herausläuft. Nun fragte man mich dieses und jenes, worauf ich so unbefangen als möglich antwortete. – An wen seid Ihr in Syrakus empfohlen? – An den Ritter Landolina. – Den kenne ich; sagte Einer. – Ihr seid also arm und wollt den Giro machen, und geht zu Fuße? Ich bejahte das. Nun fragte man mich: Versteht Ihr das Spiel? Ich hatte die Frage nicht einmal recht verstanden: da ich aber, außer ein wenig Schach, durchaus gar kein Spiel verstehe, konnte ich mit gutem Gewissen Nein antworten. Diese Frage ist mir vorher und nachher in Sizilien oft getan worden, und die Erkundigung ist, ob man etwas vom Lotto verstehe, welches auch hier, Dank sei es der schlechten Regierung, eine allgemeine Seuche ist. Das gemeine Volk steht hier noch oft in dem Wahn, der Fremde als ein gescheiter Kerl müsse sogleich ausrechnen oder auszaubern können, welche Nummern gewinnen werden. Man wünschte mir gute Reise und ritt fort. Was war nun von den Leuten zu halten? Aus gewöhnlicher Vorsicht hatte ich die Uhr tief gesteckt; sie war also nicht zu sehen: mein Taschenbuch, in welchem ungefähr noch siebenundzwanzig Unzen in Gold liegen mochten, war inwendig in einer Tasche hoch unter dem linken Arm und wurde also nicht bemerkt. Die Leute hatten keine Uniform und durchaus keine Zeichen als Polizeireiter: übrigens waren sie für Sizilien sehr anständig gekleidet. Gewehr und Dolche trägt in Unteritalien zur Schande der Justiz und Polizei jedermann. Wenn sie ehrlich waren, so taten sie wenigstens alles mögliche es nicht zu scheinen: und das ist an der südlichen Küste von

Sizilien fast ebenso schlecht, als wenn bei uns in feiner Gesellschaft ein abgefeimter Schurke gerade das Gegenteil tut. Ich denke immer, meine anscheinende Armseligkeit hat mich gerettet, und die Uhr und die Unzen hätten mir den Hals brechen können.

Vor Terra Nuova wurde ich wieder freundschaftlich angehalten. Die Leute hoben Getreide aus ihren unterirdischen Magazinen, wahrscheinlich um es einzuschiffen. Ich fragte nach einem Gasthause. Man lud mich ein, mich dort ein wenig niederzusetzen und auszuruhen; ich war wirklich müde und tat es. Neugierigere Leute als in Sizilien habe ich nirgends gefunden; aber im Ganzen fehlt es ihnen nicht an Gutherzigkeit. Was schlecht ist, kommt alles auf Rechnung der Regierung und Religionsverfassung. Man fragte mich sogar, ob ich eine Uhr trüge, und begriff wieder nicht, wie ich es nur wagen könnte, so zu reisen. Und doch bin ich überzeugt, das war immer noch die sicherste Art, da ich allein war.

In der Stadt im Wirtshause gab man mir ein Zimmer, worin kein Bett, kein Tisch und kein Stuhl war, und sagte dabei, ich würde in der ganzen Stadt kein besseres finden. Ich warf mich auf einen Haufen Haferspreu, die in einem Winkel aufgeschüttet war, und schlief ein. Ein Stündchen mochte ich vielleicht geschlafen haben und es war gegen Abend, da wurde ich geweckt. Mein Zimmer, wenn man das Loch so nennen kann, war voll Leute aller Art, einige stattlich gekleidet, andere in Lumpen. Vor mir stand ein Mann im Matrosenhabit, der eine förmliche lange Inquisition mit mir anhob. Er war ganz höflich, so viel Höflichkeit nämlich bei so einem Benehmen Statt finden kann, fragte erst italienisch, sprach dann etwas Tirolerdeutsch, da er hörte, daß ich ein Deutscher sei; dann französisch, dann englisch und endlich Latein. Die Anwesenden machten Ohren, Maul und Nase auf, um so viel als möglich zu kapieren. Man war geneigt mich für einen Franzosen zu halten, fragte, ob ich der Republik gedient habe, und so weiter: aber über ihre eigene Stimmung gegen die Franzosen gaben sie selbst nicht das geringste Merkzeichen. Der Mann im Matrosenkleide sagte, ich müßte Franzose sein, weil ich das Französische so gut spräche. Das konnte nur ihm so vorkommen, weil er es sehr schlecht sprach. Das Examen ward mir endlich sehr widerlich und lästig, so wie ein Bär am Pfahl zu stehen und mich auf diese Weise beschauen und vernehmen zu lassen; ich sagte also bestimmt: Wenn ich verdächtig bin, mein Herr, so bringen Sie mich vor die Behörde, wo ich mich legitimieren werde; oder wenn Sie selbst von der Polizei sind, so sprechen Sie offen, damit ich mich darnach benehmen kann. Erlauben

Sie mir übrigens etwas Ruhe in einem öffentlichen Hause, wo ich bezahle; es ist warm und ich bin müde. Das sagte ich italienisch so laut und gut ich konnte, damit es alle verstehen möchten; einer der Herren bat mich höflich um Verzeihung, ohne weiter eine Erklärung zu geben; die Neugierigen verloren sich, und nach einigen Minuten war ich wieder allein auf meiner Haferspreu. Den Abend, nachdem ich bei einigen Seefischen sehr gut gefastet hatte, brachte man mir Heu; und ein gutmütiger Tabuletkrämer aus Katanien gab mir zur Decke einen großen Schafpelz, welcher mir lieber war als ein Bett, das man nicht haben konnte.

Den andern Morgen ging ich über den Fluß Gela und durch ein herrliches Tal nach Santa Maria di Niscemi hinauf. Dieses Tal mit den Partien an dem Flusse links und rechts hinauf machte vermutlich die Hauptgruppe der geloischen Felder aus. Wenn auch Gela nicht gerade da stand, wo jetzt Terra Nuova steht, so lag es doch gewiß nicht weit davon, und höchst wahrscheinlich nur etwas weiter bergabwärts nach dem Flusse hin, wo noch jetzt einige alte Überreste von Gemäuern und Säulen zu sehen sein sollen. Das Tal ist auch noch jetzt in der äußersten Vernachlässigung sehr schön, und es läßt sich begreifen, daß es ehmals bei der Industrie der Griechen ein Zaubergarten mag gewesen sein. Hier in Niscemi ist es wahrscheinlich, wo vor mehrern Jahren ein merkwürdiger Erdfall geschehen ist, den Landolina beschrieben hat.

Von hier aus wollte ich nach Noto gehen, und von dort nach Syrakus. Aber wenn man in Sizilien nicht bekannt ist und ohne Wegweiser reis't, so bleibt man, wenn man nicht totgeschlagen wird, zwar immer in der Insel; aber man kommt nicht immer geraden Weges an den bestimmten Ort. Einige Meilen in der Nachbarschaft der Hauptstadt ausgenommen, kann man eigentlich gar nicht sagen, daß in Sizilien Wege sind. Es sind bloß Mauleseltriften, die sich oft so verlieren, daß man mit ganzer Aufmerksamkeit den Hufen nachspüren muß. Der König selbst kann in seinem Königreich nicht weiter als nach Montreale, Termini und einige Meilen nach Agrigent zu im Wagen gehen: will er weiter, so muß seine Majestät sich gefallen lassen, einen Gaul oder sicherer einen Maulesel zu besteigen. Das läßt er denn wohl bleiben, und deswegen geht es auch noch etwas schlechter, als gewöhnlich anderwärts, wo es die Fürsten nur sehr selten tun. Man riet mir, von Santa Maria nach Caltagirone zu gehen; das tat ich als ein Wildfremder. Aber kaum war ich ein Stündchen gegangen, als ich in einen ziemlich großen Wald perennierender Eichen kam, wo ich alle Spur verlor, einige Stunden in Felsen und Bergschluchten herumlief, bis ich mich endlich nur mit Schwierigkeit wieder links orientierte, indem ich den Gesichtspunkt nach einer hohen Felsenspitze nahm. Hier fand ich vorzüglich schöne Weiden in den Tälern und große zahlreiche Herden. Um Caltagirone herum ist die Kultur noch am leidlichsten; man kann sie noch nicht gut nennen. Die Stadt, welche auf einer nicht unbeträchtlichen Höhe liegt, hat rundumher schöne angrenzende Täler, und es herrscht hier für Sizilien noch eine ziemliche Wohlhabenheit. Ich war nun auf einmal wieder beinahe mitten in der Insel. In der Stadt war auf dem Markte ein gewaltiger Lärm von Menschen; man aß und trank, und handelte und zankte, und sprach überall sehr hoch, als auf einmal das Allerheiligste vorbeigetragen wurde; schnell ward alles still und stürzte nieder und der ganze Markt, Schacherer und Fresser und Zänker, machte in dem Moment eine sonderbare Gruppe. Ich konnte aus meinem Fenster bei einer Mahlzeit getrockneter Oliven, die hier mein Lieblingsgericht sind unbemerkt und bequem alles sehen. Ein so gutes Wirtshaus hätte ich hier nicht gesucht; Zimmer, Bett, Tisch, alles war sehr gut, und verhältnismäßig sehr billig.

Von hier aus wollte ich nach Syrakus, und ging aufmerksam immer den Weg fort, den man mir bezeichnet hatte, und war, ehe ich mirs versah, durch eine sehr abwechselnde bunte Gegend, in Palagonia, dem Stammhause des seligen Patrons der Ungeheuer, barocken Andenkens. Wäre ich an seiner Stelle gewesen, ich wäre hier geblieben; denn Palagonia gefällt mir viel besser, als die Nachbarschaft von Palermo, wo er das Tabernakel seiner ästhetischen Mißgeburten aufschlug. Wieland läßt den geächteten Diagoras in der Gegend von Tempe, aus Ärgernis über Götter und Menschen, ein ähnliches Spielwerk treiben; aber der Grieche tut es besser und genialischer, als der Sizilianer. Palagonia liegt herrlich in einem Bergwinkel des Tales Enna. Kommt man von Caltagirone herüber, so geht man zuletzt durch furchtbare Felsenschluchten, und steigt einen Berg herab, als ob es in die Hölle ginge; und es geht in ein Elysium. Schade, daß die exemplarische sizilianische Faulheit es nicht besser benutzt und genießt. Die Stadt ist traurig schmutzig. Über den Namen der Stadt habe ich nichts gehört und gelesen; welches freilich nicht viel sagen will, da ich sehr wenig höre und lese. Ich will annehmen, er sei entstanden aus Paliconia, weil nicht weit davon rechts hinauf in den hohen Felsen der Naphthasee der Paliker liegt, von dem die Fabel so viel zu erzählen und die Naturgeschichte manches zu sagen hat. Wäre ich nicht allein gewesen, oder hätte mehr Zeit, oder stände mit meiner Börse nicht in so genauer Rechnung, so hätte ich ihn aufgesucht.

Von hier aus wollte ich nun nach Syrakus. Einer der überraschendsten Anblicke für mich war, als ich aus Palagonia heraustrat. Vor mir lag das ganze, große, schöne Tal Enna, das den Fablern billig so wert ist. Rechts und links griffen rundherum die hohen felsigen Bergketten, die es einschließen und von Noto und Mazzara trennen; und in dem Grunde gegenüber stand furchtbar der Aetna mit seinem beschneiten Haupte, von dessen Schädel die ewige lichte Rauchsäule in der reinen Luft emporstieg, und sich langsam nach Westen zog. Ich hatte den Altvater wegen des dunkeln Wetters noch nicht gesehen, weder zu Lande, noch auf dem Wasser. Nur auf der südlichen Küste in Agrigent, vor dem Tore des Schulgebäudes, zeigte man mir den Riesen in den fernen Wolken; aber mein Auge war nicht scharf genug, ihn deutlich zu erkennen. Jetzt stand er auf einmal ziemlich nahe in seiner ganzen furchtbaren Größe vor mir. Katanien lag von seinen Hügeln gedeckt; sonst hätte man es auch sehen können. Ich setzte mich unter einen alten Ölbaum, welcher der Athene Polias Ehre gemacht haben würde, auf die jungen wilden Hyazinthen nieder, und genoß eine Viertelstunde eine der schönsten und herrlichsten Szenen der Natur. Das war wieder Belohnung, und ich dachte nicht weiter an die Schnapphähne und das Examen von Terra Nuova. Ich würde rechts hinaufgestiegen sein in die Berge, wo viele Höhlen der alten sikanischen Urbewohner in Felsen gehauen sein sollen; aber ich konnte dem Orientieren und der müßigen Neugierde in einer sehr wilden Gegend nicht so viel Zeit opfern. Ich verirrte mich abermals, und kam, anstatt nach Syrakus, nach Lentini. Es war mir indessen nicht unlieb, die alte Stadt zu sehen, die zur Zeit der Griechen keine unbeträchtliche Rolle spielte. Sie ist in dem Mißkredit der schlechten Luft, weswegen auf einer größern Anhöhe Karl der Fünfte, deucht mir, Carlentini anlegte. Ich spürte nichts von der schlechten Luft; aber freilich kann man vom Ende des März keinen Schluß auf das Ende des Juli machen. Der See gibt der Gegend ein heiteres, lachendes Ansehen, und die Luft würde sich sehr bald sehr gesund machen lassen, wenn man nur fleißiger wäre. Um die Stadt herum ist alles ein wahrer Orangengarten; und Du kannst denken, daß ich mit den schönen Hesperiden nicht ganz enthaltsam war, da ich doch nun nicht hoffen durfte, Syrakusertrauben zu essen. Mir hat es gefallen in Lentini; und wenn die Leute daselbst krank werden, so sind sie wahrscheinlich selbst Schuld daran, nach allem was ich davon sehe. Ich war nun zwei Mal irregegangen, und hielt es daher doch für besser, einen Mauleselführer zu nehmen. Er erschien, und wir machten bald den Handel, da ich nicht viel merkantilisches Talent habe, und gewöhnlich gleich zuschlage. Nun wollte der Mensch die ganze Summe voraus haben; das fand ich etwas sonderbar und meinte, wenn er mir nicht traute, so müßten wir teilen, und ich würde ihm die Hälfte vorauszahlen. Damit war er durchaus nicht zufrieden; aber noch drolliger war sein Grund. Er meinte, wenn ich geplündert oder erschlagen würde, wie sollte er sodann zu seinem Gelde kommen? Das war mir zu toll; ich schickte ihn ärgerlich fort, und ging mit meinem Schnappsack allein.

Von hier wollte ich endlich nach Syrakus; aber ich ging in den Mauleseltriften der Bergschluchten und Höhen und Täler abermals irre, und kam, anstatt nach Syrakus, nach Augusta. Das erste Stündchen Weg war schön und ziemlich gut bebaut: aber sodann waren einige Stunden nichts als Wildnis, wo rund umher Oleaster, fette Asphodelen und Kleebäume wuchsen. Eine starke Stunde vor Augusta fing die Kultur wieder an, und hier ist sie vielleicht am besten auf der ganzen Insel. Der Wein, den ich hier sah, wird ganz dicht am Boden alle Jahre weggeschnitten, und die einzige Rebe des Jahres gibt die Ernte. Das kann nun wohl nur hier in diesem Boden und unter diesem Himmel geschehen. Es ist ein eigenes Vergnügen, die Verschiedenheit des Weinbaues von Meißen bis nach Syrakus zu sehen; und wenn ich ein weingelehrter Mann wäre, hätte ich viel lernen können. Die Landzunge, auf welcher Augusta liegt, mit der Gegend einige Stunden umher, gehört zu dem üppigsten Boden der Insel. Vor der Stadt machte man Salz aus Seewasser, zu welcher Operation man einen großen Strich totes Erdreich brauchte. Nirgends habe ich so schwelgerische Vegetation gesehen, als in dieser Gegend. Die Stadt ist ringsum vom Meere umgeben, und es führt nur eine ziemlich feste Brücke hinüber. Von der Landseite ist der Ort also gut genug verteidigt, und es würde eine förmliche Belagerung dazu gehören, ihn zu nehmen. Von der Seeseite scheint das nicht zu sein. Die wenigen Werke nach dem Wasser zu wollen nicht viel sagen. Die Stadt selbst ist nicht viel kleiner als die Insel Ortygia oder das heutige Syrakus. Ich wurde zu dem Stadthauptmann geführt, der meinen Paß besah, und mir ihn sogleich ohne Umstände mit vieler Höflichkeit zurückgab. Hier wurde ich, aus meinem Passe, Don Juan getauft, welchen Namen ich sodann auf dem übrigen Wege durch die ganze Insel bei allen Mauleseltreibern durch Überlieferung behielt. Der Gouverneur oder Stadthauptmann, was er sein mochte, denn ich habe mich um seinen Posten weiter nicht bekümmert, bewirtete mich mit dem berühmten syrakusischen Muskatensekt, den endlich dieser Herr wohl gut haben muß, und mit englischem Ale und Biskuit. Das Ale war gut, und das Biskuit besser; und über den Wein habe ich keine Stimme. Mir war er zu stark und zu süß. Ein Peruckenmacher, der in dem Hause des Stadthauptmanns war, führte mich gerades Weges in sein eigenes, bewirtete mich ziemlich gut, und ließ mich noch besser bezahlen. Dafür wurde ich aber so viel beexzellenzt, als ob ich der erste Ordensgeneral wäre, der den großen päpstlichen Ablaß auf hundert Jahre herumtrüge. Man erzählte mir, daß vor einigen Monaten ein Deutscher mit seiner Frau aus Malta durch Sturm hier einzulaufen genötigt worden sei, und, da er keinen Paß gehabt, zwanzig Tage habe hierbleiben müssen, bis man Befehl von Palermo eingeholt habe. Solche Guignons können eintreten.

Um nicht noch einmal in den Bergen herumzuirren, nahm ich nun endlich einen Maulesel mit einem Führer hierher nach Syrakus. Ich hatte eine große Strecke Weges an dem Meerbusen wieder zurückzumachen. So lange ich mich in der Gegend von Augusta befand, war die Kultur ziemlich gut; aber sowie wir Syrakus näher kamen, ward es immer wüster und leerer. Der Aetna, der über die andern Berge hervorragte, rauchte in der schönen Morgenluft. Der Mauleseltreiberpatron hatte mir zum Führer einen kleinen Buben mitgegeben, der sich, sobald wir heraus waren, auf die Kruppe schwang, mir einen kleinen eisernen Stachel zum Sporn gab, und so mit mir und dem Maulesel über die Felsen hintrabte. Diese Tiere hören auf nichts als diesen Stachel, der ihnen, statt aller übrigen Treibmittel, am Halse appliziert wird. Wenn es nicht recht gehen wollte, rief der kleine Mephistophiles hinter mir: *Pungite, Don Juan, sempre pungite.* Siehst Du, so kurz und leicht ist die Weisheit der Mauleseltreiber und der Politiker. Das scheint das Schiboletchen aller Minister zu sein. Wie der Hals des Staats sich bei dem Stachel befindet, was kümmert das die Herren? Wenn es nur geht, oder wenigstens schleicht. Mein kleiner Führer erzählte mir hier und da Geschichten von Totschlägen, so wie wir an den Bergen hinritten. Rechts ließen wir die Stadt Melitta liegen, die auf einer Anhöhe des Hybla noch eine ziemlich angenehme Erscheinung macht. Sonst ist der Berg ziemlich kahl. Acht Millien von Syrakus frühstückte ich an der Feigenquelle, wo der Feigen sehr wenig, aber viel sehr schöne Ölbäume waren, fast der Halbinsel Thapsus gegenüber. Nun trifft man schon hier und da Trümmern, die zwar noch nicht in dem Bezirk der alten Stadt selbst, aber doch in ihrer Nähe liegen. Noch einige Millien weiter hin ritt ich den alten Weg durch die Mauer des Dionysius herauf, und befand mich nun in der ungeheueren Ruine, die jetzt eine Mischung von magern Pflanzungen, kahlen Felsen, Steinhaufen und elenden Häusern ist. Als ich in der Gegend der alten Neapolis zwischen den Felsengräbern war, dankte ich meinen Führer ab, und spazierte nun zu Fuße weiter fort. Der Bube war gescheit genug, mir einen Gulden über den Akkord abzufordern. In Syrakus ging ich durch alle drei Tore der Festung als Spaziergänger, ohne daß man mir eine Silbe sagte: auch bin ich nicht weiter gefragt worden. Das war doch noch eine artige stillschweigende Anerkennung meiner Qualität. Den Spaziergänger läßt man gehen.

Zweiter Teil

Von Syrakus nach Leipzig

Syrakus

Heute will ich fröhlich, fröhlich sein,
Keine Weise, keine Sitte hören;
Will mich wälzen und vor Freude schrein:
Und der König soll mir das nicht wehren.

So singt Asmus den ersten Mai in Wandsbeck; so kann ich ja wohl vier Wochen früher den ersten April in Syrakus singen: so froh bin ich; ob ich gleich vor einigen Stunden beinahe in dem Syrakasumpfe ersoffen oder erstickt wäre. Wo fange ich an? Wo höre ich auf? Wenn man in Syrakus nicht weit von der Arethuse sitzt und einem Freunde im Vaterlande schreibt, so stürmen die Gegenstände auf den Geist: vergib mir also ein Bißchen Unordnung.

So wie ich zum Tore herein war und eine Straße herauf schlenderte, – wohl zu merken, mein Sack hielt keine große Peripherie, und ich konnte ihn mit seinem Inhalt leicht in den Taschen bergen – so rief mir ein Mann aus seiner Bude zu: *Vous êtes étranger, Monsieur, et Vous cherchez une auberge? – Vous l'avez touché, Monsieur!* sagte ich. *Ayez la bonté d'entrer un peu, dans mon attelier; j'aurai l'honneur de Vous servir.* Ich trat ein. Der Mann war ein Hutmacher, Franzose von Geburt, und schon seit vielen Jahren ansässig in Syrakus. Er begleitete mich in ein ziemlich leidliches Wirtshaus, das auch Landolina nachher als das beste nannte. Die Nahrung, wenigstens das Hutmachen, ist in Syrakus so schlecht, daß mein Franzose es gern zufrieden war, bei mir ein so Mitteldding von Haushofmeister und Cicerone zu machen. Ich traf Landolina das erste Mal nicht; er war auf einem Landgute. In einer Festung kann ich doch gutwillig nicht bleiben, wenn man mich nicht einsperrt; ich lief also hinaus an den Hafen, nämlich an den großen, oder an den Meerbusen; denn der kleinere auf der andern Seite nach den Steinbrüchen zu hat jetzt nichts merkwürdiges mehr; so viel auch Agathokles Marmor daran verschwendet haben soll. Ich ging gerade fort über den Anapus, weit hinüber über das Olympeum, und wäre vielleicht bis an die andere Abteilung des Berges hinunter gegangen, wenn der Tag nicht schon zu tief gewesen wäre. Ich bin doch schon ziemlich weit gegen Süden gewandelt; denn, wenn ich nicht irre, so segelte in den punischen Kriegen der Römer Otacilius von hier aus nach Afrika, machte große Beute in Utika, und war den dritten Abend wieder zurück. Ob Syrakus oder Lilybäum der Ort war, von dem er ausfuhr, darüber wird Dir Dein Livius Bescheid geben: wer kann alles behalten? Du siehst doch, daß ich, wenn ich sonst nur ein echter Weidmann wäre, in einigen Tagen die Jagdpartie des frommen Aeneas und der Frau Dido mitmachen könnte.

Plemnyrium liegt hier vor mir und sieht sehr wild aus, und hat jetzt durchaus nichts mehr, das nur einen Spaziergang wert wäre. Eine zweite Sumpfgegend hielt mich auf; sonst wäre ich doch wohl noch etwas weiter gegangen. Auf dem Rückwege setzte ich mich ein Viertelstündchen an die zwei Säulen, die für die Überreste von dem Tempel des Jupiter Olympius gelten. Es versteht sich, daß die Tempel des Göttervaters meistens auch eine schöne Aussicht gewähren; hier ist sie herrlich. Indem ich sie genoß, setzte ich mich in die Zeit zurück, wo Dionysius eben so willkürlich den Haushofmeister der Olympier als den Zuchtmeister der Sterblichen machte. Und die Geschichte des Mantels und Bartes ist eben so charakteristisch als des Dichters, der seine Verse nicht loben wollte. Als ich wieder über den Anapus herüber war, dachte ich gerade nach Neapolis heraufzuschneiden und so einen etwas andern Weg zurückzunehmen. Die Sonne stand noch nicht ganz am Rande, ich sah alles vor mir und dachte den Gang noch recht bequem zu machen. Aber o Syraka! Syraka! An solchen Orten sollte man durchaus mit der Karte in der Hand gehen. Ehe ich mirs versah, war ich im Sumpfe; ich dachte es zu zwingen und kam immer tiefer hinein: ich dachte nun rechts umzukehren, um keinen zu großen Umweg zu machen; und da fiel ich denn einige Mal bis an den Gürtel in noch etwas schlimmeres als Wasser. Es ward Abend, und ich fürchtete man möchte das Tor schließen, wo man denn ebenso unerbittlich ist, als in Hamburg. Endlich arbeitete ich mich doch mit vielem Schweiß in einem nicht gar erbaulichen Aufzug wieder auf den Weg, und kam so eben vor Torschluß herein. Mein Franzose, der auf mich in meinem Wirtshause wartete, war schon meinetwegen in Angst, und erzählte mir nun Wunderdinge von dem Sumpfe. Vor einiger Zeit, als die Franzosen hier waren, hatten einige Offiziere gejagt. Einer der Herren verläuft sich auf einem kleinen

Abstecher in den Syraka, denkt wie ich, ist aber nicht so glücklich, und sinkt bis fast unter die Arme hinein. Er kann sich nicht herausbringen, ruft umsonst, und feuert mit seinem Gewehr um Hilfe: darauf kommen seine Kameraden, und müssen ihn nach vielem vergeblichen Rekognoszieren von allen Seiten mit Stricken herausziehen. Laß Dir es also nicht einfallen, wenn Du rechts am Anapus spazieren gehest, gerade hinüber nach der schönen Anhöhe zu gehen: bleib hübsch auf dem Wege, sonst kommst Du wie wir in eine schmutzige Tiefe, in den Syraka.

Eben komme ich von einem Spazierritt mit Landolina zurück. Der Mann verdient ganz das enthusiastische Lob, das ihm mehrere Reisende geben: ich habe es an mir erfahren. Er ist einige Mal mit wahrhaft freundschaftlicher Teilnahme mit mir weit herum geritten und gegangen. Du weißt, daß er Ritter ist, und er hatte versprochen, mich zu Pferde in meinem Quartier abzuholen. Ich hatte mir also auch einen ordentlichen Gaul bestellt, so stattlich als man ihn in Syrakus finden konnte, um dem Manne durch meine zu barocke Kavalkade nicht Schande zu machen. Wir ritten weit hinaus bis nach Epipolä, wo wir unsere Pferde ließen und nach den äußersten Festungswerken der alten Stadt über viele Felsen zu Fuße gingen. Hier besah ich mit dem besten Führer, den Du vermutlich in ganz Sizilien in jeder Rücksicht finden kannst, die Schlösser Labdalum und Euryalus. Die ausführlichere Beschreibung mit dem Plan magst Du bei Barthels sehen: alles würde doch bei mir, wie bei ihm, Landolina gehören. Wir waren schon weit umhergestiegen, und setzten uns hier auf eine der höchsten Stellen der alten Festung nieder, um rund um uns her zu schauen. Ich halte dieses halbe Stündchen für eines der schönsten die ich genossen habe, wenn ich nur die Melancholie herauswischen könnte, die für die Menschheit darin war. Von dieser Spitze übersah man die ganze große ungeheuere Fläche der ehemaligen Stadt, die nun halb als Ruine und halb als Wildnis daliegt. Rechts hinunter zog sich die alte Mauer nach Neapolis, dem Syraka und dem Hafen: links hinab ging bis ans Meer die gegen vier Millien lange berühmte neuere Mauer, welche Dionysius in so kurzer Zeit gegen die Karthager aufführen ließ. Von beiden sieht man noch den Gang durch die Trümmern, und hier und da noch mächtige Werkstücke aufgefügt. Tief hinunter nach der Insel, die jetzt das Städtchen ausmacht, liegen die Szenen der Größe des ehemaligen Syrakus, die nunmehr kaum das Auge auffindet. Rechts kommt der Anapus in dem Tale zwischen den Bergen hervor, und weiter hin jenseits zieht sich eine lange Kette des Hybla rund um die Erdspitze herum. Hinter uns lag der *mons crinitus*, wo die Athenienser bei der unglücklichen Unternehmung gegen Sizilien standen. Dort unten rechts an der alten Mauer, welche die Herren von Athen umsonst angriffen, stand das Haus des Timoleon, wo man bei der kleinen Mühle noch die Trümmer zeigt. Links hier unten brach Marcellus herein, drang dort hervor bis in die Gegend des kleinen Hafens, wo der schöpferische Geist Archimeds mit dem Feuer des Himmels seine Schiffe verzehrte: dort stand er im Lager und wagte es lange nicht weiter zu gehen, weil er sich hier vor der starken Besatzung der Außenwerke in Epipolä fürchtete. Dort weiter links hinunter auf der Ebene liegt der Acker, den der Verräter erhielt, welcher die Römer führte. Weiter hinab lag Thapsus, und in der Ferne Augusta, jenseits eines andern Meerbusens. Hier hätte ich Tage lang sitzen mögen, mit dem Thucydides und Diodor in der Hand. Diese Schlösser sind vielleicht das wichtigste, was wir aus dem Kriegswesen der Alten noch haben: und wenn sich ein Militär von Kenntnissen und Genie Zeit nehmen wollte, sie zu untersuchen, es würde eine angenehme sehr lehrreiche Unterhaltung werden. Die Arbeit ist von ziemlichem Umfang, und die Neuern haben an Solidität und Größe schwerlich etwas ähnliches aufzuweisen. Wenn sie nicht etwas zu weit von der Stadt lägen, würden sie derselben von unendlichem Nutzen gewesen sein. Aber so waren es durch die Lage bloß sehr feste Außenwerke, deren Wichtigkeit vorzüglich der peloponnesische Krieg gezeigt hatte. Die Athenienser hatten die Mauer rechts von der Seite des Anapus nicht zwingen können: ihre Anzahl war vermutlich zu geringe, und sie hatten keinen Alcibiades zum Führer mehr. Die Römer drangen durch die große Linie links. Wäre diese Linie kürzer gewesen, oder mit andern Worten, hätte die Hauptbefestigung nicht zu weit hinaus gelegen; es wäre vielleicht dem Marcellus trotz der Verräterei nicht gelungen. Jede Dehnung schwächt, wo man sie nicht in der offenen Schlacht zum Manöver benutzen kann.

Jetzt sitze ich hier und lese den Theokrit in seiner Vaterstadt. Ich wollte Du wärst bei mir und wir könnten das Vergnügen teilen, so würde es größer werden. Mein eigenes Exemplar hatte ich, um ganz leicht zu sein, aus Unachtsamkeit mit in Palermo gelassen, bat mir ihn also von Landolina aus. Dieser gab mir mit vieler Artigkeit die Ausgabe eines Deutschen, von unserm Stroth; und dieses nämliche Exemplar war ein Geschenk von Stroth an Münter, und von Münter an Landolina, und ich las nun darin an der Arethuse. Der Ideengang hat etwas magisches. – Sei nur ruhig; ich habe jetzt zu viel Vergnügen dabei und meine

Stiefelsohlen sind noch ganz; Du sollst hier mit keiner Übersetzung geplagt werden.

Auch heute komme ich von einem Spaziergang mit Landolina zurück. Wir waren nur in der Nähe, in der alten Neapolis, die aber wirklich das Interessanteste der alten Überreste enthält. Die Antiquare sind dem unermüdeten patriotischen Eifer Landolinas unendlich viel schuldig. Er hat eine Menge Säulen des alten Forums wieder aufgefunden, welche die Lage desselben genauer bestimmen. Es lag natürlich gleich an dem Hafen, und besteht jetzt meistens aus Gärten und einem offenen Platze gleich vor dem jetzigen einzigen Landtore. Etwas rechts weiter hinauf hat Landolina das römische Amphitheater besser aufgeräumt und hier und da Korridore zu Tage gefördert, die jetzt zu Mauleseleien dienen. Die Römer trugen ihre blutigen Schauspiele überall hin. Die Area gibt jetzt einen schönen Garten mit der üppigsten Vegetation. Weiter rechts hinauf ist das alte große griechische Theater, fast rundherum in Felsen gehauen. Rechts, wo der natürliche Felsen nicht weit genug hinausreichte, war etwas angebaut, und dort hat es natürlich am meisten gelitten. Die Inschrift, über deren Echtheit und Alter man sich zankt, ist jetzt noch ziemlich deutlich zu lesen. Es läßt sich viel dawider sagen, und sie beweis't wohl weiter nichts als die Existenz seiner Königin, Philistis, von welcher auch Münzen vorhanden sind, von der aber die Geschichte weiter nichts sagt. Die Wasserleitung geht nahe am Theater weg; vermutlich brachte sie ehemals auch das Wasser hinein. Die Leute waren etwas nachlässig gewesen, so daß ein Zug Wasser gerade auf den Stein mit der Inschrift floß, die etwas mit Gesträuchen überwachsen war. Landolina geriet darüber billig in heftigen Unwillen, schalt den Müller und ließ es auf der Stelle abändern. Gegenüber steht eine Kapelle an dem Orte, wo Cicero das Grab des Archimedes gefunden haben will. Wir fanden freilich nichts mehr; aber es ist doch schon ein eigenes Gefühl, daß wir es finden würden, wenn es noch da wäre, und daß vermutlich in dieser kleinen Peripherie der große Mann begraben liegt. Nun gingen wir durch den Begräbnisweg hinauf und oben rechts herum, auf der Fläche von Neapolis fort. Es würde zu weitläufig werden, wenn ich Dir alle die verschiedenen Gestalten der kleinen und größern Begräbniskammern beschreiben wollte. Wir gingen zu den Latomien und zwar zu dem berüchtigten Ohre des Dionysius. Akustisch genug ist es ausgehauen und man hat ihm nicht ohne Grund diesen Namen gegeben. Ein Blättchen Papier, das man am Eingange zerreißt, macht ein betäubendes Geräusch, und wenn man stark in die Hand klatscht, gibt es einen Knall wie einen Büchsenschuß, nur etwas dumpfer. Wir wandelten durch die ganze Tiefe, und darin hin und her. Landolina zeigte mir vorzüglich die Art, wie es ausgehauen war, die ich Dir aber als Laie nicht mechanisch genau beschreiben kann. Man hob sich von unten hinauf auf Gerüsten, wovon man noch die Vertiefungen in dem Felsen sieht, und erhielt dadurch eine Höhlung von einem etwas schneckenförmigen Gang, der ihm wohl vorzüglich die lange Dauer gesichert hat. Bei Neapel habe ich, wenn ich nicht irre, etwas ähnliches in den Steingruben des Posilippo bemerkt. Nirgends ist aber die Methode so vollendet ausgearbeitet, wie hier in diesem Ohre. Ob Dionysius dasselbe habe hauen lassen, ließe sich noch bezweifeln, obgleich Cicero der Meinung zu sein scheint; aber daß er es zu einem Gefängnisse habe einrichten lassen, hat wohl seine Richtigkeit. Cicero nennt es einen schrecklichen Kerker. Hin und wieder sieht man noch Ringe in dem Felsen, in der Höhe und an dem Boden, und auch einige durchgebrochene Höhlungen, in denen Ringe gewesen sein mögen. Diese gelten für Maschinen die Gefangenen anzuschließen. Wer kann darüber etwas bestimmen? Oben am Eingange ist das Kämmerchen, welches ehemals für das Lauscheplätzchen des Dionysius galt. Es gehört jetzt viel Maschinerie dazu, von unten hinauf oder von oben herab dahin zu kommen. Ich bin also nicht darin gewesen. Landolina erklärt das Ganze für eine Fabel, die Tzetzes zuerst erzählt habe. Dieses Behältnis hat durch Erdbeben sehr gelitten; an der tiefen Höhle selbst aber, oder an dem eigentlichen Ohre, ist kein Schade geschehen. Gleich an dem Eingang hat Landolina eine eingestürzte Treppe entdeckt, die er mir zeigte. Die Stufen in den zusammengestürzten Felsenstücken sind zu deutlich; und es läßt sich wohl etwas anders nicht daraus machen als eine Treppe. Man nimmt an, diese habe durch einen verdeckten Gang in das Gefängnis geführt, durch welche der Tyrann selbst Gefangene von Bedeutung hierher brachte. Mit dem Dichter, der seine Verse nicht loben wollte, wird er wohl nicht so viel Umstände gemacht haben. Landolina sagte mir, er habe sich vor einigen Jahren durch Maschinen mit einigen Engländern in das obere kleine Behältnis bringen lassen und eine Menge Experimente gemacht; man höre aber nichts als ein verworrenes dumpfes Geräusch.

Die Spießbürger von Syrakus lassen sich aber den hübschen Roman nicht so leicht nehmen; und gestern Abend räsonierte einer von ihnen gegen mich bei einer Flasche Syrakuser verfänglich genug darüber ungefähr so: „Wozu soll das Kämmerchen oben gewesen sein? Zum Anfange einer neuen Steingrube, wozu man es gewöhnlich machen will, ist es an einem sehr unschicklichen Orte, und rundumher sind weit bessere Stellen. Die Treppe, welche Landolina selbst entdeckt hat, führt gerade dahin; kann nach der Lage nirgends anders hinführen. Wenn man jetzt oben nichts deutlich mehr hört, so ist das kein Beweis, daß man ehedem nichts deutlich hörte. Die Erdbeben haben an dem Eingange vieles vertrümmert und eingestürzt, also auch sehr leicht die Akustik verändern können. Man sagt, Dionysius habe hier in dieser Gegend der Stadt keinen Palast gehabt. Zugegeben daß dieses wahr sei, so war dieses desto besser für ihn, allen Argwohn seiner nahen Gegenwart zu entfernen. Er konnte deswegen bei wichtigen Vorfällen sich immer die Mühe geben von Epipolä hierher zu kommen und zu hören; ein Tyrann ist durch seine Spione und Kreaturen überall. Dionysius war keiner von den bequemen sybaritischen Volksquälern. Damit leugne ich nicht, daß er draußen in Epipolä noch mehrere Gefängnisse mag gehabt haben: man hatte in Paris weit mehrere, als wir hier in Syrakus." Ich überlasse es den Gelehrten, die Gründe des ehrlichen Mannes zu widerlegen; ich habe nichts von dem Meinigen hinzugetan. Mir deucht, für einen Bürger von Syrakus schließt er nicht ganz übel.

In dem Vorhofe des sogenannten Ohres treiben jetzt die Seiler ihr Wesen, und vor demselben sind die Intervallen der Felsenklüfte mit kleinen Gärten, vorzüglich von Feigenbäumen, romantisch durchpflanzt. Weiter hin ist ein anderer Steinbruch, der einer wahren Feerei gleicht. Er ist von einer ziemlichen Tiefe, durchaus nicht zugänglich, als nur durch einen einzigen Eingang nach der Stadtseite, den der Besitzer hat verschließen lassen. Von oben kann man das ganze kleine magische Etablissement übersehen, das aus den niedlichsten Partien von inländischen und ausländischen Bäumen und Blumen bestehet. Die Pflaumen standen eben jetzt in der schönsten Blüte, und ich war überrascht hier den vaterländischen Baum zu finden, den ich fast in ganz Sizilien nicht weiter gesehen habe. Er braucht hier in dem heißeren Himmelsstrich den Schatten der Tiefe. Das vorzüglichste, was ich mit Landolina auf diesem Gange noch sah, war ein tief verschüttetes altes Haus, dessen Dach vielleicht ursprünglich sich schon unter der Erde befand. Das Eigene dieses Hauses sind die mit Kalk gefüllten irdenen Röhren in der Bekleidung und Dachung, über deren Zweck die Gelehrten durchaus keine sehr wahrscheinliche Konjektur machen können. Vielleicht war es ein Bad, und der Eigentümer hielt dieses für ein Mittel es trocken zu halten; da diese Röhren vermutlich Luft von außen empfingen und die Feuchtigkeit der Wände mit abzogen. Der enge Raum und die innere Einrichtung sind für diese Vermutung des Landolina. Nicht weit davon ist eine alte Presse für Wein oder Öl in Felsen gehauen, die noch so gut erhalten ist, daß, wenn man wollte, sie mit wenig Mühe in Gang gesetzt werden könnte.

Bei den Kapuzinern am Meere, in der Gegend des kleinen Marmorhafens, sind die großen Latomien, die vermutlich die furchtbaren Gefängnisse für die Athenienser im peloponnesischen Kriege waren. Ich bin einige Mal ziemlich lange darin herum gewandelt. Die Mönche haben jetzt ihre Gärten darin angelegt, aus denen noch eben so wenig Erlösung sein würde. Man könnte sie noch heut zu Tage zu eben dem Behuf gebrauchen, und zehn Mann könnten ohne Gefahr zehntausend ganz sicher bewachen. Der Gebrauch zu Gefängnissen im Kriege mag sich auch nicht auf das damalige Beispiel eingeschränkt haben; dieses war nun das größte, fürchterlichste und gräßlichste. Die Mönche bewirteten mich mit schönen Orangen, und bedauerten, daß die Engländer schon die besten alle aufgegessen und mitgenommen hätten, sagten aber nicht dabei, wie viel das Kloster Geschenke dafür erhalten haben mag; denn man bezahlt gewöhnlich dergleichen Höflichkeiten ziemlich teuer. Hier hat man einen ähnlichen Gang, wie das Ohr des Dionysius; er ist aber nicht ausgeführt worden, weil man vermutlich den Stein zu dem Behufe nicht tauglich fand. Man kann stundenlang hier herumspazieren, und findet immer wieder irgend etwas groteskes und abenteuerliches, das man noch nicht gesehen hat. Wenn man nun die alte Geschichte zurückruft, so erhält das Ganze ein sonderbares Interesse, das man vielleicht an keinem Platze des Erdbodens in diesem Grade wieder findet. Besonders rührend war mir hier an Ort und Stelle die bekannte Anekdote, daß viele Gefangene sich aus der schrecklichen Lage bloß durch einige Verse des Euripides erlös'ten: und mir deucht, ein schöneres Opfer ist nie einem Dichter gebracht worden.

In dem heutigen Syrakus oder dem alten Inselchen Ortygia ist jetzt nichts merkwürdiges mehr, als der alte Minerventempel und die Arethuse. Diese Quelle ist, wenn man auch mit keiner Silbe an die alte Fabel denkt, bis heute noch eine der schönsten und sonderbarsten, die es vielleicht gibt. Wenn sie auch nicht vom Alpheus kommt, so kommt sie doch gewiß von dem festen Boden der Insel; und schon dieser Gang ist wundersam genug. Wo einmal etwas da ist, kommt es den Dichtern auf einige Grade Erhöhung nicht an, zumal den Griechen. Ich habe bei Landolina eine ganze ziemlich lange Abhandlung über die Arethuse gesehen, die er mit vieler Gelehrsamkeit und vielem Scharfsinn aus der ganzen Peripherie der griechischen und lateinischen Literatur von den ältesten Zeiten bis auf den heutigen Tag zusammengetragen hat. In Sizilien und Italien dankt ihm jetzt

Niemand für diese Arbeit: es wäre aber für die übrigen Länder von Europa zu wünschen, daß sie bekannter würde. Vielleicht läßt er sie noch in Florenz drucken. Mehreres davon ist durch seine Freunde schon im Auslande bekannt. Er hat eine Menge sonderbarer Erscheinungen an der Quelle bemerkt, die mit dem Wasser des Alpheus Analogie haben, und die vielleicht zu der Fabel Veranlassung geben konnten. Sie quillt zuweilen rot, nimmt zuweilen ab und bleibt zuweilen ganz weg, daß man trocken tief in die Höhle hineingehen kann; und dieses zu einer Zeit, wo sie nach den gewöhnlichen physischen Wetterberechnungen stärker quellen sollte: sie vertreibt Sommersprossen, welches selbst Landolina zu glauben schien. Durch diese Gabe muß die Nymphe notwendig schon die Göttin der Damen werden. Ähnliche Erscheinungen will man an dem Alpheus bemerkt haben. Nun kamen die Griechen von dort herüber, und brachten ihre Mythen und ihre Liebe zu denselben mit sich auf die Insel; so war die Fabel gemacht: das Andenken des vaterländischen Flusses war ihnen willkommen. Die neueste Veränderung mit der Quelle findet man, deucht mir, noch in Barthels zum Nachtrage in einem Briefe, der höchst wahrscheinlich auch von Landolina ist. Seitdem ist das Wasser süß geblieben, heißt es. Ich fand eine Menge Wäscherinnen an der reichen, schönen Quelle. Das Wasser ist gewöhnlich rein und hell, aber nicht mehr, wie ehemals, ungewöhnlich schön. Ich stieg so tief als möglich hinunter und schöpfte mit der hohlen Hand: man kann zwar das Wasser trinken, aber süß kann man es wohl kaum nennen, es schmeckt noch immer etwas brackisch, wie das meiste Wasser der Brunnen in Holland. Die Vermischung mit dem Meere muß also durch die neueste Veränderung noch nicht gänzlich wieder gehoben sein. Alles Wasser auf der kleinen Insel hat die nämliche Beschaffenheit, und gehört wahrscheinlich durchaus zu der nämlichen Quelle. In der Kirche Sankt Philippi ist eine alte tiefe, tiefe Gruft mit einer ziemlich bequemen Wendeltreppe hinab, wo unten Wasser von der nämlichen Beschaffenheit ist; nur fand ich es noch etwas salziger: das mag vielleicht von der großen Tiefe und dem beständig verschlossenen Raum herkommen. Landolina hält es für das alte Lustralwasser, welches man oft in griechischen Tempeln fand. Sehr möglich; es läßt sich gegen die Vermutung nichts sagen. Aber kann es nicht ebensowohl ein gewöhnlicher Brunnen zum öffentlichen Gebrauch gewesen sein? Er hatte unstreitig das nämliche Schicksal mit der Arethuse in den verschiedenen Erderschütterungen. Man weiß, die Insel machte bei den alten Tyrannen von Syrakus die Hauptfestung der Stadt aus. Man hatte außer der Arethuse wenig Wasser in den Werken. Diese schöne Quelle liegt dicht am Meere und war sehr bekannt. Der Feind konnte Mittel finden sie zu nehmen oder zu verderben. War der Gedanke, sich noch einen Wasserplatz auf diesen Fall zu verschaffen und ihn vielleicht geheim zu halten, nicht sehr natürlich? Ich will die Vermutung nicht weiter verfolgen und ebensowenig hartnäckig behaupten. Das Wasser als Lustralwasser konnte nebenher auch diese politische Reservebestimmung haben.

Als ich hier in der Kirche saß, die eben ausgebessert wird, und den Schlüssel zur erwähnten Gruft erwartete, gesellte sich ein neapolitanischer Offizier zu mir, der ein Franzose von Geburt und schon über zwanzig Jahre in hiesigen Diensten war. Er sprach recht gut deutsch und hatte ehemals mehrere Reisen durch verschiedene Länder von Europa gemacht. Wenn man diesen Mann von der Regierung und der Kirchendisziplin sprechen hörte; man hätte Feuer vom Himmel zur Vertilgung der Schande flehen mögen. Alles bestätigte seine Erzählung, und bösartige Unzufriedenheit und Murrsinn schien nicht in dem Charakter des Mannes zu liegen. Vorzüglich war die Unzucht der römischen Kirche, nach seiner Aussage, ein Greuel, wie man ihn in dem weggeworfensten Heidentum nicht schlimmer finden konnte. Blutschande aller Art ist in der Gegend gar nichts ungewöhnliches und wird mit einem kleinen Ablaßgelde nicht allein abgebüßt, sondern auch ungestraft fortgesetzt. Der Beichtstuhl ist ein Kuppelplatz, wo sich der Klerus für eine gemessene, oft kleine Belohnung sehr leicht zum Unterhändler hergibt, wenn er nicht selbst Teilnehmer ist. Wer profane Schwierigkeiten in seiner Liebschaft findet, wendet sich an einen Mönch oder sonstigen Geistlichen, und die ehrsamste, sprödeste Person wird bald gefällig gemacht. Der Mann sprach davon dem Altar gegenüber wie von gewöhnlichen Dingen, die jedermann wisse, und nannte mir mit großer Freimütigkeit zu seinen Behauptungen Namen und Beispiele, die ich gern wieder vergessen habe. Ich erzähle die Tatsache, und überlasse Dir die Glossen.

Minerva hat in ihrem Tempel der heiligen Lucilie Platz machen müssen. Man hat das Gebäude nach der gewöhnlichen Weise behandelt, und aus einem sehr schönen Tempel eine ziemlich schlechte Kirche gemacht. Das Ganze ist verbaut, so daß nur noch von innen und außen der griechische Säulengang sichtbar ist. Das Frontespice ist nach dem neuen Stil schön und groß, sticht aber gegen die alte griechische Einfachheit nicht sehr vorteilhaft ab.

Bald wäre ich heute unschuldiger Weise Veranlassung eines Unglücks geworden. Ein Kastrat, der in der Kathedralkirche singt und nicht mehr als sechszig Piaster jährlich hat, war mein Gast in dem Wirtshause, weil er sehr freundlich war und ein sehr gutmütiger Kerl zu sein schien. Ein Geiger, sein

Nebenbuhler, neckte ihn lange mit allerhand Sarkasmen über seine Zutulichkeit, und kam endlich auch auf einen eigenen eigentlichen topischen Fehler seiner Natur, an dem der arme Teufel wohl ganz unschuldig war, da ihn andere vermutlich ohne seine Beistimmung an ihm gemacht hatten. Darüber geriet das entmannte Bild plötzlich so in Wut, daß er mit dem Messer auf den Geiger zuschoß und ihn erstochen haben würde, wäre dieser durch die Anwesenden nicht sogleich fortgeschafft worden. Auch der Sänger konnte die Ärgernis durchaus nicht verdauen und entfernte sich.

Eben sitze ich hier bei einem Gericht Aale aus dem Anapus, die hier für eine Delikatesse der Domherren gelten, und die ich also wohl ebenso verdienstlos verzehren kann. Ich habe sie selbst auf dem Flusse gekauft und halb mit gefischt. Ich fuhr nämlich heute nach Mittage mit meinem Franzosen über den Hafen den Anapus hinauf, um das Papier zu suchen. Das Papier fand ich auf der Cyane links bald in einer solchen Menge, daß wir das Boot kaum durcharbeiten konnten: aber die schöne Quelle der Cyane konnte ich nicht erreichen. Es war zu spät; wir mußten fürchten verschlossen zu werden und kehrten zurück. Das ärgerte mich etwas; ich hätte früher fahren müssen. Das Wasser ging hoch und wir kamen noch eben wieder zum Schlusse an. Hier am Hafen wollten einige Köche der hiesigen Schmecker mir durchaus meine Beute abhandeln und boten gewaltig viel für meine Aale, machten auch Anstalt sich derselben provisorisch zu bemächtigen, als ob das so Regel wäre: ich hielt aber den Fang fest und sagte bestimmt, ich wollte hier in Syrakus meine Aale aus dem Anapus selbst essen, und würde sie weder dem Bischof, noch dem Statthalter, noch dem König selbst geben, wenn er sie nicht durch Grenadiere nehmen ließe. Die Leute beguckten mich und ließen mich abziehen. Über das Papier selbst und des Landolina Art es zuzubereiten, habe ich nichts hinzuzufügen; ob ich gleich glaube in den bisherigen Beschreibungen der Pflanze, zwar keine Unrichtigkeiten, aber doch einige Unvollständigkeit entdeckt zu haben. Die Sache ist indessen zu unwichtig. Unser schlechtestes Lumpenpapier ist immer noch besser, als das beste Papier, das ich von der Pflanze vom Nil und aus Sizilien gesehen habe. Wir können nun das Sumpfgewächs und den Kommentar des Plinius darüber entbehren; es hat nur noch das Interesse des Altertums.

Eine drollige Anekdote darf ich Dir noch mitteilen, welche die gelehrten Späher und Seher betrifft, und die mir der besten einer unter ihnen, Landolina selbst, mit vieler Jovialität erzählte, als wir nach einem Spaziergange in dem alten griechischen Theater saßen und ausruhten. Landolina machte mit einer fremden Gesellschaft, von welcher er einen unserer Landsleute, ich glaube den Baron von Hildesheim, nannte, eine ähnliche Wanderung. Hier entstand nun ein Zwist über eine Vertiefung in dem Felsen, die ein jeder nach seiner Weise interpretierte. Einige hielten sie für das Grab eines Kindes irgendeiner alten vornehmen Familie, und brachten Beweise, die vielleicht ebenso problematisch waren, wie die Sache, welche sie beweisen sollten. Man sprach und stritt her und hin. Das bemerkte ein alter Bauer nicht weit davon, daß man über dieses Loch sprach. Er kam näher und erkundigte sich und hörte, wovon die Rede war. Das kann ich Ihnen leicht erklären, hob er an; vor ungefähr zwanzig Jahren habe ich es selbst gehauen, um meine Schweine daraus zu füttern: da ich nun seit mehrern Jahren keine Schweine mehr habe, füttere ich keine mehr daraus. Die Archäologen lachten über die bündige Erklärung, ohne welche sie unstreitig noch lange sehr gelehrt darüber gesprochen und vielleicht sogar geschrieben hätten. So geht es uns wohl noch manchmal, setzte Landolina sehr launig hinzu.

Die hiesigen Katakomben unterscheiden sich wesentlich von denen zu Neapel. Was beide ursprünglich gewesen sein mögen, ist wohl schwerlich zu bestimmen; aber daß beide in der Folge zu Begräbnisplätzen gedient haben, ist ausgemacht. Von den syrakusischen ließe sich vielleicht aus dem Bau mehr behaupten, daß sie ursprünglich dazu gehauen wurden. Der große Unterschied der neapolitanischen und syrakusischen besteht darin, daß in den neapolitanischen die Leichenbehälter von dem Boden aufwärts, und hier in die Tiefe der Wand hineingearbeitet sind. Dort sind unten die größern und dann an der Wand herauf die kleinern Behälter; hier sind vorn die größern und dann weiter hin in die Felsenwand hinein die kleinern: so daß in Neapel das Dreieck der Lage an der Seite aufwärts, in Syrakus mit der Spitze einwärts niedergelegt zu denken ist. Beschreibung ist schwer und Zeichnung macht noch mehr Umstände; ich weiß nicht, ob ich Dir deutlich geworden bin. Ein autoptischer Anblick gibt es in einem Moment. In Neapel lagen die Kadaver in kleineren Nischen an der Wand hinauf, unten die größeren und aufwärts immer kleinere; in Syrakus in den Felsen hinein, vorn größere und hinterwärts immer kleinere. Hier habe ich den einzigen vernünftigen Mönch als Mönch in meinem Leben gesehen. Wo man sonst auch noch zuweilen gute und vernünftige trifft, sind sie es wenigstens nicht als Mönche. Der Eingang in die Grüfte ist hier eine alte Kirche des heiligen Johannes, wo nur noch selten Gottesdienst gehalten wird. Dieser Mönch ist der einzige Bewohner der Kirche und der Katakomben; Glöckner und Sakristan, und Abt und Kellner und Laienbruder zugleich. Das erste Mal, als wir kamen war er nicht zu Hause, sondern in der Stadt nach Lebensmitteln. Als wir umkehrten, begegneten wir ihm in den Feigengärten, und gingen wieder mit ihm zurück nach Sankt Johannis. Er machte für einen Religiosen einen etwas sonderbaren genialischen Aufzug. Seine Eselin hatte gesetzt, und doch hatte er sie nötig, um seine Viktualien aus der Stadt zu holen; er nahm sie also, da sie allein nicht gehen wollte, mit dem jungen Esel von dreiundzwanzig Stunden zusammen. Der kleine Novize des Lebens konnte natürlich die große Tour nicht aushalten. Der Mönch mit dem langen Talar nahm also seinen Zögling auf die Schultern und ging voran, und die Mutter folgte in angeborner Sanftmut und Geduld mit den Körben. So fanden wir den Gottesmann. Er ist übrigens ein ehrlicher Schuster aus Syrakus, der drei Söhne erzogen und zur Armee und auf die See geschickt hat. Nach dem Tode seiner Frau, da seine abnehmenden Augen dem Ort und dem Draht nicht recht mehr gebieten wollten, hat ihn der Bischof hierher gesetzt; vielleicht das gescheiteste, was seit langer Zeit ein Bischof von Syrakus getan hat. Die Krypte der Kirche, wo noch Gottesdienst gehalten wird, ist auch schon tief und schauerlich genug. Von den Gemälden in den verschiedenen Abteilungen der Katakomben läßt sich wohl nicht viel sagen; denn sie sind wahrscheinlich meistens neu. Aus einer griechischen Inschrift habe ich auch nichts machen können: das ist indessen kein Beweis, daß es andere nicht besser verstehen. Die Leute fabeln hier, daß diese Katakomben bis nach Katanien gehen; vermutlich weil man ehemals dort auch Katakomben gefunden haben mag. Das ist eben so, als wenn zuweilen der Führer der Baumannshöhle versichert, daß sie sich bis nach Goslar erstrecke.

Der Sommer muß hier zuweilen schon fürchterlich sein; denn Landolina erzählte mir von einem gewissen Südwestwinde, den man *il ponente* nennt, welcher zuweilen in einem Nachmittage durch seinen Hauch alle Pflanzen im eigentlichen Sinne verbrenne, die Bäume entlaube und den Wein verderbe. Der Sirocko soll ein kühlendes Lüftchen gegen diesen sein: man finde nachher in einem solchen Grade alles verdorret, daß man es sogleich zu Asche reiben könne. Zum Glück sei er nur sehr selten. Auch der Hagel, der hier zuweilen falle, sei so groß und scharf, daß er die Stengel der Pflanzen und die Äste der Bäume nicht zerknicke, sondern zerschneide. Dieses seien die zwei gefährlichsten Landplagen in dem südlichen Sizilien. Die Winter sind gewöhnlich von keiner Bedeutung, nur der vergangene ist etwas hart gewesen, und man hat seit zehn Jahren wieder den ersten Schnee aber auch nur auf einige Stunden in Syrakus gesehen. Ein solcher Tag ist dann ein Fest, besonders für die Jugend, denen so etwas eine sehr große Erscheinung ist. Sonst sieht man den Schnee nur auf den Gipfeln ferner Berge.

Syrakus kommt immer mehr und mehr in Verfall; die Regierung scheint sich durchaus um nichts zu bekümmern. Nur zuweilen schickt sie ihre Steuerrevisoren, um die Abgaben mit Strenge einzutreiben. Es war mir eine sehr melancholische Viertelstunde, als ich mit Landolina oben auf der Felsenspitze von Euryalus saß, der würdige patriotisch eifernde Mann über das große traurige Feld seiner Vaterstadt hinblickte, das kaum noch Trümmer war, und sagte: Das waren wir! und mit einem Blick hinunter auf das kleine Häufchen Häuser: Das sind wir! Ich habe während der vier Tage Umgang mit ihm in ihm einen der reinsten und liebenswürdigsten Charakter gefunden, und er sprach mit schönem Enthusiasmus von seinen nordischen Freunden Münter und Barthels und einigen andern, die ihn besucht hatten, und von Heyne, den er noch nicht gesehen hatte. Syrakus allein hatte ehemals mehr Einwohner, als jetzt die ganze Insel. Nur der dritte Teil der Insel ist bebaut, und dieser ziemlich schlecht. Das habe ich auf meinen Zügen gefunden, und Eingeborne, die zugleich Kenner sind, bestätigen es durchaus. Ehemals schickte man bei der großen Bevölkerung Korn nach Rom, und die Insel wurde für ein Magazin der Hauptstadt der Welt gehalten. Neulich ist man genötiget gewesen, Getreide aus der Levante kommen zu lassen, damit die wenigen ärmlichen südlichen Küstenbewohner nicht Hunger litten. Kann man eine bessere Philippika auf die Regierung und den Minister in Neapel schreiben? Man gibt der physischen Verschlimmerung des Landes durch die Erdrevolutionen vieles Schuld: aber die Berge sind noch alle fruchtbar bis fast an die Spitzen. Wenn man die Gipfel der Riesen, des Aetna, des Eryx, des Taurus und einige Felsenpartien ausnimmt, könnte von allen gewonnen werden, wenn man Arbeit daran wagen wollte. Die Jumarren, diese verschrienen Gegenden, geben reichlich, wenn man fleißig ist. Sizilien ist ein Land des Fleißes, der Arbeit und der Ausdauer. Man will jetzt aber nur da bauen, wo man fast nicht nötig hat zu arbeiten. Es sind freilich wenig große Striche hier, die so schwelgerisch fruchtbar wären wie das Kampanertal: aber es könnte viel schönes Paradies geschaffen werden.

Der Hafen ist fast leer, und ist vielleicht einer der schönsten auf dem Erdboden. Wenn man ein Fort auf Plemnyrium und eines auf Ortygia hat, so kann keine Felucke heraus und hinein. Jetzt kreuzen die Korsaren bis vor die Kanonen. Als im vorigen Kriege die Franzosen Miene machten sich der Insel zu bemächtigen, war hier schon alles entschlossen sich recht tapfer zu ergeben.

Man erzählte mir eine Anekdote, die mir unglaublich vorkam; aber sie wurde verschieden im Publikum hier und da wiederholt. Der Gouverneur, um ja durchaus außer Stande zu sein schnell zu handeln, läßt alle Kaliber der Kugeln durcheinanderwerfen und die Munition in Unordnung bringen. Die Franzosen nahmen ihren Weg nach Ägypten und es war weder Gefecht noch Ergeben nötig; die Exzellenz zog sich durch ein sanftes seliges Ende aus allem Verdruß. Hätten die Franzosen ihren Vorteil besser verstanden, anstatt an den Nil zu gehen vorher die Insel anzugreifen; mit zehntausend Mann hätten sie dieselbe mit ihrer gewöhnlichen Energie genommen und mit gehöriger Klugheit auch behauptet. Freilich wären dazu andere Maßregeln nötig gewesen, als ihre Generale und Kommissäre zur Schande der Nation und ihrer Sache hier und da ergriffen haben. Sizilien wäre auch in einem östlichen Kriege ein ganz anderer Zwischenpunkt als Malta: das zeigt die ganze Geschichte und schon ein einziger Blick auf die Insel. – Es kommen jetzt selten Schiffe nach Syrakus. Bloß im vorigen Kriege war es ein Zufluchtsort gegen die Stürme: und dabei hat die Stadt wenigstens etwas gewonnen. Jetzt nach dem Frieden vermindert sich die Anzahl der Ankommenden beständig wieder.

Noch etwas literarisches muß ich Dir doch aus dem südlichen Sizilien melden, damit Du nicht glaubest, ich sei ganz und gar unter die Analphabeten getreten. Landolina läßt jetzt in Florenz eine Abhandlung drucken, in welcher er beweis't, daß der heutige berühmte Syrakuser Muskatenwein der οινος πολλιος oder πολιος der Alten sei. Die klassischen Hauptstellen darüber sind, glaube ich, die Gärten des Alcinous im Homer, und Hesiodus in seinen Tagewerken im sechshundert und zehnten Vers. Im Homer heißt es, daß an den Weinstöcken reife Trauben und grünende und Blüten zugleich gewesen seien, worüber sich unsere Ausleger zuweilen quälen, sagte Landolina. Sie dürften nur die Sache wörtlich nehmen und zu uns nach Syrakus kommen, so könnten sie sich bei der ersten Ernte des Muskatenweins zu Anfang des Juli leicht überzeugen. Aber nur die Muskatentraube hat diese Eigenschaft des Orangenbaums, daß sie reife und unreife Früchte und Blüten zu gleicher Zeit zeigt. Landolina behauptet, diese Traube sei zunächst aus Tarent nach Syrakus gekommen; das mag er beweisen. Dieses alles wird Dir, als einem weingelehrten Manne, weit wichtiger sein, als mir Abaccheuten. Er hat mir noch manche nicht unangenehme philologische Bemerkung über manche griechische Stelle gemacht, für die ihm sein Freund Heyne in Göttingen Dank wissen wird, dem er sie wahrscheinlich auch alle mitgeteilt hat. An der Arethuse kann man freilich manches etwas besser sehen, als an der Leine. Übrigens sagte er noch, daß Homer, der, nach der Genauigkeit seiner Beschreibung zu urteilen, durchaus in Sizilien gewesen sein müsse, vielleicht nicht sonderlich hier aufgenommen worden sei, weil er bei jeder Gelegenheit einen etwas bösartigen Tik gegen die Insel äußere.

Katanien

Du siehst, ich bin nun auf der Rückkehr zu Dir. Syrakus, oder vielleicht schon Agrigent, war das südlichste Ende meines Weges. Vor einigen Tagen ritt ich zu Maulesel wieder mit einem ziemlich kleinen Führer hierher. Man kann die Reise in einem Sommertage sehr bequem machen; und wenn man recht gut beritten ist, recht früh aufbricht und sich nicht sehr viel umsieht, kann man wohl Augusta noch mitnehmen. Die Maulesel machen einen barbarisch starken Schritt, und das *Pungite, Don Juan, pungite!* wurde auch nicht gespart. Es war ein herrlicher warmer Regenmorgen, als ich Syrakus verließ; der Himmel hellte sich auf, als ich aus der Festung war, und die Nachtigallen sangen wetteifernd in den Feigengärten und Mandelbäumen so schön, wie ich ihnen in Sizilien gar nicht zugetraut hätte, da sie sich noch nicht sonderlich hatten hören lassen. Ich ging wieder vor der Feigenquelle vorbei und durch einen Strich der schönen, herrlichen Gegend von Augusta. Aber vor derselben und nach derselben war es wüste; ununterbrochen wüste, bis diesseits der Berge an die Ufer des Simäthus. In einem Wirtshause am Fuße der Berge, ungefähr noch zehn Millien von Katanien, wo ich essen wollte, und wenigstens Makkaronen suchte, gab der Wirt skeptisch zur Antwort: In Katanien sind Makkaronen; hier ist nichts. Der Mensch hatte die trotzige, murrsinnige Physiognomie der gedrückten Armut und des Mangels, der nicht seine Schuld war, und gewann nicht eher eine etwas freundliche Miene, als bis ich seinen Kindern von meinem schönen Brote aus Syrakus gab; dann holte er mir mein Lieblingsgericht, getrocknete Oliven. In der Gegend des Simäthus war das Wasser ziemlich groß, das man auf die Felder umher auf den Reis leitete. Mein Maulesel, den ich nordischer Reiter wohl nicht recht geschickt lenken mochte, fiel in eine morastige Lache des Flusses, und bekam meine halbe Personalität unter sich. Mein linker Fuß, der wegen einer alten Kontusion nicht viel vertragen kann, wurde gequetscht und etwas verrenkt und ich kam lahm hier an. Sehr leicht hätte ich eines sehr unidyllischen schmutzigen Todes in dem Schlamme des Simäthus sterben können: doch zürne ich deswegen dem Flusse nicht; denn er ist doch der einzige Fluß, der diesen Namen auf der Insel verdient, und durchaus der größte; wenn gleich einige den Salzfluß bei Alikata oder gar den Himera bei Termini größer machen. Der

Symäthus ist ein eigentlicher Fluß, die Zierde und der Segen des Tales Enna, und die andern sind nur Waldströme, die sich freilich zuweilen mit vieler Gewalt von den Gebirgen herabwälzen mögen, wie ich schon selbst die Erfahrung gemacht habe. Das dauert aber gewöhnlich nur einige Tage; dann kann man wieder zu Fuß durch ihre Betten gehen. Nicht weit diesseit des Simäthus, über den hier eine ziemlich gute Fähre geht, führte mich mein unkundiger Eseltreiber tief in Büsche und Moräste hinein, daß weder ich, noch er, noch der Esel weiter wußten. Mein Schmutz und mein Schmerz am Fuße hatten mich etwas grämlich gemacht, so daß ich im Ärger dem Jungen mit der Rute einige Schläge über das Kollet gab. Darüber fing er an jämmerlich zu schreien; wir erholten uns beide, und er sagte mir sodann mit vieler Eseltreiberweisheit, das sei sehr unklug von mir gewesen, daß ich so wenig Geduld gehabt habe; ich habe zwar von ihm nichts zu fürchten, weil er ehrlich sei; aber ich sei doch immer in seiner Gewalt. Avis dem Leser, der Junge hatte Recht, und ich schämte mich meiner Übereilung; wir versöhnten uns, und ritten philosophisch weiter. Die fernere Nachbarschaft von Katanien ist, für Katanien, schlecht genug bebaut; die ganze Gegend des Simäthus könnte und sollte besser bearbeitet sein. In der Nähe der Stadt fängt die Kultur schöner an. Ich ließ an dem Stadttore den Jungen mit der Bezahlung laufen, und spazierte, oder hinkte vielmehr, etwas gesäubert, die Straße hinab, wendete mich an die erste Physiognomie, die mir gefiel, und die mich auch in den Elephanten sehr gut unterbrachte. Für den beschädigten Fuß gab mir ein Arzt bei dem Professor Gambino Muskatennußöl, und es ward sogleich besser, und jetzt marschiere ich schon wieder ziemlich fest. Das habe ich auch nötig; denn ich will auf den Aetna, wo sich mancher schon den Fuß vertreten hat.

Eben stehe ich von einer echt klassischen Mahlzeit auf, mein Freund; und ich glaube fast, es wäre die beste in meinem Leben gewesen, wenn nur einige Freunde, wie Du, aus dem Vaterlande mit mir gewesen wären. Aber mein Tischgeselle war ein hiesiger Geistlicher, eben die Physiognomie, die ich auf der Straße zum Führer bekam. Der Mann ist indessen für einen sizilischen Theologen vernünftig genug, und hat mir eben, ich weiß nicht wie, klassisch bewiesen, daß Katanien das Vaterland der Flöhe sei. Meine Mahlzeit, Freund, war ganz vom Aetna, bis auf die Fische, welche aus der See an seinem Fuße waren. Die Orangen, der Wein, die Kastanien, die Feigen und die Feigenschnepfen, alles ist vom Fuße und von der Seite des Berges. Ich bin Willens, ihn auf alle Weise zu genießen; deswegen bin ich hergekommen; und wohl nicht absichtlich, um das Unwesen der Regierung und der Möncherei zu sehen. In Katanien ist es wohl von ganz Sizilien und vielleicht von ganz Italien noch am hellsten und vernünftigsten; das hat Biskaris und einige seiner Freunde gemacht, durch welche etwas griechischer Geist wieder aufgelebt ist. Es ist hier sogar eine Art von Wohlstand und Flor, der den schlechten Einrichtungen in der Insel Hohn spricht. Hier würde ich leben, wenn ich mich nicht bei den Kamaldulensern in Neapel einsiedelte. Hier fängt man wenigstens an, das Unglück des Vaterlandes, die Unordnungen und Malversationen aller Art, die schrecklichen Wirkungen der Unterdrückung und des dummen Aberglaubens recht lebhaft zu fühlen. Die Mönche haben den dritten Teil der Güter in den Händen; und wenn ihre Mast das einzige Übel wäre, das sie dem Staate verursachen, so könnte der gräßliche Druckfehler des Menschenverstandes doch vielleicht noch Verzeihung finden. Aber – mein Gott, wer wird ein Wort über die Mönche verlieren! Bonaparte wird sich zu seiner Zeit ihrer schon wieder ebenso tätig annehmen, wie der Übrigen, da sie mit ihnen zu seinem Systeme gehören. Es entfuhr mir aus kosmopolitischem Ingrimm hier in einer Gesellschaft, daß ich etwas unfein sagte: *Les moines avec leur cortège sont les morpions de l'humanité.* Die Sentenz wurde mit lautem Beifall aufgenommen, und auf manchen vorübergehenden Kuttenträger angewendet. Du begreifst, daß man schon ziemlich liberal sein muß, um so etwas nur zu vertragen: freilich verträgt man es nicht überall; aber die Stimmung ist doch sehr lebendig gegen das Ungeziefer des Staats. Die Franzosen haben in der ganzen Insel keine geringe Partei; und diese nimmt es Bonaparte sehr übel, daß er nach Ägypten ging, und nicht vorher kam und sie nahm, welches nach ihrer Meinung etwas leichtes gewesen wäre. Mut, Klugheit, allgemeine Gerechtigkeit und Humanität, von welchen Eigenschaften er wenigstens die erste Hälfte besitzt, hätten mit zehentausend Mann die Sache gemacht: und es ist leicht zu berechnen, was Sizilien für den Krieg gewesen wäre; wenn es auch jetzt nicht mehr so wichtig ist, als in den karthagischen Kriegen oder unter den Normännern. Alle vernünftige Insulaner sind völlig überzeugt, daß sie bei dem nächsten Kriege, an dem Neapel nur entfernt Anteil nimmt, die Beute der Engländer oder Franzosen sein werden; und ich gab ihnen mit voller Überlegung den Trost, daß sie sich im Ganzen auf keinen Fall verschlimmern könnten, so sehr auch einzelne Städte leiden möchten. Sie schienen das leicht zu begreifen, und sich also nicht zu fürchten.

Es würde zu weitläufig werden, wenn ich anfangen wollte, Dir nur etwas systematisch über Literatur und Antiquitäten zu schreiben. Andere haben das besser vor mir getan, als ich es könnte. Es hat sich wesentlich nichts geändert. Der tätige Geist des alten Biskaris scheint nicht ganz auf seinen Nachfolger übergegangen zu sein: obgleich auch dieser noch immer die nämliche Humanität zeigt. Das Kabinet ist wohl nicht ganz in der besten Ordnung. Was mich im Antikensaale vorzüglich beschäftigt hat, waren einige sehr schöne griechische und römische Köpfe, ein Torso fast von der nämlichen Gestalt, wie der jetzige Pariser, und den Einige diesem fast gleich schätzen, und eine Büste der Ceres, die beste, die ich gesehen habe. Es sind mehrere Statüen der Venus da; aber keine einzige, die mir gefallen hätte. Unter den kleinen Bronzen zeichneten sich für mich aus, ein Atlas der Himmelsträger, ein Mars, ein Merkur und ein Herkules. Es sind auch noch einige andere von vortrefflicher Arbeit. Die Lampensammlung ist sehr beträchtlich, vorzüglich die Matrimoniallampen, unter denen viele sehr niedliche, leichtfertige, aphrodisische Mysterien sind, die dem Charakter nach aus den Zeiten der römischen Kaiser zu sein scheinen. Manches gehört wohl auf keine Weise in eine solche Sammlung; vorzüglich nicht die Gewehre, welche wenig Interesse für Künstler und Kenner haben: einzelne Anekdoten müßten denn die Stücke merkwürdig machen. Vorzüglich schön ist noch eine längliche Vase, wo Ulyß und Diomed die Pferde des Rhösus bringen.

Das Übrige findet man besser und geordneter bei dem Ritter Gioeni, dessen Fach ausschließlich die Naturgeschichte ist, und vorzüglich die Naturgeschichte Siziliens. Man findet bei ihm alle vulkanische Produkte des Aetna, des Vesuv und der liparischen Inseln, und es ist ein Vergnügen die Resultate eines anhaltenden Fleißes hier zusammen zu sehen. Hier sind alle sizilischen Steine, von denen die Marmorarten vorzüglich schön sind. Bei Landolina und Biskaris und Gioeni sind Tische, die aus allen sizilischen Marmorarten gearbeitet sind. Das Fach der Muscheln findet man wohl selten so schön und so reich als bei dem letzten. Was mich besonders aufhielt, waren die verschiedenen niedlichen Sorten von Bernstein, alle aus Sizilien, die ich hier nicht gesucht hätte. Ich wußte wohl, daß man in Sizilien Bernstein findet, aber ich wußte nicht, daß er so schön und groß angetroffen wird: und ich habe aus der Ostsee keine so schöne Farben und Schattierungen davon gesehen. Die Arbeiten waren sehr niedlich und geschmackvoll. In der neuern Chemie und Physik muß man indessen nicht sehr gewissenhaft mit fortgehen: denn es wurde zufällig von der Platina gesprochen, die Gesellschaft war nicht ganz klein und nicht ganz gewöhnlich, und man gestand sogar Deinem idiotischen Freunde eine Stimme über die spezifische Schwere des Metalles zu. Endlich mußte unser Landsmann Bergmann den Zwist entscheiden, und ich war wirklich seinem Ausspruche am nächsten gekommen. Der Ritter und sein Bruder sind Männer von vieler Humanität und unermüdetem Eifer für die Wissenschaft.

Ich hatte das Vergnügen in dem Universitätsgebäude einer theologischen Doktorkreation beizuwohnen. Der Saal ist groß und schön und hell. Rundherum sind einige große Männer des Altertums nicht übel abgemalt, von denen einige Katanier waren; nämlich Charondas und Stesichorus; auch Cicero hatte für seinen Eifer für die Insel die Ehre hier zu sein; sodann der Syrakusier Archimed und einige andere Sizilier. Theokrit war den frommen Leuten vermutlich zu frivol; er war nicht hier. Der Kandidat war ein Dominikaner, und machte in ziemlich gutem Latein die Lobrede der Stadt und der Akademie Katanien. Der Promotor hielt sodann der Theologie eine Lobrede, die sehr mönchisch war, und die ich ihm bloß der guten Sprache wegen nur in Sizilien noch verzeihe. Nun, dachte ich, wird die Disputation angehen; und vielleicht vergönnt man sogar, da die Versammlung nicht zahlreich und ich von einem hiesigen Professor eingeführt war, mir Hyperboreer auch ein Wörtchen zu sprechen. Aber das war schon alles *inter privatos parietes* mit dem Examen abgemacht: man gab dem Kandidaten den Hut, die Trompeter bliesen, und wir gingen fort. Die Universitätsbibliothek ist nicht zahlreich, aber gut gewählt und geordnet, und der Bibliothekar ist ein freundlicher, verständiger Mann. Er zeigte mir eine erste Ausgabe vom Horaz, die mit den Episteln anfing, und die, wie er mir sagte, Fabricius sehr gelobt habe.

In den antiken Bädern unter der Kathedrale, durch welche eine Ader des Amenanus geleitet ist, die noch fließt, war die Luft so übel, daß der Professor Gambino es nur einige Minuten aushalten konnte. Meine Brust war etwas stärker; aber ich machte doch, daß ich wieder herauskam. Sie werden selten besucht. Auch in den dreifachen Korridoren des Theaters etwas weiter hinauf kroch ich eine Viertelstunde herum: von hier hat der Prinz Biskaris seine besten Schätze gezogen. Auch hier ist ein Aquädukt des Amenanus, aber sehr verschüttet. Nicht weit davon ist ein altes Odeum, das jetzt zu Privatwohnungen verbauet ist. Die Kommission der Altertümer hat aber nun die Oberaufsicht, und kein Eigentümer darf ohne ihre Erlaubnis einen Stein regen.

Das Kloster und die Kirche der reichen Benediktiner sind so gut als man eine schlechte Sache machen kann. Die Kirche gilt für die größte in ganz Sizilien und ist noch nicht ausgebauet; an der Façade fehlt noch viel. Sie mag dessen ungeachtet wohl die schönste sein. Die Gemälde in derselben sind nicht ohne

Wert, und die Stücke eines Eingebornen, des Morealese, werden billig geschätzt. Am meistens tut man sich auf die Orgel zugute, die vor ungefähr zwanzig Jahren von Don Donato del Piano gebauet worden ist. Er hat auch eine in Sankt Martin bei Palermo gebauet; aber diese hier soll, wie die Katanier behaupten, weit vorzüglicher sein. Man hatte die wirklich ausgezeichnete Humanität, sie für einige Freunde nach dem Gottesdienste noch lange spielen zu lassen; und ich glaube selbst in Rom keine bessere gehört zu haben. Schwerlich findet man eine größere Stärke, Reinheit und Verschiedenheit. Einige kleine Spielwerke für die Mönche sind freilich dabei, die durchaus alle Instrumente in einem einzigen haben wollen: aber das Echo ist wirklich ein Meisterstück; ich habe es noch in keiner Musik so magisch gehört. Die Abenddämmerung in der großen, schönen Kirche, und dann die feierlich schaurige Beleuchtung wirkten mit. Die Bibliothek und das Kabinet der Benediktiner sind ansehnlich genug, und könnten bei den Einkünften des Klosters noch weit besser sein. Im Museum finden sich einige hübsche Stücke von Guido Reni und, wie man behauptet, von Raphael. Mehrere griechische Inschriften sind an den Wänden umher. Eine auf einer Marmortafel ist so gelehrt, daß sie, wie man sagte, auch die gelehrtesten Antiquare in Italien nicht haben erklären können: auch Viskonti nicht. Ich hatte nicht Zeit; und was wollte ich Rekrut nach diesem athletischen Triarier. Doch kam es mir vor, als ob sie in einem späteren griechischen Stile das Märtertum der heiligen Agatha enthielte. Wenn Du nach Katanien zu den Benediktinern kommst, magst Du Dein Heil versuchen. In der Bibliothek bewirtete man mich, als einen Leipziger, aus Höflichkeit mit den *Actis eruditorum*, die in einer Klosterbibliothek in Katanien auch wirklich eine Seltenheit sein mögen. Die Byzantiner waren alle mit *Caute* in Verwahrung gesetzt, und werden nicht jedem gegeben. Als einen sehr großen seltenen Schatz zeigte man mir eine außerordentlich schön geschriebene Vulgata. Ich las etwas darin, und verschüttete die gute Meinung der Herren fast ganz durch die voreilige Bemerkung, es wäre Schade, daß der Kopist gar kein Griechisch verstanden hätte. Man sah mich an: ich war also genötigt zu zeigen, daß er aus dieser Unwissenheit vieles idiotisch und falsch geschrieben habe. Die guten Leute waren verlegen und legten ihr Heiligtum wieder an seinen Ort, und ihre Mienen sagten, daß solche Schätze nicht für Profane wären. Der Pater Sekretär, ein feiner, gebildeter Mann, der in seinem Zimmer ein herrliches englisches Instrument hatte, gab mir einen Brief an ihren Bruder oben am Berge im Namen des Abts, da er hörte, daß ich auf den Berg wollte. Er schüttelte indessen zweifelhaft den Kopf und erzählte mir schreckliche Dinge von der Kälte in der obern Region des Riesen: es würde unmöglich sein, meinte er, schon jetzt in der frühen Jahrszeit noch zu Anfange des Aprils hinaufzukommen. Er erzählte mir dabei von einigen Westfalen, die es noch bei der nämlichen Jahrszeit gewagt hätten, aber kaum zur Hälfte gekommen wären und doch Nasen und Ohren erfroren hätten. Ich ließ mich aber nicht niederschlagen; denn ich wäre ja nicht wert gewesen, nordamerikanischen und russischen Winter erlebt zu haben.

Das Kloster hat achtzigtausend Skudi Einkünfte, und steht im Kredit, daß es damit viel gutes tut. Das heißt aber wohl weiter nichts, als funfzig Faulenzer ernähren hundert Bettler; dadurch werden beide dem Staate unnütz und verderblich. So jemand nicht will arbeiten, der soll auch nicht essen, sagt unser alter Sirach; und ich finde den Ausspruch ganz vernünftig, auch wenn er mir selbst das Todesurteil schriebe.

Eine schöne Promenade ist der Garten dieses nämlichen Klosters, der hinter den Gebäuden auf lauter Lava angelegt ist, und wo man links und rechts und geradeaus die schönste Aussicht auf den Berg und das Meer und die bebaute Ebene hat. Die Lavafelder geben dem Garten das Ansehen einer großen, mächtigen Zauberei. Gleich neben diesem Garten, neben dem Klostergebäude nach der Stadt zu, hat ein Kanonikus einen kleinen botanischen Garten, wo er schon die Papierstaude von Syrakus als eine Seltenheit hält. Noch angenehmer ist der Gang in die Gärten des Prinzen Biskaris in der nämlichen Gegend. Als er ihn anlegte, hielt man es für eine Spielerei; aber er hat gezeigt, was Fleiß mit Anhaltsamkeit und etwas Aufwand tun kann. Er hat die Lava gezwungen; die Pflanzung grünt und blüht mit Wein und Feigen und Orangen und den schönsten Blumen aller Art. Der Gärtner brachte mir die gewöhnliche Höflichkeit, und ich legte mehrere Blumen in mein Taschenbuch für meine Freunde im Vaterlande.

Das Jesuitenkloster in der Stadt ist zum Etablissement für Manufakturen gemacht: und ob dieses Etablissement gleich noch nicht weit gediehen ist, so ist doch durch die Vernichtung des Klosters schon viel gewonnen. In der Kathedrale hängt in einer Kapelle ein schrecklich treues Gemälde, ungefähr sechs Fuß im Quadrat, von der letzten großen Eruption des Berges 1669, die fast die Stadt zu Grunde richtete. Ein echter Künstler sollte es nehmen und ihm in einer neuen Bearbeitung zur Wahrheit des Ganzen auch Kunstwert geben. Es würde ein furchtbar schönes Stück werden, und das ganze Gebiet der Kunst hätte dann vielleicht nichts ähnliches aufzuweisen. Hier hätte Raphael arbeiten sollen; da war mehr als sein Brand.

Unten wo der zerteilte Amenanus wieder aus den Lavaschichten herausfließt, steht noch etwas von der alten Mauer Kataniens, ungefähr in gleicher Entfernung zwischen dem Molo links und dem Lavaberge rechts, der dort weiter in die See hinein sich emporgetürmt hat. An dem Molo hat man schon lange mit vielen Kosten gearbeitet; ich fürchte aber die See wird gewaltiger sein als die Arbeiter. Wenn links ein Felsenufer etwas weiter hervorgriffe und den Wogensturz von Kalabrien her etwas dämmte, so wäre eher Hoffnung zur Haltbarkeit. Die Erfahrung, von der ich nichts wußte, hat schon meine Meinung bestätigt, und einige verständige Leute pflichteten mir bei, Katanien wird sich wohl müssen mit einer leidlichen Reede begnügen, wenn nicht vielleicht einmal der Aetna, der große Bauer und Zerstörer, einen Hafen bauet. Er darf nur links einen solchen Berg ins Meer schießen, wie er rechts getan hat, so ist er fertig. Es fragt sich, ob das zu wünschen wäre. Die Straße Ferdinande, von dem prächtigen Tore von Syrakus her, ist die Hauptstraße: eine andere, die ihr etwas aufwärts parallel läuft, ist fast eben so schön. Wenn Katanien so fort arbeitet, macht es sich nach einem großen Plane zu einer prächtigen Stadt. Fast alle öffentlichen Monumente sind von der Kommune aus eigenen Kräften bestritten, und es sind derselben nicht wenig: des Hofes geschieht nur Ehrenerwähnung. Es ist der lieblichste Ort, den ich in Sizilien gesehen habe, und übrigens sehr wenig mit der Regierung in Kollision; so daß viel gutes zu erwarten ist. Die Dazwischenkunft der Höfe verderbt wie ein Mehltau meistens das natürliche Gedeihen der freien Industrie.

Messina

Ich muß mich etwas fassen, daß ich Dich den Weg über den Berg und Taormina hierher mit mir nicht gar zu unordentlich machen lasse; ob Du gleich Geduld genug wirst haben müssen, denn ich bin ein gar schlechter Systematiker. Der Wirt im Elephanten in Katanien, in dessen Buche ich viele Bekannte fand und der sich als einen sehr guten Hodegeten ankündigte, besorgte mir eben nicht wohlfeil einen Mann mit einem Tiere, der mit mir die Fahrt bestehen sollte. Ich packte meinen Sack voll Orangen und ritt nun bergan. Wie viel ich Dörfer und Flecken durchritt, ehe ich am Sandkloster ankam, weiß ich nicht mehr. Dieses Kloster gehört bekanntlich den reichen Benediktinern unten in der Stadt, die hier nur einen Laienbruder haben, welcher die Ökonomie besorgt: denn sie haben rundumher weite Distrikte von Weinbergen. Bei den Mönchen gilt selten das Sprichwort, im Weine ist Wahrheit; sondern im Weine ist Schlauheit. Ich kann mir nicht helfen, und wenn mich die Mönche zum Abt machten, ich würde sagen, je größer das Kloster, desto größer die Sottise. Die Mönche unten sind gar feine Kauze, die das Inkonsequente und Bedenkliche und Kritische ihrer jetzigen Lage sehr gut fühlen und die Kutte durchzuschauen wissen: diese waren freundlich und höflich. Der Laienbruder hier im Sande war etwas grämelnd und murrsinnig. Er nahm meinen Empfehlungsbrief, betrachtete ihn und sagte mir ganz trocken: Der Abt, mein Vorgesetzter, hat ihn nicht unterschrieben; er geht mich also nichts an. Das ist schlimm für mich, sagte ich: Ja wohl! sagte er. Was soll ich nun tun? fragte ich: Was Sie wollen; antwortete er. Er besann sich indessen doch etwas; man trug eben das Essen auf. Er fragte mich, ob ich mit essen wollte; und ich machte natürlich gar keine Umstände, weil ich ziemlich hungrig war. Wir setzten uns also, und über Tische ward mein Wirt etwas freundlicher. Mein Maulesel mit dem Führer wurde nach dem nächsten Orte Nikolosi geschickt und mir Quartier und Pflege gesichert. Man meldete, daß eine fremde sehr vornehme Gesellschaft ankommen würde, die auch auf den Berg steigen wollte: das war mir lieb. Wir aßen dreierlei Fische. Denke Dir, ein Laienbruder der Benediktiner in der höchsten Wohnung am Aetna zur Fasten dreierlei Fische! Denn über diesem Kloster sind nur noch einige Häuser links hinüber, und weiter nichts mehr in der Waldregion bis hinauf an die alte Geißhöhle. Ich spreche von dieser Seite; die andern Pfade kenne ich nicht. Es kam ein anderer Herr, der uns trinken half. Dieser schien ein etwas besseres Stück von Geistlichen zu sein. Mein Wirt zog den Brief aus der Tasche und ließ ihn den andern vorlesen: da ergab sich mir denn erst, daß der Herr Laienbruder wohl gar nicht lesen konnte. Der Brief lautete ungefähr, daß der Pater Sekretär ihn im Namen und auf Befehl des Abtes schreibe, dem deutschen reisenden Herrn, der von dem Minister sehr empfohlen wäre, nach Würden bestens zu bewirten. Von meiner Entfernung war nun gar nicht mehr die Rede. Der Bruder ward gesprächiger und erzählte mir seine Reisen und seine Schicksale, und daß ihn der Papst kenne. Bald kam er auf meine Ketzerei und segnete sich. Er ließ sich mein Seelenheil und meine Bekehrung noch etwas angelegener sein, als der palermitanische Steuerrevisor in Agrigent, fand mich aber ganz refraktarisch: er mußte mich also mit seinem besten Futter in die Hölle gehen lassen. Der vornehmste Grund, den er brauchte, mich zum Christen zu machen, war: Ich hätte doch einen sehr gefährlichen Weg vor mir, es seien auf dem Berge schon viele umgekommen; nun könnte ich, wenn ich auch tot gefunden würde, nicht einmal christlich begraben werden. Das war nun freilich ein triftiges Argument; denn bei diesen Herren ist kein Akatholikus ein Christ. Ich sagte ihm so sanft als möglich die Anekdote des Diogenes, der sich im ähnlichen Falle ausbat, man möchte ihm nach dem Tode nur einen Stock hinlegen, damit er die Hunde wegjagen könnte. Der Mann schüttelte den Kopf und – trank sein Glas. Nun wurde mir ein Führer bestellt, der teuer genug war, und auf alle Fälle alles in Ordnung gesetzt, wenn auch die Gesellschaft nicht kommen sollte. Eben als die Einrichtung getroffen worden war, wurde gemeldet, daß die Engländer nicht kommen würden, sondern in Nikolosi blieben. Darüber war der Mann Gottes sehr ergrimmt und betete etwas unsanft, wie Elisa der Bärenprophet, über einige seiner Feinde unten in Katanien und oben in Nikolosi. Ich machte eine Ausflucht gegenüber auf die *Monti rossi,* die sich bei der letzten großen Eruption gebildet haben, vermutlich von der Farbe den Namen tragen und von ihren Gipfeln eine herrliche Aussicht geben. Man hat eine starke Viertelstunde nötig sie zu ersteigen, und von ihnen sieht man noch jetzt den ganzen ungeheuern Lavastrom der hier ausbrach, alles umwälzte und zernichtete, einen großen Teil der Stadt zerstörte und tief hinter derselben sich als eine hohe Felsenwand in der See stemmte. Ich weiß wohl, daß Stollberg anderer Meinung ist; aber ich habe es hier so von vielen Einwohnern gehört, unter denen auch manche ziemlich unterrichtete Männer waren. Als ich herunterstieg, begegnete ich zwei Engländern von der Partie aus Nikolosi, die den nämlichen Spaziergang hierher gemacht hatten. Ihrer waren fünfe, lauter Offiziere von der Garnison aus Malta, die von Neapel kamen und unterwegs den Berg mit sehen wollten; ein Major, ein Hauptmann und drei Lieutenants. Sie freuten sich noch einen zur Partie zu bekommen, und ich holte flugs meinen Sack vom Mönche und zog herunter zu den Engländern ins Wirtshaus nach Nikolosi, wo schon vorher mein Führer einquartiert war. Der Mönch machte ein finsteres Gesicht, murrte etwas durch die Zähne, vermutlich einige Flüche über uns Ketzer alle: ich dankte und ging.

Hier trieben wir nun, die fünf Briten und Dein Freund, unser Wesen sehr erbaulich. Die Engländer hatten den Wirt vom goldenen Löwen aus Katanien mitgebracht; ich trat zur Gesellschaft, man schaffte mir ein Bett so gut als möglich, und wir legten uns nieder und schliefen nicht viel. Die Herren erzählten ihre Abenteuer, militärische und galante, von der Themse und vom Nil; und bald traf die Kritik einen General, bald ein Mädchen. Vorzüglich war der Gegenstand ihrer Reminiszenzen eine gewisse originelle Trompetersfrau, die sie nach allen kernigen Prädikamenten zur Königin ihres Lagers in Ägypten erhoben. Gegen Mitternacht kamen die Führer, und nun setzte sich die ganze Karawane zu Maulesel; sechs *Signori Forestieri,* zwei Führer mit Laternen und ein Proviantträger. Es war, wenn ich nicht irre, den sechsten April zu Mitternacht, oder den siebenten des Morgens. Den vorigen Tag war es trübes Wetter gewesen, hatte den Abend ziemlich stark geregnet, hellte sich aber auf, so wie wir aus dem Wirtshause zogen. Wir gingen bei meinem Mönche in Sankt *Nicolas del bosco ove della rena* vorbei. Es war frisch und ward bald kalt, und dann sehr kalt. Wir trottierten und lärmten uns warm. Dann deklamierte der Major Grays Kirchhof, dann sangen wir *God save the King,* und Händel, und *Britannia, rule de waves,* und andere englischpatriotische Sachen. Jeder gab seinen Schnak. *We are already pretty high,* sagte der Eine: *it is a bitter nipping cold,* der Andere, *Methinks, I hear the dogstar bark, and Mars meets Venus in the dark;* fuhr ein Dritter fort. *Is that not smoke there?* fragte ein subalterner Myops; *I believe I see already old Nick smoking his pipe. But, my dear,* sagte der Major, *You are purblind upon your starboard eye; it is an oaktree.* So war es; das gab Gelächter, und wir ritten weiter. Bald kamen wir aus der bebauten Region in die waldige, und gingen nun unter den Eichen immer bergauf. Ungefähr um ein Uhr kamen wir in der Gegend der Geißhöhle an, die aber jetzt außer Gebrauch kommt. Der Fürst von Paterno hat dort ein Haus gebauet, wo die Fremden eintreten und sich bei einem Feuer wärmen können. Das Haus ist schlecht genug, und ein deutscher Dorfschulze würde sich schämen, es nicht besser gemacht zu haben. Indessen ist es doch besser als nichts, und vermutlich bequemer als die Höhle. Hier blieben wir eine kleine Halbestunde, bestiegen wieder unsere Maultiere und ritten nunmehr aus der waldigen Region in den Schnee hinein. Ungefähr eine Viertelstunde über dem Hause und der Höhle hörte die Vegetation ganz auf und der Schnee fing an hoch zu werden, der schon um das Haus her und hier und da neu und alt lag. Wir mußten nun absteigen und unsere Maultiere hier lassen. Der Schnee ward bald sehr hoch und das Steigen sehr beschwerlich. Unsere Führer rieten uns nur langsam zu gehen, und sie hatten Recht: aber die Herren ruhten zu oft absatzweise, und darin hatten diese nicht Recht. *Methinks I smell the morning air,* sagte der Major, und fuhr ganz drollig fort, als ein junger Lieutenant durch den hohlen Schnee auf ein Lavastück fiel und über den Fuß klagte: *Alack, what dangers do inviron the man that meddles with cold iron!* Die Kälte des Morgens ward schneidend und die Engländer, die wohl in Ägypten und Malta eine solche Partie nicht gemacht hatten, schüttelten sich wie die Matrosen. Endlich erreichten wir den Steinhaufen des so genannten Philosophenturms, und die Sonne tauchte eben glühend über die Berge von Kalabrien herauf und vergoldete was wir von der Meerenge sehen konnten, die ganze See und den Taurus zu unsern Füßen. Ganz rein war die Luft nicht, aber ohne Wolken; desto magischer war die Szene. Hinter uns lag noch alles in Nacht, und vor uns tanzten hier und da Nebelgestalten auf dem Ozean. Wer kann hier beschreiben? Nimm Deinen Benda, und laß auf silbernem Flügel dem Mädchen auf Naxos die Sonne aufgehen: und wenn Du nicht Etwas von unserm Vergnügen hast, so kann Dir kein Gott helfen. So ging uns Titan auf, aber wir standen über einem werdenden Gewitter: es konnte uns nicht erreichen. Einer der Herren lief wehklagend und hoch aufschreiend um die Trümmern herum; denn er hatte die Finger erfroren. Wir halfen mit Schnee und rieben und wuschen, und arbeiteten uns endlich zu dem Gipfel des Berges hinauf. Mir deucht, man müßte bis zum Philosophenturm reiten können; bis dahin ist es nicht zu sehr jäh: aber die Kälte verbietet es; wenigstens möchte ich eben deswegen ohne große Verwahrung nicht von der Kavalkade sein. Von hier aus kann man nicht mehr gehen; man muß steigen, und zuweilen klettern, und zuweilen klimmen. Es scheint nur noch eine Viertelstunde bis zur höchsten Spitze zu sein, aber es ist wohl noch ein Stückchen Arbeit. Die Briten letzten sich mit Rum, und da ich von diesem Nektar nichts genießen kann, aß ich von Zeit zu Zeit eine Apfelsine aus der Tasche. Sie waren ziemlich gefroren; aber ich habe nie so etwas köstliches genossen. Als ich keine Apfelsinen mehr hatte, denn der Appetit war stark, stillte ich den Durst mit Schnee, arbeitete immer vorwärts, und war zur Ehre der deutschen Nation der Erste an dem obersten Felsenrande der großen ungeheuern Schlucht, in welcher der Krater liegt. Einer der Führer kam nach mir, dann der Major, dann der zweite Führer, dann die ganze kleine Karawane bis auf den Herrn mit den erfrorenen Fingern. Hier standen und saßen und lagen wir, halb in dem Qualm des aufsteigenden Rauchdampfes eingehüllt, und keiner sprach ein Wort, und jeder staunte in den furchtbaren Schlund hinab, aus welchem es in dunkeln und weißlichen Wolken dumpf und wütend herauftobte. – Endlich sagte der Major, indem er sich mit einem tiefen Atemzuge Luft machte. *Now it is indeed worth a young man's whilc to mount and scc it; for such a sight is not to be met with in the parks of old England.* Mehr kannst Du von einem echten Briten nicht erwarten, dessen patriotische Seele ihren Gefährten mit Rostbeef und Porter ambrosisch bewirtet.

Die Schlucht, ungefähr eine kleine Stunde im Umfangc, lag vor uns, wir standen alle auf einer ziemlich schmalen Felsenwand, und bückten uns über eine steile Kluft von vielleicht sechszig bis siebenzig Klaftern hinaus und in dieselbe hinein. Einige legten sich nieder, um sich auf der grausen Höhe vor Schwindel zu sichern. In dieser Schlucht lag tief der Krater, der seine Stürme aus dem Abgrunde nach der entgegengesetzten Seite hinüber warf. Der Wind kam von der Morgensonne und wir standen noch ziemlich sicher vor dem Dampfe; nur daß hier und da etwas durch die Felsenspalten heraufdrang. Rundherum ist keine Möglichkeit, vor den ungeheuern senkrechten Lavablöcken, bis hinunter ganz nahe an den Rand des eigentlichen Schlundes zu kommen. Bloß von der Seite von Taormina, wo eine sehr große Vertiefung ausgeht, muß man hineinsteigen können, wenn man Zeit und Mut genug hat, die Gefahr zu bestehen: denn eine kleine Veränderung des Windes kann tödlich werden, und man erstickt wie Plinius. Übrigens würde man wohl unten am Rande weiter nichts sehen können. Hätte ich drei Tage Zeit und einen entschlossenen, der Gegend ganz kundigen Führer, so wollte ich mir wohl die Ehre erwerben unten gewesen zu sein, wenn es der Wind erlaubte. Man müßte aber mit viel größerer Schwierigkeit von Taormina hinaufsteigen.

Nachdem wir uns von unserm ersten Hinstaunen etwas erholt hatten, sahen wir nun auch rundumher. Die Sonne stand nicht mehr so tief, und es war auch auf der übrigen Insel schon ziemlich hell. Wir sahen das ganze große, schöne, herrliche Eiland unter uns, vor uns liegen, wenigstens den schönsten Teil desselben. Alles was um den Berg herum liegt, das ganze Tal Enna, bis nach Palagonia und Lentini, mit allen Städten und Flecken und Flüssen, war wie in magischen Duft gewebt. Vorzüglich reizend zog sich der Simäthus aus den Bergen durch die schöne Fläche lang hinab in das Meer, und man übersah mit Einem Blick seinen ganzen Lauf. Tiefer hin lag der See Lentini und glänzte wie ein Zauberspiegel durch die elektrische Luft. Die Folge wird zeigen, daß die Luft nicht sehr rein, aber vielleicht nur desto schöner für unsern Morgen war. Man sah hinunter bis nach Augusta und in die Gegend von Syrakus. Aber die Schwäche meiner Augen und die Dünste des Himmels, der doch fast unbewölkt war, hinderten mich weiter zu sehen. Messina habe ich nicht gesehen: und mir deucht, man kann es auch von hier nicht sehen: es liegt zu tief landeinwärts an der Meerenge und die Berge müssen es decken. Palermo kann man durchaus nicht sehen, sondern nur die Berge umher. Von den Liparen sahen wir nur etwas durch die Wölkchen. Nachdem wir rund umher genug hinabgeschaut hatten, und das erste Staunen sich etwas zur Ruhe setzte, sagte der Major nach englischer Sitte: *Now be sure, we needs must give a shout at the top down the gulf;* und so stimmten wir denn drei Mal ein mächtiges Freudengeschrei an, daß die Höhlen der furchtbaren Riesen widerhallten, und die Führer uns warnten, wir möchten durch unsere Ruchlosigkeit nicht die Teufel unten wecken. Sie nannten den Schlund nur mit etwas verändertem Mythus: *la casa del diavolo* und das Echo in den Klüften *la sua risposta.*

Der Umfang des kleinen tief unten liegenden Kessels mag ungefähr eine kleine Viertelstunde sein. Es kochte und brauste; und wütete und tobte und stürmte unaufhörlich aus ihm herauf. Einen zweiten Krater habe ich nicht gesehen; der dicke Rauch müßte vielleicht ganz seinen Eingang decken, oder dieser zweite Schlund müßte auf der andern Seite der Felsen liegen, zu der wir wegen des Windes, der den Dampf dorthin trieb, nicht kommen konnten. Auch hier waren wir nicht ganz von Rauche frei; die rote Uniform der Engländer mit den goldenen Achselbändern war ganz schwarzgrau geworden; mein blauer Rock hatte seine Farbe nicht merklich geändert.

Ich hatte mich bisher im Aufsteigen immer mit Schnee gelabt; aber hier am Rande auf der Spitze war er bitter salzig und konnte nicht genossen werden. Nicht weit vom Rande lag ein Auswurf von verschiedenen Farben, den ich für toten Schwefel hielt. Er war heiß und wir konnten unsere Füße darin wärmen. Wir setzten uns an eine Felsenwand, und sahen auf die zauberische Gegend unter uns, vorzüglich nach Katanien und Paterno hinab. Die *Monti rossi* bei Nikolosi glichen fast Maulwurfshügeln, und die ganze große ausgestorbene Familie des alten lebendigen Vaters lag rundumher. Nur er selbst wirkte mit ewigem Feuer in furchtbarer Jugendkraft. Welche ungeheuere Werkstatt muß er haben! Der letzte große Ausbruch war fast drei deutsche Meilen vom Gipfel hinab bei Nikolosi. Wenn er wieder durchbrechen sollte, fürchte ich für die Seite von Taormina, wo nun die Erdschicht am dünnsten zu sein scheint. Die Luft war trotz dem Feuer des Vulkans und der Sonne doch sehr kalt, und wir stiegen wieder herab. Unser Herabsteigen war vielleicht noch belohnender als der Aufenthalt auf dem obersten Gipfel. Bis zum Philosophenturm war viel Behutsamkeit nötig. Hier war nun der Proviantträger angekommen, und wir hielten unser Frühstück. Die Engländer griffen zur Rumflasche, und ich hielt mich zum gebratenen Huhn und dann zum Schnee. Brot und Braten waren ziemlich hart gefroren, aber der heiße Hunger taute es bald auf. Indem wir aßen, genossen wir das schönste Schauspiel, das vielleicht das Auge des Menschen genießen kann. Der Himmel war fast ganz hell, und nur hinter uns über dem Simäthus hingen einige kleine lichte Wölkchen. Die Sonne stand schon ziemlich hoch an der Küste Kalabriens; die See war glänzend. Da zeigten sich zuerst hier und da einige kleine Fleckchen auf dem Meere links vor Taormina, die fast wie Inselchen aussahen. Unsere Führer sagten uns sogleich was folgen würde. Die

Flecken wurden zusehens größer, bildeten flockige Nebelwolken und breiteten sich aus und flossen zusammen. Keine morganische Fee kann eine solche Farbenglut und solchen Wechsel haben, als die Nebel von Moment zu Moment annahmen. Es schoß in die Höhe und glich einem Walde mit den dichtesten Bäumen von den sonderbarsten Gestalten, war hier gedrängter und dunkler, dort dünner und heller, und die Sonne schien in einem noch ziemlich kleinen Winkel auf das Gewebe hinab, das schnell die ganze nördliche Küste deckte und das wir hier tief unter uns sahen. Der Glutstrom fing an die Schluchten der Berge zu füllen, und hinter uns lag das Tal Enna mit seiner ganzen Schönheit in einem unnennbaren Halblichte, so daß wir nur noch den See von Lentini als ein helles Fleckchen sahen. Dieses alles und die Bildung des himmlischen Gemäldes an der Nordostseite, war das Werk einer kleinen Viertelstunde. Ich werde eine so geschmückte Szene wahrscheinlich in meinem Leben nicht wieder sehen. Sie ist nur hier zu treffen, und auch hier sehr selten; die Führer priesen uns und sogar sich selbst deswegen glücklich. Wir brachen auf, um, womöglich, unten dem Regen zu entgehen: in einigen Minuten sahen wir nichts mehr von dem Gipfel des Berges; alles war in undurchdringlichen Nebel gehüllt, und wir selbst schossen auf der Bahn, die wir im Hinaufsteigen langsam gemacht hatten, pfeilschnell herab. Ohne den Schnee hätten wir es nicht so sicher gekonnt. Nach einer halben Stunde hatten wir die Blitze links, immer noch unter uns. Der Nebel hellte sich wieder auf, oder vielmehr wir traten aus demselben heraus, das Gewitter zog neben uns her nach Katanien zu, und wir kamen in weniger als der Hälfte Zeit wieder in das Haus am Ende der Waldregion, wo wir uns an das Feuer setzten; nämlich diejenigen, die es wagen durften. Die Engländer hatten zu dieser Bergreise eine eigene Vorkehrung getroffen. Weiß der Himmel, wer sie ihnen mochte geraten haben: die meinige war besser. Sie kamen in Nikolosi in Stiefeln an, setzten sich aber dort in Schuhe, und über diese Schuhe zogen sie die dicksten wollenen Strümpfe, die man sich denken kann, und die sie sogar, wie sie mir sagten, schon in Holland zu diesem Behufe gekauft hatten. Der Aufzug ließ sonderbar genug; sie sahen mit den großen Aetnastöcken von unten auf alle ziemlich aus, wie samogetische Bärenführer. Ich ging in meinem gewöhnlichen Reisezeug, mit gewöhnlichen baumwollenen Strümpfen in meinen festen Stiefeln. Schon hinaufwärts waren einige holländische Strümpfe zerrissen; herabwärts ging es über die Schuhe und die Unterstrümpfe. Einige liefen auf den Zehen, die sie denn natürlich erfroren hatten. Meine Warnung, langsam und fest ohne abzusetzen fortzugehen, hatte nichts geholfen. Mir fehlte nicht das Geringste. Vorzüglich hatte Einer der jungen Herren die

Unvorsichtigkeit gehabt, sich mit warmem Wasser zu waschen und an das Feuer zu setzen. In einigen Minuten jauchzte er vor Schmerz, wie Homers verwundeter Kriegsgott, und hat den Denkzettel mitgenommen. Vermutlich wird er in Katanien oder noch in Malta zu kurieren haben. Du kannst sehen, welcher auffallende Kontrast hier in einer kleinen Entfernung in der Gegend ist; unten bei Katanien raufte man reifen Flachs, und die Gerste stand hoch in Ähren; und hier oben erfror man Hände und Füße. Nun ritten wir noch immer mit dem Gewitter durch die Waldregion nach Nikolosi hinab, wo wir eine herrliche Mahlzeit fanden, die der Wirt aus dem goldenen Löwen in Katanien kontraktmäßig angeschafft hatte. Wir nahmen Abschied; die Engländer ritten zurück nach Katanien, und ich meines Weges hierher nach Taormina.

Es ist vielleicht in ganz Europa keine Gegend mit so vielfältigen Schönheiten, als die Umgebung dieses Berges. Seine Höhe kann ich nicht bestimmen. In einem geographischen Verzeichnis wurde er hier beträchtlich höher angegeben, als die höchsten Alpen: das mögen die Italiener mit den mathematischen Geographen ausmachen. Der Professor Gambino aus Katanien will diesen August mit einer Gesellschaft hinaufgehen, um oben noch mehrere Beobachtungen anzustellen. Man hat in der Insel das Sprichwort vom Aetna: *On le voit toujours le chapeau blanc et la pipe a la bouche.* – Der Schnee soll nie ganz schmelzen; das ist in einem so sehr südlichen Klima viel. Man nennt ihn in Sizilien meistens, wie bekannt, nur *Monte Gibello:* aber man nennt ihn auch noch sehr oft Aetna, oder den Berg von Sizilien oder geradezu vorzugsweise den Berg. Die letzte Benennung habe ich am häufigsten und zwar auch unten an der südlichen Küste gefunden. Mir scheint es überhaupt, daß man jetzt anfängt, die alten Namen wieder hervorzusuchen und zu gebrauchen. So habe ich auch den Fluß unten nie anders als Simäthus nennen hören.

Bis an das Bergkloster der Benediktiner ist der Aetna von dieser Seite bebaut, und ziemlich gut bebaut; weiter hinauf ist Wald und fast von lauter Eichen, die jetzt noch alle kahl standen; und nicht weit von der Geißhöhle oder dem jetzigen Hause von Paterno hört die Vegetation ganz auf. Wir fanden von dort an bis zum Gipfel hohen Schnee. Die bebaute Region gibt eine Abwechselung, die man vielleicht selten mehr auf dem Erdboden findet. Unten reifen im lieblichsten Gemische die meisten Früchte des wärmern Erdstrichs; alle Orangengeschlechter wachsen und blühen in goldenem Glanze. Weiter hinauf gedeiht die Granate, dann der Ölbaum, dann die Feige, dann nur der Weinstock und die Kastanie; und dann nur noch die ehrwürdige Eiche. Am Fuße triffst Du alles dieses zusammen in schönen Gruppen, und zuweilen Palmen dazu.

Auf meinem Wege nach Taormina zeigte mir mein Führer, nur auf Einem Punkte, den alten, großen, berühmten Kastanienbaum in der Ferne. Kaum kann ich sagen, daß ich ihn gesehen habe; ich wollte ihm aber nicht einen Tag aufopfern. Die Nacht mußte ich in einem kleinen elenden Dörfchen bleiben. Der Weg nach Taormina gehört zu den schönsten, besonders einige Millien vor der Stadt. Dieser Ort, welcher ehemals unten lag und nun auf einem hohen Vorsprunge des Taurus steht, hat die herrlichste Aussicht nach allen Seiten, vorzüglich von dem alten Theater, einem der kühnsten Werke der Alten. Rechts ist das ewige Feuer des Aetna, links das fabelhafte Ufer der Insel, und gegenüber sieht man weit weit hinauf an den Küsten von Kalabrien. Höchst wahrscheinlich ist das Theater nur römisch; man hat es nach der Zerstörung durch die Sarazenen so gut als möglich wieder zusammengesetzt, scheint aber dabei nach sehr willkürlichen Konjekturen verfahren zu sein. Es ist bekanntlich eines der erhaltensten, und alles was alt ist, ist sehr anschaulich, aber für das neue Flickwerk möchte ich nicht stehen: und doch hat eben der schönste, prächtigste Teil am meisten von den Barbaren gelitten. Das alte Schloß, welches noch viel höher als die Stadt liegt, muß schwer zu nehmen sein. Die Patronin, die heilige Mutter vom Felsen, müßte es also ziemlich leicht sehr gut verteidigen, wenn ihre Kinder verständige und brave Kriegsleute wären. Nach Taormina hatte ich eine Empfehlung von Katanien an den Kommandanten, die einzige in Sizilien, welche schlecht honoriert wurde. Man wies mich in ein Wirtshaus unten am Fuße des Berges, welches aber eine starke Stunde hinunter ist. Das konnte mir mein Mauleseltreiber auch sagen; und hätte ich oben ein Wirtshaus finden können, so wäre ich dem Herrn gar nicht beschwerlich gefallen. Bei den Kapuzinern sprach ich gar nicht ein, denn ihre Ungefälligkeit und ihr Schmutz waren mir schon geschildert worden. Ich schickte hier meinen Mauleseltreiber fort und wanderte wieder allein zu Fuße weiter: denn an der See hinauf, dachte ich, kann ich nun Messina nicht verfehlen. Ein alter Sergeant von Taormina, der mir sehr freundlich den Cicerone machte, wollte mir eine Ordre an den Kommandanten von Sankt Alexis, einen unter ihm stehenden Korporal, mitgeben, daß er mir dort das Schloß auf der Felsenspitze zeigen sollte: ich dankte ihm aber mit der Entschuldigung, daß ich nicht Zeit haben würde. Der Weg hinauf und herab von Taormina ist etwas halsbrechend, hat aber einige schöne, sehr gut bebaute Schluchten. Mein Aufenthalt oben dauerte aus angeführten Ursachen nur zwei kleine Stunden, bis ich das Theater gesehen, und Fische und Oliven mit dem Sergeanten gegessen hatte. Der ehrliche alte Kerl wollte mich für die Kleinigkeit durchaus noch einige Millien begleiten, damit ich den Weg nicht verlieren möchte. Einen gar sonderbaren, langgezogenen, tiefen, nicht unsonorischen Dialekt haben hier die Leute. Auf die Frage, wie weit ich noch zum nächsten Orte habe, erhielt ich die Antwort: *Saruhn incuhra: cinquuh migliah:* welches jeder ohne Noten verstehen wird.

Diese Nacht blieb ich in einem kleinem Orte, der, glaube ich, Giumarrinese hieß, und noch achtzehn Millien von Messina entfernt ist. Ein Seebad nach einem ziemlich warmen Tage tat mir recht wohl; und die frischen Sardellen gleich aus der See waren nachher ein ganz gutes Gericht. Man tut sich hier darauf etwas zugute und behauptet mit Recht, daß man sie in Palermo nicht so schön haben kann. Einige Millien von Messina fand ich wieder Fuhrgleise, welches mir eine wahre Wohltat war; denn seit Agrigent hatte ich keinen Wagen gesehen. In Syrakus kann man nur eine Viertelstunde an der See bis an ein Kloster vor der Stadt und bis in die Gegend des Anapus fahren: und eine geistliche Sänfte, von Mauleseln getragen, die ich in den Bergschluchten zwischen Lentini und Augusta antraf, war alles, was ich einem Fuhrwerk ähnliches gefunden hatte.

Messina

In der langen Vorstadt von Messina traf ich einige sehr gut gearbeitete Brunnen, mit pompösen lateinischen Inschriften, worin ein Brunnen mit Recht als eine große Wohltat gepriesen wurde. Nur Schade, daß sie kein Wasser hatten. Die Hafenseite ist noch eine furchtbare Trümmer, und doch der einzige nahe Spaziergang für die Stadt. Noch der jetzige Anblick zeigt, was das Ganze muß gewesen sein; und ich glaube wirklich, die Messinesen haben Recht gehabt, wenn sie sagten: es sei in der Welt nicht so etwas prächtiges mehr gewesen, als ihre Façade an dem Hafen, die sie deswegen nur vorzugsweise den Palast nannten, und ihn noch jetzt in den Trümmern so nennen. Das Schicksal scheint hier eine schreckliche Erinnerung an unsere Ohnmacht gegeben zu haben: Das könnt ihr mit Macht und angestrengtem Fleiß in Jahrhunderten; und das kann ich in einem Momente! Die Monumente stürzten, und die ganze Felsenküste jenseits und diesseits wurde zerrüttet! – Nur die Heiligennischen an den Enden werden wieder aufgebauet und Bettelmönche hineingesetzt, den geistlichen Tribut einzutreiben. Aufwärts in der Stadt wird sehr lebhaft und sehr solid wieder aufgebauet. Die Häuser bekommen durchaus nicht mehr als zwei Stockwerke, um bei künftigen Erderschütterungen nicht zu sehr unter ihrer Last zu leiden. Das unterste Stockwerk hat selbst in den furchtbaren Erdbeben überall nur wenig gelitten.

Messina ist reich an Statuen ihrer Könige, von denen einige nicht schlecht sind. Ich habe stundenlang vor dem Bilde Philipps des Zweiten gestanden, und die Geschichte aus seinem Gesichte gesucht. Mir deucht, er trägt sie darauf; und selbst Schiller scheint seinen Charakter desselben von so einem Kopfe genommen zu haben. Die heilige Jungfrau ist bekanntlich die vorzüglichste Patronin der Messinesen, und Du kannst nicht glauben, wie fest und heilig sie noch auf ihren Schutzbrief halten. Wenn sie hier nicht im Erdbeben hilft, so wie Agatha in Katanien den Berg nicht zähmt, so müssen freilich die Sünder gestraft werden. Ich hatte soeben Gelegenheit, eine große feierliche Zeremonie ihr zu Ehren mit anzusehen. Die ganze Geistlichkeit mit einem ziemlich ansehnlichen Gefolge vom weltlichen Arm hielt das Palmenfest. Mich wundert nicht, daß die Palmen in Sizilien nicht besser fortkommen und immer seltener werden, wenn man sie alle Jahre auf diese Art so gewissenlos plündert. Alles trug Palmenzweige, und wer keinen von den Bäumen mehr haben konnte, der hatte sich einen schnitzen und färben lassen. Der Aufzug wäre possierlich gewesen, wenn er nicht zu ernsthaft gewesen wäre. Ein Mönch predigte sodann in der Kathedralkirche eine halbe Stunde von der heiligen Jungfrau und ihrem gewaltigen Kredit im Himmel und ihrer besondern Gnade gegen die Stadt, und führte dafür Beweise an, über die selbst der echteste gläubigste Katholik hätte ausrufen mögen: *Credat Judaeus appella!* Sodann kam der Erzbischof in einem ungeheuern, alten, vergoldeten Staatswagen mit vier stattlichen Mauleseln, stieg aus und segnete das Volk, und es ging selig nach Hause. Die Kathedrale hat in ihrem Bau nichts merkwürdiges als die Säulen, die aus dem alten Neptunustempel am Pharus sind. Der große, prächtige Altar war verhängt; er gilt in ganz Sizilien für ein Wunder der Arbeit und des Reichtums. Man machte mir Hoffnung, daß ich ihn würde sehen können, und nahm es ziemlich übel, daß mir die Sache so gleichgültig schien.

Man sagt, die Hafenseite liegt deswegen noch so ganz in Trümmern, weil die Regierung sie durchaus ebenso schön und ganz nach dem alten Plan aufgebauet wissen wolle, die Bürger aber sie nur mit dem übrigen gleich, zwei Stock hoch, aufzuführen gesonnen seien. Mir deucht, das Ganze, ob ich es gleich von sehr unterrichteten Leuten gehört habe, sei doch nur ein Gerücht: und wenn es wahr ist, so zeigt es den guten soliden Verstand der Bürger, und die Unkunde und Marotte der Regierung. Die Statue des jetzigen Königs, Ferdinand des Vierten, hat man noch 1792 mitten unter die Trümmern gesetzt. Wenn hier der gute Herr nicht seinen lethargischen Schnupfen verliert, so kann ihm kein Anticyra helfen. Was die Leute bei der Aufstellung der Statue eben hier mögen gedacht haben, ist mir unbegreiflich, da der König weder eine solche Ehre noch eine solche Verspottung verdient. Die Statue war auf alle Fälle hier das letzte, was man aufstellen sollte. In dem Hafen liegen eben jetzt vier englische Fregatten, und es scheint, als ob die Briten über die Insel Wache hielten, so bedenklich mag ihnen die Lage derselben vorkommen. Es sind schöne, herrliche Schiffe, und so oft ich etwas von der englischen Flotte gesehen habe, habe ich unwillkürlich den übermütigen Insulanern ihr stolzes *Britannia rule the waves* verziehen; ebenso wie dem Pariser Didot sein *Excudebam*, wenn ich die Arbeit selbst betrachtete.

Von der Wasserseite möchte es immer etwas kosten, Messina anzugreifen: aber zu Lande von Skaletta her, würde man so ziemlich gleich gegen gleich fechten, und der Ort würde sich nicht halten. Ich war hier an einen Präpositus in einem Kloster empfohlen, der viel Güte und Freundlichkeit, aber ziemlich wenig Sinn für Aufklärung hatte, welches man dem guten Mann in seiner Lage so übel nicht nehmen muß. Er begleitete mich mit vieler Gefälligkeit überall hin, und wollte mich in dem Kloster logieren; aber ich hatte schon in der Stadt ein ziemlich gutes Wirtshaus. Die Kirche des heiligen Gregorius auf einer ziemlichen Anhöhe ist reich an Freskogemälden und Marmorarbeit: aber was mir wichtiger ist als dieses, sie gibt von ihrer Façade links und rechts die schönste Aussicht über die Stadt und den Meerbusen; und mit einem guten Glase muß man hier sehen können, was gegenüber am Ufer in Italien und in Rhegio auf den Gassen geschieht. In dem Hause des Herrn Marini, eines Patriziers der Stadt, steht als neuestes Altertum ein Stück einer alten Säule mit Inschrift, das vor einiger Zeit gefunden worden ist. Sie hat auf einem Brunnen gestanden, und man behauptet, ihre Inschrift sei griechisch; aber niemand ist da, der sie erklären könnte. Ob ich gleich leidlich griechisch lese, so konnte ich doch nicht einmal herausbringen, ob es nur griechische Lettern waren. Vielleicht ist es altes phönizisches Griechisch, und in diesem Falle vielleicht eins der ältesten Monumente. Schrift und Marmor haben sehr gelitten, da sie so lange unter der Erde gelegen haben. Das Stück ist, so viel ich weiß, noch nicht bekannt, und wird sorgfältig aufgehoben. Ich empfehle es Männern, die gelehrter sind als ich; da es doch vielleicht für irgendeinen Punkt der Geschichte nicht unwichtig ist.

Die Herren des Klosters luden mich ein zum Fasttage bei ihnen zu essen. Dieses ist die einzige Mahlzeit, die ich in Italien bei Italienern genossen habe;

und sie war stattlich. Von den übrigen Herren habe ich viel Höflichkeit erhalten, aber nichts zu essen. Das ist nun so die italienische Weise, die ich weder loben noch tadeln will. Das Kloster bestand nur aus wenigen Geistlichen: der Laienbrüder, welche die Bedienten machten, waren mehr. Man gab mir den Ehrenplatz und war sehr artig und ich sollte daher wohl dankbar sein: aber erst für Humanität – *magis amica veritas.* Ich habe mir die Gerichte gemerkt, und muß sie Dir hier nennen, damit Du siehst, wie man an einem sizilischen Klostertische fastet. Zum Eingang kam eine Suppe mit jungen Erbsen und jungem Kohlrabi; sodann kamen Makkaronen mit Käse; sodann eine Pastete von Sardellen, Oliven, Kapern und starken aromatischen Kräutern; ferner ein Kompott von Oliven, Limonen und Gewürz; ferner einige große herrliche goldgelbe Fische aus der See, die ich für die beste Art von Börsen hielt; weiter hochgewürzte vortreffliche Artischocken: das Dessert bestand aus Lattichsalat, den schönsten jungen Fenchelstauden, Käse, Kastanien und Nüssen: alles, und vorzüglich das Brot, war von der besten Qualität, und schon einzeln *quantum satis superque.* Vor allem habe ich die Kastanien nirgends so schön und so delikat gebraten gefunden. Nun frage ich Dich, heißt das nicht mit diesem Fasten einem ehrlichen Kerl mit aller Gewalt die Erbsünde in den Leib jagen? Bei dieser Diät muß man freilich orthodoxen Glauben gewinnen, der die Vernunft verachtet. Ich ging hinaus und lief einige Meilen am Strande herum, bis zur Charybdis hinunter; aber die frommen Gläubigen blieben zu Hause in der Gottseligkeit. Das nenne ich einen Fasttag: nun denke Dir den Festtag. Meine fußwandelnde Person war wohl nicht so wichtig, daß man deswegen eine Änderung in der Klosterregel sollte gemacht haben. Nun führte man mich oben in dem unausgebauten Kloster herum, und zeigte mir die Anlagen und das Modell, das man dazu aus Rom hatte kommen lassen. Ich hoffe vom Himmel zum Heil der Menschheit, die Sottise soll nicht fertig werden. Ob so etwas auf meiner Nase mag gesessen haben, weiß ich nicht; die Herren zeigten mir nichts mehr von ihren übrigen Herrlichkeiten. Hier las man mir ein Manuskript von einem Abt Sacchio vor, das eine Beschreibung und Geschichte der Stadt Messina enthielt und das man sehr hoch schätzte; aber nach dem zu urteilen, was davon gelesen wurde, brauchen wir es nicht zu bedauern, daß der Schatz im Kloster liegt; die Abhandlung scheint bloß für Mönche pragmatisch.

Die Festung zu sehen, muß man Erlaubnis haben, welches etwas schwer hält. Ich bemühte mich nicht darum, da ich schon so viel aus der Anlage sah, daß man mit zweitausend braven Grenadieren ohne Erlaubnis hineingehen könnte. Alles ist nur auf einen Angriff zu Wasser berechnet. Der Hafen hier und in Palermo sind noch die einzigen Örter, wo ich in Sizilien einige artige Weibergestalten gesehen habe. Anderwärts, und vorzüglich in Agrigent und Syrakus, war ich mit meinen griechischen Idealen aus dem Theokrit traurig durchgefallen. Der Hafen ist auch hier und in Palermo die einzige Promenade, und für den Menschen, der Menschen studieren will, gewiß eine der wichtigsten; so bunt und kraus sind die Gestalten vieler Nationen durcheinander gruppiert. Schon in der Stadt selbst wohnt eine große Verschiedenheit, und der Fremden sind eine Menge. Einen der schönsten Augenblicke hatte ich gestern Abends, bei dem ich als Mensch über die Menschen mich fast der Freudentränen nicht enthalten konnte. Ein fremdes Schiff kam aus dem mittelländischen Meer die Meerenge herab. Ich weiß nicht, ob es durch Sturm oder irgendeinen andern Unfall gelitten hatte; es war in Gefahr und tat Notschüsse. Du hättest sehen sollen, mit welchem göttlichen Enthusiasmus fast übermenschlicher Kraft zwanzig Boote von verschiedenen Völkern durch die Wogen auf die Höhe hinausarbeiteten, um die Leidenden zu retten. Italiener, Franzosen, Engländer, Griechen und Türken wetteiferten in dem schönsten Kampfe: sie waren glücklich und brachten alles ohne Verlust in den Hafen. In diesem Momente ärgerte ich mich fast, daß ich nicht reich war, hier den Rettern ein menschliches Fest zu geben: aber ein zweiter Augenblick gab mir Besinnung; das Fest war so schöner. Das brave bunte Gewimmel war mehr belohnt durch die Tat; und ich war sehr glücklich, daß ich sie gesehen hatte. Als ich zurückging, wurde ich an einer Heiligennische *per la santa vergine* um ein Almosen gebeten; ich sah den Mann forschend an und er fuhr fort: *Date nella vostra idea, date pure; sara bene impiegato.* Der Mensch verstand wenigstens den Menschen, wenn er ihn auch betrügen sollte: ich gab.

Palermo

Hier bin ich nun wieder von der Runde zurück. Der letzte Zug von Messina hierher war der beschwerlichste, aber er hat auch viel belohnendes. Die Berge waren mir gar fürchterlich beschrieben worden; ich mietete mir also einen Maulesel mit seinem Führer und setzte ruhig aus. Beschäftigt mit den alten Messeniern, der eisernen Tyrannei der Spartaner, der mutigen Flucht der braven Männer nach Zankle und allen ihren Schicksalen, Unglücksfällen, Ausartungen und Erholungen, die Seele voll von diesen Gedanken stieg ich neben meinem Maulesel den Berg herauf und blieb oft stehen, einen Rückblick auf zwei so schöne Länder zugleich zu nehmen. Melazzo auf einer weitausgehenden Landzunge macht von fern einen hübschen Anblick, und das Land umher scheint nicht übel gebauet zu sein. Auch diese Gegend hat viel im letzten Erdbeben gelitten. Unten am Pelor sah ich zum ersten Mal wieder grüne vaterländische Eichen und die Nachtigallen schlugen wetteifernd aus den Schluchten. Mir ward auf einmal so heimisch wohl dabei, daß ich hier hätte bleiben mögen. Es geht doch nichts über einen deutschen Eichenwald. Bei Barcellona, wie man mir den Ort nannte, sah ich das schönste Tal in ganz Sizilien; und andere sind, deucht mir, schon vor mir dieser Meinung gewesen. Es ist ein reizendes Gemische von Früchten aller Art, Orangen und Öl, Feigen und Wein, Bohnen und Weizen; und die anschließenden Berge sind nicht zu hoch und zu rauh, sondern ihre Gipfel sind noch alle mit schöner Waldung bekrönt. In Patti war kein Pferdestall zu finden: wir ritten also von einem Ort zum andern immer weiter am Ufer hin bis Mitternacht. Patti dankt, deucht mir, seinen Ursprung, oder wenigstens seinen Namen, einem dort geschlossenen Vergleiche in den punischen Kriegen. Den Ort meines Nachtlagers habe ich vergessen, aber die Art nicht. Die See war furchtbar stürmisch, und es hatte entsetzlich geregnet. Mit vieler Mühe konnten wir noch einige Fische und Eier erhalten. Es hatten sich zwei Fremde zu mir geselle, die auch von Messina kamen und ins Land ritten. Wein war genug da, aber kein Brot. Man gab mir aus Höflichkeit die beste Schlafstelle: diese war auf einem steinernen Absatze neben der Krippe; die andern Herren legten sich unten zu den Schweinen. Mein Mauleseltreiber trug zärtliche Sorge für mich und gab mir seine Kapuze: und man begriff überhaupt nicht, wie ich es habe wagen können ohne Kapuze zu reisen. Diese sonderbare Art von schwarzbraunem Mantel mit der spitzigen Kopfdecke ist in ganz Italien und vorzüglich in Sizilien ein Hauptkleidungsstück. Ich hatte ganz Geschmack daran gewonnen; und wenn ich von dieser Nacht urteilen soll, so habe ich Talent zum Kapuziner, denn ich schlief sehr gut. Den ersten Tag machten wir funfzig Millien.

In Sankt Agatha, einem Kloster von einer sehr angenehmen Lage, wollten wir die zweite Nacht bleiben: und dort scheint kein übles Wirtshaus zu sein: aber es war noch zu früh und wir ritten mehrere Millien weiter bis Aque Dolci, wo der schöne Name das beste war, wie vor Agrigent in Fontana Fredda. Hier waren Leute, wie die sikanischen Urbewohner der Insel, groß und stark und rauh und furchtbar; und hier, glaube ich, war ich mit meiner Ketzerei wirklich in einer etwas unangenehmen Lage. Ein Stück von Geistlichkeit hatte Lunte gerochen und nahm mich sehr in Anspruch, und ich hielt ihn mir nur durch Latein vom Halse, vor dem er sich zu fürchten schien. Anderwärts war der Bekehrungseifer gutmütig und wohlwollend sanft; hier hatte er etwas cyklopisches. Nicht weit von dem Ort ist oben in dem Felsen eine Höhle, die man mir sehr rühmte und in die man mich mit Gewalt führen wollte. Es war aber zu spät und ich hatte auch nicht recht Lust, mit solchen Physiognomien allein in den polyphemischen Felsenhöhlen herumzukriechen. Ich war hier nicht in Adlersberg. Hier mußte ich für ein Bett sechs Karlin bezahlen, und als ich bemerkte, daß ich für Bett und Zimmer zusammen in Palermo nur drei bezahlte, sagte mir der Riese von Wirt ganz skeptisch: Freilich; aber dafür sind Sie auch eben jetzt nicht in Palermo und bekommen doch ein Bett. Der Grund war in Sizilien so unrecht nicht.

Wir hatten schon, wie mir mein Führer sagte, mit Gefahr einige Flüsse durchgesetzt. Nun kamen wir an einen, den sie Santa Maria nannten. Es mußte oben flutend geregnet haben; denn die Waldströme waren fürchterlich angeschwollen. Dieses macht oft den Weg gefährlich, da keine Brücken sind. Einer der Cyklopen, den man füglich für einen Polyphem hätte nehmen können, so riesenhaft war er selbst und so groß und zackig der wilde Stamm, den er als Stock führte, machte die Gefahr noch größer. Die Gesellschaft hatte sich gesammelt; keiner wollte es wagen zu reiten. Meinem Führer war für sich, und noch mehr für seinen Maulesel bange. Es war nichts. Die Insulaner sind an große Flüsse nicht gewöhnt. Man machte viele Kreuze und betete Stoßgebetchen zu allen Heiligen, ehe man den Maulesel einen Fuß ins Wasser setzen ließ; und dankte dann vorzüglich der heiligen Maria für die Errettung. An einem solchen Strome, wo ich allein war, wollte mein Führer, ein Knabe von funfzehn Jahren, durchaus umkehren und liegen bleiben, bis das Wasser von den Bergen abgelaufen wäre. Das hätte mich Piaster gekostet und stand mir nicht an. Ich erklärte ihm also rein heraus, ich würde reiten, er möchte machen was er wollte. In der Angst für sein Tier und seine Seele schloß er sich auf der Kruppe fest an mich an, zitterte und betete; und ich leitete und schlug und spornte den Maulesel glücklich hinüber. Da haben uns die lieben Heiligen gerettet, sagte er, als er am andern Ufer wieder Luft schöpfte: und mein Stock und der Maulesel, sagte ich. Der Bursche kreuzigte sich drei Mal über meine Gottlosigkeit, faßte aber doch in Zukunft etwas mehr Mut zu dem meinigen. Sodann blieben wir in einem einzigen isolierten Hause vor einem Orte, dessen Namen ich auch wieder vergessen habe. Ich hätte gelehrter sein sollen, oder beständig einen Nomenklator bei mir haben. Das Donnerwetter hatte mich diesen und den vorigen Tag verfolgt; und es schneite und graupelte bis über einen Fuß hoch. Die Waldströme waren wirklich sehr hinderlich und vielleicht zuweilen gar gefährlich für Leute, die nicht an das Element gewöhnt sind und nicht Mut haben. Einmal verdankte ich aber dem großen Wasser eine schöne Szene. Der Fluß war, nach der Meinung meines Begleiters, unten durchaus nicht zu passieren, und er ritt mit mir immer an demselben hinauf, wo er eine Brücke wußte. Der Weg war zwar lang und ich ward etwas ungeduldig; aber ich kam in ein Tal, das einen so schönen großen Orangenwald hielt, wie ich ihn auf der ganzen Insel noch nicht gesehen hatte. Des Menschen Leidenschaft ist nun einmal seine Leidenschaft. Für einige Kreuzer konnte mein Magen überall haben, so viel er nur fassen konnte: aber meine Augen wollten noch zehren, und diese brauchten mehr zur Sättigung, und ließen dann gern alles hängen und liegen.

Endlich kamen wir in Cefalu an. Für große Schiffe ist hier wohl kein Hafen zum Aufenthalt. Der Ort hat vermutlich den Namen vom Berge, der einer der sonderbarsten ist. Wir hatten bisher die liparischen Inseln immer rechts gehabt; nun verschwanden sie nach und nach. Von Messina bis Cefalu ist es sehr wild; von hier an fängt die Kultur wieder an etwas besser zu werden. Es kommen nun viele Reisfelder. Bei Cefalu sah ich eine schöne, lange, hohe herrliche Rosenhecke, deren erste Knospen eben zahlreich üppig aufbrachen. Diese Probe zeigte, was man hier schaffen könnte. Ich hätte dem Pfleger die Hände küssen mögen; es waren die ersten, die ich in ganz Unteritalien und Sizilien sah. Die Leute sind schändliche Verräter an der schönen Natur.

In Termini erholte ich mich; hier findet man wieder etwas Menschlichkeit und Bequemlichkeit. Meine Wirtin war eine alte freundliche Frau, die alles mögliche tat mich zufrieden zu stellen, welches bei mir sehr leicht ist. Sie examinierte mich teilnehmend über alles; nur nicht über meine Religion, ein seltener Fall in Sizilien; stellte mir vor, was meine Mutter jetzt meinetwegen für Unruhe haben müßte, und riet mir ernstlich nach Hause zu eilen; sie hätte auch einen Sohn auf dem festen Lande, den sie zurück erwartete. Wenn ihre Teilnahme und Pflege auch sehr mütterlich war, so war indessen doch ihre Rechnung etwas stiefmütterlich.

Als ich in einer melancholisch ruhigen Stimmung über Vergangenheit und Gegenwart hing und mit meinem Mäoniden in der Hand aus dem Garten auf den Himerafluß hinabschaute, ward unwillkürlich eine Elegie in meiner Seele lebendig. Es war mir, als ob ich die Göttin der Insel mit noch mehr Schmerz als über ihre geliebte Tochter am Anapus klagen hörte, und ich gebe Dir ohne weitere Bemerkung, was aus ihrer Seele in die meinige herüber hallte.

Trauer der Ceres

Meine Wiege, Du liebliches Eiland, wie bist Du verödet,
Ach wie bist Du verödet, Du herrlicher Garten der Erde,
Wo die Götter bei Sterblichen einst den Olympus vergaßen!
Zeus Kronion, Du Retter, rette Trinakriens Schöne,
Daß sie nicht endlich ganz mit der letzten Trümmer vergehe!
Glühend rinnt mir die Träne, wie sie Unsterblichen rinnet,
Rinnt mir schmerzlich die Träne, vom Auge beim Jammer des Anblicks.
Wo, wo sind sie, die Kinder, die fröhlichen, seligen Kinder
Meiner Liebe, die einst mit Tethrippen die Wege befuhren,
Wo jetzt kaum ein ärmlicher Bastard des Langohrs hinzieht?
Ach wo find' ich die Männer von Akragas von Syrakusä,
Von Selinunt, die stolzen Söhne der stolzeren Väter?
Die mit Reichtum und Macht die hohe Karthago bedrohten,
Und die höhere Rom? Wo find' ich die Reihen der Jungfraun,
Die die heiligen Züge mir führten in bräutlichem Glanze,
Daß die Olympier selbst mit Neid und Scheelsucht herabsahn?
Scharen von Glücklichen drängten sich einst aus marmornen Toren,
Durch die schattigen Haine der Götter, zu Traubengebirgen,
Durch die reichen Gefilde, die ich mit Garben bedeckte.
Eherne Krieger zogen zum Streit, dem Stolze des Fremdlings
Furcht und Verderben; es hallte von Felsen zu Felsen das Schlachtwort,
Für die Sache der Freiheit und für des Vaterlands Sache.
Leben und Freude atmeten hoch vom Aetna zum Eryx,
Vom Simäthus, dem Herdenernährer, zum fetten Anapus.
Zeus Kronion, wenn ich mit Stolz die Gesegneten sahe,
War ich die reichste Mutter und fühlte doppelt die Gottheit.
Ach wie bist Du gefallen, mein Liebling, wie bist Du gefallen,
Tief in Jammer und Armut, Zerstörung und furchtbares Elend!
Deine Städte, mein Stolz, sie liegen in Trümmern am Meere,
Ihre Tempel verwüstet und ihre Oden zerstöret,
Ihre Mauern verschüttet und ihre Wege verschwunden.
Im Gefühl des unendlichen Werts des Menschengeschlechtes

Schritten erhabene Söhne der götterbefreundeten Hellas
Mächtig durch die Gebirge, und schufen den Felsen zum Tanzsaal
Gegenüber des Aetna ewigem Feuerhaupte.
Jetzt durchwandelt die Tale der Jammer des bettelnden Volkes,
Einsam, scheu, mit Hunger im bleichen gesunkenen Auge,
Nur mit schmutzigen Lumpen die zitternde Blöße behangen;
Und im Antlitz furcht noch die Wut des heiligen Unsinns.
Hymnen ertöneten einst den Göttern in glücklichen Chören
Durch die Städte der Insel; melodisch pflügte der Landmann,
Schnitt der Winzer und zog die Netze der freundliche Fischer.
Finster lauscht jetzt Mißtraun tief in den Furchen der Stirne;
Stumm und einsam schleicht es daher, und tönet die Seele
Unwillkürlich einen Gesang, so klingt er wie Todesangst.
Gastlich empfingen den Fremdling einst Siziliens Küsten,
Und er wandelte froh, wie in den Fluren der Heimat.
Wildnis starret nunmehr dem kühnen Pilger entgegen,
Und mit der Miene der Mordlust ziehen die Räuber am Ufer.
Wie einst vor den unwirtlichen Zeiten der alten Cyklopen,
Trägt das Land den Anblick der wildesten Höhlenbewohner;
Als besäß es noch nicht mein herrliches Ährengebinde,
Nicht den friedlichen Ölbaum, nicht die erfreuliche Traube;
Und noch nicht der Hesperiden goldene Früchte,
Zeus Kronion, Du Retter, rette Trinakriens Schöne,
Daß sie nicht endlich ganz mit der letzten Trümmer vergehe.

Von Termini aus kann der König wieder fahren. Indessen hätte der Minister, der den Weg gebauet hat, ihn mit weniger Kosten vermutlich besser und dauerhafter machen können. Die Wasserableitung ist nicht sonderlich beachtet. In der Bagaria sah ich von außen noch einige sublime Grotesken des sublim grotesken Fürsten von Palagonia, die nun nach seinem Tode nach und nach alle weggeschafft werden. Ich hatte weder Zeit noch Lust das innere Heiligtum der Ungeheuer zu sehen. Wenn indessen seine drollige Durchlaucht nur etwas zur Verschönerung der Gegend umher beigetragen hat, so will ich ihm die Mißhandlung der Mythologie, der ich übrigens selbst nicht außerordentlich hold bin, sehr gern verzeihen. Die ganze Gegend um die Stadt, vorzüglich nach Palermo hin, ist die bebauteste und ordentlichste, die man in Sizilien sehen kann, wenn es gleich keine der schönsten und reichsten ist.

Mir ward es wirklich recht wohl, als ich wieder in die Nachbarschaft von Palermo kam, wo ich mich nun schon als etwas heimisch betrachtete. Mein Einzug in die Residenz war, als ob ich ihn noch bei dem hochseligen Fürsten von Palagonia bestellt hätte. Es holte uns eine Sänfte irgend eines Bischofs ein, vermutlich des Bischofs von Cefalu. Sie war sehr charakteristisch überall mit Schellen behangen, und wurde, nach der Gewohnheit des Landes, von zweien der stärksten Maulesel getragen, die von einigen reitenden Bedienten geführt wurden. Die Sänfte war ziemlich geräumig und mochte bequem Platz haben für den Bischof und seine Nichte; denn ich habe es in Sizilien durchaus gemerkt, daß die vornehmen Geistlichen viel auf Nichten halten. Ein alter, dicker, satirischer Eseltreiber setzte sich gravitätisch hinein, und fing an barock daraus zu diakonieren und mit großen Grimassen den Segen zu spenden. Die Schellen klangen, er nickte und schnitt ein Bocksgesicht, und die Karawane lachte über die Posse, bis die Nähe der Stadt der Profanation ein Ende machte. Nun zog die ganze originelle Kavalkade hinter mir mit Schellengeläute in Palermo zum Seetor ein. In Leipzig hätte ich damit ein Schauspiel für ein Quartier der Stadt machen können; in Palermo lachten bloß zwei Visitatoren.

Palermo, auf dem Paketboote

Mein alter Wirt hier schickte mich zu einem neuen, seinem Freunde, weil sein Haus voll war. Ich war hier eben so gut wie dort, und noch etwas billiger; und hatte überdies die Aussicht auf den Hafen. Nun habe ich wieder meinen Reisegefährten von Seehund, welcher den Maro mit einigen andern Kameraden hält. Die Zeit wird mir aber so wenig lang, daß ich nur selten die alten Knaster aus dem Felle nehme.

Vor einigen Tagen war hier Osterjahrmarkt am Hafen, auf welchen die Palermitaner etwas zu halten scheinen, wo aber außer einigen Quinquaillerien nicht viel zu haben ist. Man hat wenigstens dabei die Gelegenheit, fast die ganze galante Welt von Palermo spazieren gehen und fahren zu sehen. Man sieht hier mehr schöne Wagen als in Messina, ob dort gleich im Allgemeinen mehr Wohlstand zu sein scheint. Es herrscht hier, wie fast an allen Höfen, Verschwendung und Armut. In Messina ist man in Gefahr von den Wagen etwas gerädert zu werden; aber hier hat man für die Fußgänger am Strande eigene Wege gemacht, die für schön gelten. Du magst darüber Herrn Hager lesen; ich kann Dir nicht alles erzählen. Noch einmal habe ich die Promenade auf den Monte Pellegrino gemacht, als ob ich auch ein heiliger Pilger wäre. Mich lockte bloß die Aussicht, wie wohl auch die meisten andern Pilger bloß irgendeine Aussicht locken mag. Das Wetter war mir wieder nicht günstig; ich ließ mich indessen nicht abhalten, und stieg bis ziemlich auf den höchsten Gipfel des Felsenbergs hinauf. Wo das Kloster steht, ist ein Absatz von etwas fruchtbarem Erdreich, das noch sehr gutes Getreide hält. Ich ging hinaus bis an die äußerste Spitze, wo eine Kapelle der heiligen Rosalia steht mit ihrem Bilde, das füglich etwas besser sein sollte. Die Fremden aller Länder hatten sich hier verewigt und mir wenig Platz gelassen. Alles war voll, und Stirn und Wange und Busen des heiligen Rosenmädchens waren beschrieben; es blieb mir also nichts übrig als ihr meinen Namen auf die Nasenspitze zu setzen. Vielleicht dachte jeder durch Aufsetzung seines Namens das Gemälde zu verbessern; die Nasenspitze ist wenigstens durch den meinigen nicht verdorben worden: und dieses ist das einzige Mal, daß ich auf der ganzen Wandlung meinen Namen geschrieben habe, wenn mich nicht die Polizei dazu nötigte.

Zwischen diesem isolierten Felsen und der höheren Bergkette liegt ein herrliches kleines Tal, das sich von der Stadt immer enger bis an die See vorzieht. Es ist von der Natur reichlich gesegnet, und der Fleiß könnte noch mehr gewinnen. Hier muß nach der Topographie das Städtchen Hykkara gelegen haben, aus welchem Nicias die schöne Lais holte und nach Griechenland brachte. Weiter hinaus suchte ich mit meinen Hofmannischen Augen den Eryx bei Trapani, und knüpfte in vielen schnellen Übergängen Wieland, Aristipp, und die erycinische Göttin zusammen. Weiß der Himmel, wie ich in diesem Thema auf den Hudibras kam; die Ideenverbindung mag wohl etwas schnell und gesetzlos gewesen sein, und ich halte es nicht für wichtig genug sie wieder aufzusuchen. Ich guckte also hin nach Trapani und sang oder murmelte vielmehr nach einer beliebten Melodie aus Mozarts Zauberflöte die schönen harmonischen Verse von Butler, die ich immer für ein Meisterstück der Knittelrhythmik gehalten habe. Sie paßten vortrefflich zur Melodie des Vogelfängers. Also ich brummte:

So learned Taliacotius from
The brawny part of porters bum
Cut supplemental noses, which
Would last as long as parent breech;
And as the date of Knock was out,
Off dropt the sympathetic snout.

Ich hatte in meinem musikalischen Enthusiasmus nicht auf den Weg Achtung gegeben; und kaum hatte ich die letzte Zeile gesungen und wollte die erste wieder anfangen, so fiel ich auf die Nase, welches mir selbst auf dem Aetna nicht begegnet war, wo doch die Landsleute Butlers in ihren Strümpfen alle sehr oft zu Falle kamen. Hatte vielleicht die Göttin von Amathunt und vom Eryx die Profanation rächen wollen; die Nase blutete mir. Besser die Nase, als das Herz, dachte ich. Auch dieses war mir wohl ehedem etwas enge gewesen; jetzt war ihm längst wieder leicht. Ich hatte aus Gewohnheit noch ein kleines, niedliches Madonnenbildchen an einer seidenen Schnur am Halse hangen, das mir oft das Prädikat der Katholizität erworben hatte. Das Original hatte mich königlich betrogen. Jetzt nahm ich es unwillkürlich von der linken Seite, nach welcher sich das Idolchen immer neigte, schloß unwillkürlich das Glas auf, nahm das elfenbeinerne Täfelchen heraus und erschrak, als ich es heftig unwillkürlich in zehen Stücke zersplittert zwischen dem Daumen hielt. War das lauter Rache Rosaliens und der vom Eryx? Mögen sie sich an niemand bitterer rächen! Ich hielt die Trümmerchen in der Hand; Freund Schnorr mag verzeihen: er hatte mit Liebe an dem Bildchen gepinselt. Einige Minuten hielt mich Phantasus noch mit Wehmut am Original; ich saß auf einem Felsenstücke des Erkta, und sah es im Geist an der Spree im goldenen Wagen rollen. Rolle zu; und so flogen die Stücke mit der goldenen Einfassung den Abgrund hinunter. Ehemals wäre ich dem Bildchen nachgesprungen; noch jetzt dem Original. Aber ich stieg nun ruhiger den Schneckengang nach der Königsstadt hinab; die rötlichen Wölkchen vom Aetna her flockten lieblich mir vor den Augen. Ich vergaß das Gemälde; möge es dem Original wohl gehen!

Ich hatte mich bis tief in die Nacht verspätet, und wurde zu Hause gräßlich bewillkommt. Aber da muß ich Dir noch mehreres erzählen, ehe Du dieses gehörig verstehest. Du erinnerst Dich des guten Steuerrevisors, der sich in Agrigent meiner so freundschaftlich annahm, daß er mir fast die Menschheit streitig machte. Kaum hatte ich in meinem Wirtshause die erste Nacht ausgeschlafen, als mein Steuerrevisor zu mir hereintrat. Das tat mir nun recht wohl; denn wer freut sich nicht, daß sich jemand um ihn bekümmert? Er erzählte mir, er sei meinetwegen in großem Schrecken gewesen, als der Eseltreiber zurückgekommen, und habe geglaubt, ich werde nun sicher umkommen, da ich allein ohne Waffen in der Insel herumlaufe. Der Mauleseltreiberjunge, mein Begleiter, sagte er mir zum Trost, sei völlig von der Paste wieder genesen, und er habe die zwei Unzen bis auf den Abzug einiger Kleinigkeiten ihm wieder herausgeben müssen. Gut, dachte ich; also wieder zwei Unzen gerettet; ich kann sie brauchen. Sogleich nach seiner Ankunft in Palermo habe er sich nach meinem Wirtshause erkundigt und es bald erfahren. Nun sei er seit acht Tagen täglich da gewesen, um nachzufragen. Heute früh habe er meine Ankunft erfahren und sei sogleich hierher zu mir geeilt. Nun lud er mich ein, zu ihm in sein Haus zu ziehen. Das war mir indessen nicht ganz recht; denn ich wäre lieber geblieben, wo ich war. Aber der Mann bat so freundlich, war so besorgt gewesen; ich packte also ein, und ließ hintragen. Er wohnte vor dem Tore nach Montreale. Wir aßen, und seine Frau, eine heiße zelotische nicht unfeine Sizilianerin, fing nun meine Bekehrung an. Das Examen ging über Tische und zum Desert von Artikel zu Artikel, von dem Papste und den Mönchen bis auf die unbefleckte Empfängnis. Das letzte war das Allerheiligste, von dem ich nichts wußte. Die gute Frau hätte, wie es schien, lieber ihre eigene Keuschheit in Gefahr gesetzt, als das geringste von der Jungfernschaft Mariens aufgegeben. Man sprach mit aller Wärme und Salbung, mich zu überzeugen; aber vergebens. Man fing nun an mir Aussichten zu eröffnen: ja, lieber Gott, wenn ich ein anderer Kerl wäre, als ich bin, könnte ich im Vaterlande Aussichten haben, wo man sie doch am liebsten hat. *Don Juan, fate vi cristiano, et state qui in Sicilia. – Ma lo sono. – Ma non siete cattolico. – Ma sono bene cosi; non si puo meglio.* Die Frau aß im Eifer Bonbons, und trank Wein, und ward heftig; und da ich denn trocken halsstarrig fort blieb, rief sie in heiliger Wut aus, indem sie den Teller von sich stieß: *Ma voi altri voi siete tutti baroni f-t-ti.* Über diese Naivität erschrak ich, und wäre jetzt für zwei Unzen gern zurück in meinem Wirtshause gewesen. Nach Tische ging ich zu Rosalien, wie ich Dir erzählte. Ich glaubte das Haus meines neuen Wirts recht gut gemerkt zu haben und irrte mich doch; ich kam in ein unrechtes. Nun wollte ich eben fragen, wo hier Don Filippo wohne, als ein Kerl *ladro, briccone, furfante* herausschrie und wütend mit dem Messer auf mich zustürzte. Ich hob so schnell ich konnte die Eisenzwinge meines Knotenstocks, flüchtete eben so schnell zum Hause hinaus und eilte die finstere Gasse hinunter. Die Nachbarschaft geriet in Lärm: eine schöne Nachbarschaft, dachte ich, und ging in mein altes Gasthaus. Dort war ich sehr willkommen. Ich hatte mich eben zu Bette gelegt, als der Herr Steuerrevisor am und mich aufsuchte. Er hatte den Lärm gehört und war meinetwegen in Todesangst. Ich erzählte ihm mein Abenteuer und sagte, daß ich in einer solchen Nachbarschaft nicht wohnen möchte; er ließ aber nicht nach, bis ich ihm versprach, morgen wieder zu ihm zu kommen; denn diesen Abend war ich nicht wieder aus dem Bette zu bringen. Den andern Morgen war er wieder sehr früh da und holte mich ab. Nun lebten wir leidlich ordentlich einige Tage, das Vorgefallne wurde bedauert und meine Ketzerei weiter nicht mehr als nur im Allgemeinen in Anspruch genommen. Aber wenn wir zuweilen zusammen ausgingen, welches der Herr sehr gut zu veranstalten wußte, hatte er immer etwas zu kaufen und kein Geld bei sich: ich war also ziemlich stark in Auslage und bezahlte jede Mahlzeit dadurch sehr teuer. Ich mußte Geld haben von dem Kaufmann, und er erbot sich sogar meine Geschäfte bei ihm zu machen, da ich doch der Sprache nicht recht mächtig wäre. Aber dazu war ich bei aller meiner indolenten Gutherzigkeit denn doch schon zu sehr gewitziget, dankte und verbat seine Mühwaltung, und holte meine Barschaft nicht eher als bis ich abreisen wollte. Er half mir zuletzt noch manches besorgen, und da er sich meinetwegen bei Nacht etwas enrhümiert hatte, mußte ich bei dem schlechten Wetter mit ihm doch wohl einen Wagen nehmen. Hier erzählte mir der Mann sehr naiv etwas näher seine Amtsbeschäftigungen. Wir müssen, sagte er, in der Insel herumreisen, die rückständigen Steuern einzutreiben, und im Namen des Königes den Leuten Kleider, Betten und das übrige Hausgeräte wegnehmen, wenn sie nicht zahlen können. Es packte mich bei diesen trockenen Worten eine Kälte, daß ich im Wagen meine Reisejacke dichter anzog und unwillkürlich nach meinem Halstuche griff. Die zwei Unzen wurden vergessen, und ich erinnerte nicht; ob ich sie gleich nun lieber dem Mauleseltreiber gelassen hätte, der so großen unglücklichen Appetit an der Paste hatte. Überdies war ich mit vielem in Auslage, und es war mir sehr lieb, als der Kapitän an Bord rufen ließ. Er begleitete mich bis ans Wasser im Wagen mit seinen beiden kleinen Mädchen, die in der Tat allerliebst niedliche Geschöpfchen waren. Beim Abschied in meiner Kajüte bat er sich noch eine Unze zum Geschenk für diese aus: ich ungalanter Kerl zog mürrisch die Börse und gab ihm schweigend das Goldstück hin. Er hatte mir es sehr verübelt, daß ich mir auf dem Paketboote ein Zimmer für mich genommen und mich an die Tafel des Kapitäns verdungen hatte. Das war nach seiner Meinung Verschwendung, und ich hätte für das Viertel der Summe mich lieber unter die Takelage des Raums sollen werfen lassen. Ein erbaulicher Wirt, der Herr Steuerrevisor! Der Wind blieb widrig, wir fuhren nicht ab, und ich zog lieber wieder hinaus ins Wirtshaus: sogleich suchte er mich wieder auf und wollte mich wieder zu sich haben. Der Mensch ward endlich unerträglich zudringlich und weggeworfen unverschämt, und ich mußte noch bei einigen Partien für ihn bezahlen. Um mich aber endlich recht bestimmt, nach der schicklichsten Weise für ihn, zu benehmen, aß ich in einem Speisehause unbefangen mit großem Appetit ein Gericht nach dem andern, ohne ihn einzuladen, oder für ihn zu bestellen. Nun wünschte er mir endlich gute Reise, und ich sah ihn nicht wieder, den Herrn Steuerrevisor Don Filippo -- seinen Geschlechtsnamen will ich vergessen. Sterzinger, mit dem ich nachher noch sprach, kannte ihn und lachte. Er hatte in der Welt mehrere gelehrte und merkantilische Metamorphosen gemacht, bis er zu seiner jetzigen Würde gedieh. Der Himmel lasse ihm meine Unzen zur Besserung bekommen!

Das Gebäude des botanischen Gartens hinter der Flora am Hafen ist nun fertig. Der Franzose Julieu hat es gezeichnet und ein Palermitaner es nach dem Riß aufgeführt. Die Sizilianer sind mit der Ausführung, aber nicht mit der Idee zufrieden. Wo man rechts und links, auf der Insel und dem festen Lande, noch so viele schöne Monumente griechischer Kunst hat, ist man freilich etwas schwierig. Die Säulen sind nicht rein und oben und unten verziert. Der Saal ist nach der Anlage des Linneischen in Schweden, und vielleicht einer der prächtigsten dieser Art. Rund umher stehen die Büsten der großen Männer des Fachs in Nischen, von Theophrast bis zu Büffon. Dem Zeichner des Gebäudes hat man die Ehre angetan, sein Gesicht unter einem andern alten Namen mit darunter zu setzen; eine eigene sonderbare Art von Belohnung.

Der alte Cassero oder Corso, in allen italienischen Städten von Bedeutung die Hauptstraße, hat jetzt seinen Namen verändert und heißt Toledo nach der Hauptstraße von Neapel; vermutlich dem anwesenden Hofe eine Schmeichelei zu machen. Übrigens muß der Hof eben nicht außerordentlich geliebt sein; denn ich habe oft gehört, daß man nie so schlechtes Wetter auf der Insel gehabt habe, als die vier Jahre, so lange der Hof hier sei.

Die Polizei scheint hier nicht sehr genau zu sein, oder berechnet Dinge nicht, die es doch wohl verdienten. Vor einigen Tagen führte man auf einer breiten Gasse öffentlich ein Banditendrama auf. Es war sogar Militärwache dabei, um Ordnung zu halten, und die ganze Gasse war gedrängt voll Zuschauer. Die Schauspieler arbeiteten gräßlich schön, und der Held hätte dem Handwerk Ehre gemacht. Freilich wird er mit poetischer Gerechtigkeit wohl im Stücke seine Strafe erhalten; aber dergleichen Szenen, wo noch so viel natürliche heroische Kraft und Deklamation ist, sind zu blendend, um in Unteritalien auf öffentlichen Plätzen unter dem größten Zulauf gegeben zu werden. Man zahlt nichts; jeder tritt hin und schaut und nimmt was und wieviel er will. Haben doch sogar Schillers Räuber einmal Unfug bei uns angerichtet. Auf diese Weise kommt man dem siedenden Blute nicht wenig entgegen. Auch ist das Messer noch ebensosehr im Gebrauch und vielleicht noch mehr als vor zwanzig Jahren. Ich hatte vor einigen Tagen ein Schauspiel davon. Ich ging den Morgen aus; ein Kerl schoß blutig an mir vorbei, und ein anderer mit dem Dolche hinter ihm her. Es sammelte sich Volk, und in einigen Minuten war einer erstochen, und der Mörder verwundet entlaufen. Die Wache, welche nicht weit davon stand, tat als ob sie dabei gar nichts zu tun hätte. Dergleichen Auftritte gelten dort für eine gewöhnliche Festtagstrakasserie. Sie haben einen erschlagen, klingt in Sizilien und Unteritalien nicht härter als bei uns, wenn man sagt, es ist einer berauscht in den Graben gefallen. Nur gegen die Fremden scheinen sie, aus einer alten religiösen Sitte, noch einige Ehrfurcht zu haben. Sie erstechen sich untereinander bei der geringsten Veranlassung, hörte ich einen kundigen wahrhaften Mann urteilen; aber ein Fremder ist heilig. Ich möchte mich freilich nicht zu sehr auf meine fremde Heiligkeit verlassen; aber die Sache ist nicht ohne Grund. Ich blieb, zum Beispiel, zwischen Messina und Palermo in einem einzelnen Hause, dessen zwei handfeste Besitzer ich gleich beim ersten Anblick klassifiziert hatte. Alles bestätigte meinen Argwohn und meine Besorgnis. Man speis'te mich indessen leidlich und machte mir sodann ein Lager auf einer Art von Pritsche, so daß alle Schießgewehre und Dolche in einem Winkel zu meinem Kopfe lagen. Man machte mich auch darauf aufmerksam, daß ich allein bewaffnet wäre, und ich schlief nun ziemlich ruhig.

Nach Sankt Martin hinauf bin ich nicht gekommen, weil das Wetter beständig sehr unfreundlich war, und ich mich die letzten Tage nicht entfernen durfte, da man mit dem ersten guten Winde abfahren wollte. Die Mönche dort oben sollen die prächtigste Mast in der ganzen Christenheit haben. Wenn das Christentum Schuld an allem Unheil wäre, das man bei seinen Priestern und durch seine Priester sieht, so wäre der Stifter der hassenswürdigste der Menschen. Das astronomische Observatorium auf dem Schlosse konnte ich nicht füglich sehen, weil Piazzi nicht zugegen war. Übrigens bin ich auch ein Laie am Himmel. Vielleicht hat es eine wohltätige Wirkung auf die Insel, daß die Sizilianer nun ihre Göttin unter den Sternen finden; bisher haben sie das Heiligtum der Ceres und ihre Geschenke gewissenlos verachtet. Eine vaterländische Neuigkeit ist mir noch aufgestoßen. Der Kaiser Karl der Fünfte hat um Sizilien große Verdienste, und sein Andenken ist billig den Insulanern ehrwürdig. Überall findet man noch Arbeiten von ihm, die seinen tätigen Geist bezeichnen, und die jetzt vernachlässigt und vergessen werden. Die Wachtürme rund umher, die er nach seiner afrikanischen Unternehmung aufführen ließ, zeigen von seinem Mut und der damaligen Kraft der Insel. Auch der Molo des Hafens von Agrigent ist von ihm. Seine Bildsäule steht also in Palermo fast mitten in der Stadt am Toledo auf einem freien Platze; aber mit einem Bombast, der nicht in der Natur des Mannes lag. Er hat in der Inschrift eine lange Reihe Beinamen, und heißt unter andern, vermutlich wegen der Mühlberger Schlacht, auch der Sachse und Hesse. Könnte man nun unsern Kurfürsten Moritz, dessen Enkomiast ich übrigens nicht ganz unbedingt werden möchte, nicht wegen der Ehrenberger Klause den Östreicher und Spanier nennen? Sein Sieg war bedeutend genug, und die Folge des Tages für die Protestanten auf immer wichtig.

Bei *Kapri*

Der Wind schaukelt uns ohne Fortkommen hin und her, und schon fast den ganzen Tag tanzen wir hier, vor Massa, Kapri und Ischia herum. Den einundzwanzigsten April Abends gab das Kriegsschiff, welches jetzt, glaube ich, die ganze Flotte des Königs von Neapel ausmacht, das Signal, und wir arbeiteten uns aus dem Hafen heraus. Den andern Morgen hatten wir Sizilien und sogar Palermo noch ziemlich nah im Gesichte; der Rosalienberg und die Spitzen von Termini und Cefalu lagen ganz deutlich vor uns: das andere war von dem trüben Wetter gedeckt. Mehrere Schiffe mit Orangen und Öl hatten sich angeschlossen, um die sichere Fahrt mit dem Kriegesschiffe und dem Paketboot zu machen. Das letztere hat auch zwanzig Kanonen und ist zum Schlagen eingerichtet. Wir saßen lange zwischen Ustika und den liparischen Inseln, und ich las, weiß der Himmel wie ich eben hier auf diesen Artikel fiel, während der Windstille die Georgika Virgils, die ich hier besser genoß als jemals. Nur wollte mir die Schlußfabel von dem Bienenvater nicht sonderlich gefallen: sie ist schön, aber hierher gezwungen. Dann las ich, da der Wind noch nicht kommen wollte, ob wir gleich in seinem mythologischen Vaterlande waren, ein großes Stück in die Aeneis hinein. Hier wollte mir nun, unter vielen Schönheiten im vierten Buche die Beschreibung des Atlas wieder nicht behagen, so herrlich sie auch klingt. Es ist, dünkt mich, etwas Unordnung darin, die man dem Herrn Maro nicht zutrauen sollte. Da ich eben nicht viel zu tun habe, will ich Dir die Stelle ein wenig vorschulmeistern. Merkur kommt von seinem Herrn Vater auf der Ambassade zu Frau Dido hierher. Die Verse heißen, wie sie in meinem Buche stehen:

– jamque volans apitem et latera ardua cernit
Atlantis duri, coelum qui vertice fulcit;
Atlantis, cinctum assidae cui nubibus atris
Piniferum caput et vento pulsatur et imbri;

Nix humeros infusa tegit: tum flumina mento
Praecipitant senis, et glacie riget horrida barba.

Die Verse sind unvergleichlich schön und malerisch: aber er bringt auf den obersten Scheitel Sturm und Regen, läßt den Schnee auf den Schultern liegen, Flüsse aus dem Kinn strömen und weiter unten den Bart von Eis starren. Das ist nun alles ziemlich umgekehrt, wenn ich meinem Bißchen Erfahrung glaube. Ich weiß nicht, was Heyne aus der Stelle gemacht hat. So weit oben werden überdies wohl schwerlich noch Fichten wachsen. Ich überlasse es Dir, Deinen Liebling zu verteidigen; ich selbst bleibe hier mit meiner Hermeneutik etwas stecken. Wer in seinem Leben keine hohen Berge gesehen und bestiegen hat, nimmt so etwas freilich nicht genau. Schade um die schönen Verse!

Diese Nacht begegneten uns viele französische Schiffe, die ihre Landsleute von Tarent holen wollen. Alles ist ungeduldig bald am Lande zu sein; aber Aeolus hat uns noch immer seinen Schlauch nicht gegeben, und wir müssen aushalten. Das Essen ist recht gut und die Gesellschaft noch besser; meine Geduld ist also weiter auf keiner sehr großen Probe; und ich habe noch die ganze Odyssee zu lesen. Der Russische und Englische Gesandte sind auf dem großen Schiffe; wir haben also noch die Ehre ihrentwegen recht langsam zu fahren, da das Kriegesschiff schwerer segelt. Die Geschichte des Tages auf unserer Flotte sagt eben, daß der Leibgaul der Russischen Exzellenz gefährlich krank geworden ist. Wie viele von den Leuten seekrank sind oder sterben, das ist eine erbärmliche Kleinigkeit: aber bedenke nur, der Leibgaul des Russischen Gesandten, der ist ein Kerl von Gewicht. Man erzählt bei Tische dies und jenes: sogar die Geschichten der Hofleute aus ihrem eigenen Munde bestätigen die schlechte Meinung, die ich durchaus von der neapolitanischen Regierung habe. Es waren einige sybaritische Herren des Hofes bei uns, die doch nicht lassen konnten, dann und wann etwas vorzubringen und einzugestehen, was Stoff zu Ärgernis und Sarkasmen gab. Meine Taciturnität nahm daraus die Quintessenz. Es ist wieder tiefe Nacht im Golf geworden; der Wind bläst hoch und wirft uns gewaltig. Ich habe auf allen meinen Fahrten, Dank sei es meiner guten Erziehung, nie die Seekrankheit gehabt: ich lege mich also ruhig nieder und schlafe.

Neapel

Ich erwachte im Hafen. Eine Mütze voll günstiger Wind und die Geschicklichkeit des Kapitäns hatten uns hereingebracht. Nun machte ich in drei Minuten meine Toilette, nahm den ersten besten Lazarone und wandelte in mein altes Wirtshaus auf Montoliveto, wo ich sogar meine alte Stube wieder leer fand. Das war mir sehr lieb; denn ich hin gar kein Freund von Veränderung. Mein alter Genuese war bei einem andern Fremden, und ich konnte den ersten Tag keinen Lohnbedienten erhalten, weil man gehört hatte, daß ich sehr viel zu Fuße herumlief und laufen wollte, ob ich mich gleich erbot einige Karlin mehr als gewöhnlich zu zahlen. Das nenne ich kampanische Bequemlichkeit, von der man eine Menge drollige Anekdoten hat. Den ersten Tag wollte mir keiner folgen; dann wollte ich keinen haben.

Ich machte mich ganz allein mit der Morgenröte auf nach Puzzuoli. Dort fehlte es nicht an Wegweisern, und ich wurde gleich beim Eingange in Beschlag genommen. Ich ließ mir gern gefallen, mich in dem Meerbusen von Bajä herumzurudern und da die alten Herrlichkeiten zu sehen. Du kennst sie aus andern Büchern; ich will Dich also mit ihrer Beschreibung verschonen. Wenn ich Dir auch alle Säulen des Serapistempels anatomierte, wir würden deswegen in unsern Konjekturen nicht weiter kommen. Was ich aus der sogenannten Brücke des Kaligula machen soll, weiß ich nicht: die Meinung der Antiquare, daß es ein Molo gewesen sein soll, will mir nicht recht einleuchten. Es sind noch dreizehn Stücke davon übrig, die in verschiedenen Distanzen aus dem Wasser hervorragen. Wenn es nicht zu idiotisch klänge, würde ich sie wohl für die Reste der berüchtigten Brücke halten. Die Entfernung von Puzzuoli nach Bajä ist nicht so groß, daß es einem Menschen, wie das Stiefelchen, nicht hätte einfallen können so einen Streich zu machen. Damals war der Meerbusen landeinwärts nach dem Monte Nuovo zu vielleicht noch etwas tiefer; der Lukriner See hing mit dem Avernus zusammen und half den Julischen Hafen bilden; der Umweg war also etwas größer als jetzt. Zum Molo für Puzzuoli scheinen mir die Trümmern weder Gestalt noch gehörige Richtung zu haben. Meinetwegen sei es wie man wolle. Ich stieg bei dem Lukriner See aus, der durch die Erdrevolutionen sehr viel eingeengt worden ist. Jetzt ist er nichts besser als ein großer Teich. Wir gingen, vermutlich durch den Einschnitt des Berges, hinein, durch welchen man ehemals die beiden Seen, den Lukriner und den Averner, zusammen verbunden hatte, um den Julischen Hafen zu bilden. Häufige Erdbeben und vulkanische Ausbrüche haben alles geändert. Der Zugang zum Avernus ist noch jetzt romantisch genug, und der Eintritt in die sogenannte Grotte der Sybille wirklich schön und schauerlich. Ich setzte mich am Eingange hin und sah rechts gegenüber den alten Tempel, der für den Tempel des Apollo gilt. Es ist ein Wunder, wie dieser Tempel bei der Erhebung des neuen Berges stehen blieb, die doch ohne große Erschütterung der Nachbarschaft unmöglich geschehen konnte. Man kann nichts romaneskeres haben, als den kleinen Gang von dem Averner See bis zum Eintritt in die Grotte, zumal wenn man den Kopf voll Fabel hat. Hier zündeten wir die Fackel an und gingen nun in dem Gewölbe hinter, bis man rechts tief hinunter in das Sakrarium steigt. Vermutlich hat Virgil seine Erzählung nach diesem Orte gearbeitet; denn das *Facilis descensus Averni* scheint wörtlich hier weggenommen zu sein. Es ging immer tiefer und tiefer, bis wir an ein etwas weites Gemach kamen, welches ziemlich voll Wasser war. Hier mußte ich mich auf den Rücken meines Führers setzen und hinüber reiten. Rechts und links fand ich jenseits einen langen Katalog von Neugierigen aller Nationen. Mein Name steht oben auf dem Erkta, wo die Karthager so brav und lange schlugen, der heiligen Rosalia auf der Nase; und damit genug. So ganz allein mit einem Wildfremden in dieser Höhle herumzuschleichen, mein Freund, macht doch etwas unheimisch.

Ein Schauerchen fuhr mir beim Fackelschein
Im Heiligtum durch das Gebein;
Das Wasser ging mir in der Höhle
Des Mütterchens bis an die Seele.
Mir ward so ernst und feierlich,
Und voll von Ehrfurcht setzt' ich mich
An einem dreifach dunkeln Flecke
Auf einen Stein in einer Ecke.
Mein Führer ließ mir eben etwas Zeit
Mit seiner Stromgelehrsamkeit,
Und machte sich zur Fahrt ins Licht bereit:
Da hab ich denn in aller Stille
Die alte kumische Sibylle
Für Dich und mich um Rat gefragt;
Sie hat mir aber – nichts gesagt.
Mit Danke nahm ich ihr Orakel an,
Und glaube, sie hat wohl getan.

Kaum hatte ich diese Verschen kumisiert, als mein Leiter mich aus meiner Andacht mit der Bemerkung drollig genug weckte: *Era questa Sibylla una grande putana; e era questo qui un gabinetto segreto, dove fece* – – Hier brauchte er einige Töne, die in allen Sprachen ziemlich verständlich sind. Nun war meine Prophetin sogleich eine gemeine Zigeunerin. Was doch die Phantasie nicht alles macht, nachdem man nur die Sache ein wenig höher oder tiefer nimmt! Die Leute fabeln hier, daß aus der Höhle ein Gang nach Bajä und ein anderer nach Kumä gegangen sei, wo die Hexe ein zweites Heiligtum hatte. Das ist sehr leicht möglich und war vielleicht weiter nichts als der jetzige große Gang, der nach dem Avernus und also nach Kumä offen und nach dem Lukriner oder nach Bajä verschüttet ist. Auch hier könnte er sehr leicht wieder geöffnet werden. Die ganze Anlage ist ein Werk der Kunst, vielleicht durch die schöne romantische Lage der Berge und Seen und einige Felsenspalten veranlaßt; aber vermutlich von hohem Alter. Die Wasservögel schwimmen recht lustig auf dem Avernus herum, und die Luft war auch nicht leer von Geflügel; so daß der Ort nunmehr die Antiphrase seines Namens ist.

Nun wandelte ich an dem Meerbusen hinunter und sah die ehemaligen Thermen des Nero. Solltest Du glauben, daß ich nicht im Stande war hinunterzusteigen? Ich hatte mich ausgezogen und versuchte es zwei Mal. Der Dampf trieb mir aber auf den vierzig Schritten, die ich ungefähr vorwärts ging, einen so entsetzlichen Schweiß aus, daß ich umkehrte. Ich ließ den Kerl allein seine Eier kochen. Meine vornehmen Landsleute, die unten gewesen sein sollen, müssen den Schwitzkasten besser vertragen können als ich: das Experiment war mir zu heiß. Ob die alten Gebäude, die am Strande hin stehen, Tempel oder Bäder gewesen, vermag ich nicht zu entscheiden. Sie gehören augenscheinlich zu Bajä, und zu Bajä waren viele berühmte Bäder; doch findet man sie sonst wohl nicht leicht von dieser Tempelform. Es sind zwei Rotunden, jetzt ziemlich hoch mit Erde angefüllt, und das Echo darin ist furchtbar stark. Das sogenannte Grab Agrippinens verdient wohl gesehen zu werden, es mag gehören wem es will. Die Arbeit ist gut und die Wandverzierungen sind sehr niedlich und geschmackvoll. Ich fand darin ein Stückchen Bernstein von der Gestalt eines Diskus, mit einem kleinen Loche in der Mitte, durch welches ein Draht oder Ring gegangen zu sein schien. Der Himmel mag wissen, ob es alt ist, oder wie es sonst dahin gekommen sein mag. Von dem Tempel des Herkules, in dessen Nähe Agrippine umgekommen sein soll, werden, hart unter dem Vorgebirge Misene, noch einige Trümmern gezeigt. Baulä ist jetzt ein kleines, armseliges Dörfchen. Was die Piscine und die Felsengänge oder die sogenannten Gefängnisse des Nero mögen gewesen sein, darüber zanken sich noch die Gelehrten. Ich begreife nicht, warum sie nicht von Menschen, wie die römischen Cäsarn von der schlechtesten Sorte waren, zu Kerkern sollen gebraucht worden sein. Sie sind gräßlich und die Gefängnisse in Syrakus sind Ballsäle dagegen: wie denn alles Grausame bei den

Römern schrecklicher und scheußlicher war, als bei den Griechen, die Spartaner vielleicht ausgenommen, die mehr einen römischen Stempel trugen. Bis fast hinaus auf die Spitze des Vorgebirges und bis hinab an die elyseischen Felder und das tote Meer sind schöne Pflanzungen von Wein und Feigen. Misene ist eine von dieser Seite auslaufende Erdzunge, die sich mit dem hohen Felsen dieses Namens schließt. Gegenüber liegt nicht weit davon sogleich Procida, und man erzählte, daß die Engländer im vorigen Kriege von dort herüber nach Baulä geschossen haben. Das ist aber doch nicht wohl möglich; es muß aus den Schiffen auf dem Passe zwischen Procida und Misene geschehen sein. Im Vorbeigehen darf ich Dir noch sagen, daß ich neulich in Rom in den deutschen Propyläen eine Rezension von Gmelins Blättern von dieser Gegend gesehen habe, wo man sich fast ausdrückt, als ob das Mare Morto und der Avernus eine und die nämliche See wären; eine Unbestimmtheit, die man doch in den Propyläen nicht antreffen sollte.

Ich ließ mich von Misene gern über den Meerbusen hinüber nach Puzzuoli rudern, wo ich zwar etwas spät, aber mit desto besseren Appetit eine herrliche Mahlzeit nahm. Der Bajische Meerbusen ist wegen seiner Schönheiten berühmt: aber überall, wohin man blickt, findet man nur Trümmern, Zerstörungen der Zeit, der Barbarei und der Erdrevolutionen, als ob sich alles vereinigt hätte, diesen Sitz der schändlichsten Despotie zu vernichten und nur die Reize der Natur übrigzulassen. Der neue Berg wird jetzt ziemlich bearbeitet und gibt guten Wein, wie man sagt. Die Leute behaupten hier mit Gewalt, hier habe ehemals der Falerner Berg gestanden und sei in den verschiedenen Erdrevolutionen mit verschüttet worden; geben auch noch eine Sorte Wein für Falerner, der allerdings besser sein soll, als der echte Falerner bei Sessa auf der andern Seite des Gaurus. Eine sonderbare Phantasie ist mir vorgekommen; ich weiß nicht, ob ich der erste bin, der sie gehabt hat. Kapri sieht von hier, und noch mehr von der Spitze des Posilippo und bei Nisida aus, wie der Kopf eines ungeheuern Krokodils, das seinen Rachen nach Surrent dreht. Diese Einbildung kam mir immer wieder, so oft ich dahin sah; und sie gibt der Tiberiade einen abscheulichen Stempel.

Der Weg von Puzzuoli nach Neapel zurück, geht durch ein üppig reiches Tal an dem Posilippo hin. Die Gegend ist aber als sehr ungesund bekannt, wegen der Solfatara und des Agnano, die links in der Nähe liegen. Der beträchtliche Berg Posilippo liegt rechts vor Dir; alles ist geschlossen und nirgends eine Schlucht zu sehen, und Dir wird vielleicht etwas bange vor der Auffahrt und Abfahrt. Diese ersparst Du; denn Du fährst, wie ein Erdgeist, gerade durch den Berg hin. Dies ist die berühmte Grotte. Vermutlich war die Veranlassung dazu der Steinbruch, den man tief hinein arbeitete. Man konnte dabei leicht auf den Gedanken kommen durchzugehen, und so einen geraden Weg zu machen. Der Eingang von Neapel ist schöner als von Puzzuoli, und wenn man bei einer gewissen Mischung der Atmosphäre aus der Mitte in die schöne Beleuchtung hinaussieht, ist es ein unbeschreiblicher Anblick. Auch von dieser Arbeit ist die Zeit der Entstehung unbekannt. Zur Zeit der Römer muß das Werk nicht unternommen worden sein; denn diese hätten wahrscheinlich etwas davon aufgezeichnet, weil sie, als sie hierher in diese Gegend kamen, schon ziemlich eitel waren. In der Mitte der Höhle ist, links von Neapel aus, ein Behältnis eingehauen, welches jeder Vernünftige sogleich einer Polizeiwache anweisen würde. Aber hier gibt man es der heiligen Jungfrau zur Kapelle, und dann und wann sollen sich Räuber darin aufhalten und daraus die Gegend unsicher machen!

Eben komme ich vom Vesuv. Aber da ich auch von Pästum komme, muß ich vom Anfange anfangen, wenn Du nur einigermaßen mit mir promenieren sollst. Meine Absicht war, so ganz gemächlich über Salerne in einigen Tagen allein hinunter nach Pästum zu gehen: aber ohne alle Kunde möchte es doch etwas bedenklich gewesen sein. Überdies drückte mich die Hitze auf dem staubigen Wege nach Pompeji unerträglich; meine Fußsohlen hatten durch langen Gebrauch einige Hühneraugen gewonnen, die den Marsch in der Hitze eben nicht befördern. Ich ließ mich also in Torre del Greco, wo jetzt der beste Wein wächst, überreden eine Karriole zu nehmen. Eine der schönsten Partien, vielleicht in ganz Italien, ist der Weg von Pompeji nach Salerne, vorzüglich um Kava herum. Ohne mich um die Altertümer zu bekümmern, ergötzte ich mich an dem, was da war; ob ich gleich nicht leugnen kann, daß Fleiß und Anhaltsamkeit es hier und da noch schöner hätte machen können.

In Salerne, wo ich sehr zeitig ankam, wollte ich die Nacht bleiben, und den folgenden Morgen weiter fahren. Ich wandelte also in der Stadt herum, und bald faßte mich ein Geistlicher bei der Krause, der mir alle Herrlichkeiten seiner Vaterstadt zeigte. Die Kathedrale mit ihren Wundern war das erste. Das Bassin am Eingange, von einem einzigen Stücke gearbeitet, ließe sich wirklich auch in Rom noch sehen. Man zeigte mir eine Menge Gräber von alten Erzbischöfen und Salernitaner Advokaten, die den Leuten gewaltig wichtig waren. Einige schöne alte Basreliefs aus Pästum hat man hier und da mit zur Verzierung neuer Monumente gebraucht. Das Merkwürdigste sind mehrere sehr schöne antike

Säulen, die man auch aus Pästum geholt hat. Man führte mich in das Adyton der Krypte des Schutzpatrons, welches Matthäus ist. Hier stand die *statua biformis* des Heiligen, die einem Janus ziemlich ähnlich sieht. Bei dieser Gelegenheit wurden mir denn alle Wunder erzählt, die der Apostel zum Heile der Stadt gegen die Sarazenen getan hatte. Es läßt sich wohl begreifen, wie das zuging, und wie irgend ein Spruch von ihm und der Enthusiasmus für ihn so viel wirkten, daß die Ungläubigen abziehen mußten. Und nach der alten Rechtsregel, *quod quis per alium* – kommt ihm dann die Ehre billig zu. Das wissen die Spitzköpfe unter den Herren gar trefflich zu amalgamieren: die Plattköpfe haben es gar nicht nötig, die nehmen es starkgläubig geradezu. Im Hintergrunde der Krypte stehen noch ein Paar weibliche Heiligkeiten, deren Namen ich vergessen habe, deren Blut aber noch beständig fließt. Ich hörte es selbst rauschen und kann es also bezeugen; ich wagte gläubig keine Erklärung des Gaukelspiels. Unter den vielen Narren war auch ein Vernünftiger, der mir vorzüglich die Säulen aus Pästum alle und von allen Seiten in den schönsten Beleuchtungen zeigte: er drückte mir stillschweigend die Hand als ich fortging. Nun brachte man mich noch mit Gewalt in eine andere Kirche, wo eine schöne Kreuzigung weder gemalt noch gehauen noch gegossen, sondern ins Holz gewachsen war. Mit Hilfe einiger Phantasie konnte man wohl so etwas heraus- oder vielmehr hineinbringen; und die Wunder überlasse ich den Gläubigen. Einige wunderten sich, daß ich doch gar nichts aufschrieben wie andere Reisende; und einer der jungen Herren, die mich begleiteten, sagte zu meinem Lobe, ich wäre von allem hinlänglich unterrichtet und überzeugt. Da sagte er denn in beidem eine große Lüge. Als ich wegging, bat sich mein Hauptführer, der sich, glaube ich, einen Kastellan des Erzbischofs nannte, etwas für die Armen aus; das gab ich: sodann etwas zu einer Seelenmesse für mich; das gab ich auch. Schadet niemand und hilft wohl; man muß die Gläubigen stärken, lautet das Schibolet, das Goethens Reinecke der Fuchs von seiner Frau Mutter bekommt. Dann bat er sich auch noch etwas für seine Mühe aus. Dazu machte ich endlich ein grämliches Gesicht und zog noch zwei Karlin hervor. Als ich sie ihm hinreichte, schnappte sie ein Profaner weg, der sich einen Korporal nannte, und von dem ich ebenso wenig wußte, wie er zur Gesellschaft, noch wie er in den Dienst der Kirche gekommen war. Darüber entstand Streit zwischen dem Klerikus und dem Laien. Der geistliche Herr sagte mir ins rechte Ohr, daß der Korporal ein liederlicher Säufer wäre; dieser zischelte mir gelegentlich ins linke, das Mönchsgesicht sei ein Gauner und lebe vom Betruge: ich antwortete beiden ganz leise, daß ich das nämliche glaube und es wohl gemerkt habe. Es ist ein heilloses Leben.

Mein Freund, Du suchest in Salerne
Den Menschensinn umsonst mit der Laterne;
Denn zeigt er sich auch nur von ferne,
So eilen Kutten und Kapuzen,
Der heiligen Verfinsterung zum Nutzen,
Zum dümmsten Glauben ihn zu stutzen.
Da löscht man des Verstandes Zunder,
Und mischt mit Pfaffenwitz des Widersinnes Plunder,
Zum Trost der Schurkerei, zum Wunder:
Und jeder Schuft, der fromm dem Himmel schmeichelt,
Und wirklich dumm ist, oder Dummheit heuchelt,
Kniet hin und betet, geht und meuchelt;
Gewiß, Vergebung seiner Sünden
Beim nächsten Plattkopf lästerlich zu finden.

Ich kann mir nicht helfen, Lieber, ich muß es Dir nur gestehen, daß ich den Artikel von der Vergebung der Sünden für einen der verderblichsten halte, den die Halbbildung der Vernunft zum angeblichen Troste der Schwachköpfe nur hat erfinden können. Er ist der schlimmste Anthropomorphismus, den man der Gottheit andichten kann. Es ist kein Gedanke, daß Sünde vergeben werde: jeder wird wohl mit allen seinen bösen und guten Werken hingehen müssen, wohin ihn seine Natur führt. Eine mißverstandene Humanität hat den Irrtum zum Unglück des Menschengeschlechts aufgestellt und fortgepflanzt: und nun wickeln sich die Theologen so fein als möglich in Distinktionen herum, welche die Sache durchaus nicht besser machen. Was ein Mensch gefehlt hat, bleibt in Ewigkeit gefehlt; es läßt sich keine einzige Folge einer einzigen Tat aus der Kette der Dinge herausreißen. Die Schwachheiten der Natur sind durch die Natur selbst gegeben, und die Herrscherin Vernunft soll sie durch ihre Stärke zu leiten und zu vermindern suchen. Der Begriff der Verzeihung hindert meistens das Besserwerden. Gehe nur in die Welt, um Dich davon zu überzeugen. Soll vielleicht dieser Trost großen Bösewichtern zu Statten kommen? Alle Schurken, die sich nicht bessern können, die von Beichte zu Beichte täglich schlechter, weggeworfener und niederträchtiger werden; diese sollen zum Heile der Menschheit verzweifeln. Jeder soll haben, was ihm zukommt. Die Verzweiflung der Bösewichter ist Wohltat für die Welt; sie ist das Opfer, das der Tugend und der Göttlichkeit unserer Natur gebracht wird. Verzweifle, wer sich nicht bessern, sich nicht vernünftig beruhigen kann; die Vergebung der Sünden kann ich nicht begreifen: sie ist ein Widerspruch, gehört zu den Gängelbändern der geistlichen Empirik, damit ja niemand allein gehen lerne. Man darf nur die Länder recht beschauen, wo diese entsetzliche Gnade im größten Umfange und Unfuge regiert; kein rechtlicher Mann ist dort seiner Existenz sicher. Die Geschichte belegt.

Hier in Salerne erhielt ich einen neuen Führer, der mir sehr problematisch aussah. Er machte mich dadurch aufmerksam, daß ich bei ihm außerordentlich sicher sei, weil er alles schlechte Gesindel als freundliche Bekannte grüßte, und meinte, in seiner Gesellschaft könne mir nichts geschehen. Das begriff ich und war ziemlich ruhig, obgleich nicht wegen seiner Ehrlichkeit. Er hätte mich öffentlich in der Stadt übernommen; es galt also seine eigene Sicherheit, mich dahin wieder zurückzuliefern: weiter hätte ich ihm dann nicht trauen mögen. Wir fuhren noch diesen Abend ab, und blieben die Nacht an der Straße in einem einzelnen Wirtshause, wo sich der Weg nach Pästum rechts von der Landstraße nach Eboli und Kalabrien trennt. Diese Landstraße geht von hier aus nur ungefähr noch vierzig Millien; dann fängt sie an sizilianisch zu werden, und ist nur für Maulesel gangbar. Es war herrliches Wetter; der Himmel schien mir an dem schönen Morgen vorzüglich wohl zu wollen: meine Seele ward lebendiger als gewöhnlich.

Ich eilte fort und Nachtigallen schlugen
Mir links und rechts in einem Zauberchor
Den Vorgeschmack des Himmels vor,
Und laue, leise Weste trugen
Mich im Genuß für Aug' und Ohr
Durch Gras wie Korn und Korn wie Rohr.
Balsamisch schickte jede Blume
Mir üppig ihren Wohlgeruch,
Der Göttin um uns her zum Ruhme,
Aus Florens großem Heiligtume;
Und rund umher las ich das schöne Buch
Der Schöpfung, jauchzend, Spruch vor Spruch.
Die goldnen Hesperiden schwollen
Am Wege hin in freundlicher Magie,

Und Mandeln, Wein und Feigen quollen
Am Lebenstrahl des Segensvollen
In stillversteckter Eurhythmie;
Und Klee wie Wald begrenzte sie.
Ich eilte fort, hochglühend ward die Sonne,
Und fühlte schon voraus die Wonne,
Mit Pästums Rosen in der Hand,
An eines Tempels hohen Stufen,
Wo Maro einst begeistert stand,
Die Muse Maros anzurufen.
Die Tempel stiegen, groß und hehr,
Mir aus der Ferne schon entgegen,
Da ward die Gegend menschenleer
Und öd' und öder um mich her,
Und Wein wuchs wild auf meinen Wegen.
Da stand ich einsam an dem Tore
Und an dem hohen Säulengang,
Wo ehmals dem entzückten Ohre
Ein voller Zug im vollen Chore
Das hohe Lob der Gottheit sang.
Verwüstung herrscht jetzt um die Mauer,
Wo einst die Glücklichen gewohnt,
Und mit geheimem tiefem Schauer
Sah ich umher und sahe nichts verschont;
Und meine Freude ward nun Trauer.
Umsonst blickt Titan hier so milde,
Umsonst bekrönet er im Jahr
Zwei Mal mit Ernte die Gefilde;
Du suchst von allem, was einst war,
Umsonst die Spur; ein zottiger Barbar
Schleicht mit der Dummheit Ebenbilde,
Ein Troglodyt, erbärmlicher als Wilde,
Um den verschütteten Altar.
Nur hier und da im hohen Grase wallt,
Den Menschensinn noch greller anzustoßen,
Dumpf murmelnd eine Mönchsgestalt.

Freund, denke Dir die Seelenlosen,
In Pästum blühen keine Rosen.

Ich gebe Dir zu, daß in diesen Versen wenig Poesie ist; aber desto mehr ist darin lautere Wahrheit. Ich hielt mich hier nur zwei Stunden auf, umging die Area der Stadt, in welcher nichts als die drei bekannten großen, alten Gebäude, die Wohnung des Monsignore, eines Bischofs wie ich höre, ein elendes Wirtshaus und noch ein anderes jämmerliches Haus stehen. Das ist jetzt ganz Pästum. Hier dachte ich mir Schillers Mädchen aus der Fremde; aber weder die Geberin noch die Gaben waren in dem zerstörten Paradiese. Ich suchte, jetzt in der Rosenzeit, Rosen in Pästum für Dich, um Dir ein klassisch sentimentales Geschenk mitzubringen; aber da kann ein Seher keine Rose finden. In der ganzen Gegend rundumher, versicherte mich einer von den Leuten des Monsignore, ist kein Rosenstock mehr. Ich durchschaute und durchsuchte selbst alles, auch den Garten des gnädigen Herrn; aber die Barbaren hatten keine einzige Rose. Darüber geriet ich in hohen Eifer und donnerte über das Piakulum an der heiligen Natur. Der Wirt, mein Führer, sagte mir, vor sechs Jahren wären noch einige da gewesen; aber die Fremden hätten sie vollends alle weggerissen. Das war nun eine erbärmliche Entschuldigung. Ich machte ihm begreiflich, daß die Rosen von Pästum ehedem als die schönsten der Erde berühmt gewesen, daß er sie nicht mußte abreißen lassen, daß er nachpflanzen sollte, daß es sein Vorteil sein würde, daß jeder Fremde gern etwas für eine pästische Rose bezahlte; daß ich, zum Beispiel, selbst jetzt wohl einen Piaster gäbe, wenn ich nur eine einzige erhalten könnte. Das letzte besonders leuchtete dem Manne ein; um die schöne Natur schien er sich nicht zu bekümmern: dazu ist die dortige Menschheit zu tief gesunken. Er versprach darauf zu denken, und ich habe vielleicht das Verdienst, daß man künftig in Pästum wieder Rosen findet: wenigstens will ich hiermit alle bitten, die nämlichen Erinnerungen eindringlich zu wiederholen, bis es fruchtet.

Eine Abhandlung über die Tempel erwarte nicht. Ich setzte mich an einem Rest von Altar hin, der in einem derselben noch zu finden ist, und ruhte eine Viertelstunde unter meinen Freunden, den Griechen. Wenn einer ihrer Geister zurückkäme und mich Hyperboreer unter den letzten Trümmern seiner Vaterstadt sähe! Hier ist mehr als in Agrigent. Ich bin nicht der erste, welcher es anmerkt, was die Leute für gewaltig hohe Stufen gemacht haben, hier und in Agrigent. Man muß sehr elastisch steigen, oder man ist in Gefahr sich einen Bruch zu schreiten. Daß einer von den Tempeln dem Neptun gehöre, beruht wahrscheinlich nur auf dem Umstand, daß Neptun der vorzügliche Schutzgott der Stadt war: so wie man eines der Gebäude für eine Palästra hält, weil es anders als die gewöhnlichen Tempel mit zwei Reihen Säulen übereinander gebauet ist. Sollte dieses nicht vielmehr ein Buleuterion gewesen sein? Denn es läßt sich nicht wohl begreifen, wozu die obere Säulenreihe in einer Palästra dienen sollte. Vielleicht war es auch Buleuterion und Palästra zugleich; unten dieses, oben jenes. Nicht weit von den Gebäuden zeigte man mir noch als eine Seltenheit einen Stein, der nur vor kurzem gefunden sein muß, weil ich ihn noch von niemand angeführt gefunden habe. Es ist aber nur ein gewöhnlicher Leichenstein, und zwar ziemlich neu aus der lateinischen Zeit. Das Quadrat der Stadt ist noch überall sehr deutlich zu unterscheiden durch die Trümmern der Mauern. Das Tor nach Salerne hin hat noch etwas hohes Gemäuer, und das Bergtor ist noch ziemlich ganz und wohl erhalten. Die beiden übrigen, die man mir als das Seetor und Justiztor nannte, zeigen nur noch ihre Spuren. Die Hauptursache, warum dieser Ort vor allen übrigen so gänzlich in Verfall geraten ist, scheint mit das schlechte Wasser zu sein. Ich versuchte zwei Mal zu trinken, und fand beide Mal Salzwasser: das Meer ist nicht fern, die Gegend ist tief, und auch aus den nahen Bergen kommt Salzwasser. Das süße Wasser mußte weit und mit großen Kosten hergeleitet werden. Die Vegetation rechtfertigt noch jetzt Virgils Angabe. Der Anblick ist einer der schönsten und der traurigsten. Als ich auf dem Rückwege zu Fuße etwas vorausging, lag auf den Ästen eines Feigenbaums eine große Schlange geringelt, die mich ruhig ansah. Sie war wohl stärker als ein Mannsarm, ganz schwarz von Farbe und ihr Blick war furchtbar. Sie schien sich gar nicht um mich zu bekümmern, und ich hatte eben nicht Lust ihre nähere Bekanntschaft zu machen. Es fiel mir ein, daß Virgil *atros colubros* anführt, die er eben nicht als gutartig beschreibt: diese schien von der Sorte zu sein.

Auf meiner Rückkehr hatte ich Gelegenheit zwei sehr ungleichartige Herren von dem neapolitanischen Militär kennenzulernen. Ich wurde einige Millien von Salerne an der Straße angehalten, und ein Offizier nicht mit der besten Physiognomie setzte sich geradezu zu mir in die Karriole, ohne eine Silbe Apologie über ein solches Betragen zu machen, und wir fuhren weiter. Ich hörte, daß mein Fuhrmann vorher entschuldigend sagte: *E un signore Inglese:* das half aber nichts; der Kriegsmann pflanzte sich ein. Als er Posten gefaßt hatte, wollte er mir durch allerhand Wendungen Rede abgewinnen: seine Grobheit hatte mich aber so verblüfft, daß ich keine Silbe vorbrachte. Vor der Stadt stieg er aus und ging fort ohne ein Wörtchen Höflichkeit. Das ist noch etwas stärker als die Impertinenz der deutschen Militäre hier und da gegen die sogenannten Philister, die doch auch zuweilen systematisch ungezogen genug ist. Als ich gegen Abend in der Stadt spazieren ging, redete mich ein Zweiter an: Sie sind ein Engländer? – Nein. – Aber ein Russe? – Nein. – Doch ein Pole? – Auch nicht. – Was sind Sie denn für ein Landsmann? – Ich bin ein Deutscher. – Tut nichts; Sie sind ein Fremder und erlauben mir, daß ich Sie etwas begleite. – Sehr gern, es wird mir angenehm sein. Ich sah mich um, als ob ich etwas suchte. Er fragte mich, ob ich in ein Kaffeehaus gehen wollte. Wenn man Eis dort hat; war meine Antwort. Das war zu haben: er führte mich und ich aß tüchtig, in der Voraussetzung ich würde für mich und ihn tüchtig bezahlen müssen. Das pflegte so manchmal der Fall zu sein. Aber als ich bezahlen wollte, sagte die Wirtin, es sei alles schon berichtigt. Das war ein schöner Gegensatz zu der Ungezogenheit vor zwei Stunden. Er begleitete mich noch in verschiedene Partien der Stadt, besonders hinauf zu den Kapuzinern, wo man eine der schönsten Aussichten über den ganzen Meerbusen von Salerne hat. Ich konnte mich nicht enthalten, dem jungen, artigen Manne das schlimme Betragen seines Kameraden zu erzählen. Ich bin nicht gesonnen, sagte ich, mich in der Fremde in Händel einzulassen; aber wenn ich den Namen des Offiziers wüßte und einige Tage hier bliebe, würde ich doch vielleicht seinen Chef fragen, ob dieses hier in der Disziplin gut heiße. Der junge Mann fing nun eine große, lange Klage über viele Dinge an, die ich ihm sehr gern glaubte. Wir gingen eben vor einem Gefängnisse vorbei, aus dessen Gittern ein Kerl sah und uns anredete. Dieser Mensch hat vierzig umgebracht, sagte der Offizier, als wir weitergingen. Ich sah ihn an. Hoffentlich kann es ihm nicht bewiesen werden; erwiderte ich. – Doch, doch; für wenigstens die Hälfte könnte der Beweis völlig geführt werden. Mich überlief ein kalter Schauder: und die Regierung? fragte ich. Ach Gott, die Regierung, sagte er ganz leise, – braucht ihn. Hier faßte es mich wie die Hölle. Ich hatte dergleichen Dinge oft gehört; jetzt sollte ich es sogar sehen. Freund, wenn ich ein Neapolitaner wäre, ich wäre in Versuchung aus ergrimmter Ehrlichkeit ein Bandit zu werden und mit dem Minister anzufangen. Welche Regierung ist das, die so entsetzlich mit dem Leben ihrer Bürger umgeht! Kann man sich eine größere Summe von Abscheulichkeit und Niederträchtigkeit denken? Jetzt wird er doch nun hoffentlich seine Strafe bekommen; sagte ich zu meinem unbekannten Freund. Ach nein, antwortete er; jetzt sitzt er wegen eines kleinen Subordinationsfehlers, und morgen früh kommt er los. – Wieder ein hübsches Stückchen von der Vergebung der Sünde. Die Amnestie des Königs hat die Armee und die Provinzen mit rechtlichen Räubern angefüllt. Er nahm die

Banditen auf, sie waren brav wie ihr Name sagt, er belohnte sie königlich, gab Ämter und Ehrenstellen; und jetzt treiben sie ihr Handwerk als Hauptleute der Provinzen gesetzlich. Dieses wird in der Residenz erzählt, auf den Straßen und in Provinzialstädten, und es werden mit Abscheu Personen und Ort und Umstände dabei genannt.

Ich lief eine Stunde in Pompeji herum, und sah was die andern auch gesehen hatten, und lief in den aufgegrabenen Gassen und den zu Tage geförderten Häusern hin und her. Die Alten wohnten doch ziemlich enge. Die Stadt muß aber bei dem allen prächtig genug gewesen sein, und man kann sich nichts netter und geschmackvoller denken als das kleine Theater, wo fast alles von schönem Marmor ist; und die Inskription mit eingelegter Bronze vor dem Proszenium ist, als ob sie nur vor wenigen Jahren gemacht wäre. Die Franzosen haben wieder einen beträchtlichen Teil ans Licht gefördert und sollen viel gefunden haben, wovon aber sehr wenig nach Paris ins Museum kommt. Jeder Kommissär scheint zu nehmen, was ihm am nächsten liegt, und die Regierung schweigt wahrscheinlich mit berechneter Klugheit. Es ist etwas mehr als unartig, daß die alten schönen Wände so durchaus mit Namen bekleckst sind. Ich habe viele darunter gefunden, die diese kleine Eitelkeit wohl nicht sollten gehabt haben. Vorzüglich waren dabei einige französische Generale, von denen man dieses hier nicht hätte erwarten sollen: bei der Sibylle ist es etwas anders.

Von Salerne aus war ich mit einer Dame aus Kaserta und ihrem Vetter zurückgefahren. Als diese hörten, daß ich von Portici noch auf den Berg wollte, taten sie den Vorschlag Partie zu machen. Ich hatte nichts dagegen; wir mieteten Esel und ritten. Was vorherzusehen war, geschah; die Dame konnte, als wir absteigen mußten, zu Fuße nicht weit fort und blieb zurück; und ich war so ungalant, mich nicht darum zu bekümmern. Der Herr Vetter strengte sich an, und arbeitete mir nach. Als wir an die Öffnung gekommen waren, aus welcher der letzte Strom über Torre del Greco hinunter gebrochen war, wollte der Führer nicht weiter und sagte, weiter ginge sein Akkord nicht. Ich wollte mich weiter nicht über die Unverschämtheit des Betrügers ärgern und erklärte ihm ganz kurz und laut, er möchte machen was er wollte; ich würde hinaufsteigen. Doch nicht allein? meinte er. Ganz allein, sagte ich, wenn niemand mit mir geht; und ich stapelte immer rasch den Sandberg hinauf. Er besann sich doch und folgte. Es ist eine Arbeit, die schwerer ist als auf den Aetna zu gehen; wenigstens über den Schnee, wie ich es fand. Der Sand und die Asche machen das Steigen entsetzlich beschwerlich: man sinkt fast so viel rückwärts, als man vorwärts geht. Es war übrigens Gewitterluft und drückend heiß. Endlich kam ich oben an dem Rande an. Der Krater ist jetzt, wie Du schon weißt, eingestürzt, der Berg dadurch beträchtlich niedriger, und es ist gar keine eigentliche größere Öffnung mehr da. Nur an einigen Stellen dringt etwas Rauch durch die felsigen Lavaritzen hervor. Man kann also hinuntergehen. Die Franzosen, welche es zuerst taten, wenigstens so viel man weiß, haben viele Rotomontade von der Unternehmung gemacht: jetzt ist es von der Seite von Pompeji ziemlich leicht. Fast jeder, der heraufsteigt, steigt hinab in den Schlund; und es sind von meinen Bekannten viele unten gewesen. Ich selbst hatte den rechten Weg nicht gefaßt, weil ich eine andere kleinere Öffnung untersuchen wollte, aus welcher noch etwas Dampf kam und zuweilen auch Flamme kommen soll. Die Zeit war mir nun zu kurz; sonst wäre ich von der andern Seite noch ganz hinuntergestiegen. Gefahr kann weiter nicht dabei sein, als die gewöhnliche. Während mein Führer und der Kasertaner ruhten und schwatzten, sah ich mich um. Die Aussicht ist fast die nämliche, wie bei den Kamaldulensern: ich würde aber jene noch vorziehen, obgleich diese größer ist. Nur die Stadt und die ganze Partie von Posilippo diesseits der Grotte hat man hier besser. Nie hatte ich noch so furchtbare Hitze ausgestanden als im Heraufsteigen. Jetzt schwebten über Surrent einige Wölkchen und über dem Avernus ein Donnerwetter: es ward Abend und ich eilte hinab. Hinunter geht es sehr schnell. Ich hatte schon Durst als die Reise aufwärts ging; und nun suchte ich lechzend überall Wasser. Ein artiges, liebliches Mädchen brachte uns endlich aus einem der obersten Weinberge ein großes, volles Gefäß. So durstig ich auch war, war mir doch das Mädchen fast willkommener als das Wasser: und wenn ich länger hier bliebe, ich glaube fast ich würde den Vulkan gerade auf diesem Wege vielleicht ohne Führer noch oft besuchen. In einem großen Sommerhause, nicht weit von der heiligen Maria, erwartete uns die Dame und hatte unterdessen Tränen Christi bringen lassen. Aber das Wasser war mir oben lieber als hier die köstlichen Tränen, und die Hebe des ersten wohl auch etwas lieber als die Hebe der zweiten.

Es war schon ziemlich dunkel als wir in Portici ankamen, und wir rollten noch in der letzten Abenddämmerung nach Neapel. Mit dem Museum in Portici war ich ziemlich unglücklich. Jetzt war es zu spät, es zu sehen. Das erste Mal war es nicht offen und ich sah bloß das Schloß und die Zimmer, die, wenn man die Arbeit aus Pompeji, einige schöne Lavatische und die Statuen zu Pferde aus dem Herkulanum wegnimmt, nichts merkwürdiges enthalten. In dem Hofe des Museums liegen noch einige bronzene Pferdeköpfe aus dem Theater von

Herkulanum: die Statuen selbst sind in der Lava zusammengeschmolzen. So viel ich von den Köpfen urteilen kann, möchte ich wohl diese Pferde haben, und ich gäbe die Pariser von Venedig sogleich dafür hin. In dem Theater von Herkulanum bin ich eine ganze Stunde herumgewandelt, und habe den Ort gesehen, wo die Marmorpferde gestanden hatten, und den Ort wo die bronzenen geschmolzen waren. Bekanntlich ist es hier viel schwerer zu graben als in Pompeji: denn diese Lava ist Stein, jene nur Aschenregen. Dort sind nur Weinberge und Feigengärten auf der Oberfläche; hier steht die Stadt darauf: denn Portici steht gerade über dem alten Herkulanum; und fast gerade über dem Theater steht jetzt oben eine Kirche. Die Dame von Kaserta gab mir beim Abschied am Toledo ihre Adresse: ich hatte aber nicht Zeit mich weiter um sie zu bekümmern.

Obgleich der Vesuv gegen den Aetna nur ein Maulwurfshügel ist, so hat er doch durch seine klassische Nachbarschaft vielleicht ein größeres Interesse, als irgendein anderer Vulkan der Erde. Ich war den ganzen Abend noch voll von der Aussicht oben, die ich noch nicht so ganz nach meinem Genius hatte genießen können. Ich setzte mich im Geist wieder hinauf und überschaute rund umher das schöne blühende magische Land. Die wichtigsten Szenen der Einbildungskraft der Alten lagen im Kreise da; unvermerkt geriet ich ins Aufnehmen der Gegenstände um den Vulkan.

Vom Schädel des Verderbers sieht
Mein Auge weit hinab durch Flächen,
Auf welchen er in Feuerbächen
Verwüstend sich durch das Gebiet
Der reich geschmückten Schöpfung zieht.
Wo steht der Nachbar ohne Grausen,
Wenn zur Zerstörung angefacht
Aus seinem Schlund der Mitternacht
Ihm hoch die Eingeweide brausen?
Wenn donnernd er die Felsen schmelzt,
Und sie im Streit der Elemente,
Als ob des Erdballs Achse brennte,
Hinab ins Meer hoch über Städte wälzt?
Der Riese macht mit seinem Hauche
Die schönste Hesperidenflur
Zur dürrsten Wüste der Natur,

Wenn er aus seinem Flammenbauche
Mit roter Glut und schwarzem Rauche
Die Brandung durch die Wolken hebt,
Und meilenweit was Leben trinket,
Wo die Zerstörung niedersinket,
In eine Lavanacht begräbt.
Parthenope und Pausilype bebt,
Wenn tief in des Verwüsters Adern
Die Feuerfluten furchtbar hadern;
Und was im Meer und an der Sonne lebt
Eilt weit hinweg mit blassem Schrecken,
Sich vor dem Zorn des Tötenden zu decken.
Es kocht am Meere links und rechts,
Bis nach Surrent und bis zu Bajas Tannen,
Wo er die Bäder des Tyrannen
Aus der Verwandtschaft des Geschlechts,
Indem er weit umher verheeret,
Mit seinem tiefsten Feuer nähret.
Er macht die Berge schnell zu Seen,
Die Täler schnell zu Felsenhöhen,
Und rauschend zeigen seine Bahn,
So weit die schärfsten Augen gehen,
Die Inseln in dem Ozean.
Wer bürget uns, wenn ihn der Sturm zerrüttet,
Daß er nicht einst in allgemeiner Wut
Noch fürchterlich mit seiner Flut
Den ganzen Golf zusammen schüttet?
Nicht alles noch, wo jetzt sein Feuer quillt,
Aus seiner Werkstatt tiefstem Grunde,
Von Stabia bis zu dem Schwefelschlunde,
Mit seinen Lavaschichten füllt?
Hier brach schon oft aus seinem Herde
Herauf hinab des Todes Flammenmeer,
Und machte siedend rund umher
Das Land zum größten Grab der Erde.

Unter diesen Phantasien schlief ich ruhig ein. Ob ich gleich gern das furchtbare Schauspiel eines solchen Vulkans in seiner ganzen entsetzlichen Kraft sehen möchte, so bin ich doch nicht hart genug es zu wünschen. Ich will mich mit dem begnügen, was mir der Aetna gegeben hat. Der Vesuv kräuselt bloß zuweilen einige Rauchwölkchen; aber ich fürchte, sein Schlaf und sein Verschütten sind von schlimmer Vorbedeutung. Der Aetna war auch verschüttet, ehe er Katanien überströmte, und in dem Krater des Vesuv waren zuweilen große Bäume gewachsen. Bei seinem künftigen Ausbruche dürfte die Gegend vor Portici, eben da wo oben der heilige Januarius steht um den Feind abzuhalten, am meisten der Gefahr ausgesetzt sein; denn dort ist nach dem äußern Anschein jetzt die Erdschale am dünnsten. Man scheint so etwas gefühlt zu haben, als man den heiligen Flammenbändiger eben hierher setzte.

Die Russen in Neapel machen eine sonderbare Erscheinung. Sie sind des Königs Leibwache, weil man ganz laut sagt, daß er sich auf seine eigenen Soldaten nicht verlassen kann. Wenn dieses so ist, so ist es ganz gewiß seine eigene Schuld; denn ich halte die Neapolitaner für eine der bravsten und besten Nationen, so wie überhaupt die Italiener. Was ich hier und da schlimmes sagen muß, betrifft nur die Regierung, ihre schlechte Verfassung oder Verwaltung und das Religionsunwesen. Die Russen haben sich sehr metamorphosiert und ich würde sie kaum wieder erkannt haben. Du weißt, daß ich die Schulmeisterei in keinem Dinge verachte, wenn sie das Gründliche bezweckt: aber ich glaube, sie haben sich durch Pauls Veränderungen durchaus nicht gebessert. Brav werden sie immer bleiben; das ist im Charakter der Nation: aber Paul hätte das Gute behalten und das Bessere geben sollen. Ich habe nicht gesehen, daß sie besser Linie und besser den Schwenkpunkt hielten, und fertiger die Waffen handhabten; aber desto schlechter waren sie gekleidet, ästhetisch und militärisch. Die steifen Zöpfe, die Potemkin mit vielen andern Bocksbeuteleien abgeschafft hatte, geben den Kerlen ein Ansehen von ganz possierlicher Unbehilflichkeit. Potemkin hatte freilich wohl manches getan, was nichts wert war; aber diese Ordonnanz bei der Armee war sicher gut. Paul war in seiner Empfindlichkeit zu einseitig. Übrigens werden hier die Russischen Offiziere, wie ich höre, zuweilen nicht wegen ihrer Artigkeit gelobt, und man erzählte sehr auffallende Beispiele vom Gegenteil. Das sind hoffentlich nur unangenehme Ausnahmen; denn man läßt im Ganzen der Ordnung und der Strenge des Generals Gerechtigkeit widerfahren.

Der heilige Januarius wird als Jakobiner gewaltig gemißhandelt, und von den Lazaronen auf alle Weise beschimpft: es fehlt wenig, daß er nicht des Patronats völlig entsetzt wird. Dafür wird der heilige Antonius sehr auf seine Kosten gehoben; und es wird diesem sogar durch Manifeste vom Hofe gehuldigt. Doch ist die Januariusfarce wieder glücklich von Statten gegangen, und er hat endlich wieder ordentlich geblutet. Ich habe für dergleichen Dinge wenig Takt, bin also nicht dabei gewesen, ob die Schnurre gleich fast unter meinen Augen vorging. Einer meiner Freunde erzählte mir von den furchtbaren Ängstigungen einiger jungen Weiber und ihrer heißen Andacht, ehe das Mirakel kam, und von ihrer ausgelassenen heiligen ekstatischen Freude, als es glücklich vollendet war. Womit kann man den Menschen nicht noch hinhalten, wenn man ihm einmal seine Urbefugnisse genommen hat?

Rom

Nun bin ich wieder hier in dem Sitz der heiligen Kirche, aber nicht in ihrem Schoße. Wie Schade das ist; ich habe so viel Ansatz und Neigung zur Katholizität, würde mich so gern auch an ein Oberhaupt in geistlichen Dingen halten, wenn nur die Leute etwas leidlicher, ordentlich und vernünftig wären. Meiner ist der Katholizismus der Vernunft, der allgemeinen Gerechtigkeit, der Freiheit und Humanität; und der ihrige ist die Nebelkappe der Vorurteile, der Privilegien, des eisernen Gewissenszwanges. Ich hoffte, wir würden einst zusammenkommen; aber seit Bonapartes Bekehrung habe ich für mich die Hoffnung sinken lassen. Dank sei es der Frömmelei und dem Mamelukengeist des großen französischen Bannerherrn, die Römer haben nun wieder Überfluß an Kirchen, Mönchen, Banditen. Er hat uns zum wenigsten wieder einige hundert Jahre zurückgeworfen. *Homo sum* – sagt Terenz; sonst könntest Du leicht fragen, was mich das Zeug anginge. Aber ich will den Faden meiner Wanderschaft wieder aufnehmen.

Den letzten Tag in Neapel besuchte ich noch den Agnano und die Hundsgrotte. Schon Füger in Wien hatte mich gewarnt, ich möchte mich dort in Acht nehmen: allein im Mai, dachte ich, hat so ein Spaziergang wohl nichts zu sagen. Der Morgen war drückend schwül, und über der Solfatara und dem Kamaldulenser Berge hingen Gewitterwolken. Alles ist bekannt genug; ich wollte nur aus Neugier das Lokale sehen und weiter keinen Hund auf die Folter setzen. Nachdem ich aber ungefähr ein Stündchen am See herumgewandelt war und mir die Lage besehen hatte, ward mir der Kopf auf einmal sonderbar dumpf und schwer, und ich eilte, daß ich durch die Bergschlucht wieder heraus kam. Es war ein eigenes furchtbares Gefühl, als ob sich alle flüssigen Teile mischten und die festen sich auflösen wollten. So wie ich mich von der Gegend entfernte, kehrte mein heller Sinn zurück, und es blieb mir nur eine gewisse Schwere und Müdigkeit von der Wärme. Eine eigene Erscheinung in meinem Physischen war es mir indessen, als ich gleich nachher in einem Wirtshause nicht weit von Posilippo aß, daß ich mir an einer eben nicht harten Kastanie auf einmal drei Zähne bis fast zum Ausfallen locker biß. Der Agnano und die Hundsgrotte kosten dich ein wenig zu viel, dachte ich, und tat schon Verzicht auf meine drei Vorderzähne. Aber Veränderung der Luft und etwas Schonung haben sie bis auf einen wieder ziemlich festgemacht; und dieser wird sich hoffentlich auch wieder erholen. Will er nicht, nun so will ich ihn der Hundsgrotte opfern.

Von Rom nach Neapel war ich zu Fuße gegangen: von Neapel nach Rom fuhr ich der Schnelligkeit wegen mit dem neapolitanischen Kourier. Noch die Nacht fuhren wir über Aversa nach Kapua, und den Tag von Kapua nach Terracina. Anstatt einer attellanischen Fabel erzählte man uns in Aversa als wahre Geschichte, daß eben die Räuber vom Berge heruntergekommen wären und einen armen Teufel um sechszig Piaster erschlagen hätten. In Fondi stahl ich mich mit etwas bösem Gewissen voraus, weil ich dem Herrn Zolleinnehmer nicht gern in die Hände fallen wollte. Dieser Herr hatte nämlich auf meiner Hinreise einen sehr großen Gefallen an meinem Seehundstornister bekommen, wollte ihn durchaus haben, und bot mir bis zu drei goldnen Unzen darauf. Ich wollte ihn nicht missen, hatte seiner Zudringlichkeit aber doch einige Hoffnung gemacht, wenn ich zurückkäme: und jetzt wollte ich ihn ebensowenig missen. Wer bringt nicht gern Haut und Fell und alles wieder heil mit sich zurück? Durch die Pontinen ging es diesmal die Nacht, welches ich sehr wohl zufrieden war. Der Morgen graute, als wir in Veletri eintrafen. Nun kam aber eine echt italienische Stelle, über der ich leicht hätte den Hals brechen können.

Ich habe die Gewohnheit, beständig vorauszulaufen, wo ich kann. Zwischen Gensano und Aricia ist eine schöne Waldgegend, durch welche die Straße geht. Oben am Berge bat der Postillon, wir möchten aussteigen, weil er vermutlich den Hemmschuh einlegen wollte, und am Wagen etwas zu hämmern hatte. Der Offizier blieb bei seinen Depeschen am Wagen, und ich schlenderte leicht und unbefangen den Berg hinunter in den Wald hinein, und dachte, wie ich Freund Reinhart in Aricia überraschen würde, der jetzt daselbst sein wollte. Ungefähr sieben Minuten mochte ich so fortgewandelt sein, da stürzten links aus dem Gebüsche vier Kerle auf mich zu. Ihre Botschaft erklärte sich sogleich. Einer faßte mich bei der Krause, und setzte mir den Dolch an die Kehle; der andere am Arm, und setzte mir den Dolch auf die Brust; die beiden übrigen blieben dispositionsmäßig in einer kleinen Entfernung mit aufgezogenen Karabinern. In der Bestürzung sagte ich halb unwillkürlich auf Deutsch zu ihnen: Ei so nehmt denn ins Teufels Namen alles, was ich habe! Da machte einer eine doppelt gräßliche Pantomime mit Gesicht und Dolch, um mir zu verstehen zu geben, man würde stoßen und schießen, sobald ich noch eine Silbe spräche. Ich schwieg also. In Eile nahmen sie mir nun die Börse und etwas kleines Geld aus den Westentaschen, welches beides zusammen sich vielleicht auf sieben Piaster belief. Nun zogen sie mich mit der vehementesten Gewalt nach dem Gebüsche, und die Karabiner suchten mir durch richtige Schwenkung Willigkeit einzuflößen. Ich machte mich bloß so schwer als möglich, da weiter tätigen Widerstand zu tun der gewisse Tod gewesen wäre: man zerriß mir in der Anstrengung Weste und Hemd. Vermutlich wollte man mich dort im Busche gemächlich durchsuchen und ausziehen, und dann mit mir tun, was man für gut finden würde. Sind die Herren sicher, so lassen sie das Opfer laufen; sind sie das nicht, so geben sie einen Schuß oder Stich, und die Toten sprechen nicht. In diesem kritischen Momente, denn das Ganze dauerte vielleicht kaum eine Minute, hörte man den Wagen von oben herabrollen und auch Stimmen von unten: sie ließen mich also los, und nahmen die Flucht in den Wald. Ich ging etwas verblüfft meinen Weg fort, ohne jemand zu erwarten. Die Uhr saß, wie in Sizilien, tief, und das Taschenbuch stak unter dem Arme in einem Rocksacke: beides wurde also in der Geschwindigkeit nicht gefunden. Die Kerle sahen gräßlich aus, wie ihr Handwerk; keiner war, nach meiner Taxe, unter zwanzig, und keiner über dreißig. Sie hatten sich gemalt, und trugen falsche Bärte; ein Beweis, daß sie aus der Gegend waren, und Entdeckung fürchteten. Reinhart traf ich in Aricia nicht; er war noch in Rom. So hätte ich wohl noch leicht in der schönen klassischen Gegend bleiben können. Dort spielt ein Teil der Aeneide, und nach aller Topographie bezahlten daselbst Nisus und Euryalus ihre jugendliche Unbesonnenheit: nicht eben, daß sie gingen, sondern daß sie unterwegs so alberne Streiche machten, die kein preußischer Rekrut machen würde. Wer wird einen schön polierten, glänzenden Helm bei Mondschein aufsetzen, um versteckt zu bleiben? Herr Virgil hat sie, vermutlich bloß der schönen Episode wegen, so ganz unüberlegt handeln lassen.

Hier in Rom brachte man mir die tröstliche Nachricht, daß zwei von den Schurken, die mich in dem Walde geplündert hätten, erwischt wären, und daß ich vielleicht noch das Vergnügen haben würde, sie hängen zu sehen. Dawider habe ich weiter nichts, als daß es bei der jetzigen ungeheuern Unordnung der Dinge sehr wenig helfen wird. Ich habe hier etwas von einem Manuskript gesehen, das in kurzem in Deutschland, wenn ich nicht irre, bei Perthes, gedruckt werden soll, und das ein Gemälde vom jetzigen Rom enthält. Du wirst Dich wundern, wenn ich Dir sage, daß fast alles darin noch sehr sanft gezeichnet ist. Der Mann kann auf alle Fälle kompetenter Beurteiler sein; denn er ist lange hier, ist ein freier, unbefangener, kenntnisvoller Mann, bei dem Herz und Kopf gehörig im Gleichgewicht stehen. Die Hierarchie wird wieder in ihrer größten Ausdehnung eingeführt; und was das Volk eben jetzt darunter leiden müsse, kannst Du berechnen. Die Klöster nehmen alle ihre Güter mit Strenge wieder in Besitz, die eingezogenen Kirchen werden wieder geheiligt, und alle Prälaten behaupten fürs allererste wieder ihren alten Glanz. Da mästen sich wieder die Mönche, und wer bekümmert sich darum, daß das Volk hungert? Die Straßen sind nicht allein mit Bettlern bedeckt, sondern diese Bettler sterben wirklich daselbst vor Hunger und Elend. Ich weiß, daß bei meinem Hiersein an einem Tage fünf bis sechs Personen vor Hunger gestorben sind. Ich selbst habe Einige niederfallen und sterben sehen. Rührt dieses das geistliche Mastheer? Der Ausdruck ist empörend, aber nicht mehr als die Wahrheit. Jedes Wort ist an seiner Stelle gut, denke und sage ich mit dem Alten. Als die Leiche Pius des Sechsten prächtig eingebracht wurde, damit die Exequien noch prächtiger gehalten werden könnten, erhob sich selbst aus dem gläubigen Gedränge ein Fünkchen Vernunft in dem dumpfen Gemurmel, daß man so viel Lärm und Kosten mit einem Toten mache, und die Lebendigen im Elende verhungern lasse. Rom ist oft die Kloake der Menschheit gewesen, aber vielleicht nie mehr als jetzt. Es ist keine Ordnung, keine Justiz, keine Polizei; auf dem Lande noch weniger als in der Stadt: und wenn die Menschheit nicht noch tiefer gesunken ist, als sie wirklich liegt, so kommt es bloß daher, weil man das Göttliche in der Natur durch die größte Unvernunft nicht ganz ausrotten kann. Du kannst denken, mit welcher Stimmung ein vernünftiger Philanthrop sich hier umsieht. Ich hatte mich mit einer bittern Philippika gerüstet, als ich wieder zu Borgia gehen wollte. *Nil valent apud Vos leges, nil justitia, nil boni mores; saginantur sacerdotes, perit plebs, caecutit populus; vilipenditur quodcunque est homini sanctum, honestas, modestia, omnis virtus. Infimus et improbissimus quisque cum armis per oppida et agros praedabundus incedit, furatur, rapit, trucidat, jugulat, incendia miscet. Haec est illa religio scilicet, auctoris ignominia, rationis opprobrium, qua Vos homines liberos et viros fortes ad servitia et latrones detrudere conamini.* So gor es, und ich versichere Dich, Freund, es ist keine Silbe Redekunst dabei. Aber gesetzt auch, ein Kardinal hätte das so hingenommen, warum sollte ich dem alten, guten, ehrlichen Manne Herzklopfen machen? Es hilft nichts; das liegt schon im System. Man wird schon Palliativen finden; aber an Heilung ist nicht zu denken. Die Herren sind immer klug wie die Schlangen; weiter gehen sie im Evangelium nicht. Die neuesten Beweise davon kannst Du in Florenz und Paris sehen. Ich ging gar nicht zu Borgia, weil ich meiner eigenen Klugheit nicht traute. Überdies hielt mich vielleicht noch eine andere Kleinigkeit zurück. Die römischen Vornehmen haben einen ganzen Haufen Bedienten im Hause und geben nur schlechten Sold. Jeder Fremde, der nur die geringste Höflichkeit vom Herrn empfängt, wird dafür von der Valetaille in Anspruch genommen. Das hatte ich erfahren. Nun kann man einem ganzen Hausetat doch schicklich nicht weniger als einen Piaster geben; und so viel wollte ich für den Papst und sein ganzes Kollegium nicht mehr in Auslage sein.

Ich will das Betragen der Franzosen hier und in ganz Unteritalien nicht rechtfertigen: aber dadurch, daß sie die Sache wieder aufgegeben haben, ist die Menschheit in unsägliches Elend zurückgefallen. Ich weiß, was darüber gesagt werden kann, und von wie vielen Seiten alles betrachtet werden muß: aber wenn man schlecht angefangen hat, so hat man noch schlechter geendiget; das Zeugnis wird mit Zähneknirschen jeder rechtliche Römer und Neapolitaner geben. Geschichte kann ich hier nicht schreiben. Durch ihren unbedingten, nicht notwendigen Abzug ist die schrecklichste Anarchie entstanden. Die Heerstraßen sind voll Räuber; die niederträchtigsten Bösewichter ziehen bewaffnet im Lande herum. Bloß während meiner kurzen Anwesenheit in Rom sind drei Kouriere geplündert und fünf Dragoner von der Begleitung erschossen worden. Niemand wagt es mehr, etwas mit der Post zu geben. Der französische General ließ wegen vieler Ungebühr ein altes Gesetz schärfen, das den Dolchträgern den Tod bestimmt, und ließ eine Anzahl Verbrecher vor dem Volkstore wirklich niederschießen. Die Härte war Wohltat; nun war Sicherheit. Jetzt trägt jedermann wieder seinen Dolch und braucht ihn. Die Kardinäle sind immer noch in dem schändlichen Kredit als Beschützer der Verbrecher. Man erzählt jetzt noch Beispiele mit allen Namen und Umständen, daß sie Mörder in ihren Wagen aus der Stadt in Sicherheit bringen lassen. Über öffentliche Armenanstalten bei den Katholiken ist schon viel gesagt. Rom war auch in dieser Rücksicht die Metropolis. Jetzt sind durch die Revolution fast alle öffentliche Armenfonds wie ausgeplündert, und die Not ist vor der Ernte unter der ganz armen Klasse schrecklich. In ganz Marino und Albano ist keine öffentliche Schule, also keine Sorge für Erziehung; in Rom ist sie schlecht. Der Kirchenstaat ist eine Öde rund um Rom herum, deswegen erlaubt aber kein Güterbesitzer, daß man auf seinem Grunde arbeite. Das Feudalrecht könnte in Gefahr geraten. Wenn er nicht geradezu hungert, was gehn ihn die Hefen des Romulus an? Die Möncherei kommt wieder in ihren krassesten Flor, und man erzählt sich wieder ganz neue Bubenstücke der Kuttenträger, die der Schande der finstersten Zeiten gleich kommen. Man sagt wohl, Italien sei ein Paradies von Teufeln bewohnt: das heißt der menschlichen Natur Hohn gesprochen. Der Italiener ist ein edler, herrlicher Mensch; aber seine Regenten sind Mönche oder Mönchsknechte; die meisten sind Väter ohne Kinder: das ist Erklärung genug. Überdies ist es der Sitz der Vergebung der Sünde.

Ich will nur machen, daß ich hinauskomme, sonst denkst Du, daß ich beißig und bösartig geworden bin. Die Partien rundherum sind ohne mich bekannt genug: ich habe die meisten, allein und in Gesellschaft, in der schönsten Jahrszeit genossen. Man kann hier sein und sich wohl befinden, nur muß man die Humanität zu Hause lassen. Mit Uhden habe ich die Partien von Marino, Grottaferrata, Fraskati und den Albaner See gesehen. Eines der ältesten Monumente ist am See der Felsenkanal, der das Wasser aus demselben durch den Berg in die Ebene hinabläßt, und der, wenn ich nicht irre, noch aus den Zeiten des Kamillus ist. Die Geschichte seiner Entstehung ist bekannt. Man wirkt noch heute ebenso durch den Aberglauben wie damals. Wenn der Gott von Delphi den Ausspruch der Mathematiker nicht bestätigt hätte, wären die Römer schwerlich an die Arbeit gegangen. Das ganze Werk steht noch jetzt in seiner alten herrlichen ursprünglichen Größe da und erfüllt den Zweck. Uhden wunderte sich, daß Kluver, ein sonst so genauer und gewissenhafter Beobachter, sagt, es seien noch Spuren da, da doch der ganze Kanal noch ebenso gangbar ist, wie vor zweitausend Jahren. Mir deucht zu Kluvers Rechtfertigung kann man annehmen, daß der Eingang eben damals verschüttet war, welches sich periodenweise leicht denken läßt; und der Antiquar untersuchte nicht näher. Der Eingang ist ein sehr romantischer Platz und der Gegenstand der Zeichner: vorzüglich wirkt die alte perennierende Eiche an demselben. Das Schloß Gandolfo oben auf dem Berge ist eine der schönsten Aussichten in der ganzen schönen Gegend. Hier zeigte man mir im Promenieren einen Priester, der in einem Gefecht mit den Franzosen allein achtzehn niedergeschossen hatte. Das nenne ich einen Mann von der streitenden Kirche! Wehe der Humanität, wenn sie die triumphierende wird. Wer auf Hadrian eine Lobrede schreiben will, muß nicht hierher gehen, und die Überreste seiner Ville sehen: man sieht noch ganz den Pomp eines morgenländischen Herrschers, und die Furcht einer engbrüstigen tyrannischen Seele. Auch sogar sein Grabmal hat die päpstliche Zwittertyrannei zu ihrem Ergastel gemacht. Trajan hat Monumente besserer Bedeutung hinterlassen. Wo bei Fraskati wahrscheinlich des großen Tullius Tuskulum gestanden hat, sieht man jetzt sehr analog – eine Papiermühle. Das Plätzchen ist sehr philosophisch; nur würde Thucydides hier schwerlich die tuskulanischen Quästionen oder gar *de natura deorum* geschrieben haben. Der schönste Ort von allen antiken Gebäuden, die ich noch gesehen habe, ist unstreitig die Ville des Mäcen in Tivoli. Man kann annehmen, daß der Schmeichler Horaz hier mehrere seiner lieblichsten Oden gedichtet habe, für den gewaltigen Mann, neben und unter dem er hier haus'te. Man wollte mich unten am Flusse jenseits, nicht weit von den Ställen des Varus, in ein Haus führen, wo noch Horazens Bad zu sehen sein soll; aber ich hatte nicht Lust: es fiel mir seine Canidia ein. Virgil war ein feinerer Mann und ein besserer Mensch. Kein Stein ist hier oben ohne Namen, und um die Kaskade und die Grotte und um die Kaskadellen. Wenn ich Dir die Kaskadellen von unserm Reinhart mitbringen könnte, das würde für Dich noch Beute aus Hesperien sein: ich bin nur Laie.

Von den Kunstschätzen in Rom darf ich nicht anfangen. Die Franzosen haben allerdings vieles fortgeschafft; aber der Abgang wird bei dem großen Reichtum doch nicht sehr vermißt. Überdies haben sie mit wahrem Ehrgefühl kein Privateigentum angetastet. Einigen ihrer vehementesten Gegner haben sie zwar gedroht; doch ist es bei den Drohungen geblieben: und die Privatsammlungen sind bekanntlich zahlreich und sehr ansehnlich. Nur einige sind durch die Zeitumstände von ihren Besitzern zersplittert worden; vorzüglich die Sammlung des Hauses Kolonna. Aus den Gärten Borghese ist kein einziges Stück entfernt. Bloß der Fechter und der Silen daselbst haben einen so klassischen Wert, wie ihn mehrere der nach Paris geschafften Stücke nicht haben. Die größte Sottise, die vielleicht je die Antiquare gemacht haben, ist, daß sie diesen Silen mit dem lieblichen jungen Bacchus für einen Saturnus hielten, der eben auch diese Geburt fressen wollte. Der erste, der diese Erklärung auskramte, muß vor Hypochondrie Konvulsionen gehabt haben. Vorzüglich beschäftigte mich noch eine Knabenstatue mit der Bulle, die man für einen jungen Britannicus hält. Sei es wer es wolle, es ist ein römischer Knabe, der sich der männlichen Toga nähert, mit einer unbeschreiblichen Zartheit und Anmut dargestellt. Ich habe nichts ähnliches in dieser Art mehr gefunden.

In der Galerie Doria zog meine Aufmerksamkeit vornehmlich ein weibliches Gemälde von Leonardo da Vinci auf sich, das man für die Königin Johanna von Neapel ausgab. Darüber erschrak ich. Das kann Johanna nicht sein, sagte ich, unmöglich; ich wäre für das Original von Leukade gesprungen: das kann die Neapolitanerin nicht sein. Wenn sie es ist, hat die Geschichte gelogen, oder die Natur selbst ist eine Falschspielerin. Man behauptete, es wär' ihr Bild; und ich genoß in der Träumerei über den Kopf die schönen Salvator Rosa im andern Flügel nur halb. Als ich nach Hause kam, fragte ich Fernow; und dieser sagte mir, ich habe Recht; es sei nun ausgemacht, daß es eine gewisse Gräfin aus Oberitalien sei. Ich freute mich, als ob ich eine Kriminalinquisition los wäre.

Auf dem Kapitol vermißte ich den schönen Brutus. Dieser ist nach Paris gewandelt, hieß es. Was soll Brutus in Paris? Vor fünfzig Jahren wäre es eine Posse gewesen, und jetzt ist es eine Blasphemie. Dort wachsen die Cäsarn wie die Fliegenschwämme. Noch sah ich die alte hetrurische Wölfin, die bei Cäsars Tode vom Blitz beschädigt worden sein soll. Die Seltenheit ist wenigstens sehenswert. Von dem Turme des Kapitols übersah ich mit einem Blick das ganze, große Ruinenfeld unter mir. Einer meiner Freunde machte mir ein Geschenk mit einer Rhapsodie über die Peterskirche; ich gab ihm dafür eine über das Kapitol zurück. Ich schicke sie Dir hier, weil ich glauben darf, daß Dir vielleicht die Aussicht einiges Vergnügen machen kann.

Du zürnst, daß dort mit breitem Angesichte
Das Dunstphantom des Aberglaubens glotzt
Und jedem Feuereifer trotzt,
Der aus der Finsternis zum Lichte
Uns führen will; Du zürnst den Bübereien,
Dem Frevel und dem frechen Spott,
Mit dem der Plattkopf stiert, der Tugend uns und Gott
Zum Unsinn macht; den feilen Schurkereien,
Und der Harpye der Möncherein,
Dem häßlichsten Gespenst, das dem Kozyt entkroch,
Das aus dem Schlamm der Dummheit noch
Am Leitseil der Betrügereien
Zehntausend hier zehntausend dort ins Joch,
Dem willig sich die Opfertiere weihen,

Zum Grabe der Vernunft berückt,
Und dann mit Hohn und Litaneien
Aus seiner Mastung niederblickt:
Du zürnst, daß man noch jetzt die Götzen meißelt,
Und mit dem Geist der Mitternacht
Zu ihrem Dienst die Menschheit nieder geißelt,
Und die Moral zur feilen Dirne macht,
Bei der man sich zum Sybariten kräuselt
Und Recht und Menschenwert verlacht.

Dein Eifer, Freund, ist edel. Zürne!
Oft gibt der Zorn der Seele hohen Schwung
Und Kraft und Mut zur Besserung;
Indessen lau mit seichtem Hirne
Der Schachmaschinenmensch nach den Figuren schielt.
Und von dem Busen seiner Dirne
Verächtlich nur die Puppen weiter spielt.

Geh hin und lies, fast ist es unsre Schande,
Es scheint es war das Schicksal Roms
In Geierflug zu ziehn von Land zu Lande;
Es schlug die Erde rund in Bande,
Und wechselt nur den Sitz des Doms.
Was einst der Halbbarbar ins Joch mit Eisen sandte,
Beherrschet nun der Hierofante
Mit dem Betruge des Diploms.
Jetzt türmet sich am alten Vatikane
Des Aberglaubens Burg empor,
In deren dumpfigem Arkane
Sich längst schon die Vernunft verlor,
Und wo man mit geweihtem Ohr
Und Nebelhirn zur neuen Fahne
Des alten Unsinns gläubig schwor.
Dort steht der Dom, den Blick voll hohen Spottes,
Mit dem er Menschensinn verhöhnt;
Und mächtig stand, am Hügel hingedehnt,
Einst hier die Burg des Donnergottes,
Wo noch des Tempels Trümmer gähnt:

Und wer bestimmt, aus welchem Schlunde
Des Wahnsinns stygischer Betrug
Der armen Welt die größte Wunde
Zur ewigen Erinnerung schlug?

Hier herrschten eisern die Katonen
Mit einem Ungeheur von Recht,
Und stempelten das menschliche Geschlecht
Despotisch nur zu ihren Fronen;
Als wäre von Natur vor ihnen jeder Knecht,
Den Zeus von seinem Kapitole
Mit dem Gefolge der Idole
Sich nicht zum Lieblingssohn erkor;
Und desto mehr, je mehr er kühn empor
Mit seines Wesens Urkraft strebte
Und sklavisch nicht, wie vor dem Sturm das Rohr,
Beim Zorn der Herr'n der Erde bebte.
Nur wer von einem Räuber stammte,
Dem Fluch der Nachbarn, wessen Heldenherz,
Bepanzert mit dem dicksten Erz,
Den Hohn der Menschheit lodernd flammte,
Und alle Andern wie Verdammte
Zur tiefsten Knechtschaft von sich stieß
Und den Beweis in seinem Schwerte wies; –
Nur der gelangte zu der Ehre
Ein Mann zu sein im großen Würgerheere.

Oft treibt Verzweiflung zu dem Berge,
Dem Heiligen, dem Retter in der Not,
Wenn blutig des Bedrückers Scherge
Mit Fesseln, Beil und Ruten droht:
Und, was erstaunt jetzt kaum die Nachwelt glaubet,
Dem größten Teil der Nation,
Dem ganzen Sklavenhaufen, raubet
Der Blutgeist selbst die Rechte der Person,
Und setzt ihn mit dem Vieh der Erde
Zum Spott der Macht in eine Herde.
Der Wüstling warf dann in der Wut,

Für ein zerbrochnes Glas, mit wahrer Römerseele,
Den Knecht in die Muränenhöhle,
Und fütterte mit dessen Blut
Auf seine schwelgerischen Tische
Die seltnen, weitgereis'ten Fische:
Und für die Kleinigkeit der Sklavenstrafe ließ
Mit Zorn der schlauste der Tyrannen,
Den seine Welt Augustus hieß,
Zehn Tage lang den Herrn von sich verbannen.
Nimm die zwölf Tafeln, Freund, und lies
Was zum Gesetz die Blutigen ersannen;
Was ihre Zehner kühn gewannen,
Durch die man frech die Menschheit von sich stieß.

Wer zählet die Proskriptionen,
Die der Triumvir niederschrieb,
In denen er durch Henker ohne Schonen
Die Bande von einander hieb,
Die, das Palladium der Menschlichkeit zu retten,
Uns brüderlich zusammen ketten.
Durch sie ward Latium in allen Hainen rot
Bis in die Grotten der Najaden,
Und mit dem Grimm des Schrecklichen beladen,
Des Fluchs der Erde, gingen in den Tod
An Einem Tage Myriaden:
Und gegen Sullas Henkergeist
Ist zu der neuen Zeiten Ehre,
Der Aftergallier, der Blutmensch Robespierre,
Ein Genius, der mild und menschlich heißt.

Man würgte stolz, und hatte man
Mit Spott und Hohn die Untat frech getan,
So stieg man hier auf diesen Hügel
Und heiligte den Schreckenstag,
Der unter seiner Schande Siegel
Nun in der Weltgeschichte lag.
Man schickte ohne zu erröten,
Den Liktor mit dem Beil und ließ

Im Kerker den Gefangnen töten,
Der in der Schlacht als Held sich wies,
Vor dessen Tugend man selbst in der Raubburg zagte
Und nicht sie zu bekämpfen wagte.

Dort gegenüber setzten sich
Die Cäsarn auf dem Palatine,
Wo noch die Trümmer fürchterlich
Herüber gähnt, und jetzt mit Herrschermiene
Auch aus dem Schutte der Ruine,
Wie in der Vorwelt Eisenzeit,
Mit Ohnmacht nur Gehorsam noch gebeut.
Dort herrschten, hebt man kühn den Schleier,
Im Wechsel nur Tyrann und Ungeheuer;
Dort grub der Schmeichler freche Zunft
Mit Schlangenwitz am Grabe der Vernunft;
Dort starben Recht und Zucht und Ehre,
Dort betete man einst Sejan,
Narciß und sein Gelichter an,
Wenn die Neronen und Tibere
Nur scheel auf ihre Sklaven sahn,
Sie selbst der Schändlichkeit Heloten,
Die Qual und Tod mit einem Wink geboten,

Dort ragt der Schandfleck hoch empor,
Wo, wenn des Scheusals Wille heischte,
Des Tigers Zahn ein Menschenherz zerfleischte,
Und wo der Sklaven grelles Chor
Dem Blutspektakel Beifall kreischte,
Und keinen Zug des Sterbenden verlor;
Wo zu des Römerpöbels Freude
Nur der im Sand den höchsten Ruhm erwarb,
Der mit dem Dolch im Eingeweide
Und Grimm im Antlitz starb.

Von außen Raub und Sklaverei von innen,
Bei Kato wie bei Seneka,
Stehst Du noch jetzt entzückt vor Deinen Römern da,
Und stellst sie auf des Ruhmes Zinnen?

Vergleiche was durch sie geschah,
Von dem Sabiner bis zum Goten,
Die Kapitolier bedrohten
Die Menschheit mehr als Attila,
Trotz allen preisenden Zeloten.
Betrachtest Du die Stolzen nur mit Ruh,
Für Einen Titus schreibest Du
Stets zehn Domitiane nieder.
Behüte Gott nur uns und unsre Brüder
Vor diesem blutigen Geschlecht,
Vor Römerfreiheit und vor Römerrecht!
Wenn Peter stirbt, erwache Zeus nicht wieder.

In dem Palast Spada besuchte ich einige Augenblicke die Statue des Pompejus, die man bekanntlich für die nämliche ausgibt, unter welcher Cäsar erstochen wurde. Dieses kann auch vielleicht so wahrscheinlich gemacht werden, als solche Sachen es leiden. Die Statue hat sonst nichts Merkwürdiges und ist artistisch von keinem großen Wert. Unter dieser Statue sollten alle Revolutionäre mit wahren, hellen, gemäßigten Philantropen zwölf Mitternächte Rat halten, ehe sie einen Schritt wagten. Was rein, gut oder schlecht in dem Einzelnen ist, ist es nicht immer in der Gesamtheit; auf der Stufe der Bildung, auf welcher die Menschheit jetzt stehet.

Die Peterskirche gehört eigentlich der ganzen Christenheit, und die Hierarchie würde vielleicht gern das enorme Werk vernichtet sehen, wenn sie das unselige Schisma wieder heben könnte, das über ihrem Bau in der christlichen Welt entstanden ist. Etwas mehr gesunde Moral und Mäßigung hätte damals die Päpste mit Hilfe des abergläubischen Enthusiasmus zu Herren derselben gemacht: diese Gelegenheit kommt nie wieder. Ob die Menschheit dadurch gewonnen oder verloren hätte, ist eine schwere Frage. Es ist, als ob man der stillen Größe der alten Kunst mit diesem herkulischen Bau habe Hohn sprechen wollen. Du kennst das Pantheon als den schönsten Tempel des Altertums. Stelle Dir vor, einen verhältnismäßigen ungeheuern Raum, als die Area des Heiligentempels, zu einer großen Höhe aufgeführt, und oben das ganze Pantheon als Kuppel darauf gesetzt, so hast Du die Peterskirche. Das Riesenmäßige hat man erreicht. Wir saßen in dem Knopfe der Kuppel: unser drei, und übersahen die gefallene Roma. Diese Kirche wird einst mit ihrer

Kolonnade die größte Ruine von Rom, so wie Rom vielleicht die größte Ruine der Welt ist.

In dem benachbarten Vatikan beschäftigten mich nur Raphaels Logen und Stanzen und die Sixtinische Kapelle. Beide sind so bekannt, daß ich es kaum wage Dir ein Wort davon zu sagen. Ein Engländer soll jetzt das jüngste Gericht von Michel Angelo in zwölf Blättern stechen. Das erste Blatt ist fertig, und hat den Beifall der Kenner. Er sollte dann fortfahren und die ganze Kapelle nach und nach geben. Die Sibyllen haben ebenso herrliche Gruppierungen und sind ebenso voll Kraft und Seele.

Vor der Schule Raphaels habe ich stundenlang gestanden und mich immer wieder hingewendet. Nach diesem Sokrates will mir kein anderer mehr genug tun. So muß Sokrates gewesen sein, wie dieser hier ist; und so Diogenes, wie dieser da liegt. Pythagoras hielt mich nicht so lange fest, als Archimedes mit seiner Knabengruppe. In dieser hat vielleicht der Künstler das vollendetste Ideal von Anmut und Würde dargestellt. Ich sah den Brand und im Vorzimmer die Schlacht: aber ich ging immer wieder zu seiner Schule. Ich würde vor dem erhabenen Geiste des Künstlers voll drückender Ehrfurcht zurückbeben, wenn ich nicht an der andern Wand seinen Parnaß sähe, auf welchen er als den Apoll den Kammerdiener des Papstes mit der Kremoneser Geige gesetzt hat. Aber ich möchte doch lieber etwas angebetet haben als eine solche Vermenschlichung sehen, den Apollo mit der Kremoneser Geige. Die Logen fangen an, an der Luftseite stark zu leiden. Sie sind ein würdiger Vorhof des Heiligtums und vielleicht reicher als das Adyton selbst. Hier konnten die Gallier nichts antasten, sie hätten denn als Vandalen zerstören müssen: und das sind sie doch nicht, ihre Feinde mögen sagen was sie wollen. Ich müßte Dir von Rom allein ein Buch schreiben, wenn ich länger bliebe und länger schriebe: und ich würde doch nur wenig erschöpfen.

Zum Schluß schicke ich Dir eine ganz funkelnagelneue Art von Centauren, von der Schöpfung eines unserer Landsleute. Aber ich muß Dir die Schöpfungsgeschichte erzählen, damit Du das Werk verstehst.

Es hält sich seit einigen Jahren hier ein reicher Brite auf, dessen grilliger Charakter, gelinde gesprochen, durch ganz Europa ziemlich bekannt ist, und der weder als Lord eine Ehre der Nation noch als Bischof eine Zierde der Kirche von England genannt werden kann. Dieser Herr hat bei der Impertinenz des Reichtums die Marotte den Kenner und Gönner in der Kunst zu machen und den Geschmack zu leiten, und zwar so unglücklich, daß seine Urteile in Italien hier und da bei Verständigen fast schon allein für Verdammung gelten. Vorzüglich haßt er Raphael und zieht bei jeder Gelegenheit seine *deos minorum gentium* auf dessen Unkosten hervor. Indessen er bezahlt reich, und es geben sich ihm, zur Erniedrigung des Genius, vielleicht manche gute Köpfe hin, die er dann ewig zur Mittelmäßigkeit stempelt. Viele lassen sich vieles von dem reichen Briten gefallen, der selten in den Grenzen der feinem Humanität bleiben soll. Für einen solchen hielt er nun auch unsern Landsmann; dieser aber war nicht geschmeidig genug sein Klient zu werden. Er lief und ritt und fuhr mit ihm, und lud ihn oft in sein Haus. Der Lord fing seine gewöhnlichen Ungezogenheiten gegen ihn an, fand aber nicht gehörigen Knechtsgeist. Einmal bat er ihn zu Tische. Der Künstler fand eine angesehene Gesellschaft von Fremden und Römern, welcher er von dem Lord mit vielem Bombast als ein Universalgenie, ein Erzkosmopolit, ein Hauptjakobiner vorgestellt wurde. Jakobiner pflegt man dort, wie fast überall, jeden zu nennen, der nicht ganz untertänig geduldig der Meinung der gnädigen Herren ist, und sichs wohl gar beigehen läßt, Urbefugnisse in dem Menschen zu finden, die er behaupten muß, wenn er Menschenwert haben will. Dem Künstler mußte dieser Ton mißfallen, und ein Fremder, der es merkte, suchte ihn durch Höflichkeit aus der peinlichen Lage zu ziehen, indem er ihn nach seinem Vaterlande fragte. Ei was, fiel der Lord polternd ein, es ist ein Mensch, der kein Vaterland hat, ein Universalmann, der überall zu Hause ist. Doch doch, Mylord, versetzte der Künstler, ich habe ein Vaterland, dessen ich mich gar nicht schäme; und ich hoffe, mein Vaterland soll sich auch meiner nicht schämen: *Sono Prussiano.* Man sprach italienisch. *Prussiano? Prussiano?* sagte der Wirt: *Ma mi pare che siete ruffiano.* Das war doch Artigkeit gegen einen Mann, den man zu Tische gebeten hatte. Der ehrliche brave Künstler machte der Gesellschaft seine Verbeugung, würdigte den Lord keines Blicks und verließ das Zimmer und das Haus. Nach seiner Zurückkunft in sein eigenes Zimmer schrieb er in gerechter Empfindlichkeit ihm ungefähr folgenden Brief.

„Mylord,

Ganz Europa weiß, daß Sie ein alter Geck sind, an dem nichts mehr zu bessern ist. Hätten Sie nur dreißig weniger, so würde ich von Ihnen für Ihre ungezogene Grobheit eine Genugtuung fordern, wie sie Leute von Ehre zu fordern berechtigt sind. Aber davor sind Sie nun gesichert. Ich schätze jedermann, wo ich ihn finde, ohne Rücksicht auf Stand und Vermögen, nach dem was er selbst wert ist; und Sie sind nichts wert. Sie haben alles was Sie verdienen, meine Verachtung."

Der Lord hielt sich den Bauch vor Lachen über die Schnurre; er mag an solche Auftritte gewöhnt sein. Aber der Zeichner setzte sich hin und fertigte das Blatt, das ich Dir gebe. Das langgestreckte Schwein, die vollen Flaschen auf dem Sattel, die leeren zerbrochenen Flaschen unten, das Glas, der Finger, der Krummstab, der große antike Weinkrug, der an dem Stocke lehnt, alles charakterisiert bitter, auch ohne Kopf und Ohren und ohne den Vers; aber alles ist Wahrheit. Der alte fünfundsiebenzigjährige Pfaffe läßt noch kein Mädchen ruhig.

Auch seines Lebens letzten Rest
Beschäftigt noch Lucinde;
Wenn ihn die Sünde schon verläßt,
Verläßt er nicht die Sünde.

Der Lord erhielt Nachricht von der Zeichnung, deren Notiz in den guten Gesellschaften in Rom herumlief, und knirschte doch mit den Zähnen. Für so verwegen hatte er einen Menschen nicht gehalten, der weder Bänder noch Geld hatte. Endlich sagte er doch, nach der gewöhnlichen Regel, wo man zu bösem Spiele gute Miene macht: *Il s'est vengé en homme de genie.* Die Zeichnung bekam ich, und ich trage kein Bedenken sie Dir mitzuteilen.

Mailand

Von Rom hierher ging ich halb im Wagen, halb zu Fuße; im Wagen so weit ich mußte, zu Fuße so weit ich konnte. Man hatte während meines Aufenthalts in Rom auf der Straße von Florenz Kouriere geplündert, Soldaten erschossen und große Summen geraubt. Es wäre Tollkühnheit gewesen, allein zu wallfahrten, wenn man nicht geradezu ein Bettler war, und sich durch das *cantabit vacuus* sichern konnte. Ich fuhr also mit einer Gesellschaft nach Florenz. Von Ronciglione nach Viterbo gehts am See hinauf über den Ciminus. Auf dem Berge empfehle ich Dir die Aussicht rechts hinüber nach dem Soratte; sie ist herrlich. Man sieht hinüber nach Nepi und Civitacastellana, bis fast nach Otrikoli, und weiter hin in die noch beschneiten Apenninen. Die Nebelwölkchen kräuselten sich herrlich und bezeichneten den Lauf der Tiber. Trotz der gedrohten Gefahr konnte ich doch nicht im Wagen bleiben, und trollte meistens zu Fuße voraus und hinterher. Nicht weit von Viterbo begegnete uns eine Gesellschaft, die nach aller Beschreibung, die ich schon in Rom von ihnen hatte, eine Karawane deutscher Künstler war, welche von Paris nach Rom gingen. Der Wagen fuhr eben bergab sehr schnell, und ich konnte mich nicht erkundigen.

Du kannst denken, daß ich auf Thümmels Empfehlung in Montefiaskone den Estest nicht vergaß. Er ist für mich der erste Wein der Erde; und doch hatte ich nicht bischöfliches Blut: zwei Flaschen trank ich den Manen unsers Landsmannes. Ich brauchte mich nicht hineinzubemühen in die Stadt, deren Anblick auch sehr wenig einladendes hatte: der Wirt erzählte unaufgefodert die Geschichte des seligen Herrn, und machte mir mit der Landsmannschaft ein Kompliment. Es war gut, daß ich nicht hier bleiben konnte; ich glaube, ich wäre Küster bei dem Bischofe geworden, und hätte hier lernen Wein trinken. Aus dem Munde des Wirts lautete die Grabschrift: *Est est est, et propter nimium est dominus Fuggerus hic mortuus est.* Ob nun der Herr Bischof, der sich hier an dem herrlichen Wein in die selige Ewigkeit hinübertrank, wirklich aus unserm edeln Geschlecht dieses Namens war, das überlasse ich den geistlichen Diplomatikern. Ich lief rüstig vor dem Wagen her, nach Bolsena zu, am See hin, nach Sankt Lorenz, dem Lieblingsorte Pius des Sechsten. Die ganze Gegend um Bolsena ist romantisch. Daß unten Altlorenzo so außerordentlich ungesund sein soll, kann ich nicht begreifen. Daran scheint nur die Indolenz der Einwohner Schuld zu sein, die die Schluchten nicht genug aushauet und bearbeitet.

Als eine Neuigkeit des Tages erzählte man hier die Geschichte von einem Komplott in Neapel. Murat, den ich selbst noch in Neapel gesehen habe, soll die Rädelsführer durch seine Versprechungen zur Entdeckung der ganzen Unternehmung sehr fein überredet und sodann die ganze Liste dem Minister überreicht haben. Weiß der Himmel wie viel daran ist! Ganz ohne Grund ist das Gerücht nicht. Denn schon in Rom wurde davon gesprochen, und der König von Sardinien war aus Kaserta daselbst angelangt, wie man laut sagte aus Furcht vor Unruhen in Neapel, und wohnte im Palast Kolonna. Die neapolitanische Regierung hatte dabei in ihrem Ingrimm ihre gewöhnliche alte, unüberlegte Strenge gebraucht. In Montefiaskone traf ich einen Franzosen, der zweiundzwanzig Jahre in Livorno gehandelt hatte und ein gewaltiger Royalist war. Ich wollte schon vor zwölf Jahren zurückgehen, sagte er mir, aber mein Vaterland ist diese ganze Zeit über eine Mördergrube und ein verfluchtes Land gewesen. Die Republikaner und Demokraten sind alle Bösewichter. Nun, da Bonaparte wieder König ist, werde ich nach Hause gehen und mein Alter in Ruhe genießen. Der Mann sagte dieses alles mit den nämlichen Worten; ich bin nur Übersetzer.

Aquapendente an dem Flusse macht eine schöne Partie und ist für den Kirchenstaat eine nicht unbeträchtliche Stadt. Was das für eine närrische Benennung der Örter ist, sagte ein Engländer, Aquapendente und Montefiaskone; es muß heißen Montependente und Aquafiaskone. Vor Radikofani an der Grenze bei Torricelli hatte man auch den Kourier geplündert, und ein toskanischer Dragoner war dabei umgekommen. Siena ist ziemlich leer. Der heilige Geruch des Erzbischofs benahm mir alle Lust nur aus dem Wirtshause zu gehen. Er ist der nämliche Herr, der zur Zeit Josephs des Zweiten päpstlicher Legat in den Niederlanden war, und daselbst allem Guten sehr tätig widerstrebte. Neuerlich in der Revolution hat er sich durch seine heroische Unvernunft ausgezeichnet. Die Juden mochten bei Ankunft der Franzosen den Glauben gewonnen haben, daß sie auch Menschen seien, und sich also bürgerlich einige Menschlichkeiten erlaubt haben. Nach Abzug der Franken hielt der christgläubige Pöbel zu Siena im Sturm über die verruchten Israeliten Volksgericht, und führte dreizehn der Elenden lebendig zum Scheiterhaufen. Einige mutige vernünftige Männer baten den Erzbischof sein Ansehn zu interponieren, damit die Abscheulichkeit nicht ausgeführt würde. Die Energie des Glaubens aber weigerte sich standhaft gegen die Zumutungen der Menschlichkeit, und die Unglücklichen wurden zum frommen Schauspiel der Christenheit lebendig gebraten. Als die Volksexekution nach Hause zog, gab der geistliche Vater den Kindern mit Wohlgefallen seinen Segen. Doch dieses ist in Italien noch Humanität.

Von Siena nach Florenz ist ein schöner, herrlicher Weg; und so wie man Florenz näher kommt, wird die Kultur immer besser und endlich vortrefflich. Von Monte Cassiano, dem letzten Ort vor Florenz, ist die schönste Abwechslung von Berg und Tal bis in die Hauptstadt. Was Leopold für Toscana getan hat, wird nun eilig alles wieder zerstört, und die Mönche fangen hier ihr Regiment ebenso wieder an, wie in Rom. Der allgemeine große Wohlstand, der durch die östreichische hier sehr liberale Regierung erzeugt worden war, wird indes nicht sogleich vertilgt. Hier sind Segen und Fleiß zusammen. Der neue König wird nicht geachtet; jedermann sieht ihn als nicht existierend an: bloß der römische Hof gewinnt durch seine Schwachheit Stärke. Dieser Leopold, sagt der Nuntius, hat vieles getan als ein ungehorsamer Sohn, das durch den Willen des heiligen Vaters und das Ansehen der Kirche *ipso jure* null ist. Du kannst denken, wie stark man sich am Vatikan fühlen und wie schwach man die am Arno halten muß, daß man eine solche Sprache wagt. Aber sie wissen, daß sie mit dem Herrn in Paris zusammengehen; das erklärt und rechtfertigt vielleicht ihre Kühnheit. Die größte Anzahl seufzt hier nach der alten Regierung; Neuerungssüchtige hoffen auf Verbindung mit den Herren jenseit des Berges, oder gar mit den Franzosen; die jetzige Regierung hat den kleinsten Anhang. Der König ist nicht gemacht ihn zu vergrößern: das hat man sehr wohl gewußt, sonst hätte man ihn nicht zum Schattenspiel brauchen können. In der Stadt läuft die Anekdote sehr laut herum, daß er in seinem Privattheater den Balordo vortrefflich macht, und niemand wundert sich darüber.

Es wurde hier von Meyers Nachrichten von Bonapartes Privatleben gesprochen; und Leclerk, der ihn doch wohl etwas näher kennen muß, soll darüber ganz eigene Berichtigungen gemacht haben. Die Feinheit der Kardinäle zeigte sich vorzüglich in der Papstwahl. Pius der Siebente war als Bischof von Imola Bonapartes Gastfreund gewesen: auf diesen Umstand und den individuellen Charakter des korsischen Beherrschers der Franzosen ließ sich schon etwas bauen. Du siehst, es ist gegangen. Vielleicht halfen die Rothüte dem Korsen erst deutlich sein System entwickeln. In Imola kann man gut Maskerade spielen. Der Papst und seine Gesellen vergessen das Gebot des heiligen Anchises noch nicht, das er seinem frommen Sohne beim Abschied aus der Hölle gab; und wo Ein Mittel nicht hilft, hilft das andere. In eine eigene Verlegenheit kamen indessen die Herren mit der Madonna von Loretto, welche bekanntlich die Franzosen mit sich genommen hatten. Ein Mönch kommt nach ihrer Entfernung und sagt: Das habe ich gefürchtet, daß sie das heilige Wunderbild wegführen würden; deswegen habe ichs verborgen und ein anderes dafür hingestellt: hier ist das echte. Dieses wird nun den Gläubigen zur Verehrung hingesetzt, ohne daß man in Rom sogleich etwas davon erfährt. – Ich habe es in Loretto selbst gesehen, mich aber um die Echtheit des einen und des andern wenig bekümmert. – Nun unterhandelt man in Rom über das Pariser, und die Franzosen schicken es mit Reue zurück. Es kommt in Rom an, wo es noch stehen soll. Nun fragt sich, welches ist das echte? Eins ist so schlecht wie das andere, und beide tun natürlich Wunder in die Wette.

Von den hiesigen Merkwürdigkeiten ist das beste in Palermo; die Mediceerin, die Familie der Niobe und die besten Bilder; wenigstens hat man mich in dem leeren Saale so berichtet: doch hat die Galerie immer noch sehr interessante Sachen, vorzüglich für die Deutschen. Mit der Mediceischen Venus ist es mir sonderbar genug gegangen. Ich wünschte vorzüglich auf meiner Pilgerschaft auch dieses Wunderbild zu sehen, und es ist mir nicht gelungen. In Palermo habe ich mit Sterzinger in dem nämlichen Hause gegessen, wo oben die Schätze unter Schloß und Siegel und Wache standen. Sie waren durchaus nicht zu sehen. Der Inspektor von Florenz, der mit in Palermo war, hatte Hoffnung gemacht, ehe alles wieder zurückginge, würde er die Stücke zeigen. In Rom und Neapel wußte man öffentlich gar nicht recht, wo sie waren: denn man hatte absichtlich ausgesprengt, das Schiff, welches alles von Livorno nach Portici und weiter nach Palermo schaffen sollte, sei zu Grunde gegangen, um die Aufmerksamkeit der Franzosen abzuziehen. Es steht aber zu befürchten, sie werden eine gute Nase haben, und sich die Dame mit ihrer Gesellschaft nachholen. So viel ich Abgüsse davon gesehen habe, keiner hat mich befriedigst. Sie ist, nach meiner Meinung, wohl keine himmlische Venus, sondern ein gewöhnliches Menschenwesen, das die Begierden vielleicht mehr reizen als beschwichtigen kann. Mir kommt es vor, ein Künstler hat seine schöne Geliebte zu einer Anadyomene gemacht; das Werk ist ihm ungewöhnlich gelungen: das ist das Ganze. Über die Stellung sind alle Künstler, welche Erfahrung haben, einig, daß es die gewöhnlichste ist, in welche sich die Weiblichkeit setzt, sobald das letzte Stückchen Gewand fällt, ohne je etwas von der Kunst gehört zu haben. Ich selbst hatte einst ein eigenes ganz naives Beispiel davon, das ich Dir ganz schlicht erzählen will. Der Russische Hauptmann Graf Dessessarts – Gott tröste seine Seele, er ist, wie ich höre, an dem Versuche in Quiberon gestorben, den ich ihm nicht geraten habe – er und ich, wir gingen einst in Warschau in ein Bad an der Weichsel. Dort fanden sich, wie es zu gehen pflegt, gefällige Mädchen ein, und eine junge, allerliebste, niedliche Sünderin von ungefähr sechszehn Jahren brachte uns den Tee, um wahrscheinlich auch gelegenheitlich zu sehen, ob Geschäfte zu machen wären. Wir waren beide etwas zu ernsthaft. Das arme artige Geschöpfchen dauert mich, sagte der Graf; aber der Franzose konnte doch seinen Charakter nicht ganz verleugnen. *Je voudrois pourtant la voir toute entière*, sagte er, und machte ihr den Vorschlag und bot viel dafür. Das Mädchen war verlegen und bekannte, daß sie für einen Dukaten in der letzten Instanz gefällig sein würde; aber zur Schau wollte sie sich nicht verstehen. Mein Kamerad verstand seine Logik, brachte mit feiner Schmeichelei ihre Eitelkeit ins Spiel, und sie gab endlich für die doppelte Summe mit einigem Widerwillen ihr Modell. Sobald die letzte Falte fiel, warf sie sich in die nämliche Stellung. *Voilà la coquine de Medicis!* sagte der Graf Es war ein gemeines polnisches Mädchen mit den Geschenken der Natur, die für ihren Hetärensold sich nur etwas reizend gekleidet hatte; eine Wissenschaft, in der die

Polinnen vielleicht den Pariserinnen noch Unterricht geben könnten. Allemal ist mir bei einem Bilde der Aphrodite Medicis die Polin eingefallen und meine Konjektur kam zurück; und mancher Künstler war nicht übel Willens meiner Meinung beizutreten. Urania könnte in der Glorie ihrer hohen siegenden Unschuld keinen Gedanken an die bedeckten Kleinigkeiten haben, die nur ein Satyr bemerken könnte. Ihr Postament war jetzt hier leer.

Es ist vielleicht doch auch jetzt noch keine unnütze Frage, ob Moralität und reiner Geschmack nicht leidet durch die Aufstellung des ganz Nackten an öffentlichen Orten. Der Künstler mag es zu seiner Vollendung brauchen, muß es brauchen: aber mir deucht, daß Sokrates sodann seine Grazien mit Recht bekleidete. Kabinette und Museen sind in dieser Rücksicht keine öffentlichen Orte; denn es geht nur hin, wer Beruf hat und wer sich schon etwas über das Gewöhnliche hebt. Sonst bin ich dem Nackten in Gärten und auf Spaziergängen eben nicht hold, ob mir gleich die Feigenblätter noch weniger gefallen. Empörend aber ist es für Geschmack und Feinheit des Gefühls, wenn man in unserm Vaterlande in der schönsten Gegend das häßlichste Bild der Aphrodite Pandemos mit den häßlichsten Attributen zuweilen aufgestellt sieht. Das heißt die Sittenlosigkeit auf der Straße predigen; und bloß ein tiefes Gefühl für Freiheit und Gerechtigkeit hat mich gehindert, die schändlichen Mißgeburten zu zertrümmern oder in die Tiefe des nahen Flusses zu stürzen.

Auf der Ambrosischen Bibliothek zu studieren hatte ich nicht Zeit. Die Philologen müssen in die Bibliothek des Grafen Riccardi gehen, wo sie für ihr Fach die besten Schätze finden. Mir war es jetzt wichtiger in der Kirche Santa Croce die Monumente einiger großen Männer aufzusuchen, die sich zu Bürgern des ganzen Menschengeschlechts gemacht haben. Rechts ist vorn das Grabmal Bonarottis, und weiter hinunter auf der nämlichen Seite Machiavellis, und links der Denkstein Galileis. Es verwahrt wohl kaum ein Plätzchen der Erde die Asche so vortrefflicher Männer nahe beisammen.

Für den Antiquar und den Gelehrten ist von unserer Nation jetzt in Florenz noch ein wichtiger Mann, der preußische Geheimerat Baron von Schellersheim, ein Mann von offenem, rechtlichem Charakter und vielen feinen Kenntnissen, dem sein Vermögen erlaubt, seiner Neigung für Kunst und Wissenschaft mehr zu opfern als ein anderer. Er besitzt vielleicht mehr antike Schätze, als irgend ein anderer Privatmann. Was ich bei ihm gesehen habe, war vorzüglich, eine komplette alte römische Toilette von Silber; ein großes altes silbernes ziemlich kubisches Gefäß, welches ein Hochzeitsgeschenk gewesen zu sein und

Hochzeitgeschenke enthalten zu haben scheint. Auf den vier Seiten sind von der ersten Bewerbung bis zur Nachhauseführung die Szenen der römischen Hochzeitgebräuche abgebildet. Dieses ist vielleicht das größte silberne Monument der alten Kunst, das man noch hat. Ferner hat er vier silberne Sinnbilder der vier Hauptstädte des römischen Reichs, Rom, Byzanz, Antiochia und Alexandria, welche die Konsuln oder vielleicht auch die andern kurulischen Magistraturen an den Enden der Stangen ihrer Tragsessel führten. Diese müssen, der Geschichte nach, etwas neuer sein. Weiter besitzt er einige alte komplette silberne Pferdegeschirre mit Stirnstücken und Bruststücken. Aber das Wichtigste sind seine geschnittenen Steine, unter welchen sich mehrere von seltenem Wert finden, und seine römischen Goldmünzen; mehrere konsularische von Pompejus an, und fast die ganze Folge der Kaisermünzen, von Julius Cäsar bis Augustulus. Hier fehlen nur wenige wichtige Stücke. Du siehst, daß dieses eine Liebhaberei nicht für jedermann ist. Ich schreibe Dir dieses etwas umständlicher, weil es Dich vielleicht interessiert und Du es noch nicht in Büchern findest: denn seine Sammlung ist noch nicht alt, und sie konnte nur in den Verhältnissen des Besitzers so bald so reich gemacht werden.

Die schönen Gegenden um Florenz zwischen den Bergen an dem Flusse auf und ab sind bekannt genug, und Du erwartest gewiß nicht, daß ich als Spaziergänger Dir alle die andern Merkwürdigkeiten aufführe. Das hiesige Militär kam mir traurig vor; schöne Leute, aber ohne Wendung und Geschicklichkeit. Zum Abschied sah ich den Morgen noch die Amalfischen Pandekten; und die Franzosen haben sich etwas bei mir in Kredit gesetzt, daß sie diesen Kodex nicht genommen haben; und gegen Abend wohnte ich auf dem alten Schlosse noch einer Akademie der Georgophilen bei. Hier hielt man eine Vorlesung über die vorteilhafteste Mischung der Erdarten zur besten Vegetation, und sodann las einer der Herren eine Einleitung zu einem chemisch physischen System. Zum Ende zeigte man einige seltene neue Naturprodukte. Neben meinem Zimmer im Bären wohnte eine französische Familie, nur durch eine dünne Wand getrennt; diese betete den Abend über eine ganze Stunde ununterbrochen so inbrünstig und laut, daß mir über der Andacht bange ward. Seit Ostern ist, wie ich höre, überall das Religionswesen wieder Mode; und in Frankreich scheint alles durchaus nur als Mode behandelt zu werden.

Nach Bologna hatte ich mich über den Berg wieder an einen Vetturino verdungen, und fand im Wagen einen französischen Chirurgus, der von der Armee aus Unteritalien kam, und eine italienische Dame mit ihrem kleinen Sohn auf dem Schoße; und endlich kam noch ein Schweizerischer Kriegskommissär mit einem furchtbar großen Säbel, der in Handelsgeschäften seines Hauses gereis't war. Die Dame, eine Frau von Rosenthal, deren Mann östreichischer Offizier war, ging allein mit ihrem Kinde, einem schönen sehr lieblichen Knaben von ungefähr anderthalb Jahr, nach Venedig, um dort ihren Mann zu erwarten, der in Livorno und anderwärts noch Dienstgeschäfte hatte. Da der Junge ein überkomplettes Persönchen im Wagen und doch so allerliebst war, machte er die Ronde von der Mutter zu uns allen. Die Gesellschaft lachte über meine grämliche Personalität mit dem Kleinen auf dem Arm, und ich kam mir wirklich selbst vor wie der Silen im Kabinet Borghese mit dem jungen Bacchus. Du siehst, daß ich mir gehörige Ehre widerfahren zu lassen weiß. Die Leutchen mußten das nämliche meinen; denn die Gruppierung fand Beifall, und der Junge war gern bei mir.

Der Berg von Florenz aus ist ein wahrer Garten bis fast auf die größte Höhe. Du kannst denken, daß ich viel zu Fuße ging; der Franzose leistete mir dann zuweilen Gesellschaft. Der Schweizer mit dem großen Säbel kam selten aus dem Wagen. Etwas unheimisch machen es oben auf dem Bergrücken die vielen Kreuze, welche bedeuten, daß man hier jemand totgeschlagen hat, weil man gewöhnlich auf die Gräber Kreuze setzt. Die Römer sind in diesem Falle etwas weniger fromm und politischer, und setzen nichts darauf; denn sonst würde der ganze Weg bei ihnen eine Allee von Kreuzen sein. Ich muß Dir bekennen, daß ich von dem Kreuze gar nicht viel halte. Warum nimmt man nicht etwas besseres aus der Bibel? Das Emblem scheint von der geistlichen und weltlichen Despotie in Gemeinschaft erfunden zu sein, um alles kühne Emporstreben der Menschennatur zur knechtischen Geduld niederzudrücken, und diese subalterne Tugend zur höchsten Vollkommenheit der Moral zu erheben. Wozu braucht man Gerechtigkeit, Großmut und Standhaftigkeit? Man predigt Geduld und Demut. Demut ist nach der Etymologie Mut zu dienen, und die zweideutigste aller Tugenden. In der alten griechischen und römischen Moral findet man diese Tugend nicht; und die Einführung ist eben kein Vorzug der christlichen. Sie kann nur im Evangelium der Despoten stehen, welche sie aber für sich selbst doch sehr entbehrlich finden. Es ist freilich auch philosophisch besser, Unrecht leiden als Unrecht tun; aber es gibt ein Drittes, das vernünftiger und edler ist als beides: mit Mut und Kraft verhindern, daß durchaus kein Unrecht geschehe. In unserm lieben Vaterlande hat man das Kreuz zwar meistens weggenommen, aber dafür den Galgen hingesetzt. So schlecht auch dieser ist, kommt er mir doch noch etwas besser vor. Das Kreuz verhält sich zum Galgen, wie die Mönche zu den Soldaten: die ersten sind Instrumente und die zweiten Handlanger der geistlichen und weltlichen Despotie; die permanente Guillotine der Vernunft. Christus hat gewiß seiner Religion keinen so jämmerlichen Anstrich geben wollen, als sie nachher durch ihre unglücklichen Bonzen bekommen hat. Freilich, wenn man den Gekreuzigten nicht an allen Feldwegen zeigte, könnte es doch wohl der Menge einfallen, ihre Urbefugnisse etwas näher zu untersuchen und zu finden, daß keine Konsequenz darin ist, sich durch den Druck des Feudalsystems und durch das Privilegienwesen ohne Aufhören kreuzigen zu lassen. Berechnet ist es ziemlich gut, wenn es nur gut wäre.

Bei Pietramala sah ich oben den zweideutigen Vulkan nicht, weil er zu weit rechts hinüber in den Felsen lag, und der Wagen nicht anhalten wollte. Nun hatten wir von den Ölbäumen Abschied genommen; auf dieser Seite des Apennins sind sie nicht mehr zu finden. Auf der Südseite sind Ölbäume, auf der Nordseite nach Bologna herüber Kastanien. Man kommt nun wieder dem lieben Vaterlande näher; alles gewinnt diesseit des Berges schon eine etwas mehr nördliche Gestalt. Mein alter gelehrter Cicerone in Bologna hatte eine große Freude, mich glücklich wiederzusehen; und ich lief mit ihm so viel herum, als man in zwei Tagen laufen konnte. Aber der Schweizer Kriegskommissär führte mich mehr in die Kaffeehäuser als in die Museen. Ein polnischer Hauptmann von der Legion, der, wie ich in Mailand fand, eigentlich nur Fähnrich war, und sich selbst einige Grade avanciert und hier geheiratet hatte, schloß sich geflissentlich an uns an, und freute sich, mit Deutschen deutsch zu plaudern: denn er war lange kaiserlicher Unteroffizier gewesen. Der Mensch sagte, er sei in seinem Leben kein Republikaner gewesen, das ließ sich von einem polnischen Edelmann sehr leicht denken, und er sei nun froh, daß die H--e von Freiheit nach und nach wieder abgeschafft werde. Man hatte eben das Wappen über dem Generalzollhause geändert, und anstatt der Freiheit die Gerechtigkeit hingesetzt, welches eigentlich eins ist. Die wahre Freiheit ist nichts anders als Gerechtigkeit: nur behüte uns der Himmel vor Freiheiten und Gerechtigkeiten. Sodann erhob er die Tapferkeit und die Kriegszucht der Polen, von der ich selbst Beweise hatte, und an welcher ich also nicht zweifelte.

Von allen Merkwürdigkeiten, die ich in Bologna noch zu sehen genötigt war, will ich Dir nur die Galerie Sampieri erwähnen. Sie ist nicht groß, aber köstlich. Die Plafonds sind von den drei Caracci, Hannibal, Ludwig und August, und könnten mit Ehren in Rom unter den besten stehen. Das schönste Stück der Sammlung, und nach Einigen die beste Arbeit von Guido Reni, ist der reuige Petrus. Die Kunst mag allerdings dieses Urteil der Kenner rechtfertigen; aber mich hat weit mehr beschäftigt die Hagar von Guercino. Dieser Künstler hat den Mythus gefaßt, wie Rechtlichkeit und Humanität es fordern, nicht wie die leichtgläubige Frömmigkeit ihn herbetet. Hagar ist ein schönes, herrliches, Ehrfurcht gebietendes Weib, das in dem Gefühl seines Werts dasteht; der Vater der Gläubigen ist ein jämmerlicher Sünder unter dem Szepter seiner Ehehälfte, und diese kann halb versteckt ihre kleine, boshafte, neidische Seele kaum verbergen. Nur dem Knaben Ismael wäre vielleicht jetzt schon etwas mehr von dem kühnen Trotze zu wünschen, der ihn in der Folge so vorteilhaft auszeichnete. Es kann mit der Volksbildung nicht wohl weiter gedeihen, so lange man noch dieses Buch als göttliche Norm der Moral aufdringt, und jedes Jota desselben mit Theopneustie stempelt. Es enthält so vielen schiefen Sinn, so viele Unsittlichkeiten in Beispielen und Vorschriften, daß ich oft mit vieler Überlegung zu sagen pflege, der Himmel möge mich vor Davids Frömmigkeit und Salomons Weisheit behüten. Man windet sich hierüber eben so schlecht, wie bei der Vergebung der Sünden. Wenn man das Ganze als ein Gewebe menschlicher Torheiten und Tugenden, als einen Kampf der erwachenden Vernunft mit den despotischen und hierarchischen Kniffen nähme, so wäre das Gemälde unterhaltend genug, und als das älteste Dokument der Menschenkunde heilig: aber wozu dieses dem Volke, das davon nichts brauchen kann? Das Papsttum hat vielleicht keinen glücklichern Einfall gehabt, als dem Volke dieses Buch zu entziehen; wenn man ihm nur etwas reineres und besseres dafür gegeben hätte. Die Legenden der Heiligen aber und die Ausgeburten des Aberglaubens aus dem Mittelalter sind freilich noch viel schlimmer. Was den ersten heiligen Geboten der Vernunft widerspricht, das kann kein heiliger Geist als Wahrheit stempeln.

Von Bologna aus nahm ich meinen Tornister wieder auf die Schulter und pilgerte durch die große schöne Ebene herüber nach Mailand. In Modena gefiel mirs sehr wohl, ohne daß ich den erbeuteten Eimer sah. Die Stadt ist reinlich und lebendig und lachend; die Wirtshäuser und Kaffeehäuser sind gut und billig. Ein ganzes Dutzend Tambours schlugen den Zapfenstreich durch die ganze Stadt, ohne daß ein einziges Bajonett dabei gewesen wäre. In der neuen Republik ist man wenigstens überall sicher: die Polizei ist ordentlich und wachsam, und alles bekommt ein rechtliches Ansehen. Masena, der hier kommandierte, ergriff eine herrliche Methode Sicherheit zu schaffen. Einige Schweizer Kaufleute waren in der Gegend geplündert worden; der General ließ sie arretieren und die Sache strenge untersuchen; die Angabe war richtig. Nun wurden die Gemeinheiten, in deren Bezirke die Schurkerei geschehen war, gezwungen das Geld zu ersetzen, und man ließ die Fremden ziehen. Ich finde darin, wenn es durchaus mit Strenge und Genauigkeit geschieht, keine Ungerechtigkeit. Wenn man die Räuber hübsch ordentlich henkte, und eine Kasse zur Wiedererstattung, wie die Brandkasse, anlegte; das würde die öffentliche Sicherheit recht sehr befördern.

In Reggio lag ein Polnisches Bataillon, und ein Unteroffizier desselben, der am Tore die Wache hatte und ein Anspacher war, freute sich höchlich wieder einen preußischen Paß zu sehen, den ich mir von dem preußischen Residenten in Rom hatte geben lassen, weil ich ihn mit Recht zu meiner Absicht für den besten hielt.

Nun wollte ich den Abend in Parma bleiben und einen oder zwei Tage dort ausruhen und Bodoni sehen, an den ich Briefe von Rom hatte. Aber höre, wie schnurrig ich um das Vergnügen gebracht wurde. Am Tore wurde ich den achten Juni mit vieler Ängstlichkeit examiniert und sodann mit einem Gefreiten nach der Hauptwache geschickt. Ich kannte die Bocksbeutelei, ob sie mir gleich auf meiner Wanderung hier zum ersten Mal begegnete. Unterwegs freuete ich mich über die gutaussehenden Kaffeehäuser und saß schon im Geist bei einer Schale Eis: denn ich hatte einen warmen Marsch gehabt. Die Parmesaner saßen gemütlich dort und schienen viel Bonhommie zu präsentieren; nur hier und da zeigte sich ein breites aufgedunsenes Gesicht, wie ihr Käse. Auf der Hauptwache las der Offizier meinen Paß, rief einen andern Gefreiten und befahl ihm mit mir zu gehen. Ich glaubte, ich sollte zu dem Kommandanten gebracht werden, und hoffte schon auf eine ähnliche Bewirtung, wie in Augusta in Sizilien. Aber der Zug dauerte mir sehr lange; ich fragte und erfuhr nun, ich müßte zum Tore hinaus, ich dürfte nicht in der Stadt wohnen. Es war mir gleich aufs Herz gefallen, als ich auf dem Markte die Grenadiere so entsetzlich schön gepudert sah. Die Kerle trugen hinten Haarwülste, so groß wie das Kattegat. Ich forderte, man sollte mich zum Kommandanten bringen. *Ma, mio caro, non posso mica;* sagte mein Begleiter. Ich drang darauf!. *Ma, mio caro, non sapete il servizio; questo non posso mica.* Ich alter Kriegsknecht mußte mir die Sottise gefallen lassen. Warum hatte ich mich vergessen? Der Mensch hatte Recht. Wir kamen ans Tor, und ich fragte den Offizier, indem ich ihm meinen Paß wies, ob das eine humane Art wäre, einen ehrlichen Mann zu behandeln. Er sah mich an, sagte mir höfliche Worte und berief sich auf Befehl. Ich verlangte noch einmal zum Kommandanten gebracht zu werden; ich wollte hier bleiben, ich hätte Geschäfte. Er zuckte die Schultern; ein alter Sergeant, der ein etwas liberaleres Antlitz hatte, meinte, man könnte mich doch hinschicken; der Offizier war unschlüssig: *Ma, mio caro, non possiamo mica,* sagte der Gefreite von der Hauptwache, der noch dabei stand. Der Offizier sagte mir, er könne mir jetzt nicht helfen; ich könne morgen wieder hereinkommen und dann tun was ich wolle. Jetzt ging ich trotzig den Weg zum Tore hinaus. Der Gefreite hätte keine bessere Charakteristik von Parma und den Parmesanern geben können: *Ma, mio caro, non possono mica.* Ärgerlich und halb lachend ging ich in ein Wirtshaus eine gute Strecke vor dem Tore. Das nenne ich mir eine aufmerksame besorgliche Polizei. Ich hatte mir in Reggio den Bart machen lassen, ein reines, feines Hemd angezogen, mich geputzt und gebürstet. Ihre problematischen Landsleute zwischen Alikata und Terra Nuova, und ihre nicht problematischen Landsleute zwischen Gensano und Aricia hatten mir zwar bei ihrer braven Visitation einige Schismen in Rock und Weste gebracht; aber dessen ungeachtet hatte man noch in Bologna in guter Gesellschaft meinen Aufzug für sehr polito erklärt. Ich zog bei dem Offizier einige Mal meine goldene Uhr und erbot mich zehn Louisd'or Kaution zu machen, und im Passe war ich stattlich mit Signor betitelt: nichts, man gestattete mir kein Quartier in der Stadt. Und nun denkst Du, daß ich den andern Morgen hineinging und mich des fernern erkundigte? Das ließ ich hübsch bleiben. Wenn ich im Himmel abgewiesen werde, komme ich nicht wieder: diese Ehre erhalten die Parmesaner nicht. Ich aß gut und schlief gut, und schlug den andern Morgen den Weg nach Piacenza ein. Man merkte sogleich, daß die Leute hier in Parma noch orthodox und nicht von der Ketzerei ihrer Nachbarn angesteckt sind; denn ich sah hier wieder viele Dolche und Schießgewehre wie bei den echten Italienern jenseits der Berge. Die Nachtigallen sangen den folgenden Morgen so herrlich und so schmetternd, und ich wunderte mich, wie sie in der Nähe eines so konfiszierten Orts noch einen Ton anschlagen könnten. Aber sie schlugen fort, und endlich vergaß ich das Eis, den Käse, Bodoni und Mica, und wandelte auf den Po zu. Ich hatte in Rom ein herrliches Gemälde von dem Übergange über den Fluß aus dem letzten Kriege gesehen: der Künstler war hier gewesen und hatte nach der Natur gearbeitet und ein Meisterstück der Perspektive gemacht. Jetzt suchte ich mich zu orientieren. Der Ort ist sehr leer und öde, aber der Fluß macht schöne Partien.

In Lodi aß ich wohl ruhiger zu Mittage als Bonaparte, wenn ich mir gleich nicht so viel Ruf erwarb, und konnte gemächlich den Posten besehen, wo man geschlagen hatte. Unter andern guten Sachen traf ich hier die schönsten Kirschen, die ich vielleicht je gegessen habe. Wenn gleich das alte Laus Pompeji nicht gerade hier lag, so ist doch wohl der Name daraus gemacht und der Ort daraus entstanden: wenigstens wird das hier auf einem Marmor am Rathause behauptet. Die Männer von Lodi müssen ein sinnreiches Geschlecht sein; das sah man an ihren Schildern. Unter andern hatte ein Schuhmacher auf dem seinigen einen Genius, der sehr geistreich das Maß nahm.

Hier in Mailand verlasse ich nun Hesperien ganz, und bin schon längst nicht mehr in dem Lande, wo die Zitronen blühn. In Rom sagte man, daß das Erdbeben vorigen Monat den Dom von Mailand sehr beschädigt habe; es ist aber kein Stein heruntergeworfen worden. Dieses gotische Gebäude streitet vielleicht mit dem Münster in Straßburg um den Vorzug, ob es gleich nicht vollendet ist, und es nun vielleicht auch nie werden wird. In der Kapitale der italischen Republik geht alles nach gallischen Gesetzen; und hier und dort, wie Du weißt, alles nach dem Willen des korsischen Autokrators. Wenn es nur gut ginge, wäre vielleicht nicht viel dawider zu sagen. Man scheint hier der goldenen Freiheit nicht durchaus außerordentlich hold zu sein. Einer meiner Bekannten begleitete mich etwas durch die Stadt und unter andern auch in die Kathedrale. Hinter der kunstreichen Krypte des heiligen Borromeus steht in einer Nische der geschundene heilige Bartholomeus, mit der Haut auf den Schultern hangend. Er gilt für eine gräßlich schöne Anatomie. Der Italiener stand und betrachtete ihn einige Minuten: das sind wir, sagte er endlich; die Augen hat man uns gelassen, damit wir unser Elend sehen können. Die Franzosen machen eine schöne Parade vor dem Palast der Republik; nur wird es mir schwer, die allgewaltigen Sieger in ihnen zu erkennen, vor denen Europa gezittert hat. Das alte weitläufige Schloß vor der Stadt wird sehr verengt und vor demselben der Platz Bonaparte gemacht: jetzt ist dort noch alles wüste und leer.

Vor allen Dingen besuchte ich noch das berühmte Abendmahlsgemälde von Leonardo da Vinci in dem Kloster der heiligen Maria. Das Kloster ist jetzt leer, und das Refektorium, wo das Gemälde an der Wand ist, war während der Revolution, wie man sagt, einige Zeit sogar ein Pferdestall. Das Stück ist einige Mal restauriert. Volpato hat es zuletzt gezeichnet und Morghen gestochen, und wahrscheinlich ist der Stich, der für ein Meisterstück der Kunst gilt, auch bei Euch schon zu haben: Du magst ihn also sehen und urteilen. Ich sah ihn in Rom zum ersten Mal. Auch in dem verfallenen Zustande ist mir das Original noch weit lieber als der Stich, so schön auch dieser ist. Volpato ist vielleicht etwas willkürlich bei der Kopierung zu Werke gegangen, da das Stück dem gänzlichen Verfalle sehr nahe ist. Wir sind indessen dem Künstler Dank schuldig für die Rettung. Ich sage nichts von dem schönen Charakter der übrigen Jünger; mit vorzüglich feinem Urteil hat der Maler den Säckelmeister Judas Ischariot behandelt, damit er die ehrwürdige Gesellschaft nicht durch zu grellen Kontrast schände. Auch der Geist des Mannes ist nicht verfehlt. Er sitzt da, wie ein kühner, tiefsinniger, mit sich selbst nicht ganz unzufriedner Finanzminister, der einen großen Streich wagt: er rechnete für die Gesellschaft, nicht für sich. Auch psychologisch ist Ischariot noch kein Bösewicht; nur ein Unbesonnener. Ein Bösewicht hätte sich nachher nicht getötet. Er glaubte, der Prophet würde sich mit Ehre retten. Ich möchte freilich nicht Judas sein und meinen Freund auf diese Weise in Gefahr setzen: aber vielleicht eben nur darum nicht, weil ich nicht so viel Glauben habe als er. – Jetzt muß man auf einer Leiter hinuntersteigen in den Saal, der untere Eingang ist vermauert: und nun leidet das Stück durch feuchte, dumpfe Luft vielleicht ebensosehr, als vorher durch andere üble Behandlung.

Hier sah ich seit der heiligen Cecilie in Palermo wieder das erste Theater. In Neapel brachte mich Januar darum, weil acht Tage vor und acht Tage nach seinem Feste kein Theater geöffnet wird. Ohne Spiel wollte ich auch das Karlstheater nicht sehen. In Rom machten mir meine Freunde eine so schlimme Schilderung von dem dortigen Theaterwesen, daß ich gar nicht Lust bekam eins zu suchen. Man sagt, das Haus sei hier ebenso groß, als das große in Neapel. Der Gesang war nicht ausgezeichnet, und für das große Haus zu schwach. Man erzählte mir hier eine Anekdote von Demoiselle Strinasacchi, die jetzt in Paris ist. Ich gebe sie Dir, wie ich sie hörte: sie ist mir wahrscheinlich, weil uns etwas ähnliches mit ihr in Leipzig begegnete, nur daß weder unser Mißfallen noch unser Enthusiasmus so weit ging, als die italienische Lebhaftigkeit. Die Natur hat ihr nicht die Annehmlichkeiten der Person auf dem Theater gegeben. Bei ihrer ersten Erscheinung erschrak hier das ganze Haus so sehr vor ihrer Gestalt und geriet so in Unwillen, daß man sie durchaus nicht wollte singen lassen. Der Direktor mußte erscheinen und es sich als eine große Gefälligkeit für sich selbst erbitten, daß man ihr nur eine einzige Szene erlaubte, dann möchte man verurteilen, wenn man wollte. Die Wirkung war vorauszusehen; man war beschämt und ging nun in einen rauschenden Enthusiasmus über: und nach

Endigung des Stücks spannte man die Pferde vom Wagen und fuhr die Sängerin durch einen großen Teil der Stadt nach Hause. Es wäre eine psychologisch nicht unwichtige Frage, das aufrichtige Bekenntnis der Weiber zu hören, ob sie das zweite für das erste erkaufen wollten. Die Heldin selbst hat keine Stimme mehr über die Sache.

Das Ballett war schottisch und sehr militärisch. Man arbeitete mit einer großen Menge Gewehr und sogar mit Kanonen: und das Ganze machte sich auf dem großen Raume sehr gut. Der Charaktertanz war aber mangelhaft, vorzüglich bei der Mutter. Man hatte gute Springer, aber keine Tänzer; ein gewöhnlicher Fehler, wo das Ganze nicht mit Einer Seele arbeitet. Ich habe nie wieder so gute Pantomime gesehen als in Warschau aus der Schule des Königs Poniatowsky. An ihm ist ein großer Ballettmeister verlorengegangen und ein schlechter König gewonnen worden.

In Rom hatte ich einige Höflichkeitsaufträge an den General Dombrowsky erhalten, und er nahm mich mit vieler Freundlichkeit auf und lud mich mit nordischer Gastfreiheit auf die ganze Zeit meines Hierseins an seinen Tisch. Hier fand ich mit ihm und andern von Polen aus Berührung. Ich hatte ihn einige Mal in Suworows Hauptquartiere gesehen; und er hatte von seinem ersten Dienst unser Vaterland Sachsen noch sehr lieb. Er ist einer von den heutigen Generalen, die die meiste Wissenschaft ihres Faches haben; und Du findest bei ihm Bücher und Karten, die Du vielleicht an vielen andern Orten vergebens suchst. Er ist ein sehr freier, strenger Beurteiler militärischer Zeichnungen, fordert das Wesentliche und bekümmert sich nicht um zierliche Kleinigkeiten. Er hat eine schöne Sammlung guter Kupferstiche von den Köpfen großer Männer; besonders ist darunter ein Gustav Adolph, der sehr alt und charakteristisch ist, und auf den er viel hält. Eine Anekdote aus diesem nun geendigten Kriege wird Dir vielleicht nicht unangenehm sein. Dombrowsky liebte Schillers dreißigjährigen Krieg und trug ihn in seinen Feldzügen in der Tasche. Bei Trebia oder Novi schlug eine Kugel gerade auf den Ort, wo unten das Buch lag; und dadurch wurde ihm wahrscheinlich das Leben gerettet. Ich habe das durchschlagene Exemplar selbst in Rom gesehen, wo er es einem Freunde zum Andenken geschenkt hat, und die Erzählung aus dem eigenen Munde des Generals. Er sagte mir lachend, Schiller hat mich gerettet, aber er ist vielleicht auch Schuld an der Gefahr: denn die Kugel hat eine Unwahrheit herausgeschlagen. Es stand dort, die Polen haben in der Schlacht bei Lützen gefochten: das ist nicht wahr; es waren Kroaten. Die Polen haben nie für Geld geschlagen; selbst jetzt schlugen wir noch für unser Vaterland; ob es gleich nunmehr unwiederbringlich verloren ist. Das gab etwas Sichtung der vergangenen Politik. Ich meinte, es wäre vorauszusehen gewesen, daß für Polen keine Rettung mehr war. Die Franzosen würden sich in ihrer noch kritischen Lage nicht der ganzen Wirkung der furchtbaren Tripleallianz bloßstellen, um ein Zwitterding von Republik wieder zu etablieren, an deren Existenz sie nun gar kein Interesse mehr hatten. Eifersucht zwischen den großen, mächtigen Nachbarn ist wahrscheinlich und ihnen vorteilhaft. Wenn die Polen noch unter einem einzigen Herrn wären, so ließe sich durch eben diese Eifersucht noch Rettung denken. Das schienen sie vorher selbst zu fühlen, und taten, da die Katastrophe nun einmal herbeigeführt war, hier und da etwas, um nur unter Einen Herrn zu kommen. Ich weiß selbst, daß ich als russischer Offizier in Posen vor der Hauptwache vor den preußischen Kanonen von einem Dutzend junger Polen belagert wurde, die mir's nahe ans Herz legten, daß doch die Kaiserin sie alle nehmen möchte; sie sollte ihnen nur einige Bataillone Hülfe schicken, so wollten sie die Preußen zurückschlagen. Sie brachten eine Menge scheinbare Gründe, warum sie lieber russische Untertanen zu sein wünschten; aber die wahren verbargen sie gewiß. Sie dachten unstreitig, bleiben wir nur beisammen, so können wir durch irgendeine Konjunktur bald wieder politische Existenz gewinnen. Der General fand die Schlußfolge ziemlich bündig, sagte aber, ein Patriot dürfe und müsse die letzte schwache Hoffnung für sein Vaterland versuchen. Das ist brav und edel.

Die Polen haben hier noch ganz ihre alte Organisation und tragen ihre alten Abzeichen, so daß man die alten Offiziere noch für Sachsen halten könnte. Der Mangel im Kriege muß in Italien zuweilen hoch gestiegen sein: denn es wurde erzählt, daß einmal die Portion des Soldaten auf acht Kastanien und vier Frösche reduziert gewesen sei. Die Zufriedenheit wird gegenseitig mit einer ganz eigenen Art militärisch drolliger Vertraulichkeit geäußert. So sagten die Franzosen von den Polen: *Ah ce sont de braves coquins: ils mangent comme les loups, boivent diablement, et se battent comme les lions.* Die Polnischen Offiziere konnten den französischen Soldaten nicht Lob genug erteilen über ihren Mut, ihre Unverdrossenheit und ihren pünktlichen Gehorsam. Wo die Franzosen nicht durchdrangen, waren gewiß alle Mal ihre Anführer Schuld daran. Es wurde behauptet, daß das polnische Corps bei der letzten Musterung noch 15000 Mann stark gewesen sei; und jetzt wird eben in Livorno ein Teil davon nach Sankt Domingo eingeschifft. Es hat das Ansehen, als ob Bonaparte alle Truppen, die ihm zu seinen Absichten in Europa als etwas undienstlich vorkommen, auf diese gute kluge Weise fortzuschaffen suche, welches man auch hier und da zu merken scheint. Auch werden die Unruhen dort vielleicht geflissentlich nicht so schnell gedämpft, als wohl sonst die französische Energie vermochte.

Die freundliche Aufnahme des Generals hielt mich mehrere Tage länger hier, als ich zu bleiben gesonnen war; und in den Mußestunden lese ich mit viel Genuß Wielands Oberon, den mir ein Landsmann brachte. Die ersten Tage hatte man mich im Wirtshause mit einem gewissen Mißtrauen wie einen gewöhnlichen Tornisterträger behandelt, da ich aber täglich zum General ging, feine Hemden in die Wäsche gab, artige Leute zum Besuch auf meinem Zimmer empfing, und vorzüglich wohl da ich einige schwere Goldstücke wechseln ließ, ward das ganze Haus vom Prinzipal bis zum letzten Stubenfeger ungewöhnlich artig. Noch muß ich Dir bemerken, daß ich in Mailand von ganz Italien nach meinem Geschmack die schönsten Weiber gefunden habe: auch den Korso in Rom nicht ausgenommen. Ich urteile nach den Promenaden, die hier sehr volkreich sind, und nach den Schauspielen. Hier im Hause hatte ich nun vermutlich, wie in Italien oft, das Unglück, für einen reichen Sonderling zu gelten, den man nach seiner Weise behandeln müsse. Ich mochte in Unteritalien und Sizilien oft protestieren so viel ich wollte, und meine Deutschheit behaupten, so war ich *Signor Inglese* und *Eccellenza;* und man machte die Rechnung darnach. So etwas mochte man auch nach verjüngtem Maßstabe in Mailand denken. Die Industrie ist mancherlei. Ich saß an einem Sonntag Morgens recht ruhig in meinem Zimmer und las wirklich zufällig etwas in den Libertinagen Katulls; da klopfte es und auf meinen Ruf trat ein Mädchen ins Zimmer, das die sechste Bitte auch ohne Katull stark genug dargestellt hätte. Die junge, schöne Sünderin schien ihre Erscheinung mit den feinsten Hetärenkünsten berechnet zu haben. Ich will durch ihre Beschreibung mein Verdienst weder als Stilist noch als Philosoph zu erhöhen suchen. *Signore comanda qualche cosa?* fragte sie in lieblich lispelndem Ton, indem sie die niedliche Hand an einem Körbchen spielen ließ und Miene machte es zu öffnen. Ich sah sie etwas betroffen an und brauchte einige Augenblicke, ehe ich etwas unschlüssig No antwortete. *Niente?* fragte sie, und der Teufel muß ihr im Ton Unterricht gegeben haben. Ich warf den Katull ins Fenster und war höchst wahrscheinlich im Begriff eine Sottise zu sagen oder zu begehen, als mir schnell die ernstere Philosophie still eine Ohrfeige gab. *Niente*, brummte ich grämelnd, halb mit mir selbst in Zwist; und die Versucherin nahm mit unbeschreiblicher

Grazie Abschied. Wer weiß, ob ich nicht das Körbchen etwas näher untersucht hätte, wenn die Teufelin zum dritten Mal mit der nämlichen Stimme gefragt hätte, ob gar nichts gefiele. So war die Sache, mein Freund; und wäre sie anders gewesen, so bin ich nicht so engbrüstig und könnte sie Dir anders oder gar nicht erzählt haben. Ich ging also nur leidlich mit mir zufrieden zum General.

Zürich

Nun bin ich bei den Helvetiern und fast wieder im deutschen Vaterlande, und bereite mich in einigen Tagen einen kleinen Abstecher zu den Galliern zu machen. Viel Erbauliches wird nach allen Aspekten dort jetzt füglich nicht zu sehen und zu hören sein: indessen da ich einmal in Bewegung bin, will ich doch an die Seine hinunter wandeln. Wenn ich wieder fest sitze, möchte es etwas schwer halten.

Den vierzehnten Juni ging ich aus Mailand und ging diesen Tag herüber nach Sesto am Ticino, den ich nicht für so beträchtlich gehalten hätte als ich ihn fand. In der Gegend von Mailand war schon eine Menge Getreide geerntet und alles war in voller Arbeit; und als ich über den Berg herüberkam, fing das Korn nach Altorf herunter eben erst an zu schossen: das ist merklicher Kontrast. Die größte Wohltat war mir nun wieder das schöne Wasser, das ich überall fand. Von Mailand hatte ich die beschneiten Alpen mit Vergnügen gesehen und nun nahte ich mich ihnen mit jedem Schritte, und kam bald selbst hinein. Von Sesto aus fuhr ich auf dem Ticino und dem Lago maggiore herauf, bloß um die schöne Gegend zu genießen, die wirklich herrlich ist. Ich kam aus Unteritalien und Sizilien, und gab mir also keine große Mühe die Borromeischen Inseln in der Nähe zu sehen, da mein Schiffer mir sagte, es würde mich einen Tag mehr und also wohl zwei Dukaten mehr kosten. Ich sah also bei Varone links an der Anhöhe den gigantischen heiligen Karl Borromeus aus der Ferne, und fuhr dann sowohl bei der schönen Insel als bei der Mutterinsel vorbei. Man hätte mir höchst wahrscheinlich dort nur Orangengärten gezeigt, die ich in Unteritalien besser gesehen habe, und hätte mir gesagt, hier hat Joseph, hier Maria Theresia und hier Bonaparte geschlafen. Das wäre mir denn zusammen kaum so wichtig gewesen, als da mich der Kastellan von dem Schlosse zu Weissenfels belehrte, hier in diesem Bette schlief Friedrich der Zweite nach der Schlacht bei Roßbach. Die Fruchtbarkeit an dem See ist hier zuweilen außerordentlich groß, und wo die Gegend vor den rauheren Winden geschützt wird, findet man hier Früchte, die man in der ganzen Lombardie umsonst sucht. Man sieht noch recht schöne Ölbäume, die man diesseits der Apenninen nur selten findet, und sogar indische

Feigen in der freien Luft. Ich schlief am Ende des Sees in Magadino, wo der obere Ticin hineinfällt, in einem leidlichen Hause, schon zwischen rauhen Bergen. Den andern Morgen trat ich den Gang an dem Flusse herauf über Belinzona an, der mich nach einigen Tagen über den Gotthardt herüber brachte. Zwei Tage ging ich am Flusse immer bergauf. Die Hitze war unten in der Schlucht ziemlich drückend bis nach Sankt Veit, wo man, ich glaube zum Fronleichnamsfeste, einen Jahrmarkt hielt, der mir besser gefiel als der Ostermarkt in Palermo, obgleich für mich weiter nichts da war als Kirschen. Den ersten Abend blieb ich in einem kleinen Orte, dessen Name mir entfallen ist. Der Ticin stürzte unter meinem Fenster durch die Felsen hinunter, gegenüber lag am Abhange ein Kloster, und hinter demselben erhob sich eine furchtbar hohe Alpe in schroffen Felsenmassen, deren Scheitel jetzt fast zu Johannis mit Schnee bedeckt war. Die Bewirtung war besser, als ich sie in diesen Klüften erwartet hätte; vorzüglich waren die Forellen aus dem Ticin köstlich. Die Leute schienen viel ursprüngliche Güte zu haben. Mein größter Genuß waren überall die Alpenquellen, vor denen ich selten vorbei ging ohne zu ruhen und zu trinken, wenn auch beides eben nicht nötig war, und in den Schluchten um mich her zu blicken, und vorwärts und rückwärts die Gegenstände festzuhalten. Jetzt schmolz eben der Schnee auf den Höhen der Berge, und oft hatte ich vier bis sechs Wasserfälle vor den Augen, die sich von den nackten Häuptern der Alpen in hundert Brechungen herabstürzten, und von denen der kleinste doch immer eine sehr starke Wassersäule gab. Der Ticin macht auf dieser Seite schönere Partien als die Reuß auf der deutschen; und nichts muß überraschender sein, als hier hinauf und dort hinunter zu steigen. Ayrolles war mein zweites Nachtlager. Hier sprach man im Hause deutsch, italienisch und französisch fast gleich fertig, und der Wirt machte mit seiner Familie einen sehr artigen Zirkel, in dem ich sogleich heimisch war. Suworow hatte einige Zeit bei ihm gestanden, und wir hatten also beide sogleich einen Berührungspunkt. Er war ganz voll Enthusiasmus für den alten General, und rühmte vorzüglich seine Freundlichkeit und Humanität, welches vielleicht vielen etwas sonderbar und verdächtig vorkommen wird. Aber ich sehe nicht ein, was den Wirt in Ayrolles oben am Gotthardt bestimmen sollte, eine Sache zu sagen, die er nicht sah. Suworow war nicht der einzige General, der ihm im Kriege die Ehre angetan hatte bei ihm zu sein: er zeichnete sie alle, wie er sie gefunden hatte. Mehrere davon sind allgemein bekannt. Ich habe das zweideutige Glück gehabt, für den Enkomiasten des alten Suworow zu gelten, und ich suchte doch nur seinen wahren Charakter zu retten und einige Phänomene zu erklären, die ihm zur Last gelegt werden. In Prag hatte er zu einem häßlichen Gemälde gesessen. Der Löwe ist tot und nun wird zugeschlagen. Ich weiß sehr wohl, daß das ganze Leben dieses Mannes eine Kette von Eigenheiten war; aber wenn man seine Nichtfreunde in Prag und Wien hörte, wäre er ein ausgemachter alter, mürrischer Geck von einem weggeworfenen Charakter gewesen; und der war er doch gewiß nicht. Sonderbarkeit war überhaupt sein Stempel: und in Prag war er in einer eigenen Stimmung gegen jedermann und jedermann war in einer eigenen Stimmung gegen ihn. Die politischen Verhältnisse lassen vermuten, in welcher peinlichen Lage er damals von allen Seiten sich befand. Weder sein eigener Monarch, noch der östreichische Hof waren mit seinem Betragen zufrieden. Er hatte ohne Schonung über Fehler aller Art und ohne Rücksicht der Personen gesprochen. Er war alt und kränklich und sah dem Ende seines Lebens entgegen. Seine Grillen konnten unter diesen Umständen sich nicht vermindern. Die Ungezogenheiten einiger seiner Untergebenen wurden wahrscheinlich ihm zur Last gelegt; und er selbst war freilich nicht der Mann, der durch schöne Humanität und Grazie des Lebens immer seinen Charakter hätte empfehlen können. Seines Wertes sich bewußt, fest rechtlicher Mann, aber eisern konsequenter Soldat, war er voll Eigenheiten, von denen viele wie Bizarrerien und Marotten aussahen; war äußerst strenge gegen sich und sodann auch in seinen Forderungen gegen andere, und sprach skeptisch und sarkastisch über alles. Seine Bigotterie war sehr wohl berechnet, und unstreitig nicht so tadelhaft als sie an der Seine gewesen wäre: aber auch in diesem Stücke verleugnete ihn sein eigener Charakter nicht und gab ihr ein Ansehen von Possierlichkeit. Er soll in Prag eine schmutzige Filzerei gezeigt haben, weggefahren sein ohne einen Kreuzer zu bezahlen, und nichts als einen alten Nachttopf zurückgelassen haben, den man als eine Reliquie ganz eigener Art aufbewahrt. Dies ist nun gewiß wieder ein barockes Quidproquo: denn Geiz war so wenig in seinem Charakter als prahlerische Verschwendung. Wenn ich diese Dinge nicht von wahrhaften Leuten hätte, würde ich nur den Kopf schütteln und sie zu den lächerlichen Erfindungen des Tages setzen. Aber man muß auch den Teufel nicht schwärzer machen, als er ist; und ich bin fest überzeugt, daß Suworow durchaus ein ehrlicher Mann und kein Wütrich war, wenn er auch eine starke Dose Exzentrizität hatte, und mit der Welt im Privatleben oft Komödie spielte, so wie man seine Energie im öffentlichen zu lauter Trauerspielen brauchte. Du weißt, daß ich dem Manne durchaus nichts zu danken habe, und kannst also in meinen Äußerungen nichts als meine ehrliche Meinung finden. Wenn wir einigen Engländern glauben wollen, die durch ihren persönlichen Charakter ihre

Glaubwürdigkeit nicht verwirkt haben, so ist der Nordländer Suworow, wenn auch alles wahr war, was von ihm erzählt wird, immer noch ein Muster der Humanität gegen den Helden des Tages, Bonaparte, der auf seinen morgenländischen Feldzügen die Gefangenen zu Tausenden niederkartätschen ließ.

Hier oben behauptete man, wenn Suworow Zeit gehabt hätte, nur noch Sechstausend Mann über den Berg hinüber nach Zürich zu werfen, so wäre die Schlacht ebenso fürchterlich gegen die Franzosen ausgefallen, wie nun gegen die Russen. Alle Franzosen, mit denen ich über die Geschichte gesprochen habe, gestehen das nämliche ein, und sagen, bloß die Entfernung des Erzherzogs, der in die Falle des falschen Manövers am Unterrhein ging, sei die Ursache ihres Glücks gewesen; und sie bekennen, daß sie im ganzen Kriege meistens nur durch die Fehler der Gegner gewonnen haben. Hier in Zürich habe ich rundumher mich nach dem Betragen der Russen erkundigt, und man gibt ihnen überall das Zeugnis einer guten Aufführung, die man doch anderwärts als abscheulich geschildert hat. Das tut Parteigeist. Man beklagt sich weit mehr über die Franzosen, deren Art Krieg zu führen dem Lande entsetzlich drückend sein muß, da sie selten Magazine bei sich haben, und nur zusammentreiben, was möglich ist. Das geht einmal und zweimal; das drittemal muß es gefährlich werden; welches die Schlauköpfe auch sehr wohl wissen. Sie berechnen nur klug; Humanität ist ihnen sehr subalterner Zweck. Dieses ist einigen Generalen und Kommissären, und nicht der ganzen Nation zuzurechnen.

Ayrolles ist der letzte italienische Ort, und diesseit des Berges in Sankt Ursel ist man wieder bei den Deutschen. Zwei Tage war ich beständig bergauf gegangen; Du kannst also denken, daß der Ort schon auf einer beträchtlichen Höhe steht. Rundumher sind Schneegebirge, und der Ticin bricht rauschend von den verschiedenen Abteilungen des Berges herab. Ich schlief unter einem Gewitter ein; ein majestätisches Schauspiel hier in den Schluchten der höchsten Alpen. Der Donner brach sich an den hohen Felsenschädeln, und rollte sodann furchtbar durch das Tal hinunter, durch das ich heraufgekommen war. Ein solches Echo hörst Du freilich nicht auf der Ebene von Lützen.

In dem Wirtshause zu Ayrolles saß ein armer Teufel, der sich leise beklagte, daß seine Börse ihm keine Suppe erlaubte. Du kannst denken, daß ich ihm zur Suppe auch noch ein Stückchen Rindfleisch schaffte; denn ich habe nun einmal die Schwachheit, daß es mir nicht schmeckt, wenn Andere in meiner Nähe hungern. Er war ein ziemlich alter wandernder Schneider aus Konstanz, der, wie er sagte, nach Genua gehen wollte, einen Bruder aufzusuchen. Er hörte aber überall so viel von der Teuerung und der Unsicherheit in Italien, daß er lieber wieder zurück über die Alpen wollte, und erbot sich, mir meinen Reisesack zu tragen. Ich sagte ihm, ich wollte auf seine Entschließungen durchaus keinen Einfluß haben, er müßte seine Umstände am besten wissen, ich wäre gewohnt, meinen Sack selbst zu tragen. Er wollte aber bestimmt wieder zurück, und ich trug nun kein Bedenken, ihn meinen Tornister umhängen zu lassen. Wir stiegen also den kommenden Morgen, den achtzehnten Juni, rüstig den Gotthardt hinauf. Es war nach dem Gewitter sehr schlechtes Wetter, kalt und windig, und in den obern Schluchten konnte man vor dem Nebel, und noch weiter hinauf vor dem Schneegestöber, durchaus nichts sehen; links und rechts blickten die beschneiten Gipfel aus der Dunkelheit des Sturms drohend herunter. Nach zwei starken Stunden hatten wir uns auf die obere Fläche hinaufgearbeitet, wo das Kloster und das Wirtshaus steht, und wo man im vorigen Kriege geschlagen hat. Das erste liegt jetzt noch wüst, und der Schnee ist von innen hoch an den Wänden aufgeschichtet; das Wirtshaus ist ziemlich wieder hergestellt, und man hat schon wieder leidliche Bequemlichkeit. Es muß eine herkulische Arbeit gewesen sein, hier nur kleine Artilleriestücke heraufzubringen, und war wohl nur in den wärmsten Sommermonaten möglich. Der Schnee liegt noch jetzt auf dem Wege sehr hoch, und ich fiel einigemal bis an die Brust durch. Den höchsten Gipfel des Berges zu ersteigen würde mir zu nichts gefrommt haben, da man in dem Nebel kaum zwanzig Schritte sehen konnte. Es ist vielleicht in den Annalen der Menschheit aus diesem Kriege ein neues Phänomen, daß man ihn hier zuerst über Wolken und Ungewitter herauftrug: *coelum ipsum petimus stultitia.* Das Wasser auf der obersten Fläche des Berges hat einen ziemlichen Umfang, denn es gießt sich rund umher die Ausbeute des Regens und Schnees von den höchsten Felsen in den See, aus dem sodann die Flüsse nach mehreren Seiten hinabrauschen. Es müßte das größte Vergnügen sein, einige Jahre nacheinander Alpenwanderungen machen zu können. Welche Verschiedenheit der Gemälde hat nicht allein der Gotthardt? Kornfelder wogen um seine Füße, Herden weiden um seine Knie, Wälder umgürten seine Lenden, wo das Wild durch die Schluchten stürzt; Ungewitter donnern um seine Schultern, von denen die Flüsse nach allen Meeren herabstürmen, und das Haupt des Adula schwimmt in Sonnenstrahlen. Das gestrige Gewitter mochte vielleicht Ursache des heutigen schrecklichen Wetters sein: doch war die Veränderung so schnell, daß in einer Viertelstunde manchmal dicker Nebel, Sturm, Schneegestöber, Regen und Sonnenschein war, und sich die Wolken schon wieder von neuem durch die

Schluchten drängten. Als ich oben gefrühstückt hatte, ging ich nun auf der deutschen Seite über Sankt Ursel, durch das Ursler Loch und über die Teufelsbrücke herab. Denke Dir das Teufelswetter zu der Teufelsbrücke, wo ich links und rechts kaum einige Klaftern an den Felsen in die Höhe sehen konnte, und Du wirst finden, daß es eine Teufelspartie war: ich möchte aber doch ihre Reminiszenz nicht gern missen. Als wir weiter herabkamen, ward das Wetter heiter und freundlich, und nur einige Schluchten in den furchtbaren Schwarzwäldern waren noch hoch mit Schnee gefüllt, und die Spitzen der Berge weiß. Mein Schneider von Konstanz erzählte mir manches aus seinem Lebenslaufe, der nicht eben der beste war, wovon aber der Mensch gar keine Ahnung zu haben schien. Sehr naiv machte er den Anfang mit dem Bekenntnis, daß er in seinem ganzen Leben nicht gearbeitet habe, und nun in seinem achtundvierzigsten Jahre nicht erst anfangen werde. – So so, das ist erbaulich; und was hat Er denn getan? – Ich habe gedient. – Besser ist arbeiten als dienen. – Nun erzählte er mir, wo er überall gewesen war: da war denn meine Personalität eine Hausunke gegen den Herrn Hipperling von Konstanz. Er kannte die Boulevards besser als seine Hölle, und hatte alle Weinhäuser um Neapel diesseits und jenseits der Grotte versucht. Zuerst war er kaiserlicher Grenadier gewesen, dann Reitknecht in Frankreich, dann Kanonier in Neapel und zuletzt Mönch in Korsika. Er fluchte sehr orthodox über die Franzosen, die ihm seine Klosterglückseligkeit geraubt hatten, weil sie die Nester zerstörten. Jetzt machte er Miene, mit mir wieder nach Paris zu gehen. Ich gab ihm meinen Beifall über seine ewige unstete Landläuferei nicht zu erkennen, und er selbst schien zu fühlen, er hätte doch wohl besser getan, sich treulich an Nadel und Fingerhut zu halten. Wir schlenderten eine hübsche Partie ab, da wir in einem Tage von Ayrolles den Berg herüber bis herab über Altorf nach Flüren am See gingen. Altorf, das vor einigen Jahren durch den Blitz entzündet wurde und fast ganz abbrannte, wird jetzt recht schön, aber eben so unordentlich wieder aufgebaut. Die Berggegend sollte doch wohl etwas mehr Symmetrie erlauben. Eine Stunde jenseit Altorf war das Wasser sehr heftig aus den Bergen heruntergeschossen und konnte nicht schnell genug den Weg in die Reuß finden, so daß wir eine Viertelstunde ziemlich bis an den Gürtel auf der Straße im Wasser waten mußten. Es war kein Ausweg. Gehts nicht, so schwimmt man, dachte ich; und mein Schneider tornisterte hinter mir her. Den andern Morgen nahm ich ein Boot herüber nach Luzern, ohne weiter den Ort besehen zu haben, wo Tell den Apfel abgeschossen hatte. Nicht weit von der Abfahrt stürzt rechts ein Wasserfall von sehr hohen Felsen herab, nicht weit von Tells Kapelle, und man erzählte mir, daß oben in den Alpen ein beträchtlicher See von dem Wasser der noch höhern Berge wäre, der hier herabflösse. Schade, daß man nicht Zeit hat, hinaufzuklettern; die Partie sieht von unten aus schon sehr romantisch, und oben muß man eine der herrlichsten Aussichten nach der Reuß und dem Waldstädtersee haben. Die Fahrt ist bekannt, und Du findest sie in den meisten Schweizerreisen. In dem seligen Republikchen Gersau frühstückten wir, und die Herren beklagten sich bitter, daß ihnen die Franzosen ihre geliebte Autonomie genommen hatten. Die ganze Fahrt auf dem Wasser herab bis nach Luzern ist eine der schönsten; links und rechts liegen die kleinen Kantone, und höher die Schneealpen, in welche man zuweilen weit weit hineinsieht. Der Pilatusberg vor Luzern ist nur ein Zwerg, der den Vorhof der Riesen bewacht. In Luzern fand ich im Wirtshause unter der guten Gesellschaft einige Freunde von Johannes Müller, die mit vieler Wärme von ihm sprachen. Nachdem ich die Brücken und den Fluß beschaut hatte, ging ich zum General Pfeiffer, um seine wächserne Schweiz zu sehen. Die Sache ist bekannt genug, aber kein so unnützes Spielwerk, wie wohl einige glauben. Der Mann hat mit Liebe viel schöne Jahre seines Lebens daran gearbeitet, und mit einer Genauigkeit, wie vielleicht nur wenig militärische Karten gemacht werden. Die Franzosen haben das auch gefühlt, und Lecourbe, gegen den der alte General zuerst eine entschiedene Abneigung zeigte, wußte durch seine Geschmeidigkeit endlich den guten Willen des Greises so zu gewinnen, daß er sich nun als seinen Schüler ansehen konnte. Die Schule hat ihm genützt; und es wird allgemein nicht ohne Grund behauptet, er würde den Krieg in den Bergen nicht so vorteilhaft gemacht haben, ohne des Alten Unterricht. Die Wachsarbeit ist bekannt: es ist Schade, daß ihm die Jahre nicht erlauben, das Übrige zu vollenden. Dieser Krieg hat die Bergbewohner in Erstaunen gesetzt: man hat sich in ihrem Lande in Gegenden geschlagen, die man durchaus für unzugänglich hielt. Die Feinde haben Wege gemacht, die nur ihre Gemsenjäger vorher machten; vorzüglich die Russen und die Franzosen. Man hat sich auf einmal überzeugt, daß die Schweiz bisher vorzüglich nur durch die Eifersucht der großen Nachbarn ihr politisches Dasein hatte. Die Russen und Franzosen kamen auf Pfaden in das Murter Tal, die man nur für Steinböcke gangbar hielt. Die Katholizität scheint hier in Luzern sehr gemäßigt und freundlich zu sein. Das Merkwürdigste für mich war noch, daß mir der Kellner im Gasthofe erzählte, man habe in dem See zweiunddreißig Sorten Forellen, so daß man also bei der kleinsten Wendung der Windrose eine andere Sorte hat. Diejenigen, welche man mir gab, hätten einen Apicius in Entzücken setzen können; und ich rate Dir, wenn Du hierher kommst, Dich an die Forellen zu halten, wenn Du gleich nicht alle Sorten des Kellners finden solltest.

Von Luzern ließ ich mich auf dem Wasser wieder zurückrudern, durch die Bucht links, ging über den kleinen Bergrücken herab an den Zuger See, setzte mich wieder ein, und ließ mich nach Zug bringen. Wäre ich etwas frömmer gewesen, so wäre ich rechts fort zur heiligen Mutter von Einsiedel gegangen. Auf dem Bergrücken zwischen diesen beiden Seen steht die bekannte andere Kapelle Tells mit der schönen Poesie. Alles ist sehr gut und sehr patriotisch; aber ich fürchte, nicht sehr wahr: denn wenn auch die Schweizer noch die Alten wären, würden sie sich doch in diesen Konjunkturen schwerlich retten. Man nimmt die größeren, fruchtbaren Kantons und läßt die Alpenjäger jagen und hungern; sie werden schon kommen und bitten. Bloß die Eifersucht gegen Östreich gab der Schweiz Existenz und Dauer.

Von Zug aus nahm ich meinen Tornister selbst wieder auf den Rücken. Der Schneider sah einige Minuten verblüfft, brummte und bemerkte sodann, ich müsse doch sehr furchtsam sein, daß ich ihm meinen Reisesack nicht anvertrauen wolle. Ich machte ihm begreiflich, daß hier zwischen Zug und Zürich gar nichts zu fürchten sei, daß mich allenfalls mein Knotenstock gegen ihn schütze, daß ich ihm aber keine Verbindlichkeit weiter haben wolle: seine Gesellschaft sei mir auch zu teuer, er sei unbescheiden und fast unverschämt; ich wolle weiter nichts für ihn bezahlen. Dabei erklärte ich ihm, daß ich in Luzern für meine eigene Rechnung vierunddreißig Batzen, und für die seinige sechsunddreißig bezahlt habe; das stehe mir nicht an. Er entschuldigte sich, er habe einen Landsmann gefunden und mit ihm etwas getrunken, und der Wirt habe zu viel angeschrieben. Vielleicht ist beides, sagte ich, Er hat zu viel getrunken, und jener hat noch mehr angeschrieben, ob mir das gleich von dem ehrlichen Luzerner nicht sehr wahrscheinlich vorkommt: aber, mein Freund, Er hat vermutlich der Landsleute viele von Neapel bis Paris; ich zahle gern eine Suppe und ein Stück Fleisch und einige Groschen, aber ich lasse mich nur Einmal so grob mitnehmen. Er verließ mich indessen doch nicht; wir wandelten zusammen den Albis hinauf und herab, setzten uns unten in ein Boot und ließen uns über den See herüber nach Zürich fahren, wo ich denn dem Sünder noch einige Lehren und etwas Geld gab, und ihn laufen ließ. Er wird indessen beides schon oft umsonst bekommen haben.

Hier bin ich nun wieder unter vaterländischen Freunden, und könnte bald bei Dir sein, wenn ich nicht noch etwas links abgehen wollte. In Zürich möchte ich wohl leben: das Örtliche hat mir selten anderwärts so wohl gefallen. Ich trug einen Brief aus Rom zu Madame Geßner, der Witwe des liebenswürdigen Dichters, und ging von ihr hinaus an das Monument, das die patriotische Freundschaft dem ersten Idyllensänger unserer Nation errichtet hat, an dem Zusammenflusse der Siehl und der Limmat. Das Plätzchen ist idyllisch schön, und ganz in dem Geiste des Mannes, den man ehren wollte; und der Künstler, sein Landsmann, hat die edle Einfalt nicht verfehlt, welche hier erfordert wurde. Akazien, Platanen, Silberpappeln und Trauerweiden umgeben den heiligen Ort. Einige Zeit verwendete ich darauf, die Schlachtgegend zu überschauen; und ich kann nicht begreifen, wie die Östreicher ihre Stellung verlassen konnten. Ich verschone Dich mit Beschreibungen, die Du in vielen Büchern vielleicht besser findest. Eine eigene Erscheinung war es mir hier, daß bei Vidierung des Passes zwei Batzen bezahlt werden mußten. Ich möchte wohl wissen, wie man dieses mit liberaler Humanität oder nur mit Rechtlichkeit in Übereinstimmung bringen wollte.

Nun erlaube mir noch, Dir fragmentarisch etwas über meinen Gang durch Italien im Allgemeinen zu sagen. Du hast aus meiner Erzählung gesehen, daß es jetzt wirklich traurig dort aussieht; vielleicht trauriger als es je war. Ich bin gewissenhaft gewesen, und jedes Wort ist Wahrheit, so weit man historische Wahrheit verbürgen kann. Daß Brydone in Sizilien gewesen ist, bezweifelt niemand; aber viele haben vieles gegen seine schönen Erzählungen. So viel weiß ich, daß in Sizilien selbst, und vorzüglich in Agrigent und Syrakus, man sehr übel mit ihm zufrieden ist; aber Barthels ist doch vielleicht zu strenge gegen ihn verfahren. Mehrere Rügen, die ich hier nicht aufzählen kann, haben ihre Richtigkeit; und sein Hauptfehler ist, daß er seiner poetischen Phantasie zu viel Spielraum gab. Die Besten über die Insel von den Neuern sind wohl Barthels und Münter. Dorville habe ich fast durchaus sehr genau gefunden, so viel ich auf dem Fluge habe bemerken können.

Das ganze Königreich Neapel ist in der traurigsten Verfassung. Ein Kourier, der von Messina über Rheggio nach Neapel gehen soll, hält den Weg immer für gefährlicher als einen Feldzug. Der Offizier, mit dem ich nach Rom reis'te, war sechszehnmal geplündert worden, und dankte es nur seiner völligen Resignation, daß er noch lebte. Ich könnte sprechen, sagte er, aber dann dürfte ich keine Reise mehr machen, oder ich wäre auf der ersten ein Mann des Todes. Alle Greuel, die wir von Paris während der Revolution gehört haben, sind noch Menschlichkeit gegen das, was Neapel aufzuweisen hat. Was die Demokraten in

Paris einfach taten, haben die royalistischen Lazaronen und Kalabresen in Neapel zehnfach abscheulich sublimiert. Man hat im eigentlichen Sinne die Menschen lebendig gebraten, Stücken abgeschnitten und ihre Freunde gezwungen davon zu essen, der andern schändlichen Abscheulichkeiten nicht zu erwähnen. Ein wahrhafter, durchaus rechtlicher Mann sagte mir, man sei mit einer Tasche voll abgeschnittener eingesalzener Nasen und Ohren zu ihm gekommen, habe aufgezählt, wer die Eigentümer derselben gewesen, und er habe seine ganze Standhaftigkeit und Klugheit nötig gehabt, nicht zu viel Mißbilligung zu zeigen, damit er nicht selbst unter die Opfer geriete. Das ist unter Ruffo geschehen, dessen Menschlichkeit sogar noch hier und da gerühmt wird. Die Geschichte der Patrioten von Sankt Elmo ist bekannt. Nelson und seine Dame, die Exgemahlin Hamiltons, ließen im Namen der Regierung die Kapitulation kassieren, und die Henker hatten volle Arbeit. Auf diese Weise kann man alles was heilig ist niederreißen. Man nennt den Namen des Admirals und noch mehr den Namen der Dame mit Abscheu und Verwünschung, und bringt Data zur Belegung. In Kalabrien soll jetzt allgemeine Anarchie sein. Das ist begreiflich. Bildung ist nicht, und das Bißchen Christentum ist, so wie es dort ist, mehr ein Fluch der Menschheit. Die Franzosen kamen und setzten in Revolution; die Halbwilden trauten und wurden verraten. Ruffo kam im Namen des Königs, und versprach; die Betrogenen folgten und wüteten nun unter ihm bis zur Schande der menschlichen Natur in der Hauptstadt. Jetzt sagen sie, der König habe sie noch ärger betrogen als die Franzosen. Wer kann bestimmen, wie weit sie Recht haben? Die Regierung des Dey kann kaum grausamer sein; schlechter ist sie nicht. Im ganzen Königreich und auf der Insel zusammen sind jetzt kaum funfzehntausend Mann Truppen: diese haben einen schlechten Sold, und dieser schlechte Sold wird noch schlechter bezahlt. Du kannst die Folgen denken. Unzufriedenheit gilt für Jakobinismus, wie fast überall. Ich habe die meisten Städte des Reichs gesehen, und nach meinem Überschlage ist die Zahl der Truppen noch hoch angenommen. Die sogenannten Patrioten schreien über Verräterei der Franzosen und knirschen die Zähne über die Regierung. Mäßigung und Gerechtigkeit ist in Neapel kein Gedanke. Mit fünftausend Franzosen will ich das ganze Reich wieder reformieren und behaupten, sagte mir ein eben nicht zelotischer Parteigänger. Die rechtlichsten Leute wurden gezwungen der Revolution beizutreten, um sich zu retten, und wurden hernach wegen dieses Zwanges hingerichtet. Vorzüglich traf dieses Schicksal die Ärzte. Es wurden Beispiele mit Umständen erzählt, die Schauder erregen. Filangieri war zu seinem Glücke vorher gestorben. Die Regierung nimmt bei ihrer gänzlichen

Vernachlässigung noch alle Mittel, die Gemüter noch mehr zu erbittern; ist saumselig, wo rechtliche Strenge nötig wäre, und grausam, wo weise Mäßigung frommen würde. In Sizilien treibt das Feudalsystem in den gräßlichsten Gestalten das Unheil fort: und obgleich mehr als die Hälfte der Insel wüste liegt, so würde doch kein Baron einen Fuß Land anders als nach den strengsten Lehnsgesetzen bearbeiten lassen. Die Folgen sind klar. Wie geachtet die Regierung und geliebt der Minister ist, davon habe ich selbst ein Beispielchen von den Lazaronen in Neapel gehört. Es kam ein Schiff von Palermo an mit etwas Ladung aus der Haushaltung des Königs. Unter andern wurde ein großer, schöner Maulesel ausgeschifft; das neugierige Volk stand wie gewöhnlich gedrängt umher. *Kischt' è il primo minischtro*, sagte ein Kerl aus dem Haufen, und die ganze Menge brach in ein lautes Gelächter aus. Ohne Zweifel ist der Minister nicht so schlecht, als ihn seine Feinde machen; aber er ist doch genug, um ein schlechter Minister zu sein. Das Fazit liegt am Tage; das Reich verarmt täglich mehr, und der Minister wird täglich reicher. An Manufakturen wird gar nicht gedacht: die Engländer und Deutschen versorgen alle Provinzen. In Neapel brauchte ich Strümpfe; die waren englisch: in Syrakus war nichts einheimisches zu finden. Überall sind fremde Kaufleute, die mit fremden Artikeln handeln. Man sagt in Neapel auf allen Straßen ganz laut, der Minister verkaufe als Halbbrite die Nation an die Engländer. Man schreit über die öffentliche Armut und die öffentliche Verschwendung; man lebe von der Gnade der Franzosen und halte drei Höfe, in Palermo und Kaserta und Wien. Einzeln erzählte Vorfälle sind empörend. Der König ist ein Liebhaber von schönen Weibern. Das mag er: andere sind es auch, ohne Könige zu sein. In der Revolution wurde eine Dame als Staatsverbrecherin mitergriffen, und das Tribunal verurteilte sie zum Tode. Die vornehme interessante Frau appellierte an den König, und ihre Freunde brachten es so weit, daß sie zur endlichen Entscheidung ihres Schicksals nach Palermo geschickt wurde. Der König lebte dort in ihrer Gesellschaft einige Zeit nach der Liebhaber Weise; endlich drangen die strengen Strafprediger an sein Gewissen: die Frau wurde nach Neapel zurückgeschickt und – hingerichtet. Sie erzählte das Ganze selbst vor ihrem Tode auf dem Blutgerüste. Das ist verhältnismäßig ebenso schlimm als die eingesalzenen Nasen und Ohren. Man hat mir Namen und Umstände und den ganzen Prozeß wiederholt genannt.

Die Kassen sind leer, die Offizianten müssen warten, und dabei soll man Jagdpartien geben, die über 50,000 neapolitanische Dukaten kosten. Der General Murat erhielt Geschenke, deren Wert sich auf 200,000 Taler belief. Ich weiß nicht, wer mehr Unwillen erregt, ob der König oder Murat? Jener handelt nicht als König, und dieser schlecht als Republikaner. Anders tat Fabricius. Die Räuber streifen aus einer Provinz in die andere, und plündern und morden, ohne daß die Justiz weiter darnach fragt. Man läßt die Leute so gut und so schlecht sein als sie wollen; nun sind der Schlechten fast immer mehr als der Guten, zumal bei solchen Vernachlässigungen: so ist die Unordnung leicht erklärt. Die Beschaffenheit des Landes hilft dem Unfuge; die Berge bergen in ihren Schluchten und Winkeln die Bösewichter, gegen welche die Regierung keine Vorkehrungen trifft. Ich habe in dem ganzen Reiche keine einzige militärische Patrouille gesehen, aber Haufen Bewaffnete bis zu fünfundzwanzig. Diese sollen auch Polizei sein: aber sie tragen kein Abzeichen, sind von den Schurken nicht zu unterscheiden, und alle ehrliche Leute fürchten sich vor ihnen.

Überhaupt habe ich in Neapel jetzt drei Parteien bemerkt, die Partei des Königs und der jetzigen Regierung, zu welcher alle Anhänger des Königs und des Ministers gehören: die Partei des Kronprinzen, von dem man sich ohne vielen Grund etwas besseres verspricht: und die Partei der Malkontenten, die keine Hoffnung von Vater und Sohn haben, und glauben, keine Veränderung könne schlimmer werden. Die letzte scheint die stärkste zu sein, weiß aber nun, da sie von den Franzosen gänzlich verlassen worden ist, in der Angst selbst nicht, wohin sie den Gesichtspunkt nehmen soll.

In Rom arbeitet man mit allen Kräften an der Wiederherstellung aller Zweige der Hierarchie und des Feudalsystems: Gerechtigkeit und Polizei werden schon folgen, so weit sie sich nämlich mit beiden vertragen können. Die Mönche glänzen von Fett, und segnen ihren Heiland Bonaparte. Das Volk hungert und stirbt, oder flucht und raubt, nachdem es mehr Energie oder mehr fromme Eselsgeduld hat. Es wird schon besser werden, so viel es das System leidet.

In Hetrurien weiß man sich vor Erstaunen über alle die Veränderungen zu Hause und auswärts noch nicht zu fassen. Die Meisten, da die Menschen nun doch einmal beherrscht sein müssen, wünschen sich wieder das sanfte östreichische Joch, wie es unter Leopold war. Die Vernünftigern klagen leise oder auch wohl laut über die Anmaßlichkeit des römischen Hofes und die Schwachheit der Regierung; und die hitzigen Polypragmatiker hoffen auf eine Veränderung diesseits der Berge.

Die italische Republik windet sich, trotz den Eigenmächtigkeiten und Malversationen der Franzosen ihrer Herren Nachbarn, nach und nach aus der tausendjährigen Lethargie. Hier war an einigen Orten viel vorgearbeitet: aber auch das alte Päpstliche erholt sich und wird etwas humaner. Das Päpstliche diesseits der Apenninen scheint indessen nie so tief gesunken zu sein, als in der Nähe des Heiligtums. Weit von dem Segen war immer etwas besseres Gedeihen. Alles liegt hier noch im Werden und in der Krise. Die großen Städte klagen zwar über Verlust, aber das platte Land hebt sich doch merklich. Das läßt sich wieder sehr leicht erklären. In Italien scheinen überhaupt die Städte das Land verzehrt zu haben, welches wohl weder politisch noch kosmisch gut ist.

Die Franzosen im Allgemeinen haben sich in Italien gut betragen, so wie man ihnen das nämliche Zeugnis auch wohl in Deutschland nicht versagen kann. Man erzählt Beispiele von Aufopferung und Edelmut, die dem humanen Zuhörer außerordentlich wohl tun, und seine sympathetische Natur für den Gegensatz entschädigen, der sich zuweilen zeigt. Einzelne Generale, Kommissäre und Offiziere machen oft grelle Ausnahmen. Unter den Generalen wird Murat als Erpresser und Plagegeist überall genannt; und mir deucht, der Augenschein bestätigt die Beschuldigung: er wird bei einem großen Aufwand reich. Ich habe eine ewige Regel, deren Richtigkeit ich mir nicht abstreiten lasse. Wer in dem Dienst des Staats reich wird, kann kein Mann von edelm Charakter sein. Jeder Staat besoldet seine Diener nur so, daß sie anständig leben und höchstens einen Sicherheitspfennig sparen können: aber zum Reichtum kann es auf eine ehrenvolle Weise durchaus keiner bringen. Es gibt nach meiner Meinung nur zwei rechtliche Wege zum Reichtum, nämlich Handel und Ökonomie; einige wenige Glücksfälle ausgenommen. Ist der Staatsdiener zugleich Handelsmann, so hört er eben dadurch auf, einem wichtigen Posten gut vorzustehen. Die Kommissäre haben einmal das unselige Privilegium, die Nationen zu betrügen, weil man ihnen unmöglich alles genau durchschauen kann; und die französischen sollen es sehr ausgedehnt gebraucht haben. Empörend ist es für mich gewesen, wenn ich hörte, daß viele französische Offiziere frei durch alle Provinzen reis'ten, mit oder ohne Geschäft, sich nach ihrem Range für sich und ihre Begleitung eine Menge Pferde zahlen ließen und doch allein gingen und knickerisch nur zwei nahmen, und das Geld für die übrigen einsäckelten. Manche arme Kommune, die kaum noch Brot hatte, mußte bei dergleichen Gelegenheiten exekutorisch ihren letzten Silberpfennig zusammenbringen, um den fremden, sogenannten republikanischen Wohltäter zu bezahlen. Das nenne ich Völkerbeglückung! Man muß bekennen, daß die Franzosen selbst über diese Schändlichkeit fluchten; aber sie geschah doch oft. Wo Murat als General kommandiert, fällt so etwas nicht auf; Moreau würde sich und seine Nation von solchen Schandflecken zu retten wissen. So viel ich von den Franzosen in Italien gemeine Soldaten und Unteroffiziere gesehen habe, und ich bin manche Meile in ihrer Gesellschaft gegangen, habe ich sie alle gesittet, artig, bescheiden und sehr unterrichtet gefunden. Sie urteilten meistens mit Bündigkeit und Bestimmtheit und äußerten durchaus ein so feines Gefühl, daß es mir immer ein Vergnügen war, solche Gesellschaft zu treffen. Das alte vornehme Zotenreißen im Fluchen ist sehr selten geworden, und sie sprechen über militärische Dispositionen mit einer solchen Klugheit und zugleich mit einem solchen Subordinationsgeist, daß sich nur ein schlechter Offizier andere Soldaten wünschen könnte.

In Ansehung des Physischen ist ein Gang von Triest nach Syrakus und zurück an den Zürcher See, wenn er auch nur flüchtig ist, mit vielen angenehmen Erscheinungen verbunden. Auf der Insel ist das lieblichste Gemisch des Reichtums aller Naturprodukte, so viel man ohne Anstrengung gewinnen kann; Orangen aller Art, Palmen, Karuben, Öl, Feigen, indische und gemeine, Kastanien, Wein, Weizen, Reis. Bei Neapel werden die indischen Feigen, die Karuben und Palmen schon selten; diesseits der Pontinen die Orangen; diesseits der Apenninen Öl und Feigen. Die südliche Seite des Berges, von Florenz aus, hat noch die herrlichsten Ölpflanzungen; beim Herabsteigen nach Bologna findet man sie nicht mehr: alles sind Kastanienwälder. In der Lombardei ist der Trieb üppig an Wein und Getreide; aber alles ist schon mehr nördlich. Ein einziger Weinstock macht noch eine große Laube, und auf einem einzigen Maulbeerbaume hingen zuweilen sechs Mädchen, welche Blätter pflückten: aber ein Ölbaum ist schon eine Seltenheit. Die südlichen Seiten der Alpenberge geben durch ihre Lage hier und da noch Früchte des wärmeren Erdstrichs, und am Lago maggiore hat man noch Orangengärten, Olivenpflanzungen und sogar, obgleich nur spärlich, indische Feigen. Am Ticino herauf trifft man noch Kastanien die Menge und sehr schöne und große Bäume, und bis Ayrolles wächst gutes Getreide. Dann hört nach und nach die Vegetation auf. An der Reuß diesseits kann man weit tiefer herabsehen, ehe sie wieder anfängt. Sankt Ursel liegt vielleicht tiefer als Ayrolles und man hat dort nichts von Getreide. Kastanien trifft man auf dieser Seite nicht mehr oder nur höchst selten, und der Nußbaum nimmt ihre Stelle ein. Weiter herab ist alles vaterländisch.

Paris

Von Zürich hierher ist ein hübsches Stück Weges, und ich schreibe Dir davon so wenig als möglich, weil alles ziemlich bekannt ist. Einige Freunde begleiteten mich den 24sten Juni ein Stündchen von Zürich aus, und schickten mich unter des Himmels Geleite weiter. Bei Eglisau begrüßte ich das erste Mal den herrlichen Rhein und ging von da nach Schafhausen, bloß um den Fall zu sehen. Er hat an Masse freilich weit mehr als der Velino; aber ich wäre sehr verlegen, welchem ich die größte malerische Schönheit zugestehen sollte. Dort ist die Natur noch größer als hier, und der Sturz noch weit furchtbarer. Mir deucht, ich habe gehört, ein Engländer habe versucht den Fall herunterzufahren: und ich glaube, die Donquischotterie ist allerdings nicht unmöglich, wenn der Fluß voll ist. Bei kleinem Wasser würde man unfehlbar zerschmettert. Nur müßte die Seite von Laufen gewählt werden; denn die von Schafhausen würde ziemlich gewisser Tod sein. Ich sage nicht, daß man nicht auf der Unternehmung umkommen könne: aber gesetzt, ich würde auf der Seite von Laufen oben verfolgt und sähe keine Ausflucht, so würde ich kein Bedenken tragen mich in einem guten Boot den Fall hinabzuwagen und würde meine Rettung nicht ganz unwahrscheinlich finden. In der Krone in Schafhausen war sehr gute Gesellschaft von Kaufleuten, Kommissären und Engländern.

Den 25sten stach ich in den Breisgau herüber. Laufenburg, wo ich die Nacht blieb, ist ein ärmlicher Ort, wo der Rhein einen zweiten kleinern nicht so gefährlichen Fall bildet: doch ist auch dieser Schuß zwischen den Felsen sehr malerisch. Weiter hin stehen in den Dörfern noch Franzosen bis zum Austrag der Sache, und die Einwohner sind in Verzweiflung über den Druck von allen Seiten. Bloß unsere geringe Anzahl verhindert uns, sagte man mir laut, gewaltsame Mittel zu unserer Befreiung zu versuchen. Die Franzosen müssen hier sehr schlechte, abscheuliche Mannszucht halten: denn ich habe wiederholt erzählen hören, daß sie durchreisende Weiber mit Gewalt hinauf in den Wald zur Mißhandlung schleppen. An den Eingebornen wagen sie sich nicht zu vergreifen, weil sie unfehlbar totgeschlagen würden, es entstände daraus was wolle: diese Unordnungen fürchten sie doch. Jeder Einquartierte muß täglich zwei Pfund Brot, ein Pfund Fleisch und eine Flasche Wein erhalten. Seit einiger Zeit müssen die Wirte für den Wein zehn Kreuzer täglich bezahlen: dafür werden den Soldaten Kittel angeschafft. Das ist denn doch für die große Nation verächtlich klein. Dieses ist heute den 26sten Juni unseres Jahres 1802; und der Kommandant der Truppen mag seine Ehre retten, wenn er kann: ich sage was ich vielfältig gehört habe.

Die Gegend am Rhein herunter ist fast durchaus schön, und besonders bei Rheinfelden. In Basel am Tore lud man mich zum Kriegsdienst der Spanier ein, die hier für junges Volk von allen Nationen freie Werbung hatten, ausgenommen die Franzosen und Schweizer. Mir war das nicht unlieb, ob ich gleich die Ehreneinladung bestimmt ausschlug: denn es zeigt wenigstens, ich sehe noch aus, als ob ich eine Patrone beißen und mit schlagen könne. Im Wilden Manne war die Gesellschaft an der Wirtstafel ziemlich zahlreich und sehr artig. Der französische Kommandant, zu dem ich wegen meines Passes ging, war freundlich und höflich. Der preußische Pass war in Mailand revidiert worden, und der General Charpentier hatte daselbst bloß darauf geschrieben, daß er durch die Schweiz nach Paris gültig sei. In Basel wies man mich damit an den ersten Grenzposten, ungefähr noch eine Stunde vor der Stadt. Als ich dort ankam, sah der Offizier nur flüchtig hinein, gab ihn zurück und sagte: *Vous êtes bien en règle. Bon voyage!* und seitdem bin ich nirgend mehr darnach gefragt worden. So wie ich in das französische Gebiet trat, war alles merklich wohlfeiler und man war durchaus höflicher und billiger. In einem Dorfe nicht weit von Belfort hielt ich eine herrliche Mittagsmahlzeit mit Suppe, Rindfleisch, Zwischengericht, Braten, zweierlei Dessert und gutem Wein und zahlte dafür dreißig Sols. Dafür hätte ich jenseit der Alpen wenigstens dreimal so viel bezahlen müssen. Den nämlichen Abend, vier Meilen von Basel, zahlte ich für ein recht gutes Quartier mit Zehrung nur sechsundvierzig Sols. So ging es verhältnismäßig immer fort; und auch nicht viel teurer ist es in Paris. Mir tut die Humanität und das allgemeine Wohlbefinden besser, als der wohlfeile Preis. Man spricht dort noch etwas deutsch und Leute von Erziehung bemühen sich beide Sprachen richtig und angenehm zu reden. Das Dorf war ziemlich groß und als ich gegen Abend noch einen Gang an den Gärten und Wiesen hin machte, hörte ich in der Ferne an einem kleinen buschigen Abhange einen Gesang, der mich lockte. Das war mir in ganz Italien nicht begegnet; und als ich näher kam, hörte ich eine schöne einfache ländliche Melodie zu einem deutschen Texte, den ich für ein Gedicht von Matthison hielt. Die Sängerinnen waren drei Mädchen, die man wohl in der schönen Abendröte für Grazien hätte nehmen können. Die Zuhörer mehrten sich und ich war so heimisch, als ob ich an den Ufern der Saale gesessen hätte.

Nun ging ich über Besançon und Auxonne nach Dijon herunter. Es war ein Vergnügen zu wandeln; überall sah man Fleiß und zuweilen auch Wohlstand. Wenigstens war nirgends der drückende Mangel und die exorbitante Teurung, die man jenseits der Alpen fand: und doch hatte hier die Revolution gewütet und der Krieg gezehrt. Besançon ist wohl mehr ein Waffenplatz als eine Festung. Der Ort ist seit Cäsars Zeiten immer ein wichtiger Posten gewesen. Aber bei einer Belagerung würde jetzt die Stadt bald zu Grunde gehen und der Ort sich kaum halten. In Auxonne wurden alle Festungswerke niedergerissen, und jedermann ging und ritt und fuhr ungehindert und ungefragt aus und ein. Das fand ich selbst gegen die Schweiz sehr liberal. Einen Abend blieb ich in Genlis, dem Gute der bekannten Schriftstellerin. Die Besitzung ist sehr nett, aber sehr bescheiden; und die Dame wird, trotz allem was ihre Feinde von ihr sagen, hier sehr geliebt.

Dijon hat ungefähr eine Stunde im Umfange und rund um die Stadt einen ziemlich angenehmen Spaziergang. Der Ort empfindet die Folgen der Revolution vor allen übrigen, weil sie hier vorzüglich heftig war. Die Leute wissen bis jetzt vor Angst noch nicht, wo sie mit ihrer Stimmung hin sollen: die Meisten scheinen königlich zu sein. Mein Wirt, der sehr höflich mit mir herumlief, erzählte mir in langen Klagen den ganzen Verlauf der Sachen in ihrer Stadt, und die schreckliche Periode unter Robespierre, wo so viele brave Leute teils guillotiniert wurden, teils in den Gefängnissen vor Angst und Gram starben. Die Sache hat freilich mehrere Seiten. Viele scheinen nur das Anhängsel der ehemaligen Reichen vom Adel und der Geistlichkeit zu machen: diese können allerdings bei keiner vernünftigen Einrichtung gewinnen. Alle große Städte, die nicht auf Handel, Fabriken und Industrie beruhen, die Kapitale ausgenommen, müssen durch die Veränderung notwendig verlieren, da die Parlamentsherren, der reiche Adel und die reiche Geistlichkeit nicht mehr ihr Vermögen daselbst verzehren. Aber deswegen ist dieses noch kein wesentlicher Verlust für die Nation. Der Park des Prinzen Condé vor dem Peterstore ist jetzt verkauft und ein öffentlicher Belustigungsort. Im Ganzen ist die Stadt sehr tot.

Von Dijon fuhr ich, weil mir das Wetter zu heiß ward, mit dem Kourier nach Auxerres und von dort mit der Diligence nach Paris. Auxerres ist eine Mittelstadt, aber ziemlich lebhaft, wenigstens weit lebhafter als Dijon. Zum Friedensfeste hatte man an dem Boulevardkoffee der Hebe einen Tempel aufgeführt, der der französischen Kunst eben keine Ehre macht. Die Gesellschaft war aber angenehm und die Bewirtung gut und billig. Die Wirtin, ein Prototyp der alten echt französischen Höflichkeit und Gutherzigkeit, setzte sich zu mir in die Gartenlaube und hielt mir bei Gelegenheit der Bezahlung einen langen Unterricht über den Geldkurs, und gab mir Warnungen, damit ich als Fremder mit der Münze nicht betrogen würde; welches indessen zur Ehre der Nation nur sehr selten geschehen ist. In Italien war der Fall häufiger, und auch in der Schweiz.

Die Gesellschaft in der Diligence war besser, als der einsilbige Kourier von Dijon. Ein alter General von der alten Regierung, ein fremder Edelmann aus der Schweiz, ein Landpfarrer der zugleich Mediziner war, ein Kaufmann, ehmals Adjutant des Generals Lecourbe; ein Gelehrter von Auxerres, der vorzüglich in der Ökonomie stark zu sein schien und einige andere Unbekannte machten eine sehr bunte Unterhaltung. Ich saß zwischen dem Geistlichen und dem Gelehrten im Fond, und vor mir der General auf dem Mittelsitze. Der General hatte ehemals in Domingo kommandiert, wäre fast bei seiner Rückkehr in Brest guillotiniert worden, und nur die Intervention vieler angesehener Kaufleute hatte ihn gerettet, die seiner politischen Orthodoxie in der damaligen Zeit das beste Zeugnis gaben. Der Geistliche war ausgewandert gewesen und hatte als Arzt einige Zeit auf der Grenze gelebt, war aber mit vieler Klugheit zu rechter Zeit zurückgekommen und hatte seitdem nach dem Winde laviert. Jetzt zeigte er nun wieder mehr seinen eigentlichen Geist. Er war ein Mann von vielen Kenntnissen und vielem Scharfsinn und vieler Verbindung mit den ehemaligen Großen; also allerdings kein Plattkopf, sondern ein Spitzkopf.

Er erzählte, als ob das so sein müßte, eine Menge heilige Schnurren seiner Jugend, die sogar in seinem eigenen Munde zwar unterhaltend aber eben nicht salbungsreich waren. So war er bei Sens einmal als falscher Bischof gereis't und hatte falsche Offizialien gehalten, und man hatte sich fast tot gelacht als er den Spaß entdeckte. Ein andermal hatte er einst als Chorschüler gesehen, daß ein Bauer seinem Beichtvater einen großen, schönen Karpfen brachte und ihn unterdessen in den Weihkessel setzte. Schnell stahl ihn der Hecht mit seinen Gesellen zum Frühstück, und hatte seine große Freude, als der absolvierte Bauer kam und in und unter dem Weihkessel umsonst den eingesetzten Karpfen suchte, um ihn nun in die Küche des geistlichen Herrn abzuliefern. Dergleichen Schnurren hatte er zu Dutzenden, und erzählte sie besser als ich. Noch eine Drolerie zeichnete sich aus, aus der alten französischen Geschichte. Es lebte unweit Sens ein Kanzler von Frankreich auf seinen Gütern, und war als sehr guter Haushalter bekannt. Einst kommt ein Bauer von seinem Gute in die Beichte und beichtet, er habe dem Kanzler die Perücke gekämmt. Nun, seid Ihr denn sein Peruckenmacher? fragte der Beichtvater. – Nein; Ich habe sie ihm nur so gekämmt. – Das sind Possen; die könnt Ihr künftig bleiben lassen, was gehn Euch des Kanzlers Perücken an. – Dieser geht mit der Absolution fort und ein anderer kommt und beichtet, er habe dem Kanzler die Perücke gekämmt. Die nämliche Sünde, der nämliche Verweis, die nämliche Vergebung: da kommt ein dritter mit der nämlichen Beichte. Da fällt dem geistlichen Herrn plötzlich auf, das müsse eine ganz eigene Kämmerei sein. Die Vorhergehenden hielten in der Kirche noch etwas Andacht; *écoutez donc, Messieurs les perruquiers,* ruft er ihnen zu, *venez encore un peu ici; il y a encore à peigner.* Was hat das für eine Bewandtnis mit der Perücke? Nun erklärte denn das beichtende Kleeblatt, der Kanzler habe sehr schöne Heuschober draußen auf der Wiese stehen, und sie gingen zuweilen mit dem Rechen hinaus und zögen rundherum bedächtig herunter, daß es niemand merkte: das nennten sie des Kanzlers Perücke kämmen. Die neue Manier die Perücke zu behandeln wurde also nun scharf gerügt, untersagt und schwer verpönt.

Nun fing der Herr an im Ernst sehr fromm zu erzählen, was die heiligen Reliquien hier und da in der Nachbarschaft von Paris wieder für Wunder täten, und dem Himmel zu danken, daß man endlich wieder anfange an die allerheiligste Religion zu denken und sie nun wieder wagen dürfe, ihr Haupt empor zu heben. Er erzählte wenigstens ein halbes Dutzend ganz nagelneue Wunder, von denen ich natürlich keins behalten habe. Er selbst hatte mit heißem, heiligem Eifer *un abrégé précis sur la vérité de la religion chrétienne* geschrieben, so hieß, glaube ich, der Titel, und das Buch dem Kardinal Kaprara zugeschickt. Nach dem Tone zu urteilen, kann ich mir die Gründe denken. Der Kardinal habe ihm, wie er sagte, ein schönes Belobungsschreiben gegeben und ihn aufgemuntert, in seinem Eifer mutig fortzufahren. Einen komplettern Beweis für die Wahrheit in dem Buche kann man nun füglich nicht verlangen, als das Urteil und den Stempel des Kardinals Kaprara.

Nun wurde von den alten Zeiten gesprochen, die Zeremonien und Feierlichkeiten des Hofs beschrieben und nicht ganz leise hingedeutet, daß man die glückliche Rückkehr derselben bald hoffe. Der geistliche Herr, der den Sprecher machte und wirklich gut sprach, erhob nun vorzüglich die Mätressen der Könige von Frankreich, von der schönen Gabriele bis zur Pompadour und weiter herunter. Es wurde dabei das Ehrengesetz der Galanterie nicht vergessen: *Les rois ne font que des princes, les princes font des nobles et les nobles des roturiers.* Er behauptete aus gar nicht unscheinbaren Gründen, daß alle diese Damen sehr gutmütige Geschöpfe gewesen, und ich bin selbst der Meinung, daß sie dem Reiche weit weniger Schaden zugefügt haben als die Minister und die

Könige selbst, deren Schwachheiten gegen beide oft unerhört waren. Nur klang die Apologie aus dem Munde eines sehr orthodoxen Geistlichen etwas drollig. Gegen Bonaparte hatte er weiter nichts, als daß er zu schnell gehe, daß man aber von dem großen Manne noch nicht urteilen dürfe. Da hatte ich denn freilich gesündigt; denn ich hatte nun leider einmal geurteilt. Das Urteil über öffentliche Männer, es mag nun wahr oder falsch sein, kommt nie zu früh, aber oft zu spät. Mit frommer Andacht meinte er noch, *que Bonaparte seroit le plus grand homme de l'univers et de toute l'histoire, s'il mettoit en se retirant le vrai rejetton sur le trône.* Schwerlich wird der Konsul den Pfarrer zu seinem geheimen Rat machen. Das alles wurde ohne viele Vorsicht öffentlich in der Diligence geäußert: Du siehst, daß sich die Fahne sehr gedreht hat. Man sagte laut, daß die Mehrheit den König wünsche, und ihre Zuchtmeister mögen ihnen wohl den Wunsch ausgepreßt haben. Die Generale nannte man nur *les mangeurs de la république,* und das ohne Zweifel mit Recht.

Unter diesen und andern Ventilationen kamen wir den 6ten Juli in Paris an, wo man mich in das *Hôtel du Nord* in der Straße Quincampoi brachte, wo, wie ich höre, der berüchtigte Law ehemals sein Wesen oder Unwesen trieb. Das war mir zu entfernt von den Plätzen, die ich besuchen werde. Mein erster Gang war Freund Schnorr aufzusuchen. Ich fand mit der Adresse sogleich sein Haus und hörte zu meinem großen Leidwesen, daß er vor sieben Tagen schon abgereis't war. Seine Stube war aber noch leer, der Kolonnade des Louvers gegenüber; ich zog also wenigstens in seine Stube; und aus dieser schreibe ich Dir, in der Hoffnung Dich bald selbst wieder zu sehen; denn meine Börse wird mich bald genug erinnern die väterlichen Laren zu suchen.

Paris

Es würde anmaßlich sein, wenn ich Dir eine große Abhandlung über Paris schreiben wollte, da Du davon jeden Monat in allen Journalen ein Dutzend lesen kannst. Mein Aufenthalt ist zu kurz; ich bin nur ungefähr vierzehn Tage hier und mache mich schon wieder fertig abzusegeln.

Nach Paris kam ich ohne alle Empfehlung, ausgenommen ein Papierchen an einen Kaufmann wegen meiner letzten sechs Dreier. Ich habe nicht das Introduktionstalent, und im Allgemeinen auch nicht viel Lust mich sogenannten großen Männern zu nahen. Man opfert seine Zeit, raubt ihnen die ihrige und ist des Willkommens selten gewiß; trifft sie vielleicht selten zur schönen Stunde, und hätte mehr von ihnen gehabt, wenn man das erste beste ihrer Bücher oder ihre öffentlichen Verhandlungen vorgenommen hätte. Das ist der Fall im Allgemeinen; es wäre schlimm, wenn es nicht Ausnahmen gäbe. Mir deucht, man ist in dieser Rücksicht auch zuweilen sehr unbillig. Man erwartet oder verlangt vielleicht sogar von einem berühmten Schriftsteller, er solle in seiner persönlichen Erscheinung dem Geist und dem Witz in seinen Büchern gleichkommen oder ihn noch übertreffen; und man bedenkt nicht, daß das Buch die Quintessenz seiner angestrengtesten Arbeiten ist, und daß die gesellschaftliche Unterhaltung ein sonderbares Ansehen gewinnen würde, wenn der Mann beständig so in Geburtsnot sein sollte. Die Zumutung wäre grausam, und doch ist sie nicht ungewöhnlich. Es gibt zuweilen glückliche Geister, deren mündlicher extemporärer Vortrag besser ist, als ihre gesichtetste Schrift: aber dieses kann nicht zur Regel dienen.

Ich ging zu Herrn Millin, weil ich dort Briefe zu finden hoffte. Diese fand ich zwar nicht, aber man hatte ihm meinen Namen genannt, und er nahm mich sehr freundlich auf; und ich bin, so wie ich ihn nun kenne, versichert, ich würde auch ohne dies freundlich aufgenommen worden sein. Millin ist für die Fremden, die in literarischer Absicht Paris besuchen, eine wahre Wohltat. Der Mann hat eine große Peripherie von Kenntnissen, die echte französische Heiterkeit, selbst eine schöne Büchersammlung in vielen Fächern und aus vielen Sprachen, und eine seltene Humanität. Mehrere junge Deutsche haben den Vorteil, in seinen Zimmern zu arbeiten und sich seines Rats zu bedienen. Ich habe ihn oft und immer gleich jovialisch und gefällig gesehen. Auf der Nationalbibliothek herrscht eine musterhafte Ordnung und eine beispiellose Gefälligkeit gegen Fremde. Daß in der öffentlichen Gerechtigkeit große Lücken sind, ist bekannt, und daß ihre gepriesene Freiheit täglich preßhafter wird, leidet ebenso wenig Zweifel. Ich hatte selbst ein Beispielchen. Die Kaiserin Katharina die Zweite hatte dem Papst Pius dem Sechsten ein Geschenk mit allen Russischen Goldmünzen gemacht: schon der Metallwert muß beträchtlich gewesen sein. Diese lagen mit den übrigen Schätzen im Vatikan. Die Franzosen nahmen sie weg, um sie nach Paris zu den übrigen Schätzen zu bringen. In Rom sind sie nicht mehr; aber deswegen sind sie nicht in Paris. Man sprach davon; ich fragte darnach. – Sie sind nicht da. – Aber sie sollten da sein. – Freilich. – Wer hat denn die Besorgung gehabt? – Man schwieg. – Der Kommissär muß doch bekannt sein. – Man antwortete nicht. – Warum untersucht man die Sache nicht? – Man zuckte die Schultern. – Aber das ist ja nichts mehr als die allergewöhnlichste Gerechtigkeit und die Sache der Nation, über die jeder zu sprechen und zu fragen befugt ist. –

Wenn die Herren an der Spitze, sagte man leise, die doch notwendig davon unterrichtet sein müssen, es nicht tun, und es mit Stillschweigen übergehen; wer will es wagen? – Wagen, wagen! brummte ich; so so, das ist schöne Gerechtigkeit, schöne Freiheit. Meine Worte und mein Ton setzten die Leutchen etwas in Verlegenheit; und es schien, ich war wirklich seit langer Zeit der erste, der nur so eine Äußerung wagte. Wo keine Gerechtigkeit ist, ist keine Freiheit; und wo keine Freiheit ist, ist keine Gerechtigkeit: der Begriff ist eins; nur in der Anwendung verirrt man sich, oder vielmehr man sucht andere zu verwirren.

In dem Saale der Manuskripte arbeiten viel Inländer und Ausländer, und unter andern auch Doktor Hager an seinem chinesischen Werke. Ich ließ mir den Plutarch von Sankt Markus in Venedig geben, um doch auch ein gelehrtes Ansehen zu haben, bin aber nicht weit darin gekommen. Es wird mir sauer, dieses zu lesen, und ich nehme lieber den Homer von Wolf oder den Anakreon von Brunk, wo mir leicht und deutlich alles vorgezogen ist. In der Kupferstichsammlung hängt an den Fenstern herum eine gezeichnete Kopie von Raphaels Psyche aus der Farnesine; aber sie gewährt kein außerordentlich großes Vergnügen, wenn man das Original noch in ganz frischem Andenken hat.

Mein erster Gang, als ich ins Museum im Louver kam, war zum Laokoon. Ich hatte in Dresden in der Mengsischen Sammlung der Abgüsse und in Florenz bei der schönen Kopie des Bandinelli einen Zweifel aufgefangen, den man mir dort nicht lösen konnte. Man sagte mir, es sei so im Original; und das konnte ich nicht glauben, oder ich beschuldigte den alten großen Künstler eines Fehlers. Die Sache war, das linke Bein, um welches sich an der Wade mit großer Gewalt die Schlange windet, war im Abguß und in der Marmorkopie durchaus gar nicht eingedrückt. Ich weiß wohl, daß die große Anstrengung der Muskeln einen tiefen Eindruck verhindern muß: aber eine solche Bestie, wie diese Schlange war, und auf dem Kunstwerk ist, mußte mit ihrer ganzen Kraft der Schlingung den Eindruck doch ziemlich merklich machen. Hier sah ich die Ursache der Irrung auf einen Blick. Das Bein war an der Stelle gebrochen, und so auch die Schlange; man hatte die Stücke zusammengesetzt: aber eine kleine Vertiefung der Wade unter der Pressung war auch noch im Bruche sichtbar. Beim Abguß und der Kopie scheint man darauf nicht geachtet zu haben, und hat die Wade im Druck der Schlange so natürlich voll gemacht, als ob sie nur durch einen seidenen Strumpf gezogen würde. Ich überlasse das Deiner Untersuchung und Beurteilung; mir kommt es vor, als ob die so verschönerte Wade deswegen nicht schöner wäre.

Den Apollo von Belvedere will man jetzt, wie ich höre, zum Nero dem Sieger machen. Klassische Stellen hat man wohl für sich, daß Nero in dieser Gestalt existiert haben könne; es kommt darauf an, daß man beweise, er sei es wirklich. Es wäre Schade um das schöne, hohe Ideal der Künstler, wenn seine Schöpfung eine solche Veranlassung sollte gehabt haben. Indessen bin ich fast in Gefahr, in der Miene und besonders um den Mund des Gottes etwas Neronisches zu finden. Der Musaget gefällt mir nicht, so wenig als einige seiner Mädchen: aber dafür sind andere dabei, die hohen Wert haben. Unter der Gesellschaft steht ein Sokrateskopf, nach welchem Raphael den seinigen in seiner Schule gemacht haben soll. Wie könnte ich Dir den Reichtum beschreiben, den die Franken hergebracht haben! Ich wollte nur, die Mediceerin wäre auch da, damit ich doch das Wunderbild sehen könnte. Vorzüglich beschäftigten mich einige Geschichtsstatüen und Geschichtsköpfe, meistens Römer; und vor allen die beiden Brutus, die man links am Fenster in ein ziemlich gutes Licht gesetzt hat, welches im Ganzen nicht der Fall ist: denn die meisten Kunstwerke, selbst der Laokoon und der Belvederische Apoll, stehen schlecht. Ich bin oft in dem Saale auf und ab gewandelt, und habe links und rechts die Schätze betrachtet; aber ich kam immer wieder zu den Köpfen, und vorzüglich zu diesen Köpfen zurück. Ich gestehe Dir meine Schwachheit, daß ich lieber Geschichtsköpfe sehe als Ideale: und auch unter den Idealen finde ich mehr Porträte und Geschichte, als die Künstler vielleicht zugestehen wollen.

Die Gemäldesammlung oben ist verhältnismäßig noch reicher und kostbarer als der Antikensaal unten: aber die Ordnung und Aufstellung ist vielleicht noch fehlerhafter. Wenig Stücke, ausgenommen der große Vordersaal, haben ein gutes Licht. Die Madonna von Foligno war bei Madonna Bonaparte, und die Transfiguration war verschlossen unter den Händen der Restauratoren: ich habe sie also nicht gesehen. Dafür war ich so glücklich, den Saal der Zeichnungen offen zu treffen. Wie sehr bedauerte ich, daß Schnorr nicht mehr hier war: er wäre hier in seinem eigentlichen Element gewesen. Das Wichtigste darunter ist doch wohl auf alle Fälle die völlig ausgearbeitete Skizze Raphaels von seiner Schule, mir deucht, fast so groß, wie das Gemälde selbst. Er hat bekanntlich nachher im Vatikan in der Arbeit einige wenige Veränderungen gemacht. Ich genoß, und ließ die Andern gelehrt vergleichen; nahm hier wieder den Sokrates und Diogenes und Archimedes. Im nämlichen Saale sah ich auch die Vasen und einige Tische. Die bekannte Mengsische Vase mit der doppelten griechischen Aufschrift zeichnet sich auch durch Schönheit vor den meisten übrigen aus. Daß die eine Inschrift Δεπας heißt, ist die höchste Wahrscheinlichkeit: aber die Entzifferung der andern beruht wohl nur auf Konjektur des Gegenstandes; denn man könnte aus den Zügen eben so gut Κοραχας als Πεπαυσο machen. Die Vermutung ist indessen sinnreich, wenn sie auch nicht richtig sein sollte. Vielleicht gibt irgendeine Stelle eines alten Schriftstellers einigen Aufschluß darüber.

Ich hatte gewünscht, David zu sehen, hörte aber in Paris so viel problematisches über seinen Charakter daß mir die Lust verging. Ich sah ihn nur ein einziges Mal in seinem kleinen Garten am Louver, und sein Anblick lud mich nicht ein, Versuche zu machen, ihm näher zu kommen. Das tat mir leid; denn ich finde in dem Manne sonst vieles, was mich hingezogen hätte. Aber reine Moralität ist das erste, was ich von dem Manne fordere, den ich zu sehen wünschen soll. Vielleicht tut man dem strengen, etwas finstern Künstler auch etwas zu viel; desto besser für ihn und für uns alle. Sein Sohn hatte die Höflichkeit, mich in das Attelier seines Vaters zu führen, wo Brutus der Alte steht, ein herrliches Trauerstück. Man nennt es hier nur die Reue des Brutus, und ich begreife nicht, wie man zu dieser Idee gekommen ist. Die Leichen der jungen Menschen werden eben vorbeigetragen, der weibliche Teil der Familie unterliegt dem Gewicht des Schmerzes, die Mutter wird ohnmächtig gehalten. Diese Gruppierung ist schön und pathetisch. Der alte Patriot sitzt entfernt in der Tiefe seines Kummers; er fühlt ganz die Verwaisung seines Hauses. Dies ist, nach meiner Meinung, die ganze Deutung des Stücks. Reue ist nicht auf seinem Gesichte, und kann, so viel ich weiß, nach der Geschichte nicht darauf sein. Diese Arbeit hat mir besser gefallen, als die Sabinerinnen, welche in einem abgelegenen Saale für 36 Sols Entrée gezeigt werden. Ich weiß nicht, ob David es nötig hat, sich Geld zahlen zu lassen: aber die Methode macht weder ihm noch der Nation Ehre. Ich habe nichts gezahlt, weil mich sein Sohn führte. Es tut mir in seine und jedes guten Franzosen Seele leid, daß die Kunst hier so sehr merkantilisch ist. Über das Stück selbst schweige ich, da ich im Ganzen der Meinung der andern deutschen Beurteiler bin.

In Versailles war ich zweimal; einmal allein, um mich umzusehen; das zweite Mal in Gesellschaft mit Landsleuten, als die Wasser sprangen. In Paris sah man alles unentgeltlich, und überall war zuvorkommende Gefälligkeit: in Versailles war durchaus eine Begehrlichkeit, die gegen die Pariser Humanität sehr unangenehm abstach. Ich zahlte einem Lohnlakei für zwei Stunden einen kleinen Taler; darüber murrte er und verlangte mehr. Ich gab dem Mann in den ehemaligen Zimmern des Königs dreißig Sols; dafür war er nicht höflich. Alles war teurer und schlechter, und alle Gesichter waren mürrischer. Das scheint mir nun so die eingewurzelte Natur des alten Hofwesens zu sein. Du wirst mir die Beschreibung der Herrlichkeiten erlassen. Unten das Naturalienkabinett ist sehr artig, und enthält mehrere Kuriositäten, muß aber freilich viel verlieren, wenn man einige Tage vorher den botanischen Garten in Paris gesehen hat. Eine eigene Erscheinung ist in dem hintersten Zimmer eine Zusammenhäufung der Idole der verschiedenen Kulten des Erdbodens. Darunter stand auch noch das Kreuz, und mich wundert, daß man es nach Abschließung des Konkordats noch nicht wieder von hier weggenommen hat, da es doch sonst durchaus wieder in seine Würde gesetzt ist. Die Gemälde auf den Sälen oben sind alle aus der französischen Schule, und es sind viele Stücke darunter, die durch Kunst und noch mehr durch Geschichtsbeziehung interessant sind. Der Garten und vorzüglich die Orangerie wird in guter Ordnung gehalten. Sie ist schön, und es ist wohl wahrscheinlich, was man sagt, daß Bäume dabei sind, die schon unter Heinrich dem Vierten hier gestanden haben. Die Partien nach Trianon hinüber sind noch ebenso schön, als sie vor zwanzig Jahren waren. Die Versailler, welche unstreitig von allen am meisten durch die Revolution verloren haben, und bei denen das monarchische Wesen vielleicht noch am festesten sitzt, schmeicheln sich, daß der Hof wieder hierher kommen werde, damit sie doch nicht gänzlich zu Grunde gehen. Das ist geradezu ihre Sprache und ihr Ausdruck; und sie haben wohl daran nicht Unrecht. Wenn sie vom Großkonsul sprechen, nennen sie sein Gefolge seinen Hof; und wenn man die Sache recht ohne Vorurteil nimmt, ist er absoluter und despotischer als irgendein König von Frankreich war, von Hugo Kapet bis zum letzten unglücklichen Ludwig. Jetzt wird St. Cloud für ihn eingerichtet.

Gestern habe ich ihn auch endlich gesehen, den Korsen, der der großen Nation mit zehnfachem Wucher zurückgibt, was die große Nation seine kleine seit langer Zeit hatte empfinden lassen. Es war der vierzehnte Juli und ein großes Volksfest, wo der ganze Pomp der seligen Republik hinter ihm herzog. Früh hielt er große Parade auf dem Hofe der Tuilerien, wo alles Militär in Paris und einige Regimenter in der Nachbarschaft die Revüe passierten. Ich hatte daher Gelegenheit, zugleich die schönsten Truppen von Frankreich zu sehen. Die Konsulargarde ist unstreitig ein Korps von den schönsten Männern, die man an Einem Ort beisammen denken kann: nur kann ich mir in den französischen Soldaten, ich mag sie besehen wie ich will, immer noch nicht die Sieger von

Europa vorstellen. Wir sind mehr durch den Geist ihrer Sache und ihren hohen Enthusiasmus, als durch ihre Kriegskunst geschlagen worden. Die taktische Methode des Tiraillierens, die aber vielleicht nur der Überlegene an Anzahl brauchen kann, hat das ihrige auch getan. Von Bonaparte sollte ich wohl lieber schweigen, da ich nicht sein Verehrer bin. Einen solchen Mann sieht man auf zweihundert Meilen vielleicht besser als auf zehn Schritte. Es scheint aber in meinem Charakter zu liegen, Dir über ihn etwas zu sagen; und das will ich denn mit Offenheit tun. Ich bin keines Menschen Feind, sondern nur der Freund der Wahrheit, Freiheit und Gerechtigkeit. Neid und Herabsetzungssucht sind meiner Seele fremd; ich nehme immer nur die Sache. Ich bin dem Mann von seiner ersten Erscheinung an mit Aufmerksamkeit gefolgt, und habe seinen Mut, seinen Scharfblick, seine militärische und politische Größe nie verkannt. Problematisch ist er mir in seinem Charakter immer gewesen, und ist es jetzt mehr als jemals, wenn man ihn nicht geradezu verdammen soll. Bis auf den Tag von Marengo, wo ihn Desaix Tod aus den republikanischen Grenzen heraushob, hat er als Republikaner im Allgemeinen handeln müssen: seitdem hat er nichts mehr im Sinne eines Republikaners getan.

Als er aus Ägypten kam, trat er die Krise seines Charakters an. Wir wollen sehen was er in Paris tut, dachte ich, und dann urteilen. Ich tadle ihn nicht, daß er das Direktorium stürzte: es war keine Regierung, die unter irgendeinem Titel die Billigung der Vernünftigen und Rechtschaffenen hätte erhalten können. Ich tadle ihn nicht, daß er so viel als möglich in der wichtigen Periode das Ruder des Staats für sich in die Hände zu bekommen suchte: es war in der Vehemenz der Faktionen vielleicht das einzige Mittel, diese Faktionen zu stillen. Aber nun fängt der Punkt an, wo sein eigenster Charakter hervorzutreten scheint. Seitdem hat er durchaus nichts, mehr für die Republik getan, sondern alles für sich selbst; eben da er aufhören sollte irgend etwas mehr für sich selbst zu tun, sondern alles für die Republik. Jeder Schritt, den er tat, war mit herrlich berechneter Klugheit vorwärts für ihn, und für die Republik rückwärts. Land gewinnen heißt nicht die Republik befestigen. Die Erste Konstitution zeigte zuerst den Geist, den er atmen würde. Sie wurde mit dem Bajonett gemacht, wie fast alle Konstitutionen. Es tat mir an diesem Tage wehe für Frankreich und für Bonaparte. Das Schicksal hatte ihm die Macht in die Hände gelegt, der größte Mann der Weltgeschichte zu werden: er hatte aber dazu nicht Erhabenheit genug und setzte sich herab mit den übrigen Großen auf gleichen Fuß. Er ist größer als die Dionyse und Kromwelle; aber er ist es doch in ihrer Art, und erwirbt sich ihren Ruhm. Daß er nicht sah, daß seine Konstitution die neue Republik zertrümmern und dem vollen Despotismus die Wege wieder bahnen würde, das läßt sich von seinem tiefen Blick nicht denken; und über seine Absichten mag ich nicht Richter sein. Ich habe wider das Konsulat nichts, nichts wider das erste Konsulat. Aber seine Macht war sogleich zu exorbitant, und die Dauer war nicht mehr republikanisch. Ich gebe zu, daß die Dauer der römischen Magistraturen von Einem Jahre zu kurz war, zumal bei der Unbestimmtheit und Schlaffheit ihrer Gesetze *de ambitu;* aber die Dauer der neuen französischen von zehn Jahren war zu lang. Der letzte Stoß war, daß der alte Konsul wieder gewählt werden konnte. Ein Mann, der zehn Jahre lang eine fast grenzenlose Gewalt in den Händen gehabt hat, müßte ein Blödsinniger oder schon ein öffentlicher verächtlicher Bösewicht sein, wenn er nicht Mittel finden sollte, sich wieder wählen zu lassen, und sodann nicht Mittel, die Wahl zum Vorteil seiner Kreaturen zu beherrschen. Kleine Bedienungen mögen und dürfen in einer Republik lebenslänglich sein; wenn es aber die großen sind, geht der Weg zur Despotie. Das lehrt die Geschichte. Ich hätte nicht geglaubt, daß es so schnell gehen würde; aber auch dieses zeigt den Charakter der Nation. Fast sollte man glauben, die Franzosen seien zur bestimmten Despotie gemacht, so kommen sie ihr überall entgegen. Sie haben während der ganzen Revolution viel republikanische Aufwallung, oft republikanischen Enthusiasmus, zuweilen republikanische Wut gezeigt, aber selten republikanischen Sinn und Geist, und noch nie republikanische Vernunft. Nicht, als ob nicht hier und da einige Männer gewesen wären, die das letzte hatten; aber der Sturm verschlang sie. Es sind durch diese Staatsveränderung freilich Ideen in Umlauf gekommen und furchtbar bis zur Wut gepredigt worden, die man sich vorher nur sehr leise sagte, und die so leicht nicht wieder zu vertilgen sein werden: aber die halbe oder falsche Aufklärung dieser Ideen und der Mißbrauch derselben geben den etwas gewitzigten Gegnern die Waffen selbst wieder in die Hände. Die Republik Frankreich trägt so wie die römische, und zwar weit näher als jene, ihre Auflösung in sich, wenn man keine haltbarere Konstitution bauet, als bis jetzt geschehen ist. Mir tut das leid; ich habe vorher ganz ruhig dem Getümmel zugesehen und immer geglaubt und gehofft, daß aus dem wildgärenden Chaos endlich noch etwas vernünftiges hervortauchen würde. Seitdem Bonaparte die Freiheit entschieden wieder zu Grabe zu tragen droht, ist mirs, als ob ich erst Republikaner geworden wäre. Ich bin nicht der Meinung, daß eine große Republik nicht dauern könne. Wir haben an der römischen das Gegenteil gesehen, die doch, trotz ihrer gerühmten Weisheit, schlecht genug organisiert war. Ich halte dafür, daß in einer wohlgeordneten

Republik am meisten Menschenwürde, Menschenwert, allgemeine Gerechtigkeit und allgemeine Glückseligkeit möglich ist. Beweis und Vergleichung weiter zu führen, würde wenig frommen und hier nicht der Ort sein. Wo nicht der Knabe, der diesen Abend in der letzten Strohhütte geboren wurde, einst rechtlich die erste Magistratur seines Vaterlandes verwalten kann, ist es Unsinn von einer vernünftigen Republik zu sprechen. Privilegien aller Art sind das Grab der Freiheit und Gerechtigkeit. Schon das Wort erklärt sich. Eine Ausnahme vom Gesetz ist eine Ungerechtigkeit, oder das Gesetz ist schlecht. In Deutschland hat man klüglich die Geistlichen und Gelehrten in etwas Teil an manchen Privilegien nehmen lassen, damit der Begriff nicht so leicht unbefangen auseinandergesetzt werde, und die Beleuchtung Publizität gewinne. In Frankreich hat man zwar die Privilegien mit einem einzigen Machtstreich zertrümmert und glaubt nun genug getan zu haben. Aber sie werden sich schon wieder einschleichen und festsetzen; und man arbeitete schon selbst dadurch für sie, daß man auf der Gegenseite ohne Schonung stürmte, und zu weit ging. Die Republik der Fische ist durch die freie Fischerei zerstört, sagte der geistliche Herr ganz skeptisch in dem Postwagen; und die freie Jagd gibt der Polizei genug zu tun: denn es macht allerhand Gesindel im Lande allerhand Jagd. Muß man denn bei Abstellung der Ungebühr unbedingt durchaus die Jagd frei geben? Oder ist dieses nur ein Rechtsbegriff? Sie kann nicht frei sein. In jedem wohlgeordneten Staate ist sie nur ein Recht der Eigentümer; und nur der Eigentümer kann die Befugnis haben, das Wild auf seinem Grundstücke zu töten, und hat den Prozeß gegen den Nachbar, der es zum Schaden seiner Nachbarn nicht tut. Das Lehnssystem ist in Frankreich abgeschafft. Es wird sich aber von selbst wieder machen; denn man hat keine Vorkehrungen dagegen getroffen. Nach meiner Überzeugung ist die Grundlage der Freiheit und Gerechtigkeit in einem Staate, daß der Staat durchaus nur reine Besitzungen gibt und sichert, und dafür reine Pflichten fordert. Durch diesen Grundsatz allein werden die Rechtsverhältnisse vereinfacht, und Beeinträchtigungen aller Art aufgehoben. Es entsteht daraus zwar notwendig ein Gesetz, das eine Einschränkung des Eigentumsrechts zu sein scheint: dieses ist aber nicht weiter, als insofern gar niemand ein Eigentumsrecht zum Nachteil des Staats haben kann und darf. Niemand darf nämlich die Erlaubnis haben seine Grundstücke, mit Lasten zu verkaufen oder auf immer zu vergeben, sondern muß sie durchaus rein veräußern. Nur durch dieses Gesetz wird der Rückkehr des Feudalsystems der Weg versperrt, werden alle Fronverhältnisse, alle Leistungen an Subordinierte, Emphyteusen, alle Erbpachtungen aufgehoben. Denn alles dieses ist der Weg zum Lehnssystem, und dieses der Weg zu Ungerechtigkeiten aller Art und zur Sklaverei. Wo es noch erlaubt ist, mit Lastklauseln Grundstücke umzutauschen, kann in die Länge keine wahre Freiheit und Gerechtigkeit bestehen. Dagegen sind wohl schwerlich gültige Einwendungen zu machen. Wenn jemand zu viele Grundstücke hat, daß er sie nicht durch sich und seine Familie verwalten oder durch Pächter besorgen und bestellen lassen kann; so hat er eben deswegen für den Staat in jeder Rücksicht schon zu viel; er ist ihm zu reich. Er mag dann verkaufen, aber rein verkaufen und ohne Bedingung, so teuer als er will. Intermediäre Lasten können nicht bleiben: der Bürger kann niemand Pflichten schuldig sein als dem Staate: und Bürger ist jeder, der nur einen Fuß Landes besitzt. *In detrimentum reipublicae* finden keine Besitzungen Statt. Es versteht sich von selbst, daß dann alle Steuerkataster nach der Regel Detri gemacht werden; und die erste Realimmunität ist der erste Schritt zur Despotie. So lange unsere Staaten nicht nach diesen Grundsätzen gemacht werden, dürfen wir nicht allgemeine Gerechtigkeit, nicht allgemeines Interesse, nicht Festigkeit und Dauer erwarten. In Frankreich ist kein Gesetz, das den belasteten Verkauf der Grundstücke untersagte; die Folge ist vorauszusehen.

Die Errichtung der Ehrenlegion mit Anweisung auf Nationalgüter ist der erste beträchtliche Schritt zur Wiedereinführung des Lehnssystems; das ward allgemein gefühlt: aber niemand hat die Macht, dem Allmächtigen zu widerstehen, der den Bajonetten befiehlt. Die Bajonette sind, wie gewöhnlich, sehr fein mit ins Spiel gezogen, und die meisten Führer derselben nehmen sich nicht die Mühe, bis auf übermorgen vorwärts zu denken. Wo die Regierung militärisch wird, ist es um Freiheit und Gerechtigkeit getan. Rom fiel, sobald sie es ward. Die Geistlichkeit spricht wieder hoch und laut. Freilich wird sie nicht so schnell wieder zu der enormen Höhe steigen, wo sie vorher stand, so wenig wie der Adel. Aber das alte System wurde auch nicht in Einem Tage gebaut. Ich erinnere mich, daß vor einiger Zeit ein Emigrant in Deutschland, der übrigens nicht Schuld daran war, daß die Esel keine Hörner haben, sich höchlich freute, daß nun wenigstens ein Edelmann allein an der Spitze stehe: das übrige werde sich schon machen. Der Mann muß in seiner Unbefangenheit eine prophetische Seele gehabt haben. Es hat wirklich alles Ansehen sich zu machen. Man sagt, Kaprara habe schon auf Wiederherstellung der Klöster angetragen, sei aber von Bonaparte zurückgewiesen worden. Bonaparte müßte nicht der kluge Mann sein, der er ist, wenn er ohne Not solche Sprünge machen wollte, oder mehr gäbe, als er zu seinem Behufe muß. Es ist das Glück des Adels und der

Geistlichkeit, daß sie, mit Modifikationen, in seine Zwecke gehören. Wenns Not tut, wird sich schon alles geben. Daß die Katholizität in Frankreich noch vielen Anhang, teils aus Überzeugung, teils aus Gemächlichkeit, teils aus Politik hat, beweis't das Konkordat sehr deutlich. Man hat wirklich den Katholizismus zur Staatsreligion, das heißt zur herrschenden gemacht, und ich stehe nicht dafür, wenn es so fort geht, daß man in hundert Jahren das Bekehrungsgeschäft nicht wieder mit Dragonern treibt. Ich selbst wurde durch die Rolle, die Bonaparte dabei spielte, gar nicht überrascht; es war seine Konsequenz: er war bei der Osterzeremonie der nämliche, welcher er in Ägypten war, wo er sein Manifest anfing: Im Namen des einzigen Gottes, der keinen Sohn hat! Er dachte, *mundus vult – ergo* –; aber das Sprichwort ist nicht wahr; und es wäre zu wünschen gewesen, daß er nicht so gedacht hätte. *Il est un peu singe, mais il est comme il faut;* sagte der geistliche Herr im Postwagen. Wenn er Bonaparte dadurch richtig gezeichnet hat, so ist es zugleich ein gräßliches Verdammungsurteil für seine Nation. Nur die Zeit kann erleuchten. Der Mann ist von seiner Größe herabgestiegen. Es wird erzählt, er habe sogar die Fahnen weihen wollen, sei aber durch das Gemurmel der alten Grenadiere davon abgehalten worden, die doch anfingen die Dose etwas zu stark zu finden. Ein Mann, der in Berlin und Petersburg entschieden republikanische Maßregeln nimmt, gilt dort mit Grund für widerrechtlich und die Regierung verfährt gegen ihn nach den Gesetzen; das Gegenteil muß aus dem nämlichen Grunde seit zehn Jahren in Frankreich gelten: man müßte denn in der Berechnung etwas höher gehen; welches aber sodann jedem Revolutionär *in utramque partem* zu Statten kommen würde.

Jetzt lebt er einsam und mißtrauisch, mehr als je ein Morgenländer. Friedrich versäumte selten eine Wachparade; der Konsul hält alle Monate nur eine einzige. Er erscheint selten und immer nur mit einer starken Wache, und soll im Schauspiel in seiner Loge sogar Reverbers nach allen Seiten haben, die ihm alles zeigen, ohne daß ihn jemand sieht. Bei andern liberalem Maßregeln könnte er als Fremdling wie eine wohltätige Gottheit unter der Nation herumwandeln, und sein Name würde in der Weltgeschichte die Größe aller andern niederstrahlen. Nun wird er unter den Augusten oder wenigstens unter den Dionysen glänzen; dafür hat er auf den kleinlichen Ruhm eines Aristides Verzicht getan. Ich könnte weinen; es ist mir, als ob mir ein böser Geist meinen Himmel verdorben hätte. Ich wollte so gern einmal einen wahrhaft großen Mann rein verehren; das kann ich nun hier nicht.

Man sagt sich hier und da still und leise mehrere Bonmots, die seinen Stempel tragen. Von dem Tage an des ägyptischen Manifestes hat sich meine Seele über seinen Charakter auf Schildwache gesetzt. Das Konkordat und die Osterfeier sind das Nebenstück. Als ihn ein zelotischer Republikaner in die ehemaligen Zimmer des Königs führte, die er nun selbst bewohnen wollte, und ihm dabei bedeutend sagte: *Citoyen, vous entrez ici dans la chambre d'un tyran:* antwortete er mit schnellem Scharfsinn: *S'il avoit été tyran, il le seroit encore:* Eine furchtbare Wahrheit aus seinem Munde. Als ihm vorgestellt wurde, das Volk murre bei einigen seiner Schritte, er möchte bedenken; erwiderte er: *Le peuple n'est rien pour qui le sait mener.* Dem Sieyes, den die Partei des Konsuls bei jeder Gelegenheit als einen flachen, sehr subalternen Kopf darstellt, soll er auf eine Erinnerung sehr skeptisch gesagt haben: *Si j'avois été roi en 1790, je le serois encore; et si j'avois dit alors la messe, j'en ferois encore de même.* Ich sage Dir, was man hier und da bedächtlich an öffentlichen Orten spricht; denn laut zu reden wagt es niemand, weil seine *lettres de cachet* eben so sicher nach Bicetre führen, als unter den Königen in die Bastille. Als das bekannte Buch über das lebenslängliche Konsulat erschien und er es nicht mehr unterdrücken konnte und doch den Verfasser, der ein angesehener und von der Nation allgemein geachteter Mann war, willkürlich gewaltsam in der Krise anzutasten nicht wagte, begnügte er sich zu sagen: Es sei alles sehr gut, aber jetzt nur noch etwas zu früh. Jedermann der etwas weiter blickte, behauptete, es sei leider etwas zu spät. Das Gesetzgebende Korps nennt man hier nur die Versammlung, durch welche er Gesetze gibt. Als sein Kommissär mit dem feinen Vorschlag des lebenslänglichen Konsulats nicht sogleich überall erwünschten Eingang fand, sondern vielmehr Schwierigkeiten aller Art antraf, soll er bei dem schlimmen Rapport ungeduldig mit allen Fingern geknackt und gesagt haben: *Ah je saurai les attraper.* Das hat er gehalten. Er schmiedete schnell, weil es warm war: nach vierzehntägigen Abkühlungen und Überlegungen möchte die Sache anders gegangen sein. Über die Stimmung werden sonderbare Anekdoten erzählt; aber sie ist nun geschehen.

Man nennt ihn hier mit verschiedenen Namen, *le premier consul, le grand consul, le consul* vorzugsweise. Die beiden andern, die auch nur das Dritteil der Wache haben, sind neben ihm Figuranten und ihrer wird weiter nicht gedacht, als in der Form der öffentlichen Verhandlungen. Scherzweise nennt man ihn auch *Sa Majesté,* und ich stehe nicht dafür, daß es nicht Ernst wird. Auch heißt er ziemlich öffentlich *empereur des Gaules,* vielleicht die schicklichste

Benennung für seinen Charakter, welche die Franzosen auch zugleich an die mögliche Folge erinnert. Auf Cäsar folgte August, und so weiter.

Die Feier des Tages des Bastillensturms beschloß ein Konzert in den Tuilerien, wo in dem Gartenplatze vor dem Orchester am Schlosse eine unzählige Menge Menschen zusammen gedrängt stand. Die ganze Nationalmusik führte es aus, und tat es mit Kunst und Fertigkeit und Würde. Die Musik selbst gefiel mir nicht, ein Marsch ausgenommen, der durch seinen feierlichen Gesang eine hohe Wirkung hervorbrachte. Ich habe den Meister nicht erfahren. Das erste Orchester und vielleicht die erste Versammlung der Erde hätte bessere Musik haben sollen. Auf dem Balkon waren alle hohe Magistraturen der Republik, wie sie noch heißt, in ihrem Staatsaufzuge, und von den fremden Diplomatikern diejenigen, denen der Rang eine solche Ehre gab. Der erste Konsul ließ sich einigemal sehen, ehe man Notiz von ihm nahm. Endlich fingen einige der Vordern an zu klatschen; es folgte aber nur ein kleiner Teil der Menge. Der Platz hielt vielleicht über Hunderttausend, und kaum der hundertste Teil gab die Ehrenbezeugung. Der Enthusiasmus war also nicht allgemein, als man für ihn in seiner neuen Würde hätte erwarten sollen. Auch die Illumination war nicht die Hälfte von dem, was sie voriges Jahr gewesen sein soll: und man sprach hier und da davon, daß die republikanischen Feste nach und nach eingehen sollten. Das ist begreiflich. Indessen werden sie doch etwas länger dauern als die Republik selbst; wie die meisten Zeichen länger währen, als die Sache selbst.

Von den Merkwürdigkeiten in Paris darf ich nicht wieder anfangen, wenn ich kein Buch schreiben will; und dazu habe ich weder Lust, noch Zeit, noch Kenntnis. Die bunte Szene wandelt sich alle Tage und ist alle Tage interessant. Bloß der Garten der Tuilerien mit den elysäischen Feldern, welcher die Hauptpromenade der Pariser in dieser Gegend ausmacht, gewährt täglich eine unendliche Verschiedenheit. Die Preßfreiheit ist hier verhältnismäßig eingeschränkter als in Wien, und ich bin fest überzeugt, wenn der Tartuffe jetzt erschiene, man würde ihn eben sowohl verdammen, als damals; und Moliere könnte wieder sagen: *Monsieur le président ne veut pas, qu'on le joue.* Die Dekaden sind durch das Konkordat und der Einführung der römischen Religion notwendig geradezu wieder abgeschafft; sie heben einander auf. Auch rechnet man in Paris fast überall wieder nach dem alten Kalender und zählt nach Wochen. Die öffentlichen Verhandlungen werden bald folgen. Die Fasten werden in den Provinzen in Frankreich hier und da strenger gehalten als selbst in Italien. In Italien konnte ich fast überall essen nach Belieben; in Dijon mußte ich einigemal, sogar an der Wirtstafel, zur Fasten mit der Gesellschaft Froschragout essen: es war kein anderes Fleisch da. Mir war es einerlei, ich esse gern Frösche; aber diese Mahlzeit ist doch sonst nicht jedermanns Sache. So ging mirs noch mehrere Mal auf der Reise. In Paris nimmt man freilich noch keine Notiz davon; aber man tat es auch ehemals nicht. Die alten Namen der Örter und Gassen treten nach und nach alle wieder ein, und eine republikanische Karte von der Stadt ist fast gar nicht mehr zu brauchen. Viele stellen sich, als ob sie die neuen Namen gar nicht wüßten; so sah mich ein sehr wohlgekleideter Mann glupisch an, als ich in die *rue de loi* wollte, wies mich aber sehr höflich weiter, als ich sie *rue de Richelieu* nannte. Das Pantheon heißt wieder die heilige Genoveve, und wird höchst wahrscheinlich nur unter dieser Rubrik vollendet werden. Ob sich dieses alles so sanft wieder machen wird, weiß der Himmel. Man scheint jetzt von allen Seiten mit gehörigen Modifikationen darauf hinzuarbeiten. Die wieder eingewanderten und wieder eingesetzten Geistlichen treten schon überall von neuem mit ihren Anmaßlichkeiten hervor, und finden Engbrüstigkeit genug für ihre Lehre. Sie versagen, wie man erzählt, hier und da die Absolution, wenn man die Güter der Emigranten nicht wieder herausgeben will. Das kann in einzelnen Fällen sogar republikanische Gerechtigkeit sein: aber der Mißbrauch kann weit führen. Man erzählt viele Beispiele, daß die französischen Roskolniks durchaus keine gemischten Ehen gestatten. Laßt nur erst die Geistlichen in die Justiz greifen, so seid ihr verloren. Vor einigen Tagen las ich eine ziemlich sonderbare Abhandlung in einem öffentlichen Blatte, wo der Verfasser eine Parallele zwischen dem französischen und englischen Nationalcharakter zog. Man blieb ungewiß, ob das Ganze Ernst oder Ironie war. Er ließ den Briten wirklich den Vorzug des tiefern Denkens, und behauptete für seine Nation durchaus nur die schöne Humanität und den Geschmack. Wenn sich das letzte nur ohne das erste halten könnte. Die Ausführung war wirklich drollig. Er sagt nicht undeutlich, die ganze Revolution sei eine Sache des Geschmacks und der Mode gewesen; und wenn man die Geschichte durchgeht, ist man fast geneigt ihm Recht zu geben. Aber diese Mode hat Ströme Blut gekostet; und wenn man so fortfährt wird fast so wenig dadurch gewonnen werden, als durch jede andere Mode der Herren von der Seine.

Die Polizei ist im Allgemeinen außerordentlich liberal, wenn man sich nur nicht beigehen läßt, sich mit Politik zu bemengen. Das ist man in Wien auch. Der Diktator scheint das alte Schibolet zu brauchen, *panem et circenses*. Wenn ich in irgend einer großen Stadt zu leben mich entschließen könnte, so würde ich Paris wählen. Die Franzosen haben mehr als eine andere Nation dafür gesorgt, daß man in der Hauptstadt noch etwas schöne Natur findet. Die Tuilerien, die elysäischen Felder, die Boulevards, Luxenburg, der botanische Garten, der Invalidenplatz, Fraskati und mehrere andere öffentliche Orte gewähren eine schöne Ausflucht, die man durchaus in keiner andern großen Stadt so trifft. Eine meiner sentimentalen Morgenpromenaden war die Wachparade der Invaliden zu sehen; in meinem Leben ist mir nichts rührender gewesen, als diese ehrwürdige Versammlung. Kein einziger Mann, der nicht für sein Vaterland eine ehrenvolle Wunde trug, die ihm die Dankbarkeit seiner Mitbürger erwarb. Zur Ehre unserer Chirurgie und Mechanik wandelten Leute ohne beide Füße so fest und trotzig auf Holz, als ob sie morgen noch eine Batterie nehmen wollten. Die guten Getäuschten glauben vielleicht immer noch für Freiheit und Gerechtigkeit gefochten zu haben und verstümmelt zu sein.

Morgen will ich zu Fuße fort, und bin eben bloß aus Vorsicht mit meinem Passe auf der Polizei gewesen: denn man weiß doch nicht, welche Schwierigkeiten man in der Provinz haben kann. Meine Landsleute und Bekannten hatten mir gleich beim Eintritt in die Stadt gesagt, ich müßte mich mit meinem Passe auf der Polizei melden, und redeten viel von Strenge. Ich fand keinen Beruf hin zu gehen. Es ist die Sache der Polizei, sich um mich zu bekümmern, wenn sie will; ich weiß nichts von ihrem Wesen. Man hat von Basel aus bis hierher nicht nach meinem Passe gefragt; auch nicht hier an der Barriere. Der Wirt schrieb meinen Namen auf und sagte übrigens kein Wort, daß ich etwas zu tun hätte. Wenn mich die Polizei braucht, sagte ich, wird sie mich schon holen lassen; man hätte mir das Nötige an der Barriere im Wagen oder im Wirtshause sagen sollen. Es fragte auch niemand. Indessen, da ich fort will, ging ich doch hin. Der Offizier, der die fremden Pässe zu besorgen hatte, hörte mich höflich an, besah mich und den Paß und sagte sehr freundlich, ohne ihn zu unterschreiben: Es ist weiter nichts nötig; Sie reisen so ab, wenn Sie wollen. – Der Paß war noch der Preußische von Rom aus. – Wenn Sie ihn allenfalls vom Grafen Luchesini wollen vidieren lassen, das können Sie tun; aber nötig ist es nicht. Ich dankte ihm und ging. In dergleichen Fällen tue ich nicht gern mehr als ich muß; ich ging also nicht zu dem Gesandten.

Frankfurt

Dem Himmel sei Dank, nun bin ich wieder diesseits des Rheins im Vaterlande. Ich werde Dir über meinen Gang von Paris hierher nur wenig zu sagen haben, da er so oft gemacht wird und bekannter ist als eine Poststraße in Deutschland.

Den einundzwanzigsten ging ich aus Paris und schlief in Meaux. Der Weg ist angenehm und volkreich, wenngleich nicht malerisch; und die Bewirtung ist überall ziemlich gut, freundlich und billig. Wenn ich zwischen Rom und Paris eine Vergleichung ziehen soll, so fällt sie in Rücksicht der Literatur und des Lebensgenusses allerdings für Paris, aber in Rücksicht der Kunst immer noch für Rom aus. Du darfst nur das neueste sehr treue Gemälde von Rom lesen, um zu sehen, wie viel für Humanität und Umgang dort zu haben ist; für Wissenschaft ist fast nichts mehr. Alte Geschichte und alles was sich darauf bezieht, ist das einzige, was man dort an Ort und Stelle gründlich und geschmackvoll studieren kann. In Paris sind die öffentlichen vortrefflichen Büchersammlungen für jedermann, und es gehört sogar zum guten Ton, wenigstens zuweilen eine Promenade durch die Säle zu machen, die Fächer zu besehen, die Raritätenkasten zu begucken und einige Kupferstiche zu beschauen. Wer sie benutzen will, findet in allen Zweigen Reichtümer; und alles wird mit Gefälligkeit gereicht. In Rom wurde die vatikanische Bibliothek, so lange ich dort war, nicht geöffnet. Die Schätze schlafen in Italien, und es ist vielleicht kein Unglück, daß sie etwas geweckt und zu wandern gezwungen worden sind.

Mit der Kunst ist es anders. Wäre ich Künstler und hätte die Wahl zwischen Rom und Paris, ich würde mich keine Minute besinnen und für das erste entscheiden. Die Franzosen hatten allerdings vorher eine hübsche Sammlung, und haben nun die Hauptwerke der Kunst herüber geschafft: aber dadurch haben sie Rom den Vorteil noch nicht abgewonnen. In Gemälden mag vielleicht kein Ort der Welt sein, der reicher wäre als Paris; aber die ersten Meisterwerke der größten Künstler, die lauter Freskostücke sind, konnten doch nicht weggeschafft werden. Die Logen, die Stanzen, die Kapelle, die Farnesine, Grottaferrata und andere Orte, wo Michel Angelo, Raphael, die Caracci, Domenichino und andere den ganzen Reichtum ihres Geistes niedergelegt haben, mußten unangetastet bleiben, wenn man nicht vandalisch zerstören wollte. Die Schule von Athen allein gilt mehr als eine ganze Galerie. Die venezianischen Pferde, welche vor dem Hofe der Tuilerien aufgestellt sind, mögen sehr schöne Arbeit sein; aber mir gefallen die meisten Statüen in Italien besser. Die Rasse der Pferde ist nicht sehr edel. Ich zweifle, ob sie unter den Pferdekennern so viel Lärm machen werden, als sie unter den Künstlern oder vielmehr unter den Antiquaren gemacht haben. Das Pferd des Mark Aurel auf dem Kapitol ist mir weit mehr wert, und die beiden Marmorpferde aus Herkulanum in Portici würde ich auch vorziehen. Der einzige Vorzug, den sie haben, ist, daß sie vielleicht die einzigen alten Tethrippen sind, die wir noch übrig haben: und auch dazu fehlt ihnen noch viel. Schlecht sind sie nicht und man sieht sie immer mit Vergnügen; aber für die schöne Arbeit sollten es schönere Pferde sein. Man hat ihnen die gallischen Hähne zu Wächtern gegeben. Gegen das Kapitol haben diese nicht nötig zu krähen, wie die Gänse gegen die Gallier schrien; wenn sie nur sonst die wichtigste Weckstunde nicht vorbei lassen.

Die Franzosen haben übrigens nur öffentliche Sammlungen, die vatikanische und kapitolinische, in Kontribution gesetzt. Es ist kein Privateigentum angegriffen worden. Die Privatsammlungen machen aber in Rom vielleicht den größten Teil aus. In der Villa Borghese steht alles wie es war; und der Fechter und der Silen mit dem Bacchus sind Werke, die an klassischem Wert in Paris ihres Gleichen suchen. Die schönsten Basreliefs sind noch in Rom in dem Garten Borghese und auf dem Kapitol und sonst hier und da. Sarkophagen, freilich sehr untergeordnete Kunstwerke, und Badegefäße sind in Rom noch in großer Menge von ausgesuchter Schönheit: in Paris sind von den letztern nur zwei ärmliche Stücke, die man in Rom kaum aufstellen würde. Übrigens ist die Gegend um Rom selbst mehr eine Wiege der Kunst. Die Natur hat ihren Zauber hingegossen, den man nicht wegtragen kann. Man hat zwar die Namen Fraskati und Tivoli nach Paris gebracht und alles schön genug eingerichtet: aber Fraskati und Tivoli selbst werden für den Maler dort bleiben, wenn man auch alles umher zerstört. Der Fall, die Grotte, die Kaskadellen und die magischen Berge können nicht verrückt werden, und stehen noch jetzt, wie vor zweitausend Jahren, mit dem ganzen Zauber des Altertums. Das Haus des Mäcen verfällt, wie die Häuser des Flakkus und Katullus: man zieht keine Musen mehr aus ihrem Schutt hervor: aber die Gegend hat noch tausend Reizungen ohne sie. Man hat in Paris keinen Albaner See, kein Subiaco, kein Terni in der Nähe. Der Gelehrte gehe nach Paris; der Künstler wird zur Vollendung immer noch nach Rom gehen, wenn er gleich für sein Fach auch hier an der Seine jetzt zehnmal mehr findet als vorher. Sobald die Franzosen Raphaele und Bonarotti haben werden, sind sie die Koryphäen der Kunst, und man wird zu ihnen wallfahrten, wie ins Vatikan.

Füger und David scheinen mir indessen jetzt die einzigen großen Figurenmaler zu sein. Die Italiener haben, so viel ich weiß, keinen Mann, den sie diesen beiden an die Seite stellen können. Dafür haben die andern keinen Canova. Ein großer Verlust für die Kunst ist Drouais Tod, und es gibt nicht gemeine Kritiker, die seinen Marius allen Arbeiten seines Lehrers vorziehen.

Den zweiten Tag trennte sich der Weg, und ohne weitern Unterricht schlug ich die Straße rechts ein, war aber diesmal nicht dem besten Genius gefolgt. Sie war sehr öde und unfruchtbar, die Dörfer waren dünn und mager, und es ward nicht eher wieder konfortabel, bis die Straßen bei Chalons wieder zusammenfielen. Ich verlor dadurch einen großen Strich von Champagne, und die schönen Rebhühneraugen in Epernay, auf die ich mich schon beim Estest in Montefiaskone gefreut hatte. Das liebe Gut, das man mir dort in den Wirtshäusern unter dem Namen Champagner gab, kann ich nicht empfehlen. Einige Stunden von Chalons schlief ich die Nacht an einem Ort der Pogny heißt, und der seinem Namen nach vielleicht der Ort sein kann, wo Attila sehr tragisch das Nonplusultra seiner Züge machte. Dann übernachtete ich in Longchamp, dann in Ligne en Barrois. In Nancy, wo ich Vormittags ankam, besah ich Nachmittags das Schloß und die Gärten, welche jetzt einen angenehmen öffentlichen Spaziergang gewähren und ziemlich gut unterhalten werden. Hier hatte ich den 26sten Juli schon reife, ziemlich gute Weintrauben. Der Professor Wilmet, den ich mit einem Briefe von Paris besuchte, macht seinem holländischen Namen durch wahre Philanthropie Ehre, ob er gleich weder deutsch noch holländisch spricht. Er ist Millins Pflegevater und spricht mit vieler Zärtlichkeit von ihm, so wie dieser oft mit kindlicher Dankbarkeit in Paris den Professor nannte. Wilmet war mit der deutschen Literatur und besonders mit dem Zustande der Chemie und Naturgeschichte in Deutschland sehr gut bekannt und schätzte die Genauigkeit und Gründlichkeit der deutschen Untersuchungen.

Von da ging ich über Toul immer nach Straßburg herauf. Von Nancy aus pflegt man die Notiz auf den Wirtshausschildern in französischer und deutscher Sprache zu setzen, wo denn das Deutsche zuweilen toll genug aussieht. Bei Zabern ist die Gegend ungewöhnlich schön und es muß in den Bergen hinauf romantische Partien geben. Da ich den letzten Abend noch gern nach Straßburg wollte, nahm ich die letzte Station Extrapost und ließ mich in die Stadt Lion bringen. Das Wetter ward mir wieder zu heiß und ich wollte den andern Morgen mit der Diligence nach Mainz fahren: aber des alten wackern Oberlins Höflichkeit und einige neue angenehme Bekanntschaften hielten mich noch einige Tage länger bis zur nächsten Abfahrt. Oberlin traf ich auf der Bibliothek und er hatte die Güte mir ihre Schätze selbst zu zeigen. Unter den bronzenen Stücken ist mir ein kleiner weiblicher Satyr aufgefallen, der nicht übel gearbeitet war. Die Seltenheit solcher Exemplare erhöht vielleicht den Wert. Der alte verstorbene Hermann hatte auf der Bibliothek die Stücke der verstümmelten Statüen vom Münster mit sarkastischen Inschriften auf die vandalischen Zerstörer aufbewahrt, wo Rühl und einige andere sich nicht über ihre Enkomien freuen würden. Das schöne Wetter lockte mich mit einer Gesellschaft über den Rhein herüber, und ich betrat nach meiner Pilgerschaft bei Kehl zuerst wieder den vaterländischen Boden, und sah die Verschüttungen des Forts und die neuen Einrichtungen der Regierung von Baden. Es ist schon sehr viel wieder aufgebaut. Daß ich mich etwas auf dem Münster umsah, brauche ich Dir wohl nicht zu sagen. Man hat eine herrliche Aussicht auf die ganze große, schöne, reiche Gegend und den majestätischen Fluß hinauf und hinab. Es wäre vielleicht schwer zu bestimmen, ob der Dom in Mailand oder diese Kathedrale den Vorzug verdient. Diese beiden Gebäude sind wohl auf alle Fälle die größten Monumente gotischer Baukunst. Als ich in der Thomaskirche das schlecht gedachte und schön gearbeitete Monument des Marschalls Moritz von Sachsen betrachtete, kamen einige französische Soldaten zu mir, die sich wunderten, wie hierher ein Kurfürst von Sachsen käme, und ich mußte ihnen von der Geschichte des Helden so viel erzählen als ich wußte, um sie mit sich selbst in Einigkeit zu setzen. Auf der Polizei wunderte man sich, daß mein Paß nirgends unterschrieben war und ich wunderte mich mit, und erzählte meine ganze Promenade von Basel bis Paris und von Paris bis Straßburg; da gab man mir auch hier das Papier ohne Unterschrift zurück.

Nun fuhren wir über Weißenburg, Landau, Worms und so weiter nach Mainz. Nach meiner alten Gewohnheit lief ich bei dem Wechsel der Pferde in Landau voraus und hatte wohl eine Stunde Weges gemacht. Die Deutschen der dortigen Gegend und tiefer jenseits des Rheins herauf haben einen gar sonderbaren Dialekt, der dem Judenidiom in Polen nicht ganz unähnlich ist. Ich glaube doch ziemlich rein und richtig deutsch zu sprechen; desto schnurriger mußte es mir vorkommen, daß ich dort wegen eben dieser Aussprache für einen Juden gehalten wurde. Ich saß nämlich unter einem Nußbaum und aß Obst, als sich ein Mann zu mir setzte, der rechts hereinwanderte. Ich fragte, ob ich nicht irren könnte und ob die Diligence hier notwendig vorbei müßte? Er bejahte dieses. Ein Wort gab das andere, und er fragte mich in seiner lieblichen Mundart: Der Härr sayn ain Jüd, unn rähsen nachcher Mähnz? – Ich reise nach Mainz; aber ich bin kein Jude. Warum glaubt Er, daß ich ein Jude sei? – Wähl der Härr okkeroht sprücht wü ain Jüd. Man hat mir zu Hause wohl manches Kompliment über meine Sprache gemacht; aber ein solches war nicht darunter.

Von der Gegend von Weißenburg kann ich militärisch nichts sagen, da es noch ziemlich finster war, als wir dort durchgingen. Landau ist weiter nichts als Festung, und alles was in der Stadt steht, scheint bloß auf diesen einzigen Zweck Beziehung zu haben. Wir kamen in Mainz gegen Morgen an und man schickte mich in den Mainzer Hof, welcher, wie ich höre, für den besten Gasthof gilt. In Mainz sieht man noch mehr Spuren von Revolutionsverwüstungen als an irgendeinem andern Orte. Der Krieg hat verhältnismäßig weniger geschadet. Ich hielt mich nur einen Tag auf, um einige Männer zu sehen, an die ich von Oberlin Adressen hatte. Auch unser Bergrat Werner von Freiberg war hier und geht, wie ich höre, nach Paris. Sein Name ist in ganz Frankreich in hohem Ansehen.

Den andern Tag rollte ich mit der kaiserlichen Diligence durch einen der schönsten Striche Deutschlands hierher.

Auf meinem Wege von Paris hierher fragte man mich oft mit ziemlicher Neugierde nach Zeitungen aus der Hauptstadt, und nahm die Nachrichten immer mit sehr verschiedener Stimmung auf. Sehr oft hörte ich vorzüglich die Bemerkung über den Konsul wiederholen: *Mais pourtant il n'est pas aîmé;* besonders von Militären. Das ist begreiflich. Es gibt Regimenter und ganze Korps, die ihn nie gesehen haben und die doch auch für die Republik brave Männer gewesen sind. Diese wünschen sich ihn vielleicht sehr gern zum General, aber nicht zum Souverain, wie es ganz das Ansehen gewinnt. *Il fait diablement des choses, ce petit caporal d'Italie; cela va loin!* sagte man; und ein Wortspieler, der ein katonischer Republikaner war, bezeichnete ihn mürrisch mit folgendem Ausdruck: *Bonaparte qui gloriam bene partam male perdit.* In der Gegend von Straßburg habe ich hier und da gehört, daß man bei seinem Namen knirschte, und behauptete, er führe allen alten Unfug geradezu wieder ein, den man auf immer vertrieben zu haben glaubte. Was ein einziger Mann wieder einführen kann, ist wohl eigentlich nicht abgeschafft. Man wollte in der ersten Konstitution dem König keine ausländische Frau erlauben, und jetzt haben wir sogar einen fremden Abenteurer zum König, der willkürlicher mit uns verfährt, als je ein Bourbonide: wer ihm mißfällt, ist Verbrecher und ihm mißfällt jeder, der selbstständige Freiheit und Vernunft atmet. Er weiß sich vortrefflich die ehemalige Wut und den Haß der Parteien zu Nutze zu machen.

Weiter nach Mainz redete man nichts mehr von der Republik und den öffentlichen Geschäften, sondern klagte nur über den Druck und die Malversation der Kommissäre, und jammerte über die neue Freiheit. Den Zehnten geben wir nicht mehr, den behalten wir, sagen die Bauern mit Bitterkeit.

Eine grausamere Aposiopese kann man sich kaum denken, wenn auch die neun Zehnteile eine große Hyperbel sind. Ein Zeichen, daß die Regierung wenig nach vernünftigen Grundsätzen verfährt, ist nach meiner Meinung immer, wenn sie militärisch ist und wenn man anfängt, ausschließlich den Bürger von dem Krieger zu trennen. In Frankreich macht der Soldat wieder alles, und was ein General sagt, ist Gesetz in seinem Distrikt. Die nächsten Militäre nach dem Konsul bezeichnen ihren Charakter genug durch ihre Bereicherung. Der allgemeine Liebling der Nation ist Moreau, und der Mann verdient ohne Zweifel die große, stille Verehrung seines ganzen Zeitalters. Ich bin nirgends gewesen, in Deutschland, Italien und Frankreich, wo man nebst seinen Kriegstalenten nicht seine tadellose Rechtlichkeit, seine Mäßigung und Humanität gepriesen hätte. Er soll es ausgeschlagen haben, Offizier der Ehrenlegion zu werden, die so eben errichtet werden soll, und die jeder Republikaner für unrepublikanisch und für die Wiederauflebung des Feudalwesens hält. Man tut ihm vielleicht keinen Dienst, ihn mit dem öffentlichen System in Kollision zu setzen; aber seine Unzufriedenheit wird überall ziemlich laut erzählt. Seine Parteigänger, die weniger Mäßigung haben, als er selbst, wünschten ihn hier und da laut am Ruder, und sagten bedeutend nur, *Moreau grand consul;* zogen aber die Worte so sonderbar, daß es klang wie *Mort au grand consul.* Die Sprache erleichtert viel solche Spiele, hinter welche sich die Parteisucht versteckt.

In der Postkutsche von Mainz hierher war ein Gewimmel von Menschen, und einige segneten sich wirklich ganz laut, daß sie aus der vermaledeiten Freiheit einmal heraus wären, in der man sie blutig so sklavisch behandle. Dies waren ihre eigenen Ausdrücke. Und doch waren sie mit ihrem ganzen Vermögen noch jenseits des Rheins in der Freiheit. Vor Hochheim wandelte ich in Gesellschaft eines Spaziergängers der Gegend, wie es schien, den Berg herauf. Der Mann nahm mit vielem Murrsinn von der ersten muntern hübschen Erntearbeiterin im Felde Gelegenheit, eine furchtbare Rhapsodie über die Weiber zu halten, hatte aber ganz das Ansehen, als ob er der Misogyn nicht immer gewesen wäre und nicht immer bleiben würde: denn alles Übertriebene hält nicht lange. Er nahm seine Beispiele nicht bloß von den Linden weg und aus dem Egalitätspalaste, und mußte tiefer in die Verdorbenheit der Welt mit dem Geschlecht verflochten sein. Er machte mit lebhaftem Kolorit ein Gemälde, gegen welches Juvenals *lassata viris* noch eine Vestalin war; und ich war froh, als mich der Wagen auf der Ebene wieder einholte und ich wieder einsteigen konnte. Du weißt, ich habe eben nicht Ursache, geflissentlich den Enkomiasten der Damen zu machen; indessen muß man ihnen doch die Gerechtigkeit widerfahren lassen, daß sie – nicht schlimmer sind als die Männer: und die meisten ihrer Sünden leiden vielleicht noch etwas mehr Apologie als die Sottisen unseres Geschlechts.

Frankfurt muß, dem Anschein nach, durch den Krieg weit mehr gewonnen als verloren haben. Der Verlust war öffentlich und momentan; der Gewinn ging fast durch alle Klassen und war dauernd. Es ist überall Wohlstand und Vorrat; man bauet und bessert und erweitert von allen Seiten: und die ganze Gegend rund umher ist wie ein Paradies; besonders nach Offenbach hinüber. Man glaubt in Oberitalien zu sein. Unser Leipzig kann sich nicht wohl mit ihm messen, ob es gleich vielleicht im Ganzen netter ist.

Von hier kann Dir jeder Kaufmann Nachrichten genug von der Messe mitbringen. Ich besuchte nur einige alte Bekannte und machte einige neue. Wenn ich ein Kerl mit der Börse *à mon aise* wäre, würde ich vermutlich Frankfurt zu meinem Aufenthalt wählen. Es ist eine Mittelstadt, die gerade genug Genuß des Lebens gibt für Leib und Seele, um nicht zu fasten und sich nicht zu übersättigen. Im Fall eines Krieges mit den Franzosen liegt es freilich schlimm: die Herren können alle Nächte eine Promenade von Mainz herüber machen, den Morgen hier zum Frühstück und zum Abendbrote wieder zu Hause sein.

Bei der Frau von Laroche in Offenbach traf ich den alten Grafen Metternich, wenn ich nicht irre, den Vater des kaiserlichen Gesandten in Dresden. Er war ehemals Minister in den Niederlanden; und nie habe ich einen Mann von öffentlichem Charakter gesehen, zu dem ich in so kurzer Zeit ein so großes reines Zutrauen gefaßt hätte: so sehr trägt sein Gesicht und sein Benehmen den Abdruck der festen Redlichkeit mit der feinsten Humanität.

Leipzig

Meine Ronde ist nun vollendet und ich bin wieder bei unsern väterlichen Laren an der Pleiße. Von Frankfurt aus ging ich über Bergen in Gesellschaft nach dem Örtchen Bischofsheim, wo man mir ein freundliches Mahl zugedacht hatte. Bei Bergen und Kolin haben unsere Landsleute gezeigt, daß sie nicht Schuld an den übeln Streichen bei Pirna waren. Vor Hanau ging ich vorbei und hielt mich immer die Straße nach Fulda herein. Die Hitze des vorzüglich heißen Sommers drückte mich zwar ziemlich, aber ich nahm mir Zeit, ruhte oft unter einem Eichbaume und war die Nacht mit den schlechten Wirtshäusern zufrieden. Auf meiner ganzen Reise hatte ich sie nicht so schlecht gefunden, als hier einige Mal in Hessen. Zwischen Fulda und Hünefeld drückte mich die Hitze furchtbar und der Durst war brennend: und auf meiner ganzen Wanderung habe ich vielleicht keine so große Wohltat genossen, als da ich sodann links an der Straße eine schöne Quelle fand. Leute, welche einen guten Flaschenkeller im englischen Wagen mit sich führen, haben von dieser Erquickung keinen Begriff. Der Hitze haben sie im Wagen zwar nicht viel weniger, aber die Erfrischung können sie nicht so fühlen. Du darfst mir glauben, ich habe dieses und jenes versucht. In Hünefeld war Schießen, die Gesellschaft der Honoratioren speis'te in meinem Wirtshause, und ich hatte das Vergnügen die Musik so gut zu hören, als man sie wahrscheinlich in der Gegend und aus Fulda hatte auftreiben können. Wenn auch zuweilen eine Kakophonie mit unter läuft, tut nichts; sie können das Gute doch nicht ganz verderben, ebensowenig als man es in der Welt durch Verkehrtheit und Unvernunft ganz ausrotten kann.

In Vach hatten mich ehemals die Handlanger des alten Landgrafen in Beschlag genommen und nach Ziegenhain und Kassel und von da nach Amerika geliefert. Jetzt sollen dergleichen Gewalttätigkeiten abgestellt sein. Doch möchte ich den fürstlichen Bekehrungen nicht zu viel trauen; sie sind nicht sicherer als die demagogischen. Es wäre unbegreiflich, wie der Landgraf seit langer Zeit so unerhört willkürlich, zum Verderben des Landes und einzig zum Vorteil seiner Kasse, mit seinen Leuten geschaltet und förmlich den Seelenverkäufer gemacht hat, wenn es nicht durch einen Blick ins Innere erklärt würde. Die Landstände wurden selten gefragt, und konnten dann fast keine Stimme haben. Der Adel ist nicht reich und unabhängig vom Hofe. Die Minister und Generale hatten ihren Vorteil dem Herrn zu Willen zu leben. Jeder hatte vom Hofe irgend etwas, oder hoffte etwas, oder fürchtete etwas, für sich oder seine Verwandten. Die großen Offiziere gewannen Geld und Ehre, die kleinen Unterstützung und Beförderung. Die Übrigen litten den Schlag. Das Volk selbst ist bis zum Übermaß treu und brav. Hier und da war Verzweiflung; aber der alte Kriegsgeist half. Die Hessen glauben, wo geschlagen wird müssen sie dabei sein. Das ist ihr Charakter aus dem tiefsten Altertum. Ich erinnere mich in einem Klassiker gelesen zu haben, daß die Katten lange vor Christi Geburt als Hilfstruppen unter den Römern in Afrika schlugen. Jetzt hat der Landgraf, wie versichert wird, die fremden Verbindungen dieser Art aufgegeben.

Von Vach wollte ich Post nach Schmalkalden zu meinem Freunde Münchhausen nehmen. Der Wirt verpflichtete sich, da nicht sogleich Postpferde zu haben waren, mich hinüber zu schaffen, ließ sich die Posttaxe für zwei Pferde und den Wagen bezahlen und gab mir einen alten Gaul zum Reiten. Das nenne ich Industrie. Was wollte ich machen? Ich setzte mich auf, weil ich fort wollte. Doch kam ich zu spät an. Es war schon tief Nacht als ich den Berg hineinritt, und gegen zehn Uhr war ich erst in dem Tale der Stadt. Die Meinungschen Örter und Dörfer, durch die ich ging, zeichneten sich immer sehr vorteilhaft aus. Das einzige, was mir dort nicht einleuchten wollte, war, daß man überall so viel herrliches Land mit Tabakspflanzungen verdarb. Dieses Giftkraut, das sicher zum Verderben der Menschen gehört, beweis't vielleicht mehr als irgend ein anderes Beispiel, daß der Mensch ein Tier der Gewohnheit ist. In Amerika, wo man noch auf fünfhundert Jahre Land genug hat, mag man die Pflanze auf Kosten der Nachbarn immer pflegen, aber bei uns ist es schlimm, wenn man durchaus die Ökonomie mehr merkantilisch als patriotisch berechnet.

Ich ließ mich den andern Morgen meinem Freunde ohne meinen Namen als einen Bekannten melden, der von Frankfurt käme. Wir hatten uns seit neunzehn Jahren nicht gesehen und unser letztes Gespräch waren einige Worte auf dem Ozean, als der Zufall unsere Schiffe so nahe zusammen brachte. Die Zeit hatte aus Jünglingen Männer gemacht, im Gesichte vielleicht manchen Zug verändert, verwischt und eingegraben. Ich wußte, vor wem ich stand und konnte also nicht irren. Er schien schnell seinen ganzen dortigen Zirkel durchzugehen, stand vor mir und kannte mich nicht. Hier habe ich ein kleines Empfehlungsschreiben, sagte ich, indem ich ihm meinen Finger hinhielt, an dem sein Bild von ihm selbst in einem Ringe war. Es war, als ob ihn ein elektrischer Schlag rührte, er fiel mir mit meinem Namen um den Hals und führte mich im Jubel zu seiner Frau. Dieses war wieder eine der schönsten Minuten meines Lebens. Einige Tage blieb ich bei ihm und seinen Freunden, und genoß, soweit mir meine ernstere Stimmung erlaubte, der frohen Heiterkeit der Gesellschaft.

Mir ist es oft recht wohl gewesen, wenn ich durch das Gothaische und Altenburgische ging. Man sieht fast nirgends einen höhern Grad von Wohlstand. Es herrscht daselbst durchaus noch eine gewisse alte Bonhommie des Charakters, daß ich viele Gesichter fand, denen ich ohne weitere Bekanntschaft meine Börse hätte anvertrauen wollen, um sie an einen bezeichneten Ort zu bringen, wo ich sie sicher wieder gefunden haben würde. Ich habe in diesem Ländchen weniger Bekanntschaft als sonst irgendwo: Du kannst also glauben, daß ich nicht aus Gefälligkeit rede. So oft ich darin war; habe ich immer die reinste Hochachtung und Verehrung gegen den Herzog gefaßt. Um einen Fürsten zu sehen, braucht man nicht eben seine Schlösser zu besuchen, oder gar die Gnade zu genießen, ihm vorgestellt zu werden. Oft sieht man da am wenigsten von ihm. Seine Städte und Dörfer und Wege und Brücken geben die beste Bekanntschaft; vorausgesetzt er ist kein junger Mann, der die Regierung erst antrat. In diesem Falle könnte ihm viel Gutes und Schlimmes unverdienter Weise angerechnet werden. Wo das Bier schlecht und teuer und das Brot teuer und schlecht ist, wo ich die Dörfer verfallen und elend und doch die Visitatoren nach dem Sacke lugen sehe, da gehe ich so schnell als möglich meines Weges. Nicht das Predigen der Humanität, sondern das Tun hat Wert. Desto schlimmer, wenn man viel spricht und wenig tut.

Schon in Paris hatte ich gehört die Preußen wären in Erfurt, und wunderte mich jetzt, da ich sie noch nicht hier fand. Diese Saumseligkeit ist sonst ihre Sache nicht, wenn etwas zu besetzen ist. Fast sollte man glauben, die langsame Bedächtlichkeit habe einen pathologisch moralischen Grund. Hier erinnerte mich ein heimlicher Ärger, daß ich ein Sachse bin. Ich hielt mir lange Betrachtungen über die Großmut und Uneigennützigkeit der königlichen Freundschaften; ich verglich den Verlust des Königs mit seinem Gewinn; ich überdachte die alten, rechtlichen Ansprüche, die Sachsen wirklich noch machen konnte und machen mußte. Wenn Sachsen eine Macht von hunderttausend Mann wäre, so würde die gewöhnliche Politik das Verfahren rechtfertigen. Jetzt mag es alles sein was Du willst, nur ist es nicht freundschaftlich. Mir deucht, daß man in Dresden doch wohl etwas lebendigere, wirksamere Maßregeln hätte nehmen können und sollen. Es war alles voraus zu sehen. Die Leipziger werden die Folgen spüren. Freilich wird man vielleicht die ersten zehn Jahre nichts oder wenig tun, aber man hat doch nun die Kneipzange von beiden Seiten in den Händen, und kann sicher das *festina lente* spielen. Politisch muß man immer das schlimmste denken und glauben, was geschehen kann, wird geschehen. Die Geschichte und das Naturrecht rechtfertigen diese Maxime: in bürgerlichen Verhältnissen ist man durch Gesetze geschützt; hier sichert nur Klugheit und Kraft, selten Gerechtigkeit. Der gegenwärtige Schritt rechtfertigt die Furcht vor dem künftigen. Zutrauen gibt das nicht. Ich hätte von Berlin in diesen Verhältnissen zu Dresden solche Resultate nicht erwartet.

In Weimar freute ich mich einige Männer wiederzusehen, die das ganze Vaterland ehrt. Der Patriarch Wieland und der wirklich wackere Böttiger empfingen mich mit freundschaftlicher Wärme zurück. Die Herzogin Mutter hatte die Güte mit vieler Teilnahme sich nach ihren Freunden diesseit und jenseit der Pontinen zu erkundigen und den unbefangenen Pilger mit

Freundlichkeit zu sich zu laden. Jedermann kennt und schätzt sie als die verehrungswürdigste Matrone, wenn sie auch nicht Fürstin wäre.

Als ich den andern Morgen durch das Hölzchen nach Naumburg herüber wandelte, begegnete mir ein Preußisches Bataillon, das nach Erfurt zog. Wenn man in dem nämlichen Rocke mit der nämlichen Chaussüre über Wien und Rom nach Syrakus und über Paris zurückgegangen ist, mag der Aufzug freilich etwas unscheinbar werden. Es ist die nicht löbliche Gewohnheit unserer deutschen Landsleute, mit den Fremden zuweilen etwas unfein Neckerei zu treiben. Die Soldaten waren ordonnanzmäßig artig genug; aber einige Offiziere geruhten sich mit meiner Personalität ein Späßchen zu machen. Ich ging natürlich den Fußsteg am Busche hin, und der Heereszug zog den Heerweg. Einer der Herren fragte seinen Kameraden in einem etwas ausgezeichneten pommerischen Dialekte, den man auf dem Papier nicht so angenehm nachmachen kann: Was ist das für ein Kerl, der dort geht? Der andere antwortete zu meiner Bezeichnung: Er wird wohl gehen und das Handwerk begrüßen. Nein, hörte ich eine andere Stimme, ich weiß nicht was es für ein närrischer Kerl sein mag; ich habe ihn gestern bei der Herzogin im Garten sitzen sehen. Übersetze das erst etwas ins Pommerische, wenn Du finden willst, daß es mir ziemlich schnakisch vorkam. Indessen glaube ich unmaßgeblich, die Herren hätten ihre Untersuchung und Beurteilung über mich etwas höflicher doch wohl einige Minuten sparen können, bis ich sie nicht mehr hörte. Aber mit einem Philister macht bekanntlich ein Preußischer Offizier nicht viel Umstände. Ob das recht und human ist, wäre freilich etwas näher zu bestimmen.

Meiner alten guten Mutter in Posern bei Weißenfels war meine Erscheinung überraschend. Man hatte ihr den Vorfall mit den Banditen schon erzählt, und Du kannst glauben, daß sie meinetwegen etwas besorgt war, da sie als orthodoxe Anhängerin Luthers überhaupt nicht die beste Meinung von dem Papst und seinen Anordnungen hat. Sie erlaubte durchaus nicht, daß ich zu Fuße weiterging, sondern ließ mich bedächtlich in den Wagen packen und hierher an die Pleißenburg bringen. Du kannst Dir vorstellen, daß ich froh war meine hiesigen Freunde wiederzusehen. Schnorr war der erste den ich aufsuchte, und das enthusiastische Menschenkind warf komisch den Pinsel weg, zog das beste seiner drolligen Gesichter und machte mit einem Sprung einen praktischen Kommentar auf Horazens Stelle, daß man bei der Rückkehr eines Freundes von den Cyklopen wohl ein Bißchen närrisch sein könne.

Morgen gehe ich nach Grimme und Hohenstädt, und da will ich ausruhen trotz Epikurs Göttern. Mir deucht, daß ich nun einige Wochen ehrlich lungern kann. Wer in neun Monaten meistens zu Fuße eine solche Wanderung macht, schützt sich noch einige Jahre vor dem Podagra. Zum Lobe meines Schuhmachers, des mannhaften alten Heerdegen in Leipzig, muß ich Dir noch sagen, daß ich in den nämlichen Stiefeln ausgegangen und zurückgekommen bin, ohne neue Schuhe ansetzen zu lassen, und daß diese noch das Ansehen haben, in baulichem Wesen noch eine solche Wanderung mitzumachen.

Bald bin ich bei Dir, und dann wollen wir plaudern; von manchem mehr als ich geschrieben habe, von manchem weniger.